域外中國古代文學研究資料叢刊

卞東波　主編

朱子感興詩中日韓古注本集成

（下）

卞東波　編校

己亥夏月　興無書

上海古籍出版社

感興詩考注

［日本］山崎嘉　撰

感興考注序

《詩》權輿於虞庭，而隆於周世，孔子列之《五經》。其雅言誦之居多，曾、思、孟氏之後，其教亡焉。一變爲《離騷》，再變爲五言。五言起於漢蘇武、李陵。夫陵也降虜，武也持節，則言之巧相似，而心之趣頓殊。晉陶淵明，唐之李、杜，皆能作五言，而超漢人，伴楚客，趕風雅之變者也，晚唐作者不足算矣。至宋程氏明道夫子，蓋得孔門吟咏之遺法，朱子依其法輯《詩傳》。而此篇者，體爲五言，實續周《詩》，固非子昂《感遇》之所仿佛也。朱子没後，未有繼作者，獨明之方遜志齋，其殆庶幾乎。惜哉！命之不幸，莫見其成也。抑我倭歌之與《詩》，言雖異而情則同。濫觴於神代，而盛於皇朝，逮中葉大津皇子始作詩賦，然後詩歌并行，世不乏人。但歌也失神代之風，詩也非周世之音。菅公之才，猶悦其製似香山，矧其他乎？數百年來，朱書斯渡，人人讀《詩傳》，而不得其旨。此篇則不惟無讀之，知其名者亦尠矣。予竊三復之，有年於兹，遂輒考諸家之注，抄訓詁、出事證，以俟後之君子折中云。

明曆二年十二月九日山崎嘉序

讀感興詩

方遜志齋

三百篇後無詩矣。非無詩也，有之而不得《詩》之道，雖謂之無，亦可也。夫《詩》所以列於《五經》者，豈章句之云哉？蓋有增乎綱常之重，關乎治亂之教者存也。非知道者孰能識之？非知道者孰能爲之？人孰不爲詩也，而不知道，豈吾所謂詩哉？嗚呼！若朱子《感興》二十篇之作，斯可謂詩也已。其於性命之理昭矣，其於天地之道著矣，其於世教民彝有功者大矣。繫之於三百篇，吾知其功無愧，雖謂三百篇之後未嘗無詩，亦可也。斯道也，亘萬古而不亡，心會而得之，豈不在乎人哉！方氏此言至矣。讀是詩者所當知也。

文公朱先生感興詩自序

余讀陳子昂《感遇》詩，愛其詞旨幽邃，音節豪宕，非當世詞人所及。如丹砂、空青、金膏、水碧，雖近乏世用，而實物外難得自然之奇寶。欲效其體作十數篇，顧以思致平凡，筆力萎弱，竟不能就。然亦恨其不精於理，而自託於仙佛之間以爲高也。齋居無事，偶書所見，得二十篇。雖不能探索微眇，追迹前言，然皆切於日用之實，故言亦近而易知。既以自警，且以貽諸同志云。子昂，字伯玉。陳，其姓。唐人。作《感遇》詩三十八首。丹砂、空青、金膏、水碧，四者皆仙藥也。劉氏曰：此二十篇，其體格雖不過效子昂之作，然自謂「切於日用之實，言近而易知」，則已非所謂「詞旨幽邃，近乏世用」者比矣。至若「不能探索微（妙）〔眇〕」云者，特謙詞耳。蓋其詩中包括，則於天地之覆載，氣運之周流，造化之發育，人心之寂感，以至六經所藴之精微，聖賢授受之心法，所以渾然一貫者，則既深造而自得之矣，豈但「探索」而已耶？

齋居感興二十首

山崎嘉考注

其一

崑侖或作「崑崙」，非也。大無外，旁礴下深廣。陰陽無停機，寒暑互來往。崑侖，天之象；旁礴，地之形：出《太玄》。大無外，其大無外也；下深廣，其下而深且廣也。陰陽，氣也。無停機，《易》所謂「一陰一陽」是也。寒暑，氣之著也。互來往，《易》所謂「寒往則暑來，暑往則寒來」是也。上二句言對待之體，下二句言流行之用。蓋天之所以大，地之所以下，陰陽之所以無停，寒暑之所以互來往者，一太極也。皇犧古聖神，妙契一俯仰。不待窺馬圖，人文已宣朗。聖神，《孟子》曰：「大而化之之謂聖，聖而不可知之之謂神。」俯仰，《易》曰：「包犧氏之王天下也，仰則觀象於天，俯則觀法於地，始作八卦馬圖。」《禮》曰：「河出馬圖。」

《易》曰：「河出圖，聖人則之。」孔氏曰：「伏羲氏王天下，龍馬出河，遂則其文，以畫八卦。」人文，《易》曰：「文明以止，人文也。」又曰：「觀乎人文以化成天下。」　蔡氏曰：言皇羲稟聖神①特異之姿，妙契此理於一俯仰之間，不待窺見神馬所負之圖，而人文已粲然宣朗於胸中矣。　程子曰：「聖人畫八卦，因見河圖洛書。果無河圖洛書，八卦亦須作。」**渾然一理貫，昭晰非象罔。**　理，即太極也。象罔，出《莊子》。言一理貫於天人，非象罔不分明也。　蔡氏曰：「渾然一理貫」一句，實爲一詩之錧轄，讀者詳之。**珍重無極翁，爲我重指掌。**　珍重，贊美辭。　蔡氏曰：無極翁，濂溪周子也。重指掌，謂皇羲畫卦之後，又得周子作《太極圖》以闡其義，如重指諸掌而甚明也。　余氏曰：「無極」二字，乃周子不繇師傳，默體道妙，立爲名義者，故特以名稱之，不亦宜哉！

其　二

吾觀陰陽化，升降八紘中。前瞻既無始，後際那有終。至理諒斯存，萬古與今同。誰言混沌死，幻語驚盲聾。　八紘，八方也，出《列子》。無始那有終，朱子曰：「推之於前，而不見其始之合；引之於後，而不見其終之離也。」故程子曰：『動静無端，陰陽無始，非知道者，孰能識之？』」　劉氏曰：「斯」者，指陰陽升降而言。　混沌死，出《莊子》。幻語，虚幻之語也。　梅巖胡氏曰：此即「陰陽無停機」一語申言之也。

---

① 「聖神」，蔡模《感興詩注》原作「神聖」。

其三

人心妙不測，出入乘氣機。妙不測，言不可得而測度也。機者，發動所由也，氣體之充也，主發謂之氣機。孔子曰：「操則存，舍則亡，出入無時，莫知其鄉。」惟心之謂與！凝冰亦焦火，淵淪復天飛。蔡氏曰：凝冰，凝於冰也；焦火，焦於火也。《莊子》云：「其熱焦火，其寒凝冰。」淵淪，隨淵而淪也；天飛，升天而飛也。至人秉元化，動静體無違。珠藏澤自媚，玉韞山含輝。神光燭九垓，玄思徹萬微。至人，聖人也。元化，聖心之造化也。九垓，八極及中央也，出《國語》。蔡氏曰：言至人能秉元化，一動一静之間，皆體此理而無違焉。方其静也，寂然不動，如珠之藏而澤自媚，玉之藴而山自輝；及其動也，感而遂通，神光燭乎九垓之遠，玄思徹乎萬微之妙。胡氏曰：「人心」以下，兼聖人、衆人之心言；「凝冰」以下，專言衆人之心；「至人」以下，專言聖人之心。塵編今寥落，歎息將安歸。塵編，謂秦火灰塵之餘。蔡氏曰：聖人心法不傳，其載於塵編者，今又簡短寂寥，無有能識之者，然則將安歸乎？徒有歎息而已。

其四

静觀靈臺妙，萬化從此出。云胡自蕪穢，反受衆形役。厚味紛朵頤，妍姿坐傾國。崩奔不自悟，馳騖靡終畢。靈臺，謂心，出《莊子》。衆形，耳目口體也。陶淵明賦曰：「既自以心爲形役。」厚味，《國語》曰：「厚味實腊毒。」朵，垂也。朵頤，欲食之貌。《易》曰：「觀我朵頤，凶。」妍姿，美色也。李延年歌曰：「北方有佳人，絶世而獨立。一顧傾人城，再顧傾人國。」君看穆天子，萬里窮轍迹。不有《祈招》詩，徐方御宸極。《左傳》楚右尹子革曰：「昔穆王欲肆其心，周行天下，將皆必有車轍馬迹焉。祭公謀父作《祈招》之詩以止王心。其詩曰：『祈招之愔愔，式昭德音。思我王度，式如玉，式如金。刑民之力，而無醉飽之心。』」《史記》：「穆王使造父御西巡狩，見西王母，樂之，忘歸，而徐偃王反。」蔡氏曰：穆天子之事，特借此以喻人心之馳騖流蕩，若不知止，則心失主宰，而物欲反據而爲之主矣。此六義之比也。胡氏曰：吾心爲神明之舍，故曰「靈臺」；君位如北極之尊，故曰「宸極」。夫宸極者，穆天子之宸極也，而使徐方據之，可乎？靈臺者，我之靈臺也，而使外物據之，可乎？

其五

涇舟膠楚澤，周綱已陵夷。況復《王風》降，故宫黍離離。涇舟，劉氏曰：涇水之舟，見《詩·棫樸篇》。以其下文有「周王于邁」之語，故借用之。膠楚澤，《史記》：「周昭王之時，王道微缺。昭王南巡狩，不返，卒於江上。」《帝王世紀》云：「昭王德衰，南征濟於漢，船人惡之，以膠船進王。王御船至中流，膠液船解，王及祭公俱没於水中而崩。」《黍離》，《王風》詩名。蔡氏曰：言昭王南征不返，周室紀綱已陵夷，況又幽王爲犬戎所滅，平王東遷，而故都鞠爲禾黍。《王風》下同於列國，周室於是而愈衰矣。玄聖作《春秋》，哀傷實在兹。祥麟一以踣，反袂空漣洏。蔡氏曰：玄聖，孔子也。《春秋》，魯史記之名。孔子因而筆削之，始於魯隱公之元年，實平王之四十九年也。麟，獸名，麕身、牛尾、馬蹄，毛蟲之長也。踣，僵也。反袂漣洏，即《家語》所謂「使人告孔子曰：『有麏而獸者，何也？』孔子往觀之，曰：『麟也，胡爲來哉？』反袂拭面，涕泣沾襟」是也。言孔子雖因《黍離》降爲《國風》，遂託始於此，以作《春秋》，其實周綱陵夷，已在於涇舟膠楚澤之時矣。及西狩獲麟，則嗟吾道之窮，而《春秋》遂絶筆於此。漂淪又百年，僭侯荷爵珪叶音「規」。王章久已喪，何復嗟歎爲。蔡氏曰：漂淪，猶汩汩也。又百年，謂自獲麟絶筆之後，將又百年也。今計之，其實止七十九年，言「百年」者，舉成數也。僭侯，謂魏斯、趙籍、韓虔叁大夫，僭竊諸侯之制也。荷爵珪，謂反蒙真侯之命也。王章，即《左傳》所謂「晉侯請隧，王弗許曰：『王章也。』」言王章之喪已久矣，胡爲至三晉分而始嗟歎乎？所以爲下文「迷先幾」之張本也。馬公述孔業，託始有餘悲。拳拳信忠厚，無乃迷先幾。蔡氏曰：馬公，司馬温公也。述孔業，謂作《通鑑》，欲續《春秋》也。託始，謂作《通鑑》始於初命晋大夫魏斯、趙籍、韓虔爲諸侯也。是甚悲周道之衰微，固不失爲忠厚之意。然悔其不繼書於魯哀公十四年獲麟之後，自周敬王三十九年爲始，而乃自威烈王二十三年爲始，無乃迷其先幾也哉？或疑此欲以續獲麟爲先幾，猶未若致堂胡氏以晋悼公、平公時爲幾之尤先者也。殊不知此雖欲續於獲麟，其實先幾已在玄聖作《春秋》之時。此詩所以推原發端於膠楚澤也，有以夫。又曰：此詩託始之意，東萊吕先生得之，故《大事記》之作，實接於獲麟，而託始於周敬王三十九年。竊意二先生相講論之際，必有及於此，故朱子於蔡文忠所以深哀「《事記》將誰使之續」也。然朱子於《通鑑綱目》之作，曷爲而不繼《春秋》也耶？果齋李氏曰：東萊先生《事記》之書，用馬遷之法也，故續獲麟而無嫌；朱子《綱目》之書，本《春秋》之指者也，故續獲麟而不可，是固然矣。抑亦《綱目》之書，特因《通鑑》而作也歟？嘉謂：注中於蔡文忠，蓋有差誤。「《事記》將誰使之續」，是朱子祭東萊文之言也。

其六

東京失其御，刑臣弄天綱。西園植奸穢，五族沉忠良。青青千里草，乘時起陸梁。當塗轉凶悖，炎精遂無光。蔡氏曰：東京，洛陽，後漢所都也。刑臣，宦豎也。西園，靈帝置西園八校尉，以蹇碩、袁紹、鮑鴻、曹操、趙融、馮芳、夏(年)〔牟〕、淳于瓊爲之。五族，單超、具瑗、左悺、徐璜、唐衡也。言桓、靈失其御下之道，宦豎弄權，開西園以鬻賣官爵，興黨錮以沉滅忠良，而漢遂衰矣。「青青千里草」，應董卓讖語也。卓初爲中郎將，其後廢立弒殺，燒宮室，發諸陵，自爲相國，强梁於一時。「魏闕當塗高」，應曹操讖語也。轉，尤也。炎精，漢火德也。操挾天子以令諸侯，欺人孤兒寡婦，卒成篡奪之計，其凶悖尤甚於董卓，而漢祚遂亡矣。

桓桓左將軍，仗鉞西南疆。伏龍一奮躍，鳳雛亦飛翔。祀漢配彼天，出師驚四方。天意竟莫回，王圖不偏昌。蔡氏曰：桓桓，威武貌。左將軍，劉備也。獻帝建安三年，爲左將軍。伏龍，諸葛亮也；鳳雛，龐統也，即徐庶謂「此中有伏龍、鳳雛」是也。「祀漢配彼天」，即用少康「祀夏配天」之語。不偏昌，即諸葛亮所謂「王業不偏安」是也。言先主仗義起兵於西南之疆，以誅操復漢爲名，一時賢才如諸葛亮、龐統之徒，群起而羽翼之，出師北伐，所在響震，事幾成矣。而天不祚漢，先主既殞，孔明亦殂，卒使王業不偏盛於西土，可勝歎哉！晉史自帝魏，後賢合一作「盍」。更張。世無魯連子，千載徒悲傷。蔡氏曰：晉史，謂陳壽撰《三國志》也。帝魏，謂以魏爲正統也。後賢，謂司馬温公也。魯連子，即《通鑑》所載魯仲連聞趙將事秦爲帝，歎曰：「彼帝天下，則連有蹈東海而死耳。」此言操爲漢賊不待言，陳壽帝魏不足責，後之賢者，如温公作《通鑑》合更張之，乃亦帝曹魏而寇蜀漢，是則若魯連子者，世亦不復有之矣。千載之下，豈不徒有悲傷也哉！此與尊揚雄同科，《綱目》書法可見。

其七

晉陽啓唐祚，王明紹巢封。垂統已如此，繼體宜昏風。唐高祖李淵初爲隋晉陽宮監，其子世民起兵取天下，後世民殺太子建成而立，是爲太宗。王明，太宗子。巢封，太宗弟元吉封爲巢剌王也。太宗亦殺元吉，而納其妃，生明，紹巢王之後，事見《通鑑》。蔡氏曰：言垂統之主，其瀆亂綱常已如此，宜繼體如高宗者，昏迷淫亂而有武后之事也。麀聚瀆天倫，牝晨司禍凶。乾綱一以墜，天樞遂崇崇。淫毐穢宸極，虐焰燔蒼穹。向非狄張徒，誰辨取日功。麀聚，武后本太宗才人，高宗立爲后(記)〔妃〕。所謂禽獸無禮，故父子聚麀者也。牝晨，高宗令武后預政，是《書》所謂「牝雞之晨，惟家之索」也。乾綱，君綱也。天樞，武后革唐爲周，鑄銅柱，高百五尺，徑十二尺，以紀周功德，榜曰「天樞」。事見《通鑑》。淫毐，嫪毐，秦人姓字，出《史記》。賈侍中曰：始皇母與嫪毐淫，坐誅，故世人罵淫曰「嫪毐」。此謂武后幸張易之、昌宗兄弟。虐焰，謂武后殺唐宗室殆盡。事亦見《通鑑》。取日，挽回天日，謂中宗復位。狄仁傑、張柬之功蓋一時，而人不及知，故吕温頌之曰：「取日虞淵，洗光咸池。潛授五龍，夾日以飛。」世以爲知言。事見《唐書》。云何歐陽子，秉筆迷至公。唐經亂周紀，凡例孰此容。歐陽永叔修《唐史》帝紀，内立《武后紀》。侃侃范太史，受説伊川翁。《春秋》二三策，萬古開群蒙。侃侃，剛直也。范祖禹，字淳夫。《程氏外書》曰：「范淳夫嘗與伊川論唐事，及爲《唐鑑》，盡用先生之説。先生謂門人曰：『淳夫乃能相信如此。』」蔡氏曰：《唐鑑》每歲必書中宗所在，曰「帝在房州」，以合於《春秋》書「公在乾侯」之法，開明萬古之群蒙也。

其八

朱光遍炎宇，微陰眇重淵。寒威閉九野，陽德昭窮泉。蔡氏曰：朱光，日也。張孟陽詩云：「朱光馳北陸。」炎宇，夏天也。九野，八方中央也，出《列子》。蓋陰不生於陰，而常伏於至陽之中，姤卦是也；陽不生於陽，而潛復於盛陰之中，復卦是也。文明昧謹獨，昏迷有開先。幾微諒難忽，善端本綿綿。蔡氏曰：至陽而一陰伏，故雖文明，而或昧謹獨之戒；盛陰而一陽復，故雖昏迷，而實有開先之道。惟其昧謹獨也，故幾微之際，誠不可忽；惟其有開先也，故善之端緒，每綿綿而不絶焉。《老子》云：「綿綿若存。」掩身事齋戒，及此防未然。蔡氏曰：《月令》曰：「君子齋戒，處必掩身，毋躁。」言於夏至一陰生之時，必屏絶嗜欲，及此而防其陰之未然也。此，指陽而言。閉關息商旅，絶彼柔道牽。蔡氏曰：《易》曰：「先王以至日閉關，商旅不行，后不省方。」言冬至一陽生之時，必安静存養，絶彼柔道之牽繫也。彼，指陰而言。

其九

微月墮西嶺，爛然衆星光。明河斜未落，斗柄低復昂。感此南北極，樞軸遥相當。蔡氏曰：微月，新月也。明河，天河也。斗柄，北斗七星之柄也。南北極，天之樞軸也。天圓而動，包乎地外；地方而静，處乎天中。故天之形半覆乎地上，半繞乎地下，而左旋不息，其樞軸不動之處，則爲南北極。謂之極者，猶屋脊之極也。言新月已西墜，則衆星爛然而愈光；河漢雖斜而未落，斗柄既低而復昂，惟有南北極不動，而其樞軸遥遠，正相當值，無少差忒。當此之時，仰觀天象，而深有感焉，亦猶心居中央，酬酢萬變，而無少偏倚也。蓋月始生明之時，而天象尤爲易見，故特言之。劉氏曰：樞軸，天之旋轉，所以持兩端而居中不移者，如户之樞，車之軸也。太一有常居，仰瞻獨煌煌。中天照四國，三辰環侍旁。人心要如此，寂感無邊方。朱子曰：「北辰有五星，太一常居中，是極星也。太一如人主，北極如帝都。」蔡氏曰：此言北辰而不及南者，蓋南極入地三十六度，常隱不見；北極出地三十六度，常見不隱，故此獨以其可見示人也。三辰，日月星也。《左傳》云：「三辰旂旗。」言太一居其所而不動，仰而瞻之，獨見其煌煌耳，此譬人心之寂也；居天之中，照臨四國，日月衆星，環繞而共之，此譬人心之感也。故又斷之曰：人心須要如此。所以寂然不動，感而遂通，不見其邊方也。

其十

放勛始欽明，南面亦恭己。大哉精一傳，萬世立人紀。劉氏曰：放勛，虞史贊堯之詞，言其功大，無所不至也。始者，言本於此也。《堯典》曰：「放勛欽明文思。」孔子曰：「無爲而治者，其舜也與！夫何爲哉？恭己正南面而已矣。」舜授禹曰：「人心惟危，道心惟微，惟精惟一，允執厥中。」猗與歎日躋，穆穆歌敬止。戒獒光武烈，待旦起《周禮》。猗與，《商頌·那篇》注：「歎詞。」《長發篇》曰：「湯降不遲，聖敬日躋。」《大雅》曰：「穆穆文王，於緝熙敬止。」注：「止，語辭。」《周書》曰：「惟克商，遂通道於九夷八蠻。西旅厎貢厥獒，太保乃作《旅獒》，用訓於王。」光武烈，言太保作書致戒，以光武王之烈也。《孟子》曰：「周公思兼三王，以施四事，其有不合者，仰而思之，夜以繼日，幸而得之，坐以待旦。」朱子曰：「《周禮》是周公遺典也。」恭惟千載心，秋月照寒水。蔡氏曰：言群聖人相繼，上下幾千載，而同此一心，有如秋月之至明，照寒水之至清也。程子曰：「堯舜知他幾千年，其心至今在。」魯叟何常師，删述存聖軌。子貢曰：「夫子焉不學，而亦何常師之有？」劉氏曰：言自古聖人相傳之心法，唯在乎「敬」之一字而已。至於孔子祖述堯舜，憲章文武，集群聖之大成，而其删《詩》《書》、定《禮》《樂》，亦不過著明前聖之軌轍耳。然則敬者，學者可不深念乎哉！蔡氏曰：此詩歷序堯、舜、禹、湯、文、武、周公，以敬爲傳心之法，末以孔子結之。又言孔子删述，以起後篇之義。

其十一

吾聞包犧氏，爰初闢乾坤。乾行配天德，坤布協地文。劉氏曰：開户曰闢，乾、坤爲《易》之門，故云「闢」。乾，健也，天行健，故乾配天德。坤，順也，地道順布，故坤協地文。凡地之所載，粲然呈露者，皆謂之文。　蔡氏曰：乾、坤以性情言，天地以形體言。　徐氏曰：此言先天方圓圖也。　嘉謂：《易》曰：「天行健。」又曰：「坤爲地，爲布，爲文。」仰觀玄渾周，一息萬里奔。俯察方儀静，隤然千古存。蔡氏曰：此因天地而仰觀俯察也。天體玄渾而周，一息之頃，奔行萬里，所以言其健也；地體方儀而静，隤然安貞，千古常存，所以言其順也。《易》曰：「夫坤，隤然示人簡矣。」悟彼立象意，契此入德門。勤行當不息，敬守思彌敦。蔡氏曰：此因仰觀俯察而體之於身也，故言既「悟彼」即「契此」，以其立象之意，而爲入德之門。勤以行之，自强不息，所以法天也；敬而守之，正静彌厚，所以法地也。又曰：此詩實承前篇删定立義，蓋六經莫先於《易》，故首以《易》言之。　胡氏曰：前詩自堯舜至夫子，是自源徂流，謂聖聖相傳，只是敬。此詩自流溯源，謂庖羲之《易》，亦只是敬。坤之敬，以直内敬也，乾之自强不息，亦敬也。先儒云「天地設位，而《易》行乎其中矣」，亦只是此敬。

其十二

《大易》圖象隱，《詩》《書》簡編訛。《禮》《樂》矧交喪，《春秋》魚魯多。劉氏曰：圖，河圖及先天諸圖。象，卦象。隱，謂隱於測候之術數，虚無之誕説而不明也。「簡編訛」者，如《小雅》不當升《魚麗》於《鹿鳴之什》，而以《南陔》等篇附《魚麗》之後之類，《武成》《康誥》《梓材》諸篇多有錯簡也。交喪，謂《儀禮》多殘缺，而《樂經》又廢不傳也。魚魯，謂簡牘磨滅有讀「亥」爲「豕」，「魯」爲「魚」之類。瑶琴空寶匣，絃絶將如何。興言理餘韻，龍門有遺歌。本注：程子晚居龍門之南。○劉氏曰：龍門，本河津山名。《周禮》稱龍門之琴瑟，以其地之所出也。此因伊川程子晚年築室龍門之上，以著書傳道，故託言之。此蓋歎聖經殘闕，大道隱微，而有志於著述以闡明之歟？六經所以載道，而今若此，譬之瑶琴空存而絃絶已久，則將如之何哉？所賴程子得不傳之學於千數百年之後，聖人之微言如絃絶而復續，今我欲得理其餘韻者，以有龍門之遺歌在是故也。

其十三

顔生躬四勿，曾子日三省。《中庸》首謹獨，衣錦思尚絅。偉哉鄒孟氏，雄辨極馳騁。操存一言要，爲爾挈裘領。丹青著明法，今古垂焕炳。何事千載餘，無人踐斯境。余氏曰：

此言顏子之克復、曾子之日省、子思之慎獨雖不同，而孟子援孔子之説，斷之以「操則存」一語，譬如挈裘之領，領挈而裘自順。蓋四勿、三省、慎獨、尚絅無非操此心，而欲存之也。著爲明法，炳若丹青，非隱奥難見，高遠難行，何爲無人實踐斯境乎？　胡氏曰：孟子雄辨，三萬四千六百八十五字，不爲有餘；提挈裘領，只「操存」二字，不爲不足。　蔡氏曰：此詩論顏子、曾子、子思、孟子傳心之法，以上接堯、舜、禹、湯、文、武、周公、孔子。蓋所以明道統之正派，而又歎其自孟子而下，寥寥千有餘載，而道統幾於絶也。其指深哉！

其十四

元亨播群品，利貞固靈根。非誠諒無有，五性實斯存。世人逞知見，鑿智道彌昏。豈若林居子，幽探萬化原。　真氏曰：乾之四德，迭運不窮，其本則誠而已矣。誠，即太極也。其所以播群品者，誠之通也；其所以固靈根者，誠之復也。通則爲仁爲禮，復則爲義爲智，所謂五行一陰陽，陰陽一太極也。然動静循環，而静其本，故元根於貞，而感基於寂。不能養未發之中，安得有既發之和？故此詩謂世人之擾擾，適以害道，不若林居之士静觀密察，猶能探萬化之原。要之，道無不在，初不以出處喧寂爲間，善學者當求先生言外之意。　蔡氏曰：萬化原，即上文所謂「誠」也。　潘氏曰：此將言異端、詞章之害道妨教，故先發此，以明吾道之本原也。

其十五

飄飄學仙侶，遺世在雲山。盜啓玄命秘，竊當生死關。金鼎蟠龍虎，三年養神丹。刀圭一入口，白日生羽翰。蔡氏曰：此言仙侶之遺棄人世，飄飄於雲山之中，盜竊天機以爲長生不死之計也。玄命秘，以造化言；生死關，以人身言。金鼎，即《參同契·鼎歌》所謂「圓三五寸一分，口四八兩寸，脣長尺二，厚薄勻」也。龍虎，即道家所謂水火、鉛汞、魂魄也，其實只陰陽而已。刀圭，是小刀頭尖處，如醫家之劑藥方寸匕也。言龍虎之氣交相蟠結，金鼎烹煉，温養三年，遂成神丹。方寸匕一入於口，則超凡入聖，可以白日飛昇，如人之生羽翼也。我欲往從之，脱屣諒非難。但恐逆天道，偷生詎能安？潘氏曰：言我欲遺世脱屣，以從仙侶於雲山，初非難事，但恐違逆天道，縱得長生不死，心亦不安也。胡氏曰：天道者，陰陽屈伸是已。使可有生而無死，是有晝而無夜，有陽之伸而無陰之屈，豈天道哉？琴溪陳氏曰：此章世或疑其以仙爲真有者，不知先生因仙家語成文，末二句則明指其不可，非曰有之，而吾自不爲也。君子毋以辭害義意焉。

其十六

西方論緣業，卑卑喻群愚。流傳世代久，梯接凌空虛。蔡氏曰：西方，西域也。卑，下也。卑卑，言其卑下而又卑下也。佛氏始初但論説緣業因果，以化誘衆生愚民，極爲卑下。及流傳既遠，世代既久，如梯之接，漸漸凌入於虚空玄妙之域，而不可致詰焉。顧盼指心性，名言超有無。蔡氏曰：「顧盼指心性」，即釋氏所謂「作用是性」也。「名言超有無」，即釋氏所謂「佛菩提不淪於無，不著於有，不在中間及内外」也。嘉按：佛以青蓮目顧盼迦葉，付囑正法眼藏。此事禪録載之，而梵書所不有也。捷徑一以開，靡然世争趨。號空不踐實，躓彼榛棘途。捷徑開，指上文顧盼而言。「號空不踐實」，朱子曰：「天命之謂性，釋氏便不識了，便遽説是空覺。吾儒説底是實理，看他便錯了。他云不染一塵，不捨一法。既不染一塵，却如何不捨一法？到了是説那空處，又無歸著。且如人心，須是其中自有父子、君臣、兄弟、夫婦、朋友。他做得徹到底，便與父子、君臣、兄弟、夫婦、朋友都不相親。吾儒做得到底，便父子有親，君臣有義，兄弟有序，夫婦有别，朋友有信。吾儒只認得一個誠實底道理，誠便是萬善骨子。」嘉謂：榛棘，程子所謂「正路之蓁蕪，聖門之蔽塞，闢之而後可以入道」者是也。誰哉繼三聖，爲我焚其書。蔡氏曰：三聖，即孟子所謂「承三聖」，禹、周公、孔子也。焚其書，韓退之所謂「火其書」也。此見朱子深慮異端之爲害，思欲擣其穴而犂其庭也。然其自任之意，亦有不可得而辭者矣。

其十七

聖人司教化，黌序育群材。因心有明訓，善端得深培。天叙既昭陳，人文亦褰開。云何百代下，學絶教養乖叶公回反。群居競葩藻，争先冠倫魁。淳風反淪喪，擾擾胡爲哉。黌，學舍也。善端，即四端也。天叙，《書》曰：「天叙有典。」人文，見上。葩，華也。藻，水草也。倫魁，猶言甲科狀元也。蔡氏曰：聖人教化，因人之本心以爲明訓，使人有以培植其善端，涵養其德性而已。及夫天叙既極其昭陳，則人文自然而褰開，蓋有本必有文。初不求爲文，而有自然之文也。云何百代之下，不知天叙之中有自然之文，往往外用其心，競葩鬭藻以爲文，但欲争先冠魁，爲躐取高第之謀，卒使淳厚之風反淪喪汩失。吾不知其擾擾者，果何爲也哉？

其十八

童蒙貴養正，遜弟乃其方。雞鳴咸盥櫛，問訊謹暄涼。奉水勤播灑，擁篲周室堂。進趨極虔恭，退息常端莊。蔡氏曰：童蒙，幼稚而蒙昧也。養正，即《易》所謂「蒙以養正」也。遜，順也。弟，善事兄長也。盥，謂洗手。櫛，梳也。即《内則》所謂「雞鳴，咸盥漱、櫛、縰、笄、總、拂髦、冠、緌、纓，以適父母之所。及所，下氣怡聲，問衣燠寒，疾痛苛癢，而敬抑搔之」是也。奉水擁篲，即《禮》所謂「灑掃室堂」是也。進趨、退息，即《内則》所謂「進退周旋慎齊」是也。以上皆言小學工夫。劬書劇耆炙，見惡逾探湯。庸言戒粗誕，時行必安詳。劬，勞也，勤勞於書也。劇，甚也，謂過於耆炙。耆，與嗜同。《孟子》曰：「耆秦人之炙。」探湯，《論語》曰：「見不善如探湯。」逾探湯，惡之甚也。庸，常也。庸言，《易》曰：「庸言之信。」時行，《易》曰：「時行則行。」蔡氏曰：此言爲弟子者，於敬事父兄長上之暇，然後退而修其學業，謹其言行。正《論語》「行有餘力，則以學文」之意也。聖途雖云遠，發軔且勿忙。十五志於學，及時起高翔。蔡氏曰：聖途，猶聖域也。軔，礙車輪木也。發軔勿忙，言發之初，不可欲速而躐等也。心之所之，謂之志。《論語》曰：「吾十有五而志於學。」翔，飛也。此言聖途雖遠，然發軔於此，而進當以漸，且勿忙迫。及十有五歲而入大學，從事於格物、致知、誠意、正心、修身、齊家、治國、平天下之事，則當及時高翔，以造聖域，不可安於小成而止也。《離騷》曰：「朝發軔於蒼梧兮。」

其十九

哀哉牛山木，斧斤日相尋。豈無萌蘖在，牛羊復來侵。蔡氏曰：「哀哉」二字，本於《孟子》，而朱子謂「最宜詳玩，令人惕然有深省處」。牛山，齊之東南山。萌，芽也。蘖，芽之旁出者也。言牛山之木嘗美矣，日爲斧斤所伐，然氣化流行，未嘗間斷。非無萌蘖之生，而牛羊又復來侵焉。此亦六義之比也。恭惟皇上帝，降此仁義心。物欲互攻奪，孤根孰能任。《書》曰：「惟皇上帝降衷於下民。」《孟子》曰：「雖存乎人者，豈無仁義之心哉？其所以放其良心者，亦猶斧斤之於木也。旦旦而伐之，可以爲美乎？其日夜之所息，平旦之氣，其好惡與人相近也者幾希。則其旦晝之所爲，有梏亡之矣。梏之反覆，則其夜氣不足以存；夜氣不足以存，則其違禽獸不遠矣。」嘉謂：「孤根」以木而言，即本然仁義之良心也。任，堪也。反躬艮其背，肅容正冠襟。保養方自此，何年秀穹林。蔡氏曰：反躬，《樂記》所謂「不能反躬，天理滅矣」。艮其背，《易》所謂「艮其背，不獲其身」。肅容，《禮》所謂「色容莊」也。正冠襟，《論語》所謂「正其衣冠」也。秀穹林，所以終其比之義。

其二十

玄天幽且默，仲尼欲無言。動植各生遂，德容自清温。蔡氏曰：此正用夫子「予欲無言，天何言哉」之説也。天無言，而萬物動植之微，自然各遂其性；聖人無言，而動容周旋之間，自然極其清温也。彼哉夸毗子，呫囁徒啾喧。但逞言辭好，豈知神鑒昏。彼哉，外之之詞。夸，大。毗，附也。小人之於人，不以大言夸之，則以諛言毗之也。《詩》曰：「無爲夸毗，威儀卒迷。」呫囁、啾喧，夸毗之貌。余氏曰：學者想德容清温於無言之中，察神鑒昏昧於多言之際。聖愚之分，斷可識矣。曰余昧前訓，坐此枝葉繁。發憤永刊落，奇功收一原。蔡氏曰：余，朱子自謂也。言余亦昧前者幽默無言之訓，而坐此言語枝葉之繁。今將發憤而刊落之，庶乎收奇功於一原也。詳味末句，見其歸根斂實，神功超絶，蓋有不可得形容之妙，便與「致中和，天地位，萬物育」氣象一同。嗚呼！偉哉！

明曆四戊戌稔卯月吉日
二條通松屋町　壽文堂

感興詩筆記

〔日本〕久米順利　撰

寬延四辛未歲孟秋，爲酒井欽信辰讀吾朱子《感興詩》，因記所見，備他日考云。夫朱子《感興詩》載文集書，其雜舉《性理大全》及《選詩續編》者猶在，大中於《禮記》中。山崎先生獨知此詩不可謾觀，特表章之，爲定著《考注》。然後雖世知有此詩，讀者猶未知析其微言。且此注也，成先生初年，未歷改正之筆也。故吾尚齋先生雖深惜之，未暇別下手，然講習之間，及此書之大義者，順利幸得與聞之矣。今也，順利越知命之齡，略探舊聞之奥義，感其遺澤之深，謾加筆於此編，竊拾其遺漏云。順利竊謂聖賢之心，與道渾融，故心之未發，道之體立；心之既發，道之用行矣。朱子《感興詩》自道體之本原及人事之當然，即體立而用通者也。況吟哦上下之間，薰心次徹骨髓者別有得，學者宜深味者也。或曰：此編集效朱子《詩傳》之例，於全章下先注文字出處及字義訓詁，置一圈詳其章全體之意可也。

久米訂齋順利識

感興考注序

《詩》權興於虞庭，而隆於周世，孔子列之《五經》。其雅言誦之居多，曾、思、孟氏之後，其教亡焉。一變爲《離騷》，再變爲五言。五言起於漢蘇武、李陵。夫陵也降虜，武也持節，則言之巧相似，而心之趣頓殊。晋陶淵明，唐之李、杜，皆能作五言，而超漢人，伴楚客，趕風雅之變者也。晚唐作者不足算矣。至宋程氏明道夫子，蓋得孔門吟咏之遺法，朱子依其法輯《詩傳》。而此篇者，體爲五言，實續周《詩》，固非子昂《感遇》之所仿佛也。朱子没後，未有繼作者，獨明之方遜志齋，其殆庶幾乎。惜哉！命之不幸，莫見其成也。抑我倭歌之與《詩》，言雖異而情則同。濫觴於神代，而盛於皇朝，逮中葉大津皇子始作詩賦，然後詩歌并行，世不乏人。但歌也失神代之風，詩也非周世之音。菅公之才，猶悦其製似香山，矧其他乎？數百年來，朱書斯渡，人人讀《詩傳》，而不得其旨。此篇則不惟無讀之，知其名者亦尠矣。予竊三復之有年於兹，遂輒考諸家之注，抄訓詁、出事證，以俟後之君子折中云。

明曆二年十二月九日山崎嘉序

虞庭　《虞書·益稷》曰：「帝作歌曰：股肱善哉，元首起哉。」

離騷　班孟堅曰：「離，猶遭也。」顔師古曰：「擾動曰騷。」

趕　《字書》曰：「追也。」

惜哉命之云云　順利曰：方氏雖尊信朱子，不取《大學補傳》，大義既乖，是所以有山崎先生「莫見成」之歎也。

言雖異　三十一文字與四言、五言之類。

情則同　各因心之感，朱子《詩傳》序曰：「感於物而動性之欲也。」紀貫之《古今序》曰：「夫歌者，動人之心。」

神代之風　八雲之吟。

周世之音　《周》《召南》及《雅》《頌》。

香山　白樂天。

悦似　見《菅家文草①》云：「菅相在貶所，偶得一聯曰：『都府樓纔看瓦色，觀音寺只聽鐘聲。』自謂似樂天詩也。」

① 「菅」原作「管」，「草」原作「章」。按，此引出自菅原道真《菅家文草》，「管」、「章」二字蓋形似而誤，因據改。

讀感興詩

方遜志齋

三百篇後無詩矣。非無詩也，有之而不得《詩》之道，雖謂之無，亦可也。夫《詩》所以列於《五經》者，豈章句之云哉？蓋有增乎綱常之重，關乎治亂之教者存也。非知道者孰能識之？非知道者孰能爲之？人孰不爲詩也，而不知道，豈吾所謂詩哉？嗚呼！若朱子《感興》二十篇之作，斯可謂詩也已。其於性命之理昭矣，其於天地之道著矣，其於世教民彝有功者大矣。繫之於三百篇，吾知其功無愧，雖謂三百篇之後未嘗無詩，亦可也。斯道也，亘萬古而不亡，心會而得之，豈不在乎人哉！

三百篇後無詩　全用邵先生康節之語。

方氏此言云云　山崎先生注。

朱先生自序

余讀陳子昂《感遇》詩，愛其詞旨幽邃，音節豪宕，非當世詞人所及。如丹砂、空青、金膏、水碧，雖近乏世用，而實物外難得自然之奇寶。欲效其體，作十數篇，顧以思致平凡，筆力萎弱，竟不能就。然亦恨其不精於理，而自託於仙佛之間以爲高也。齋居無事，偶書所見，得二十篇。雖不能探索微眇，追迹前言，然皆切於日用之實，故言亦近而易知。既以自警，且以貽諸同志云。

陳子昂《感遇①詩》射②洪縣人。王適曰：是必爲海内文宗。

① 「遇」，原作「偶」，據上文改。
② 「射」字原脱，兹補之。

丹砂　胡炳①文《通》曰：生符陵山谷。

空青　《通》曰：生益州山谷及越嶲山有銅處，銅精薰則生，其腹中空。

金膏　《通》曰：《穆天子傳》「示黄金之膏」。

水碧　《通》曰：《山海經》「耿山多水碧」，郭璞曰：「碧亦玉也。」

物外難得　順利曰：四者皆仙藥也，故云然。

注劉氏　名履，字坦之，宋②人也，作《感興詩補注》，此説山崎先生檃括全文，見《選詩續編》卷五。强齋若林氏曰：此序宜入於本文之題下。

---

①「炳」，原作「柄」。按，此指胡炳文《感興詩通》，因改。

②劉履乃元人，「宋」當作「元」。

齋居感興二十篇

感者，心之動也；興者，思之起也。故徐氏曰：興隨感而生，詩隨感而作。順利曰：與六義之「興」義同而意異，彼因物以引起，此因心之動以起思也。

其一

昆侖大無外，旁礴下深廣。陰陽無停機，寒暑互來往。皇犧古神聖，妙契一俯仰。不待窺馬圖，人文已宣朗。渾然一理貫，昭晰非象罔。珍重無極翁，爲我重指掌。

順利曰：夫索道體於天地未生之前者，釋氏之空也；不知一氣之無停機者，老氏之無也。蓋天地者，道體之象，故其大無外而深廣無涯；陰陽寒暑與道爲體，故無停機而互往來。是以吾道體之看，即天地而知其真，不離陰陽而得其實。朱子首咏之，有意哉！有意哉！

注或作「崑崙」，非也　順利曰：崑崙，山名。《太玄經》注曰：「昆，渾也。侖，淪也。旁礴，猶彭魄。」彭，《字書》曰：「衆盛貌。」渾淪，出於《列子·天瑞篇》，妙契自然而符合也。

人文已宣朗　文者，道之著也。順利曰：妙契天道，自然之理，即人道之事理既粲然。

錧鎋　出《孟子》題辭云：「五經之錧鎋。」《字書》云：「錧與輨同，車轂端鐵也；鎋與轄同，車軸頭鐵也。」余氏之説，山崎先生檃括之，本文見《選詩續編》。

其　二

吾觀陰陽化，升降八紘中。前瞻既無始，後際那有終。至理諒斯存，萬世與今同。誰言混沌死，幻語驚盲聾。

《通》曰：陰陽之氣，升非遽升，以漸而升；降非遽降，以漸而降，故謂之化。順利按：恐非，只包變言耳。

八紘　《淮南子》注：「猶八極。」

至理諒斯存　《通》曰：一首言陰陽在太極中，故曰「渾然一理貫」；二首言太極在陰陽中，故曰「至理諒斯存」。　順利曰：雖天之大，陰陽之氣也；雖地之厚，剛柔之形也。氣即有消息，形即有始終，何得無前瞻後際之可言？然無端無始之妙，往者過，來者續，無一息之停，實至理之存也。道體本然之妙，陰陽所乘之機。噫！旨哉！

混沌　《莊子》注曰：「清濁未分也。」劉氏《補注》曰：彼謂「渾沌死」者，其意以爲天地既判，元氣分裂矣。

順利曰：老子所謂「大道廢，有仁義」，亦此意也。順利曰：陰陽未分，即既分之未分也；陰陽既分，即未分之既分也。無間隔，無虧欠，此太極全體之妙，一理渾然之中，條理粲然者也。又曰：目之明，耳之聰，人之所得於天也。若目不見義理，耳不聞道理，即雖形存，便盲聾耳。往時山崎先生於奥州會津，以無學之人，號盲者、聾者，本於此乎？劉氏曰：人不涉學，猶心之盲（亦作「心聾」）。

其三

人心妙不測，出入乘氣機。凝冰亦焦火，淵淪復天飛。至人秉元化，動静體無違。珠藏澤自媚，玉韞山含輝。神光燭九垓，玄思徹萬微。塵編今寥落，歎息將安歸。

氣機 《列子》曰：「豈殆是吾衡氣機。」順利曰：心者，陰陽之靈，故曰「精神」。精者，陰之靈；神者，陽之靈。故其靈妙無限量，常止覺而不可測識，唯乘氣之動静而寂感，謂之「乘氣機」。注中所謂「主發謂之氣機」者，恐非也。此一句泛言人心之體段耳。

凝冰亦焦火 順利按：《敬齋箴》所謂「不火而熱，不冰而寒」者，與之異也。蔡氏説恐非。猶言凝之冰，焦之火。凝冰、淵淪者，偏静者也；焦火、天飛者，偏動者也。《補注》云：此言人心不測，乘氣而動，苟無道以主之，則恐懼所迫，不冰而寒；忿懥之來，不火而熱。甚而至於「淵沉天飛」，有不可繫者。（潘氏説亦同，恐非。）

《通》曰：所謂「凝冰」、「淵淪」者，人心静而無動者也；所謂「焦火」、「天飛」者，人心動而無静者也。恐是也。如此則正應下文聖人静中有動，動中有静，而不偏動静也。

元化　順利曰：元，大也，猶言大化。聖心之動静，與大化流行。然不言「大化」，而言「元化」，因陳子昂「信與元化并」之句也。

珠藏澤自媚　見《荀子》。澤，一作「川」。輝，一作「暉」。

神光燭九垓　相如文：「上暢九垓。」注云：「垓，重也。」《通》曰：珠藏玉韞，静也，而川如山輝者，有動者寓，蓋静而無静者也；神光上燭九垓者，動也，而玄思徹乎萬微，有静者存，蓋動而無動者也。

注簡短　一作「間斷」。順利曰：孟子没，而其傳滅矣。然聖心之妙法存於書，而又其書歷秦火。戰國之後，所起非聖賢之君，所著非道義之書，唯再起寥落耳。此詩吟諸史不□，遂則心法於在天，考聖聖相傳之妙旨，又及六經之正脉，四子之宗旨。噫！深哉！

其　四

静觀靈臺妙，萬化從此出。云胡自蕪穢，反受衆形役。厚味紛朵頤，妍姿坐傾國。奔趨不自悟，馳騖靡終畢。君看穆天子，萬里窮轍迹。不有《祈招》詩，徐方御宸極。

静觀靈臺妙　楊氏庸成曰：心以靈臺名者，謂其爲神妙所舍。《補注》曰：章首「静觀」二字，實一篇之旨要。蓋不能静觀，則無以知此心之妙，而所謂「蕪穢」不自悟者，皆由於此，讀者不可以其易而忽之。　順利曰：朱子曰：人心，太極之至靈，豈不妙乎？豈萬化不出乎？

萬化從此出　《陰符經》曰：「萬化生於心。」

云胡　順利曰：怪問也。

注陶淵明賦　順利曰：「賦」當作「辭」。

崩奔　杜詩云：「水冠南渡多崩奔。」　徐氏曰：「崩摧，奔放也。」

注　《左傳·昭公十二年》。

宸極　劉越石《表》曰：「宸極失御。」順利曰：飲食，人之常事也；男女，人之大倫也，而不出於靈臺之本然。所謂大欲存者，而反害大倫，傷生命矣。　又曰：心本妙，故萬化出於此，反流其欲，亦妙也。

注　《左傳》杜注云：「祈父，周司馬。招，其名也。愔愔，安和也。言國之用民，當隨其力任，如金冶之隨器而制形，故言形民之力，去其醉飽過盈之心。」

其　五

涇舟膠楚澤，周綱已陵夷。况復《王風》降，故宫黍離離。玄聖作《春秋》，哀傷實在兹。祥麟一以踣，反袂空漣洏。漂淪又百年，僭侯荷爵珪。王章久已喪，何復嗟歎爲。馬公述孔業，託始有餘悲。拳拳信忠厚，無乃迷先幾。

玄聖　《莊子》曰：「玄聖素王之道。」

一以踣　《續編注》云：前覆曰踣，即折其前左足也。

漣洏　涕泣貌。

王章　長民三宅君（號一平，尚齋先生嫡男也）曰：「王者典章。」《性理大全補注》：「章，猶法，謂王者法度、禮制之顯然可見者。」　順利按：周室紀綱陵夷始昭王，然《春秋》作始於魯隱公，實平王之四十九年也。然是亦似可爲「迷先幾」者，曰《春秋》因魯史而作，魯史本託始於魯隱而筆削因之，是述而不作者也。不知温公《通鑑》無因而始作，迷先幾者矣。　或曰：「果齋李氏曰：『東萊先生《事記》之書用馬遷之法，故續獲麟而無嫌。朱子《綱目》之書，本《春秋》之指者也，故續獲麟而不可也。』然温公之《通鑑》亦非本《春秋》之指，故不續獲麟乎？」順利曰：不然。《通鑑》不法《春秋》之筆，故多曲筆，是所以有朱子《綱目》之作也。　《通》曰：《綱目》因《通鑑》而作，猶《春秋》因魯史而作。魯史本託始於魯隱，而《春秋》因之；《通鑑》託始於三晉，而《綱目》因之。此皆述而不作之意。　《補注》曰：或疑朱子《綱目》亦始於三晉，而獨譏温公爲不可，何也？蓋《通鑑》記事之書，但當續《左傳》，而不當有所創始。《綱目》褒貶之詞，實法《春秋》，況因《通鑑》而作，自不容不於此始。二書製作之體，（因）〔固〕有不同，讀者詳之。　順利曰：此說是唯以《春秋》及《綱目》爲褒貶之筆者，古今大謬，不知直筆其事，而是非與奪在其中矣。

其　六

東京失其御，刑臣弄天綱。西園植奸穢，五族沈忠良。青青千里草，乘時起陸梁。當塗轉凶悖，炎精遂無光。桓桓左將軍，仗鉞西南疆。伏龍一奮躍，鳳雛亦飛翔。祀漢配彼天，出師驚四方。天意竟莫回，王圖不偏昌。晋史自帝魏，後賢盍更張。世無魯連子，千載徒悲傷。

刑臣 《續編》注曰：《左傳》：「寺人披云：豈惟刑臣。」披，奄人也，故稱「刑臣」，指和帝以後所用鄭衆、樊豐、周廣、孫程、張防、張讓、唐衡、單超、左悺、徐璜、具瑗等是也。

天綱 劉陶所謂「張理天綱」也。《補注》曰：「天綱」猶言王綱。《通》曰：王良善御，無泛駕之馬；明主善御，無弄權之臣。

西園 光和（六）〔元〕年開，賣官於西園。

青青云云 靈帝初年，童謡云：「千里草，何青青。十日卜，不得生。」

陸梁① 東西倡佯也。《補注》曰：强梁也。

① 「陸梁」，底本原作「陸陵」，據正文改。

炎精　《靈光殿賦》：「紹伊唐之炎精。」

西南疆　先主初破荆州，後入成都，遂帝於蜀。荆在南，蜀在西。

魯連子　見《戰國策》。

注《綱目》書法　長民三宅君曰：指朱子《綱目》書事之法例，非宋劉友益所撰《綱目書法》之謂。《通》曰：讀者宜看「自」字與「合」字。謂之「自」者，乞米陳壽不足責也；謂之「合」者，述司①馬公可深省也。

其七

晋陽啓唐祚，王明紹巢封。垂統已如此，繼體宜昏風。麀聚瀆天倫，牝晨司禍凶。乾綱一以墜，天樞遂崇崇。淫毒穢宸極，虐焰燔蒼穹。向非狄張徒，誰辨取日功。云何歐陽子，秉筆迷至公。唐經亂周紀，凡例孰此容。侃侃范太史，受説伊川翁。《春秋》二三策，萬古開群蒙。

長民三宅君曰：「晋陽」二字，蓋有深意。唐高祖李淵初爲隋晋陽宫監，其子世民謀舉大事，惟高祖不聽，

① 「司」，《感興詩通》作「孔」。

與副監裴寂謀，寂因遷晉陽宫人侍高祖，高祖從寂飲酒酣。寂從容言曰：「二郎陰養士馬，欲舉大事，正爲寂以宫人侍公，恐事覺并誅，爲此急計耳。」於是高祖起兵，遂取天下。此注漏此事，甚疏。

又曰：范氏曰：「高祖昵裴寂邪？受其宫女而不辭，何以示後世矣。」唐世人主無家家之法，蓋高祖以此始也。

《續編》注云：隋大業十三年，唐高祖爲太原留守，領晉陽宫監。

王明紹巢封 長民君曰：巢封，剌謚（「剌」音「辣」）。徐氏曰：「晉陽啓唐（胙）〔祚〕」，而君臣父子之道乖矣；「王明紹巢封」，而兄弟夫婦之倫喪矣。繼體之君，耳濡目染麀聚之醜，不以爲惡，（牡）〔牝〕晨之禍，胡能免之？

垂統 長民君曰：猶言創業。

繼體 長民君曰：猶言守成。《前漢·郊祀志》：「麀聚瀆天倫。」武后，初太宗才人，後出爲尼，高宗見而説之。使潛入宫，立爲昭儀，遂廢王皇后，立昭儀爲皇后。

乾綱 《穀梁傳》曰：「乾綱解紐①。」《補注》云：謂君爲臣綱，夫爲妻綱。

天樞 延載二年，武三思率蕃夷諸國諸作天樞紀功德，其制若柱，度高一百五（丈）〔尺〕。

---

① 「紐」原作「組」，據《穀梁傳》改。

取日　長民君曰：「日」指中宗，日至陽精，喻天子以陽德臨天下。

《記》所謂　《禮記・曲禮》。**《書》所謂**　《周書・大誓》。

賈侍中　長民君曰：後漢賈逵，字景伯，明帝時爲侍中，所著有《經傳義（話）〔詁〕》。

狄仁傑張柬之　狄仁傑爲相，以母子天性感動之，復立中宗。又薦張柬之爲相，遂誅張易之之①徒，從太后上②陽宫。

呂温　字和叔，唐憲宗時人。

取日虞淵　後漢傳顔③。「夕納景於虞淵，旦晞幹於九陽。」

洗光咸池　《淮南子》：「日出暘谷，浴於咸池，沸於扶桑。」《楚辭》曰：「飲余馬於咸池。」注：「咸池，日落處。」

亂周紀　既立《武后傳》，又立《則天紀》，是作唐一經而亂以武周之紀也。韓文公曰：「作唐一經。」劉氏曰：按《唐書》列傳：「初，吴（魏）〔兢〕撰《國史》，爲《則天本紀》。史館修撰沈既濟奏請省《天后紀》合《中

---

① 「之」字原脱，據《感興詩合注》補。
② 「上」字原脱，據《感興詩合注》補。
③ 「後漢傳顔」四字疑有脱誤。後引文句出自嵇康《琴賦》。

宗紀》，每歲首必曰『皇帝在房陵，太后行其事，改其制』。紀稱中宗，而事述太后，名不失正，禮不違常。」愚謂：既濟此言雖不行於當時，固可法於後世，惜乎歐陽公見之不能用。

修唐史　宋仁宗朝，歐陽奉敕修唐史。

凡例　杜預曰：「其發凡以言例。」

伊川翁　程叔子葬父大中於伊川，因以自號。

既　一作「已」。　誰辨　一作「孰辨」。

潘氏曰：周末以來，千五百餘年，歷代史記治亂之迹，皆足爲後世鑒戒者，今獨舉三朝，何也？曰：此詩之意，非欲備載治亂得失之迹，但恨作史者不知《春秋》之大法。《通》云：聖人之心寓於經，而經之寥落已如此；後世之事寓於史，而史之繆妄又如此。順利曰：此與下章之感者也。

其八

朱光遍炎宇，微陰眇重淵。寒威閉九野，陽德昭窮泉。文明昧謹獨，昏迷有開先。幾微諒難忽，善端本綿綿。掩身事齋戒，及此防未然。閉關息商旅，絶彼柔道牽。

朱光　《文選》云：「大火争朱光。」

重淵　《莊子・列禦寇》云：「千金之瓊，必在九重之淵。」漢崔駰文：「鈞深於重淵。」班固《答賓戲》：「測深於重淵。」

九野　《淮南子》：「下貫九野。」

窮泉　《文選》云：「之子歸窮泉。」　長民君曰：此詩上四句説天地陰陽之道，中四句説人心之理勢，下四句説君子修身之分。

順利曰：聖經寥落，後史繆妄，道殆滅，然在天者卒不滅，自數千歲之後，所以知傳心之聖法者，實在於此矣。

張孟陽　《晋書》本傳「張載，字孟陽，有才華」云云。此乃《文選》所載《七哀詩》。

文明　長民君曰：其勢或然。

開先　《禮記》云：「有開必先。」

昏迷　長民君曰：其理固然。

謹獨　一作「慎獨」。

防未然　《前漢書・匡（衝）〔衡〕傳》。《語類》（七十一）《易》部《復卦》下曰：「『掩身事齋戒』，《月令》：夏至、冬至，君子皆『齋戒，處必掩身』。『及此防未然』，此二句兼冬至、夏至。『閉關息商旅』，所以養陽氣。『絶彼柔道牽』，所以絶陰氣，《易・姤》初六『繫於金柅』是也。」

長民君曰：按，《語類》説以上二句爲兼冬至、夏至，恐失朱子意，如蔡氏所言正是。如《語類》

説，「防未然」三字，更無着落，是山崎先生所引用蔡説，不用《語類》説。　梅巖胡氏曰：冬、夏二至，君子必齋戒掩身，皆爲未然之防。其在重淵者，防之而不敢忽其幾；在窮泉者，防之而不敢折其端。《易》於《復》曰：「至日閉關，商旅不行。」此齋戒掩身於冬至，欲善端充廣於無窮。《易》於《姤》曰：「繫金柅，柔道牽也。」此齋戒掩身於夏至，欲幾微止息於未盛也。或曰：「『防』字説姤爲切，恐不切於復。」曰：言於姤，所以防陰之長；言於復，所以防陽①之消。防陰之長，則幾微必謹而得開先之理；防陽之消，則善端常在而收慎獨之效。防之用大哉！　順利曰：上句承「謹獨」、「開先」總説，下句所以「防未然」分解，長民君恐謬柔道之牽繫也。　長民君曰：蔡氏二句以冬至言，故解「牽」爲「牽繫」之義，不爲進之義，大失朱子之意。

其九

微月墮西嶺，爛然衆星光。明河斜未落，斗柄低復昂。感此南北極，樞軸遥相當。太乙有常居，仰瞻獨煌煌。中天照四國，三辰環侍旁。人心要如此，寂感無邊方。

---

① 「陽」，底本原作「陰」，據熊綉本《感興詩通》改。

微月 或以微月如新月，或以爲殘月。新月則謂月既西墮，河漢西流，斗柄指酉，將入地而復起。仲秋月，始生明之夜也。殘月則月既西墮，明河已斜，斗柄建魁，將轉而爲旦，夜半子丑之時也。

昂 《補注》：高舉貌。《補注》云：潘柄謂此篇因天象以明人心之太極是也，蓋見月、星、河漢隨天運轉，而有以〔惑〕〔感〕夫天之樞軸，南北相當，常居其所而不移。北辰，一星獨居中天，〔昭〕〔照〕臨四國，三辰環繞而歸向之。人之一心處方寸之間，寂然不動，至於酬酢萬變，感而遂通，不見其有邊際方所，〔方〕〔亦〕猶是也，故特舉「要如此」三字以示人，其意切矣。

相當 《漢·匈奴傳》曰：「寇雖破折，而漢之疲耗，略相當矣。」

其十

放勛始欽明，南面亦恭己。大哉精一傳，萬世立人紀。猗歟歎日躋，穆穆歌敬止。戒獒光武烈，待旦起《周禮》。恭惟千載心，秋月照寒水。魯叟何常師，删述存聖軌。

精一傳 《補注》云：精一者，持敬之極功。朱子《敬齋箴》正引其語。

孔子曰 出於《論語·衛靈公篇》。

舜授禹曰 出於《虞書·舜典》。

《周書》 出於《旅獒篇》。

《孟子》出於《離婁下》。

秋月照寒水 《補注》云：五字全非古語。《通》曰：五字形容「敬」之一字。 潘氏曰：千歲相傳之心，前後相照，純於天理，如秋月之明，無一毫之翳；如寒水之清，無一點之滓。 順利曰：炯而不昏，如秋月之瑩；肅然而不亂，如寒水之凜，故曰形容敬之體。

魯叟 襄公廿二年十一月庚子，孔子生於魯，故曰「魯叟」。

存聖軌 潘氏曰：帝王軌範。《字書》云：「轍也，法也。」

梅巖胡氏曰：周公已上七聖人傳心之敬，堯實倡之，故謂之始。孔子雖不得七聖之時，能傳七聖之心，見於聖軌之存。「聖軌」者，敬心之軌轍也。揭其秋月寒水之心，而寄諸軌範，則時雖去而書存，人雖往而心存，立之於一時，有不若存之於萬世者矣。

順利曰：「秋月照寒水」一句，以言語不可解，因字義不可泥，唯吟哦玩之間，實得聖心可也。

子貢曰 出於《論語·子張篇》。

爲傳心之法 順利曰：朱子《答南軒張子書》曰：「敬者，心之真也。真也者，萬理藏諸斯，萬理生諸斯，聖學所以成始而成終，豈不尤乎？」

其十一

吾聞包犧氏，爰初闢乾坤。乾行配天德，坤布協地文。仰觀玄渾周，一息萬里奔。俯察方儀静，隤然千古存。悟彼立象意，契此入德門。勤行當不息，敬守思彌敦。

乾坤《易》之門 《下繫辭傳》。《易》曰 《乾·大象傳》。又曰 《説卦傳》十一章。玄渾 玄，天之色；渾，天之儀。《太玄經》：「馴於玄渾行。」

萬里奔 《語類》廖德明云：「天以氣言，則一晝一夜周三百六十五度；以理言，則於穆無疆，無間容息。」「一息萬里奔」，甚言之也。

方儀 陰陽爲兩儀，天圓爲渾儀，地方爲方儀。後按：方儀之「儀」，恐儀則之意。

隤然 《補注》云：重墜貌，亦安静之意。隤，一作「穨」，與「頽」同，順也。

安貞 《坤·彖傳》：「安貞之吉，應地無疆。」《本義》曰：「安順之爲也，貞健之守也。」《易》曰 《下繫辭傳》第一章。《本義》曰：「隤，順貌。」

悟彼云云 彼，庖犧也；此，吾身也。

立象 《上繫辭》十二章：「聖人立象以盡意。」

其十二

《大易》圖象隱，《詩》《書》簡編訛。《禮》《樂》刓交喪，《春秋》魚魯多。瑶琴空寶匣，絃絶將如何。興言理餘韻，龍門有遺歌。

大易圖象隱　圖，謂河圖。象，謂卦象。隱者，晦也。

魯魚　《抱朴子》曰：「書三寫，以魯爲魚。」

絶絃　子期死，伯牙破琴絶絃。

龍門　西京河南縣，伊川先生晚年所居。

《通》曰：理餘韻於絶絃之後，周、程三夫子也，獨舉龍門而言，可以包濂溪、明道矣。　順利案：《通》恐非。發其端者，在濂溪、明道二先生；而所其全備，在伊川先生，故獨舉而已。

余氏曰：「此雖主程子而先生自任之意確矣。」　順利曰：聖人之心法雖不傳，在天者（照）〔昭〕然。聖心軌範雖寥落，龍門有遺歌，在天者如此，在人者亦如此。是朱子自任，所以不辭也。

其十三

顏生躬四勿，君子日三省。《中庸》首謹獨，衣錦思尚絅。偉哉鄒孟氏，雄辨極馳騁。操存一言要，爲爾挈裘領。丹青著明法，今古垂焕炳。何事千載餘，無人踐斯境。

躬四勿　《補注》云：躬，行也。　順利案：躬，一字眼目。三月不違仁，唯是而已。《補注》甚粗。

丹青　楊氏云：聖人之言，炳如丹青。

踐斯境　梅巖胡氏曰：「踐」字好玩味。　順利曰：踐履其迹，漢唐間不有無知者，行者唯不履其迹。（所其）〔其所〕知者，我知之所發；所行者，我性之所近。故不得道統之正傳者也。

焕炳　《字書》：「焕，光明也。炳，明也，著也。」梅巖胡氏曰：「第十首論七聖傳心之敬，此論四賢傳心之敬。」

其十四

元亨播群品，利貞固靈根。非誠諒無有，五性實斯存。世人逞私見，鑿智道彌昏。豈若林居子，幽探萬化原。

利貞固靈根　《黄庭經》：「玉池清水(漢)〔灌〕靈根。」注：「靈根，身也。」《太玄經》：「藏心於淵，美厥靈根。」

萬化原　順利曰：暗承第四「萬化從此出」。

林居(士)〔子〕　順利曰：指言隱居山林，甚拘泥，唯對言擾擾世人耳。程氏言，此理非静中不能體認者得之。

《通》曰：或曰：「十五首所謂神仙者，非謂林居子而何？」曰：「吾儒林居子能經世而不用於世者，彼則無益於世而遺世者也。」

其十五

飄飄學仙侶，遺世在雲山。盜啓元命秘，竊當生死關。金鼎蟠龍虎，三年養神丹。刀圭一入口，白日生羽翰。我欲往從之，脱屣諒非難。但恐逆天道，偷生詎能安？

在雲山　《史記》曰：「蓬萊、方丈、瀛州三神山，望之如雲。」

玄命秘　詹氏云：「造化生生之權。」

生死關　詹氏曰：「陰陽合散之機。」

金鼎　《選》曰：「守丹竈不固，煉金鼎方堅。」陳子昂詩曰：「金鼎合還。」

蟠　蟠結之義。

龍虎　余氏曰：《參同契》所謂坎離、水火、龍虎、鉛汞之屬，只互换其名，若其實只精、氣二者而已。精者，水也，坎也，龍也，汞也；氣者，火也，離也，虎也，鉛也。其法以神運精氣，結而爲丹。陽氣在下，初融成水，以火①煉之，凝成丹。《列仙傳》云：「張虚精天師煉丹，龍降虎伏。」

刀圭　小刀頭尖處。《補注》曰：醫②家劑藥之分數，《本草》爲十分方寸匕之一。刀圭入口，蓋用《參同契》「刀圭最爲神」、「還丹可入口」之文。

白日生羽翰　《白氏六帖》曰：「白日升天而生羽翰。」　胡氏曰：魏伯陽丹成服之，白日飛升，如安期生之徒，古皆有之。惟其煉得形氣清，遂能輕舉。　順利案：程子曰：「居山林保形煉氣以延命益壽，則有之；若説白日飛升之類，則無也。」是以理之常，氣之順而言耳。以其理之變，氣之逆者，有朱子所謂俗傳山中有人年老不死，子孫藏之鶴巢之中者，亦或有之，不足怪。（《楚辭·天問》）然輕舉如生羽翰，亦何怪？龍且飛行，況人乎？

---

① 「火」字原脱，據熊繡本《感興詩通》補。
② 「醫」字原脱，據劉履《選詩續編補注》補。

脱屣《漢書》語。　胡氏曰：生而死，晝而夜，常道耳。逆其理而得生，知道者所不爲也。能盡乎此理之常，雖顔之夭、伯牛之疾，亦安乎天命之自然，又何必求之神仙幻誕之説。　程氏曰：修養家説，雖未嘗無其法，而有生有死，乃理之常；或修或短，亦命所賦。不能修身，乃傒彊以人力延之，縱得偷生於天地間，亦猶盜竊，豈能安乎？夫子朝聞夕死，孟子殀壽不貳，《圖説》「原始要終」，《西銘》「存順没寧」之旨，不如此也？

其十六

西方論緣業，卑卑喻群愚。流傳世代久，梯接凌空虚。顧盼指心性，名言超有無。捷徑一以開，靡然世事趨。號空不踐實，躓彼榛棘途。誰哉繼三聖，爲我焚其書。

西方論緣業　西方，天竺國。

梯接《補注》云：猶今人言架空。

靡然《補注》云：草從風偃之貌。

號空不踐實　順利曰：此五字當佛學膏肓。説直空者，謂人倫日用皆不可欠，是「號空不踐實」也。若知萬理備於我，一日不安其身於佛，然坦然居之。朱子論得快哉。

順利曰：雖言究其原，而萬事出於真如，其所歸即空。不知吾無極而太極，雖無聲無臭，絲忽不差，分釐不舛，甚於星秤寸尺。朱子所謂見影子及近理而亂真，所謂深極其本矣。《補注》云：仙佛之爲異端一也，然佛之害甚於仙。今詳味二詩之言，則其輕重淺深，亦可見矣。

其十七

聖人司教化，横序育英才。因心有明訓，善端得深培。天叙既昭陳，人文亦褰開。云何百代下，學絶教養乖。群居競葩藻，争先冠倫魁。淳風反淪喪，擾擾胡爲哉。

褰開　《補注》云：褰，掀舉之意。褰開，言易見也。

冠倫魁　《甘泉賦》：「冠倫魁。」注云：「冠等倫而魁傑者。」反，一作「久」。梅巖胡氏曰：横序雖設，教養無本，曾不知以涵養德性，變化氣質，第較紙上語之工拙。揮五寸管，書盈尺紙，幸而可悦一夫之目。巍冠倫魁，吃著不盡。是以僞習日滋，淳風日喪，擾擾乎場屋之得失，果何爲哉！《通》曰：仙學遺世，佛學出世，儒學亦不能經世。此後世之所以不能如唐虞三代之世也。此固詩之所深歎也。

其十八

童蒙貴養正，遜弟乃其方。雞鳴咸盥櫛，問訊謹暄涼。奉盂勤播灑，擁篲周室堂。進趨極虔恭，退息常端莊。劬書劇嗜炙，見惡逾探湯。庸言戒粗誕，時行必安詳。聖途雖云遠，發軔且勿忙。十五志於學，及時起高翔。

養正 《易·蒙卦》。暄涼，《禮·内則》曰：「冬温夏涼。」

遜弟 《論語·憲問》曰：「幼而不遜弟。」 余氏曰：不曰孝弟，而曰遜弟，何也？蓋孝弟皆順德，而所以爲德之順也。

順利曰：不順乎父母，不爲孝順，字意深矣。 順利曰：孝者，百行之本，萬善之源，乃仁之先見而尤切者。天性之良知良能，從事於斯，即養天之所賦，而聖人之基立於斯矣。

擁篲 篲，掃帚也。《漢書》：「文侯擁篲。」《字書》曰：「挾，抱也。」

《孟子》《告子篇》。 炙，一作「味」。

《論語》《季氏篇》。《易》曰《文言傳》。《易》曰《艮·彖傳》。

《論語》《學而篇》。

粗誕 鄙野夸誕。《論語》《爲政篇》。

潘氏曰：此承前篇「禪家捷徑」而言，學者當從事於下學，而後可以上達。 《補注》曰：上篇既言士風凋弊，由教養之失道，故此專言童蒙貴於養正，以爲進德修業之基。 余氏曰：「學者不可自視過高，而失之躁進；亦不可自視卑近，而失之不及。 順利按：兼以上三説之意而全備矣。 順利曰：道者，總大小遠近而又有自然節序，故聖教踐次第，而統道於一己，亦天理之自然也。

其十九

哀哉牛山木，斤斧日相尋。豈無萌蘖在，牛羊復來侵。恭惟皇上帝，降此仁義心。物欲互攻奪，孤根孰能任。反躬艮其背，肅容正冠襟。保養方自此，何年秀穹林。

能任　《左傳》：「寡君未之敢任。」韓文：「孰知余力之不任。」

《書》曰《商書。湯誥》。　《孟子》曰《告子篇》。

《補注》曰：上篇戒以發軔匆忙者，欲勉其保養之功，而易於高翔。此則歎其何年秀穹林者，恐其失保養之時，而難於成功也。其反覆懇切之意，不亦切①哉！潘柄曰：「童蒙」章止言存養之法，至此始露出仁義之心，以爲所養之實，不可不知也。

其二十

玄天幽且默，仲尼欲無言。動植各生遂，德容自清溫。彼哉夸毗子，呫囁徒啾喧。但逞

① 「切」，劉履《選詩續編補注》原作「深」。

言辭好，豈知神監昏。曰余昧前訓，坐此枝葉繁。發憤永刊落，奇功收一原。

玄天幽且默　用陳子昂詩句。

清温　《通》曰：物生於春，遂於秋天之氣。春而温，秋①而清。　順利曰：清者，義之著；温者，仁之發也。

夸毗子　《漢・崔駰傳》：「君子非不欲任也，耻夸毗以求舉。」子昂詩：「便便夸毗子。」

呫囁　多言也。《漢・灌夫傳》：「今日長者爲壽，乃效兒女曹呫囁。」②

啾喧　小兒聲，又鳥聲。《字書》：「啾，小聲也。」

枝葉　《禮記》：「天下無道，則辭有枝葉。」

《通》曰：此所謂「一原」，即所謂「萬化原」。「幽探萬化原」，則義之精；「奇功收一原」，則仁之熟矣。

進齋徐氏曰：功收一原，渾然此道之全體，融會方寸。夫子所謂「一以貫之」，子思所謂「無聲無臭」，周子所謂「無極而太極」者，《感興詩》以此終焉。　《通》曰：朱子嘗於《大學》曰：「凡

---

① 「秋」字原作「夏」，據熊纁本《感興詩通》改。

② 「灌夫」，原作「崔英」，據熊纁本《感興詩通》改。「女曹兒呫囁耳語」，原作「兒女曹呫囁」，兹據《漢書》改。

引經傳，若無統紀，然文理接續，血脉貫通，深淺始終爲詳密。」余於《感興詩》亦云。

順利曰：胡炳文《總論》者，三萬言而已。不有所深發明，故唯取其一二，不盡舉言。

順利又曰：古之學者爲己，爲仁由己，故自幼養所受之德性，哀哉於物欲攻奪。愚於爲人之學，欲全所得天之本然，故三詩一連，意味深長。古今聖賢之道也、教也，不外於此矣。

久米順利謹識

寬延四辛未歲仲秋朔旦

感興詩考注紀聞

〔日本〕加藤延雪　撰

感興考注序

《詩》權輿於虞庭，而隆於周世，孔子列之《五經》。其雅言誦之居多，曾、思、孟氏之後，其教亡焉。一變爲《離騷》，再變爲五言。五言起於漢蘇武、李陵。夫陵也降虜，武也持節，則言之巧相似，而心之趣頓殊。晋陶淵明，唐之李、杜，皆能作五言，而超漢人，伴楚客，趕風雅之變者也。晚唐作者不足算矣。至宋程氏明道夫子，蓋得孔門吟咏之遺法，朱子依其法輯《詩傳》。而此篇者，體爲五言，實續周《詩》，固非子昂《感遇》之所仿佛也。朱子没後，未有繼作者，獨明之方遜志齋，其殆庶幾乎。惜哉！命之不幸，莫見其成也。抑我倭歌之與《詩》，言雖異而情則同。濫觴於神代，而盛於皇朝，逮中葉大津皇子始作詩賦，然後詩歌并行，世不乏人。但歌也失神代之風，詩也非周世之音。菅公之才，猶悦其製似香山，矧其他乎？數百年來，朱書斯渡，人人讀《詩傳》，而不得其旨。此篇則不惟無讀之，知其名者亦鮮矣。

予竊三復之有年於兹，遂輒考諸家之注，抄訓詁、出事證，以俟後之君子折中云。

明曆二年十二月九日山崎嘉序。

感興，此感發興起之義。《前漢書·藝文志》曰：「《書》云：『詩言志，歌永言。』故哀樂之心感，而歌咏之聲發。」愚謂：

詩　《詩緯含神霧①》曰：「詩有三訓也：承也，志也，持也。作者承君政之得失，述己志而作詩，爲詩所以持人之行，使不失墜，故一名而有三訓。」

權輿　見於《詩·秦風》篇。

虞庭　見於《書·益稷》篇。

離騷　楚屈原作七題二十五篇，凡五卷。

五言起於漢云云　蘇武、李陵詩見於《文選》二十九。愚按：魏菊莊《玉屑》曰：「風雅頌既亡，一變而爲《離騷》，再變而爲西漢五言，三變而爲歌行雜體，四變爲沈、宋律詩。五言起於李陵、蘇武，七言起於漢武柏梁，四言起於漢楚王傅韋孟，六言起於漢司農谷永，三言起於晋夏侯湛，九言起於魏高貴鄉公。」

① 「霧」，底本原作「務」。按，此緯書名通行作「霧」，因據改。

晚唐　自唐高祖武德年中至於玄宗天寶爲盛唐，自天寶至於憲宗元和爲中唐，自元和以下爲晚唐也。按，《唐詩三體集》中四百九十二首，作者凡一百六十七人，可以考知其大概云。

濫觴　《家語》二卷《三恕篇》曰：「夫江始出於岷山，其源可以濫觴。」

大津皇子　天智天皇之子。此日本詩賦之始也，是取《日本紀》説，蓋《經國集》以爲大友皇子。其詩曰：「道德承天訓，鹽梅寄真宰。羞無監撫術，安能臨四海。」

菅公之才云云　陽成院元慶六年壬寅，渤海國使者來，諸儒往鴻臚館見之。一日，見右大臣所作詩稿，稱曰：「風製似白樂天。」大臣聞之而悦。

香山　《白居易傳》：「白居易暮節致仕，結香山社，白衣鳩杖，自稱香山居士。」

朱書斯渡　人皇百一代後小松院應永十年癸未八月三日，南渡歸船載《四書集注》及《詩經集傳》來，正當於明太宗永樂元年。至於此序所記明曆二年丙申，凡二百五十三年也。至於元禄第二己巳，都二百八十六年。

三復　《論語·先進》。

折中　見於《楚辭·九章》。

明曆　百十二後西院年號。

序　此嘉先生三十八歲而書此序。

讀感興詩

方遜志齋

三百篇後無詩矣。非無詩也，有之而不得《詩》之道，雖謂之無，亦可也。夫《詩》所以列於《五經》者，豈章句之云哉？蓋有增乎綱常之重，關乎治亂之教者存也。非知道者孰能識之？非知道者孰能爲之？人孰不爲詩也，而不知道，豈吾所謂詩哉？嗚呼！若朱子《感興》二十篇之作，斯可謂詩也已。其於性命之理昭矣，其於天地之道著矣，其於世教民彝有功者大矣。繫之於三百篇，吾知其功無愧，雖謂三百篇之後未嘗無詩，亦可也。斯道也，亘萬古而不亡，心會而得之，豈不在乎人哉！

詩之道　風雅頌之正義。

非知道者云云　此「道」字及下文「斯道」之「道」字，指聖人之大道。

感興二十篇　各編次有深旨。

心會而得之云云　《易·繫上傳》曰：「神而明之，存乎其人。」《讀書録》曰：「凡聖賢之書，神而明之，存乎其人也。」

注方氏此言云云　此細注十四字，嘉先生筆。

文公朱先生感興詩自序

余讀陳子昂《感遇》詩，愛其詞旨幽邃，音節豪宕，非當世詞人所及。如丹砂、空青、金膏、水碧，雖近乏世用，而實物外難得自然之奇寶。欲效其體，作十數篇，顧以思致平凡，筆力萎弱，竟不能就。然亦恨其不精於理，而自託於仙佛之間以爲高也。齋居無事，偶書所見，得二十篇。雖不能探索微眇，追迹前言，然皆切於日用之實，故言亦近而易知。既以自警，且以貽諸同志云。

豪宕　宕，與「洞」同。

乏世用　猶言非人世日用之物也。

注劉氏　上虞人。

章庵謂：《感興詩注》《性理大全》《濂洛風雅》皆非說詩之法，其議詳見於《文會筆録》第十七卷九葉以下。

齋居感興二十首

按，《儀禮經傳通解》卷之十三《鐘律義》：《管子》曰：「凡將起五音①，凡首。」注云：「謂音之總先也。」

其一

昆侖大無外，旁薄下深廣。陰陽無停機，寒暑互來往。皇羲古神聖，妙契一俯仰。不待窺馬圖，人文已宣朗。渾然一理貫，昭晣非象罔。珍重無極翁，爲我重指掌。

此論道體，蓋首四句言天地之對待、陰陽之流行耳，故次四句以「皇羲作卦」結之。中間「渾然一理」兩句指太極言，見理氣本不相離，而亦不相雜處。終兩句以《太極圖説》結之。《大傳》所謂「《易》有太極」，此篇盡其意。

① 「音」，原作「言」，據《管子・地員》改。

注昆侖云云　後漢揚子雲著《太玄》十卷，司馬温公爲集注。《太玄》中首第一注云：「昆侖，即渾淪，天之象也；旁薄，猶彭魄，地之形也。」

《易》所謂云云　《繫辭上》第五。

《易》曰包犧云云　《繫辭下》第二。

《禮》曰云云　《禮運篇》。

《易》曰河出圖云云　《繫辭上》第十一。

人文，《易》曰云云　《賁卦·彖辭》。下文亦同。

孔氏曰　漢孔安國事武帝，孔子十二世孫。「河圖」説見《書·顧命》注，「洛書」事見《洪範》注。

蔡氏　號覺軒。

昭晰　《詩·小雅》：「庭燎晰晰。」音浙，明。

注余氏　正叔，字大雅。

其　二

吾觀陰陽化，升降八紘中。前瞻既無始，後際那有終。至理諒斯存，萬古與今同。誰言混沌死，幻語驚盲聾。

此篇承上篇説陰陽互根之妙也。陰陽一太極，故「萬古與今同」，蓋理固無生死，而氣亦無生死。

注列子　上下二卷，凡八篇也。此所出，見《天瑞》。

朱子曰　主孰能識之，《太極圖説》注解。

劉氏　上虞人。

莊子《外物篇》。

其三

人心妙不測，出入乘氣機。凝冰亦焦火，淵淪復天飛。至人秉元化，動静體無違。珠藏澤自媚，玉韞山含輝。神光燭九垓，玄思徹萬微。塵編今寥落，歎息將安歸。

此篇説人身上具太極、陰陽之理，有變化妙用之神。蓋心者，理氣之妙，合而有昏明開塞之機。故首句總括古今聖凡而言，中間分言之，終言後世學道不明。

注氣體之充也《孟子·公孫丑上》。

孔子曰　《孟子·告子上》。

凝冰　就憂懼而言。

焦火　就忿懥而言。

淵淪　溺愛。

天飛　爲喜樂所奪。

〇以上皆言欲動情熾。《敬齋箴》曰：「須臾有間，私欲萬端。不火而熱，不冰而寒。」

至人秉元化　此言聖心本元之造化也。秉者，敬止之謂，主静立人極處是也。邵子《擊壤集》曰：「天向一中分造化，人從心上起經綸。」

動静體　仁智之德。

無違　無違於太極之道。

珠藏云云　《讀書録》七云：「『珠藏澤自媚，玉韞山含輝。』此涵養之至要」。章庵謂：山澤通氣以爲感通之本體也。

神光　心者，人之神明；光者，光明正大之謂。此言其大無外之心。

玄思　玄者，幽深玄淵。思者，《洪範》所謂通（土）〔也〕。此言其小無内之心。

注國語　十六《鄭語》。

胡氏　雲峰。

其　四

靜觀靈臺妙，萬化從此出。云胡自蕪穢，反受衆形役。厚味紛朵頤，妍姿坐傾國。奔趨不自悟，馳騖靡終畢。君看穆天子，萬里窮轍迹。不有《祈招》詩，徐方御宸極。

此篇承上篇之大意而説，聖人之心法不傳，則人生陷溺於物欲而不知止。蓋天下之治亂起於心上之微幾，故借穆天子之事以明天理人欲、内外主賓之意。

蕪穢　《離騷經》第一曰：「芳草之蕪穢。」

注莊子　《庚桑楚》篇。

國語　卷三《周語下》。

《易》曰　《頤卦》初九辭。

李延年歌　《史記》百二十五《佞幸傳》。

〇愚謂：范蘭溪《心箴》當并看，見於《孟子·告子上》集注。

《左傳》楚右尹云云　見《昭公十二年》。

祭公謀父　《國語·周語》韋昭注曰：「穆王，昭王之子滿。」「祭，畿内之國，周公之後，爲王卿士。謀父，字也。」宋庠《補音》曰：父，音「甫」。

刑民之力云云　杜預注以「刑」爲「形」。王肅《家語·正論》解注以爲：「刑，傷也。」「無醉飽之心」，杜意，無民驕泰之心也。王肅言：「民無厭足。」按，《語類》八十三以王説爲優。

胡氏　雲峰。

其五

涇舟膠楚澤，周綱已陵夷。況復《王風》降，故宫黍離離。玄聖作《春秋》，哀傷實在兹。祥麟一以踣，反袂空漣洏。漂淪又百年，僭侯荷爵珪。王章久已喪，何復嗟歎爲。馬公述孔業，託始有餘悲。拳拳信忠厚，無乃迷先幾。

此篇言周室衰微之由，始於武王曾孫昭王也。自此至其七，總言王道之陵夷，君臣之悖亂，上自《春秋》，下及《通鑑》，皆承上篇言，蓋《春秋》之遺意。

注棫樸　《大雅·文王之什》。「周王」指文王。《集傳》曰：「衆歸其德，不令而從也。」愚謂：今雖借用，於此亦相反寓意。

昭王　周第四主。

幽王　第十三主。

平王　第十四主。

鞠　去聲，與窮同。

家語　第四卷《辨物篇》。

僭侯　周威烈王二十三年之事。《通鑑》始於此也。自獲麟，實及七十九年。蓋《春秋》因魯史以正王法，故二百四十二年事，天理炳於世矣。「漂淪又百年」，王法愈衰，天理幾息。

左傳　僖公二十五年。

晉侯　重耳也。

請隧　王之葬禮，晉文公請用之。王，周襄王。

王章　杜注云：「章，顯也，言王者章顯之法。」

託始　此二字見於《公羊傳·隱公元年》。

先幾　幾者，動之微，吉凶之先見者也。愚謂：周道衰之先幾，既見在春秋之時，蓋孔子《春秋》自魯隱元年始。有意，謂温公託始之意，「迷先幾」所在。

注周敬王　第二十六主。

威烈王　第三十二主。蓋周武王以下至惠公，凡三十七主，八百七十三年，而秦莊襄王即位。

或疑此　「此」者指此詩言。或疑，亦不知朱子所謂「先幾」之實意者也。

致堂胡氏　《讀史管見》之説。

晋悼公　周第二十三主，簡王十四年即位。

平公　第二十四主，靈王十五年即位。

殊不知云云　蔡覺軒評之。

大事記　二十七卷，内《通釋》三卷，《解題》十二卷。

本《春秋》之指　以先史正其書法者，《春秋》也，《綱目》亦其例。

其　六

東京失其御，刑臣弄天綱。西園植奸穢，五族沉忠良。青青千里草，乘時起陸梁。當塗轉凶悖，炎精遂無光。桓桓左將軍，仗鉞西南疆。伏龍一奮躍，鳳雛亦飛翔。祀漢配彼天，出師驚四方。天意竟莫回，王圖不偏昌。晋史自帝魏，後賢盍更張。世無魯連子，千載徒悲傷。

按，前漢自高祖以下十四主，凡二百十四年也。第十三主平帝時，王莽作亂，終酖殺帝而立宣帝之玄孫年二歲者，爲孺子嬰，自稱皇帝，歷十九年。光武誅亂臣即位，爲後漢。自此至第十四主獻帝，凡百九十五年。合前後二十八主，凡四百九年也。

千里草　此董字。靈帝時，童謡應董卓讖。

陸梁　盛亂貌。

當塗　《綱目》十三卷：「漢獻帝建安二年，吴袁術以讖言『代漢者當塗高』，自云名字應之。」王幼學《集覽》曰：「當塗高，公路之義也。蓋袁術字公路。」武進陳氏《正誤》曰：「今按『當塗高』，乃曹魏之讖。《周禮》象魏，闕名，蓋闕中通門爲道。其上懸法象，其狀巍然高大，故謂之象魏。袁術，字公路。術亦邑中道，近於當塗之義，故誤認爲己兆也。」○愚按：《前漢功臣表》：「魏不害封當塗侯。」今此讖言彼此相依，託言之歟？

注西園　《綱目》十二：「中平五年秋八月，置西園八校尉。」

宦豎　指蹇碩爲上軍(較)〔校〕尉。

桓帝　第十一主。

靈帝　第十二主。

卓初云云　按《通鑑》，董卓殺少帝，此後漢第十三主，歲十四，靈帝之太子也。又立靈帝中子九歲者，爲獻帝。卓自稱太師。獻帝初平三年，王允、吕布誅卓。

劉備　漢景帝之子中山靖王之後胤。

伏龍鳳雛　見於《綱目》十三卷百葉裏。

龐統　字士元。

徐庶　潁川人，字元直。

即用仲康云云　仲康，夏禹王之孫也。孔明祀漢，引此事矣，經無此説。「克配彼天」，《周頌・思文》。

所謂王業　《後出師表》。

響震　《通鑑》字。

魯連子　事見《史記》八十三。

通鑑　《周紀》赧王條下。

此與尊揚雄同科　指温公之罪，蓋帝魏而冠蜀，又尊揚子雲是同科。愚謹按：朱子《綱目》書法以蜀爲正統，不稱蜀而稱後漢，繼於獻帝。建安二十五年之後，大書以筆「後漢昭烈皇帝章武元年」，而其下細書以筆「魏文帝曹丕黄初二年」，實《春秋》之遺法也。

其七

晋陽啓唐祚，王明紹巢封。垂統已如此，繼體宜昏風。麀聚瀆天倫，牝晨司禍凶。乾綱一以墜，天樞遂崇崇。淫毒穢宸極，虐焰燔蒼穹。向非狄張徒，誰辨取日功。云何歐陽子，秉筆迷至公。唐經亂周紀，凡例孰此容。侃侃范太史，受説伊川翁。《春秋》二三策，萬古開群蒙。

此言唐室之禍，君臣之亂。蓋唐二十二主，凡二百八十九年，自高祖始。姓李，諱淵，字叔德。

注太宗　諱世民，高祖之第二子，殺兄建成，殺弟巢王元吉，納其妃，生王明，令紹巢王之後。

高宗　諱治，字爲善，太宗之第九子。

武后　此本太宗之才人，太宗崩而削髮爲比丘尼，在感業寺。高宗入寺，見而悦之，廢王皇后，以武氏爲后，生中宗，諱顯。高宗崩，武后號則天皇后，又號天册金輪大聖皇帝也。中宗廢在房州，狄仁傑仕僞周爲内史，曲盡忠誠，以其心通乎天也。偶武后有感於鸚鵡之夢，事見《綱目》四十二卷八葉，故終迎中宗還於東宫，然未復子位，而仁傑卒。張柬（子）〔之〕繼其事，自中宗廢位，及二十一年，授討五王，反正唐室，終誅武氏。而中宗復祚之明年，武后病死。武后之議，《朱子語類》百三十六詳也。

注《記》所謂禽獸云云 《曲禮》上篇。

《書》所謂 《牧誓篇》。

天樞 事見《通鑑綱目》四十二。

嫪毐 見《史記》八十五《吕不韋傳》，正義曰：「嫪，躬虬反；毐，酷改反。」

賈侍中 後漢人賈逵，字景伯。

吕温 字和叔，作《功臣贊》二十二，此贊見《唐書·張柬之本傳》。

虞淵咸池 見《淮南子》。虞淵，日入處。

凡例 《左傳》杜預《集解》序曰：「其發凡以言例，皆經國之常制。」《正義》曰：「凡者，成事法式也，緣經以求義爲例。」

二三策 借用《孟子》字，言《唐鑑》編策不多，而開萬古之(郡)〔群〕蒙也。

注唐鑑 十二卷。

在乾侯 乾如字。乾侯，雍州地名。昭公二十九年表筆之。

其八

朱光遍炎宇，微陰眇重淵。寒威閉九野，陽德昭窮泉。文明昧謹獨，昏迷有開先。幾微諒難忽，善端本綿綿。掩身事齋戒，及此防未然。閉關息商旅，絶彼柔道牽。

此篇言天運循環之理，陰陽抑揚之道，《易》道聖學，王法之要也。《孟子·滕文下》「一治一亂」，《集注》：「氣化盛衰，人事得失，反覆相尋。」有以感於此，作之。

注張孟陽　晋武邑人，《文選》二十三有《七哀詩》二。

此指陽而言　陽中生陰之機。

其九

微月墮西嶺，爛然衆星光。明河斜未落，斗柄低復昂。感此南北極，樞軸遥相當。太乙有常居，仰瞻獨煌煌。中天照四國，三辰環侍旁。人心要如此，寂感無邊方。

此篇説人心之太極。蓋人之心雖活動，流行不息，亦有不動者，常泰然。天心萬古如此，人心古今復如此。

南北極　《晋・天文志》曰：「十六萬二千七百八十八里六十一步四尺七寸二分，天徑之數也。」按：南北極相去亦如此，蓋其半繞地上八萬千三百九十餘里。

注北斗七星　貪狼、巨門①、禄存、文曲、廉貞、武曲、破軍。

太一　《語類》二十三曰：「北辰乃天之北極。天如水車，北辰乃軸處。」又曰：「北極有土星，太乙常居中，是極星也。」又曰：「太一星是帝座，即北極也。以星神位言之，謂之太一；以其所居之處言之，謂之北極。太乙如人主，極如帝都也。以其居中不動而言，是天之樞軸。」○愚謂：北極者，河圖、洛書中之五點，即太極之象，心之真是也。真者，於時爲冬，爲夜半子刻，於方爲北，於人則爲智、爲命根，故曰：太極常在真上。（《語類》九十四至之問）

注《左傳》云　《桓公二年》：「三辰旂旗，昭其明。」

其十

放勛始欽明，南面亦恭己。大哉精一傳，萬世立人紀。猗歟歎日躋，穆穆歌敬止。戒獒

---

① 「門」，底本原作「文」。按，將北斗七星冠以「貪狼」、「文曲」等之名的是道教文獻，據《道法會元》記載，此七星名分别是貪狼、巨門、禄存、文曲、廉貞、武曲、破軍。此「文」當是「門」字之訛，兹正之。

光武烈，待旦起《周禮》。恭惟千載心，秋月照寒水。魯叟何常師，删述存聖軌。

承上篇説聖王之治，如北辰居其所而衆星共之也。蓋言堯、舜、禹、湯、文、武、周公、孔子傳心指訣之要，只在於「敬」一字。

放勛　盛德大業被四表，格上下。

始欽明　「始」字緊要也。欽者，敬也，萬化之本原。故獨萬機，謂之明也。

注文思　文者，欽明之發見；思者，欽明之潛藏。

孔子曰　《衛靈公篇》。

舜授禹云云　《大禹謨篇》。

孟子　《離婁下》。

三王　夏、殷、周三代之王。

四事　禹、湯、文、武之事。

朱子曰　見《語類》八十六。

程子曰　見於《二程全書·遺書》。按，《語類》九十七曰：「此是心之理，今則分明，昭昭具在面前。」

〇愚謂：「恭惟千載心」云云，此兩言承上起下之句，蓋聖學傳授，雖隔幾千年，亦猶親相授受者，此道心而已。下文説魯叟之删述，以見道統之傳。

子貢云云 《論·子張篇》子貢答衛公孫朝問。

其十一

吾聞包犧氏，爰初闢乾坤。乾行配天德，坤布協地文。仰觀玄渾周，一息萬里奔。俯察方儀静，隤然千古存。悟彼立象意，契此入德門。勤行當不息，敬守思彌敦。

此篇言學者當體乾、坤健順之道，以進德居業。

注呈露 韓文曰：「乾端坤倪，軒豁呈露。」

徐氏 號進齋。

天行健 《乾·象辭》。

又曰 《説卦傳》第十一。爲布者，以廣平布陳言；爲文者，以三畫偶文爲地之文也。

一息萬里奔 《晋·天文志》曰：「周天五十一萬三千六百八十七里六十八步一尺八寸二分。」《素問·運氣六脉論》曰：「人息一日一夜，一萬三千五百息。」

注《易》曰夫坤云云 《下繫辭》本義曰：「隤然，順貌。」

六經莫先於《易》 以伏犧畫卦言，以文字言之，莫先於《書經》。

其十二

《大易》圖象隱，《詩》《書》簡編訛。《禮》《樂》矧交喪，《春秋》魚魯多。瑶琴空寶匣，紘絶將如何。興言理餘韻，龍門有遺歌。

此承上篇言聖學明於程子也，以《詩》《書》《禮》《樂》《易》《春秋》爲六經。

注魚魯 《文昌雜録》曰：「亥豕有差，魯魚爲弊。」○按，三豕渡河，見《孔子家語》第九。

瑶琴 指聖人之微言。

寶匣 指六經。

紘絶 言無其人。

其十三

顔生躬四勿，君子日三省。《中庸》首謹獨，衣錦思尚絅。偉哉鄒孟氏，雄辨極馳騁。操存一言要，爲爾挈裘領。丹青著明法，今古垂焕炳。何事千載餘，無人踐斯境。

此自程子溯於孔門之流，蓋天理自家體貼來之，明教惟四子提示。

雄辨　欲止戰國之戈者，不亦大雄乎？

注孟子雄辨　按，《大學》千七百五十一字，《魯論》二萬三千字，《中庸》三千五百六十八字。

其十四

元亨播群品，利貞固靈根。非誠諒無有，五性實斯存。世人逞私見，鑿智道彌昏。豈若林居子，幽探萬化原。

自此以下三篇，「無人踐斯境」之由也。此篇首四句説聖學之本原，中兩句説俗學詞章、功利異端之徒，末二句説存養之要以明吾學之有本。蓋窮理在居敬，須見得於言外。

播　陽也，顯諸仁是也。

固　陰也，藏諸用是也。

靈根　神靈妙用之根柢也，藏諸用者是也。

注潘氏　字謙之，號三山。

其十五

飄飄學仙侶，遺世在雲山。盜啓元命秘，竊當生死關。金鼎蟠龍虎，三年養神丹。刀圭一入口，白日生羽翰。我欲往從之，脱屣諒非難。但恐逆天道，偷生詎能安？

此闢仙術，蓋出於老列之流。

注參同契　後漢魏伯陽作。

鉛汞　鉛，音「延」，《説文》：「青金也。」汞，音「洪」，水銀也。《語類》百二十五曰：「《參同契》所言坎離、水火、龍虎、鉛汞之屬，只是互换其名，其實只是精、氣二而已。精，水也，坎也，龍也，汞也；氣，火也，離也，虎也，鉛也。其注以神運精氣，結而爲丹。陽氣在下，初成水，以火煉之，則凝成丹。」

天道　元亨利貞，即仁義禮智也。

其十六

西方論緣業，卑卑喻群愚。流傳世代久，梯接凌空虛。顧盼指心性，名言超有無。捷徑一以開，靡然世事趨。號空不踐實，躓彼榛棘途。誰哉繼三聖，爲我焚其書。

此闢佛氏。蓋小乘之法門，以十二因緣、四十二章等之説誘頑民。又大乘之教，以五部之説法入於玄妙之域，惑賢知者，皆以心之一法爲道者也。

注作用是性 《傳燈録·達磨傳》波羅提語。

不染一塵 《傳燈録》潙山云：「實際理地，不染一塵；萬法性中，不捨一法。」

韓退之云云 《原道篇》云：「火其書，廬其居。」

其十七

聖人司教化，横序育英才。因心有明訓，善端得深培。天叙既昭陳，人文亦褰開。云何百代下，學絶教養乖。群居競葩藻，争先冠倫魁。淳風反淪喪，擾擾胡爲哉。

此論聖學之實，蓋學道廢，而俗儒異端起焉，故自此明學術之要。

聖人司教化云云 此詩上截六句説學校之正法，下截六句説後世俗儒之習以戒之。

因心 指本心而言。

明訓 兼小大之教言。

善端 性善之端。

深培　存養之事，貫小大學。

天叙　《書·皋陶謨》注云：「叙者，君臣、父子、兄弟、夫婦、朋友之倫叙也。」

人文　對天叙而言，指節文儀則。

其十八

童蒙貴養正，孫弟乃其方。雞鳴咸盥櫛，問訊謹暄涼。奉盂勤播灑，擁篲周室堂。進趨極虔恭，退息常端莊。劬書劇嗜炙，見惡逾探湯。庸言戒粗誕，時行必安詳。聖途雖云遠，發軔且勿忙。十五志於學，及時起高翔。

此説小大之學。蓋大學之道，只是明夫小學所習熟之事耳。學道造之，則精粗本末無二致矣。

按大學之宗祖，是《書·堯典》也；小學之微意，已見《易·蒙卦》辭。

注《孟子》曰：耆秦人之炙《告子上篇》。

《論語》曰《季氏篇》。

《易》曰庸言云云《乾卦·文言》。

《易》曰時行云云《艮卦》辭。

《論語》行云云 《學而》。

吾十有五 《爲政》。

離騷 第一。

其十九

哀哉牛山木，斤斧日相尋。豈無萌蘖在，牛羊復來侵。恭惟皇上帝，降此仁義心。物欲互攻奪，孤根孰能任。反躬艮其背，肅容正冠襟。保養方自此，何年秀穹林。

此篇説存心養性以事天之深意。

哀哉 此二字有感意。《孟子·告子上篇》第十一章「仁人心也」章云：「放其心而不知求，哀哉！」

牛山 《告子上篇》第八章。

注孟子 《告子上篇》第十一章集注云：「孟子發此夜氣之説，於學者極有力，宜熟玩而深省之也。」

○愚謂：省者，省悟也。按，《杜律》第一云：「欲覺聞晨鐘，令人發深省。」蓋「夜氣」之説，此注二字當玩索之。

《書》曰 《湯誥篇》。

《孟子》曰雖存云云《告子上》第八章。

《易》曰《艮卦》辭。

《禮》所謂云云《玉藻》。

《論語》所謂云云《堯曰》。

其二十

玄天幽且默，仲尼欲無言。動植各生遂，德容自清温。彼哉夸毗子，呫囁徒啾喧。但逞言辭好，豈知神監昏。曰余昧前訓，坐此枝葉繁。發憤永刊落，奇功收一原。

此與首篇言「皇犧古聖神，妙契一俯仰」之意相應轉説，蓋聖人與天一般。

玄天幽且默　動植各生遂。

仲尼欲無言　德容自清温。

○按：此四句言道體也。第一句與第三句應，第二句與第四句應，説全體呈露，妙用顯行。《文會筆録》十六《答江元適書》曰：「熹竊以爲日用之間，無一事一物不是天真本體；孔孟之言，無一字一句不是分明指訣云云。」

清温　清明和厚。

天何言哉　《陽貨篇》集注曰：「四時行，百物生，莫非天理發見流行之實，不待言而可見。聖人一動一靜，莫非妙道精義之發，亦天而已，豈待言而顯哉？」又曰：「此與前篇『無隱』之意相發，學者詳之。」

○愚謂：《述而篇》無隱之意，是明白而不待言之謂。然異學之徒，却欲默念而絶言語，終入於佛，此不可不辨。

呫囁　《史記》百一《灌夫傳》曰：「呫囁耳語。」又《前漢書》亦見，師古注云：「附耳小語也。」鄭玄注：「呫，蚩輒反。囁，女①輒反。」

啾喧　呫囁，是言「呲」字；啾喧，是言「夸」字。

注詩曰　《大雅·生民之什·板篇》。

收一原　指至誠也。

○愚謂：奇功之方在「敬」一字而已。至於此，則尸居龍見，淵默雷聲，惟德動天。誠之不可掩如此，夫可以見得云。

注歸根斂實　此以樹木言，只是比喻耳。蓋根對枝葉言，實對花言，若説根實之真理，則所謂心之真也。

---

① 「女」，底本原脱，據《史記》卷一〇七《魏其武安侯傳》「乃效女兒呫囁耳語」集解引鄭氏注補。

便與致中和云云氣象一同　此言天人一般之氣象，天理流行無間處，溢於言外。

加藤延雪，名絅，字默子，號章庵，俗稱紙屋半三郎，又稱人形屋，伊勢津人①。受業於山崎闇齋。所著有《小學》《近思四子四經紀聞略説》，又有《章庵暇筆》五卷，《大學紀聞略説》三卷刊行於世。此書署曰「章庵編」，則爲其著述，不容疑也。

天逸老髯識。

① 原鈔本下有「住地頭町」四字，被筆劃去，姑附於此。

朱子感興詩劄疑

［朝鮮］宋時烈　撰

予讀陳子昂《感遇》詩，子昂：「昴」當作「昂」。子昂，字伯玉，始任俠使氣。年十七八，未知書，嘗從博徒入鄉學，慨然立志，謝絶賓客，專精經傳。數年之間，經史百家無不該覽。愛其詞旨幽邃，音節豪宕，非當世詞人所及。如丹砂、空青、空青：《本草》：「色青，大者如雞子，或如楊梅，内有漿酸甜，能點多年青盲内障，出越巂。」金膏、金膏：《穆天子傳》：「河伯示汝黄金之膏。」水碧，水碧：韓詩「殿階鋪水碧。」注：「水碧，水玉，碧玉名。」雖近乏世用，而實物外難得自然之奇寶。欲效其體，作十數篇，顧以思致平凡，筆力萎弱，竟不能就。然亦恨其不精於理，而自託於仙佛之間以爲高也。不精止爲高：此指子昂。齋居無事，偶書所見，得二十篇。雖不能探索微眇，追迹前言，然皆切於日用之實，故言亦近而易知。既以自警，且以貽諸同志云。

其一

昆侖大無外，旁薄下深廣。昆侖、旁薄：《太玄》中首「昆侖旁礴幽」，注：「昆侖，天之氣；旁礴，地之形。幽，人之心。」《韻會》：「礴，通作『薄』。」又「昆侖，天形。」陰陽無停機，寒暑互來往。皇羲古神聖，妙契一俯仰。不待窺馬圖，馬圖：《史記》「龍馬負圖而出」。人文已宣朗。人文：《易·賁卦·彖》：「觀乎人文以化成天下。」渾然一理貫，昭晰非象罔。象罔：見二卷卅六板。珍重無極翁，無極翁：

指周子。爲我重指掌。○蔡仲覺以爲此篇論無極、太極，而何北山非之。○熊氏剛大曰：此篇論天地、陰陽、寒暑運行之氣，有理融貫其間，以爲之主。

其二

吾觀陰陽化，升降八紘中。八紘，《淮南子》：「九州之外有八夤，八夤之外有八紘。東方之紘曰桑野，南曰反户，西曰沃野，北曰委羽。」前瞻既無始，後際那有終。至理諒斯存，萬世與今同。誰言混沌死，混沌死：見三卷五板。幻語驚盲聾。黄勉齋曰：「兩篇皆是言陰陽，但前篇是説横看底，此篇是説直看底。」○熊氏曰：此篇論陰陽太極。

其三

人心妙不測，出入乘氣機。凝冰亦焦火，淵淪復天飛。凝冰止天飛：《莊子·在宥篇》老子曰：「其熱焦火，其寒凝冰。」「其居也淵而静，其動也縣而天。」「其惟人心乎！」注：「焦火、凝冰，形容人心燥怒憂恐之時。淵而静，言心不動之時；縣而天，言此念一起之時，如縣係於天。」至人乘元化，動静體無違。珠藏澤自媚，玉藴山含輝。珠藏、玉韫：孫卿子曰：「玉在山而木潤，淵生珠而崖不枯。」陸機《文賦》：「石韞玉而山輝，水懷珠而川媚。」神光燭九垓，玄思徹萬微。神光止萬微：垓，八極地。《國語》：「天子居九垓之田。」何北山曰：「惟其動而常能體之，故神完思清，明無不達，而能燭九垓、徹萬微。」塵編今寥落，歎息將安歸。何北山論此詩以「出入無時，莫知其鄉」爲言，而結之以《孟子》所謂「放心」，與先生説相反。先生説見《答何叔京書》。○熊氏曰：此篇論人心出入之機。

其四

靜觀靈臺妙，靈臺：《庚桑楚篇》「不可納於靈臺」，注：「靈臺，心也。」萬化從此出。云胡自蕪穢，反受衆形役。厚味紛朵頤，朵頤：《易·頤》初九「觀我朵頤」。朵，垂也。朵頤，欲食貌。妍姿坐傾國。傾國：李夫人本以倡進，兄延年侍上，歌曰：「北方有佳人，絶世而獨立。一顧傾人城，再顧傾人國。」奔趨不自悟，馳騖靡終畢。君看穆天子，萬里窮轍迹。不有《祈招》詩，《祈招》詩：《左傳·昭十二年》：「周穆王欲肆其心，周行天下，將皆必有車轍馬迹焉。祭公謀父作《祈招》之詩以止王心，其詩曰：『祈招之愔愔，式昭德音。思我王度，式如玉，式如金。形民之力，無醉飽之心。』」徐方御宸極。徐方：穆王西巡狩，見西王母，樂而忘歸。徐偃王反，穆王日馳千里馬，攻徐王，大破之。宸極：帝居曰宸。○熊氏曰：此篇論人心陷溺之過，所舉穆天子之事，以喻人心之馳騖流蕩，若不知止，則心失主宰而物欲反據而爲之主矣。此六義之比。○按，何北山論此以穆天子爲肆其侈心，幾至亡國，若如此説，則是賦體也。熊氏所謂比體者似勝。

其五

涇舟膠楚澤，熊氏曰：此言周室衰替之由，蓋自昭王無度，南游於楚，濟漢，船人惡之，即涇水之舟膠合以進，至中流而膠液，遂沉没於楚江。○按：涇舟，本出《大雅・棫樸》篇，其詩曰：「淠彼涇舟，烝徒楫之。周王于邁，六師及之。」注：「言文王之德爲人所歸也。」先生此詩之意，蓋謂周王之舟本如是，而今反膠於楚澤也。非謂昭王自涇水乘舟至楚，楚人以膠改裝其舟，而使之溺也。況涇水實與楚澤隔絶，又甚焉，猶以爲涇水之舟膠於楚，則大誤矣。周綱已陵夷。況復《王風》降，故宫黍離離。王風止離離：《王風》以《黍離》爲首，而自此降爲《國風》，而不復爲《雅》。玄聖作《春秋》，玄聖：《莊子・天道篇》：「以此處下，玄聖素王之道。」王勃《夫子廟碑》：「玄聖舉乘時之策。」哀傷實在兹。祥麟一以踣，反袂空漣洏。反袂：《家語・辨物》：「叔孫氏之車士曰子鉏商，采薪於大野，獲麟焉，折其前左足。孔子往觀之，曰：『麟也，胡爲來哉？』反袂拭面，涕泣霑襟。」漂淪又百年，僭侯荷爵珪。僭侯：周威烈王二十三年，初命晋大夫魏斯、趙籍、韓虔爲諸侯。王章久已喪，王章：《左傳・僖廿五年》晋文公請隧於襄王，不許，曰：「王章也，未有代德而有二王，叔父之所惡也。」何復嗟歎爲。馬公述孔業，述孔業：魯氏先之曰，司馬公法《春秋》而作《通鑑》。託始有餘悲。託始：謂以三晋始侯，託之於《通鑑》之始。拳拳信忠厚，無乃迷先幾。迷先幾：《易・繫辭》：「知幾其神乎！」幾者，動之微也，吉凶之先見者也。○蓋周綱陵夷之幾已見於膠舟之載，而《黍離》降爲

《國風》，則王章已喪矣，此《春秋》之所以作。馬公乃於絶筆百年之後，又託始於此。若以爲當是之時，苟以王法正之，則周室可中興者，然其意則可謂忠厚，而不知其已晚矣，故云云。○熊氏曰：此篇論周室君臣之失。

其六

東京失其御，刑臣弄天綱。按，《綱目》：「宦官用權，自和帝始，桓帝時劉陶等上書曰：『中官近習，竊持國柄，手握王爵，口銜天憲。』」「靈帝元年，陳蕃謂竇武曰：『曹節、王甫操弄國柄，濁亂海内。』」西園植奸穢，漢靈帝光和元年，開西邸賣官，公千萬，卿五百萬。又作列肆於後宮，又於西園弄狗，著進賢冠帶綬。五族沉忠良。靈帝熹平五年，殺永昌太守曹鸞，更考黨人，禁錮五屬。○《史記·酷吏傳》：王温舒罪至族，而其兩弟及兩婚家亦各自坐他罪而族。徐自爲曰：「古有三族，而温舒罪至同時而五族乎？」青青千里草，千里草：謂董卓。「董」字破看則爲「千里草」。乘時起陸梁。陸梁：《史記·始皇本紀》「三十三年，略取陸梁地」，注：「嶺南之人多處山陸，其性强梁，故曰陸梁。」○杜詩：「胡馬更陸梁。」當塗轉凶悖，當塗：《綱目》「袁術以讖言代漢者當塗高，自云名字應之」，注：「當塗高，乃曹魏之讖。《周禮》：象魏，闕名，蓋闕中通門爲道，其上懸法象，其狀巍然高大，故謂之象魏。」炎精遂無光。桓桓左將軍，左將軍：獻帝建安三年，以劉備爲左將軍。仗鉞西南疆。伏龍一奮躍，鳳雛亦飛翔。伏龍、鳳雛：劉備訪士於司馬徽，徽曰：「此間自有伏龍、鳳雛。」諸葛孔明、龐士元也。徐庶亦謂備曰：「孔明，卧龍也。」祀漢配彼天，出師驚四方。天意竟莫回，王圖不偏昌。晋史自帝魏，陳壽《三國志》專以天子之制予魏，而以列國待漢，故《通鑑》因之，以魏紀年。後賢盍更張。世無魯連子，魯連子：《史記・魯連傳》連謂新垣衍曰：「彼秦肆然而爲帝，則連有蹈東海而死耳。」千載徒悲傷。熊氏曰：此篇論漢室君臣之失，秉史筆者不能黜魏而尊漢。

其七

晋陽啓唐祚，晋陽：晋陽宮監裴寂以隋煬帝宮人侍高祖，仍以此脅之而起兵。王明紹巢封。唐太宗貞觀二十一年，立皇子明爲曹王。明母楊氏，巢剌王元吉之妃，太宗納之，生明，尋以明爲元吉之後。垂統已如此，繼體宜昏風。麀聚瀆天倫，麀聚：《曲禮》「夫惟禽獸無禮，故父子聚麀」，注：「聚，共也。獸之牝者曰麀。」〇此言高宗之立武氏爲后。牝晨司禍凶。牝晨：《牧誓》：「牝雞無晨，牝雞之晨，惟家之索。」〇此言武氏之僭立。乾綱一以墜，天樞遂崇崇。天樞：武后改唐爲周，立宗廟，鑄銅爲天樞以紀周功德。其制若柱，高百五尺。鐵山爲趾，周百七十尺。每二丈用銅二百萬斤，刻天后功德，立於端門之外。銅鐵不足，賦民間農器以足之。以銅爲蟠龍、麒麟縈繞之。上爲騰雲承露盤，四龍人立，捧火珠，刻百官司及四夷酋長名。太后自書其榜曰「大周萬國頌德天樞」。淫毒穢宸極，淫毒：《秦始皇紀》：「太后時時與文信侯通，文信侯恐事覺及禍，乃以舍人嫪毐詐爲宦者，進之，生二子。後有告毐實非宦者，夷三族」。毐，倚亥切。○此言僧懷義、沈南璆、張昌宗、易之等得幸於武后。**虐焰熸蒼穹。**虐焰：武后欲大誅殺以威之，乃盛開告密之門。又悉誅韓、魯等諸王。**向非狄張徒，**狄張徒：狄仁傑勸太后召還帝，又薦張柬之。柬之與崔玄暐、敬暉、桓彦範、袁恕己等舉兵討武后之亂，迎帝復位。**誰辨取日功。**取日：《後漢書·李尋傳》：「日者，衆陽之宗，人君之表。」○《狄仁傑贊》：「取日虞淵，洗光咸池。潛授五龍，夾日而飛。」**云何歐陽子，秉筆迷至公。唐經亂周紀，**歐陽公修唐史，乃於帝紀内立《武后紀》，是迷至公之道，以唐之一經而亂周紀於其中。**凡例孰此容。**凡例：《左傳》序：「發凡以起例。」《韻會》：「凡，最括也。例，比也。」孰此容：謂正統之凡例甚嚴，孰以此歐陽子之筆法，容於其間也。**侃侃范太史，**范太史：名祖禹，字淳夫。**受説伊川翁。**范淳夫嘗與伊川論唐事，及爲《唐鑑》，盡用先生之論。先生謂門人曰：「淳夫乃能相信如此。」**《春秋》二三策，**《春秋·昭公三十一年》：「公在乾侯。」○中宗嗣聖二年，帝在均州；三年至十四年，帝在房州。范氏曰：「昔季氏出其君，魯無君者八年。《春秋》每歲必書公之所在，不與季氏之專國也。自司馬遷作《吕后本紀》，後世爲史者因之，故唐史亦列武后於本紀。其於紀事之體，則實矣；《春秋》之法，則未用也。《春秋》，吴楚之君不稱王，所以尊周室也。天下者，唐之天下也，武后豈得而間之？故臣復繫嗣聖之年，黜武氏之號，以爲母后禍亂之戒，竊取《春秋》之義，雖獲罪於君子而不辭。」**萬古開群蒙。**熊氏曰：此篇論唐室君臣之失，秉史筆者不能黜武后而尊唐。

其八

朱光遍炎宇，微陰眇重淵。朱光止重淵：此言姤。寒威閉九野，陽德昭窮泉。寒威止窮泉：此言復。文明昧謹獨，昏迷有開先。幾微諒難忽，善端本綿綿。文明止綿綿：文明，陽德之人；昏迷，陰濁之人。此言雖君子或忽於幽暗細微，雖小人亦有善端開發之處。所謂「開先」，用有開必先之義也。「幾微諒難忽」，承「文明謹獨」而言；「善端綿綿」，承「昏迷開先」而言。掩身事齋戒，及此防未然。掩身止未然：《月令》：「仲夏之月，君子齋戒，處必掩身，毋躁。」注：「定心氣而備陰疾也。」「又仲冬之月，亦齋戒掩身。」閉關息商旅，絶彼柔道牽。閉關止道牽：《易・復》大象：「至日閉關，商旅不行。」《姤》初六象：「繫於金柅，柔道牽也。」○熊氏曰：此篇論姤乃陰之始，復乃陽之始。

其九

微月墮西嶺，爛然衆星光。明河斜未落，斗柄低復昂。感此南北極，南北極：北極出地上三十六度，南極入地下亦三十六度，南北極持其兩端，天與日月星宿，斜而回轉。樞軸遥相當。太一有常居，太一：《前漢書》注：「天極大星一明者，太一常居前。」○朱子曰：「《史記》載北辰有五星，太乙常居中，是極星也。」○疑此太一即太乙。仰瞻獨煌煌。中天照四國，三辰環侍旁。三辰：日、月、星之時也。日照晝，月照夜，星運行於天，民得取其時節。人心要如此，寂感無邊方。熊氏曰：此篇論天之北極，即人心之太極。

其十

放勛始欽明，勛，《性理大全》作「勳」。欽明：《堯典》：「曰若稽古帝堯，曰①放勳，欽明文思安安。」南面亦恭己。恭己：《論語》：「子曰：無爲而治者，其舜也與！恭己正南面而已。」然先生之意，則以爲堯之所以放勛者，始於欽明；舜之南面無爲之治，亦由於恭己。大哉精一傳，萬世立人紀。猗歟歎日躋，日躋：《商頌·長發》：「湯降不遲，聖敬日躋。」穆穆歌敬止。敬止：《大雅·文王》：「穆穆文王，於緝熙敬止。」戒獒光武烈，《書》：「西旅厎貢厥獒，太保乃作《旅獒》，用訓於王。」《君牙②》：「丕承哉，武王烈！」待旦起《周禮》。《孟子》曰：「周公仰而思之，坐而待朝。」《左傳》：「季文子曰：『先君周公制《周禮》。』」恭惟千載心，秋月照寒水。謂千聖相傳之心，分明如秋月之照寒水。魯叟何常師，刪述存聖軌。

① 「曰」字原脱，據《尚書·堯典》補。
② 「君牙」，原作「畢命」，據《尚書》改。本書下同。

魯叟止删述：《論語》子貢曰：「夫子焉不學，而亦何常師之有？」《家語》：「齊太史子與曰：『孔子祖述堯舜，憲章文武，删《詩》述《書》，垂訓後嗣，以爲法式。』」〇熊氏曰：此篇論堯、舜、禹、湯、文、武、周、孔傳心之法存乎敬。

其十一

吾聞包犧氏，爰初闢乾坤。乾行配天德，坤布協地文。仰觀玄渾周，玄渾：謂天色玄，而其體渾渾然也。一息萬里奔。謂運行之健。俯察方儀静，隤然千古存。隤然：《易・繫辭》：「夫坤隤然。」悟彼立象意，契此入德門。勤行當不息，《易・乾・大象》：「天行健，君子以自强不息。」〇此應「一息萬里奔」。敬守思彌敦。此應「隤然千古存」。〇熊氏曰：此篇論《易》首乾、坤，庖羲畫此，以示後世君子當體乾、坤以進德。

其十二

《大易》圖象隱，《詩》《書》簡編訛。《禮》《樂》矧交喪，交喪：《莊子・繕性篇》：「世與道交相喪也。」《春秋》魚魯多。魚魯多：張騖云「亥之與豕，涇渭莫分；魯之與魚，淄澠莫辨」。注：「有人讀史云：

「三家渡河。」子夏曰：「己亥渡河。」①考之果然。又簡牘磨滅，以「陶」爲「陰」，以「魯」爲「魚」。」瑶琴空寶匣，

瑶琴：《漁父篇》：「孔子休坐乎杏壇之上，絃歌鼓琴。」絃絶將如何。興言理餘韻，龍門有遺歌。遺

歌：伊川先生晚居伊闕龍門之南。○熊氏曰：此篇論六經散失已久，千載之下，唯有程伊川能繼孔子六經之

絶學。

其十三

顏生躬四勿，君子日三省。《中庸》首謹獨，衣錦思尚絅。偉哉鄒孟氏，雄辨極馳騁。操

存一言要，《孟子》引孔子之言曰：「操則存，舍則亡。」爲爾挈裘領。挈裘領：《荀子》：「若挈裘領。」丹

青著明法，丹青：見二卷十一板。今古垂焕炳。何事千載餘，無人踐斯境。熊氏曰：此篇論顏、

魯、思、孟傳孔子之道，亦惟能潛其心，又重歎後人之不能。

其十四

元亨播群品，利貞固靈根。靈根：謂萬物之根荄。非誠諒無有，五性實斯存。非誠止斯存：誠

① 「子夏曰己亥渡河」七字原脱，據《古今合璧事類備要》後集卷三七所引同條補。

實理，若非實理，則元亨利貞，皆無有也。五性，仁義禮智信。「斯」指元亨利貞。世人逞私見，鑿智道彌昏。鑿智：《孟子》曰：「所惡於智者，爲其鑿也。」豈若林居子，林居子：謂隱者也。王文憲曰：「此歎先天《太極圖》之傳，出於隱者，蓋指陳摶之徒。」幽探萬化原。熊氏曰：此篇言異端、詞章之學害道妨教，故先發此，以明吾道之本原也。

其十五

飄飄學仙侶，遺世在雲山。盜啓元命秘，元命秘：「元」謂「玄」，宋朝諱玄朗，故謂之元。竊當生死關。金鼎蟠龍虎，龍虎：邵子詩「鼎中龍虎忘看守」。龍虎，蓋《參同契》作丹之法。三年養神丹。刀圭一入口，刀圭：《本草》：「刀圭，十分方寸匕之一，如梧桐子。」東坡詩：「促膝問道要，遂蒙分刀圭。」白日生羽翰。我欲往從之，脱屣諒非難。脱屣：已見一卷廿板。但恐逆天道，偷生詎能安？熊氏曰：此篇論仙學之失。

其十六

西方論緣業，緣業：《法華經》，觸、愛、受、取、有、生、老、死、憂、悲、苦、惱，爲十二因業。《華嚴經》：「淨業果成就，隨時受快樂。」卑卑喻群愚。卑卑：《史記·老韓傳》：「申子卑卑，施之於名實。」流傳世代久，梯接凌空虛。梯接：佛法至晉宋間漸盛，自齋戒變爲義學，如遠法師、支道林，皆只是將老莊之説來鋪張。梁會①通間，達磨入來，面壁九年，只説人心至善，即此便是一切掃蕩。不立文字，直指人心，説出禪來。見《語類》。顧盼指心性，名言超有無。超有無：《老子》：「有生於無。」程子曰：「《大易》不言有無。言有無，諸子之陋也。」蓋釋氏名言超出於有無之間。捷徑一以開，靡然世事趨。號空不踐實，躓彼榛棘途。誰哉繼三聖，繼三聖：《孟子》：「我亦欲正人心、息邪説、距詖行、放淫辭，以承三聖者。」三聖，禹、周、孔。爲我焚其書。焚其書：韓文：「人其人，火其書。」○熊氏曰：此篇論佛學之非。

其十七

聖人司教化，横序育群才。因心有明訓，善端得深培。天叙既昭陳，天叙：五倫。人文亦褰開。云何百代下，學絶教養乖。群居競葩藻，争先冠倫魁。冠倫魁：謂冠倫之魁。淳風反淪喪，反，《性理大全》作「久」。擾擾胡爲哉。熊氏曰：此篇論大學之教。蓋道者，文之本；文者，道之

① 「會」，當作「普」。《朱子語類》卷一二六作「會」，本處注文正襲自《朱子語類》。

末。古人當於本者加意，故設學教育，惟以天理、人倫爲重，文藝之間，特餘力游意云爾。後世於末者用工，故設學教育，惟以文詞葩藻爲尚，天理人倫，曾不講明，此朱子所以深歎也。

其十八

童蒙貴養正，養正：見三卷二板「蒙養」下。孫弟乃其方。雞鳴咸盥櫛，問訊謹暄凉。奉盂勤播灑，擁篲周室堂。進趨極虔恭，退息常端莊。劬書劇嗜炙，劬書：劬，勤也，勞也。見惡逾探湯。庸言戒粗誕，時行必安詳。聖途雖云遠，發軔且勿忙。發軔：軔，礙車止輪木，去木動輪而發行。《離騷經》：「朝發軔於天津。」十五志於學，及時起高翔。熊氏曰：此篇論小學之教。

其十九

哀哉牛山木，斤斧日相尋。豈無萌蘖在，牛羊復來侵。恭惟皇上帝，降此仁義心。物欲互攻奪，孤根孰能任。反躬艮其背，艮其背：《易·艮卦》辭，《傳》謂止於所不見也。肅容正冠襟。保養方自此，何年秀穹林。穹林：穹，高也。○何文定曰：此爲時之已過，而不及小學者發，即文公所謂「持敬以補小學之缺」者是也。○熊氏曰：此篇借牛山之木形容仁義之心，所當保養。○按：此一篇總結上兩篇。

其二十

玄天幽且默，仲尼欲無言。動植各生遂，蓋言玄天幽默，而造化流行。德容自清溫。蓋言仲尼無言，而英華睟盎。彼哉夸毗子，夸毗子：《大雅·板》：「天之方懠，無爲夸毗。」注：「懠，怒。夸，大。毗，附也。小人之於人，不以大言夸之，則以諛言毗之也。」陳子昂《感遇》詩：「便便夸毗子，榮耀更相持。」呫囁徒啾喧。呫囁：呫，託協切。呫呫，小貌。囁，多言。○《史記·灌夫傳》：「夫罵臨汝侯曰：乃效兒女呫囁耳語。」注：「呫囁，附耳小語聲。」但逞言辭好，逞，《性理大全》作「騁」。豈知神監昏。監，《性理大全》作「鑒」。神鑒，指心而言。曰余昧前訓，坐此枝葉繁。枝葉繁：《表記》：「子曰：天下有道，則行有枝葉；天下無道，則言有枝葉。」發憤永刊落，奇功收一原。一原：程子《易傳序》：「體用一原。」○熊氏曰：此篇論天道不言，聖人無言，後世多言之弊。○愚竊謂：《感興詩》首言一理，中散爲萬事，末復合爲一理，此《中庸》之義。

朱子感興詩解

［朝鮮］沈潮 撰

崑侖大無外，止爲我重指掌。右首篇①。

此篇言天地既判，陰陽流行，而一理貫乎其間，爲之主宰。庖羲之畫八卦，濂溪之畫太極，皆所以模寫其狀以示人也。蓋伏羲道統之創業，濂溪道統之中興，故首篇并舉而言之。人文宣朗，指八卦之成《原象贊》：「上畫卦成，人文斯朗。」也。蓋天地、日月、雷風、山澤，雖是畫前之物，而乾、坤、坎、離、震、巽、艮、兑則乃由人畫之而後成象，故曰「人文」也。《劄疑》以《賁・象》「觀乎人文」爲證，愚意第十七篇「人文」即《賁・象》之「人文」，而此「人文」，恐與彼不同。

吾觀陰陽化，止幻語驚盲聾。右第二篇。

此篇言陰陽升降，而至理亘乎古今之意。陰陽無停機，則升降亦在其中矣，復言升降，何也？「無停機」横説也，寒暑互换，一往一來也；「升降」竪説也，無始無終，至於萬世也。此所以既言「無停機」，又言「升降」也。冬至以後，陽升陰降；夏至以後，陰升陽降。此即上下之交，而成造化發育之功也，此亦下篇言人之張本也。上曰「一理」，此曰「至理」者，一是不二之名。在陰在

① 原書旁有批語云：「末段書篇名，則當以『右』字書之，而題下書之，則『右』字不必書。末段以小注書『右云云』爲好。」

陽，只是一太極也。至，是極至之意，贊歎其窮古今不易也；窮古今不易，亦理一故也。

人心妙不測止歎息將安歸。右第三篇。

天以陰陽生萬物，而萬物之中，惟人最貴，故天地陰陽之後，繼之以人，而參爲三才。曰「惟心爾」，故又言「心」、「氣機」，應上陰陽之機。○「人心妙」止「乘氣機」一句，近來謂心與氣質有卞者，以此爲證。愚則以爲不然，蓋心是氣之靈而神妙無方，故曰「人心妙不測」。其氣之靈，不離其氣，而氣之動静，靈亦隨而出入，故曰「出入乘氣機」。乘，即因字、隨字之意，非如人乘馬、理乘氣之各是一物，而以此乘彼也。蓋「不測」以靈底言，「氣機」以動静言，不過就一物中所指不同。譬如火之光明，隨其氣焰而或動或静也。光明、氣焰，所指雖不同，豈可曰除是氣焰，而別有所謂光明乎？大抵由其妙有心之名，然妙處固心，氣機獨非心乎？既曰心，又曰氣機，有似乎二物而其實一物也。今謂心與氣禀有卞者，必曰超是氣，別有神底地位，無怪乎以此爲證。然殊不知天地間，只有一理一氣而已。非理即氣，非氣即理，豈有非理非氣而別爲一物者乎？既不識心，又不識此詩，何足多卞？○凝冰、焦火，躁怒憂恐之無常也。淵淪、天飛，静時之昏沉，動時之馳騖也。○「至人秉元化」，心有主宰也。「動静體無違」，動静不失其則也。○珠藏澤媚，玉藴山輝，和順積中而英華發外也。○「神光」止「萬微」，明無不照也。○「歎息將安歸」，即我安適歸之意也。

靜觀靈臺妙止徐方御宸極。右第四篇。

「萬化」之「化」，應上「陰陽化」之「化」字。上篇只言心之出入，故此又言物欲之交蔽，而物欲之中，食色之欲尤甚，故以厚味、姸姿之害特言之。「穆天子」云云，儘善喻也。

涇舟膠楚澤止無乃迷先幾。右第五篇。

東京失其御止千載徒悲傷。右第六篇。

晉陽啓唐祚止萬古開群蒙。右第七篇。

首言天地陰陽，次言君子小人。而天下之一治一亂，由於氣化盛衰、人事得失之反覆相尋，故此三篇繼之以周漢唐之衰亂，與其君臣之失，而又眷眷於史筆之公不公。乃以後賢之更張自任，而竊附於玄聖之《春秋》也。

朱光遍炎宇止絶彼柔道牽。右第八篇。

陰陽消長，莫不有漸。此人心善惡，國家治亂之所由分處。此篇大旨，蓋欲察其機微，遏人欲於將萌，長天理之方生也。

微月墜西嶺止寂感無邊方。右第九篇。

「微月墜西嶺」，則人欲消矣；「爛然衆星光」，則天理長矣。「太乙有常居」以下，正是天君泰然，百體從令之意也。蓋心爲一身之主，居中而應乎外，譬如太乙之中天而照四國。然惟聖人爲然，衆人不然，每循物欲於軀殼之外，故一身無主，萬事無綱也。「人心要如此」之「此」，即有常居而照四國也。「寂感無邊方」者，即在中之意。心之在中，未應已應皆然也。何北山曰：「上下兩篇皆是爲在上之君子言之。」恐不然。

放勛始欽明止删述存聖軌。右第十篇。

此一篇歷叙堯舜至周公傳授心法，譬之以秋月寒水，而仲尼則集群聖而大成，故曰「何常師」。不惟傳心，又有事功之大，故又曰「删述存聖軌」，此所謂賢於堯舜者也。何氏泛然以仲尼之垂法萬世，要在一「敬」字言之，恐失本旨。

吾聞包羲氏止敬守思彌敦。右第十一篇。

此一篇重在下款。蓋俯仰天地，而畫出乾、坤者，包犧也；悟彼立象，示人入門者，孔子也。故《乾·大象》曰：「君子以自彊不息。」《坤·文言》曰：「敬以直内。」此又仲尼事功之大者，故特言之。

《大易》圖象隱止龍門有遺歌。右第十二篇。

此一篇承上兩篇夫子删述贊《易》，歎其灰燼之餘，簡篇散逸訛誤，而千載之下，惟程夫子傳其不傳之學。《大易》則全書雖存而知者鮮矣，故只以圖象之隱言之。《春秋》之作，前篇言之，故此只以「魚魯之多」言之。兩程子皆有繼絶之功，而獨言伊川者，伊川有《易傳》《春秋傳》之作故也。何氏以「絃絶」看作琴絃之已絶，恐未然。竊意瑶琴藏在寶匣之中，絃亦絶則將如何云爾，蓋憂其絃之將絶也。絃則尚在，故理其餘韻；若絃已絶，則何從以理其餘韻乎？其以「理餘韻」爲朱子事則得之。

顔生窮四勿止無人踐斯境。右第十三篇。

此一篇承上言仲尼，又叙顔、曾以下傳心之序，而歎其及孟子殁而其傳泯焉。

元亨播群品止幽探萬化原。右第十四篇。

此篇一大捩也。蓋自道之不明，人不知聖賢修道之教出於天命率性，而仙家之怕死而求長生，佛氏之惡生病老死而欲不生不滅者，皆自私自利之計也。故先言四德五性，以明教化之本；次言逞私、鑿智，以破異端之窠臟，其旨深哉！○「林居子」一句，蓋言希夷、康節學雖殊轍，而伏犧先天之學，賴以不泯也。蓋有伏犧，不可無康節，而知康節者，莫如朱子，故特言之。萬化之原，承首篇「陰陽太極」，以關鎖篇首「元亨利貞」四字。○何氏以此篇爲定之以中正仁義之意，此則大不然。定之以中正仁義之義，則「至人秉元化，動靜體無違」一句，可以當之，此篇則全不相似。王文憲則只以「歎先天太極之傳」言之，此亦未備。

飄飄學仙侶止偷生詎能安。右第十五篇。

此篇言修養延年，不無其理，而奪天造化，故不可爲也。

西方論緣業止爲我焚其書。右第十六篇。

此篇言見性成佛，初無是理，而其言似是，故爲害尤甚，闢之不可不嚴也。「顧眄指心性」，即面壁觀心也。「名言超有無」，問①：「狗子無佛性？」趙州曰：「無。」佛書謂此「無」字，非有無之「無」，亦非空無之「無」，此便是超有無也。且生者有也，死者無也。不生不滅，亦非超有無乎？○仙學言飄飄，佛道言卑卑，此亦善形容處。

聖人司教化止擾擾胡爲哉。右第十七篇。

此篇言聖人建學、立師、培根、達支之意，而小學大學，實包在其中。熊氏以爲大學之教者失之。「云胡百代」以下，歎後世教養之乖方。此所謂俗儒記誦詞章之習，其功倍於小學而無用者也。○先言異端之害，後言聖人之教者，去聖遠而異端起矣，闢異端然後可入吾道故也。

童蒙貴養正止及時起高翔。右第十八篇。

此篇始言小學之方，繼之以大學之教。小學之方，詳悉無遺，而大學之教，只曰「十五志於學」者，何也？謹獨、操存，是大學之方，而前篇已言之故也。況「學」之一字，兼知行乎！高翔，即上達之意。首言下學，故此言上達。

---

① 原書有批語云：「一『問』字，文不接續，可怪。」

哀哉牛山木止何年秀穹林。右第十九篇。

此篇何氏所謂「爲時之已過，不及小學者發，即文公『敬以補小學之失』」云云，得之。「肅容正冠襟」，即正衣冠、尊瞻視之謂也。蓋斯須不莊不敬，鄙邪之心入之，此實防制物欲之攻奪也。艮，止也。艮其背，非不接物也，禁止其非禮之視聽也。制之於外，所以養其中，故曰「保養」。

玄天幽且默止奇功收一原。右第二十篇。

此篇言天與聖人，即《中庸》篇末「極致」之意。而「幽默」、「無言」，即亦上天之載，無聲無臭之意也。此詩首言天與一理，末又言天與一原。尤翁所謂「始言一理，末復合爲一理」者得之。○仲尼，伏犧後集群聖而大成；先生，濂溪後集群賢而大成。故終篇既舉仲尼，繼以自己工夫，以承首篇伏犧、濂溪之緒也。

朱文公先生齋居感興詩諸家注解集覽

〔朝鮮〕任聖周　撰

凡例

一、此詩注家甚多，胡雲峰嘗輯十一家説爲《感興詩通》，其後劉上虞又著《補注》，而皇明正統間，京兆劉剡合《通》及《補注》爲一編，則其説益大備。然尚恨其編次雜亂，語多繁複，間亦有當釋而不釋者。故今就其中頗加删正，而又取金仁山《濂洛風雅》批注，及尤庵宋先生《朱子大全劄疑》，逐段添入，而不拘時代，一依經文次第而編録之，以便考閲焉。

一、凡録諸家説，依栗谷李先生《小學集注》例，不書姓氏，只以陰字標其書名，曰《通》，曰《補注》，曰《批注》，曰《劄疑》，而姓氏名號詳著於卷首目録中，按之可見，蓋所以從簡也。

一、《通》《補注》等所引諸儒姓氏，并依本文載之，而名號則亦各附見於目録本書之下。

一、《通》所釋名物訓詁，文字出處多出余氏，而此不過考校之事，非大義所關，故不著「余氏曰」字，今亦依本文以從簡省。

一、諸家説中，或有未備者，則亦依《小學集注》加圈而附補之，然亦不過考檢文字出處，節取先儒成説，略略點綴而已。不敢輒用己意，妄加論説，以犯僭逾之罪也。

一、諸家本字多異同，今一以《大全》爲主，他本則以「一作」附注於逐段之下，而其顯誤處，則曰「非是」；或《大全》誤，則亦於注中説破，如序文「寓」字，第七篇「毒」字之類。

一、《風雅》於每篇下，以右一章、右二章分之，而章與篇義稍不同。故今依《楚辭·九(辨)〔辯〕》例，只曰「右一」、「右二」，而去「章」字。

一、《通》《補注》所引諸説及自爲説固多發明，而亦或近於穿鑿泛冗，間亦有未瑩處。今雖略爲修潤，而亦不能悉。覽者詳之。

朱文公先生齋居感興詩諸家注解集覽目録

《感興詩通》 雲峰胡氏，名炳文，字仲虎，徽州人，謚文通。采輯程、潘、楊、蔡、真、詹、徐、黄、余、兩胡氏，凡十一家說，爲是書。今所收録爲十家。

程氏名時登，字登庸，番陽人。潘氏名柄，字謙之，福州懷安人，號瓜山，先生門人。楊氏名庸成。蔡氏名模，字仲覺，建安人，號覺軒，九峰子。真氏名德秀，字希元，建州浦城人，號西山，謚文忠。詹氏名景辰。徐氏名幾，字子與，建安人，號進齋。黄氏名伯暘。余氏名伯符，字子節，番陽人，號思齋。胡氏名次焱，字濟鼎，號梅巖。

《濂洛風雅批注》 仁山金氏名履祥，字吉甫，婺州蘭溪人。受業於北山、魯齋之門，與唐氏良瑞編輯濂洛諸君子詩，以爲此書。間引師說解釋其義，而不立箋注體段，略略批釋，故今以「批注」名之。「批注」字見「古體類」

《敬齋箴》下。

黄氏名榦，字直卿，福州閩縣人，號勉齋，謚文肅。先生門人。何氏名基，字子恭，婺州金華人，號北山，謚文定。勉齋門人。

《選詩續編補注》 上虞劉氏名履，字坦之。采録唐宋詩以爲此書，而訓解之。此詩亦在其中，詳見下諸家總論。

余氏見上。潘氏見上。

《朱子大全劄疑》尤庵宋文正公所著。

熊氏名剛大。

朱文公先生齋居感興詩諸家注解集覽

余讀陳子昂《感寓》詩，愛其詞旨幽邃，音節豪宕，非當世詞人所及。如丹砂、空青、金膏、水碧，雖近乏世用，而實物外難得自然之奇寶。寓，《唐書》及《選詩》作「遇」，今從之。邃，一作「遠」。宕，與「蕩」通。砂，一作「沙」，非是。

《通》：子昂，字伯玉，唐中宗時人。爲《感遇》詩三十八首。感遇者，感於所遇也。丹砂生符陵山谷。空青生益州山谷及越嶲山有銅處，銅精熏則生，其腹中空。色青，大者如雞子，内有漿。金膏，《穆天子傳》：「河伯示汝黄金之膏。」水碧，《山海經》：「耿山多水碧。」《韓詩》注：「水碧，水玉，碧玉名。」四者皆仙藥也。

欲效其體作十數篇，顧以思致平凡，筆力萎弱，竟不能就。然亦恨其不精於理，而自託於仙佛之間以爲高也。十數，一作「數十」。思，去聲。萎，於危切。

《劄疑》：「不精於理」以下指子昂。《通》：自託仙佛，如云「曷見玄真子，觀世玉壺中」、「古之得仙道，信與元化并」、「西方金仙子，崇義乃無名」之類。

齋居無事，偶書所見，得二十篇。雖不能探索微眇，追迹前言，然皆切於日用之實，故言亦近而易知。既以自警，且以貽諸同志云。探，他含切。眇，一作「妙」。

《補注》：此詩雖擬子昂，然自謂切於日用而易知，則已非所謂「詞旨幽邃，近乏世用」者比矣。至若「不能探索微眇」云者，特謙辭耳。此詩於天地之覆載，氣運之周流，造化之發育，人心之寂感，以至六經精微之蘊，聖賢心法之傳，無不包括於其中，亦既深造而自得，豈但「探索」而已邪？〇齋居，謂齋戒以居。《漢書》：「宣帝常幸宣室，齋居而決事。」前言，指子昂詩。日用，出《詩·小雅》。同志，謂朋友也。

右序

崑侖大無外，旁薄下深廣。陰陽無停機，寒暑互來往。昆，胡昆切，讀作「崑崙」之「崑」者，非是。薄，一作「礴」。

《通》：《太玄經》「昆侖旁礴幽」，注：「昆，渾也。侖，淪也。旁薄，猶彭魄，地之形也。」《補注》：昆侖，言天形之圓轉；旁薄，謂地勢之廣被。《通》：詹氏曰：「『昆侖』、『旁薄』以對待實體而言，『陰陽』、『寒暑』以流行實用而言。」胡氏曰：「前二句言天地之形，後二句言天地之氣。」〇寒往暑來，暑往寒來，出《易·繫辭傳》。

皇犧古神聖，妙契一俯仰。不待窺馬圖，人文已宣朗。渾然一理貫，昭晰非象罔。珍重無極翁，爲我重指掌。犧，一作「羲」。契，苦計切。晰，之列切，又與「晣」通，一作「晣」。上「重」上聲，下「重」去聲。

《補注》：馬圖，即龍馬負圖而出，伏羲則之，以畫八卦者也。人文，謂兩儀、四象支分交錯成八卦，以備三才者。説見先生《原象贊》。《劄疑》：「人文」本《易·賁·彖》語。《通》：徐氏曰：「伏羲契先天之《易》，不待窺見馬圖而剛柔之列、奇耦之數、尊卑之等、貴賤之位，所謂『人文』者已粲然矣。特因河圖之出，遂布奇耦以成八卦爾。程子謂縱河圖不出，伏羲也須畫卦。」象罔，《莊子》：「黄帝游赤水，遺玄珠，使象罔索得之。」楊氏曰：「象罔，不明也。此蓋借用珍重贊美之辭。」無極翁，周子也。潘氏曰：「天地不同形，陰陽不同氣，寒暑不同時，八卦不同位①，而一理貫乎其中，昭然著見，非見於彷彿象罔間也。伏羲既遠，此理之不明久矣。非濂溪作《太極圖》以示人，天下後世何由知之。」○俯仰，謂仰觀天，俯觀地，出《易·繫辭傳》。此二字貼上「昆侖」、「旁薄」二句，而陰陽、寒暑在其中。「指掌」出《論語》。

右一

① 「不同氣」，熊繡本《感興詩通》作「不同位」。「不同位」，熊繡本《感興詩通》作「不同畫」。

《批注》：北山何文定曰：「此篇當作三節看，然首尾只一意。首四句言盈天地間，别無物事，一陰一陽，流行其中，實天地之功用，品彙之根柢。次六句言伏羲觀象設卦，開物成務，建立人極之功。末二句言周子立圖著書，發明《易》道，再開人極之功。『無極翁』只是舉濂溪之號，猶昔人目范太史爲『唐鑑翁』爾。此篇只是以陰陽爲主，後面諸篇，亦多是説此者，而諸説推之太過。蔡仲覺謂此篇言無極、太極。太極固是陰陽之理，言陰陽則太極已在其中。但此篇若强揠作太極説，則一章語脉皆貫穿不來。此等言語混潒，最説理之大病也。」《劄疑》：熊氏曰：「此篇論天地、陰陽、寒暑運行之氣，有理融貫其間，以爲之主。」

吾觀陰陽化，升降八紘中。前瞻既無始，後際那有終。至理諒斯存，萬世與今同。誰言混沌死，幻語驚盲聾。紘，户萌切，音「宏」。世，一作「古」。

《通》：八紘，《淮南子》：「九州之外有八夤，八夤之外有八紘。」注：「猶八極也。」《補注》：「前瞻無始」、「後際無終」，即「動静無端，陰陽無始」之意。《劄疑》：《莊子》：「南海帝曰儵，北海帝曰忽，中央帝曰混沌，儵與忽遇混沌，混沌待之甚善。儵、忽謀報混沌之德，曰：『人皆有七竅以視聽食息，此獨無有，嘗試鑿之。』日鑿一竅，七日而混沌死。」注：「混沌，元氣也。」

《通》：潘氏曰：「老莊之徒謂混沌①獨居陰陽之先，陰陽②既判，則所謂混沌者，已分裂破碎而不復全矣。」《補注》：幻，怪妄也。○此謂陰陽之化，無始無終，無古無今，是乃至理之所存也。「萬世與今同」，當屬陰陽看。

右二

《通》：胡氏曰：「此即上篇『陰陽無停機』一語申言之也。」《批注》：勉齋黄文肅曰：「兩篇皆是言陰陽，但前篇是説横看底，此篇是説直看底。所謂横看者，是上下四方、遠近小大，此意③拍塞，無一處不周，無一物不到。所謂直看者，是上自開闢以來，下至千萬世之後，只是這個物事流行不息。」

人心妙不測，出入乘氣機。

① 「混沌」，熊繡本《感興詩通》作「太極」，下句同。
② 「陰陽」，熊繡本《感興詩通》作「天地」。
③ 「意」，熊繡本《感興詩通》作「氣」。

《通》：「出入」二字出《孟子》。余氏曰：「『心』譬人，『氣』譬馬。心者，靈覺①之妙；氣者，所乘之機也。陳安卿名淳，號北溪。先生門人。曰：『心是個活物，常愛動，心之動是乘氣動。』又曰：『所謂「妙」者，言其不可測，忽然出，忽然入，無有定時；忽在此，忽在彼，亦無定處。人須有操存涵養之功，然後本體常卓然爲此身之主宰，而無亡失之患。』政得此詩之旨。」《補注》：機者，發動所由之處。○按：出者，亡也；入者，存也。見先生《答游誠之書》。

凝冰亦焦火，淵淪復天飛。亦，一作「更」。復，扶又切。

《通》：《莊子》：「其熱焦火，其寒凝冰。」「其居也，淵而静；其動也，縣而天。」「其惟人心乎！」潘氏曰：「凝冰、焦火者，志不能率氣。逆境之來，怒氣薰心，不火而熱；患難臨前，畏懼消沮，不冰而寒。淵淪、天飛者，此心外馳，神不留形，營不載魄。或飛揚九天之上，或沉淪九淵之下。」

至人秉元化，動静體無違。珠藏澤自媚，玉韞山含暉。神光燭九垓，玄思徹萬微。塵編今寥落，歎息將安歸。澤，一作「川」。暉，一作「輝」。垓，通作「陔」，古哀切。思，去聲。

《通》：《莊子》：「不離於真，謂至人。」元化，謂造化，出子昂詩，見上「自託仙佛」注。《批

① 「靈覺」，熊繡本《感興詩通》作「本然」。

注》：何文定曰：「『元化』指心而言，聖人之心，自爲主宰，如造化①之能宰制萬有，故曰『秉元化』。『體』如『以身體道』之『體』，若動若静，此心常存，未嘗有須臾之或間，所謂『體無違』者然也。惟其静而常能體之，故和順積中，見面盎背，如玉潤山，珠媚川也。惟其動而常能體之，故神完思清，明無不達，而能燭九垓、徹萬微也。」《劄疑》：《荀子》：「玉在山而木潤，淵生珠而崖不枯。」陸機《文賦》：「石韞玉而山輝，水懷珠而川媚。」《補注》：九垓，《淮南子》：「游於九陔之上。」漢《郊祀歌》作「九閡」，注：「閡，猶『陔』，謂九天之上也。」此與《國語》「九垓之田」義自不同。《通》：蔡氏曰：「『燭九垓』謂照燭乎九垓之遠，『徹萬微』謂通徹乎萬理之微。『塵編寥落，歎息安歸』謂聖人心法不傳，其載於塵編者，今又間斷寂寥，無有能識之者。然則有志於道者，將安歸乎？惟有歎息而已。」胡氏曰：「常人心命於氣，至人氣命於心。」

右　三

《通》：「人心妙不測」以下，統言此心之體用真妄；「凝冰」以下，專言心之病；「至人」以下，又極言聖人心法之全，以爲準則歸宿。又曰：此詩當分五節看。○按：右三篇當爲第一節。首二篇言天地陰陽，此篇言人心，以見人之所以與天地并立爲三，專由此心。

① 「造化」，熊纁本《感興詩通》作「元化」。

靜觀靈臺妙，萬化從此出。云胡自蕪穢，反受衆形役。此從，一作「從此」。

《剳疑》：《莊子》：「不可納於靈臺。」注：「靈臺，心也。」《通》：《陰符經》：「萬化生於心。」《漢書·楊惲傳》：「田彼南山，蕪穢不治。」陶潛《歸去來辭》：「既自以心爲形役。」楊氏曰：「心有以『靈臺』名者，謂其爲神明所舍；有以『天君』名者，謂其居中，爲耳目口鼻四肢之主也。」

《補注》：「靜觀」二字實一篇之旨要，讀者宜深味之。

厚味紛朶頤，妍姿坐傾國。崩奔不自悟，馳騖靡終畢。

《通》：厚味，醇厚之味，出《國語》。朶，垂；頤，口旁：朶頤，欲食貌，出《易·頤卦》。紛，亂也。傾國，漢李夫人兄延年侍上，歌曰：「北方有佳人，絶世而獨立。一顧傾人城，再顧傾人國。寧不知傾城與傾國，佳人難再得。」崩奔，杜甫詩：「衣冠南渡多崩奔。」注：「蒼黄貌。」直騁曰馳，亂騁曰騖。潘氏曰：「此言心爲形役之事。」徐氏曰：「厚味可嗜，不以朶頤爲耻；妍姿可好，不以傾國爲悔。顛倒蒼黄於人欲横流之中，而不悟其非，終身馳騖忘反，而無終畢之時也。」

君看穆天子，萬里窮轍迹。不有《祈招》詩，徐方御宸極。招，音「韶」。

《通》：《左傳·昭公十二年》：「右尹子革告楚靈王曰：昔穆王肆其心，周行天下，將皆必有車轍馬迹焉。祭側賣切公謀父作《祈招》之詩以止王心，其詩曰：『祈招之愔一心切。愔，式昭德音。

思我王度，式如玉，式如金。形《家語》作「刑」，先生從之，見《語類》。民之力，而無醉飽之心。』」韓文公《徐偃王廟碑》：「穆王得八龍之騎，西游忘歸。四方諸侯争辨者，無所質正，贄玉帛於徐之庭者三十六國。穆王恐，命造父御而歸。偃王遂走，失國。」宸極，帝居。劉越石《表》：「宸極失御。」潘氏曰：「此言心爲形役之人。」蔡氏曰：「借此喻人心之馳騖流蕩，若不知①止，則心失主宰，物欲反據而爲之主矣。此六義之比。」〇按：潘、蔡二説皆通，未詳孰是。

右四

《批注》：何文定曰：「此言人心至爲虚靈，萬理畢具，酬酢萬務，經緯萬方，孰非此心之妙用，自應役萬物而君之。今反以徇欲之故，此心不宰，坐受耳目鼻口四肢衆形之役而不自覺，奔趨馳騖，無有止息，以至於車轍萬里，肆其侈心。則其不亡國者，幸矣。看得前篇，是言至人盡性，此心不放而常存，故其妙至於光燭徹微。此篇是言衆人徇欲，故心常放而不收，其究至於亡國敗家，猶所不顧。此其聖狂之分，奚翅天淵之遠。然其端甚微，只在一念收放之間。此道心所以爲微，人心所以爲危也。古之君子，所以一生戰戰兢兢，至啓手足而後知免，蓋以此也。」

①「知」，底本原脱，兹據蔡模《感興詩注》補。

涇舟膠楚澤，周綱已陵夷。況復《王風》降，故宫黍離離。復，扶又切。

《補注》：涇舟，涇水之舟，見《詩·棫樸》篇，以其下文有「周王于邁」之語，故借用之。《通》：劉恕《外紀》：「昭王巡狩返，濟漢，漢濱人以膠膠船，至中流膠液，王及祭公皆溺死。」楚在漢濱，故云「楚澤」。《劄疑》：按：「涇舟」本出《大雅》，其詩曰：「淠必計切。彼涇舟，烝徒楫之。周王于邁，六師及之。」注：「言文王之德爲人所歸也。」先生此詩之意，蓋謂周王之舟本如是，而今反膠於楚澤也。非謂昭王自涇水乘舟至楚，楚人以膠改裝其舟，而使之溺也，況涇水實與楚澤隔絶。先儒有謂楚人即涇水之舟膠合以進，誤矣。「《王風》降」，謂《王風》以《黍離》爲首，而自此降爲《國風》，不復爲《雅》。

玄聖作《春秋》，哀傷實在兹。祥麟一以踣，反袂空漣洏。踣，音「匐」。

《通》：玄聖，孔子。《莊子》：「以此處下，玄聖素王之道。」《春秋》，魯史名，孔子筆削之，故謂之「作」。《孟子》曰：「孔子作《春秋》。」《春秋·哀公十四年》：「西狩獲麟。」《疏》：「麟，麕身、牛尾、狼額、馬蹄，有五采。腹下黄，高丈二，一角而戴肉，不履生蟲，不折生草。」前覆曰踣。《家語》：「叔孫氏之車士曰子鉏商，采薪於大野，獲麟焉，折其前左足。叔孫氏以爲不祥，使人告孔子曰：『有獸而一角，何也？』孔子往觀之，曰：『麟也。胡爲來哉？』反袂拭面，涕泣沾巾。子貢問：『何泣？』子曰：『麟之出爲明王也，出非其時而見害，吾以是傷焉。』」〇按：《文選》注：「《春秋演孔圖》曰：『孔子母徵在夢感黑帝而生，故曰玄聖。』」「兹」指上文「《王風》降」而言，即「詩亡然後《春秋》作」之意。祥麟，出韓文公《獲麟解》。跱，僵也，斃也。漣洏，流涕貌。

漂淪又百年，僭侯荷爵珪。王章久已喪，何復嗟歎爲。荷，上去二聲。珪，叶音「規」。已，一作「矣」。

《通》：自《春秋》終，至《通鑑》始，實七十九年，言「百年」，舉成數也。僭侯，初命晋大夫爲諸侯也。爵，公、侯、伯、子、男五等之爵。珪，公執桓珪，侯信珪，伯躬珪是也。王章，《左傳·僖公二十五年》：晋侯請隧於襄王，不許，曰：「王章也。」此謂王章之喪久矣，胡爲至三晋分而始歎之乎？所以爲下文「迷先幾」之張本。《補注》：章，猶法也。

馬公述孔業，託始有餘悲。拳拳信忠厚，無乃迷先幾。

《補注》：馬公，司馬温公，名光，字君實，宋神宗時人。述孔業，謂法《春秋》作《通鑑》也。《劄疑》：託始，謂以三晋僭侯託之於《通鑑》之始。先幾，《易·繫辭》：「知幾其神乎！」幾者，動之微也，吉凶之先見者也。蓋周綱陵夷之幾，已見於膠舟之時，而《黍離》降爲《國風》，則王章已喪矣，此《春秋》之所以作。馬公乃於絶筆百年之後，又託始於此。若以爲當是之時，苟以王法正之，則周室可中興者。然其意則可謂忠厚，而不知其已晚矣，故云云。○述孔業，用陶詩語。託始，出范寧《穀梁傳序》。

右五

《補注》：此言周自昭王南征不返，王綱已陵夷矣。及平王東遷，下同列國，周衰愈甚，而亂臣賊子興，聖人於此已不能不傷感焉。況乎麟出非時而見害，於是悼明王之不作，哀吾道之既窮，作爲《春秋》而託始於平王，絶筆於獲麟也。下逮三晉之時，王章淪喪既久，雖復嗟歎，亦無如之何。已而温公《通鑑》之作，乃欲追述聖業，託始於此。觀其反復悲傷，以明夫禮義名分之不可紊者，其意信爲忠厚，然惜其不即繼書獲麟之後，如東萊吕氏之《大事記》，則無乃昧於事幾之所先乎。

東京失其御，刑臣弄天綱。西園植奸穢，五族沉忠良。

《通》：東京，洛陽，後漢所都。刑臣，謂奄人，出《左傳》，此指和帝以後所用宦者。天綱，猶言王綱，即劉陶所謂「張理天綱」也。　《補注》：西園，靈帝所置，造萬金堂，引司農金帛錢物積之，并寄藏小黄門常侍家錢。又令其賣官鬻爵，公千萬，卿五百萬，入錢於此。　《劄疑》：靈帝熹平五年，殺永昌太守曹鸞，更考黨人，禁錮五屬。注：「屬，族也。」《史記·酷吏傳》：「王温舒罪至族，而其兩弟及兩婚家亦各自坐他罪而族。徐自爲曰：『古有三族，而温舒罪至五族乎？』」

此蓋用是語。《通》：「忠良」指陳蕃、李膺以下諸賢。○植，栽也，置也。

青青千里草，乘時起陸梁。當塗轉凶悖，炎精遂無光。

破看，則爲「千里草」。陸梁，《史記·始皇本紀》：「略取陸梁地。」注：「嶺南之人多處山陸，其性强梁，故曰陸梁。」杜詩：「胡馬更陸梁。」當塗，《綱目》：「袁術以讖言『代漢者當塗高』，自云名字應之。」注：「當塗高，乃曹魏之讖。當塗而高者，象魏也。《周禮》：象魏，闕名。蓋闕中通門爲道，其上懸法象，其狀巍然高大，故謂之象魏。」《通》：漢祖感赤帝而生，自謂赤帝之精。王延壽《靈光殿賦》：「紹伊唐之炎精。」蔡氏曰：「董卓初爲中郎將，其後廢立弑殺，燒宫室，發諸陵，自爲相國，强梁於一時。曹操挾天子以令諸侯，欺人孤兒寡婦，卒成簒奪之計，其凶悖尤甚於卓，而漢祚亡矣。」

《通》：靈帝初年童謡云：「千里草，何青青。十日卜，不得生。」謂董卓也。《剳疑》：「董」字

桓桓左將軍，仗鉞西南疆。伏龍一奮躍，鳳雛亦飛翔。祀漢配彼天，出師驚四方。天意竟莫回，王圖不偏昌。

《補注》：桓桓，威武貌。左將軍，漢昭烈也。建安三年，爲左軍將軍。《通》：先主初破荆州，後入成都，遂帝於蜀。荆在南，蜀在西，故曰「西南疆」。伏龍、鳳雛，諸葛孔明、龐士元。祀漢配天，蓋用《左傳》少康「祀夏配天」之語，謂接漢正統也。王圖，王者之基圖。

晋史自帝魏，後賢盍更張。世無魯連子，千載徒悲傷。盍，一作「合」。

《補注》：晋史，謂晋史官陳壽也。　《劄疑》：陳壽《三國志》以天子之制予魏，而以列國待漢，《通鑑》因之，以魏紀年。《史記·魯連傳》：「連謂新垣衍曰：『彼秦肆然而爲帝，則連有蹈東海而死耳。』」　《通》：黄氏曰：「先生作《綱目》以正統繫蜀，而書魏人爲『入寇』，則大義昭明於萬世之下，而與此詩互相發明。」

右　六

《補注》：此言東漢自桓、靈失道，宦豎弄權，斂貨賂以蓄奸穢，興黨錮以害忠良，遂致亂臣賊子相踵弑奪。昭烈以漢室之胄，又得忠賢爲輔，出師討賊，圖復舊疆，宜無難者。然天意竟不可回，莫遂恢廓。陳壽作史，以魏繼漢，固無足責，後來如司馬公學術之正，當以《春秋》之法正之，乃亦帝曹魏而寇蜀漢。求其如魯仲連之耻帝秦者，今不復見，千載而下，徒爲悲傷而已。

晋陽啓唐祚，王明紹巢封。垂統已如此，繼體宜昏風。已，一作「既」。

《補注》：晋陽，太原也。唐高祖初爲隋太原留守，其子世民陰與晋陽宫監裴寂謀，以宫人私侍其父，因脅以起兵，遂取隋而有天下。　王明，太宗子曹王明也。　巢封，即太宗弟齊王元吉，改封巢剌^(辣)王。太宗既殺元吉，納其妻楊氏，生子明，使繼巢王後。〇垂統，出《孟子》，注：「統，緒也。」繼體，出《史記·外戚傳序》，謂繼先君之體而立也。

麀聚瀆天倫，牝晨司禍凶。乾綱一以墜，天樞遂崇崇。淫毒穢宸極，虐焰燔蒼穹。向非狄張徒，誰辦取日功。麀，音「憂」。毒，《選詩續編》作「毐」，倚亥切。《劄疑》亦然。今從之。燔，古「焚」字。誰，一作「孰」。

《劄疑》：《記·曲禮》：「夫惟禽獸無禮，故父子聚麀。」注：「聚，共也。獸之牝者曰麀。」《書·牧誓》：「牝雞無晨。牝雞之晨，惟家之索。」《補注》：麀聚，謂武后本太宗才人，高宗烝，立爲后。牝晨，言高宗令武后預決朝政。《通》：《穀梁傳序》：「乾綱絶紐。」注：「乾爲陽，喻天子總統萬物，若綱之紀衆紐，故曰『乾綱』。」《劄疑》：武后廢中宗爲廬陵王，遷於房陵，改唐爲周，立宗廟，鑄銅爲天樞，以紀周功德。其制若柱，高百五尺，鐵山爲趾，周百七十尺。每二丈用銅二百萬斤，爲蟠龍、麒麟縈繞之，上爲騰雲承露盤，四龍人立，捧火珠，刻百官及四夷酋長名。銅鐵不足，賦民間農器以足之。太后自書其榜曰「大周萬國頌德天樞」，立於端門之外。《通》：崇崇，高峻貌，出班彪《北征賦》。《劄疑》：淫毒，《秦始皇紀》：「太后時時與文信侯通。文信侯恐事覺及禍，乃以舍人嫪郎到切毐詐爲宦者進之，生二子。後有告毐實非宦者，夷三族。」此言僧懷義、沈南璆球、張昌宗、易之等得幸於武后。《通》：虐焰，謂任酷吏索元禮、周興、來俊臣等殘害忠良，賊殺宗室。又斷去王皇后、蕭淑妃手足，投酒甕中，殺三太子。「穢宸極」者，内涸清禁；「燔蒼穹」者，上達蒼天。狄張，狄仁傑、張柬之也。《劄疑》：仁傑勸太后召還帝，又薦柬之。柬之與崔玄暐、敬暉、桓彦範、袁恕己等舉兵討武后之亂，迎帝復位。《唐史·狄仁傑贊》云：「取日虞淵，洗光咸池。潛授五龍，夾日而飛。」《後漢書·李尋傳》：「日者，衆陽之宗，人君之表。」《補注》：取日功，謂中宗得正帝位，社稷復歸於唐也。○天倫，出《穀梁傳》注「天之倫次」。

云何歐陽子，秉筆迷至公。唐經亂周紀，凡例孰此容。

《通》：歐陽子名修，字永叔，宋仁宗朝奉敕修唐史。「迷至公」者，言其不能正中宗之位，以明武后篡竊之罪也。《補注》：唐經，謂唐史，本韓文公「作唐一經」之語。《劄疑》：亂周紀，謂於帝紀内立《武后紀》，是以唐之一經而亂周紀於其中。凡例，《左傳序》：「發凡以起例。」《韻會》：「凡，最括也。」「例，比也。」孰此容，謂正統之凡例甚嚴，孰以此歐陽子之筆法容於其間也。○或云：凡例，歐陽子之凡例，即指「唐經亂周紀」而言。容，容忍之「容」，言唐經亂周紀之凡例，孰能於此容忍也。

侃侃范太史，受説伊川翁。《春秋》二三策，萬古開群蒙。

《補注》：侃侃，剛直貌。范太史，名祖禹，字淳夫。《通》：范祖禹，神宗朝受詔與温公修《資治通鑑》，分職唐史，遂采唐得失之迹，名《唐鑑》，上之哲宗。伊川翁，程叔子也。《程氏外書》：

「淳夫嘗與伊川論唐事，及爲《唐鑑》，盡用其説。伊川謂門人曰：『淳夫乃能相信如此。』」《劄疑》：《唐鑑》中宗嗣聖二年，「帝在均州」。三年至十四年，「帝在房州」。范氏曰：「昔季氏出其君，魯無君者八年。《春秋》每歲必書公之所在，不與季氏之專國也。自司馬遷作《吕后本紀》，後世爲史者因之，故《唐史》亦列武后於本紀。其於紀事之體則實矣，《春秋》之法則未用也。《春秋》，吴楚之君不稱王，所以尊周室也。天下者，唐之天下也，武氏豈得而間之？故臣復繫嗣聖之年，黜武氏之號，以爲母后禍亂之戒。竊取《春秋》之義，雖獲罪於君子而不辭。」○二三策，出《孟子》。

右七

《補注》：此篇專論武后之事，因推言高祖、太宗，垂統之主，皆以女色亂倫如此，宜其繼體如高宗者，不耻麀聚之污，卒致牝晨之禍也。蓋武后自得志以來，專作威福，竊取大位二十餘年，而其間淫穢殘虐不可勝紀。及武承嗣、三思等營求太子，自非仁傑力挽於前，柬之討賊於後，則唐祚幾於絶矣。秉史筆者宜用《春秋》之法，黜武后以爲女主僭亂之戒。奈何歐陽公之修《唐書》，仍列則天於帝紀，以亂國史之凡例乎？惟范太史受學程子之門，其作《唐鑑》也，於中宗廢遷之後，每歲必書帝在某所，以合《春秋》「公在乾侯」之法，所以正國統而明大義者，真足以開萬古之愚蒙矣。《通》：潘氏曰：「周末以來，歷代治亂之迹，皆足爲後世鑒戒，今獨舉三朝，何也？

曰：此詩之意，非欲備載治亂得失之迹，特以此三者乃治道本根所係，君臣大分所關，而史册所書邪正不分，使亂臣賊子非惟肆奸欺於一時，而千載之下，亦莫有明其罪者，其爲害有不可勝言者矣。若其它治亂得失，史氏自有一定是非，不必具述可也。」○按：自第四篇至此，當爲第二節，承上節言人心之妙，萬化所從出，而一爲形役，則其害至於亡國敗家。因以周漢唐事接之，以究其流禍之所極。

朱光遍炎宇，微陰眇重淵。寒威閉九野，陽德昭窮泉。眇，音「藐」。閉，一作「閟」。

《通》：朱光，日也。《選》：「大火争朱光。」蔡氏曰：「朱光遍炎宇之時，微陰已眇於重淵；寒威閉九野之時，陽德已昭於窮泉。陰不生於陰，常伏於盛陽之中，姤卦是也；陽不生於陽，潛伏於盛陰之中，復卦是也。」○按：九野，出《吕氏春秋》，曾氏以爲星土之法有九野，而在地者，亦别爲九是也。姤、復之陰陽同，而陰則曰微陰、曰眇；陽則曰陽德、曰昭，亦扶陽抑陰之意也。

文明昧謹獨，昏迷有開先。幾微諒難忽，善端本綿綿。謹，一作「慎」，非是。

《補注》：開先，謂啓其端而導之，猶言天誘其衷也。《記·孔子閑居》：「耆欲將至，有開必先。」

《通》：《老子》：「綿綿若存。」注：「綿綿，微而不絶也。」蔡氏曰：「盛陽而一陰伏，故雖文明，而昧謹獨之戒；盛陰而一陽復，故雖昏迷，而有開先之道。惟其昧於謹獨也，故幾微之際，誠不可忽；惟其有開先也，故善之端緒，每綿綿而不絶。」《劄疑》：文明，陽德之人；昏迷，陰濁之人。此言雖君子或忽於幽暗細微，雖小人亦有善端開發之處。幾微難忽，承文明謹獨而言；善端綿綿，承昏迷開先而言。

掩身事齋戒，及此防未然。閉關息商旅，絶彼柔道牽。

《劄疑》：《記·月令》：「仲夏之月，君子齋戒，處必掩身，毋躁。」注：「定心氣而備陰疾也。」「又仲冬之月，亦齋戒掩身。」《補注》：掩，收斂也。「閉關息商旅」，見《易·復卦·象》，言安意以養微陽也。「柔道牽」，《姤卦》初六《象辭》。牽，進也，以其進，故止絶之，所謂「繫於金柅乃履切」是也。「掩身」以下二句，兼冬夏至説；「閉關」、「絶柔」二句，分復、姤説，見《語類》「《易·復卦》」董銖録。《通》：胡氏曰：「冬夏二至，君子必齋戒掩身，皆爲未然之防。其在重淵者防之，而不敢忽其幾；在窮泉者防之，而不敢折其端。《易》於《復》曰：『至日閉關，商旅不行。』此齋戒掩身於冬至，欲善端充廣於無窮也。於《姤》曰：『繫於金柅，柔道牽也。』此齋戒掩身於夏至，欲幾微止息於未盛也。或曰：『防』字説姤爲切，恐不切於復。曰：言於姤，所以防陰之長；言於復，所以防陽之消。防陰之長，則幾微必謹，而收慎獨之效；防陽之消，則善端常存，而得開先之理①。防之用大矣哉！」

右八

《批注》：何文定曰：「首四句言天道消長之幾，次四句言人心善惡之幾。蓋天地只有一個陰陽，無物不體，無不自人心上透過。故人身氣機，實與天地同運。故君子於陰陽初動之時，自當隨時省察，以盡閑邪育德之道。惡則不忽於幾微，而絶之於早；善則養於綿綿，而充之使大。是以《月令》於冬、夏二至，皆有掩身、齋戒之文。夫湛然純一之謂齋，肅然警惕之謂戒。然後心地清明，有以燭乎善惡之幾，而早爲之所。庶幾陽明日盛，而德性益用；陰濁莫乘，而物欲不行耳。」《通》：此篇論陰陽進退、理欲消長之幾，雖非專爲前三首而發，然即前三首而觀之，其味於慎獨而不能防於未然者，尤爲可鑒。先生之意，一則要人謹其幾，一則要以見亂極思治之義。

微月墮西嶺，爛然衆星光。明河斜未落，斗柄低復昂。感此南北極，樞軸遥相當。太一有常居，仰瞻獨煌煌。中天照四國，三辰環侍旁。人心要如此，寂感無邊方。墮，徒果切，

① 「防陰之長」至「而得開先之理」，熊綉本《感興詩通》作「防陰之長，則幾微必謹，而得開先之理；防陽之消，則善端常存，而收慎獨之效」。

一作「墜」。一，一作「乙」。

《通》：斗柄，北斗之柄。斗柄三星，或低或昂，故曰「低復昂」。南北極，王蕃《渾天説》：「天半覆地上，半在地下。南北極持其兩端，天與日月星宿，斜而回轉。南極低，入地三十六度；北極高，出地三十六度。」《補注》：樞軸，設言天之旋轉，所以持兩端而居中不移者，如户之樞，車之軸也。《通》：《漢書》：「天神貴者太一，太一佐曰五帝。中宫天極星，其一明者，太一常居也。」《淮南子》：「太微者，太一之庭；紫宫者，太一之居。」并見《楚辭·九歌》注。《補注》：按，《語類》：「問：『太一有常居，太一是星否？』曰：『此在《史記》，太一星是帝座，即北極也。以星神位言之，謂之太一；以其所居之處言之，謂之北極。太一如人主，極如帝都也。』『三辰謂何？』曰：『此以日月星言也。』」○當，值也。

右九

《補注》：此見月星河漢，運轉無定，有以感夫天之樞軸，南北相當，而北辰一星常居中天，照臨四國，三辰環繞而歸向之。人之一心，處方寸之間，寂然不動，而隨感隨應，統攝百體，酬酢萬變，不見其有邊際方所，亦猶是也。故特舉「要如此」三字以示人，其意切矣。《批注》：何文定曰：「上篇言人身與天地同運，而常欲扶陽抑陰；此篇言人心與辰極同體，而常欲以静制動。」《通》：一、二篇以陰陽動静言，而三、四篇言心繼之，八篇以陰陽淑慝言，而九篇亦言心繼之。邵子曰：「天向一中分造化，人從心上起經綸。」即此意也。〇按：上篇因陰陽以明人心之善惡，此篇因天象以明人心之本體。

放勛始欽明，南面亦恭己。大哉精一傳，萬世立人紀。勛，一作「勳」。

《補注》：放勛，虞史贊堯之詞，言其功大，無所不至也。始者，言本於此也。《劄疑》：《堯典》：「欽明文思安安。」《論語》：「子曰：無爲而治者，其舜也與！恭己正南面而已。」然先生之意，則以爲堯之所以放勛者，始於欽明；舜之南面，無爲之治，亦由於恭己。《補注》：精一，舜授禹之辭，見《書·大禹謨》。

猗歟歎日躋，穆穆歌敬止。戒獒光武烈，待旦起《周禮》。獒，音「敖」。

《補注》：猗歟，歎辭。用《詩·商頌》語。躋，升也。《商頌》：「湯降不遲，聖敬日躋。」穆穆，敬德之容。《大雅》：「穆穆文王，於緝熙敬止。」戒獒，謂召公作《旅獒》之書以戒武王。《劄疑》：《(畢命)〔君牙〕》：「丕承哉，武王烈！」《孟子》曰：「周公仰而思之，坐而待旦。」《左傳》：「季文子曰：『先君周公制《周禮》。』」

恭惟千載心，秋月照寒水。魯叟何常師，删述存聖軌。常，一作「嘗」，非是。

《劄疑》：「秋月照寒水」，謂千聖相傳之心，分明如秋月之照寒水。《通》：潘氏曰：「此謂堯、舜、禹、湯、文、武、周公，千載相傳之心，前後一揆，純於天理，如秋月之明，無一毫之翳；如寒水之清，無一點之滓也。」魯叟，謂孔子，出陶詩。何常師，《論語》子貢曰：「仲尼焉不學，而亦何常師之有？」删，删削；述，傳舊而已。軌，轍也。胡氏曰：「挹其秋月寒水之心，而寄諸軌範，則時雖去而書存，人雖往而心存。立之於一時，不若存之於萬世者矣。」

右十

《批注》：何文定曰：「此言列聖相傳心學之妙，惟在一『敬』。仲尼删述《詩》《書》，以存聖軌，而垂法萬世者，其要亦只此一字。」

吾聞包犧氏，爰初闢乾坤。乾行配天德，坤布協地文。包，與「庖」通，一作「庖」。犧，一作「羲」。

《補注》：包犧，即伏犧也。開户曰闢。乾、坤爲《易》之門，故云「闢」。乾，健也。天行健，故畫乾以配天德。坤，順也，地道順布，故畫坤以協地文。凡地之所載，粲然呈露者，皆謂之文。

《通》：坤布，《易·説卦》：「坤爲布。」

仰觀玄渾周，一息萬里奔。俯察方儀静，隤然千古存。隤，徒回切，與「穨」通，一作「穨」。

《劄疑》：玄渾，謂天色玄而其體渾渾然也。《通》：《太玄經》：「馴於玄，渾行。」①人一呼一吸爲一息，一晝夜有三千六百餘息，天一晝夜行九十餘萬里。「一息萬里奔」，甚言之也。陰陽爲兩儀，天圓爲渾儀，地方爲方儀。隤然，順貌，出《易·繫辭》。《補注》：隤然，重墜貌，亦安静之意。

悟彼立象意，契此入德門。勤行當不息，敬守思彌敦。

《通》：彼，包犧也；此，吾身也。《劄疑》：不息，出《易·乾·大象》。「勤行」句，應「一息萬里奔」，「敬守」句應「隤然千古存」。《通》：楊氏曰：「聖人立象以盡意，學者悟意以入德。勤行不息，體乾之健；敬守彌敦，效坤之順。」

右十一

《補注》：言我聞伏羲初畫《乾》《坤》二卦，以象天地，因而仰觀俯察以悟其意，而有以契乎入德之門。是以力行則法天運之周，當自强而不息；持守則效坤儀之静，思安貞而益敦也。《通》：上篇自堯舜至於夫子，是自源徂流，謂聖人相傳，只是此敬。此篇又自流溯源，以明堯舜心法原於包犧之《易》，而包犧之《易》，則又不過法天地自然之象而已。先儒云：「天地設位而

① 《太玄·玄首序》云：「馴乎玄，渾行無窮正象天。」

《易》行乎其中」，亦只是此敬。

《大易》圖象隱，《詩》《書》簡編訛。《禮》《樂》矧交喪，《春秋》魚魯多。瑶琴空寶匣，絃絶將如何。興言理餘韻，龍門有遺歌。本注：程子晚居龍門之南。○喪，去聲。如，一作「奈」。

《補注》：圖，河圖及先天諸圖。象，卦象。隱，謂隱晦也。「簡編訛」者，如《小雅》不當升《魚麗》於《鹿鳴之什》，以《南陔》等編附《魚麗》之後之類，及《武成》《洪範》《康誥》《梓材》諸篇，多有錯簡也。《禮》《樂》交喪，謂《儀禮》多殘缺，而《樂經》又廢不傳也。《劄疑》：《莊子》：「世與道交相喪。」《通》：《抱朴子》：「書三寫，以『魯』爲『魚』，以『帝』爲『虎』，以『束』爲『宋』。」《補注》：魚魯，謂簡牘磨滅，有讀「亥」爲「豕」，「魚」爲「魯」之類。《批注》：何文定曰：「言我今欲埋其餘韻，正以程叔子於此嘗表章條理，深探精思，以續洙泗之絶響，其遺音今幸未泯也。」《通》：理餘韻於絶絃之後，周、程三夫子也。獨舉龍門，可以包濂溪、明道也。○按：「大易」出李白詩。理餘韻，何、胡二説不同，讀者詳之。遺，餘也，留也。

右十二

《補注》：此承前編「删述存聖軌」，言聖人心法之傳，專在遺經，而今殘闕若此，譬之瑶琴空存，而絃絶已久，則將如之何哉？所賴河南程夫子得不傳之學於千數百年之後，聖人之微言如絃絶而復續，今我欲得理其餘韻者，以有龍門之遺歌在是故也。《通》：余氏曰：「《易》自秦漢以來，學者不可謂無人，但河圖洛書，《易》所自起，而或以圖爲書，以書爲圖，如劉牧之誤。《易》之有象，如乾之爲馬，坤之爲牛，《説卦》有明文矣。而按文索卦，多有不可曉者。漢儒創爲互體、卦變、納甲、飛伏之法，其説皆傅會穿鑿，固無足言。而王弼則又似直以《易》之取象，但如《詩》之比興、《孟子》之譬諭，無復有所自來，則是《説卦》之作，無所與於《易》，而遠取諸物者，亦剩語也。此《大易》之圖與象，所以均於隱晦而不明也。《詩》自齊、魯、韓氏之學不傳，而《毛傳》《鄭箋》獨行於世。《藝文志》載《毛詩》二十九卷，《訓詁傳》三十卷。後漢以來引經附傳，共止二十九卷，則《訓詁傳》之所并者，不知何卷也。然季札所觀周樂，《王風》列於《鄭》之先；而鄭氏所作《詩譜》，《王》乃次於《豳》之後。《書》學經秦煨燼，孔安國所定纔五十八篇，其亡者四十有二。《泰誓》三篇，或謂本非伏生口授，乃河内女子之所獻，孔穎達亦以爲張霸僞造之文，則簡編之訛可類推矣。《武成》『血流漂杵』之言，孟子已不之信。先王之治以禮爲本，而晚周而下，寖以掃地。天下學者亦失其傳，故隨武子不知殽蒸，孟僖子不知相禮，范獻子不知問諱，曾子不知奠方，又何怪乎叔孫之綿蕝見譏於兩生，曹褒之定議見沮於酺敏也。孔子問樂於萇弘，學琴於師襄，自衛反魯，然後樂正，雅頌各得其所。後世雜之以鄭衛，混之以胡虜，而《樂》幾亡矣，非《禮》

與《樂》之交喪乎？若夫《春秋》之訛，尤不可勝説。如隱三年，君氏卒，《公》《穀》則以『君』爲『尹』。莊元年，單善伯送王姬，《公》《穀》則以『送』爲『逆』。且如齊魯①之會於艾也，或曰會於蒿，或曰會於鄗。宋楚之會於盂也，或曰會於雩，或曰會於霍。其他以『公孫兹』爲『公孫慈』，以『公孫嘉』爲『公孫喜』，『厥慭』而謂之『屈銀』，『鸜劬鵒欲』而謂之『鸛鵒』，愈傳愈謬，遽數之不能終也。魚魯之多，不其然邪？夫經，所以載道也，其隱訛喪謬，有如此者。譬如瑶琴空藏寶匣，鳴絃斷絶而至音寂寥也。天運循環，無往不復，而河南夫子出焉。其於《易》也，謂有理而後有象，有象而後有數，得其義②則象數在其中。其於《詩》也，欲吟咏情性，涵暢道德之中，而歆動之。其於《書》也，謂須要見二帝三王之道。其於《禮記》也，擇冠、昏、喪、祭、鄉、相見之經典，以類相從，自爲一書。表章《大學》《中庸》，以配《語》《孟》。其於《樂》也，深惜夫今之祭祀無樂，今之樂不可用，不得緩急之節。其於《春秋》也，謂《五經》之有《春秋》，猶法律之有斷例。欲以傳考經之事迹，以經别傳之真僞，有《易傳》《詩傳》《書説》《春秋説》，見行於世。先生得二程之正傳，續六經之絶學。於《易》則作《本義》《啓蒙》，專主卜筮，以復潔净精微之舊。於《詩》則盡削小序，并爲一編，綴之篇後，協其音韻以便吟哦，以復温柔敦厚之教。於《書》則謂出於口授者多

① 「魯」，原脱，據熊繡本《感興詩通》補。
② 「義」，熊繡本《感興詩通》作「理」。

艱澀，得於壁藏者反平易，學者當沉潛於其易，不必穿鑿傅會於其難。於《禮》則以《儀禮》爲經，而取《禮記》及諸經所載有及於禮者以附本經之下，凡脱稿者二十三卷。所著《家禮》，世皆用之。其序律吕也，則有取於蔡元定之書，以爲國家審音叶律典領之臣，當取而奏。其説《春秋》也，則謂正義明道，貴王賤霸，尊君抑臣，内夏外夷，乃其大義，而以爵氏、名字、日月、土地爲褒貶之例，若法家之深刻者，乃傳者之鑿説。皆所以破古今之惑也。此詩雖主程子，而先生自任之意確矣。」

顔生躬四勿，曾子日三省。《中庸》首謹獨，衣錦思尚絅。偉哉鄒孟氏，雄辨極馳騁。操存一言要，爲爾挈裘領。省，悉井切。謹，一作「慎」，非是。衣，去聲。絅，音「褧」。

《補注》：躬，行也。《中庸》本《禮記》篇名，子思所作。謹獨、尚絅，皆言爲己之學，其立心當如此也。　《剳疑》：《荀子》：「若挈裘領。」〇四勿、三省并見《論語》，衣錦、尚絅亦《中庸》文。雄辨，程子嘗云：「《孟子》儘雄辨。」操存，見《孟子》。

丹青著明法，今古垂焕炳。何事千載餘，無人踐斯境。

《剳疑》：揚子：「聖人之言，炳若丹青。」　《通》：胡氏曰：「『踐』字好玩味。丹青炳焕，有目皆睹，而實踐者難，非知之難，而行之惟難也。」

右十三

《補注》：此言顏子、曾子所行之目，子思、孟子所言之要，皆如丹青炳焕，垂法後世。如何鄒魯以後，濂洛以前，千餘年間，無有能力踐而深造之者？且四者之中，「操存」一語，尤爲切要。蓋仁義之心，放而不存，則雖欲加以克省不欺之功，亦無所用其力焉。故先生於《孟子》「夜氣章」説之詳矣，而復於此特申「挈裘」之喻，以致丁寧之意云。《通》：蔡氏曰：「此詩論顏子、曾子、子思、孟子傳心之法，以上接堯、舜、禹、湯、文、武、周公、孔子，蓋以明道統之正派，而又歎其自孟子而下，寥寥千載，而道統幾絶矣，其旨深哉！」〇按：自第八篇至此，當爲第三節。承上節而又反之於心，因及伏羲、堯、舜以來，群聖賢相傳之心法，以申第三篇之意。

元亨播群品，利貞固靈根。非誠諒無有，五性實斯存。

《通》：潘氏曰：「元亨，屬春夏，萬物所以發生而敷榮；利貞，屬秋冬，萬物所以成熟而收藏。」《劄疑》：靈根，謂萬物之根荄，誠實理。若非實理，則元亨利貞，皆無有也。五性，仁、義、禮、智、信。《補注》：實斯存，亦上文「非誠無有」之意。《通》：真氏曰：「乾之四德，迭運不窮，其本則誠實而已。『播群品』者，誠之通也；『固靈根』者，誠之復也。通則爲仁爲禮，復則爲義爲智。」〇「播」如「大均播物」之「播」。靈，善也。道家以舌爲靈根，《太玄經》以心爲靈根，當隨文看此。靈根，指成性處言，即萬物所以生之本也。

世人逞私見，鑿智道彌昏。豈若林居子，幽探萬化原。逞，丑郢切，音「騁」。豈，一作「未」。

《剳疑》：《孟子》：「所惡於智者，爲其鑿也。」林居子，謂隱者。《通》：程氏曰：「此指一樣偏見僻學之人自以爲是，而實害於道，如下篇老佛、葩藻之屬，亦皆是也。」余氏曰：「林居之士未必皆有幽探之功，而但此理非静中不能體認。先生賦此詩時正隱居山林，豈自況歟？」○逞，矜而自呈也。

右十四

《補注》：潘柄謂，此將言異端、詞章之害道妨教，故先發此，以明吾道之本原是也。夫道之本原，誠而已矣。造化之所以發育，人物之所以生生，皆不外是。世人不知，往往逞其私智而穿鑿妄行，此道之所以愈不明也。豈若隱遁之士，潛心育德，而能深探乎此者耶？

飄颻學仙侣，遺世在雲山。盜啓元命秘，竊當生死關。飄颻，一作「飄飄」。山，一作「間」。元，一作「玄」。

《補注》：「元命秘」者，人生禀命之本原，機緘藴奥，至爲玄微，故謂之「秘」；「生死關」者，陰陽合散之樞要，消息存亡，皆由於此，故謂之「關」。○啓，開也，發也。元命秘，子昂詩：「聖人秘元命，懼世亂其真」，蓋用其語。「當」如「一夫當關」之「當」，此是造化之賊，故曰「盜」，曰「竊」。

金鼎蟠龍虎，三年養神丹。刀圭一入口，白日生羽翰。

《通》：金鼎，煉金鼎也。子昂詩：「金鼎合還丹。」蟠者，蟠結之義。龍虎，鉛汞胡孔切也。龍虎之氣，交相蟠結，而以水火二鼎煉之，并温三年而可服，過則無力，生則功緩。《補注》：刀圭，醫家劑藥之分數。《本草》以爲十分方寸匕之一，如梧桐子。方寸匕者，作匕正方一寸也。「刀圭入口」，蓋用《參同契》「刀圭最爲神」、「還丹可入口」之文。《通》：魏伯陽丹成服之，白日飛升。《白氏六帖》：「白日升天，而生羽翰。」《補注》：此借仙家服食之事以喻内丹。金鼎，即指人身之中而言，丹家所謂乾坤鼎器是也。蟠者，交媾之謂。龍虎，藥物之假名，其實精、氣二物而已。「三年」言其久，蓋丹既成，又必温養之久，然後能脱然而輕舉也。《通》：余氏曰：「文公嘗訂定魏伯陽《參同契》，且云《參同契》所云坎離、水火、龍虎、鉛汞之屬，只是互換其名，其實只精、氣二者。精，水也，坎也，龍也，汞也；氣，火也，離也，虎也，鉛也。其法以神運精氣，結而爲丹。陽氣在下，初成水，以火煉之，則凝成丹，内外異色，狀如鴨子卵。」程氏曰：「人生受天地之氣以成形，天地所以長久者，以其氣運行不息，常在内而不泄也。人之氣無非運出之時，所以易散。修養家有見於此，故其法以神運精氣。火候則有早晚，進退之期用卦爻之策，則遇陽而注意運行，遇陰而放神冥寂，此所謂内丹也。」〇刀圭，《參同契》注云「未詳」。

我欲往從之，脱屣諒非難。但恐逆天道，偷生詎能安？屣，所綺切，與「躧」同，或作「蹝」。道，一作「理」。

《通》：天道者，陰陽屈伸是已。使可有生而無死，是有陽之伸而無陰之屈也，豈天道哉？余氏曰：「歐陽公云：『老氏貪生，釋氏畏死。氣聚則生，氣散則滅，順之而已，釋老皆悖之者也。』程子曰：『此是天地間一賊，若非竊造化之機，安得延年？使聖人肯爲，周孔爲之矣。』」○脱屣，《史記·封禪書》武帝曰：「嗟乎！吾誠得如黄帝，吾視去妻子如脱屣耳。」

右十五

《批注》：何文定曰：「此言神仙家遺棄事物，遁迹雲山，苦身修煉，以求不死。所爲雖似清高，究其旨意，只是貪生私己，豈是循理？夫修身以俟死者，聖賢所以立命也；保煉延年者，道家所以逆天也。又豈有賢者而肯安於爲此哉？」

西方論緣業，卑卑喻群愚。流傳世代久，梯接凌空虚。顧眄指心性，名言超有無。眄，一作「瞻」。名，去聲。

《通》：周昭王時，佛生於西域天竺國。漢明帝夢金人長丈餘，頭有光，明日以問群臣，或曰：西方有神，其形丈六尺而黄金色。帝爲之遣使往天竺尋訪，由是化流中國。緣之名有十二，曰觸、愛、受、取、有、生、老、死、憂、悲、苦、惱；業之名有三，曰身、口、意。子昂詩：「西方金仙子，緣業亦何名。」《補注》：緣業，謂人死不滅，復入輪回。生時所爲善惡，皆有報應也。《劄疑》：《史記・老韓傳》：「申子卑卑。」《補注》：「梯接凌空虛」，猶今人言架空也。「指心性」，謂佛書有「即心是佛」、「見性成佛」之説。「超有無」，謂其言有，則云「色即是空」；言無，則云「空即是色」之類。《劄疑》：《老子》：「有生於無。」程子曰：「《大易》不言有無，言有無，諸子之陋也。」蓋釋氏名言，超出於有無之間。《通》：蔡氏曰：「佛初只論緣業以誘衆生，極爲卑下。其後如梯之接，漸漸凌入空虛玄妙之域，不可致詰焉。」潘氏曰：「此言佛氏之説流傳久遠，轉而爲禪，自以爲識心見性，超越有無，而不知實則架空踏虛，無所依據也。豈知乾坤之實理，聖賢之實德哉？」

捷徑一以開，靡然世争趨。號空不踐實，躓彼榛棘途。誰哉繼三聖，爲我焚其書。徑，一作「經」。踐，一作「殘」，皆非是。號，平聲。躓，音「致」。

《補注》：捷徑，謂不立文字，直以爲一顧眄、一話言之頃，便可識心見性，超悟道妙。靡然，草從風偃之貌。三聖，禹、周公、孔子，出《孟子》。《劄疑》：焚其書，韓文公《原道》篇：「人其人，火其書。」○「捷徑」出屈原《離騷經》。號空，未詳。躓，跲也。榛，棘。揚雄《反離騷》：「枳棘之榛榛兮。」注：「榛，梗穢貌。」程子論佛氏之害曰：「是皆正路之蓁蕪。」

右十六

《補注》：仙佛之爲異端，一也。然修煉之徒，往往靳秘其術，不輕授人，故從而習之者無幾。佛氏之教乃欲廣化群生，必棄而君臣，去而父子夫婦，皆歸於我。若此不已，則天其與我民彝不幾於熄乎？故程子獨言其害道爲尤甚，戒學者當如淫聲美色以遠之。今詳味二詩之旨，則其輕重淺深，亦可見矣。《通》：程氏曰：「佛氏之説大略有三，其初齋戒，後有義學、有禪學。先生説之甚詳，今檃括其語於後。蓋佛初入中國，止説修行，未有禪話。《四十二章經》辭甚鄙俚，故亦明白。其後中國好佛而覺其陋者，從而增加之，如二十八祖所作偈其懇切皆韻語，西天安有此邪？自齋戒變爲義學，晋宋間，其教既盛，遠法師、支道林始相與演義，説出一般道理，然只盗竊老莊之説。至梁普通間，達磨入中國，見其説已窮，而梁武帝只從事於因果，遂面壁静坐，不立文字，直指人心，翻出禪話，言人心至善，不用辛苦修行。然其初尚分明説，其後又窮，一向説無頭話，當時士大夫未甚信。向及六傳至唐中宗時，有六祖禪學，專就身上作工夫，直要窮心見性。士大夫纔向裏者，無不歸之，而吾徒攻之者，皆出禪學之下，號爲聰明之人，便被誘引將去。蓋其時，儒者之説甚淺近，被他窺見罅漏，故説得張王爾。若佛之空，又與老之無不同。老子清净無爲，深藏固守，自爲玄妙，教人摸索不得，便是把有無做兩截看了。佛氏只是空豁豁然都無了。莊老絶滅義理未盡，至佛則人倫滅盡，至禪則義理滅盡矣。論佛氏之害者，無以過此。緣先生深知其失，故足以破之。其後又有竊取濂溪之説以文之者，尤無忌憚也。此詩第一句、第二句即齋戒因果之説，程子所謂『昔之惑人，乘其迷暗』是也，故其害猶淺。第三句至第十句，則自義而禪，程子所謂『今之惑人，因其高明』是也，故其害愈深。末句『繼三聖』之言，先生焉得不以自任也哉！」

聖人司教化，黌序育群材。因心有明訓，善端得深培。天叙既昭陳，人文亦褰開。黌，胡盲切，通作「横」。

《補注》：黌，學舍也。善端，即四端。天叙，即《書》所言「五典」。人文，「五典」之儀文，《易》言「觀乎人文以化成天下」者，正謂此也。褰，掀舉之意。褰開，言易見也。〇序，亦學舍。《孟子》：「殷曰序。」因心，《詩·大雅》：「因心則友。」注：「因其心之自然，而無待於勉强也。」李氏曰：「生而無不知愛其親，長而無不知敬其兄，本於良知良能，豈非因心而然哉？」

云何百代下，學絶教養乖。群居競葩藻，争先冠倫魁。淳風反淪喪，擾擾胡爲哉。何，一作「胡」。乖，叶公回切。反，一作「久」。喪，去聲。

《補注》：「冠倫魁」，謂冠倫之魁，猶言甲科狀元。《通》：揚雄《甘泉賦》：「乃搜逑索耦，皋、伊之徒，冠倫魁能。」注：「冠倫，謂冠乎等倫。魁，傑也。」此蓋借作「魁科」之「魁」。〇群居，《論語》文。冠倫，本用揚子「冠乎群倫」之語，見先生《與方伯謨書》。

右十七

《補注》：此言古先聖王開設學校，教育群材，皆所以培善端、明人倫而已。奈何後世賢聖之君不作，上之所以教，下之所以學，皆無其本。庠序群居之士，不知人理自然之文，但以詞章之葩藻黼麗者爲文，争先鬬靡，躐取高第，遂使良心椓喪，利欲紛拏，而於天叙、天秩不復加意。風俗之頹敗一至於此，可勝歎哉！《通》：徐氏曰：「上篇言仙佛之害道，此又歎吾儒之學不明，而庠序之習日非也。」《批注》：何文定曰：「此詩歎科舉之弊，每三年群天下之士爲一大擾，斫喪人心，敗亂風俗，其害有不可勝言者。上之人乃重於改作而不知變，抑獨何哉？」《通》：自第十四首至此爲第四節。○按：此一節承上「無人踐斯境」，言其所以如此者，專以異端肆行，人心陷溺，學校廢壞，淳風淪喪故也。

童蒙貴養正，孫弟乃其方。雞鳴咸盥櫛，問訊謹暄涼。奉水勤播灑，擁篲周室堂。進趨極虔恭，退息常端莊。劬書劇耆炙，見惡逾探湯。庸言戒粗誕，時行必安詳。灑，去聲。炙，之夜切，一作「味」。粗，倉胡切。

《補注》：童蒙養正，見《易·蒙卦》。孫，順也，謂順於親也。《通》：《論語》：「幼而不孫弟。」

篲，掃篲。《漢書》：「文侯擁篲。」劬書，劬勞於書也。《補注》：劇，甚。劇耆炙，謂甚於耆炙也。耆炙，出《孟子》。逾探湯，言惡之甚，《論語》：「見不善如探湯。」庸，常也。《通》：粗誕，鄙野夸誕也。安詳，安重詳審也。○問訊、暄涼，即《内則》所謂「問衣燠寒」也。播灑，出《弟子職》。時行，謂行動以時，出《玉藻》。安詳，用張思叔《座右銘》語。

聖途雖云遠，發軔且勿忙。十五志於學，及時起高翔。軔，而振切。

《劄疑》：軔，礙車止輪之木。發木動輪，則車行。《離騷經》云：「朝發軔於天津。」《通》：及時，出《易·文言》。潘氏曰：「此承前篇禪家捷徑而言，學者當從事於下學，而後可以上達，不可如禪家直趨捷徑，欲一蹴而至聖人之域也。」《批注》：何文定曰：「『發軔且勿忙』者，欲其且盡其小，而無躐進其大也；『及時起高翔』者，又欲其進於其大，而無苟安其小也。」

右十八

《補注》：上篇言士風凋弊，由教養之失道，故此專言童蒙養正之事。《通》：古人之教，養蒙爲先，故詩於此拳拳焉。詩首言天地陰陽之奧，此理之極於至大而無外者也。此言童蒙灑掃應對之節，此理之入於至小而無内①者也。程子曰：「灑掃應對與精義入神，通貫只是一理。」又曰：

①「内」，熊繡本《感興詩通》作「間」。

「自灑掃應對以上，便可到聖人事。」此詩始之以「童蒙養正」，終之以「聖途高翔」，即此意也。

哀哉牛山木，斤斧日相尋。豈無萌蘖在，牛羊復來侵。斤斧，一作「斧斤」。蘖，五割切。在，一作「生」。復，一作「又」。

《補注》：牛山木，訓義詳見《孟子》。此四句興下四句。《通》：蔡氏曰：「『哀哉』二字，亦《孟子》語，《集注》謂此二字最宜詳味，令人惕然有深省處。」

恭惟皇上帝，降此仁義心。物欲互攻奪，孤根孰能任。

《補注》：任，堪也，勝也。《通》：潘氏曰：「惟皇上帝降衷於下民，人莫不有此仁義之心，但爲物欲所攻伐，是以良心日以放失。雖根苗尚在，善端間發，而孤獨已甚，無以堪勝於物欲之牿亡者矣。『仁義』照上文『山木』，『孤根』照『萌蘖』，『物欲』照『斧斤』、『牛羊』。」《補注》：潘柄云：「『童蒙』章止言存養之法，至此始露出仁義之心，以爲所養之實，不可不知也。」○「皇上帝」用《書・湯誥》語。

反躬艮其背，肅容正冠襟。保養方自此，何年秀穹林。

《補注》：反躬，自省也，出《樂記》。艮其背，《易・艮卦・彖辭》，止靜之義也。蓋人身百體，皆爲物所動，惟背不動故爾。《通》：潘氏曰：「反躬、艮背，所以止於內；肅容、正冠，所以防其外。内外交養，庶幾有以全其仁義固有之心也。『穹林』者，首尾皆以林爲喻也。」《劄疑》：穹，高也。《通》：按此詩言心與第三四首相應，其言保養與第十三首所謂「操存」者相應。

○穹林，出韓文公文。

右十九

《補注》：此篇本《孟子》之意以成文，大抵爲人放其良心，而不知求，故以「哀哉」二字發其首。上篇戒以發軔勿忙者，欲其盡保養之功，而易於高翔。此則歎其「何年秀穹林①」者，恐其失保養之時，而難於成功也。其反復懇切之意，不亦深哉！

玄天幽且默，仲尼欲無言。動植各生遂，德容自清温。

《通》：首句子昂詩。《補注》：清，清明。温，和厚也。《劄疑》：動植生遂，言玄天幽默，而造化流行。德容清温，言仲尼無言而英華粹盎。《通》：潘氏曰：「此言天何言而四時行、百物生，無非實理之寓也。聖人無言，而容貌舉履之間，無非至教之所形也。」詹氏曰：「天地之生萬物，聖人之應萬事，其分雖殊，其理未嘗不同，皆自然而然，不待言而顯矣。」○《論語》：「子

① 「林」字原脱，據文意補。

曰：『予欲無言。』子貢曰：『子如不言，則小子何述焉？』子曰：『天何言哉？四時行焉，百物生焉。』」

彼哉夸毗子，呫囁徒啾喧。但逞言辭好，豈知神監昏。夸，音「夸」。毗，音「琵」。呫，音「帖」。囁，日涉反。逞，一作「騁」。監，一作「鑒」。

《補注》：彼哉，外之之辭。《劄疑》：《詩・大雅》：「天之方懠，無爲夸毗。」注：「夸，大。毗，附也。小人之於人，不以大言夸之，則以諛言毗之也。」子昂詩：「便便夸毗子，榮耀更相持。」呫呫，小貌。囁，多言。《史記・灌夫傳》：「夫罵臨汝侯曰：『乃效兒女呫囁耳語。』」注：「呫囁，附耳小語聲。」《通》：啾喧，小兒聲，又鳥聲。《劄疑》：神監，指心而言。○彼哉，出《論語》。

曰余昧前訓，坐此枝葉繁。發憤永刊落，奇功收一原。

《通》：《記・表記》：「天下無道，則言有枝葉。」刊落，謂删其枝葉也。《批注》：「奇功收一原」，是用《陰符經》中「絶利一原，用師十倍」之語。此二語，先生極喜之，時時舉揚，有學者問其義，先生嘗爲之解釋曰：「絶利者，絶其二三；一原者，一其本原①。豈惟用兵，凡事莫不皆然。」「倍」如「功必倍之」之「倍」，大概謂專一則有功。上文言瞽者善聽，聾者善視，皆是專一，故

①「本原」，熊繡本《感興詩通》作「元本」。

有功也。夫人之所以爲學，要其歸，只是存此心而已，此是本原也。而乃榮華其言語，巧好其文章，則是盛其枝葉，失其本根，於學焉得有功？惟發憤而痛加刊落，則是絶其二三之利，而一其本原，故奇功可收也。《補注》：此自言，向也亦昧聖訓而失於多言，自今發憤，永將削除枝葉之繁，而歸根斂實，收奇功於一原也。余子節曰：「學者想德容清温於無言之中，察神鑒昏昧於多言之際，聖愚之分，斷可識矣。」〇發憤，亦《論語》文。

右二十

《劉疑》：熊氏曰：「此篇論天道不言，聖人無言，後世多言之弊。」愚謂：《感興詩》首言一理，中散爲萬事，末復合爲一理，此《中庸》之義。《通》：自第十八首至此爲第五節。〇此一節又承上言小學涵養之事，因又約之以操存之功，以極乎無言、一原之妙。大抵此詩首尾都是説此心。

附諸家總論

余氏曰：詩始言一理，中散爲萬事，末復合爲一理。幽探無極、太極生化之原，明述道心、人心危微之辨，粗及晚周、漢、唐治亂之迹，精言陰陽、星辰、動静之機。上原堯、舜、禹、湯、文、武、周、孔①授受之宗，中列顔、曾、思、孟存守之要。大而乾坤之法象，性命之根源；微而神仙之渺茫，釋佛之空寂，與夫經之所以得，史之所以失，靡不明備，無有闕遺。且於教之所以爲教，學之所以爲學，粲然條列，渾然貫通。首窮夫無極之旨，末歸於無言之妙，與《中庸》始言「天命之謂性」，而終言「上天之載，無聲無臭」者，同一指歸也。

又曰：蘇黄門謂《大雅·緜》九章初頌太王遷豳，至八章乃及昆夷，九章復及

① 「孔」，《感興詩通》原引余氏語無。

虞芮，事不接，而文不①屬，如連山斷嶺，相去絶遠，而氣象聯絡，觀者知其脉理之爲一也。《感興》之詩，當以是觀之。

李氏心傳曰：詩凡天地陰陽之運，道德性命之理，百王之規範，六經之藴奥，與夫孔孟相傳之正，瞿聃所見之妄，大略咸具於此，而以下學上達之方終焉。雖因興所感而遂成章，然開示學者之意，亦已切矣。顧其包涵廣遠，不可涯涘，倘非讀盡夫子之書而通其義，則於此六百三十六字之大旨，猶未免乎面墻也。

李氏道傳曰：《感興》二十章，擬陳拾遺《感遇》而作也。詩人擬古多矣，第能仿其意趣，效其音節，無甚高論。拾遺之詩，李太白亦嘗擬之，其措意遣詞，不出拾遺區域之外，至有全用拾遺語者，雖無作可也。朱子此詩，其於天地萬物之理，下學上達之事，靡不該貫，蓋道學精微也。第其弘深妙密，初學之士或未盡識也。

王氏埜曰：先生此詩，凡太極陰陽之理，天理人欲之機，古今治亂之分，異端末學之辨，精粗本末，兼該并貫，加以興致高遠，音韻鏗鏘，足以追儷風雅。學者優游

① 「不」，底本原脱，據《感興詩通》、蘇轍《欒城三集》卷八《詩病五事》補。

諷咏，興起感發，良心善性，油然而生。下學上達之功，孰能外是而他求之哉？

梅嚴胡氏曰：文公贊陳詩，以爲「雖乏世用，實物外難得自然之奇寶」，且自言其詩「近而易知」，「皆切日用」。然則陳詩如丹砂、空青、金膏、水碧，有之固可玩，無之亦何損；文公詩則布帛之文，菽粟之味，有補飢寒，生人不可一日缺者。雖然，文公自謂「近而易知」，愚則謂其近如地，其遠如天，豈可以易知而忽之哉！

胡氏升曰：此詩究極道體，綱維世教，與《太極圖》《通書》《近思録》實相表裏，指示學者甚切也。

上虞劉氏曰：雲峰胡先生炳文有言：「昔游定夫讀《西銘》曰：『此《中庸》之理。』某讀《太極圖説》亦云。蓋其説即《中庸》始言一理，中散爲萬事，末復合爲一理也。《通書》與《太極圖》相表裏，其發明《中庸》處尤多，皆以誠爲之樞紐。至朱子《感興詩》始終條理，亦不異於《中庸》。」斯言盡之矣。先儒嘗尊《太極圖》《通書》《西銘》及《正蒙》，目爲「性理四書」。愚謂：此《感興詩》亦當與前四者列爲五書而并傳之，無疑也。

又曰：朱子此詩專明心學之藴奥，義理之精微，而兼得乎詞人之興趣。雖一時箋注，如門人瓜山潘柄、北溪陳淳、覺軒蔡模，與夫楊庸成、詹景辰、徐子與、黄伯暘、余子節諸家之説，其於義理固多發明。然惜其未得師門傳注之體，或墮於講義之泛衍浮冗，或流於纂疏之枝葉繁碎，使①與作者本意反相扞盭，而使初學即此以求興趣之歸，難矣！愚因輯是續編，輒不自量而訓解之。雖意見凡近，未敢自謂過於前人。然於每篇之詞旨，敷暢條達，使諷玩之者，無崎嶇求合之難，或庶幾焉。竊聞雲峰胡先生亦嘗著《感興詩通》，或者秘其稿而不傳。萬一獲見是書，得以正予之謬妄，則又幸矣。

遜志齋方氏曰：三百篇後無詩矣。非無詩也，有之而不得《詩》之道，雖謂之無，亦可也。夫《詩》所以列於《五經》者，豈章句之云哉？蓋有增乎綱常之重，關乎治亂之教者存也。非知道者孰能識之？非知道者孰能爲之？人孰不爲詩也，而不知道，豈吾所謂詩哉？嗚呼！若朱子《感興》二十篇之作，斯可謂詩也已。其於性

① 「使」，劉履《選詩補注》原作「似」。

命之理昭矣，其於天地之道著矣，其於世教民彝有功者大矣。繫之於三百篇，吾知其功無愧，雖謂三百篇之後未嘗無詩，亦可也。斯道也，亘萬古而不亡，心會而得之，豈不在乎人哉！

朱夫子《感興詩》，上極乎陰陽性命之奥，而不遺於下學；外盡乎治亂興喪之機，而反之於一心。規模廣大，工夫嚴密，先儒以配乎《太極圖》《西銘》，信矣。獨其文字簡深，義理精微，窮鄉晚學之士，讀之茫然，往往不識其旨意之所存，學者以是病焉。友人洪君季修①得明儒劉剡所編胡雲峰、劉上虞二氏注於其族父敬仲氏，以示余，曰：「盍爲之修輯以成書？」余受而閲之，字有其訓②，句有其解。凡昔之茫然而不識者，莫不瞭然而悉備。有是而尚沉没不行，誠可惜也。然其説或多繁碎，編録又復雜亂，間亦有闕略處。遂就其中删複正誤，略成次第。而又取金仁山《濂洛風雅注》及尤庵先生《朱子大全劄疑》，逐段添入，通爲一編。其或有未備者，則又依仿栗谷先生《小學集注》例，加圈而附補之。然不過一二文義而已。蓋自編輯之役，以至去取修删，終始與敬仲氏同其商訂，而若其附補者，又多出其手。於是而復奉稟於當世先達，博議於一時士友，未嘗敢輒用己意妄下一字，以犯僭逾之罪也。編既成，名以「集覽」。蓋此書之輯，本欲該載衆説，以便考閲，非敢裁之以傳注體段，以求多乎前人也。季修將以入梓，要余識其後，略記顛末如此云。庚午季夏西河任聖周謹跋。

①「友人洪君季修」，任聖周《鹿門集》卷二〇一《感興詩集覽跋》作「近余」。
②「字有其訓」前，任聖周《鹿門集》卷二〇一《感興詩集覽跋》前有「反覆參考」四字。

朱夫子嘗讀《大雅》而贊之曰：「此非聖賢不能爲，平易明白，正大光明。」①蓋《大雅》多周公所自作故也。自夫《大雅》之不作，而詩道崩淪，降及後世，則直雕蟲篆刻之類耳。漢唐以來，獨朱子《感興詩》二十篇特爲正聲，上述性命之原，下備日用之常，旁及歷代之史。詞②致明白，議論正大，與《大雅》相表裏，學者所宜朝夕諷誦而不可廢者也。顧其注説多門，難於折衷，讀者病之。任斯文仲思乃取諸家，斟酌去取，作爲一書，略其浮辭而發其要旨，用意精深。讀是詩者，因是而得其辭，通其義，以卒承先生嘉惠後學之意，則豈曰「少補之」哉！仲思要余題其後，略述如此云。癸酉復月初吉，驪興閔遇洙跋。

① 《朱子語類》卷八〇「大雅文王」條云：「《大雅》非聖賢不能爲，其間平易明白，正大光明。」
② 「詞」，閔遇洙《貞庵集》卷九《感興詩集注跋》作「辭」。

朱子感興詩諸家集解

〔朝鮮〕李宗洙 撰

凡例

一、正説本文之義居先。如第一篇第二句，《語類》「陰陽」云云。本文事實之可考者次之。如第一篇第三句，《易大傳》「古者」云云。文字有援據者，載其出處。如第一句，《太玄經》「昆侖」云云。發揮精義，推及餘意者，載之章下。

一、經語古事出處，係於本句下。

一、諸家説同處，采其差長者；其異同處，則謹擇其近於本旨者。亦有兩説并存處，讀者詳之。

一、諸家注，蔡氏解有全部行於世，其它諸家説只據《選詩續編》所載者采輯，故以蔡注爲主。

一、諸家説文字間有合商量處，不敢輒删節，各其下略標其疑義。

一、所引諸家姓氏：

建安蔡氏　名模，字仲覺，號覺軒。九峰子。

勉齋黄氏　名榦，字直卿，福州閩縣人，受業朱子。

長樂潘氏　名柄，字謙之，號瓜山，朱子門人。

鄱陽程氏　名時登，字登庸。○《心經》附注：宋儒樂平程時登《類聚中和説集編》六卷。

楊氏　名庸成。

詹氏　名景辰。

建安徐氏　名幾，字子與，號進齋。

黄氏　名伯暘。

鄱陽余氏　名伯符，字子節，號思齋。

新安胡氏　名升，字潛夫，號愚齋。

胡氏　名次焱，字濟鼎，號梅巖。

北山何氏　名基，字仲恭。

雲峰胡氏　名炳文，字仲虎，新安人。元初調蘭溪州學正，謚文通，著《感興詩通》。

上虞劉氏　名履，字坦之，著《補注》，大明人。

魯齋王氏　名柏，字檜之，謚文憲。從何北山游，以道自任，篤志力行。自處太高，固執所見，好立異論。

朱子感興詩諸家集解

朱子自叙曰：予讀陳子昂《感遇》詩，《補注》：子昂，字伯玉，梓州射洪人。《文藝傳》：「唐興，承徐庾流風，子昂始變正雅，爲《感遇》三十八首。王適云：『子昂《感遇》詩爲海内文宗。』」誠知言也。愛其詞旨幽邃，音節豪宕，非當世詞人所及。如丹砂、空青、金膏、水碧，《補注》：丹砂，出桂州句漏縣。晋葛洪欲得丹砂，求爲句漏令。空青，生益州山谷及越嶲山有銅處，銅精熏則生，其腹中空。金膏，《穆天子傳》：「示汝黄金之膏。」水碧，《山海經》：「耿山多水碧。」郭璞曰：「碧亦玉也。」《選》：「方士煉玉液」，「陵波采水碧。」四者皆仙藥也。雖近乏世用，而實物外難得自然之奇寶。欲效其體作數十篇，顧以思致平凡，筆力萎弱，竟不能就。然亦恨其不精於理，而自託於仙佛之間以爲高也。齋居無事，偶書所見，得二十篇。雖不能探索微妙，追迹前言，然皆切於日用之實，故言亦近而易知。既以自警，且以貽諸同志云。

按：二十篇皆就目前日用處，即其所感以起興，故以「感興」名篇。其辭高遠，而不離仰觀俯察、遠求近取之間，所以明此道之大原，示心法之精微，揭理學之正脉，而使邪説者不得作。讀者宜體認之。○前十篇言聖人之學，後十篇言賢人之學。

昆侖大無外，旁礴下深廣。《補注》：《太玄經》「昆侖旁礴幽」，注：「昆，渾也。侖，淪也。昆侖，圓渾貌，天之形也；旁礴，猶彭魄也，廣博貌，地之形也。」礴，與「魄」通。○昆，音「渾」。陰陽無停機，寒暑互來往。

梅巖胡氏曰：前二句言天地之形，後二句言天地之氣。形則兩相配合，以對待言；氣則兩相禪代，以流行言。○《語類》：「陰陽雖便是天地，然畢竟天地自是天地。」

皇羲古聖神，妙契一俯仰。《易大傳》：「古者，包羲氏之王天下也，仰則觀象於天，俯則察法於地，觀鳥獸之文與地之宜。近取諸身，遠取諸物，始作八卦，以通神明之德，以類萬物之情。」不待窺馬圖，人文已宣朗。《易大傳》：「河出圖，洛出書，聖人則之。」漢孔氏曰：「河圖者，伏羲氏王天下，龍馬出河，遂則其文以畫八卦。」《賁·彖傳》：「文明以止，人文也。」程《傳》：「人文，人理之倫序。」

蔡氏曰：宣朗，猶昭明也。徐氏曰：伏羲契先天之《易》，不待窺見馬圖，而剛柔之列、奇耦之數、尊卑之等、貴賤之位，所謂「人文」者已燦然矣。特因河圖之出，遂布奇耦以成八卦爾。○《語類》：「近取身，遠取物；仰觀天，俯察地，只是一個陰陽。聖人看這許多事物，不出『陰陽』兩字。」又曰：「『仰則觀象於天』一段，只是陰陽奇耦。」

渾然一理貫，昭晣非象罔。《莊子》：「黄帝游於赤水，遺其玄珠，使象罔求得之。」珍重無極翁，爲我重指掌。

蔡氏曰：昭晣，光明也。象罔，彷彿茫昧也。○《補注》：珍重，贊美之辭。○何氏曰：「無極翁」只是舉濂溪之號，猶昔人目范太史爲「唐鑑翁」爾。○潘氏曰：天地不同形，陰陽不同位，寒暑不同時，八卦不同位①，而太極一理默有以貫乎其中，昭然著見，非見於罔象彷彿間也。伏羲既遠，太極之理不明久矣。非濂溪作圖以示人，天下後世何由知之？按：包羲《先天圖》昭揭人文，而濂溪作《太極圖》闡明造化之妙，是「重指掌」也。○蔡氏曰：「渾然一理貫」一句，實爲一詩之管轄。

右第一篇

何氏曰：此章當作三節看，然首尾只一意。首四句言天地間别無物事，一陰一陽流行其中，實天地之功用、品彙之根柢。次六句言伏羲觀象設卦，開物成務，建立人極之功。末二句言周子立圖著書，發明《易》道，再開人極之功。此篇只是以陰陽爲主，後面諸章，亦多是説此者，而諸説推之太過。蔡仲覺謂此篇言無極而太極，不知於此章指何説爲説太極，況無極乎？太極是陰

① 「位」，熊鏽本《感興詩通》作「晝」。

陽之理，言陰陽則太極已在中。但此篇若强揠作太極説，則一章語脉貫穿不來。此等言語滉漾，最説理之大病也。按：勉齋曰：「此兩篇皆論陰陽，固是不易之論。蔡氏以爲言無極而太極，則何氏非之，是矣。而其自言曰：『不知何語爲説太極，况無極乎？』是謂太極上别有所謂無極也，亦不免爲説理之病。」〇第一大節言陰陽。

吾觀陰陽化，升降八紘中。《列子》：「渤海東有無底谷，名曰歸墟，八紘九野之水注之。」前瞻既無始，後際那有終。

《補注》：八紘，八方也。〇蔡氏曰：言陰陽之化，升降上下於八極之中，然動静無端，陰陽無始，不可分先後。周子所謂「動而生陽」者，亦只是就動處説起，畢竟動前又是静。如此則前瞻之，既無始矣；後際之，那有終也哉？

至理諒斯存，萬古與今同。古，一作「世」。《感遇》詩：「至精諒斯在。」誰言混沌死，幻語驚盲聾。

《莊子》：「南海帝曰儵，北海帝曰忽，中央帝曰混沌。儵與忽曰：『人有七竅，此獨無有，試鑿之。』日鑿一竅，七日而混沌死。」注：「混沌，清濁未分也。」

潘氏曰：至理，太極之實理也。斯，指陰陽。〇《語類》：「問：『理在氣中，發見處如何？』曰：『陰陽五行，錯綜不失端緒，便是理。若氣不結聚時，理亦無所附著。』」〇《補注》：此言太極之實理，與陰陽氣化，亘萬古而無終窮也。夫太極，理也；陰陽，氣也。氣無理則無所本，理無氣則無所寓，二者常相依而不相離。故陰陽之升降，無時休息，而太極之妙用，亦無往而不在也。彼謂「混沌死」者，其意以爲天地既判，元氣分裂，則所謂太極者亦破碎而不復全。此驚世駭俗之論，其不足信也明矣。

右第二篇

勉齋黄氏曰：兩篇皆是言陰陽，但前篇是説横看底，此篇是説直看底。所謂横看者，是上下四方、遠近大小，此氣拍塞，無一處不周，無一物不到。所謂直看者，是上自開闢以來，下至千萬世之後，只是這個物事流行不息。○《語類》：「理便在氣中，兩個不曾相離。若是説時，則有那未涉於氣底四德，要就氣上看也得。所以伊川説『元者，物之始』云云。雖是就氣上説，然理便在其中。謂是有氣則理便具，便可見得物裏面便有這理。」

人心妙不測，出入乘氣機。《孟子》「出入無時，莫知其鄉」，惟心之謂歟？《列子》：「豈殆是吾衡氣機也。」凝冰亦焦火，淵淪復天飛。《莊子》：「人心自下而進上，其熱焦火，其寒凝冰。」「其居也，淵而静；其動也，懸而天。」

蔡氏曰：言「人心妙不測」，一出一入，乘氣機而發。既凝冰矣，而亦能焦火；其淵淪矣，而復能天飛。四者所以言其不可測度，正與「天潛而天，地潛而地」同意。○余氏曰：陳安卿云：「心是個活物，常愛動，心之動是乘氣動。」又曰：「心之活處是理，因氣成便會活；靈處是理，與氣合便會靈。」所謂「妙」者，言其不可測，忽然出，忽然入，無有定時；忽在此，忽在彼，亦無定處。人須有操存涵養之功，然後本體常卓然爲此身之主宰，而無亡失之患。政得此詩之旨。按：心是合理氣之物，所乘而出入底，即是所合之氣。此因「氣機」二字而下得「乘」字。又按，《大全・答游誠之書》論「操舍存亡，出入無時」之義，兼真妄是非説。此詩所謂「凝冰」、「焦火」、「淵淪」、「天飛」亦以舍亡出入而言。

至人秉元化，動静體無違。《補注》：《感遇》詩：「信與元化并。」「秉元化」者，把握造化之柄也。「體」如《易》「君子體仁」之「體」。珠藏澤自媚，玉韞山含輝。《選》：「水懷珠而川媚，石韞玉而山輝。」神光燭九垓，玄思徹萬微。《史・封禪書》：「上暢九垓。」○思，去聲。塵編今寥落，歎息將安歸。

蔡氏曰：至人，至德之人也。秉，持。元化，即人心之造化也。九垓，天有九重也。萬微，萬理之精微也。上泛言人心妙不測，此言惟至人爲能秉持元化，一動一静之間，皆體此理而無違焉。方其静也，寂然不動，如珠之藏而澤自媚，玉之韞而山自輝；及其動也，感而遂通，神光燭乎九垓之遠，玄思徹乎萬微之妙。但聖人心法不傳，其載於塵編者，今又簡斷①寂寥，無有能識之者。然則將安歸乎？徒有歎息而已。按：此謂聖人秉持造化之妙，動靜之際，做他骨子而無違。蔡氏以爲人心之造化，恐當商量。

右第三篇

何氏曰：此章言人心出入無時，莫知其鄉。凝冰焦火，則喜怒憂懼不常之心也；淵淪天飛，則奔逸不制之心也，皆氣之所爲，《孟子》所謂「放心」也。惟其靜而常能體之，故和順適中，見面盎背，如玉潤山，珠媚川也。惟其動而常能體之，故神完思清，明無不達，而能燭九垓，徹萬微也。如此豈復有前二者之患？然自世教非古，没一世於詞華利欲之塗。聖人傳心之要，雖在方册，而棄爲塵編，曾不顧省。於斯時也，有志於道者，將安歸乎？此所以重發紫陽之歎息也。

○《通》：「人心妙不測」以下，兼聖人衆人之心；「凝冰」以下，專言衆人之心；「至人」以下，專言聖人之心。○第二大節言人心。

靜觀靈臺妙，萬化從此出。《莊子》：「靈臺者有持。」注：「靈臺，心也。」《陰符經》：「萬化生於心。」云

---

①「簡斷」，原作「間斷」，據蔡模《感興詩注》改。

胡自蕪穢，反受衆形役。《歸去來辭》：「既自以心爲形役。」厚味紛朵頤，妍姿坐傾國。厚味，出《國語》。《易》：「觀我朵頤。」《傳》：「欲食則朵動，其頤而垂涎。」古詩：「一笑傾人城，再笑傾人國。」崩奔不自悟，馳騖靡終畢。杜詩：「衣冠南渡多崩奔。」注：「蒼黃貌。」

蔡氏曰：妍，美也。姿，色也。直騁曰馳，亂騁曰騖。言人爲形役，溺於飲食男女之欲，奔崩不悟，馳騖四出，而無終畢之時也。

君看穆天子，萬里窮轍迹。《感遇》詩：「荒哉穆天子。」不有《祈招》詩，徐方御宸極。按：周穆王在位五十五年，使造父御八駿馬，肆意遠游荒服之外。欲周行天下，皆使有車轍馬迹。徐偃乘時作亂，(蔡)〔祭〕公謀父作《祈招》之詩以諫止之，其詩曰：「祈招之愔愔，式昭德音。思我王度，式如玉，式如金。形民之力，而無醉飽之心。」《語類》：「《家語》作『刑民』，王肅注云『傷也』，極分曉。蓋言傷民之力以爲養，而無饜足之心也。」劉越石《表》：「宸極失御。」〇招，音「韶」。

蔡氏曰：宸極，帝居之位也。借此喻人心之馳騖流蕩，若不知止，則心失主宰，物欲反據而爲之主矣。此六義之比也。

右第四篇

何氏曰：此章言人心虛靈，萬理畢具，酬酢萬變，經緯萬方，孰非此心之妙用，自應役萬物而君之。今反以徇欲之故，此心不宰，坐受耳目口鼻四肢衆形之役，而不自覺。飲食男女，固欲之大，然凡物之可喜可好者，亦悉爲化①誘。奔趨馳騖，無有止息，如穆王車轍萬里，肆其侈心，幾至亡國而後已。看得前章，是言至人盡性，此心不放而常存，故其妙至於燭玹徹微。此章是言衆人徇欲，故心常放而不收，其究至於亡國破家，猶所不顧。此其聖狂之分，奚啻天淵之遠。然其端甚微，只在一念放收之間。此古之君子，所以一生戰戰兢兢，至啓手足而後知免，蓋以此也。○《通》：子朱子嘗論《大學》曰：「内有以盡其節目之詳，外有以極其規模之大。」余以爲《感興詩》亦然。解者析之入於至細，未能合之，盡其至大，余故析之，又合之。太極之理，合萬爲一，故曰一理；太極之理，不可復加，故曰至理。一首是明吾道之正統，二首是闢異端之邪説，三首四首説聖人之心雖乘氣而動，而常主之以静。衆人之心爲形所役，而常失之於動。第三首所謂「凝冰」、「淵淪」者，人心静而無動者也；所謂「焦火」、「天飛」者，人心動而無静者也。聖人之心，動静無違。珠藏玉韞，静也，而川媚山輝，蓋静而無静者也；神光上燭九玹，動也，而玄思徹乎萬微，蓋動而無動者也。第四首謂衆人之心不動於飲食之欲，則動於男女之欲，竟無一息静時矣。夫飲食，人之常事②，不悟而至於過侈以傷生；男女，人之大倫，不悟而至於淫欲以伐性。如穆天子，天下之主也，不悟於《祈招》之詩，則爲徐方所據，而不能爲主矣。心者，衆

---

① 「化」，底本原作「我」，據何基《解釋朱子齋居感興詩二十首》改。

② 「事」，熊鑈本《感興詩通》作「情」。

形之主也，崩奔不自悟，則爲形所役，不能爲主矣。右四首，分看，一首各自爲一意；合看，又似《太極圖説》，渾然一意。○右總論第一首至第四首。按：三首、四首言人心之病有似疊剩然，上言氣質之用，下言物欲之蔽，言各有攸當。

涇舟膠楚澤，周綱已陵夷。《詩》：「淠彼涇舟。」劉恕《外紀》：「昭王巡狩返濟漢，漢濱人以膠膠船。至中流，膠液，王及祭公皆溺死。」○《左》：「齊侯伐楚，曰：『昭王南征而不復，寡人是徵。』」**況復《王風》降，故宫黍離離。**《詩》：「彼黍離離。」

蔡氏曰：昭王南征不返，周室紀綱已陵夷矣，況又幽王爲犬戎所滅，平王東遷，而故都鞠爲禾黍。《王風》下同於列國，周室於是而愈衰矣。

玄聖作《春秋》，哀傷實在茲。《莊子》：「玄聖，素王之道。」《宋朝會要》：「真宗大中祥符元年十一月，幸曲阜進謁文宣王廟。加上『文宣』，曰『玄聖文宣王』。」**祥麟一以踣，反袂空漣洏。**《春秋・哀公十四年》：「西狩獲麟。」《家語》：「叔孫氏之車士（鋤）〔鉏〕商采薪，獲麟，折其前左足，載以歸。叔孫以爲不祥，使人告孔子曰：『有獸而一角，何也？』孔子往觀之，曰：『麟也。胡爲乎來哉？』反袂拭面，涕泣沾襟。子貢問曰：『何泣？』子曰：『麟之出爲明主也，出非其時而見害，吾是以傷焉。』」《補注》：前覆曰踣。

蔡氏曰：《春秋》，魯史記之名。孔子因以筆削之，始於魯隱公之元年，實平王之四十九年也。

言孔子雖因《黍離》降爲《國風》，遂託始於此，以作《春秋》。其實周綱陵夷，已在於「涇舟膠楚澤」之時矣。及西狩獲麟，則嗟吾道之窮，而《春秋》遂絶筆於此。○《語類》：「《春秋》獲麟，某不敢指定是書成感麟，亦不敢指定感麟作。大概出非其時，被人殺了，是不祥。問：『「志壹則動氣」是「先天而天不違」，「氣壹則動志」是「後天而奉天時」，其意是如何？』曰：『他是説《春秋》成後致麟，先儒固亦有此説。然但某意恐不恁地，這似乎不祥。若是一個麟出後，被人打殺了，也揜采。』」

漂淪又百年，僭侯荷爵珪。按：爵，公、侯、伯、子、男爲五等之爵。珪，公執桓珪，侯信珪，伯躬珪。王章久已喪，何復嗟歎爲。《左》：晋侯請隧，王不許，曰：「王章也。」

蔡氏曰：漂淪，猶汩汩也。又百年，謂自獲麟絶筆之後，將又百年也。今計之，其實七十九年，言「百年」者，舉成數也。僭侯，魏斯、趙籍、韓虔三大夫僭竊諸侯之制也。言王章之喪已久矣，胡爲至三晋分而始嗟歎乎？所以爲下文「迷先幾」之張本也。○《春秋·襄十六年》：「三月戊寅，大夫盟。」胡氏《傳》：「溴梁之會，諸侯皆在，而獨書『大夫盟』，何也？諸侯失政，大夫皆不臣也。會，國之大事也，而使大夫專之，而諸侯皆不與焉，是禮樂自大夫出矣。悼公既没，晋平初立，君若贅旒，而大夫張亦宜矣，夫豈一朝一夕之故哉？荀偃怒大夫盟，而晋靖公廢，趙籍、韓虔、魏斯爲諸侯之勢見矣。有國者謹於禮而不敢忽，此《春秋》以待後世之意也。」

馬公述孔業，託始有餘悲。拳拳①信忠厚，無乃迷先幾。

《補注》：司馬文正公述孔子作《春秋》之業。蔡氏曰：託始，謂作《通鑑》始於初命晉大夫魏斯、趙籍、韓虔爲諸侯也。是甚悲周道之衰微，固不失爲忠厚之意。然悔其不繼書於魯哀公十四年獲麟之後，自周敬王三十九年爲始，無乃迷其先幾也哉？○梅巖胡氏曰：致堂謂，「陰凝冰堅，垂百載，雖無王命，夫誰與抗？」此知幾之論也。温公徒悲其成，已失救其漸矣。《語類》：「問：『晉三卿爲諸侯，司馬、胡氏之説孰正？』曰：『胡氏説也是如此。按：胡氏以晉悼公、平公時爲幾之先。但他也只從《春秋》中間説起，這却不得如此。蓋自平王以來，便恁地無理會了。日降一日，到下梢自是没奈他何。而今看《春秋》，此時天王尚略略有戰伐之屬，到後來都無事。其初只是諸侯出來抗衡，到後來又被大夫出來做，及大夫稍出來做得没奈何，又被陪臣出來做，自是其勢必如此。如夫子説「禮樂征伐自天子出」一段，這個説得極分曉。』」

右第五篇

《通》：第四首之末言周穆王之游幾爲偏邦之徐所奪，第五首之始言昭王之游卒爲偏邦之楚所

① 「拳拳」，底本原作「眷眷」，兹正之。

陷，其文理又自相接。朱子嘗於《大學》曰：「凡引經傳，若無統紀，然文理接屬①，血脉貫通，深淺始終，至爲詳②密。」余於《感興》詩亦云。

東京失其御，刑臣亂天綱。《補注》：東京，洛陽，後漢所都。班固《答賓戲》：「王塗蕪穢，周失其御。」《左》：「寺人披曰：『豈惟刑臣。』」劉陶曰：「張理天綱。」西園植奸穢，五族沉忠良。《史》：靈帝光和元年，開西邸，賣官於西園。熹平五年，殺永昌太守曹鸞，詔州郡更考黨人門生、故吏、父子、兄弟在位者，悉免官禁錮，爰及五屬。光和二年，上禄長和海上言：「黨人錮及五族，乖謬常法。」

蔡氏曰：「西園，靈帝置西園八校尉，以蹇碩、袁紹、鮑鴻、曹操、趙融、馮芳、夏牟、淳于（夐）〔瓊〕爲之。言桓、靈失御下之道，宦豎以鬻賣官爵，興黨錮以沉滅忠良，而漢祚衰矣。」〇《補注》：忠良，即陳蕃、李膺而下三君、八俊、八顧、八及、八厨等是也。

青青千里草，乘時起陸梁。《補注》：靈帝初年童謡云：「千里草，何青青。十日卜，不得生③。」謂董卓也。陸梁，東西倡佯也。當塗轉凶悖，炎精遂無光。《後漢書・獻帝紀》太史丞許芝奏：「許昌氣見於當

---

①「屬」，熊繡本《感興詩通》作「續」。
②「詳」，熊繡本《感興詩通》作「精」。
③「生」字原脱，據《選詩續編補注》補。

塗而高者，象魏也。象魏者，兩觀闕是也。魏當代漢。」《靈光殿賦》：「紹伊唐之炎精。」

蔡氏曰：董卓廢立戕殺，燒宫室，發諸陵，自爲相國，强梁於一時。曹操挾天子以令諸侯，卒成篡奪之計，其凶悖尤甚於董卓，而漢祚亡矣。

桓桓左將軍，仗鉞西南疆。杜：「桓桓陳將軍，仗鉞奮忠烈。」《後漢書》：「獻帝建安十四年，以劉備爲左將軍。」按：先主初破曹操於荆州，後入成都，遂帝於蜀。荆在南，蜀在西。伏龍一奮躍，鳳雛亦飛翔。《補注》：司馬德操曰：「此間自有伏龍、鳳雛。」謂諸葛孔明、龐士元也。祀漢配彼天，出師驚四方。詹氏曰：「蓋用《左·哀元年》少康『祀夏配天』之語也。」《三國志》：後主建興六年，丞相亮率大軍攻祁山。魏以昭烈既崩，略無備豫，而卒聞亮出，朝野恐懼，關中響震。天意竟莫回，王圖不偏昌。《補注》：王圖，王者之基圖也。

蔡氏曰：桓桓，威武貌。不偏昌，即孔明所謂「王業不偏安」是也。言先主仗義起兵於西南之疆，以誅操復漢爲名，一時賢才如諸葛亮、龐統之徒，群起而羽翼之，出師北伐，所在響震，事幾成矣。而天不祚漢，先主既殞，孔明亦殂，卒使王業不偏成於西土，可勝歎哉！殞、殂，恐乙。○按，《語類》：「忠武侯天資①高，所爲一出於公。若其規模，并寫申子之類，則其學只是伯。程先生云：

① 「資」，原作「姿」，據《朱子語類》改。

『孔明有王佐之心，然其道則未盡。』其論極當。魏延請從間道出關中，侯不聽。侯意中原已是我底物事，何必如此？故不從。不知先主當時只從孔明，不知孔明如何取荆取蜀。若更從魏延間道出，關中所守者只是庸人，從此一出，是甚形勢！如拉朽然。後竟不肯爲之！或曰：『孔明與先主俱留益州，獨令關羽任外，遂爲陸遜所襲。當時只先主在内，孔明在外，如何？』曰：『正當經理西向宛洛，孔明如何可出？此時關羽恃才疏鹵，自取其敗。據當時處置如此，若無意外齟齬，曹氏不足平，兩路進兵，何可當也！此亦漢室不可復興，天命不可再續而已，深可惜哉！』」○西向，「西」字疑「東」。

晋史自帝魏，後賢盍更張。《補注》：晋史，陳壽爲晋著作郎。世無魯連子，千載徒悲傷。《戰國策》：「魏使新垣衍説趙，欲尊秦爲帝。魯仲連曰：『敢言帝者，臣有蹈東海而死耳。』」

蔡氏曰：晋史，謂陳壽撰《三國志》也。帝魏，謂以魏爲正統也。後賢，謂司馬温公也。此言操爲漢賊不待言，陳壽帝魏不足責，後之賢者，如温公作《通鑑》合更張之，乃亦帝曹魏而寇蜀漢，是則若魯連子者，世亦不有之。千載之下，豈不徒有悲傷哉！○《語類》：「問《綱目》主意。曰：『主在正統，三國當以蜀漢爲正。而温公乃云「某年某月，諸葛亮入寇」，是冠屨倒置，何以示訓？遂欲起意成書，推此意修正處極多。』」○《補注》：余子節曰：朱子《綱目》書「魏王曹丕稱皇帝，廢帝爲山陽公」，而不書禪位。於蜀漢，特書「昭烈皇帝章武元年」，而不介以黄初之號。及蜀亡，乃書「鄧艾至成都，帝出降，漢亡」。以見漢統非絶於獻帝之延康也，與此詩正相表裏。

愚按：晋習鑿齒《漢晋春秋》謂蜀以宗室王，而魏吴皆爲篡逆，至晋文平蜀，乃爲漢亡。然則朱子固有所本云。

右第六篇

晉陽啓唐祚，王明紹巢封。按：隋大業十三年，李淵爲太原留守，領晉陽宫監。時煬帝南游江都，天下盜起。世民陰結豪傑，謀舉大事。與副監裴寂謀，選晉陽宫人私侍淵，脅以起兵。《語類》：「高祖與裴寂最昵，宫人私侍之説，未必非高祖自爲之，而史家反以此文飾之也。」《補注》：王明，曹王明也。齊王元吉死，改封巢剌王。世民既殺建成、元吉，納元吉妻，生明，始封王，紹巢王後。垂統既如此，繼體宜昏風。既，一作「已」。

蔡氏曰：垂統之主，其瀆亂綱常如此，宜繼體如高宗者昏迷淫亂，而有武后之事。○《通》：《易》重咸、恒，《詩》首《關雎》。太宗以淫毁綱常，豈特不足爲一代之鑑，而實千古之羞也。

麀聚瀆天倫，牝晨司禍凶。《記》：「禽獸無别，父子聚麀。」陳注：「聚，共也。獸之牝者曰麀。」《補注》：武后初爲太宗才人，後出爲尼。高宗見而悦之，使潛入宫，立爲昭儀。遂廢王皇后，立昭儀爲皇后。《書》：「牝雞之晨，惟家之索。」乾綱一以墜，天樞復崇崇。《穀梁傳》：「乾綱解紐。」按：武后廢中宗爲廬陵王，遷於房陵，改元光宅，降唐宗室屬籍，改國號曰周。延載二年，武三思①率蕃夷諸國請作天樞，紀功德。大哀銅合

① 「三思」，原作「后思」，據本書前文改。

治之，后自書「大周萬國頌德天樞」。逾年成，置端門。其制若柱，高一百五尺，徑十二尺。班彪賦：「望通天之崇崇。」淫毐穢宸極，虐焰燔蒼穹。《補注》：吕不韋復通秦太后，子政既長，恐事覺，求大陰人嫪毐納宮中以與后通。嫪，音「虬」。毐，音「愛」。○按：武后始惑於僧懷義，懷義死，張易之、昌宗得幸，使預修《三教珠英》於内殿，以掩其迹。任酷吏索元禮、周興、來俊臣等殘害忠良，賊殺宗室。向非狄張徒，誰辨取日功。吕温《贊》：「取日虞淵。」按：狄仁傑爲相，以子母天性感動之，復立中宗爲太子，又薦張柬之、袁恕己、桓彦範、崔玄暐、敬暉。柬之爲相，誅張易之等，徙太后上陽宫。

蔡氏曰：乾綱，君之綱也。墜，落也。崇，高也。穢，污也。虐焰，言其酷如火之烈也。燔，焚也。蒼穹，天也。取日，挽回天日，而中宗復位也。○按，《語類》：「問：『武后時若無梁公，更害事。』先生曰：『梁公只是薦得張柬之數人，它已先死。如梁公爲周相，吕舜徒爲邦昌官，皆不可以訓。』又曰：『《通鑑提綱》例，凡逆臣之死，皆書曰死。至狄仁傑，則甚疑之。李氏之復，雖出於仁傑，然畢竟是死於周之大臣，不可奈何也。故相隨入死例，書云「某年月日狄仁傑死」也。學者又不可不知此義。』」

云何歐陽子，秉筆迷至公。按：宋仁宗朝，歐陽公奉敕修《唐史》記誌七十五卷。唐經亂周紀，凡例孰此容。《左傳》序：「發凡以言例。」侃侃范太史，受説伊川翁。

《補注》：唐經，謂唐史，本韓文公「作唐一經」之詞。言既立《武后傳》，又立《則天紀》，是作唐經而亂以武周之紀也。○蔡氏曰：侃侃，剛直貌。按：范祖禹，神宗朝受詔與温公修《資治通鑑》，分職唐史。遂采唐得失之迹，名《唐鑑》，上哲宗。《程氏外書》：「淳夫嘗與伊川論唐事，及爲《唐鑑》，盡用其說。伊川謂門人曰：『淳夫乃能相信如此。』」

《春秋》二三策，萬世開群蒙。世，一作「古」。《孟子》：「吾於《武成》取二三策而已矣。」《唐鑑》：「昔季氏出其君，魯無君者八年。《春秋》每歲必書公之所在，其居乾侯也，正月必書『公在乾侯』，不與季氏之專國也。自司馬遷作《吕氏本紀》，後世爲史者因之，故《唐史》亦列武氏爲本紀。其於紀事之體，則實矣；《春秋》之法，則未用也。《春秋》，吴楚之君不稱王，所以尊周室也。天下者，唐之天下也，武君豈得以間之，故臣復繫嗣聖之年，黜武氏之號，以爲母后禍亂之戒。竊取《春秋》之義，雖獲罪君子而不辭也。」

《補注》：此篇專論武后之事，因推言高祖、太宗，垂統之主皆以女色亂倫如此，宜乎繼體如高宗者，不耻麀聚之污，卒致牝晨之禍也。蓋武后自得志以來，專作威福，至於竊取大位者幾五十年，而其間淫穢殘虐，不可勝紀。及武承嗣、三思營求爲太子，自非仁傑力挽於前，柬之討賊①於後，則唐祚幾於絶矣。秉史筆者宜用《春秋》之法，黜武后以爲女主僭亂之戒。奈何歐陽公之修《唐書》，仍列則天改周之事於帝紀，以亂國史之凡例乎？惟范太史作《唐鑑》也，於中宗廢遷之後，每歲必書帝在某所，以合《春秋》「公在乾侯」之例，所以正國統而明大義者，真

①「賊」，劉履《選詩補注》原作「亂」。

足以開萬古之群蒙矣。按：《唐書》列傳，初，吴兢撰國史，爲《則天本紀①》。史館修撰沈既濟奏請省《則天紀》合《中宗紀》，每歲首必書曰「皇帝在房陵，太后行某事、某制」。紀稱中宗，而事述太后，名不失正，禮不違常。愚謂：既濟此言雖不行於當時，固可法於後世。竊意范太史所受於伊川者，得非有取於此乎？《大全·答廖子晦書》：「經世紀年，其論甚正，然古人已嘗言之。如漢高后之年，則唐人已於武后、中宗紀發之。蜀漢之統，則習鑿齒《晉陽秋》已有此論矣。」

右第七篇

何氏曰：五章至七章，皆是爲温公《通鑑》而作。蓋此詩首二章，是説陰陽造化，一經一緯；次二章是説人心，一善一惡。論其次序，便當及於經世之事。而古今治亂得失，具於史册者，獨温公《通鑑》一書，最爲詳備有法。温公此書欲接《春秋》，而一時區處，猶間有未盡善者。如此詩三章所指之失，蓋節目之大者。五章言託始之意，失於先幾，蓋自胡致堂而發之，而文公亦謂其然，嘗具説於《綱目》矣。至如六章七章所指，乃君臣之綱，天經地義，萬世不可易者。今乃出帝室之胄，而以鬼蜮篡賊，接東漢之統；去嗣聖之年，而以牝雞淫婦，亂唐室之緒。此則大失，豈

① 「則天本紀」，底本原作「則天紀本紀」，衍一「紀」字，今删之。

可以爲訓戒，故朱子深爲温公惜之，而再修《綱目》之編也。但以温公盛德，素所尊敬，雖咨嗟歎息，而常婉其辭，如言帝魏歸罪於晋史，而望後賢更張，則所以望公也。既不能然，則歎無魯仲連以致悲傷之意。又如紀武氏事，罪歐公以周紀亂唐經，而美范太史能削武氏之號，繼①嗣聖之年，且歲書「帝在房州」。謂其得《春秋》之二三策，而其説受之伊川。温公書武氏於《通鑑》，亦不能改六一翁之舊。此義伊川亦嘗言於温公，況范氏實隸修《通鑑》局，分管唐史，此義未有不陳於温公者，但自不以爲然爾。此皆朱子致不滿之意於温公言外之意，但其言甚婉，人不知爲《通鑑》而發。

朱光遍炎宇，微陰眇重淵。《選》：「大火爭朱光。」班固《答賓戲》：「測深乎重淵。」寒威閉九野，陽德昭窮泉。《淮南子》：「下貫九野。」《選》：「之子歸窮皋。」

蔡氏曰：朱光，日也。炎宇，夏天也。九野，八方中央也。窮泉，幽昧之地。言朱光遍炎宇之時，而微陰已眇於重淵；寒威閉九野之際，而陽德已昭於窮泉。蓋陰不生於陰，而常伏於至陽之中，姤卦是也；陽不生於陽，而潛伏於盛陰之中，復卦是也。

---

① 「繼」，何基《解釋朱子齋居感興詩二十首》原作「繫」。

文明昧謹獨，昏迷有開先。《記》：「嗜欲將至，有開必先。」《語類》：「《家語》作『有物將至，其兆必先』。疑『有物』訛爲『嗜欲』，『其兆』訛爲『有開』。『嗜』下『日』似『有』字，『兆』字篆文似『開』字之『門』，今欲作『有開』解亦可，但無意思。若説『嗜欲』，則又成不好底意。」幾微諒難忽，善端本綿綿。《老子》：「綿綿若存。」

蔡氏曰：至陽而一陰伏，故雖文明，而或昧謹獨之戒；盛陰而一陽復，故雖昏迷，而實有開先之道。惟其昧謹獨也，故幾微之際，誠不可忽；惟其有開先也，故善端之著，每綿綿不絶焉。○《語類》：「問：『一陽復，在人言之，只是善端萌處否？』曰：『以善言之，是善端方萌處；以惡言之，昏迷中有悔悟向善意，便是復。』」

掩身事齋戒，及此防未然。《月令》：「仲夏日長至，仲冬日短至，君子齋戒，處必掩身。」注：「齋戒以定其心，掩蔽以防其身。」閉關息商旅，絶彼柔道牽。

《語類》：「『掩身事齋戒，及此防未然』，此二句兼冬至、夏至説。『閉關息商旅』，所以養陽氣；『絶彼柔道牽』，所以絶陰氣。《易·（垢）〔姤〕》之初六『繫於金柅』是也。」○梅巖胡氏曰：冬、夏二至，君子必齋戒掩身，皆爲未然之防。其在重淵者，防之而不敢忽其幾；在窮泉者，防之而不敢折其端。《易》於《復》曰：「至日閉關，商旅不行。」此齋戒掩身於冬至，欲善端充廣於無窮也。於《姤》曰：「繫於金柅，柔道牽也。」此齋戒掩身於夏至，欲幾微止息於未盛也。○《通》：上二句兼冬、夏至而言，下二句分言。按蔡氏曰：言於夏至，必屏絶嗜欲，及此防其陰之未然也。此，指陽而言也。於冬至，必安静存養，絶彼柔道之牽繫也。彼，指陰而言也。亦通。

右第八篇

《補注》：此篇言君子當體陰陽消長之機，以加省察存養之功也。○何氏曰：此首四句言天道消長之幾，次四句言人心善惡之幾。蓋天地只有陰陽，無物不體，無不自人身上透過。故人身氣機，實與天地同運。故君子於陰陽初動之時，自當隨時省察，以盡閉邪育德之道。惡則不忽於幾微，而絶之於早；善則養於綿綿，而充之使大。是以《月令》於冬、夏二至，皆有掩身齋戒之文。夫湛然純一之謂齋，肅然警惕之謂戒。然後心志清明，有以燭乎善惡之幾，而早爲之所，庶幾陽明日盛，而德性日固，陰濁莫乘，而物欲不行耳。至於「閉關息商旅」，所以養陽氣，金柅之剛，以止柔道之牽，此又聖人贊化育之事。○右總論第五首至第八首，第三大節言陰陽善惡之幾。

微月墮西嶺，爛然衆星光。明河斜未落，斗柄低復昂。《補注》：《楚詞》：「舉斗柄以爲麾。」注：「斗柄者，北斗之柄，所謂杓也。」《晋志》：「北斗在太微北，自一至四爲魁，自五至七爲杓。蓋北斗七星在紫宮①

---

① 「紫宮」，《晋書・天文志》作「紫微宫」。

南，而其杓所建①周於十二辰之舍，以定十有二月也。」昂，高舉貌。○按：四句前輩以爲興體。感此南北極，樞軸遥相當。《補注》：王蕃《渾天説》曰：「天半覆地上，半在地下。其天居地上，見者一百八十二度半强，地下亦然。其南北極持其兩端，其天與日月星宿斜而圓轉。蓋南極低，入地三十六度，故周回七十二度，常不見；北極高，出地三十六度，故周回七十二度，常見不隱②。樞軸設言天之旋轉，所以持兩端，而居中不移者如户之樞，如車之軸也。」《語類》：「北辰是天之樞軸。這那中間無星處，這些子不動，緣人要取此爲極，不可無記認，故就其傍取一小星，謂之極星也。」

蔡氏曰：微月，新月也。明河，天河也。謂之極者，猶屋脊之極也。言新月已西墜，則衆星爛然愈光；河漢雖斜而未落，斗柄既低而復昂。惟有南北極不動，而其樞軸遥遠，正相當值，無小③差忒。當此之時，仰觀天象，而深有感焉，亦猶心居中央，酬酢萬變，而無所偏倚也。蓋月始生明之時，天象尤爲易見，故特言之。

太一有常居，仰瞻獨煌煌。中天照四國，三辰環侍旁。四，一作「萬」。○盧仝詩：「指揮萬國懸中天。」《語類》：「三辰以日、月、星言也。」

① 「建」，《晋書·天文志》作「指」。
② 「常不見」，劉履《選詩續編補注》原作「常見不隱」；「常見不隱」劉履《選詩續編補注》原作「常隱不見」。
③ 「小」，蔡模《感興詩注》原作「少」。

《語類》：「樞有五星。其前一明者太子，其二最明者帝座，乃太一之常居也。其後一個分外開得些子而不甚明者，極星也，惟此一處不動。」又曰：「《史記》載北極有五星，太一常居中，是極星也。辰非星，只是星中間界分。極星亦微動，北辰不動，乃天之中，猶磨之心也。問：『極星動不動？』曰：『極星也動。只是它近那辰後，雖動而不覺。如那射糖盤子樣，那北辰便是中心樁子，極星便是近樁底點子，雖也隨那盤子轉，却近樁子，轉得不覺。今人以管去窺那極星，見其動來動去，只在管裏面，不動出去。向來人説北極便是北辰，皆只説北極不動。至本朝人方去推得是北極，只在北辰頭邊，而極星依舊動。』問：『太一是甚星？』曰：『太一星是帝座，即北極也。以星神位言之，謂之太一；以所居之處言之，謂之北極。太一如人主，極如帝都。』」

人心要如此，寂感無邊方。

蔡氏曰：言太一居其所而不動，仰而瞻之，獨見其煌煌，此譬人心之寂也；居天之中，照臨四國，日月衆星，環繞而拱之，此譬人心之感也。故又斷之曰：人心須要如此，所以寂然不動，感而遂通，不見邊方也。○《補注》：語不古，意甚切。潘柄謂此篇「因天象以明人心之太極」，是也。蓋見（日）〔月〕、星、河漢隨天運轉，而有以感夫天之樞軸南北相當，常居其所而不移。北辰一星獨居中天，照臨四國，三辰環繞而歸向之。人之一心處方寸之間，寂然不動，至於酬酢萬變，感而遂通，不見其有邊際方所，亦猶是也。故特舉「要如此」

三字示人，其意切矣。

右第九篇

何氏曰：上章言人身與天地同運，而常欲扶陽抑陰。此章言人心與極星①同體，而常欲以静制動。兩篇皆説陰陽，亦皆是爲在上之君子言之也。

放勳始欽明，《補注》：堯。南面亦恭己。《補注》：舜。大哉精一傳，萬世立人紀。《補注》：禹。猗歟歎日躋，《補注》：湯。穆穆歌敬止。《補注》：文。戒獒光武烈，《補注》：武。待旦起《周禮》。《補注》：周公。《書·堯典》「放勳」，注：「史臣言堯之功大，而無所不至也。」《孟子》注：「後世因以爲堯號。」「欽明文思。」注：「欽，恭敬也。明，通明也。」《論語》：「無爲而治者，其舜也歟！夫何爲哉？恭己正南面而已矣。」注：「恭己者，聖人敬德之容，既無所爲，則人之所見如是而已。」《書·大禹謨》：「人心惟危，道心惟微，惟精惟一，允執厥中。」《伊訓》：「先王肇修人紀。」注：「人紀，三綱五常，孝敬之實也。」《詩·商頌》「猗歟那歟」，注：「猗，歎辭。」「聖敬日躋」，注：「躋，升。」《大雅》：「穆穆文王，於緝熙敬止。」注：「穆穆，深遠之意。」《書·旅獒》：「西旅厎貢厥獒，太保作《旅獒》用訓於王。」《君牙》：「丕承哉，武王烈！」《孟子》：「周公思兼三王，夜以繼

① 「極星」，何基《解釋朱子齋居感興詩二十首》原作「辰極」。

日。幸而得之，坐而待旦。」《補注》：《周禮》，周公所制之禮。《周官》，六典之書是也。**恭惟千載心，秋月照寒水。**

《語類》：「堯是初頭出治第一個聖人。《尚書·堯典》是第一篇典籍，説堯之德，都未下別字，『欽』是第一個字。」○蔡氏曰：言群聖人相繼，上下幾千載，而同此一心，有如秋月之至明，照寒水之至清，皎然無一毫之翳，淡①然無一點之滓也。○《語類》：「問：『《遺書》云：「堯舜幾千年，其心至今在。」何謂也？』曰：『此是心之理，今則分明昭昭在面前。』」

魯叟何嘗師，删述存聖軌。嘗，一作「常」。○陶：汲汲魯中叟，彌縫使再淳。《論語》：「子貢曰：『仲尼焉不學，而亦何嘗師之有？』」《史·世家》：「哀公十一年，孔子年六十八。叙《書》，傳《禮記》，删《詩》，正樂，序《易·彖》《象》《説卦》《繫辭》《文言》。十四年，西狩獲麟，作《春秋》。」《論語》：「述而不作。」注：「述，傳舊而已。」《中庸注》：「軌，轍迹之塗。」

蔡氏曰：此詩歷序堯、舜、禹、湯、文、武、周公，以敬爲傳心之法，末又言孔子删述，以起後篇之意。○何氏曰：此章明列聖相傳心學之妙，惟在一敬。仲尼删述《詩》《書》，以存聖軌，而垂法萬世者，其要亦只此一字。○潘氏曰：此謂堯、舜、禹、湯、文、武、周公千載相傳之心，前後相

① 「淡」，蔡模《感興詩注》原作「湛」。

照，純然天理，如秋月、寒水。而仲尼無所不學，是以祖述堯舜，憲章文武，無間夏禹，夢寐周公。晚年刪定《詩》《書》，修明禮樂，其志亦欲存帝王軌範以示將來爾。○余氏曰：聖人相傳相受，惟一敬。堯之欽明，舜之恭己，敬也。堯授舜，舜授禹，不越乎「惟精惟一」，亦敬也。湯之日躋，文王穆穆，與夫武烈之光，本於《戒夔》；《周禮》之起，由於待旦者，亦敬也。故其人欲净盡，天理昭融，此心真如秋月寒水。此敬所以爲聖學成始成終之妙，而帝王傳心之法也。仲尼主善爲師，何常之有，特窮而在下，不得如堯、舜、禹、湯、文、武、周公，以其修己以敬之功，推而以安百姓。於是乎刪《詩》定《書》，繫《周易》，作《春秋》，修明禮樂，用存聖人之軌轍於萬世，非不知不如見之行事也。○梅巖胡氏曰：周公已上七聖人，傳心之敬，堯實倡之。始之者，大之也。孔子雖不得七聖之時，見於人紀之上；而能傳七聖之心，見於聖軌之存。「聖軌」者，敬心之軌轍也。挹其秋月寒水之心，而寄諸軌範，則時雖去而書存，人雖往而心存。立之於一時，有不若存之於萬世者矣。

右第十篇

《通》：周敬王四十一年壬戌，孔子卒。至宋慶元丁巳，一千六百七十六年。朱子是年正月朔書於藏書閣下。嗚呼！朱子書此豈無意哉？夫子不可得而見矣，所幸夫子之書存於千載之下，猶得以溯夫子之心於千載之上也。學者知朱子之心，則知夫子之心；知夫子之心，則知堯、舜、禹、湯、文、武、周公之心矣。

吾聞包羲氏，爰初闢乾坤。乾行配天德，坤布協地文。《易大傳》：「乾、坤成列，而《易》立乎其中。」

《補注》：開户曰闢。乾、坤爲《易》之門，故云「闢」。凡地之所載，粲然呈露者，皆謂之「文」。《語類》：「乾、坤只是卦名。乾只是個健，坤只是個順。純是陽，所以健；純是陰，所以順。至健者惟天，至順者惟地，所以後來取象①，乾便爲天，坤便爲地。」

仰觀玄渾周，一息萬里奔。《補注》：玄，天之色；渾，天之儀。《太乙經》：「馴於玄渾行。」俯察方儀靜，隤然千古存。隤，一作「穨」，與「頽」同。○《易大傳》：「夫坤，隤然示人簡矣。」注：「隤然，順貌。」

《語類》：「玄，蒼蒼之謂，運轉不已，便是那個。」○《補注》②：陰陽爲兩儀，天圓爲渾儀，地方爲方儀。胡安定曰：「天一晝一夜行九十餘萬里，人一呼一吸爲一息。一息萬里奔，甚言之也。」

《補注》：隤然，重墜貌，亦安静之意。

① 「象」字原脱，據《選詩續編補注》補。
② 按：下引文字見於胡炳文《感興詩通》，而非《選詩續編補注》中語。

悟彼立象意，契此入德門。勤行當不息，敬守思彌敦。

楊氏曰：聖人立象以盡意，學者悟意以入德。又曰：勤行不息，體乾之健；敬守彌敦，效坤之順。《補注》：言君子法天運之周，以力行，當自强而不息；效坤儀之静，以敬守，思安貞而益敦也。

右第十一篇

程氏曰：越士李子紹嘗以此詩前十首對後十首，謂此章與第一首相出入。以下節推之，亦有甚相合者。蓋前詩自堯舜至於夫子，是自源徂流，謂聖人相傳只是此敬；此詩自流泝源，謂包羲之《易》，亦只是此敬。坤之敬以直内，敬也；乾之自强不息，亦敬也。先儒云「天地設位而《易》行乎中矣」，亦只是此敬。○第四大節言賢人修教入道之要。

《大易》圖象隱，《詩》《書》簡編訛。《禮》《樂》矧交喪，《春秋》魚魯多。《莊子》：「世喪道矣，道喪世矣，世道交喪。」《抱朴子》：「書三寫，以『魯』爲『魚』，以『帝』爲『虎』，以『朿』爲『宋』。」瑶琴空寶匣，絃絶將奈何。興言理餘韻，龍門有遺歌。本注：程子晚居龍門之南。○《補注》：龍門，本河津山。《周禮》稱龍門之琴瑟，以其地之所出也。程子築室龍門之上，以著書傳道，故託言之。按：龍門山在河南府西南三十里伊水上。

《補注》：圖，謂河圖。象，謂卦象。隱者，隱晦也。○余氏曰：《易》自秦漢以來，學者不可謂無人，但河圖、洛書，《易》所自起，而或以圖爲書，以書爲圖，如劉牧之誤《易》之有象，如乾之爲馬，坤之爲牛，《説卦》有明文矣。按文索卦，若《屯》有馬而無乾，《離》有牛而無坤，是皆有不可曉者。漢儒傅會穿鑿，獨王弼曰：「義苟應乾，何必乾乃爲馬；爻苟合順，何必坤乃爲牛。」亦可破先儒膠固支離之失矣。其意又似直以《易》之取象，但如《詩》之比興，而無復有所自來，則是《説卦》之作，無所與於《易》，而遠取諸物者，亦剩語也。此《大易》之圖與象，所以均於隱晦而不明也。《詩》自齊、魯、韓氏之學不傳，而《毛傳》《鄭箋》獨行於世。然季札所觀周樂，《王風》列於《鄭》之先；而鄭氏所作《詩譜》，《王》乃次於《豳》之後。《書》學經秦煨燼，孔安國所定纔五十八篇，其亡者四十有二。《泰誓》三篇，或謂本非伏生口授，乃河間①女子之所獻，孔穎達亦以爲張霸僞造之文。則簡編之訛，可類推矣。先王之治以禮樂②爲本，晚周以下，浸以掃地。兩觀、大路、朱干、玉磬，天子之禮在諸侯；塞門、反坫、素衣、朱襮，諸侯之禮在大夫。天下學者亦失其傳，又何怪乎叔孫之綿蕝見譏於兩生，曹褒之定議見沮於（哺）〔酺〕敏也。孔子問樂於萇弘，學琴於師襄。自衛反魯，然後樂正，雅頌各得其所。後世雜之以鄭衛，混之以胡虜，而《樂》幾亡

---

① 「間」字原作「南」，據熊𤇆本《感興詩通》改。
② 「樂」字原脱，據熊𤇆本《感興詩通》補。

矣，非《禮》與《樂》之交喪乎？若夫《春秋》之訛，如「祲祥」而謂之「侵羊」，「鸜鵒」而謂之「鸛鵒」，愈傳愈謬。魚魯之多，不其然耶！夫經所以載道也，或隱或訛，且喪且謬，有如此者。譬如瑶琴不作，寶匣空藏，至音寂寥，嗚絃斷絶。慨妙指之無寄，想徽音之徒存。古語有之：「拊促柱則酸鼻，彈虞絃則流涕。」亦末如之何也已。天運循環，無往不復，而河南程①夫子出焉。其於《易》也，則謂有理而後有象，有象而後有數。《易》因象以明理，由象以知數，得其義②，則象數在其中。必欲盡數之毫忽，隨流逐末，術家所尚，非儒者所務也。其於《詩》也，則欲興於詩者，吟咏性情，涵暢道德之中，而歆動之，有「吾與點也」之氣象。其於《書》也，則謂須要見二帝三王之道，二典則求堯之所以治民，舜之所以事君。其於《禮記》也，則謂多出於孔子弟子，然必去呂不韋之《月令》，及諸儒之《王制》。擇冠、昏、喪、祭、鄉、相見之禮，經傳以類相從，自爲一書。其於樂也，深惜夫今之祭祀無樂，今之樂不得緩急之節。其論《春秋》，則曰大義數十，炳如日星，乃易見也。惟其微辭隱義，時措從宜者爲難知也，或微或顯，而得乎理義③之安、文質之中、寬猛之宜、是非之公，乃制事之權衡、揆道之模範。又曰：《五經》之有《春秋》，猶法律之有斷例。

① 「程」字原脱，據熊鑴本《感興詩通》補。
② 「義」，熊鑴本《感興詩通》作「理」。
③ 「理義」，熊鑴本《感興詩通》作「義理」。

《春秋》傳爲案，經爲斷。而欲以傳考經之事迹，以經别傳之真僞，有《易傳》《詩傳》《書説》《春秋説》見行於世。先生得二程之正傳，續六經之絶學。此詩雖①主程子，而先生自任之意確矣。

○《通》：理餘韻於絶絃之後，周程三夫子也，獨舉龍門而言，可以包濂溪、明道矣。

右第十二篇

顔生躬四勿，曾子日三省。《中庸》首謹獨，衣錦思尚絅。偉哉鄒孟氏，雄辯極馳騁。《莊子》：「偉哉造化。」《二程遺書》：「孟子儘雄辯。」操存一言要，爲爾挈裘領。《莊子》：「若挈裘領。」丹青著明訓，今古垂煥炳。《揚子》：「聖人之言，炳若丹青。」何事千載餘，無人踐斯境。

蔡氏曰：言顔子躬行「四勿」之訓，曾子日加「三省」之功，子思《中庸》首明「謹獨」之戒，終言「尚絅」之義，孟子特舉「操存」之要，實爲(絜)〔挈〕領之挈。其言炳若丹青，垂訓今古。何爲千載之下，乃無人能踐斯境乎？程子曰：「孟軻之死，聖人之學不傳。」正此意也。○《補注》：此言顔子、曾子所行之目，子思、孟子所言之要，皆如丹青炳焕，垂法後世。如何鄒魯以後，濂洛以前，千餘年間，無有能力踐而深造之者。且四者之中，「操存」一語，尤爲切要。蓋仁義之心，放而不

①「雖」，熊縭本《感興詩通》作「深」。

存，則雖欲加以克省不欺之功，亦無所用其力焉。故朱子於《孟子》「夜氣章」説之詳矣，而復於此特申「挈裘」之喻，以致丁寧之意云。○梅巖胡氏曰：「踐」字好玩味。丹青焕炳，有目皆睹，而實踐者難，非知之難，而行之惟難也。七聖終以孔子，四賢終以孟子，皆道統之正傳也。○《通》：先是三首、四首已發明心爲太極之妙，至第九首又借天心之極以喻人心之太極。太一有常居，寂然不動，心之體也；中天照四國，感而遂通，心之用也。下四首又發明自古聖賢相傳之要道，蓋自古道統之傳，傳此心而已；此心之傳，傳此敬而已。第十首謂堯之欽明，舜之恭己，此敬也。堯、舜傳之禹，禹傳之湯，湯傳之文、武、周公，文、武、周公傳之孔子，皆不外一「敬」字。「秋月照寒水」五字，是形容「敬」之一字。但堯、舜、周公之心，見於事業，孔子之心不得見於事業，而見於簡編，故曰「删述存聖軌」。第十一首又自堯、舜溯而上至包羲，先天之畫爲萬世文字之祖，爲百世心學之源。邵氏曰：「《先天圖》，心法也。」言圖皆自中起萬化，萬事皆生於心也。勤行動而敬也，敬守静而敬也。第十二首則謂夫子之心，既不得見於事業，而僅見於簡編。今《大易》之圖象既隱，《詩》《書》多訛，禮樂交喪，《春秋》闕文，於是夫子不得施於當時者，又不得著於後世，殊可歎也。幸而千載之下，程夫子出而理餘韻於絶絃之後，發夫子之心於不傳之際。蓋第十首言能明堯、舜、禹、湯、文、武、周公之心者，夫子；此則言能明夫子之心者，程夫子也。第十三首則又自程夫子而止，溯其得孟氏之傳。夫子之心，顔、曾得之，爲「四勿」、「三省」；曾子之心，子思得之，爲「衣錦尚絅」；子思之心，孟子得之，而發「操存」之要。孟子之後千四百年，無有能踐斯境，而程子得之。此道學之傳，至今不泯没也。蓋自伏羲發先天心學之傳，而堯、舜、禹、湯、文、武、周公皆有以承其流。夫子六經發心學之秘，而程子有以繼其絶。大抵此心皆如天星之太一，皆如秋月之寒潭，皆不外乎此敬而已。後之學者，欲心千載之心，奈之何不敬？○右總論第九首至第十三首。

右第十三篇

元亨播群品，利貞固靈根。《黄庭經》：「玉池清水灌靈根。」《太玄經》：「藏心於淵，美厥靈根。」非誠諒無有，五性實斯存。

蔡氏曰：元亨利貞，乾之四德。元者，生物之始；亨者，生物之通，故以「播群品」言之；利者，生物之遂；貞者，生物之成，故以「固靈根」言之。然元亨，誠之通；利貞，誠之復，非誠則四者皆無有矣。○《語類》：「氣無始無終，無空闕時。然天地間有個局定底，如四方是也；有個推行底，如四時是也。理都如此。元亨利貞，只就物上看亦分明。所以有此物，便是有此氣；所以有此氣，便是有此理。言物則氣與理在其中。」又曰：「仁義禮智，便是元亨利貞。仁義似一個包了裏面，合下都具了一理，渾然非有先後。元亨利貞便是如此，不是説道有元之時，有亨之時。」又曰：「以其實有，故謂之誠。以其體言，則有仁義禮智之實；以其用言，則有惻隱、羞惡、恭敬、是非之實。故曰：五常百行非誠，非也。」「或問：『仁義禮智，性之四德，又添「信」字，謂之「五性」，如何？』曰：『信是誠實。此四者，實有是仁，實有是義，禮智皆然。如五行之有土，非土不足以載四者。』」又「問：『四端不言信，周子謂「五性感動而善惡分」。如信之未發時如何，已發時如何？』曰：『如惻隱真個惻隱，羞惡真個羞惡，此便是信。』曰：『此却是已發時，方有這信。』曰：『其中真個有此理。』」「誠是自然底實，信是人做底實，故曰：『誠者，天之道。』這是聖人之信，若衆人之信，只可唤做信，未可唤做誠。」〇《通》：《通書》以「繼之者善」爲元亨；以「成之者性」爲利貞。朱子既釋之曰：「繼言其發，成言其具。」周子曰：「元亨，誠之通；利貞，誠之復。」朱子又釋之曰：「通者，流出而賦於物；復者，各得而藏於己。」今詩曰「播群品」、「固靈根」，「播」字即是「發」字，即是流出而賦於物；「固」字即是「具」字，即是各得而藏於己。元亨利貞，非誠無有；仁義禮智，非信不存。又曰：詩第一首言太極，到此復以「誠」之一字言之，猶周子圖説太極，而《通書》言誠，誠即太極也。〇潘氏曰：將言異端之害道妨教，故先發此，以明善①道之本源。

① 「善」，熊繡本《感興詩通》作「吾」。

世人逞私見，鑿智道彌昏。《孟子》：「所惡於智者，爲其鑿也。」未若林居子，幽探萬化原。

蔡氏曰：林居子，謂隱居山林之士也。言世人徒逞私見，恣意穿鑿，而不順乎實理之自然，道彌昏而不可見矣。豈若隱居山林之士探索幽隱，而有以見萬化之原哉？萬化原，即上文所謂「誠」也。○程氏曰：此是指一様僻學，自以爲是，而實害道之人，又非沈酣於利欲者之比。如後來江西、永康諸人，亦是如此。○余氏曰：山林之士未必皆能探萬化之原，萬化之原非山林之士莫能探也。豈先生賦此詩時，正隱居山林，故以此自況歟？○魯齋王氏曰：此歎《先天太極圖》之出於隱者。○第五大節至二十篇，脉絡相通。

右第十四篇

何氏曰：「此章大旨只是《太極圖説》定之以中正仁義而主静之意。然其主意，是爲鑿智而發。」

飄飄學仙侶，遺世在雲山。《史記》：「蓬萊、方丈、瀛洲三神山，望之如雲。」盗啓元命秘，竊當生死關。《感遇》詩：「聖人秘元命。」

《補注》：飄飄，輕舉之貌。○蔡氏曰：此言仙侶之遺棄人世，飄飖於雲山之中，盗竊天機以爲長生不死之計也。元命秘，以造化言；生死關，以人身言。○《補注》：元命秘，謂人生受命之初，造化玄微之機緘也。生死關，即元命秘之所在，以其可以生、可以死，皆由於此也。

金鼎蟠龍虎，三年養神丹。《選》：「守丹竈而不顧，煉金鼎而方堅。」陳子昂詩：「金鼎合還丹。」《補注》：説者謂仙家煉外丹，初年聚集材料，次年燒煉而温養，至三年而後可服。刀圭一入口，白日生羽翰。《補注》：刀圭，小刀頭尖處。《白氏六帖》：「白日升天，而生羽翰。」

潘氏曰：此言仙家煉外丹也。龍虎，鉛汞也。龍虎之氣交相蟠結，而以水火二鼎煉之，丹成服之，白日飛升。○蔡氏曰：金鼎，即《參同契·鼎器歌》所謂「圓三五寸一分，口四八兩寸，脣長二尺，厚薄均」也。○《補注》：龍虎，道家之説，謂人氣爲火，精爲水。火屬離，水屬坎。修煉者養陽胎於丹田，而成黄芽，黄芽變爲嬰兒，嬰兒生於丹田，引出紅光，而乘青龍；養陰胎於絳宫，而成白雪，白雪變爲姹女，姹女生於絳宫，引出白光，而乘白虎。嬰兒、姹女交會於黄庭。黄庭者，脾位也。陰陽相接，産成金丹，金丹既成，嬰兒却入絳宫，姹女却入丹田。陽交陰宫，夫返婦室，故曰「還元」也，丹也。刀圭，醫家劑藥之分數，《本草》以爲十分方寸匕之一。刀圭入口，蓋用《參同契》「刀圭最爲神」、「還丹可入口」之文。《參同》本言内丹，特借服食之事爲喻耳。

我欲往從之，脱屣諒非難。《漢·武帝本紀》：「天子曰：嗟呼！吾誠得如黄帝，吾視去妻子如脱(纚)〔屣〕耳。」但恐逆天理，偷生詎敢安。理，一作「道」。敢，他作「能」。

潘氏曰：言我欲遺世脱屣，以從仙侣於雲山。初非難事，但恐違逆天道，縱得長生不死，心亦不安也。○胡氏曰：魏伯陽丹成服之，白日飛升。如安期生之徒，古皆有之。惟其煉得形氣清修，能輕舉，然久亦消磨漸盡，皆非正道。蓋生而死，晝而夜，常道耳，逆其理而得生，知道者所不爲也。○程氏曰：人生百年曰期，皆受天地之氣以成形。天地所以長久者，以其運行不息，常在內而不泄也。人之氣無非運出之時，所以易散，修養家則先以搬運水火而結內丹。其法以神運精氣，神運精氣結而爲丹，則陽在下。初融爲水，以火煉之，漸凝而成，內外異色，狀如雞子，其火候則有早晚進退之期。用卦爻之策則遇陽而注意運行，遇陰而放神冥寂，此內丹也。外丹則鉛汞蟠結，煉以水火二鼎，并溫三年而可服，過則無力，生則功緩。先儒所謂世間三事大難者，此其一也。雖未嘗無其法，而有生有死，乃理之常，或修或短，亦命所賦。不能修身以俟，彊以人力延之，縱得偷生於天地間，亦猶盜竊，豈能安哉？○《通》：所謂天道者，陰陽屈伸是已。使可有生而無死，是有晝而無夜，有陽之伸而無陰之屈也，豈天道哉？是故仁者之靜而壽，吾可爲也；神仙之偷①生而不死，吾不爲也。○何氏曰：生則有死，天道之常，人但當順受其正。今仙家遺棄事物，遁迹雲山，苦身修煉，以求不死。所爲雖似清苦，其旨②意，只是貪生怕死，逆天私己，豈是循理？程子曰：「此是天地間一賊。」蓋修身以俟死者，聖賢所以立命也；保

① 「偷」，原作「喻」，據熊鏞本《感興詩通》改。
② 「旨」，原作「志」，據何基《解釋朱子齋居感興詩二十首》改。

煉延年者，道家所以偷生也。又豈有賢者而肯安於爲①此哉？

右第十五篇

西方論緣業，卑卑喻群愚。按：西方，西域也。西域有身毒國，後漢爲天竺國，南宋名印度。周昭王時，佛生於身毒國。漢明帝永平二年，帝夢金人長丈餘，頭有光。明日以問群臣，或曰西方有神，其形丈六尺，而黄金色。遣蔡暗等之天竺求其道、求其書及沙門以來。此佛法入中國之始也。其書大抵以虚無爲宗，貴慈悲、不殺。以爲人死不滅，隨復受形。生時所行善惡，皆有報應，故所貴修煉精神，以至爲佛。其言初甚卑下焉。緣之名有十二，曰無名緣行、行緣識、識緣名色、名色緣六入、六入緣觸、觸緣受、受緣愛、愛緣取②、取緣有、有緣生、生緣病③。業之名有三，曰身業、口業、意業。《感遇》詩：「西方金仙子，緣業亦何名。」流傳世代久，梯接凌空虚。《性理群書》「眄」作「瞻」。《補注》：名，去聲。捷徑一以開，顧眄指心性，名言超有無。

靡然世争趨。號空不踐實，躓彼榛棘塗。

蔡氏曰：卑卑，言其卑下而又卑下也。蓋釋氏初則以離事塵法，塵有分别，性爲真性。後乃轉以爲作用，是性初則以是諸法空相，一切皆歸於無；後乃轉以爲不淪於無，不著於有，不住中間

① 「爲」字原脱，據何基《解釋朱子齋居感興詩二十首》補。

② 「受受緣愛愛緣」七字原脱，據本書前文同注補。

③ 此下原衍「病緣」二字，據本書前文同注删。

及内外，所謂「梯接淩空虚」也。西方之學以直指人明心見性成佛，盡棄綱常度數，謂一超直入如來地，是所謂「捷徑」也。〇《補注》：緣業，謂人死不滅，復入輪回，生時所爲善惡，皆有報應也。梯接，猶今人言架空也。指心性，謂佛書有「即心是佛」、「見性成佛」之説。超有無，謂其言有，則云「色即是空」；言無，則云「空即是色」之類。靡然，風從草偃之貌。此言佛初以緣業化誘愚俗，流傳既久，爲其徒者轉相梯接，直以爲一顧眄、一話言之頃，便可識心見性，超悟道妙。如此捷徑一開，雖高人達士，亦莫不靡然從之。殊不知彼但可施於一己，以爲寂滅之計，而非吾儒人倫日用之實理，乃亦以施於天下國家，如行榛棘之塗，鮮有不困於迷誤顛踣者焉。

誰哉繼三聖，爲我焚其書。

蔡氏曰：三聖，即孟子所謂「承三聖」，禹、周公、孔子也。焚其書，韓退之所謂「火其書」也。〇《補注》：欲繼三聖而焚其書，即孟子距楊、墨之意也。〇程氏曰：佛氏之説，大略有三，其初齋戒，後有義學，有禪學。朱子説之甚詳，檃栝其語於後。蓋佛初入中國，止説修行。《四十二章經》辭甚鄙俚，故亦明白。其後中國好佛而覺其陋者，從而增加之。自齋戒變爲義學，晋宋間遠法師、支〔遁〕〔道〕林始相①與演義，説出一般道理，然只盜竊老莊之説。至梁普通間，達摩入中國，見其説已窮，而武帝只從事於因果，遂面壁静坐，不立文字，直指人心，翻出禪話，言人心

① 「相」字原脱，兹據劉剡本《感興詩通》補。

至善，不用辛苦修行。然其初尚分明説，其後又窮，一向説無頭話，當時士大夫未甚信向。及六傳至唐中宗時，有六祖禪學，專就身上作工夫，直要窮心見性。士大夫纔向裏者，無不歸之，而吾徒攻之者，皆出禪學之下，號爲聰明之人，便被誘引將去。道釋之教，皆一再傳而失其本真。如佛氏則齋戒變爲義學，義學變爲禪，而其初禍福報應之説，又足以鉗制愚俗，故翕然而向之。然只是不是爾。莊老絶滅義理未盡。至佛則人倫滅盡，至禪則義理滅盡矣。論佛氏之害者，無以過此。此詩第一句、第二句即齋戒因果之説，程子所謂「昔之惑人乘其迷暗」是也，故其害猶淺。第三句至第十句，則自義而禪。程子所謂「今之惑人因其高明」是也，故其害愈深。末句繼三聖之言，朱子焉得不以自任而卒末如之何也。

右第十六篇

何氏曰：此章言釋氏始則妄談因緣，痛説罪業①，卑淺其論，以誘動愚下之聽。及其久也，又直指心性，肆講空無。閃遁其辭，以惑高明之人。但其言善幻，莫可窮詰，流傳千載。愚者劫其罪福，陰奪其生養之資；智者則貪其捷徑，而重爲學術之害。其禍烈於洪水。有能焚其書而散其徒，一空之以正人心，以厚民生，豈不足以爲聖人之徒，而承三聖之功哉？○《補注》：仙佛之爲

① 「業」，底本原作「案」，據何基《解釋朱子齋居感興詩二十首》改。

異端，一也。然修煉之徒，往往靳秘其術，不輕授人，故從而習之者無幾。佛氏之教乃欲廣化群生，必棄而君臣，去而父子夫婦，皆歸於我。若此不已，則天之①與我民彝不幾於熄乎？故程子獨言其害道爲尤甚，戒學者當如淫聲美色以遠之。今詳味二詩之旨，則其輕重淺深，亦可見矣。

聖人司教化，横序育群材。蔡氏曰：「横序，學舍也。後漢鮑德以郡學之廢，乃修横舍。今字又作『黌』。」因心有明訓，善端得深培。天叙既昭陳，人文亦褰開。《書·益稷》：「天叙有典。」蔡氏曰：善端，即四端也。此言聖人出而司教化之責，開闢庠序以養育人材，初無他事，惟因人之本心以爲明訓，使人有以培植其善端而已。天叙既極其昭陳，則人文自然而褰開，蓋有本必有文，初不求爲文，而有自然之文也。〇《補注》：褰，掀揭之意。褰開，言易見也。按，《小學題辭》曰：「凡此厥初，無有不善，藹然四端，隨感而見。愛親、敬兄，忠君、弟長，是曰秉彝，有順無疆。惟聖斯惻，建學立師，以培其根，以達其支。」正此詩之義也。

云胡百代下，胡，一作「何」。學絶教養乖。群居競葩藻，争先冠倫魁。揚雄《甘泉賦》：「乃搜逑索耦，皋、伊之徒，冠倫魁能。」②淳風反已喪，擾擾胡爲哉。《補注》：反，一作「久」。

---

① 「之」，劉履《選詩補注》原作「其」。

② 「皋伊之徒冠倫魁能」，底本原作「皋夔之徒冠倫魁」，據《文選》卷七《甘泉賦》改。

蔡氏曰：競，亦争也。葩，華也。藻，水草也。《補注》：競葩藻，以文詞相尚也。冠倫魁，謂擢巍冠。倫，類也。○何氏曰：此詩歎科舉之弊，每三年群聚天下之士爲一大擾，所得者何益？而斫喪人心，敗亂風俗，其害有不可勝言者。上之人乃重於改作，而不知變，此紫陽所以深歎也。○徐氏曰：上篇言老佛之害道，此又歎吾儒之學不明，而庠序之習日非也。○梅巖胡氏曰：此篇歎教化不明，亦「鑿智道昏」之一節也。堯焕乎文，周郁郁乎文。蓋自天叙之，有倫者推之，其極可以經天緯地，後世以詞章爲文藝焉而已。横序雖設，教養無本，曾不知所以涵養德性，變化氣質，第較紙上語之工拙。揮①五寸管，書盈尺紙，幸而悦一夫之目，巍冠倫魁，吃著不盡。是以僞習日滋，淳風日喪，擾擾乎場屋之得失，果何爲哉！此不特士子之過，司教化者之過也。上以此取，下不得不以此應。此詩歸之『學絶教養乖』，其有歎夫！○《通》：前六句言古者學校之教如此，後六句言後世設科舉之弊又如此。古之學校不過欲人培養善端，以不失其本心而已；後世科舉競葩藻、争倫魁，虚名可得，而其本心已失之矣。古今風俗之淳駁，世道之興衰，皆由於此。

右第十七篇

《通》：第九首、十首言心言敬，繼而歷序聖人之傳，以見其傳皆此心也，皆此敬也，又所以明吾

① 「揮」，熊繡本《感興詩通》作「操」。

道之正統也。至第十四首言性言誠，繼而歷序仙與佛之類，以見其説皆非吾性也，皆非吾誠也，又所以闢異端之邪説也。先是明吾道之正統，則自伏羲至周子，今則歷舉堯、舜、禹、湯、文、武、周、孔、顔、曾、思、孟以及程子，可謂詳矣。先是闢異端之邪説，惟言老莊，今則凡仙與佛，暨近世學校科舉之弊，皆歷言之，可謂悉矣。《中庸》一書無非言誠，而第十六章始發之；《感興詩》二十首無非言誠，而第十四首始發之。其旨一也，蓋真實無妄之理。「渾然一理貫」，誠則一，不誠非一也；「至理諒斯存」，誠則至，不誠非至也。「世人逞私見」，其見非誠也；「鑿智道彌昏」，其知非誠也。元亨利貞，萬物之一出一入，一生一死，皆有真實無妄之理。仙家欲長生不死，妄也。元亨利貞之理，實有而非虚無。佛家無實無虚，超乎有無之表，妄也。至若後世學校科舉，雖非仙佛異端之比，古者敬敷五教，因人心固有者尊①之；古者言揚功舉，取其有補於世者用之。後之學校科舉多尚虚文，而無其實用，則妄也。然此事却在上之人宗主者何如爾。仙學遺世，佛學出世，儒學不能經世，此後世之所以不能如唐虞三代之世也，此固詩之所深歎也。

○右總論第十四首至第十七首。

---

① 「尊」，熊繡本《感興詩通》作「導」。

童蒙貴養正，孫弟乃其方。《易・蒙・彖傳》：「蒙以養正，聖功也。」雞鳴咸盥櫛，問訊謹暄涼。《内則》：「子事父母，雞初鳴，咸盥、漱、櫛、縰、笄、總，以適父母舅姑之所。及所，下氣怡聲，問衣燠寒。」《曲禮》：「爲人子之禮，冬温而夏清，昏定而晨省。」奉水勤播灑，擁篲周室堂。《内則》：「灑掃室堂。」《補注》：篲，掃箒也。《漢書》：「文侯擁篲。」進趨極虔恭，退息常端莊。《内則》：「進退周旋。」劬書劇嗜炙，見惡逾探湯。《孟子》：「嗜秦人之炙。」《論語》：「見不善如探湯。」庸言戒粗誕，時行必安詳。《易・乾・文言》：「庸言之信。」注：「庸，常也。」張子曰：「教小兒先要安詳恭敬。」

蔡氏曰：童蒙，幼稚而蒙昧也。盥，謂洗手。櫛，梳也。以上皆言小學工夫。劇嗜炙，言過於耽嗜炙肉之美。逾探湯，言勝於探湯火之難。時行，《學記》言「當其可之謂時」。蓋言少之時，所當行之事也。此言爲弟子者，於敬事父兄長上之暇，然後退而修其學業，謹其言行，正《論語》『行有餘力，即以學文』之意也。〇《補注》：遜，順也，謂順親也。劬，韻書：「勤也，勞也。」劇，甚也。嗜者，知其味而好之也。炙，燔肉也。時行，即庸行也。粗誕，鄙野夸誕也。〇余氏曰：不曰「孝弟」，而曰「孫弟」，何也？蓋孝弟皆順德，而孫所以爲德之順也。人未有能孫而不弟，亦未有不孝而能弟者。孝弟爲人①之本，而孫所以養孝弟之源。

①「人」，熊繡本《感興詩通》作「仁」。

聖道雖云遠，發軔且勿忙。十五志於學，及時起高翔。《論語》：「十五而志於學。」《易·乾·文言》：「君子進德修業，欲及時也。」

蔡氏曰：聖途，猶聖域也。軔，礙車輪木也。此言聖途雖遠，然進當以漸，且勿忙迫。及十有五歲而入大學，從事於格物、致知、誠意、正心、修身、齊家、治國、平天下之事，則當及時高翔，以造聖域，不可安於小成而止也。○余氏曰：「發軔且勿忙」，而以「及時起高翔」繼之，蓋學者不可自視過高，而失之（燥）〔躁〕進；亦不可自視過卑，而失之不及。○《通》：古人之教，蒙養爲先，故詩於此拳拳焉。程子曰：「自灑掃應對上，便可到聖人事。」此詩始之以童蒙養正，終之以聖途高翔，即此意也。○《補注》：上篇既言士風凋弊，爲教養之失道，故此專言童蒙貴於養正，以爲進德修業之基。自「遜弟」以下至謹言行一節，皆養正之事。夫蒙以養正，乃作聖之功。然或恐其不安於分，而有妄意躐等者焉，故又戒之曰：聖途雖遠，且當於此從容漸進，俟年十五而入大學，從事於窮理修身治人之道，奮然高起，以造乎聖賢之域，不難矣。

右第十八篇

何氏曰：古人教養童蒙，教之事親之節，教之敬事之方，正其心術之微，謹其言行之常。雖未便進以大學，然其細大必謹内外，所以固其筋骸之束，澄其義理之源。有此質璞①，及長而進之大學，自然不費力也。「發軔且勿忙」者，蓋小學且欲收拾身心，涵養德性，以爲大學基本，故欲其且盡其小，而無躐進其大也。「及時起高翔」者，蓋大學則當進德修業，窮理盡性，以收小學之成功，故又欲進爲其大，而不苟安其小也。

哀哉牛山木，斤斧日相尋。豈無萌蘖生，牛羊又來侵。

蔡氏曰：「哀哉」二字，本《孟子》，而朱子謂「最宜詳玩，令人愓然有深省處」。牛山，齊之東南山也。萌，芽也。蘖，芽之傍出者也。言牛山之木嘗美矣，日爲斧斤所伐，然氣化流行，未嘗間斷，非無萌蘖之生，而牛羊又來侵焉。此亦六義之比。

恭惟皇上帝，降此仁義心。《書·湯誥》：「惟皇上帝降衷於下民。」《孟子》：「雖存乎人者，豈無仁義之心哉？」物欲互攻奪，孤根孰能任。

潘氏曰：人心②莫不具仁義之性，但爲口體物欲所攻伐，是以天理日微，人欲日熾。縱根苗尚在，

① 「璞」，何基《解釋朱子齋居感興詩二十首》作「樸」。

② 《感興詩通》原引潘氏語無「心」字。

當心平氣定之時，乘間發見，又爲私心邪念所戕賊，其不殄滅者幾希矣。仁義在人，猶木在山。善端之間發，猶萌蘖之復生也；私欲外邪，猶斧斤牛羊也。任，保也。〇《補注》：任，堪也，勝也。

反躬艮其背，肅容正冠襟。《記》：「不勝反躬，天理滅矣。」《易・艮・彖傳》：「艮其背，不獲其身；行其庭，不見其人。」程《傳》：「謂忘我也。」**保養方自此，何年秀穹林。**

潘氏曰：人之一身，四肢百體無不與物相感者，惟背非聲色臭味所能動搖也。反躬、艮背，所以止於內；肅容、正冠，所以防其外。〇《補注》：反躬，自省也。〇蔡氏曰：内外交養，庶乎有以復還仁義之心。然保養萌蘖，方自此始，不知何時茂盛而能秀(窮)〔穹〕林耶？穹林所以終其比之義。學者優游玩味之餘，油然有悟，惕然有警，致謹於保養之微，期造於秀茂①穹林之域，而不可安於易而沮於難也。〇何氏曰：此章爲時之已過，而不及小學者發，即文公所謂「持敬以補小學之缺」者是也。但過時而學者，辛苦難成，故有「保養方自此，何年秀穹林」之歎。蓋惜其用力已晚，而欲百倍其力以至之也。〇《補注》：此篇本《孟子》之意，以前四句與下四句，而「孤根」、「穹林」又以木爲比，大抵爲人放其良心而不知求，故以「哀哉」二字發其首，令人惕然深省，而操存保養以復其初也。上篇戒以發軔匆忙者，欲其盡保養之功，而易於高翔。此則歎其「何

① 「茂」字原脱，據蔡模《感興詩注》補。

年秀穹林」者，恐其失保養之時，而難於成功也。其反復懇切之意，不亦深哉！

右第十九篇

玄天幽且默，《補注》：出《感遇》詩。蓋欲效其體，故二十篇中多用其語。仲尼欲無言。《論語》：「予欲無言。」動植各生遂，德容自清温。

《語類》：「問：『恐是言有所不能盡，故欲無言否？』曰：『不是如此。只是不消得説，蓋已都撒出來了。如「四時行焉，百物生焉」，天又更説個甚底！聖人言處也盡，做處也盡，動容周旋無不盡。惟其無不盡，所以不消得説了。』」○潘氏曰：此言天何言，而四時行，百物生，無非實理之寓①也。聖人無言，而容貌舉履之間，無非至教之所形也。○蔡氏曰：天無言，而萬物動植之微，自然各遂其性；聖人無言，而動容周旋之間，自然極其清温也。○詹氏曰：天地之生萬物，聖人之應萬事，其分固不能無異，其理未嘗不同，皆自然而然也。

彼哉夸毗子，呫囁徒啾喧。《論語》「彼哉彼哉」，注：「外之之辭。」《詩》「無爲夸毗」，毛曰：「以體柔人。」《感遇》詩：「便便夸毗子。」《史·灌夫傳》「效兒女子呫囁耳語」，注：「呫囁，多言也。」《補注》：啾喧，小兒聲，又

① 「寓」，熊繡本《感興詩通》作「運」。

鳥聲。呫，音「帖」。囁，人涉反。但騁言辭好，豈知神鑒昏。

潘氏曰：夸，大也。毗，附也。爲大言以夸誕於世，諛言以阿附於人也。「呫囁啾喧」，乃禦人以口給之狀。「豈知神鑒昏」，謂但騁其外面言辭之美，要其胸中實無定見，其於義理、真實、至當之所歸，全不知也。

曰余昧前訓，坐此枝葉繁。《記》：「天下無道，則辭有枝葉。」注：「辭有枝葉則茂，辭蔓説而已。」發憤永刊落，奇功收一原。《論語》：「發憤忘食。」《語類》：「問：『《陰符經》云：絶利一原。』曰：『絶利而止守一原。』」

《補注》：前訓，指予欲無言而言。枝葉繁，指平日講論著述而言。○蔡氏曰：言予昧前者幽默無言之語，而坐此枝葉之繁，今將發憤而刊落之，庶乎收奇功於一原也。詳味末句，見其歸根斂實，神功超絶，蓋有不可得以形容之妙。嗚呼！偉哉！○梅巖胡氏曰：奇功，譬如天何言，而有動植生遂之功。言語文字末爾，學者當删其枝葉，培其本根。枝枯葉脱，根幹呈露，而大本之一原者固如此。借言爲筌蹄，而卒至忘筌蹄之境，非奇功乎？○《通》：此所謂「一原」，即所謂「萬化原」。「幽探萬化原」則義之精，「奇功收一原」則仁之熟矣。○仁山金氏曰：「奇功收一原」，用《陰符經》中「絶利一原，用師十倍」之語。二語文公極喜之，有學者問其義，文公嘗爲之解釋曰：「絶利者，絶其二三。一原者，一其本原。豈惟用兵，凡事莫不皆然。倍，如功必倍之之謂。」大概謂專一則有功。上文言瞽者善聽，聾者善視，皆是專一，故有功也。今講學求道，是欲善其身心，修其德業，此是本原也。而乃榮華其言語，飾好其文章，則是盛其枝葉，失其本根，於學焉得有功？惟發憤而痛加刊落，則是絶其二三之利，而一其本原，故奇功可收也。按：金氏「一其本原」之説，蓋因「奇功」二字，而用《陰符》「絶利一原」之義，然恐非此詩之正義，特以有益學者用功，故附見焉。〇徐氏曰：功收一原，渾然此道之全體，融會於方寸。夫子所謂「一以貫之」，子思所謂「無聲無臭」，周子所謂「無極而太極」者，《感興詩》以此終焉。

右第二十篇

蔡氏曰：模於此詩諷誦涵咏之久，一旦恍然，若有見先師朱子之心。是雖若不敢自任道統之傳，而實憂此道之遂失其傳，其於終篇特發在陳之歎，蓋亦追悔其平日著書之徒多，而世之曉悟領會者絶少，故於此慨然有「發憤刊落」之語，正夫子「予欲無言」之意也。今味其言，玩其意，若以爲自責，則又若自謙；若以爲自謙，則又若自任。百世之下，其將必亦有神會而心得之者耶？其旨深矣哉！〇《通》：右三詩皆承上章「因心有明訓」、「善端得深培」言之也。「童蒙貴養正」是養此良心於童蒙之時，所以培善端也；「保養方自此」是養其良心於梏亡之後，亦所以培其善端也。末章①言吾之心，天之心，則又無待於養之之功矣。天無言，而其心自見於動植之

①「章」，底本原作「首」，據熊繡本《感興詩通》改。

生遂；聖人無言，而其心自見於德容之清温。故詩前謂心者吾靈臺，而多欲者穢之，泛爲衆人言也；此謂心者吾神鑒，而多言者昏之，專爲末學者言也。末學紛紛，求工①於言辭之末，而本心存亡，漫不復省。枝葉徒繁，本根已瘁②，此朱子晚年必欲刊落枝葉，而特達③本根者也。詩首言「一理」，末言「一原」，於此見朱子晚年造詣之深矣。

右總論第十八首至第二十首。

---

① 「工」，底本原作「功」，據熊繡本《感興詩通》改。
② 「瘁」，熊繡本《感興詩通》作「悴」。
③ 「達」，底本原作「建」，據熊繡本《感興詩通》改。

蔡氏曰：右詩二十篇，篇各有寓①，學者固不必求爲牽合也。然熟玩而精思之，篇章離析之中，實有脉絡融貫之妙。二十篇中凡五更端，而皆以探原起意。自一篇至四篇，所以探造化之原也。言無極而太極，太極動而生陽，静而生陰，與夫人心之太極而以心爲形役爲戒。自五篇至七篇，所以探治化之原也。言名分僭竊，正統濁②亂，綱法淪斁，其幾微皆有漸。秉史筆者，皆不知防微杜漸，誅既死之奸諛，使萬世亂臣賊子知有所懼，此天下之所以日趨於亂也。自八篇至十三篇，所以探陰陽淑慝之原也。發姤、復二卦以見聖人扶陽抑陰於幾微之萌，及人心寂感之體，歷叙堯、舜、禹、湯、文、武、周公以敬傳心之法，遂以孔子結上起下，而以顔子、曾子、子思、孟子傳心者接之。自十四篇至十七篇，所以探道德性命之原也。直以誠爲萬化之原，而歎異端詞章之流不識此原，欺世誑俗，深爲此道之害。自十八篇至二十篇，所以探學問用工③之原也。首以童蒙養正，繼以牛山之木喻以保養根本，終歎晚年道統之傳未有所屬，思欲無言以收其反本還原之功，故於末篇末句，特以「一原」兩字結之。有旨哉！有旨哉！

① 「篇各有寓」，蔡模《感興詩注》原作「篇各有體，意各有寓」。
② 「濁」，底本原作「澆」，據熊緗本《感興詩通》改。
③ 「工」，原作「功」，據熊緗本《感興詩通》改。

余氏曰：詩始言一理，中散爲萬事，末復合爲一理。幽探無極①生化之原，明述道心、人心危微之辨，粗及晚周、漢、唐治亂之迹，精言夫陰陽、星辰、動静之機。大上原夫堯、舜、禹、湯、文、武、周、孔②授受之宗，下列夫顔、曾、思、孟存守之要。大而乾坤之法象，性命之根原；微而神仙之渺茫，釋佛之空寂，與夫經之所以得，史之所以失，靡不明備，無有闕遺。且於教之所以爲教，學之所以爲學，粲然條列，渾然貫通。首窮夫無極之旨，末歸於無言之妙。與《中庸》始言「天命之謂性」，而終言「上天之載，無聲無臭」者，同一指歸也。又曰：興隨感而生，詩隨興而作。或比或賦，雖非一體；或先或後，初非一意。然首尾貫穿，本末聯屬，則渾然一貫也。蘇黄門謂《大雅·緜》九章初頌太王遷豳，至八章乃及昆夷，九章復及虞芮。事不接，而文不③屬，如連山斷嶺，相去絶遠，而氣象聯絡，觀者知其脉理之爲一也。《感興》之詩，當以是觀之。

---

① 《感興詩通》此下有「太極」二字。
② 「孔」，熊縟本《感興詩通》引余氏語無。
③ 「不」字原脱，據熊縟本《感興詩通》補。

李氏心傳曰：詩凡天地陰陽之運，道德性命之理，百王之規範①，六經之藴奥，與夫孔孟相傳之正，瞿聃所見之妄，大略咸具②於此，而以下學上達之方終焉。雖因興所感而遂成章，然開示學者之意，亦已切矣。顧其包涵廣遠，不可涯涘，倘非讀盡夫子之書而通其義③，則於此六百三十六字。按：二十篇一百二十六句，總一千二百六十字。今謂六百三十六字，恐誤。之大旨，猶未免乎面墻也。

李氏道傳曰：《感興》二十章，擬陳拾遺《感遇》而作也。古人擬詩④多矣，第能仿其意趣，效其音節，無甚高論。拾遺之詩，李白亦嘗擬之，其措意遣辭⑤，不出拾遺區域之外，至有全用拾遺語者，雖無作，可也。晦庵二十章，其於天地萬物之理，下學上達之事，靡不該貫，蓋道學精微也。雖擬拾遺，其實過之，第其弘深妙密，初學之士或未盡識之也。

---

①「範」，熊縄本《感興詩通》作「模」。
②「咸具」，熊縄本《感興詩通》作「感興」。
③「義」，熊縄本《感興詩通》作「教」。
④「古人擬詩」，熊縄本《感興詩通》作「詩人擬古」。
⑤「辭」，熊縄本《感興詩通》作「言」。

王氏埜曰：先生此詩，凡太極陰陽之理，天理人欲之機，古今治亂之分，異端末學之辨，精粗本末，兼該并貫，加以興致高遠，音韻①鏗鏘，足以追儷風雅。學者優游諷咏，興起感發，良心善性，油然而生。下學上達之功，孰能外是而他求哉？

梅巖胡氏曰：文公贊陳詩，以爲「雖乏世用，實物外難得自然之奇寶」，且自言其詩「近而易知」，「皆切日用」。然則陳詩如丹砂、空青②、金膏、水碧，有之固可玩，無之亦何損；文公詩則布帛之文，菽粟之味，有補飢寒，生人不可一日缺者。雖然，文公自謂『近而易知』，愚則謂其近如地，其遠如天，豈可以易知而忽之哉！

新安胡氏曰：此詩究極道體，綱維世教，與《太極圖》《通書》《近思録》實相表裏，指示學者深切也。

蔡氏曰：古今之書，惟詩入人最易，感人最深，三百篇之後，非無能詩者，不過咏物陶情，舒其蕭散閑雅之趣而已。獨朱子奮然千有餘載之後，不徒以詩爲詩，而

① 「韻」，熊繡本《感興詩通》作「節」。
② 「丹砂、空青」，《感興詩通》原無。

以理爲詩，齋居之《感興》是也。蓋以理義①之奧難明，詩章之言易曉。難明者難入而難感，易曉者易入而易感也。朱子切於教人，故特因人之易入易感者，以發其所難入難感者耳。今誦其詩，包羅衆理，總括萬變，排闢異端，又皆正其本而探其原。模之不敏，總角侍先君讀之，懵然未曉其何說。先君間因其憤悱而啓發之，似有所見。近因弟杭試邑樵川，寄示瓜山潘丈箋本，積日吟誦，猶或恨其箋注之間，若有未盡者，隨筆抄記，不覺成帙，用以求正於有道。正温公所謂揚子作《玄》本以明《易》，非敢别爲一書以與《易》競之意也。同志之士，其亦有以識予之心者乎哉？

《通》：朱子《感興詩》明道統、斥異端、正人心、黜末學。一千二百六十字中，凡天地萬物之理，聖賢萬古之心，古今萬事之變備焉。使擊壤翁早得見之，安得謂「删後果無詩」乎？

《補注》：愚嘗竊論此二十篇，其體格雖不過效陳子昂《感遇》之作，然其序引自謂「切於日用之實，言近而易知」，則已非所謂「詞旨幽邃，近乏世用」者比矣。至

① 「理義」，熊繡本《感興詩通》作「義理」。

若「不能①探索微妙」云者，特謙辭耳。蓋其詩中包括，則於天理②之覆載，氣運之周流，造化之發育，人心之寂感，以至六經所藴之精微，聖賢授受之心法，所以渾然一貫者，則既深造而自得之矣，豈但「探索」而已耶？故凡所述操存舍亡之迹，克省踐履之功，與夫論得失、正紀綱、辨異端、敦教養，則又無一不本諸其心，以合乎聖軌，使有以垂法於後世。此子朱子所以上與周、程、張子繼孔孟千載之絶學也歟！雲峰胡先生有言，昔游定夫讀《西銘》曰：「此《中庸》之理。」某讀《太極圖説》亦云。蓋其説即始言一理，中散爲萬事，末復合爲一理也。《通書》與《太極圖》相表裏，其發明《中庸》處尤多，皆以「誠」爲之樞紐。至朱子《感興詩》始終條理，亦不異於《中庸》。斯言盡之矣。先儒嘗尊《太極》《通書》《西銘》及《正蒙》，目爲「性理四書」。愚謂此《感興詩》亦當與前四書列爲五書而并傳之，無疑也。又按朱子此詩專明心學之藴奥，義理精微，而兼得乎詞人之興趣。雖一時箋注，如門人瓜山潘柄、北溪

① 「能」，原作「用」，據劉履《選詩續編補注》改。
② 「理」，劉履《選詩續編補注》原作「地」。

陳淳、覺軒蔡模，與夫楊庸成①、詹景辰、徐子與、黄伯暘、余子節諸家之説，其於義理固多發明，然惜其未得師門傳注之體。或墮於講義之泛衍浮冗，或流於纂疏之枝葉煩碎，使②與作者本意反相庢盭，而使初學即此以求興趣之歸，難矣。愚因輯《續編》，輒不自量而訓解之。雖意見凡近，未敢自謂過於前人，然於每編之詞旨，敷暢條達，使諷玩之者，無崎嶇求合之難，或庶幾焉。竊聞雲峰胡先生亦嘗著《感興詩通》，或者秘其稿而不傳，萬一獲見是書，得以正予之謬妄，則又幸矣。

明儒劉剡《詩通》跋曰：朱子之詩如布帛穀粟，誠有補於學者之日用，即天道以明人心體用一原，顯微無間。先儒論之，各已詳矣，夫奚庸贅。書林詹宗睿氏往新安朱子之鄉仁本金先生德玹處，訪求陳定宇、胡雲峰、朱風林、趙東山、倪道川諸老先生書籍，志欲刊行，乃得《選詩補注》等書以歸。《選詩》載《感興詩》於《續編》，劉坦之先生於篇末云：「聞胡雲峰先生有《感興詩通》，未及見，學者倘得，以正予得失之説。」則其望於後人也深矣，其忠厚之意何如哉！愚遂以金先生依倪、趙二

①「成」，原作「誠」，據劉履《選詩續編補注》改。

②「使」，劉履《選詩續編補注》原作「似」。

先生所校《感興詩通》句，抹去冗泛，定本爲宗，而附坦之《補注》於各篇之末，以成全備之美。區區非欲好煩，第此書發明性理之奥，昭如日星，庶得以自便讀，且以貽諸同志。因校對畢，敬題卷末，識其所自云。

跋

晦庵先生《感興》一詩，諸家注解亦既詳且悉矣。獨其比興之體，言近而旨遠。後之説者，深者涉於鑿，淺者流於泛，有未易以會通。此后山李先生《集解》書之所以作也。今就其斷例而觀之，分章析句本於蔡氏，而刊剔其繁剩，考事證援，參之《補注》，而按斷其謬誤。采摭既博，去就愈密，深者使平，泛者使切，使二十篇一千二百六十言之旨，俱有下落歸趣，真是詩之羽翼也。於乎！詩之爲教，豈易言哉！惟先生當日託意寓感之旨，誠有未易窺測者。而若其篇章之體、音韻之正，因是訓詁，究其旨趣，咏歎之，淫泆之，以庶幾萬一於言意之表，則其所以感奮興起者，亦豈小補哉？《集解》之成，不自題跋，蓋亦出於謙挹之意。方謀鋟諸梓，恐後之人無以識認，謹録本末於後。後學韓山李秉遠謹跋。

右《感興詩集解》者，后山李先生編輯諸家之説者也。蓋《感興》一詩，即朱夫子傳道之書，而包羅廣博，究極奥妙，初學之士往往有未易曉者。故覺軒蔡氏爲之注解，上虞劉氏爲之補注，雲峰胡氏有《詩通》之篇。其他王、倪、趙氏諸賢之論，節節證據，句句辨釋，以發明原詩之意，可謂備矣。顧其爲説，散出而各見，又或有得失之可議，學者嘗病之。先生蚤登湖門，親承旨訣，講究之工無不至，該博之學無不遍，而尤用力於朱子書。嘗節取《語類》，編爲《朱語近思録》，又别録訓門人諸説爲《朱語訓門人分類》。又於暇日蒐輯《感興詩》諸家所論，分注於每句之下，類附於各章之間，條理不紊，脉絡相貫。使二十篇一千二百六十字之旨，焕然日星於天下。先生所以羽翼斯道，嘉惠無窮，其功顧不大歟！嗚呼！先生既殁，栗園金公養休按出巾箱，浄寫一本，以次其篇章。既又所庵李公秉遠、定齋柳公致明屢加梳洗，改寫一本，得以無憾於傳後，實斯文之幸也。今者先生之嗣孫基洛，與一方士人方謀繡梓，以廣其傳，而責道和識其事。道和以眇然末學，義有不敢以僭猥辭者，謹書顛末，附之下方。後學聞韶金道和謹識。

附録

附録一：東亞有關《感興詩》之文獻著録

［宋］周應合（一二一三—一二八〇）《景定建康志》卷三三「理學書目」：朱文公《感興詩》。

［元］俞希魯（一二七九—一三六八）《（至順）鎮江志》卷一一：朱文公《感興詩》一册。

［明］楊士奇（一三六六—一四四四）《文淵閣書目》卷二：《朱文公感興詩》一部一册。

［明］晁瑮（一五一一—一五六〇或一五七五）《晁氏寶文堂書目》：《校定晦翁感興詩》。

［明］王圻（一五二九—一六一二）《續文獻通考》卷一八三《經籍考》：《感興詩注》，蔡汝揆著。

［清］《石渠寶笈》卷三〇貯《御書房三》：元趙孟頫書朱子《感興詩》上等秋十。

［清］黄虞稷（一六二九—一六九一）《千頃堂書目》卷一一：朱右《性理本原》三卷。揭河圖洛書於首，本諸天，以復乎人。次録《太極圖説》《定性書》《理學論》《東西二銘》，攟諸人，以復乎天。附以《通書》一卷，《感興詩》一卷於後，若《正蒙》諸書，或有未純，故不録。

［清］黄虞稷《千頃堂書目》卷一一：吴文光《朱子感興詩解》一卷，又《門人答問録》四卷。字有明，婺源人，嘉靖丙午舉人，應山知縣。

［清］朱彝尊（一六二九—一七〇九）《經義考》卷四三：《感興詩講義》。

［清］萬斯同（一六三八—一七〇二）《明史》卷一三五《志一百九》：吴文光《朱子感興詩解》一卷。

［清］嵇璜（一七一一—一七九四）《續通志》卷一七〇《金石略》：《齋居感興詩》二十四首，朱子撰。分書，惠州。

［清］錢大昕（一七二八—一八〇四）《元史藝文志》卷四：程時登《文章原委》《古詩訂義》《感興

詩講義》。

［清］錢大昕《元史藝文志》卷四：胡炳文《注朱子感興詩》一卷。

［清］《浙江通志》卷二五二：《感興詩解》。《金華縣新志》：何基撰。

《朱子感興詩考訂》。《台州府志》：陳紀著。

［清］范邦甸等《天一閣書目》卷四之一集部一：文公《感興詩》一卷，刊本。元新安後學胡炳文編。序稱：「子朱子《感興詩》明道統、斥異端、正人心、黜末學。六百三十字中，凡天地萬物之理、聖賢萬古之心、今古萬事之變闕焉。始言一理，中散爲萬事，末復合爲一理，與《中庸》合。朱子分《中庸》作五節，詩凡五起伏。由此十家之注以會朱子之意，未必不爲升高行遠之一助云。時泰定甲子十月望日。」

［清］瞿鏞（一七九四—一八四六）《鐵琴銅劍樓藏書目録》卷二一《集部三》：《文公感興詩通》一卷，明刊本。宋朱子撰，題新安後學胡炳文集注并序。朱子《感興詩》初有四家注，炳文

廣之爲十家，其參以己説者，别之爲「通曰」，與《四書通》例同。十家者：長樂潘氏柄、楊氏庸成、建安蔡氏模、真氏德秀、詹氏景辰、徐氏幾、黄氏伯暘、番陽余氏伯符、新安胡氏升、胡氏次焱也。

〔清〕魏源（一七九四—一八五七）《元史新編》卷九四《志十之四》：程時登《文章原委》《古詩訂義》《感興詩講義》。

胡炳文《注朱子感興詩》一卷。

〔清〕曾廉《元書》卷二三：胡炳文《注朱子感興詩》一卷。

（陳）〔程〕時登《文章原委》《古詩訂義》《感興詩講義》。

〔清〕陸心源（一八三四—一八九四）《皕宋樓藏書志》卷八五集部：《文公朱先生感興詩注》一卷。東洋刊本。宋門人蔡模學。古今之書，惟詩入人最易，感人最深，三百篇之後，非無能詩者，不過咏物陶情，舒其蕭散閑雅之趣而已。獨朱子奮然千有餘載之後，不徒以詩爲詩，而以理爲詩，齋居之《感興》是也。蓋以理義之奥難明，詩章之言易曉。難明者，難入而難感；易曉者，易入而易感。

朱子切於教人，故特因人之易入易感者，以發其所難入難感者耳。今誦其詩，包羅衆理，總括萬變，排闢異端，又皆正其本而探其原。模之不敏，總角常侍先君讀之，優游諷咏之久，不覺手舞足蹈之意，然亦懵然未曉其爲何説也。先君間因其憤悱而啓發之，似有所見。近因弟杭試邑樵川，寄示瓜山潘丈箋本，積日吟誦，猶或恨其箋注之間若有未盡者，隨筆抄記，不覺成帙，用以求正於有道。正温公所謂「揚子作《玄》，本以明《易》，非敢别爲一書以與《易》競」之意也。同志之士，其亦有以識予之心者乎哉？嘉熙丁酉仲春望日模書。

概居游武夷，常誦《櫂歌》，見其辭意高遠，超絶塵俗，而未得其要領。近獲承教懼齋陳先生，蒙出示旨義，有契於心，乃知九曲寓意與《感興二十篇》相爲表裏，誠學者入道之一助。不敢私己，敬刊以續《感興詩解》之後，與同志共之。時大德甲辰仲春，武夷劉概謹跋。

日本天瀑跋。

［清］丁仁（一八七九—一九四九）《八千卷樓書目》卷一五：《感興詩注》一卷，宋蔡模撰，抄本。《佚存叢書》本。

［清］丁丙（一八三二—一八九九）《善本書室藏書志》卷三〇：《文公朱先生感興詩注》一卷，

《武夷櫂歌注》一卷，舊鈔本。門人蔡模學，《武夷櫂歌》懼齋陳普尚德注。朱子撰《感興詩》自有序云：「齋居無事，偶書所見，得二十篇。雖不能探索微眇，追述前言，然皆切於日用之實，故言亦近而易知。既以自警，且以貽諸同志云。」初有四家注，元胡炳文廣之爲十家，更參以己説，别之爲通，與《四書通》例同。十家者：長樂潘氏柄、楊氏庸成、建安蔡氏模、真氏德秀、詹氏景辰、徐氏幾、黄氏伯(賜)〔暘〕、番(禺)〔陽〕余氏伯符、新安胡氏升、胡氏次焱也。此止蔡氏原注，有嘉熙丁酉仲春蔡模識云：「朱子不徒以詩爲詩，而以理爲詩，齋居之《感興》是也。其詩包羅衆理，總括萬變，排闢異端，又皆正其本而探其原。模侍先君讀之，不覺手舞足蹈之意，然亦懵然未曉其爲何説也。先君間因其憤悱而啓發之，似有所見，隨筆鈔記，不覺成帙云。」末附《武夷櫂歌》文。（文略）

日本寬文年間《和漢書籍目録》「外典」著録：《感興詩》一册。

日本寬文十年《增補書籍目録》「故事」著録：蔡模《感興詩注》一册。

日本延寶三年《古今書籍題林》著録：蔡模《感興詩注》一册。

朝鮮《諸道册板録》全羅道靈巖下著録：《感興詩》八丈。

朝鮮《完營册板目録》全羅道靈巖下著録：《感興詩》白紙。

附録二：東亞朱子《感興詩》之唱和及擬作輯録

和紫陽先生感興詩二十首

［宋］劉黻

其一

至理根一初，精微實高廣。寄之形氣中，今來齊古往。衆曜列太空，環侍惟斗仰。變化妙不測，虚靈本常朗。井坐識易陋，簾窺學云罔。静玩《感興》篇，剖陳如指掌。

其二

陰陽著太極，萬化惟一中。權衡迭軒輊，樞紐相始終。人受命以生，今古稚耄同。彼昏自不覺，安用尤瞶聾。

其三

仰觀復俯察，上下融真機。元氣無奇耦，魚躍鳶自飛。神聖奠中域，静動心勿違。天地斂諸躬，照以日月輝。遜志納衆有，先慮周萬微。胞與豈不夥，游泳皇極歸。

其四

造化泄元秘，河洛圖書出。龜龍亦何心，以靈乃受役。微旨竟先天，妙用普經國。三聖受心印，執中數語畢。詁學長枝蔓，往往膠陳迹。偉哉千載下，元公指無極。

其五

文盛起太息，姬壤半淪夷。仁積天所親，道喪人已離。霸圖迭雄長，明詛興自兹。王綱久不競，覽卷空涕洏。日月照干戈，風雨撼璧珪。仲尼不夢周，世道無復爲。元氣日以薾，荏苒朝露悲。嫠婦抱隱憂，忠矣非知機。

其六

宇宙浩無際，主静即其綱。静非寂以槁，密運治乃良。公明闓晏燦，忠慤消彊梁。山河帝居壯，日月天德光。八荒囿一和，此界均彼疆。鴟鴞息晝鳴，鳳凰梧桐翔。黔黎歌爾極，逢掖趨大方。皇風播品物，道闢淑運昌。樞機不盈握，妙斡見弛張。奈何動志静，反袂千古傷。

其七

我聞嬴秦氏，威力横提封。北方迤長城，中土銷春風。阡陌鞅肆孽，簡編斯造凶。民命眇以墜，天勢巍且崇。中焦痼成痞，怨氣蟠壤穹。炎漢一洗之，詎詫百戰功。規模納群策，意度恢大公。約法止三章，赤子歸包容。溺冠膠餘習，莫致商山翁。過魯嘗蕆祠，猶足醒昏蒙。

其八

東都黨錮禍，機阱深九淵。標榜起俊厨，接踵沈黄泉。西園久握爵，龍門昧幾先。忠魂招不返，炎祚孰以綿。諒矣文君癡，猶覬冷燼然。吁嗟萬鈞壓，一綫那能牽。

其九

坤輿載五嶽，乾象垂三光。太極宰元化，俯仰無低昂。一理貫萬有，形色皆停當。晋風競清談，幽眇夸輝煌。坐銷白晝盡，狐兔睨其旁。天地亦爲愁，何但頹偏方。

其十

立朝觀大節，炳炳在行己。李唐號多才，屹立整頽紀。前狄後有韓，高風世仰止。孤忠翼正祚，大論闢非禮。老榦挺冬嶺，明魄浸秋水。均抱扶世心，勛學豈殊軌。

其十一

默觀羲聖書，先天著復坤。畫畫妙理具，森立河圖文。宇宙斡生意，日月寧辭奔。乘承著不息，反窮性存存。透彼名利關，洞此道義門。用功不精密，頻復何由敦。

其十二

詩道發金石，世苦壁聽訛。正色落芻蕘，一掬真意多。衆竅本虛寂，其如天籟何。不悟《康衢》

謡，不識《黍離》歌。

其十三

禮樂節性情，工夫貴深省。愛親篤冰履，酬世尚錦絅。勿任忘與助，一敬收衆騁。威儀筋骸束，趣味精神領。相彼屋漏中，森若指見炳。窮達付天分，靈光勿隨境。

其十四

書法嚴貶褒，明辨邪正根。寒暑自迭禪，日星常與存。浮雲豈不翳，昭晣誰其昏。筆削匪爛報，執拗開亂原。

其十五

仙佛各有門，託言深入山。一探寂滅宗，一透鉛汞關。菩提悟非樹，刀圭詫靈丹。槁形付塵幻，蜕骨沖飛翰。咄咄亦奇事，詎憚力到難。儒先著明訓，整轡皇路安。

其十六

智巧役一世，往往悲古愚。觸蠻榮利場，白日事浮虚。情流失固有，意騖希本無。相與龍斷登，獨不捷徑趨。是非遂倒植，大道歸糊塗。發憤中夜思，猶有未亡書。

其十七

扶輿播清淑，何代不毓才。森森萬壑松，盍厚拱把培。蒙養正性存，臨教大義開。嗟哉古道息，習氣少已乖。區區黄册子，所事惟奪魁。户庭且得色，斯文何望哉。

其十八

人生戒悠悠，蚤已闇大方。卓爾志有立，不墜炎與涼。孫弟浹閭里，孝愛充室堂。應對動以恪，操存静而莊。見善如乘珠，視惡如釜湯。毫釐貴明辨，造次宜謹詳。勿謂居壯年，光陰隙駒忙。窮理養夜氣，任運爲沈翔。

其十九

交游重金石，里巷毋泛尋。胸中抱明鏡，妍醜不相侵。熱交但以貌，冷交惟其心。勢利易苟合，道義難力任。咏春發真趣，邀月開凡襟。夷險只一節，雞鳴風雨林。

其二十

聖人不可見，猶幸聞緒言。萬古宇宙立，一脉理義温。專門鑿私智，百家起陊喧。太陽炳離照，坐收烟霧昏。魯語本非略，軻書豈爲繁。資之歲月深，左右皆逢原。

（録自劉黻《蒙川遺稿》卷一）

次韻感興詩五首

［元］貢奎

抱瘵寡營累，處晦以養明。獨有盈尊酒，客來相與傾。念兹庭中華，秋悴春復榮。年運苟未至，亦豈居其名。

潦降驪淵深，潛珠聚群依。鳳栖高岡石，草木承餘輝。豈無百尺松，託此孤雲飛。士貧擇所附，節義乃忍違。所以有曠達，悵然歸采薇。

晨將一卷書，坐與古人言。念之千載下，其神儼今存。今士惜未殊，至道有定論。勖哉顔與孟，異代乃同門。

幽人卜林居，永日常掩扉。澗水鳴孤叢，空烟護蒼微。别來不可見，戚戚念歲饑。何以寫我心，朱絃時同揮。

嗟嗟古來士，傳者今幾存。有生不飲酒，徒令酹其魂。立德猶復爾，况乃功與言。歲月無停機，川流逝清湲。翩翩魏公子，飛蓋游西園。歌韻豈不美，慷慨非至恩。羨彼榮啓輩，行歌樂忘飡。

（録自元貢奎《貢文靖雲林集》卷四）

和齋居感興詩二十首（有序）

［明］桑悦

詩自三百篇而後，歷漢魏晋至唐極盛，長篇短章不過流連風月之間，秉彝好德之言爲世大禁。逮宋，濂洛諸儒性理之學大明，間有所作，假以明理，言多直，遂又成有韻之論。惟文公《感興》諸作，從容韻語之中，盡發天人之感，是豈特詩而已哉？予去郡未得，天假數日之閑，愛誦是詩，手之不置，因借其韻，直述己見，以寓景仰之意。雖於爲學世經之方略有所見，若曰并駕，則非予之本心，而笑以學步，則又人之所當恕也。

其一

無始誰解睹，莽莽乾坤廣。萬物自生育，游氣紛來往。大道無形容，高堅易鑽仰。古聖即太極，動静自明朗。假畫成卦爻，直遂理非罔。終始元化心，易道坦如掌。

其二

大道孰張主，心爲天地中。未生已潑潑，身没那有終。卓爾兩義并，湛然千聖同。始知口耳學，亹亹成痞聾。

其三

心地湛日月，嗜欲昏天機。動静未專定，真性隨塵飛。八駿日千里，羈靮故離違①。主人坐中堂，僮僕生光輝。蜿蜒八表外，《大藏經》云：「八表雖大，蜿蜒其外；毫末惟細，艱闢其內。」没景何玄微。宋玉《小言賦》：「冥冥没景。」瞬息或徇物，誰共羲軒歸。

---

① 此詩又見《石倉歷代詩選》卷四三六，「離」作「難」。

其四

我生從何來，真宰似遠出。默坐無亭思，擾擾類行役。幾濯清泠淵，誓適安樂國。静定培靈根，得一萬事畢。征鴻溯寥廓，踏空不留迹。誰知弄丸手，從容建皇極。

其五

六經代天語，載道惟平夷。辭理兩融化，形影難分離。世降空言繁，實境孰踐兹。未樂强歡笑，無情涕空洏。飾轅不負重，土偶空裳珪。况自《春秋》後，著述窮所爲。《史記》馬遷憤，《離騷》正則悲。景仰無極篇，能知造化機。

其六

虞舜日奠枕，無爲運乾綱。霖雨潤九州，豢龍籌策良。嬴秦監周弱，抑下專强梁。世代踵遺轍，絶口邦家光。用舍無定在，出處平分疆。絆驥萬里行，籢鳳千仞翔。曲士忌全德，宵夫疑大方。經綸孰造命，小康天運昌。瑣瑣停年格，爾朱欲更張。台輔須黄髪，子源生可傷。

其七

天下非私土，三代俱分封。胄子幼教育，中和習成風。朝巡互來往，賞善誅奸凶。魚藻王都尊，采菽侯藩崇。列宿各分照，光芒麗玄穹。《春秋》衰世志，薄取桓文功。英英致堂論，郡縣誠非公。黔黎擁紈袴，吞啖誰相容。買田自分井，濩落横渠翁。王道孰根柢，正養君人蒙。

其八

土湧高成山，地陷深作淵。山澤亦通氣，峻嶺流清泉。卦位互交易，羲文天後先。陰陽恒倚伏，福禍相纏綿。陽剛貴用事，陰道戒將然。永懷文明治，慎重包瓜牽。

其九

重濁下成質，精英上生光。踐覆自平實，照察何軒昂。地不量山岳，廣狹適相當。炎火本無體，附物生輝光。經綸何思慮，居中揮四旁。君看生物機，應用神無方。

其十

天地本無私，形骸非有己。出入易門户，乾坤自經紀。致用春發生，存身冬艮止。天清因仰樂，地厚乃崇禮。宣尼賦歸去，洋洋歎河水。流坎我何心，憂時遵聖軌。

其十一

世道多險阻，簡易惟乾坤。闔闢互來往，交錯自成文。誰云地鎮重，俯視江河奔。誰云天健運，作觀星宿存。凡目照粗迹，孰入玄微門。動静互交養，學《易》理彌敦。

其十二

上古衆立君，征伐逢時訛。成湯尚慚德，武王殊自多。世降益吞啖，天運如人何？萬世興死節，一曲西山歌。

其十三

寒暑相禪續，幽思發深省。如何春夏榮，亦尚秋冬絅。散步登高岡，萬里目一騁。洪纖自形色，妙意孰統領。履下地紀列，巾上天章炳。呫囁非至文，老入無言竟。

其十四

庭前雜花草，枝葉孰爲根。廣大象初著，精微形已存。默契生成妙，常愁仁智昏。欲共無名叟，藏爐看本原。

其十五

真味非烟火，大隱非江山。得藥在城市，守中空閉關。黍珠一相值，半刻成金丹。面壁更九載，飛空謝修翰。黄金煉鉛盡，白首逢師難。何如法周孔，名存没亦安。

其十六

佛教入中國，設法籠賢愚。山河孰非兹，身世都成虚。了誤一彈指，已并如來無。以次論因果，業報由心趨。迢遥宗派傳，南北亦分途。修本未能勝，惑世存遺書。

其十七

聖君御寰宇，左右羅真材。青宫坐師傅，根本先滋培。法令本仁厚，八荒文運開。煢獨有恩養，高賢無命乖。敦周成康冠，衍漢文景魁。致君堯舜上，懷古心悠哉。

其十八

聖道大如天，習學亦有方。好善若饑渴，勵志忘炎涼。卓爾不易見，博約徐升堂。身心自裁檢，屋漏同康莊。夜坐景周旦，日新效成湯。立言忌嵬瑣，繹理須精詳。譬如萬里行，進步休匆忙。勿輕棄良貴，天衢望翱翔。

其十九

井田廢周末，典籍誰能尋。貪富既無制，有力恣相侵。庠序總虛設，誰解存恒心。牒訴因滋蔓，寬仁竟難任。何暇宣化理，春和滿胸襟。歸歟想宣聖，何處緇帷林。

其二十

誤道惟一唯，養氣亦難言。正學儘平易，至理宜尋温。刑名申韓吠，虛寂莊老喧。百家浪泛覽，智奪多岐昏。主敬能制動，守約堪御繁。工夫闕體認，昌黎道空原。

予和文公《感興》諸詩，皆借其題而用名不同，惟仙佛有不可易，故特異其詞云。覽者當自知之。

（録自明桑悅《思玄集》卷一一）

擬感興詩十首

［明］徐問

予嘗誦昌黎韓子曰：「聰明不及於前時，道德日負於初心。」以爲深有悔悟憂勤、感時惜逝之意。予才不及昌黎遠矣，其所知非抑畏，惕然於懷，而體驗諸事，以蘄無忝厥初，不與草木同墮落者，宜將如何。歲莫有暇，因效晦翁《感興詩》體十首，書諸卷帙，置案上，如古盤盂几杖之有戒銘也。公餘則披而視之，以振吾怠，并示同志洎從游諸生，聊以共勉焉。

其一

玄枵值莫冬，歲月行復疾。北風鳴枯林，揚塵暗白日。中年瀛海上，華髮變初質。常恐寡道氣，脂韋逐流汋。心知象虛明，勿俾玄理窒。悠悠百年内，人事易得失。行矣須勉旃，玆期我當必。

其二

人心有至美，空洞物皆備。樞機斡古今，感通塞天地。黄虞啓重關，後聖發玄閟。引緒儒哲言，一綫永不墜。云何後世人，畀此身反累。開闔既非時，傾危亦容易。有如狂寇入，倉猝主翁避。彼美七尺軀，濩落空罠贔。詩書賴前訓，耿耿恒不寐。奉以嚴君尊，翼以向明位。干城守彌堅，庶用防突騎。久之萬慮静，悠然見天粹。窮年已謬誤，峻德良寡遂。毋使固陋滋，身志兩相棄。

其三

人心易來往，一往性乃虛。上帝命巫咸，招之返故廬。廬深定斯静，洞與神明居。所存既不易，所出安可疏。先王重檢身，檢身當何如。視聽言動思，與理同卷舒。持此徑寸衷，通感萬里餘。毋爲浪觀海，咄咄空欷歔。

其四

吾道無隱顯，慎修無古今。莫云暗漏地，不有神斯臨。纖微一不戒，惡已來相侵。君子務明德，瞬息隨所欽。行須不愧影，枕亦不愧衾。操兹以到遠，靡有力弗任。寥寥千載聖，獨匪吾人心。

其五

客感多乖違，忿怨易留止。宿火中不灰，風吹烈還起。戈矛笑談間，報復睚眥裏。一朝憂所生，而暇恤人己。君子撝大公，應物若止水。止水無泥沙，惟清與平耳。平固物不撓，清固陋不耻。利欲蝕既餘，何能辨兹理。窒爾多欲心，忘怒從此始。

其六

人過在悛改，不改惡乃積。積以成丘山，趨以匯川澤。明有禮義攻，幽有鬼神責。嗚呼污涅餘，再雪焉可獲。聖人貴不吝，賢者喜聞格。仰見日月虧，竦聽風雷益。迷途早知非，終當徙安宅。

其七

心聲易流放，刺刺不稽古。外既無檢持，薄己探肺腑。善哉儒者箴，已肆物終迕。爾腹固便便，爾口亦詡詡。强聒既餂人，掩美欲自取。古今興敗機，多由此中賈。所以君子言，循循就繩矩。文子舉筦庫，嗇夫未足數。蓄德基高明，參也得之魯。永鑒三緘人，慎啓淵默府。

其八

富貴古來羨，豪華人易靡。連雲亘甲第，鼎食紛朵頤。道傍問誰來，衣馬生光輝。心爲衆形役，外美將焉施。人事一朝異，索莫有餘悲。從觀物外心，淡薄終可持。茅茨亦不惡，脱粟亦不飢。里中父老言，勸我别有爲。拜手謝之去，吾志不可移。

其九

出處本常理，軟美適俗性。達人事骯髒，滌德方砥行。遇魯信知天，卿衛固有命。嗟予後小子，一復一起敬。山谷荒茅篁，中泉窈而凈。不敢希洪流，所貴此源正。嗤誚或未然，誰能度賢聖。

其十

性分無内外，人己本一理。町畦異藩籬，卑人自尊己。府怨與賈憎，銷骨成積毁。君看温恭人，謙謙暢諸美。暢美非爲名，暴慢斯遠矣。處身固有道，待物亦應爾。三反一不校，足以化粗鄙。要哉終身言，非恕焉能此。方云：自考亭中流出，與陳子昂輩論述不同矣。

（録自明徐問《山堂萃稿》卷二）

和朱文公感興詩十八首

［明］葉廷秀

長夏孤蓬，悠然思遠，因讀朱晦翁《感興詩》，實獲我心，拈筆酬韻，間不限字，從手下爾爾，仍慚俚賤，恭請道裁。

一

放眼觀群動，彌漫良以廣。古今無異同，日月閑來往。混然天地人，通志窮俯仰。千變縱雜揉，一寸須虛朗。勞彼門外人，游思入象罔。幸紉先聖言，指南真在掌。

二

四序循環理，百年進退中。如何甘醉夢，不達始與終。《易》曰：「原始反終，故知生死之説。」看來生死只作始終看便了。天君一失位，鬚眉鳥獸同。孫明復云：「人非道義充其腹，何異鳥獸安鬚眉。」願言力學子，百倍破愚聾。

三

誰能事枯（稿）〔槁〕，所重葆天機。只以乖初趣，鳶魚亂躍飛。三希既有路，周子曰：「士希賢，賢希聖，聖希天。」四勿幸無違。請君閑心目，此道澈顯微。考亭久落寞，悵惘欲何歸。

四

上流風且逆，舟師妙手出。努力復周顧，亦借同心役。四郊苦多壘，誰可負人國。邊腹急韓范，文武起召畢。我有萬里行，孤踪仍跼迹。三復隰阿章，中心何所極。

五

上帝作君師，至聖拔等夷。若非伋軻氏，見聞見知，聞知。總披離。大節一以虧，法言徒逞詖。卓彼廣川子，正誼修其辭。禮樂不可作，儒者亦行師。程子謂孔明有儒者氣象。隋有隱君子，著述老奚悲。上下千餘年，昌黎足白眉。晋室耽清言，諸賢昧天機。大哉無極翁，主静提其綱。春風繞講席，庭草岔芬芳。二子往問業，二程夫子。濂洛共津梁。昆弟繼絶學，星日有輝光。倡道東南後，任重獲豫章。薪傳日以盛，延平啓紫陽。探討窮古今，問辨動遐方。孔孟雖亡矣，此道許明昌。集儒先周程，麗澤得吕張。用未竟其學，千載有餘傷。聖代啓文運，崇儒累褒封。家塾事誦讀，衣冠皆士風。謀始非不善，浸淫趨悖凶。泗水雜亂流，泰山徒巃崇。以至江河下，反咎彼蒼穹。君子窮知變，深憶反經功。頫仰乾坤内，百川未改東。竊取正厥學，提挈賴遁翁。開卷對嚴師，高厚似難容。不敢希上達，庶幾學童蒙。

六

皎日澈天（字）〔宇〕，微光始浴淵。洪流撼地軸，馴致本涓涓。所以古喆人，明炳在幾先。夜來眎銀漢，黑雲度纏綿。移朝果滂沛，天示不虚然。静觀推此意，勿爲塵慮牽。

七

一曲芳塘水，澄然貯天光。到頭歸江海，豈復有低昂。掘井貴及泉，源頭自汪汪。君看垂暮色，飛鳥獨皇皇。何處丘隅止，奔馳尚道旁。我愛孫思邈，智圓行又方。

八

南北風日換，順者私爲喜。浮雲過太空，變化不可紀。吾生不自立，東西何底止。世風吹倒人，勉之須知禮。滔滔輓來波，溺人如此水。善哉張横渠，砭愚存正軌。

九

《大易》衷三聖，《易》簡盡乾坤。吾聞諸君子，理數初不分。只此陰陽禪，世界忽明昏。顔氏能體《易》，不遠復斯存。始信聖經語，致知爲入門。半夜雷聲起，齋戒德可敦。

十

四書懸日月，六經沛江河。吾意欲言孝，尼山絲竹多。寒泉録《近思》，朱晦翁與吕東萊會於寒泉精舍，因著《近思録》。塵蠹可如何。誰爲敷海内，家絃户頌歌。

十一

孔門推守約，君子重内省。其道本闇淡，請味詩尚絅。面目靡能飾，才華無可騁。平生四字學，晦翁嘗曰：「正心、誠意，平生所學止此四字。」千古足挈領。爲我渡迷津，遺訓何炳炳。世路滿荆蓁，於今踏坦境。

十二

造化一川流，萬物同本根。服膺①訂頑意，兼善量斯存。如何一膜隔，野馬失絪緼。聖人齊貴賤，所見識同昆。夫子見齊衰、冕衣裳、瞽者，同敬。學者理會此意如何，可以知仁。

十三

人世有生死，俗子浪希仙。無他奇伎倆，只爲破鬼關。勞勞九轉爐，終歲不離山。名爲天地賊，程子。孤翰出雲間。静中勘此意，灑脱諒非難。蹈仁便不死，此道儘能安。

十四

釋氏不知仁，墮捨益其愚。摭談心與性，覈實落空虚。一啓便宜徑，轟然亂世趨。譬比淫聲色，程子云：「學者於禪釋之教，當如淫聲美女以遠之，不則駸駸入其中矣。」戒之方爲儒。吾家本富有，何用益錙銖。安得韓子在，明道火其書。韓子云：「人其人，火其書，明先王②之道以道之。」

十五

天生原足用，聖代不借才。文章兼道義，三物有深培。一薰青紫心，坐令濫觴開。庠序紛學慮，

① 「服膺」後原衍一「固」字，據文意删。

② 「王」，原作「生」，據韓愈《原道》改。

知能日益乖。三年勤澄汰，矢口詡掄魁。本濁流斯潰，取士胡爲哉。

十六

《易》言童牛牿，蒙養固其方。既已爲人子，晨昏訊温凉。師嚴飭言笑，肅然在塾堂。率履能不越，居處更齋莊。泛愛與親仁，慎之安以詳。只此勤下學，黽勉事就將。譬如九層臺，步步臻其崗。安得小學教，沛然敷四方。

十七

種穀南山下，稂莠苦相侵。一點靈根在，培養須欽欽。惟人靈萬物，賴此降衷心。浸淫趨物交，本來豈能禁。《大學》重知止，鞭裹月明砧。儘作商量去，程子云：「學者須要立個心，上頭儘有商量。」庶不愧儒林。

十八

洙泗傳真派，博約還一原。多識畜乃大，得止艮乃敦。晦翁一生事，始終此道尊。云胡定晚年，陽明有《朱子晚年定論》一書。且使遺教昏。吾徒企前修，入門認嫡孫。聖人真可學，莫沾暴棄根。《内篇》中拈出着眼處，圈以別之。

愚意於此思爲詮理辨學之萬一：其一言觀物立志。二言達生認心。三言希聖歸朱。四因舟喻治。五言略叙道統，而思反經。六研幾。七知止。八申言知止先學禮。九學《易》急《復》卦。十欲廣《孝經》《近思》二書與經書并。十一言闇修。十二言體仁。十三、十四斥仙釋。十五言俗學之無用。十六言蒙養之宜端。十七言先立其大。十八仍言歸朱以希聖。中多依發原詩之意，獨談史、《易》，爲叙學思、語初學之持循有地也。内語不避腐，以仿本色。識此白之。東魯學人葉廷秀具草。

（録自明葉廷秀《葉潤山輯著全書》第十四册）

和朱子齋居感興二十首并序

［清］翁方綱

方綱三至瓊，始得明成化癸巳豐城涂副使棐八分書朱子《感興詩》方石柱於學宫後墻下，而敬和焉。時將遷學，是日周視廊廡堂舍，拜蘇文忠、邱文莊、海忠介三祠，循柱讀之，故韻非原次。乾隆庚寅四月一日。①

炎精宅南離，大海控交廣。問津七寒暑，校士三還往。敢爲今人師，緬焉前哲仰。觀海觀聖門，大路本昭朗。一十四庠序，璧和珠象罔。登高一以攬，百峒平如掌。

① 此序與翁方綱《粤東金石略》卷九所載有所差異，兹録於下：「又堂後有邱文莊藏書石室，今亦無從考其址矣。方綱三至瓊，始于學之後圃，得明成化癸巳豐城涂副使棐所立方石柱，八分書朱子《齋居感興二十首》。四面鏤刻，頗工。而曩者問之學官，皆不知也。乾隆庚寅四月一日，敬和夫子原韻以示學官弟子。」

元化無端倪，亦在形氣中。聖智去條理，焉借窺始終，雉豕或角羽，坑谷皆律同。軒轅九奏聲，所以昭群聾。

炎洲孔翠羽，乘氣弄天機。不有紫脱食，焉傍元圃飛。豈自炫文章，託止義無違。亮非抱貞固，安得恒光輝。鵲帶垂之餘，鷊綬蓄之微。勿言限秉賦，材篤理同歸。

池上合抱樹，舊已矗雲出。何區後圃植，瓜疇及禾役。檳榔椰子花，秀發滿南國。培根而竢實，人力何由畢。君看萬鍾穫，那復一溉迹。冉冉徑寸莖，日漸凌屋極。

兹堂慶曆年，蘙艸始芟夷。繞之榕柏杉，結實日離離。上下庠千人，就業偕於兹。生黎亦革面，感愧涕漣洏。皇天賦純粹，性本潔璧圭。苟竭洗滌力，焉晝才地爲。舞雩與曾蒧，瑟歌及孺悲。大哉聖人域，知行其庶幾。

夫子昔作記，語不外求己。餘焉皆糟粕，瑣瑣不足紀。貌言視聽從，仁敬孝慈止。充天地萬物，盡詩書執禮。表裏如此堂，源委如此水。此理宅此心，萬世胥一軌。

記文勒淳熙，豐碑拄乾坤。三百年之後，又勒邱公文。公亦匪以文，筆勢自雄奔。上考古禮圖，籩罍三百存。下言學舍制，二齋循一門。嗚呼豈紀此，所爲民行敦。

今復三百年，南交暢南訛。皇化霑無外，絃誦日已多。鳳凰翔碧樹，應律當如何，爾有孝有德，矢來游來歌。

寰海何茫茫，稊米太倉省。藐焉中處身，潛伏思錦絅。澗谷或危墜，康莊孰馳騁。所以補經義，條目又綱領。西山四十卷，微言彌焕炳。天地之塞帥，藹吾胞與境。

公後作賢相，此書其本根。小五指山側，聞有賜樓存。邱文莊《大學衍義補》成，明孝宗敕公建樓藏之。公擇白石庵，松篁幾晨昏。時有山中人，片石拾荒原。文莊藏書石室，舊在學宫後。

祠昔景賢名，瓊山附眉山。今也歸三祠，并峙於北關。蘇公暨海公，前後心共丹。夜月笙鶴來，海風吹羽翰。聞風易興慕，絶學嗣則難。今我拜祠下，拾級奚即安。

聖人一言動，括五行三綱。弟子仰而書，恭儉讓温良。如何羽獵手，點竄雉山梁。曹褒荀勖制，何啻爝火光。偉彼河汾叟，高論牛溪疆。養正明進退，藏用玩飛翔。問王知道補，《七略》安可方。《齊論·問王》《知道》二篇，見劉歆《七略》。後來著録家，勦襲言敢昌。勤哉《學的》編，匪擬游夏張。私淑有曾門，此意獨奚傷。邱文莊編朱子《學的》以擬《論語》，曰：「吾擬有子、曾子門人也。」

聖人重剛德，所戒爲欲封。海南海公出，千載振遺風。信義直如繩，鶚擊視群凶。當時朝廷議，譽與比干崇。石坊竟流血，正氣蟠青穹。公昔教南平，不務文翰功。忠信廉潔似，剖别私與公。大書鹿洞規，士無地可容。乃知出處節，一本諸晦翁。育德有本性，利用於發蒙。

鳳儀覽千仞，驪珠照重淵。不假載酒堂，何況浮粟泉。符黎諸孫子，煮蘋祀其先。暮雨洗桄榔，春空緑木綿。昔造鄰塾處，載書初慨然。萬古日南夢，破屋燈火牽。

五峰嶭高指，抱此炎離光。瘴雲罩有無，誰辨峰低昂。瓊山白如瓊，位與城相當。祝融浴百寶，積氣何煒煌。淵源何人寄，徙倚兩廡旁。蜿蜒實鍾秀，誘掖慙多方。

御碑歎考試，用覺群智愚。俾惕若降衷，捫此靈且虛。黌舍四面開，海雲片翳無。環池達堂室，晨興夕步趨。逶迤千聖溯，坦蕩萬里途。在前近可覿，豈必存諸書。

郡方議遷學，伐木市碑材。相宅堂與基，一簣初以培。勿倚地勢崇，勿詡科名開。郡人吳璵初入翰林。典器勿可襲，舊式亦勿乖。積榱起閣厦，細壤成阜魁。小阜曰魁，見《周語注》。匪工之度之，誕我士勖哉。

化工甄群品，陶鑄無定方。蘊隆熾炎薰，中已含微涼。感物驗滋息，徘徊矚虚堂。萬籟咸自取，大言肆蒙莊。聖門乾乾訓，執中自禹湯。感彼川上言，巧筭安能詳。但增新故温，焉懼晝夜忙。日邁月斯征，跬步慎趨翔。

陟山仰萬仞，臨淵俯千尋。前瞻渺徑隔，後顧懼塵侵。浩乎萬萬古，攝之此寸心。化神非可幾，閑持詎難任。獨立海氣涼，松檜露滿襟。我欲瓊臺樹，盡化爲瑤林。

鼓鐘羽干籥，是皆聖人言。卓爾道體立，淵哉德容温。守默固非寂，文辭豈爲喧。萬派支不(岐)〔歧〕，一鏡瑩勿昏。再誦《齋居》作，始知阮陳繁。習禮此側者，從此探本原。

（録自清翁方綱《復初齋詩集》卷七《藥洲集》六）

外子遠出鏘兒差長雖能爲文傳家學然微好時趨往往有不根字面闌入筆端殆讀書窮理未至耳因用朱子齋居感興韻作課兒詩二十首以導之

［清］薛紹徽

爲學貴誠意，體胖而身廣。自反若能縮，萬人吾獨往。所際縱高堅，竭力事鑽仰。居仁與由義，豁然心爽朗。君子勿自欺，外侮不可罔。即此循程途，示斯指其掌。

薪傳十六字，精一在執中。爲山先一簣，無初鮮有終。萬物萌動始，天地和而同。尼山秉木鐸，萬世振聵聾。

涵濡有真味，活潑得天機。仰觀復俯察，魚躍與鳶飛。如愚守四勿，退省私不違。簞瓢領佳趣，著見生清暉。遷怒不貳過，契想在隱微。沉潛遂穎悟，斯人誰與歸。

唯唯受一貫，椎魯亦傑出。三省鍛内功，持身自勞役。《大學》本慎獨，正修治家國。臨深履薄中，忠恕能事畢。二賢皆善人，如何不踐迹。生知并困勉，成功皆歸極。

文明必柔順，《易》語占明夷。乃知畫卦意，象取《坤》與《離》。人生既適志，在兹當念兹。幸莫嗟墜緒，茫茫獨悽洏。規矩守繩墨，方圓成璧珪。百工猶居肆，志士將胡爲。數年若相假，大過可無悲。聖人之所以,極深而研幾。

唐虞啓文教,揖讓立紀綱。都俞與吁咈,喜起開明良。禹功載壺口,文德先治梁。聱牙誦《盤誥》,努力愛景光。幸勿等曲士,拘墟守一疆。盛衰治亂間,此理參回翔。始能識危微,左右以通方。絶學已千載,斯道合克昌。亡逸有遺訓,爲幻戒譸張。昇平難報答,令人心憂傷。

公劉修舊業,於豳仍故封。遷岐載姜女,《關雎》開《國風》。造端起夫婦,刑措皆無凶。肅雝睦鐘鼓,福禄遂來崇。王化邁往古,生民秉顥穹。鄭衛雖淫哇,無邪即聖功。小子亟所學,大小咸從公。事君與事父,遠邇多從容。不學無以言,過庭課乃翁。切磋復磨琢,一語醒愚蒙。

《禮經》重王制,克齊聖廣淵。灌鬯既尚臭,祈祀到井泉。《周官》田法祖,有開而必先。一夫獲百畝,召役力不緜。規模與法度,建置誠斐然。太息後人誤,執拗而拘牽。

褒貶嚴斧鉞,德厚者流光。盲左特補傳,天地爲低昂。書法待發明,《公》《穀》兩相當。史公得遺意,班氏徒輝煌。獲麟良已矣,惆悵洙泗旁。撫卷契遐想,宜辨勸懲方。

《離騷》繼三百,愛君竟忘己。美人香草心,孤忠立臣紀。《九辯》復《九歌》,斯文歎觀止。託意冀悔悟,諍諫合於禮。《大招》招不還,無情吊湘水。猶有賈長沙,後先同一軌。

老莊言虛幻,其術壞乾坤。孫吴競詐僞,不武奚能文。申韓烏足述,管晏非所奔。咄哉楊與墨,如何今尚存。荀卿雖性惡,猶有合聖門。大醇宗孟子,道義爲之敦。

百家紛注釋，互勘成差訛。鄭箋失已半，孔傳僞偏多。今欲爲校正，無奈古人何。聊思删述意，以補猗蘭歌。

《爾雅》出漢人，郭注多未省。《説文》解許氏，二徐如禪絅。《方言》與《釋名》，蹙蹙靡所騁。訓詁在小學，挈衣提其領。上窺六書意，體例森藻炳。傳注復假借，神妙臻化境。

雜説近稗史，所談究無根。其餘爲藝術，或存或不存。披讀具巨眼，神定志勿昏。自然有所得，深造逢其原。

龍門之手筆，大川與名山。六朝半如夢，駢儷何所關。韓柳森法仗，如吞换骨丹。東都歐蘇曾，焕爛稱文翰。勿徒仰成誦，使我歎才難。後生幸策勵，鴆毒誤懷安。

古詩十九首，皆出夫婦愚。三唐論體格，李杜名非虚。後來争派演，西昆曠代無。江西今猶盛，淡薄易步趨。大家宗蘇黄，所守亦分途。要之在窮理，盡性且讀書。

凡人不廢學，天道無棄材。風霜磨而鍊，雨露栽且培。勿負天生我，精神天爲開。何論賢與愚，判然賦性乖。多得者多助，先起即爲魁。吾當盡吾力，安事悠悠哉。

山脉起昆侖，五嶽鎮四方。河源落天際，百川徒蒼凉。宫墻雖數仞，七十列同堂。詩書有坦途，履之皆康莊。經是清涼散，史如續命湯。鈎元兼索要，文贍事自詳。兀兀作探討，無爲時世忙。優游名教地，六翮高翱翔。

賢關與聖域，由此梯階尋。氣稟休誤用，物欲漫相侵。旦明仰屋漏，區區一片心。學術不加勉，至道何能任。月將而日就，豁然開胸襟。精華之所結，無愧於儒林。

所學貴所守，謹行并慎言。惡食不足耻，敝袍猶能温。静心但默會，那聞人世喧。不知春已去，忽忽自晨昏。至誠此無息，簡妙亦非繁。爲學宜準此，探本以窮源。

（録自清薛紹徽《黛韻樓詩集》卷二）

謹次朱夫子感興詩①

［朝鮮］表沿沫

此道大無外，六合非寬廣。據今不是新，追古未爲往。八溟我所俯，三辰我所仰。萬像看重重，隨處要開朗。所貴明得盡，所忌如象罔。彼哉頓悟子，可感②一撫掌。

此理本無形，妙在有象中。動静無端倪，陰陽無始終。萬物從此化，各具□所③同。偉哉太極圖，千古啓瞽聾。第二

---

① 此詩又見朴光一《遜齋集》卷一，題作「次朱子感興詩韻」。

② 原書有注云：感，恐作「堪」。

③ 「□所」，《遜齋集》作「所以」。

此心寂尚感，益力①活底機。微似泉源始，危如鷹隼飛。大哉精一傳，萬世不可違。倘若安且著，日月争光輝。小子豈敢忽，一念非爲微。在兹不放下，聖賢可同歸。第三

山西月影廉，星斗燦生②光。隨天任回旋，錯落争低昂。北辰獨不動，帝座最亭當。炳然挈玄軸，精彩可燀③煌。五緯環共側，雙曜迭周旁。至人安天君，合德無圓方。第九　○餘十六首逸

（録自朝鮮表沿沫《藍溪集》卷一）

次朱晦庵感興韻三首

［朝鮮］趙昱

天地職覆載，豈不大且廣。陰陽互變合，日月相來往。人生在兩間，眇然空俯仰。至道固常存，萬古自宣朗。如何學異者，祖虚歸象罔。何人興正宗，昭然示諸掌。

萬理根太極，流行天地中。動静無端末，陰陽無始終。一毫不相錯，昭昭萬古同。誰能收一原，爲我開盲聾。

陰陽周而復，造化無停機。理氣并流行，鳶魚自躍飛。顯微即無間，體用不相違。至人道如天，

① 「益力」，《遜齋集》作「蓋乃」。
② 「生」，《遜齋集》作「呈」。
③ 原書有批注云：「燀」恐作「輝」。《遜齋集》作「輝」。

内誠外發輝。就是動處見，可知静處微。我願學聖學，期與聖同歸。

（録自朝鮮趙昱《龍門集》卷一）

敬次晦庵先生感興詩韻戊戌

［朝鮮］金墳

誰謂草屋小，自樂吾居廣。出門天地闊，何遠不可往。收心嫌外馳，嘯咏長偃仰。庭前芳草積，窗外山月朗。惟知我生直，羞彼幸免罔。昭昭夫子訓，宛承視諸掌。

又

素志游方外，胡爲塵網中。愀然念初服，自顧愧無終。世路日榛蕪，此心誰與同。棄置勿復道，默默如丞聾。

又

深居觀大化，動決安危機。一念苟或失，四海水群飛。所以聖人心，不與天理違。冬寒何慘烈，每思陽春輝。哀彼萬姓凍，豈憂一身微。何當梅柳變，更見鶯燕歸。

又

嚮晦入宴息，萬事隨日出。應接亦徒勞，此身長役役。平生一寸心，爲民乃爲國。人世多魔障，何時志願畢。自古皆如此，賢能已陳迹。成敗總在天，我何沈歎極。

又

纖纖嶺上月，松際露餘光。長吟《感遇》篇，忽憶陳子昂。標格衝星斗，高蹈不可當。吾憐情感慨，豈獨文煒煌。拾遺歸涪右，胡不在帝傍。千秋有遺恨，美人天一方。

又

兵家貴先計，知彼又知己。行師齊勇怯，戰陣嚴律紀。先爲不可勝，豈獨知難止。卒惟務恩愛，將亦敦詩禮。趙奢先據山，韓信乃背水。奇正出變化，豈宜遵一軌。

又

《易》卦六十四，首先《乾》與《坤》。《詩》有賦以興，《書》分今古文。《春秋》筆削嚴，書狩又書奔。《魯論》暨鄒篇，省察兼操存。《中》《大》出於《禮》，慎獨入德門。經書勤乃有，學問古所敦。

又

浮俗何嚚嚚，民言亦孔訛。鼓虚能成實，增少還爲多。不知出於誰，誕而傳者何。安得康衢間，只聞擊壤歌。

又

地脉有生氣，非人所得省。誰知錦在中，闇然惟是絅。舉世惑葬師，山路恣馳騁。至道惟中正，如衣有要領。積善必有慶，聖訓垂炳炳。胡爲信拙技，儌福龍虎境。

又

水流必有源，木生必有根。根源苟無本，水木何以存。天地有闔闢，日月有明昏。一氣運不息，萬化同其原。

又

哀哀征戍兒，幾年山海間。狂風飄大舶，積雪壓重關。免胄頭已白，磨刀流水丹。借問大將誰，才略如舒翰。煉卒雖日三，却敵良亦難。書生强解事，只道保民安。

又

賦芋固小黠，移山亦大愚。達士善取譬，斯言誠做虚。愚者雖或有，詐者宜絶無。試觀今之世，其勢將何趨。巧拙豈難辨，善惡本殊塗。惟當我自知，不可盡信書。

又

凡凡千丈木，乃是梁棟材。此豈偶然生，天地所栽培。梓匠一朝遇，北闕明堂開。倘或人不識，將奈時已乖。有如山澤間，龍虎摧傑魁。徒爲螻蟻侵，惜哉悲乎哉。

又

人欲久不死，争言仙有方。金丹煉得成，度世無炎涼。釋氏惑萬民，妄言登天堂。凡此二者教，蓋本於老莊。誘以白日昇，怵以陷鑊湯。仙佛誰得見，此語誰能詳。誠能盡人道，百年不爲忙。優入聖域中，絶勝天外翔。

又

隱者卧茅茨，惟恐人來尋。飄然棄萬事，不受塵慮侵。潔身亂大倫，誠非其本心。耕莘亦幡然，伊尹聖之任。舉世無知者，何人是同襟。可惜廊廟具，虚老松桂林。

又

寂寞深巷中，何人來晤言。明窗坐觀書，愛此冬日温。俯瞰長安道，不聞都市喧。空堂闃無人，獨坐到黄昏。徘徊廣庭中，仰見麗天繁。甘公去已久，誰識萬熒原。

（録自朝鮮金堉《潛谷遺稿》卷一）

次朱子感興詩韻并序

［朝鮮］李沃

自風雅亡，詩道廢且千載矣。然後世爲詩，唐人最盛，宋人次之，率皆繡繪肝腎，吟弄風月而止爾。獨有淵明氏之沖淡，子美氏之惻怛，似近六義之遺。其後有朱夫子獨探道理之源，直薄風雅之旨，不可以世代後先，斷風調高下者，真知言也。余於平生從事先生之文，及讀《感興》諸篇，尤不覺濍然心服，悠然起想。不揆鄙淺，敢用韻屬和，縱有無鹽效嚬之誚，只寓高山景止之懷爾。

赤縣環八海，中陸蹠而廣。興衰足一宇，流水目送往。虞夏忽已遠，千載空俯仰。聖謨垂洋洋，丹青共炳朗。探討有餘地，幸免怠與罔。學優佐明主，治平可運掌。

其二

致武各有曲，會通方大中。體道無大小，條理有始終。於穆上帝命，堯舜與人同。勖哉吾黨子，毋自甘瞽聾。

其三

莊生欲齊物，漢陰自息機。奈此活潑地，魚躍復鳶飛。所以聖無言，付物物不違。君子道有本，闇然日章輝。幸我守至靈，超然任稊微。千秋聖賢徒，志願與同歸。

其四

昭昭普蓋闊，斯道大原出。參贊付於人，群象競走役。方寸起造化，有如君宰國。男兒志業大，至死事即畢。擬挽澆季俗，願追先古迹。丹扆續金鑑，早晚徹辰極。

其五

姬周運將替，中國或復夷。常經一統紊，裂幅百家離。仲尼繼文王，斯文實在兹。魯史勤纂修，獲麟涕漣洏。森嚴衮鉞法，戢彼僭侯珪。狂歌鳳德衰，長往竟何爲。俛思浮海志，至今有餘悲。高堅尋有路，仰鑽猶庶幾。

其六

戰國益陵夷，東周絶皇綱。詭遇亦有獲，佞口最爲良。天挺聖之亞，扶道游齊梁。私淑於仲尼，曾思大有光。千人百乘車，歷歷環四疆。有如威鳳峙，瑞彩千仞翔。煌煌七篇訓，迷塗指其方。時君知德鮮，王圖遂不昌。洪水楊與墨，妾婦公孫張。殷勤强艱意，後人爲感傷。

其七

漢儒獻三策，遠相江都封。唐賢著五原，八代振文風。陵夷及五季，斯文再遘凶。洛水流舒舒，華岳直崇崇。群賢倡絶學，奎宿燦高穹。分明王霸略，懇惻繼開功。文明轉南闈，大集朱文公。理義如絲毛，禮法何從容。正脉伊川子，近派延平翁。千秋不長夜，至今啓愚蒙。

其八

金烏翥靈翼，瑞光盪天淵。九有陽德大，遍照徹溟泉。圓靈不停機，太極在其先。渴夫思白團，寒兒就黄綿。東窗睡初起，天地入蘧然。静觀爰自得，何爲外物牽。

其九

沉沉萬籟息，明月乃生光。六合無私照，静對氣軒昂。朏魄已退藏，妖蟇何敢當。飛鉦到天心，揚輝益煌煌。或恐陰雲起，晻翳留其旁。安得繫冰輪，清光永四方。

其十

墨翟稱兼愛，楊朱但爲己。復有竺西教，東漸亂人紀。左馳不復返，焉能知止止。有無論心性，絶滅殘義禮。所以昌黎子，朽骨請投水。爲述先王教，追及前人軌。

其十一

宇内崑崙大，靈軸壓厚坤。西北數萬里，侗朴無人文。東支融五岳，炳靈元氣奔。伊洛接鄒魯，聖澤前後存。吾思駕風霆，一蹴到龍門。然後心自廣，詩書從可敦。

其十二

我抱龍門桐，正音無舛訛。古器雖猶存，古調識無多。鍾子久已没，絃斷奈爾何。幸逢重華君，且賡南薰歌。

其十三

道者不可離，動静存復省。不有爛而文，何以尚有絅。歸來息天機，最畏悍馬騁。聖孫述先統，爲我提裘領。德至聲臭絶，道著日星炳。惠好同志士，勉造真實境。

其十四

流長知有源，條蔚寧無根。事業彌天地，大體貴操存。開物欽先軌，斁紀歎彼昏。世階復漸下，孰扶斯道原。

其十五

夸父欲追日，愚叟思移山。伯陽著五千，青牛西出關。綽約姑射子，冰肌笑渥丹。自言吸沆瀣，天風腋生翰。幻化誑世人，迂怪行險難。吾儒名教地，順物物自安。

其十六

夢想在三山，吕政真大愚。後來多欲帝，馳心亦空虚。方士蔽聰明，天下神仙無。奈何世俗輩，靡然左道趨。誰能闢之廓，蓁蕪久塞塗。沉吟多感慨，坐披先聖書。

其十七

元聖制作備，三物作成材。譬彼園中樹，雨露得栽培。雲章焕黼衮，大帝明堂開。衰季斫棫樸，實由文教乖。雕繪逞小技，自足占科魁。若要振頽俗，曰維元首哉。

其十八

金刀斷大蛇，白帝死西方。文景治理赫，桓靈炎燼涼。世民芟群雄，唐室何堂堂。金甌屬香孩，汴都開康莊。青丘焕人文，太師祖成湯。九疇暨八條，往迹今可詳。悠悠百代事，治亂一瞬忙。掩卷重太息，長天歸鳥翔。

其十九

宋帝走崖海，日舸何處尋。明季益搶攘，中華犬羊侵。百年今陸沉，遺氓思漢心。尚望雲南帥，匡復庶能任。空然蹈海志，有淚霑我襟。哀哀蜀帝魄，歲歲冬青林。

其二十

我詩不足吟，我懷不足言。瓢飲不是饑，短褐亦自温。雲山千萬重，了無人世喧。那能塵土底，奔走窮晨昏。寒松爽籟發，碧藕香露繁。對此方自適，幽興在川原。

（録自朝鮮李沃《博泉詩集》卷九）

謹次齋居感興詩韻二十章

［朝鮮］安重觀

大哉儒氏道，準彼天地廣。貫古無生死，逐時有還往。聖人固自然，群哲争鑚仰。文質故彬彬，餘光日星朗。老釋從旁起，真詮寧可罔。五經今俱在，如睹仲尼掌。

右一章

兩儀分上下，《大易》行其中。惟天假羲手，三極排始終。姬氏及尼聖，發揮前後同。造化無遺秘，怳爾開聾聾。

右二章咏《易》

勛華曰首出，神化斡玄機。巍乎大人造，雷雨睹龍飛。制作始大成，先後天無違。良史書之策，典謨垂光輝。夏商周三后，治理益纖微。六體何紛若，殊塗而同歸。

右三章咏《書》

《詩》也如清風，性情之自出。聖人云可觀，寧爲華藻役。雅頌自大家，風謡見列國。浮淫亦多族，玄鑑删正畢。悠哉千載下，履去空留迹。紛紛鬬綺麗，劣魔何終極。

右四章咏《詩》

《禮》缺《樂》云亡，久矣夏變夷。彬彬與洋洋，那可見今兹。綿蕝何鹵莽，玉樹堪漣洏。紫陽之師生，披砂得玄珪。制作可參古，空言亦何爲。卿雲不復出，鳴鳳空自悲。雁聯洎龍吟，天真獨庶幾。

右五章咏《禮》《樂經》

《春秋》作於聖，萬世立皇綱。三傳互争長，厖説似方良。紛紛何杜輩，箋解恣跳梁。豈知方寸霧，障此日月光。康侯乃徐起，頗窺素王疆。矯然作羽翼，雲霄一翺翔。亟舐金陵醜，筆意嚴以方。

猶然隔重膜，或譏言非昌。考亭删《通鑑》，凡例森開張。一掃莠與紫，大義繼麟傷。

右六章咏《春秋》

五耀集奎上，姬聖昔所封。太極創圖説，修否判吉凶。河南尤有大，觝異孔道崇。關中明理一，孝思格玄穹。寥寥千四百，微爾誰爲功。顔曾思孟後，磊落此數公。區區彼董楊，嫡統詎可容。畢竟集大成，卓哉晦庵翁。受恩何罔極，是在吾輩蒙。

右七章咏宋五賢

漢高有大度，神龍躍九淵。嗣興惟武昭，開流冒原泉。唐宗文且武，鵲起孰争先。彼哉香孩業，僅僅力何綿。我皇天所授，勇智俱赫然。末孫猶殉社，不屑鄭羊牽。

右八章咏歷代

子房人之傑，報仇煒有光。功成從赤松，風概何昂昂。南陽有卧龍，厥才誰可當。功業縱未竟，正義終古煌。偉哉汾陽公，降自列星旁。再造唐天下，百死奠四方。

右九章咏古賢傑

吾東亦多賢，逡逡惟飾己。規摹頗未大，誰哉振道紀。咨我石潭翁，孟晋未嘗止。致澤早有志，進退一以禮。道器莫難辨，的喻指空水。迷塗吾輩幾，先導此其軌。

右十章咏東儒

昔我方弱冠，逸氣横乾坤。夢想英雄事，博極秦漢文。濩落無所成，歧路日忙奔。回光尋經史，若亡而若存。禄仕亦何有，遁迹偃山門。吾儒有大業，悔不及早敦。

右十一章自咏

世與道交喪，萬事已淆訛。晴空彗芒繁，白日鬼燐多。縱有大人心，處否當奈何。寂寂江湖上，慨然發浩歌。

右十二章漫咏

近世拘學子，昧昧不自省。釣采唯名字，寸繡肯加絅。色莊無若有，言辭乃敢騁。人皆見肺肝，自多成項領。可笑皆狐媚，何嘗或彪炳。豈知小華餘，都作如幻境。

右十三章上同

文廟濫吹多，崔薛學無根。烏川諸巨公，徒見名號存。中州亦如此，尚論大抵昏。掌禮倘有人，淘擇敦教原。

右十四章咏文廟典祀

左海無流峙，獨也説楓山。曩騎莽眇鳥，東逝叩雲關。九龍瀑垂白，三日字飲丹。巍然毗盧頂，飛上假輕翰。飄飄有仙意，蜕骨亦云難。只今塵土下，松喬笑老安。

右十五章漫咏

平生有奇氣，自視一何愚。顧眄青丘小，揣摩赤縣虚。佳兵心上在，小醜目下無。風期何晼晚，大計失進趨。白首山林處，羞問關山途。可憐雲雷志，草草數編書。

右十六章上同

大厦久將圮，新構須衆材。滿圃皆荆棘，豫章何曾培。匠石荷斧過，巧目不一開。近時謀不遠，作人亦已乖。如當板蕩秋，誰是出倫魁。君看唐宋末，咄咄儘哀哉。

右十七章咏人才

嗟乎此弱國，僻在天一方。首尾憂且畏，戎略何尨涼。況彼麟楦輩，尸居中書堂。群黎不自食，流離走通莊。百雉起南北，所恃豈金湯。衆心惟成城，前言端可詳。嘉謨在草野，聽者奈慌忙。燕雀徒呴呴，豈知鴻鵠翔。

右十八章咏時事

中華一逆旅，金火幾互尋。何況世每下，戎醜猥相侵。冠履儘倒置，瞢瞢天地心。我今賦《無衣》，戈矛若可任。旄頭墮白天，江河失重襟。行當持大酒，一往醉蹛林。

右十九章咏中國

道術天下裂，嘵嘵百家言。喻如虫與鳥，逐時叫寒温。晚輩無所宗，滕口不勝喧。獨賴我文公，法語破淫昏。小子奉若神，揮却衆喙繁。所守惟至約，庶造幽眇原。

右二十章

近余伏讀朱夫子《感興詩》凡二十章，既而依韻謹次之，盡數而止。其不自知量甚矣，然姑録而存之，以貽兒曹，不敢夸示諸人云。

（録自朝鮮安重觀《悔窩集》卷三）

謹次朱子感興二十首

〔朝鮮〕南有容

其一

馬圖昔未出，天地徒崇廣。書契昔未創，古今自來往。目中物始睹，山立民具仰。化妙見裁成，文理臻昭朗。萬善皆備我，所憂在殆罔。其言載六經，平易如視掌。

其二

生民原一理，均受天地中。愚人雖自絶，天命諒無終。厭然掩不善，方知厥初同。孟氏真先覺，立言牖群聾。

其三

大道日已晦，不昧獨天機。鱗羽得自然，川潛而雲飛。嬰兒無假聲，秦越聽不違。嗜深人不靈，垢深鑑不輝。塵垢一以蔽，清明一以微。事物不事天，嗟哉欲何歸。

其四

惟心有萬化，緣情各異出。君子爲道謀，小人爲物役。百爾厚生具，先王所以國。胡爲萃豪里，封殖無終畢。吾聞巡夜卒，四索穿窬迹。何如賞不竊，清静視民極。

其五

一賢豈興邦，能使民風夷。一奸豈傾國，能令衆賢離。自昔俞咈際，憂虞恒在兹。燭下或遺照，漆室涕空洏。君子有真樂，不以易組珪。志士勵素守，苟進窮不爲。遂令古道隱，足令識者悲。存誠在閑邪，所貴燭其幾。

其六

爲邦固多術，賢哲乃其綱。巫師雖善禱，無棄藥石良。善游雖截河，無棄舟與梁。白日懸通衢，螢爝難爲光。雨露滋良苗，不限東南疆。山雞假鳳鳴，鸑鷟不來翔。燕石被錦繡，奇珍止四方。良農無棄畝，禾莠不并昌。大樂無異巧，文武得時張。物理固自然，而何令我傷。

其七

固邦自有道，不以山溪封。大夫不言利，所以厚民風。直士敢犯顔，所以折奸凶。土階雖近民，瞻卬北極崇。明威端自我，恭己格皇穹。世衰淳風逖，棄禮徒上功。穰穰爲利動，自絶天下公。肥健自相高，瞻視無德容。庠塾爲鞠場，頑童制老翁。哀哉長此習，何以示昏蒙。

其八

神蛟不妄游，潛鱗在九淵。赤鯉與爲友，雲雷通百泉。自昔耆舊鄉，亹亹興儒先。蒲車玉帛路，山水自連綿。生材豈殊古，養材不古然。嘗聞《大易》象，拔茅茹則牽。

其九

幽蘭在谷口，春露滋其光。瑶華沐清風，緑葉相低昂。兹惟王者香，衆草孰汝當。采掇紉我珮，我珮何煌煌。行逢繁華子，銜服馳道傍。爾珮異我好，翠羽來南方。

其十

爲道匪爲人，善世須善己。潛居巖川幽，動爲邦國紀。鬱彼南山木，衆鳥知所止。燕昭欲招賢，郭隗先見禮。趙鞅殺二士，宣尼歎河水。感激難具陳，古今同一軌。

其十一

江河日夜流，洪波浸大坤。風霆鼓其氣，絞鱷爛其文。海中遇砥柱，雄峙拒横奔。回瀾使東之，天功不自存。世途劇奔波，潰決非一門。誰哉正厥趨，一令王風敦。

其十二

薄世苦難真，言語以相訛。言過不言善，演少以就多。細人固自喜，君子當如何。知者所三緘，舒志用嘯歌。

其十三

至道貴内守，君子胡不省。不知我衣褐，而思錦其絅。不知我馬駑，揚策圖遠騁。空言不傳經，何得挈要領。雜繪不本素，何所見蔚炳。哀哉以没齒，誰窺昭曠境。

其十四

芳華俟秋歇，草木方晦根。顯晦不離經，天人道所存。異哉草玄翁，用舍何其昏。惟聖能達權，餘子罪不原。

其十五

吾聞好道士，訪真山澤間。舉手狀二物，長嘯墜雲關。一作煉藥翁，髮白不成丹。一爲江海鳥，翔鳴振羽翰。持此入都市，茫然知者難。欲訪杳何尋，反側心不安。

其十六

成教不出子，豈復擇賢愚。言行慎厥視，相顧諒無虛。厥視，子之所視也。相顧，言顧行，行顧言也。無虛，誠也。律躬以律子，責有不責無。以有諸己者責之，不責以無諸己。儀刑在不令，以身教，不以言教。見善自知趨。德驥雖爲駒，舉足不詭塗。所希在後生，努力事詩書。

其十七

教道本仁義，天下無棄材。草木固多品，水土寧異培。自有功名學，遂令利道開。斯秦豈不材，型範一已乖。壞人且自戕，終古爲誅魁。後人胡不省，其原信微哉。

其十八

君子貴知微，知微固有方。黽勉具絺毳，在熱知有涼。徒養不爲防，犬畜窺室堂。變夷爲山澤，多變損康莊。附物乃爲陰，多附恐消陽。嘗讀六官編，此理看獨詳。三代一何長，後世一何忙。希言執令聽，歧路空佪翔。

其十九

葛藟附長松，落落高百尋。芳蘭鄰藋蔦，靡靡日見侵。縈絡竟同窠，孰知懷芳心。剛立乃成物，柔善難自任。覽兹悟物性，三歎撫素襟。松能令葛藟附己而高，蘭反爲藋蔦所掩，不能自顯其芳心，所以三歎也。願言離此結，施彼松柏林。

其二十

吾聞東蒙子，不解世俗言。端居謝朋儔，舊聞得自温。避世鶡冠子，兩耳無一喧。寒泉用自潔，不受塵垢昏。枯木被簪纓，而無態色繁。好觀天人學，頗亦洞道原。

（録自朝鮮南有容《雷淵集》卷六）

華陽書院二十咏依感興詩韻

［朝鮮］成大中

維岳降元精，符彩徹高廣。百世留形像，捨魯我焉往。小子嗟晚生，高山幸復仰。入室琴磬肅，出户月星朗。人生一是直，魑魌適自罔。此理無古今，明者若示掌。宋子畫像。

獨持天下正，宗周幸魯中。攘狄兼復雪，晦老復成終。麟經秉此義，一治後先同。我唯華陽在，猶足警群聾。一治堂。

粤若聖神皇，玄中運握機。脱我湯火中，羽檄九天飛。亦粤崇禎帝，天運一何違。獨秉死社義，長城振世輝。乾坤一翻覆，三光爲之微。英聲獨至今，江漢所同歸。神、毅二皇。

緬懷《春秋》法，天王不書出。江南縱足王，帝車豈往役。正義冠中夏，遺廟峙東國。況復萬曆恩，列朝報未畢。獨戀楚昭德，如睹虞舜迹。每年三九月，馨香徹皇極。萬東廟。

自從父師來，尼聖欲居夷。王風一委地，周道草離離。先生獨何人，此地特布兹。貂裘閟御香，麟筆載餘洏。方知魯縫掖，全勝楚執珪。大道懷千古，端居制百爲。生爲舉國仰，死爲没世悲。曠然朝暮遇，君子①尚庶幾。草堂。

衆星懸窮昊，北極特爲綱。是爲瞻星處，千古泣秦良。雲章刻崖面，虹氣跨石梁。蔚然鸞鳳質，皦如日月光。崩壞任彼劫，流傳獨此疆。鮮人捧之泣，宛睹六龍翔。吾邦固東海，彼美尚西方。物理終必反，皇運倘再昌。天狼倒南極，弧矢儼北張。琬琰并赤刀，敬撫獨心傷。崇禎御筆。

神皇眷我東，竭力救藩封。英威振朔雪，毒螯縮炎風。七年兵始息，神理實殲凶。朝鮮從此活，帝德配彼崇。無言帝何述，淵默獨玄穹。玉藻照冰壺，逾於鑄人功。燁然黼扆像，端拱服王公。獨

---

① 「君子」，成海應《研經齋全集外集》卷三一作「吾黨」。

爲東國幸，尋常覩天容。尚恨傳來晚，鐫勒後尤翁。猶教此山重，如魯屹龜蒙。萬曆御筆。
間氣涵衆微，渟峙比嶽淵。煒如列秋星，威如奮龍泉。先生後孔朱，書亦尚儒先。大字益雄健，心畫鐵①裹綿。所以主華陽，清風長凜然。直道正如此，獨立不外牽。文正大字。
始爲隱仙庵，仙亦此山光。及移煥章額，百世所激昂。是亦尊攘意②，夷醜詎敢當。中藏二皇筆，衆星拱極煌。佛恩銘塵刹，雲漢儼帝傍。終見有來取，吾道廣西方。煥章庵。
六師張有時，玄默實總己。江漢并武洸，今爲我東紀。云何二天章，流落此焉止。思則誠無邪，動則警非禮。炯然冰玉輝，清若奉明水。即此優聖學，雲漢足後軌。雲漢閣。
帝遣臣嗣昌，督師整乾坤。兼將保民意，弁彼詰戎文。庸帥負主仁，莫遏悍流奔。滄桑恫一翻，雲漢愴猶存。佛靈勤扶護，光氣溢禪門。嗟乎洪範師，拯救義逾敦。崇禎贈楊嗣昌詩。
勁毫表群哲，柔毫正衆訛。寸管參萬幾，王者藝何多。玉藻來東土，書畫更幾何。那將獲麟筆，寫彼敕天歌。萬曆金管。
昭曠集遐觀，幽獨愜深省。衡門隔魴鯉，野服謝錦絅。自哭弓劍後，君子蹙所騁。賴有華陽居，水石入管領。巖棲最孤絶，斯文益蔚炳。片舠纔涉飯，清流截人境。巖棲齋。

① 「鐵」，成海應《研經齋全集外集》卷三一作「織」。
② 「意」，成海應《研經齋全集外集》卷三一作「義」。

先生嗜鄒書，浩氣爲之根。著書高連屋，師道閲劫存。東溟一綫陽，終破九州昏。何幸晦庵集，移貯考亭原。《宋子大全》板。

在昔先正前，仙佛擅此山。天柱若神將，屹爲一水關。長松拂面翠，靈芝照頰丹。唯彼彩雲庵，棲鴿特褰翰。今依二聖筆，低視萬國難。憑止幸得所，長令佛地安。彩雲庵。

日月比群經，餘光牖衆愚。《春秋》最謹嚴，隻字詎落虛。前後聖一揆，書例古則無。孔經及朱綱，次第正世趨。同是丙辰歲，嘉惠燭迷途。草堂天香爛，吾東幸此書。内賜《春秋》。

聰明似孔子，晦老信多材①。詩亦繼風雅，藹然善根培。寧王選《雅誦》，牖世正路開。張此義理醇，正彼聲律乖。譬如列宿垣，北斗爲之魁。九原受此頒，寧不攢手哉。内賜《雅誦》。

嵬嵬萬景臺，實在洞左方。恰受西日照，那堪北風涼。曩爲文正院，巖岫儼升堂。及夫移棟宇，過者尚色莊。傍招舞雩童，共浴沂上湯。遺墟亦規矩，典刑今可詳。堂斧又孔邇，瞻謁衆趨忙。請看泰山巔，猶有浮雲翔。萬景臺。

恫哉黍離後，皇稻獨我尋。豈關旹蘖兆，還耐雪霜侵。二簋堪帝享，一復見天心。芬芳自上徹，稊②稗敢并任。遂令裸將生，悽愴益整襟。直以畎畝植，高出廟柏林。大明稻。

①「材」，成海應《研經齋全集外集》卷三一作「才」。

②「稊」，成海應《研經齋全集外集》卷三一作「穄」。

念昔寒水翁，親受老師言。死生均大義，秋殺接春温。廟院因此創，訕侮任彼喧。一柱容高撑，四海豈長昏。道德猶可述，文辭敢憚繁。獨爲淵源重，緣溪問道原。書院。

（録自朝鮮成大中《青城集》卷四）

次朱子感興詩中童蒙貴養正一篇寄二稚

［朝鮮］朴齊家

象勺兩非稚，身教慚無方。孩提失所慈，頭角遂淒凉。厥考且行遣，爾蒙焉肯堂。嗔怒争盤飧，跳躍戲康莊。詎念天一涯，飯粟無葱湯。我自樂有餘，展卷理逾詳。但恨耄易及，成立爲汝忙。感彼鳲鳩拙，哺子偕翱翔。

（録自朝鮮朴齊家《貞蕤閣五集》）

感　興

［元］陳高

自漢以來，五言之作多矣，其善者大抵皆直致無華飾之辭，簡淡而意味深遠；下是則雕鏤綺靡，不出乎風雲月露、花卉禽魚之間，而理趣蔑如也。昔唐陳拾遺嘗作《感遇詩》，詞格高古，而新安朱子則病其淫於仙佛怪妄之説。故朱子《齋居感興》之作，乃一寓於理，扶樹道教，而辭之要妙，特其餘耳，殆未易於古今詩人律之也。予客居無事，讀書餘暇，操觚染翰，適意於詩，得二十五首，亦命之曰《感興》，率皆託興成章，鄙俚無文，固不敢窺作者之藩籬，而視朱夫子之扶樹道教者，夫何敢望？獨於陳古道今，引物比類，意在懲勸，不習於雕鏤，而不淪於怪妄，則庶乎其萬一焉，或可以俟觀民風者之采擇云爾。

混沌既分裂，乾坤遂開陳。九重不可測，八紘渺無垠。遥思天地先，一氣應絪緼。自從開闢來，不知幾千春。太樸一以散，智巧方紛紜。至化日銷蕩，誰能反其淳。吾將遺斯世，泰初與爲鄰。

兩儀辨清濁，萬物紛回互。斡旋造化機，豈不以理故。無形焉有象，彷彿隨所寓。太極只强名，駕説無乃固。誰能窮其原，逝與游玄圃。

茫茫上古初，斯人若麋鹿。野處食猩狸，虎狼共馳逐。皇天降神聖，爲氓去荼毒。羲農與軒轅，奮起相接足。乘馬穿奔牛，揉耒種嘉穀。皮毛作衣裳，巢穴變廬屋。元功被萬世，蚩蚩遂生育。古來無聖人，吾其久魚肉。

唐虞邈以遠，禹湯亦悠悠。周轍一東狩，王綱遂漂流。春秋更五霸，日月尋戈矛。陵夷逮七國，斯民益無聊。戰血滿溝塹，殺星入雲霄。商君佐嬴秦，變法開田疇。積强至六世，虎噬吞諸侯。宰割天下地，郡縣羅九州。焚書任法律，儒士咸虔劉。漢皇起豐沛，三尺誅民讐。開基四百年，烈烈壯鴻猷。惜哉英明主，不學道遠謀。一時繒狗徒，贊業非伊周。遂使皇王政，廢墮不復修。此機一以失，餘恨空千秋。

孔孟起衰世，棲遲走諸國。一身葬丘墟，斯文寄方册。淵然洙泗流，浩若江海澤。伊人一以遠，異端日滋息。誘民猶塤篪，奇言勝楊墨。亡羊多歧徑，周道長荆棘。舉世酲既深，何以挽沉溺。上帝司民政，而乃相淫慝。天意尚如兹，滔滔誰與易。

崑崙幾千仞，王母當中居。縹渺三神山，盡宿飛仙徒。粲瓊以爲糧，鞭虯以爲輿。壽命等天地，出入乘空虚。此事古相傳，不知真有無。但傷世迫阨，百歲猶須臾。之人果可見，吾欲膏吾車。

有生必有死，芸芸歸其根。靈魄既入土，何所藏吾魂。世愚不曉事，妄説相循環。人物互變幻，形散神獨存。死生信如此，有身乃夤緣。不用男女搆，軀體應自完。兹理至昭晣，可與智者論。

羲和鞭靈車，去去一何速。乍見升扶桑，俄然次蒙谷。光陰既如許，人世誠局促。胡爲有限身，乃遂無涯欲。夸父矜其能，走遠不知復。至今西海上，青青鄧林木。

策馬吴城西，攬轡姑蘇臺。寒林噪烏雀，故址叢蒿萊。登高忍悽愴，懷古思悠哉。夫差藉世烈，起土殫民財。曲木搆華館，離宫蔽層崖。嬌嬈醉越女，歌舞環吴娃。觀樂方未畢，争霸心已灰。不須百歲後，已見麋鹿來。興亡雖古有，窮欲乃先摧。覆車不自戒，長使後人哀。

青山或可移，白石尚可轉。志士懷苦心，九死不願返。首陽餓仁賢，至今激貪懦。汨羅沉楚纍，千載悲忠蹇。人生誰不死，身没名貴顯。胡爲草《玄》人，《美新》思苟免。

楚人廢醴酒，穆生不復留。申公眷恩德，終爲楚市囚。保身貴明哲，知幾諒寡尤。後來賢達士，誰能繼前修。

豪家列華第，披金飯珠玉。茅屋耕田夫，衣食常不足。均爲羲皇民，胡焉異榮辱。遠懷雍熙世，寧復有兹俗。誰與開井田，吾思食其肉。

乾坤奠高卑，設位終不易。聖人定民志，貴賤有常式。云何世道衰，習俗長奸慝。輿臺百金裘，氓賈八珍食。賈生久不作，誰爲長太息。

縹渺浮圖宫，儼若王者居。列徒二三千，僮僕數百餘。飽食被紈素，安坐談空虚。秋來入租税，鞭撲耕田夫。不惜終歲苦，徵求盡錙銖。野人不敢怒，泣涕長欷歔。

五侯佳子弟，弱冠乃高舉。承籍閥閲功，官爵紆青組。五馬躍春華，一麾守王土。誅求肆狼貪，立威嚴箠楚。斯民天所眷，視之如草屨。置官擇賢才，兹事由來古。君看龔與黄，何嘗有門户。

邊城將家子，十歲承華胄。腰懸金虎符，萬夫擁前後。上馬未勝甲，引轡猶脱肘。日日驅官軍，指麾縱鷹狗。生當太平世，無復事争鬬。天家賜高爵，膂力吾何有。但問祖父資，莫問能事否。

客從北方來，少年美容顔。繡衣白玉帶，駿馬黄金鞍。捧鞭揖豪右，意氣輕丘山。自云金張胄，祖父皆朱旛。不用識文字，二十爲高官。市人共咨嗟，夾道紛駢觀。如何窮巷士，埋首書卷間。年年去射策，臨老猶儒冠。

步出城門道，忽見群車馳。車中何所有，文貝光陸離。美娃載後乘，銷金燦裳衣。問之何如人，云是官滿歸。聞者交歎息，清名復奚爲。

水生隋侯珠，山出和氏璧。隋珠光照乘，和璧白盈尺。舉世以爲寶，連城售其直。寒者不可衣，饑者不可食。珠璧之所存，莫夜尋戈戟。所以君子人，其實在乎德。淳風變澆漓，薄俗廢直道。吴女市新妝，入宫擅華姣。中心苟不美，顔色有何好。朝來枝上花，日暮萎芳草。懷哉空谷人，貞潔以終老。

大江日以東，曜靈日以西。在世閱光景，倏忽流駒馳。繁華向春開，落葉迎秋飛。榮枯有常理，人生猶若兹。愚夫昧遠識，荒淫速其疲。誕者蘄神仙，不死今有誰。何如安吾分，委順以從時。

丈夫重意氣，不爲兒女悲。得喪如浮雲，戚戚竟何爲。君看松與柏，歲寒青不移。槐柳遇霜露，憔悴無光輝。懷哉古之人，永與今世違。

東風二三月，桃李滿名園。乘時得其所，獨愛陽和恩。英英籬間菊，開花當歲寒。已無雨露滋，兼有風霜患。君子力爲善，窮達寧復論。紛紛競炎熱，得意何足言。

明明空中月，浮雲能蔽之。我心忽不樂，清夜有所思。古人既云遠，古道日以非。後生采春華，舉世吾誰歸。飄風颯然至，吹吾裳與衣。恨無雙飛翼，遠逝凌風飛。感傷復奮激，沉吟以徘徊。

悲風西北來，樹木聲蕭蕭。蟋蟀鳴四壁，鴻雁飛層霄。時光忽已異，四序如更徭。人生無百年，轉矚朱顔凋。胡不崇明德，早使勛業昭。空悲千載下，身死名寂寥。

（録自元陳高《不繫舟漁集》卷三）

附録三：東亞《感興詩》相關文獻資料選輯

中國

豈可遽謂今之君子不能爲前日之一德大臣耶？況所説經固有嫌於時事而不能避忌者，如《中庸》九經之類。指爲訕上，而加以刑誅，亦何不可乎？去歲建昌學官偶爲刻舊作《感興詩》，遂爲諸生注釋，以爲謗讟，而納之臺諫。此教官者幾與林子方俱被論列，此尤近事之明鏡。（［宋］朱熹《晦庵集》卷二七《答詹帥書》）

問：「北辰是甚星？《集注》以爲『北極之中星，天之樞也』。上蔡以爲『天之機也。以其居中，故謂之「北極」。以其周建於十二辰之舍，故謂之「北辰」』。不知是否？」曰：「以上蔡之明敏，於此處却不深考。北辰，即北極也。以其居中不動而言，是天之樞軸。天形如雞子旋轉，極如一物，横亘居中，兩頭稱定。一頭在北上，是爲北極，居中不動，衆星環向也。一頭在南，是爲南極，在地下，人不可見。」因舉先生《感興詩》云：「感此南北極，樞軸遥相當。」「即是北極否？」曰：「然。」又問：「『太一有常居』，太一是星否？」曰：「此在《史記》中，説太一星是帝座，即北極也。以星辰位言之，謂之太一；以其所居之處言之，謂之北極。太一如人主，極如帝都也。」（〔宋〕黎靖德編《朱子語類》卷二三）

問：不火而熱，不冰而寒。

原此節四句及後節四句，皆説得病痛重大，而其語又本用《莊子》「熱焦火而寒凝冰」句意，更以《感興詩》所謂「凝冰亦焦火，淵淪復天飛」及「前後出入動静」之言參之，則其大意，亦可見矣。（〔宋〕陳淳《北溪大全集》卷四一《答陳伯澡問敬箴》）

性只是理，全是善而無惡。心含理與氣，理固全是善，氣便含兩頭在，未便全是善底物，才動便易從不善上去。心是個活物，不是帖静死定在這裏，常愛動。心之動，是乘氣動。故文公《感興詩》曰「人心妙不測，出入乘氣機」，正謂此也。心之活處，是因氣成便會活。其靈處，是因理與氣合便會靈。所謂妙者，非是言至好，是言其不可測。忽然出，忽然入，無有定時；忽在此，忽在彼，亦無定處。操之便存在此，舍之便亡失了。故孔子曰：「操則存，舍則亡，出入無時，莫知其鄉者，惟心之謂與！」存便是入，亡便是出。然出非是本體走出外去，只是邪念感物逐他去，而本然之正體遂不見了。入非是自外面已放底牽入來，只一念提撕警覺便在此。人須是有操存涵養之功，然後本體常卓然在中爲之主宰，而無亡失之患。所貴於問學者，爲此也。故孟子曰：「學問之道無他，求其放心而已矣。」此意極爲人親切。（〔宋〕陳淳《北溪字義》卷上）

某嘗以匹楮餉親友傅仲斐，仲裴反以此索書。某以拙陋辭者累月，講再三不倦，因取朱文公先生《感興詩》書以歸之。此詩於道之本原，世之治亂，學術醇駁之辨，操修存省之方，無不畢具。暇日諷咏，所獲必多，豈直留意翰墨之間而已。（〔宋〕陳宓《復齋先生龍圖陳公文集》卷一〇《題傅監倉度疋紙》）

微月墮西嶺，燦然衆星光。明河斜未落，斗柄低復昂。感此南北極，樞軸遥相當。太一有常居，仰瞻獨煌煌。中天照四國，三辰環侍旁。人心要如此，寂感無邊方。

友人詹兄名樞，求字，字以景辰。蓋北辰者，天之樞也。天之轉運無窮，而樞常不動，心之應物無方，而所以爲感者，實有似乎此，故以景辰命之。詹兄其有以景乎此也！今以文公先生所作《感興》中一篇貽之云。嘉定庚辰孟秋下弦日淵書。

心者，人之北辰，漢儒釋《孟子》已有是言矣。至文公先生《感興詩》，發明此理尤極其妙。蓋衆星皆動而辰常静，故能爲二十八舍之主；百體皆動而心常静，故能爲一身之主。然所謂静者，豈兀然枯槁之謂哉！寂然不動者，此心之體；感而遂通者，此心之用。顧其所以動者如何爾。以理而動，是謂道心；以欲而動，則爲人心。道心之發，純乎天理，酬酢萬變，其主自若，則雖動而未嘗不静。理爲主而欲聽命，湛然清明，物不能撓，則雖人而未嘗不天矣。節齋之所以屬吾景辰者，意或在此，故某也敢申言之。（〔宋〕真德秀《西山先生真文忠公文集》卷三三《詹景辰字説》）

（公）文長於論辨，詩早慕太白，晚入陶韋社中。至其吟咏性情，摹寫造化，則又源流文公《感興》諸作，非徒以詩自命而已。（〔宋〕真德秀《西山先生真文忠公文集》卷四二《九峰先生蔡君墓表》）

北辰居其所，而衆星共之。心者，人之北辰也。

北辰，北極天之樞也。○朱子《感興詩》：「微月墜西嶺，爛然衆星光。明河斜未落，斗柄低復昂。感此南北極，樞軸遥相當。太乙有常居，仰瞻獨煌煌。中天照四國，三辰環侍旁。人心要如此，寂感無邊方。」○愚按：北辰常不移，故能爲列宿之宗；人心常不動，故能應萬物之變。不動非無所運用之謂也。順理而應，不隨物而遷，雖動猶静也。（〔宋〕真德秀《西山讀書記》卷三）

朱子曰：「聖人相傳，只一『敬』字，堯曰『欽明』，舜曰『温恭』，湯曰『日躋』。」又嘗歎「敬」字工夫之妙，聖學之所以成始而成終者皆在此。《感興詩》云：「放勛始欽明，南面亦恭己。大哉精一傳，萬世立人紀。猗歟歎日躋，穆穆歌敬止。戒獒光武烈，待旦起《周禮》。恭惟千載心，秋月照寒水。魯叟何常師，删述存聖軌。」又按孔子之告顔淵以非禮勿視、聽、言、動，而回也請事斯語焉，此敬也。曾子戰戰兢兢，臨深履薄以終其身，亦敬也。後之學者，欲溯聖學之淵源者，其必自曾、顔始。（［宋］真德秀《西山讀書記》卷一八「《論語》恭而安」條）

君子齋戒，處必掩身。身欲寧，去聲色，禁嗜欲，安形性，事欲静，以待陰陽之所定。朱子《感興詩》曰：「朱光遍炎宇，微陰眇重淵。寒威開九野，陽德昭窮泉。文明昧謹獨，昏迷有開先。幾微諒難忽，善端本綿綿。掩身事齋戒，及此防未然。閉關息商旅，絶彼柔道牽。」（［宋］真德秀《西山讀書記》卷三七）

朱晦翁既以道學倡天下，涵造義理，言無虚文。少喜作詩，晚年居建安，乃作《齋居感興》二十篇，以反其習，自序其意，斷斷乎皆有益於學，而非風雲月露之詞也。余從吾鄉蔡元思念成誦得之……其中一二篇，論二氏之學，猶若有輕重有無之辨，晚學恨不得撰杖屨以質疑焉。（［宋］岳珂《桯

史》卷一三《晦庵感興詩》)

朱氏《感興詩》第七章以「唐經亂周史」咎歐陽子,卒章曰:「侃侃范太史,受説伊川翁。《春秋》二三策,萬古開群蒙。」此一大議論,《通鑑綱目》所爲作也。學者相承,皆謂其説本於程氏,而范氏、朱氏發之,其實未然。按《唐史·沈既濟傳》云:「既濟,吴人,以宰相楊炎薦,爲史館修撰。初吴兢撰國史,爲《則天本紀》,次高宗下。既濟奏議,以爲則天進以强有,退非德讓,史臣追書,當稱爲太后,不宜曰上。中宗雖降居藩邸,本吾君也,宜稱皇帝,不宜曰廬陵王。睿宗在景龍間假臨大寶,於誼無名,宜曰相王,未可曰帝。且則天改唐爲周,立七廟。今以周厠唐,列於帝紀,考之《禮》經,是謂亂名。中宗嗣位在太后前,而序年製紀反居其下,方之躋僖公,是謂不智。昔漢高后獨有王諸吕爲負漢約,無遷鼎革命事。時孝惠已殁,子非劉氏,不紀吕后,尚誰與哉!議者猶謂不可。魯昭公之出,《春秋》歲書其居曰:『公在乾侯。』君在,雖失位,不敢廢也。請省《天后紀》合《中宗紀》,每歲首,必書中宗所在以統之,曰『帝在房陵,太后行某事,改某制』。紀稱中宗而事述太后,名不失正,禮不違常矣。」又云:「太后遺制,自去帝號,及中宗上册,后之名不易。今祔陵配廟,皆以后禮,宜入皇后傳,題曰則天順聖武皇后。」議不行而止。蓋吴兢承遷、固《吕紀》之誤,歐公承兢《武紀》之誤,中間有一沈既濟,健論卓識,照映千古。蓋乞削去《武紀》者,既濟也。引「公在乾侯」例,書「帝在房陵」者,亦既濟也。其建此議在伊洛諸賢之先。諸老先生非掩人之善者，偶未之見耳！己未二月十九夜偶讀《沈傳》，時年七十二。（［宋］劉克莊《後村詩話》續集卷一）

時有以朱子《感興詩》首章爲解無極、太極者。先生以爲太極猶至理云爾，不量淺深，而挾此籠罩，其謂之何？按先生有《朱子感興詩解》，於首章内已發此意。其第二章止述黄勉齋解語，他章盡爲先生自解。理明旨遠，足見淵源之學，故六先生多取於此，然行狀、家傳不載有此解者，意以解詩爲小，而略之也。（［宋］何基《何北山先生遺集》卷四載鄭遠《遺事》）

康衢久寂寞，擊壤音微茫。南風啓簫韶，拜手賡明良。周衰二雅廢，鳳兮歌楚狂。楚狂已再變，三閭竟哀傷。俯仰千載後，嗟嗟情性荒。梁選尚遠思，淵明粹而莊。開元生李杜，我宋推蘇黄。宗派亦淪墜，紛紛師晚唐。吟骨不淳古，記魄不自强。雕鏤心肺苦，何曾徵宫商。濂翁著和瀞，《感興》開紫陽。紫陽尚六義，六義興已亡。鄭衛日盈耳，冰炭攪我腸。章貢有奇士，野舟刊名章。古城夜酌句，正義尤洋洋。游談到巍蕩，百世流遺芳。（［宋］王柏《魯齋集》卷一《夜觀野舟浩歌有感》）

《齋居感興二十首》及分水嶺絶句，則乾道壬辰也。（［宋］王柏《魯齋集》卷一三《跋北山畫朱子

詩送韋軒》）

先生之詩，見於文集者止十卷，每病其比次失倫，哀定紛錯，無以考其歲月之後先，因以驗其進退之序，首卷雖先生手自删，取名《牧齋净稿》，然實少年之作也。今觀《遠游》一篇，已見其規廡之大，立志之堅，既有以開擴其問學之基矣。其次卷則自同安既歸，受業於延平之後，時年二十有八。自是往返七年，豁然融會貫通，而寄興於吟咏之際，亦往往推原本根，闡究微眇，一歸於義理之正，盡洗詩人嘲弄輕浮之習。其挽延平，時年三十有四，誦其「本本存存」之句，亦可驗其傳河洛之心矣。《南嶽唱酬》實乾道丁亥，時年三十有七。《齋居感興》二十篇，其壬辰癸巳之間乎？凡篇中所述皆道之大原、事之大義，前人累千萬言而不能彷彿者，今以五言約之。此又詩之最精者，真所謂自然之奇寶與！南康諸篇，則已亥之後，於是年五十矣。晚年詩不多見，末卷尤不可考。最後《題寫真絶句》，去易簀纔一月，其任重道遠之意，凛然於十四字之間。嗚呼！至矣！先生道德學問爲百世宗師，平生所著述以幸學者不爲不多，而學道者不必求之詩可也。然道亦何往而不寓，今片言隻字雖出於試筆脱口之下，皆足以見其精微之藴，正大之情。凡天道之備於上，人事之浹於下，古今之治亂，師友之淵源，至於忠君愛國之誠心，謹學修己之大要，莫不從容灑落，瑩徹光明，以至山川、草木、風雲、月露，雖一時之所寄，亦皆氣韻疏越，趣味深永，而其變化闔闢，又皆古人盡力於詩者莫能闖其户牖，亦未必省其爲何等語矣。某又於《遠游》《寫真》二詩，獨得其爲學之始終焉，庶幾乎金聲玉振，樂之大成也與。（〔宋〕王柏《魯齋集》卷一三《朱子詩選跋》）

《感興詩》二十首，轉陳子昂自託仙佛之高調，而爲切於日用之實。一章言伏羲肇人文，皆造化自然之理。二章言陰陽無始，謂鑿死混沌者爲妄。三章言人心與造化通，惟至人能體之。四章言不能體造化者爲形役。五章言周衰已久，孔子作《春秋》，而司馬公乃責後世封大夫爲諸侯非先見。六章言漢衰，獨孔明伸大義，而帝魏之失當革。七章言唐啓土不以正，而致賊后之簒，賴范太史聲其罪。八章言陰陽常倚伏，當體陽復之端。九章言北辰居其所，當體爲人心之要。十章言聖人删詩定書，皆以敬爲傳心之本。十一章言伏羲仰觀俯察以立象。十二章言六經無傳而程氏作。十三章言顔、曾、子思、孟子傳有要領。十四章言元亨利貞之動静以誠爲主。十五章言學仙者逆天偷生。十六章言佛論緣業而繼之者談空虚。十七章言育材失其道。十八章言作聖當自早。十九章言仁義之心當守。二十章言文辭之弊當除。（〔宋〕黄震《黄氏日抄》卷三四）

文公爲後學地，可謂深著明切，宜端居静察，朝夕不置，人一己百，人十己千，終有得矣。歲丙申四月朔書於本堂。（〔宋〕陳著《本堂集》卷四七《題晦庵齋居感興詩卷首》）

親黨雪川温君以書抵予曰：吾舊名拱辰，吾師解先生字之曰止所。後以純名貢天府，而「止所」之字未之有改也。吾冉冉老矣，猶若未知止所者，盍爲説以贈我乎？余答之曰：純者，粹然至善之名。善生於心，而經言：「在明明德，在新民，在止於至善。」先儒則曰：「心者，人之北辰也。」君之名先辰後純，壹是皆以止所爲字。止何所也？方寸之間至善而已。朱文公《感興》之詩曰：「太乙有常居，仰瞻獨煌煌。中天照四國，三辰環侍旁。人心要如此，寂感無邊方。」張宣公艮齋之銘曰：「天心粹然，道義俱全。是曰至善，萬化之源。」皆以心言也。爰舉二先生之説，相與切磋究之。（〔宋〕馬廷鸞《碧梧玩芳集》卷一六《温止所字説》）

愚甥潘滋頓首拜啓潛齋舅父先生下執事：滋既校《梅巖集》，爲叙文一通，以復我舅之命矣。仲隨弟至，復傳我舅之訓曰：「昔梅巖嘗注《易》《四書》，又注《唐詩》《感興詩》，而叙不及之何也。」予曰：「明陰陽之奥，推象數之原，豈不謂注《易》與？發前賢未備之論，開後學難通之旨，豈不謂四子與？昔雲峰文每篇言《易》，而《易》未嘗不在；梅巖文不必言《易》，而《易》亦未嘗不在。是故本之六經，敷爲文辭，博其文辭，收功於六經。二公之家法，予竊好之，將字字校之，於大義遺焉，予豈敢乎哉？」仲隨歸，庸再拜謝不敏，必能原察。呵凍拾楮，惶懼惶懼。辛卯仲冬廿日具。

先生宋咸淳四年陳文龍榜進士，官止貴池縣尉，於經於《四書》皆有注，國朝采入《大全書》。著

《媒菱問答》，則篁墩程學士采入《新安文獻志》。注朱子《感興詩》，則少尹括蒼葉君嘗刻之縣齋。注唐詩，則僉憲石磷潘君刻之關中。惜天下不見其全書耳。璉侍先大夫於庠於宦，蒐輯遺文，勒成此編，屬予甥潘滋校正，寶藏於家有年矣。昔揚子雲有言：「存則人，亡則書。」璉爲是懼，幾欲刊布，惜力未逮，及是始克壽諸梓，與同志者共之。嘉靖十有八年秋七月既望族孫胡璉識。（〔宋〕胡次焱《梅巖文集》卷一〇潘滋《復潛齋書》）

朱子《本義》曰：「陽之氣健，其成形之大者爲天；坤之性順，其成形莫廣於地。」《感興詩》又曰：「仰觀玄渾周，一息萬里奔。俯察方儀静，頽然千古存。」其健順可知矣。蓋宇宙中間，萬物皆有衰息，惟天運動，日過一度，未嘗休息。天非若地之有形也，地之上無非天減得一尺，地便有一尺，天人自不見爾。輕清上浮者天，天圓而動，包著個地。在天之中，地方而静，所以重濁下沉者，皆天氣之查滓凝聚於下者也。原其初，則一氣而已，一分爲二，陽得兼陰，陰不得兼陽，是以乾天之一，包坤地之二，而爲三。地在天中，地之氣皆天之氣也。張子曰：「虚者，天地之祖，天地從虚中來。其道以至虚爲實，金鐵可腐，山岳可摧，凡有形之物皆易壞，惟太虚無動摇，故爲至實。上天之載無聲無臭，至矣！」又曰：「空虚無物，萬物由之以出。」（〔宋〕鮑雲龍《天原發微》卷一下「玄渾」條）

「天覆地載如洪爐，萬物死生同一塗。其中松柏與龜鶴，得年稍久終摧枯。借令真有蓬萊山，未免亦居天地間。君不見太上老君頭似雪，世人浪説駐紅顏。」愚謂：人居天地間，有生必有死，乃理之常。生順死安，或壽或夭，惟修身以俟命而已。或者偷生怖死，盜竊天機，欲爲長生不死之計，斯惑矣。司馬公此詩，可謂達生死之理，而安性命之常者也。文公先生《感興詩》一章亦發明此意，今附於左。

附文公先生《感興詩》第十四章：

飄飄學仙侶，遺世在雲山。盜啓玄命秘，竊當生死關。金鼎蟠龍虎，三年養神丹。刀圭一入口，白日生羽翰。我欲往從之，脱屣諒非難。但恐逆天理，偷生詎能安。（［宋］蔡正孫《詩林廣記》後集卷一〇司馬温公《示道人》條）

謂太宗之垂統未善，所以德宗之繼體不純。朱文公《感興詩》：「垂統已如此，繼體宜昏風。」（［宋］魏天應《論學繩尺》卷三丁應奎《太宗文武德功如何》「垂統如此，繼體象之」注）

又爲講姤、復二卦。姤、復者，天理人欲消長之幾也。「絶彼柔道牽」是陰生而將盛，當有以抑絶之；「閉關息商旅」是陽生而猶微，當有以保培之，乃是於善惡交戰時，作處置工夫。此席實舉晦庵

先生《感興詩》以爲説。（［宋］汪夢斗《北游集》卷下《天理人欲（甲申五月朔紫陽書院講）》）

問：《孟子》引孔子之言曰：「操則存，舍則亡，出入無時，莫知其鄉。惟心之謂與！」程子曰：「心本無出入，據操舍而言耳。」范太史女曰：「孟子不識心，心豈有出入。」程子曰：「此女不識孟子，却識心。」

此話天地間一大議論，不可不明看，此説來程子爲盡，明道「内外兩忘」之説尤精。蓋心之爲物，常在我者也，其用則有動静而無出入。其動似出，而未嘗去乎我；其静似入，而非自外而來。復循其體用而觀之，以出入言，殆似鄙人之言也。其有出入者，不過操存舍亡耳。其舍亡時，皆人欲爲主。其本然仁義之心，墮落失亡，而不知其所在，無復有可見之迹。是出無時，而莫知其鄉，譬之日月，其照物時，天地間皆日月也，而其本體不去其處；譬之水鏡，其鑑物時，千形萬態，不遺纖毫，而水鏡之體不隨物而去也。人之應事接物，皆心之用，物之正邪、善惡、是非、可否、取舍、從違、斟酌、損益之公義，皆經歷耳目而鑑於心。心鑑既受，然後口宣之、身行之，其行皆心之行，其言皆心之言，良知良能，萬物一貫，而其本不離於我也……至於致知明理之極，起脱覺悟之新，操持護養之密，則其本體赫然而不可掩，泰然而不可揺，沛然而不勝用。當是時也，雖有存亡得失之形，而其存其得亦莫知其來之踪，莫見其入之門也。凡此者，皆所謂「入無時」，而莫知其鄉也，是所謂「神明不測」也，是所謂「乘氣機」也。其出也，氣動而動；其入也，氣静而静也。氣動者，理之屈；氣静者，理之伸。以動静言，故皆謂之機也。大概人得是心以爲形，形在我，則心常主乎其中，形本皆心之充，而亦不能不爲氣所使。心之體微，而氣之欲易張。氣之欲張則心失亡不知所在，謂之不在腔子裏可也。至於覺悟操存，則復晏安如故。其端倪不可得而見，其往來不可得而迹，非神明不測而何！文公《感興詩》蓋諦觀而謹言也，「至人秉元化」以下，則所謂「無出入」者。而凡人之初，亦無不同也。大略無出入者，止有動静無出入。動可言出，而其本不離；静可言入，而非自外至。有出入者，其靈根固未嘗不在，而利欲好惡紛紜，時謂之亡則可矣。其入只是仍舊本元，然亦由收抹鞭辟而復還也。不謂之入，亦何以謂之哉？明道《定性書》中「内外兩忘」之論，於無出入尤精約，學者試緣此而思之。

（［宋］陳普《石堂先生遺集》卷八「答閨問」）

蘇、黄、王、陳以降，朱文公《棹歌》《感興》之外，惟陳簡齋、陸放翁與近來諸公，以兒女視晚唐。

（［宋］陳普《石堂先生遺集》卷一三《曾雪笠詩跋》）

蘇武、李陵初爲古詩，高簡雅質，爲西漢正體。建安中，七子作，而詞氣盛。逮夫潘、陸益尚才華，古意始衰矣。惟東漢之《十九首》與阮籍之《咏懷》十七首，託物寓興，辭旨幽婉，曠逸邁往，如醉語無叙，吐出真實，高風遠韻，邈不可及。其後陶潛出於應璩，静深簡麗，委運乘化，悠然天地同流，與籍作相表裏，於是爲魏晋古詩之正。歷齊梁南北隋唐至陳子昂之《感遇》（原注：三十八首），李白之《古風》（原注：五十首），杜甫之諸咏懷、懷古，韓愈之《秋懷》（原注：十一首），柳宗元、韋應物、蘇軾、黄庭堅之諸五言雜體，及朱熹之《齋居感興》（原注：二十首），與近世元好問之「萬化如大路」等，其風格氣骨皆本於籍、璩、潛。（［元］郝經《續後漢書》卷七三下《阮籍傳》「議曰」）

晦庵《感興詩》，本非得意作。近人輒效尤，以詩言理學。志南寫柳吹，曼卿咏禽樂。我翁盛稱之，豈不物象託。小巷旗夸酒，大賈褐懷璧。喝咄野狐禪，未必實有得。歐公不論文，孟子不言《易》。平生守所見，弱冠至七十。（［元］方回《桐江續集》卷二二《七十翁吟五言古體十首》其七）

秦皇漢武惑神仙之説，竭天下之力，求不死之藥。藥在我，而於外求之，以故爲方士所愚。……而《感興詩》乃云：「盗竊元命秘，繆當生死關。」於以知真有神仙，亦造化之一賊耳。而況天地之間，豈自古至今終有不死之人乎？（［元］方回《桐江續集》卷三一《送汪復之歸小桃源序》）

瓣香走謁文公祠，夜夢光焰生屏帷。起來諸生送此帖，但見字行糊塗墨淋漓。初讀未盡曉，再辨始識之。前書德符觀魚之雅句，後書陳朝説琴之遺辭。行雲流水有徐疾，春蛇秋蚓無雄雌。幽深不減《武夷曲》，蕭散殆似《感興詩》。嗚呼！世人剽公之書竊公學，便謂傳解之外無他爲。區區字畫一技爾，信意落筆乃爾奇。我思昔賢全才，何所不可施。白雲在天恨莫追，空抱遺墨中原馳。神物與我相護持，不爾恐逐雷霆飛。（〔元〕張之翰《西巖集》卷四《得朱文公帖》）

銀峰義塾者，饒德興余文夫氏之所築也。銀峰，饒之勝處，余望族。文夫雅士居望族，得勝處不私，以爲游觀憩舍，而藏書闢館，欲與同志好學者共之。……思齋及游新安朱晦翁之門，居家注《感興詩》，及蔡氏《三問解》與夫《性理》諸書，悉行於世。（〔元〕戴表元《剡源文集》卷一《銀峰義塾記》）

君子之道，語默隨時，豈偏於默哉？雖然，語者，默之賓也；默者，語之主也。默之時，固默；語之時，亦默也。夫子欲無言，子貢之徒不知悟是意也，莊氏乃能知之，故曰淵默。默者無言之謂，而喻之以淵，默之意也。淵者何？静而深也。惟静語默，惟深故默，彼躁於外，淺於中，則其發言也不擇，惡乎默。西川李巖，平章公之子，資態而學專，不躁不淺，欲由寡言以至於無言，以淵默名其燕坐之室。之二字雖出莊氏書，而實有契於聖人警子貢之意。朱子《感興詩》之末篇演繹其旨，甚惓惓也。（〔元〕吴澄《吴文正集》卷五《淵默齋説》）

程生名善勝，蓋取《道德經》中語也。天道不争而善勝，即吾《易》所謂「天道下濟而光明也」。不争，便是天之謙；善勝，便是天之亨。遂以謙亨字之。蓋天非特以謙而亨，虧盈益謙，是凡人與物能謙者，天皆亨之也。《易》三百八十四爻，有吉有凶，有利有不利，惟謙下三爻皆吉，上三爻皆利，他卦無有及之者。若夫幼而不孫弟，則自幼已墮於不謙，所行已陷於凶，且無攸利矣，可不戒哉！善勝方在小學，予遽以是訓之者。文公先生《感興詩》第十八篇，專爲蒙學而設，其首曰：「童蒙貴養正，孫弟乃其方。」即《易》之所謂謙也。其中言「進趨極虔恭」，進而謙也；「退息常端莊」，退而謙也。「庸言戒粗誕，時行必安詳」，一言一動，皆貴乎謙也。末曰：「十五志於學，及時起高翔。」即謙之亨矣。善勝年將十五，謙卦於《易》之次亦爲十五，故以謙亨字之，而且爲之説云。（〔元〕胡炳文《雲峰胡先生文集前編·謙亨字説》）

子曰：「天何言哉？四時行焉，百物生焉。天何言哉？」

通曰：朱子嘗問其徒曰：「『天何言』與『四時行，百物生』，四語孰切？」或對曰：「『四時行，百物生』爲切。」愚自今思之，兩句之中，「行」字尤最切。蓋此一「行」字，即是吾無行，而不與二三子之行，故《集注》於「予欲無言」曰：「天理流行之實，於天何言哉？」亦曰：「天理發見，流行之實，聖人之行，聖人之無隱也。四時之行，天道之無隱也。」又曰：「妙道精義之發，妙道，其體也，天理之渾然者也；精義，其用也，天理之粲然者也。」朱子《感興》末篇始曰：「玄天幽且默，仲尼欲無言。萬物各生遂，德容自清温。」末曰：「曰予昧前訓，坐此枝葉繁。發憤永刊落，奇功收一原。」三復是詩，朱子之學，晚年造詣深矣，學者宜致思焉。（［元］胡炳文《四書通》卷九《論語通·朱子集注》）

朱子《感興》比狀人心，有曰：「珠藏澤自媚。」是方寸之心田與匣中之明珠，蓋異名而同體，皆自公之心得之。（［元］陳櫟《定宇集》卷九《桐岡先生金公墓誌銘》）

余友人皮季賢氏，其嗣子魯壽自童丱時，恒從其父來坐隅聽余言。比長，明《詩經》，父子自爲師友。延祐丁巳，常一就貢闈詘，益力於學。辛酉余留封溪間；與魯壽言《通鑒》司馬氏託始，朱子《感興詩》不以爲然，及作《綱目》仍復司馬氏。雖目所述上接《左傳》，然終不若以《綱目》直接獲麟之爲當也。（［元］何中《知非堂稿》卷一一《皮魯壽墓誌銘》）

溍竊觀先師朱子《感興》之作，挈提前史之要領，爲言至約，而有關於名教甚大。朱子嘗謂學不可徒博，亦不可徑約。今之學者不由公之博，何以入朱子之約乎？是用志諸末簡，以諗於同志。（［元］黄溍《金華黄先生集》卷一七《徐氏咏史詩後序》）

《資治通鑒綱目》，考亭朱子續經之筆也。其推蜀繼漢，本於習鑿齒；絀周存唐，本於沈既濟。而《感興詩》第六章、第七章，皆不及之。蓋天理之在人心，初無間於古今，先儒所見，適與前人暗合，而非有所祖述。學者誦《感興詩》，則不可不與史氏所記并觀也。（〔元〕黄溍《日損齋筆記·辨史十六則》）

思齋先生游蔡門，訂朱學，所注《感興詩》及《三問》，疏事精詳，析理明盡，先正許其有功斯文。信哉！（〔元〕徐明善《芳谷集》卷下《余文夫刊思齋箋注朱子蔡氏二書及詩集》）

朱子《感興詩》第一篇云：「崑崙大無外，旁礴下深廣。陰陽無停機，寒暑互來往。皇羲古神聖，妙契一俯仰。不待窺馬圖，人文已宣朗。渾然一理貫，昭晰非象罔。珍重無極翁，爲我重指掌。」北山何先生曰：「此篇三節，首尾一意。首四句言盈天地間，别無物事，一陰一陽，流行其中，實天地之功用，品彙之根柢。次六句言伏羲觀象設卦，開物成務，建立人極之功。無極翁只是舉濂溪之號，猶昔人目范太史爲『唐鑑翁』爾。此篇只是以陰陽爲主，後面諸章，亦多是説此者，而諸説推之太過。」蔡仲覺謂「此篇言無極、太極，不知指何語爲説太極，況無極乎？太極固是陰陽之理，言陰陽則太極已在其中，若强揠作太極説，則一章語脈，皆貫穿不來。此等言語滉瀁，最説理之大病。」第二篇云：

「吾觀陰陽化，升降八紘中。前瞻既無始，後際那有終。至理諒斯存，萬世與今同。誰言混沌死，幻語驚盲聾。」勉齋先生曰：「兩篇皆是言陰陽，前篇是説横看底，後篇是説直看底，横是上下四方，遠近大小，此理拍塞，無一處不周，無一物不到，直是上自開闢以來，下至千萬世之後，只是這物事流行不息。」而蔡氏反以勉齋之説爲不然，使二篇果爲太極作，勉齋安得無一言以及之乎？或者猶謂一理至理，豈非太極之名？且何先生固已言太極是陰陽之理，但全篇章指，非説太極耳。蔡氏乃以次篇爲説，動而陽，静而陰，尤不可通。又第十四章元亨云云，因誠字萬化原字，諸公又以爲説太極。竊謂此言天道元亨利貞，非誠則無有，而人之五性，實以此存。世人逞其私見，穿鑿以爲知，不順乎自然，故道愈昏而不可見。若山林之士，幽寂探索，反得其原，此指先天太極圖之傳，出於隱者也。蓋上篇言聖賢操存之要，無非踐行，下篇言異端詞藻之害道，故於此發明其旨，亦不必深爲之説也。

（［元］吴師道一二八三—一三四四《吴禮部詩話》）

朱子《感興詩》獵舉三朝，而不他及，其有激於歐、馬，而《綱目》之所以作也。周不綱非一日，至命三家爲諸侯，則其綱不復可振矣，此一書託始之命意也。晋史帝魏，習鑿齒已病之；唐書紀武，則范氏之論至矣。《通鑑》千三百六十二年事如指諸掌，偉哉書乎！其文則猶史也。（［元］許有壬《至正集》卷三〇《綱目書法序》）

饒氏謂異端不可便謂之邪道，如楊氏爲我近於義，墨氏兼愛近於仁，其初也各是一面道理，後來爲楊、墨之學者只管於爲我、兼愛上求工，故其害遂至無君無父，佛學亦然。《感興詩》云：「西方論緣業」云云，亦此意也。……佛氏之學，背弃君父，淪滅綱常，立教之初，便有此害。《感興詩》特言初焉其説尚淺，未足以惑賢智，至流傳既久，而後其説乃高妙，非可謂始未害而終乃害也。（［元］史伯璿《四書管窺》卷二《攻乎異端章》）

子文，名埜，婺州金華人，鄭回溪之外孫，復娶鄭之孫女。官至端明，僉書樞密院。從真西山、魏鶴山講學，尤善楷、隸、行、草。嘗書朱文公《感興詩》於玉麟堂，刻石城山書房，時稱爲二妙。其書有齊梁風骨。（［元］鄭杓《衍極》卷四「王子文書感興其幾矣」條）

問：「《爲政篇》北辰，俗儒惑於道家，以爲北斗者何？」對曰：「北斗七星，其杓隨月建而指北辰者，太一也。中宫天極星，其一明者太一之常居也，旁三星爲三公，後四星爲妃后，餘三星後宫之屬，環衛之。以十二星者爲藩臣，皆曰紫宫，所謂北辰也。案西漢《天文志》及朱文公《感興詩》可考。」（［元］何異孫《新編十一經問對》卷一）

論八卦之象見於爻畫者，爲有定論。八卦之運於造化者，非象所能該，蓋《大傳》所言之象，即卦體是也。《説卦》所言四卦之象，雷風雨日，有生長之功。四卦之取其義者，非象所能盡收斂之妙也。知此則明問可辨矣。

《大傳》曰：「古者庖犧氏之王天下也，仰則觀象於天，俯則觀法於地。觀鳥獸之文與地之宜，近取諸身，遠取諸物，於是始畫八卦。」又曰：「《易》有太極，是生兩儀，兩儀生四象，四象生八卦。」又曰：「河出圖，洛出書，聖人則之。」夫八卦既以俯仰遠近，而得又由太極而生，何歟？「不待窺馬圖，人文已宣朗」，朱子《感興詩》也。而《大傳》又謂則於圖書，所以則之者，果可得而聞其説之詳歟？

（〔元〕涂溍生《周易經義》卷三）

抑予嘗誦朱子《齊居感興詩》，其一序堯、舜、禹、湯、文、武、周公、孔子之道學，相傳必本於敬，貫之以二言曰：「恭惟千載心，秋月照寒水。」此以水而喻群聖人之心也。（〔明〕謝肅《密庵詩文稿》己卷《天光雲影軒記》）

右生也晚，於道靡聞，父師有訓，敢不祗承？熟讀詳味，恍然有覺，安敢自私？故録其尤要而切近者，輯而爲編，名曰《理性本原》，且以河圖《洛書》揭之首，本諸天以示乎人，次序《太極圖説》《定性書》《好學論》《西東二銘》，擴諸人以復乎天。蓋異世而同符者，理性之本原，至矣！復以《通書》一卷，《感興詩》一卷附於後。（〔明〕朱右《白雲稿》卷五《理性本原序》）

朱子《感興詩》曰：「西方論緣業，卑卑喻群迷。流傳世代久，梯接凌空虚。顧盼指心性，名言超有無。捷徑一以開，靡然世争趨。號空不踐實，躓彼荆棘塗。誰哉繼三聖，爲我焚其書。」

楊庸成曰：佛固西夷之英，蓋將以身化其國人。慈悲惻怛，淡泊無欲，布施捨身，粗衣蔬食。凡其動作語言，皆欲以止其國中之亂耳。彼見華夏之人膠膠役役，日以事物嬰心，於是鼓其誕説以解釋其迷惑。持作用是性之説，即以爲妙道之所存；持無所染著之説，即求以超乎無有之表。世之高才明智，見其遺去物累，一歸於空，靡然從之，反謂西覺之妙，勝於吾儒。不知聖人之教，每因人之性而不咈焉。故父子有親，君臣有義，夫婦有别，長幼有序，朋友有信，是皆不可須臾離者。今其言曰：「必棄而君臣，去而父子，禁而夫婦，而求所謂清浄寂滅者。」其徒桀黠者，又從而廣之曰：「但願空諸所有，不願實諸所無。」吁！兹非所謂「號空不踐實」者歟？（〔明〕張九韶《理學類編》卷八「異端」條）

晦庵先生有《久雨齋居誦經》詩一首曰：「端居獨無事，聊披釋氏書。暫息塵累牽，超然與道俱。

門掩竹林幽，禽鳴山雨餘。了此無爲法，身必同晏如。」逃虚曰：以此詩觀之，晦庵心中未必不信佛也。佛書暫得一閲，尚有如是之益，何況終身行之者乎？《感興詩》中有排佛一篇，此是晦庵私意强欲主張儒學，故作此説，奚足道哉。（〔明〕姚廣孝《逃虚子集·道餘録》）

先生不以夷險易心，暇日則篤嗜評古人篇什，取其旨趣微妙者著之，及觸景動情，形於吟咏以自遣者亦録之，凡百二十條，析而爲上中下三卷，目曰《歸田詩話録》，先生自述其事弁諸首。一日，其姪德恭暨弟德宣、德潤共圖鋟梓，持以示余，展玩再四，不能釋手。觀諸録中所載先生誦少陵詩，則有識大禮之稱；誦太白詩，則有大胸次之美；誦唐人采蓮詩，則美其用意之妙；誦晦庵《感興詩》，則知其闢異端之害；誦東野詩，而服前人窮苦終身之論；誦晏元獻詩，則歎斯人富貴氣象之豪。（〔明〕木訥《歸田詩話序》）

朱文公《感興詩》，其間二篇云：「飄飄學仙侣，遺世在雲山。盜啓元命秘，竊當生死關。金鼎蟠龍虎，三年養神丹。刀圭一入口，白日生羽翰。我欲往從之，脱屣諒非難。但恐逆天道，偷生詎能安？」「西方論緣業，卑卑喻群愚。流傳世代久，梯接凌空虚。顧盼指心性，名言超有無。捷徑一以開，靡然世争趨。號空不踐實，躓彼荆棘塗。誰哉繼三聖，爲我焚其書。」論二教之害，然亦有輕重。

（〔明〕瞿佑《歸田詩話》卷中「感興詩論二教」條）

至於《感興》之作，則又不徒以詩爲詩者焉。自夫天地陰陽之妙，性命道德之懿，古先聖賢開物成務、立則垂訓之要，歷世治亂興衰之迹，與夫仙釋之妄誕，教化之淪替，悉於此焉發之。所以正人心於不泯，遏邪説於復萌，其有關於世教，有功於學者大矣，豈特陶情適性而已哉？（〔明〕陳敬宗《澹然先生文集》卷四《晦庵先生五言詩鈔序》）

獨考亭朱子以豪傑之材，上繼聖賢之學。文辭雖其餘事，然五言古體實宗風雅，而出入漢魏陶韋之間。至其《齋居感興》之作，則盡發天人之藴，載韻語之中，以垂教萬世，又豈漢晋詩人所能及哉？讀者深味而體驗之，則庶有以得之矣。（〔明〕吴訥《文章辨體·五言》）

予昔侍親太學，識李君元凱於上舍稠人中。李君罷官，歸劍江，先施以朱子《感興》之詩，而致其綢繆願交之意，繼以族譜之故，來訪小陂，時年幾七十矣。（〔明〕吴與弼《康齋集》卷三《題小塘茅屋并序》序）

夜説朱子《感興詩》，因告誡諸生。語意抑揚，彼此皆極感激。（［明］吴與弼《康齋集》卷一一《日録》）

夜説朱子《感興詩》，因告戒諸生語意，明陳真晟《布衣陳先生存稿》卷六《上唐先生書泰》。

某竊聞：《陰符經》《參同契》二書，朱子及蔡西山晚年極注意，其間既又爲之釐正、箋解。又序《陰符》曰：《陰符經》三百言，非深於道者不能作也。大要以至無爲宗，言天地人物皆自無而生，有人能自有以返無，則造化在我矣。抑程子、邵子亦皆有取其書，以爲純而無雜。此皆册載之言，必不我欺也。雖朱子《感興詩》中有「但恐逆天理」之言，然以某觀之，聖賢之意必各有在也。（［明］陳真晟《布衣陳先生存稿》卷六《上唐先生泰書》）

浚儀趙撝謙甫始注朱子《感興詩》成，持以過山中居，請序諸首。某自度非聞人，且以失明故廢學，辭不敢。至於數四，不獲，則請撝謙爲口授。既一過，爲之惕然以思，慨然而歎曰：尚論詩之爲教，可以感發人之性情，則知古人之作詩不可以不知道。道惡乎在？出於天，而備於人。君子惟能知之，故能貫三才爲一理、會群聖爲一心，窮往古來今爲一致。其大而爲論議，小而爲辭章，莫非天地之情，鬼神之會，人倫物理之常，而一話一言，舉足以垂法乎來世矣。《詩》三百篇固皆心聲之所發，然里巷之歌謡在焉，朝廷宗廟之樂歌在焉。聖人録之爲經，無不可以驗風俗、考政治，而於秉彝之章，徹桑之句，獨誦而贊之，以爲知道者。是知天理之本然，人事之當然，尤詩人之宜知也。古詩之不復作，君子常有感於斯矣。朱夫子以豪傑之才，聖賢之學，舒爲辭章，固其餘事，而《感興》凡二十篇，雖仿佛陳子昂之音響，其間二儀之法象，萬化之本原，六經示人之要道，二帝三王相傳之心法，無顯微之弗備。其如操存舍亡之迹，省察踐履之方，與凡所以正彝倫、尚名教者無小大之或遺誤。有聖人復起，得不謂其知道矣乎？撝謙固窮而力學，日究於高明，其於兹詩玩索既熟，病注家之繁且駁，而以得於己者發明之，言必本其所出，指必求其所歸，演繹詳審，惟恐其精微之藴不由我而著幾，非知道者不能也。某嘗竊論，人有登山而可抵泰華，涉川而入溟海，歷郡國而至於京都，歸而語人以雲峰之高峻，烟濤之浩渺，城池宫闕之壯且麗，其嘗至者，固歷歷乎目前，其或未之至焉，雖屢言而不能悉，何也？得於所聞，不若自得之爲快也。朱子之詩，以「感興」名，非若訓子諸詩止爲初學計。其意蓋欲造道之士，得會心於兹。撝謙玩索既深，又朝夕吟諷之不輟，其心與理會，宜可以得意而忘言矣，奚用諄諄然若是耶？雖然，某固比之行道者矣，無爲引之，孰能進之？朱子之閫奥，學者未能一蹴到也。撝謙欲開其户牖而納之，獨非其盛心哉！某於是又知撝謙欲使人之知道也，遂爲叙而歸之。（［明］夏時《守黑齋遺稿》卷四《感興詩注序》）

自漢以來，釋經之善者，朱子一人而已。蓋所謂至圓不能加規，至方不能加矩者也。再傳以及其門人則支離蕪蔓矣。越二百年來，上虞劉坦之《選詩補注》始復其法，而於朱子《感興詩》尤加之意。惜乎近年又被好事者仍取諸家雜注，淆乎其間，讀之令人潰潰不見端緒，一展卷間，不覺氣之拂膺也。雖曰坦之不獲見胡雲峰而有望於人，使當時見之，豈盡抄入《補注》耶？況潘柄而下諸説皆擇取之餘，夫何而又猥并若是耶？竊意不易《補注》之舊，姑附衆説於别帙，庶或可也。（〔明〕張弼《東海張先生文集》卷四《書朱子感興詩注後》）

周子又謂之「無極」何也？《易》曰：「神無方，《易》無體。」凡物之號爲極者，可得而指名，道則無形無象，雖稱曰極，而無所謂極者；雖無所謂極，而實爲天地萬物之極，故曰「無極而太極」也。昧者乃分無極、太極爲二，而且謂無極出於老氏之旨。以陸氏兄弟尚謂聖人言有，今乃言無，面詆《圖説》之失，況其下者乎！賴朱子力辯其非，合無極、太極爲一，而曰：「非太極之外，别有無極也。」《感興詩》直摭「無極」二字以名先生，即此可見先生之學，於此二者爲最要，而實有功於夫子也。（〔明〕汪敬《易學象數舉隅》卷下）

朱子《調息箴》甚善，如《感興詩》「哀哉牛山木」章，結之以「肅容正冠襟」，亦只是持敬之意。

〔明〕賀欽《醫閭集》卷三《言行録》

古今人情不大相遠，而理之在人心者，無古今也。如有以狎邪淫蕩之辭，與伊川《擊壤》之集，朱子《感興》之詩，俱收而并録之。〔明〕程敏政《篁墩集》卷一一《詩考》

五言古詩實繼《國風》《雅》《頌》之後，若蘇李之天成，曹劉之自得，以至陶靖節之高風逸韻，蓋卓卓乎不可尚焉。三謝以降，正風日靡。唐興，沈宋變爲近體，至陳伯玉始力復古作，迨李杜後出，詩道大興，而作者日盛矣。然於其間，求夫音節雅暢，辭意渾融，足以繼絶響，而闖淵明之閫域者，惟韋應物、柳子厚爲然爾。自時厥後，日以律法相高，議論相尚，而詩道日晦焉。宋室南遷，晦庵朱子以天挺豪傑之才，上繼聖賢之學，文辭雖其餘事。間嘗讀《大全集》，觀其五言古體，沖遠古淡，實宗風雅，而出入漢魏陶韋之間。至其《齋居感興》之作，則又於韻語之中，盡發天人之藴，以開示學者，是豈漢晋詩人之所可及哉？然集中編載，衆體混出，且卷帙浩瀚，獲見者鮮。暇日因手抄五言古體，始於擬古，終於《感興》諸詩，得一百首。寘於家塾，以教子弟，蓋欲使知詩章之學，亦先儒之所不廢，沉潛之久，庶因有以得其歸宿云。〔明〕程敏政《明文衡》卷四三吴訥《晦庵詩抄序》

程述翁時登，字登庸，歙人，遷樂平梅巖。宋太學生，爲時碩儒。入元不仕，所著有《易學啓蒙》《歷象贅語》《詩傳遂意》《禮記補疏》《深衣翼》《孔子世系圖》《春秋集傳》《太極圖説通書西銘補疏》《參同契語》《近思録》《律吕新書贅述》《過庭訓》《易軒開卷甲子續纂》《大學本末圖》《中庸中和説》《伊洛淵源續録》《臣鑑録》《處士傳》《讀書會意録》《萬卷贅稿》《感興詩講義》《古詩訂義》《八陣圖解》《文章源委》《洎陽録》諸書，學者稱述翁先生。見《述行》。（［明］程敏政《新安文獻志·先賢事略上》）

先生諱時登，字登庸，饒之樂平人，姓程氏。……先生教人類以孝敬篤實爲先，不務葩華以釣名聲。其於《周易》則確守程朱傳義，而不惑於玄虚之論；《書》則備讀諸家，而求其疏通知遠之實；《詩》則要性情之發，而驗其興觀群怨之機；《禮》則審於節文度數之宜，而略其繁文縟節之末；《樂》則考於蔡氏之書，而求夫聲氣之元；《春秋》則厭夫《括例》之拘，而直探聖人筆削之旨。歷代史籍亦莫不究興衰治亂之由，而品其人才之高下，考制度沿革之詳，而覈其設施之當否。著《大學本末圖説》，自堯即位甲辰迄周顯德己未，貫穿經史於綱條之内。著《中庸中和説》，集朱子論述、答問之語，審未發已發之機，而探索性情體用之全。《太極圖》《通書》《西銘》則錯綜爲之互解，《諸葛武侯八陣圖》則剖析而爲之通釋。他著述，如《周易啓蒙輯録》《律吕新書贅述》《臣鑒圖》《孔子世系圖》《深衣翼》《感興詩講議》《古詩訂義》《閨法贅語》《文章源委》等書不一。又所著碑銘序記詩詞哀誄雜著，名

《述翁稿》者三十卷，《六經義》若干篇藏於家。（［明］程敏政《新安文獻志》卷七〇許瑶《宋故辟雍造士程公先生時登行狀》）

金德玹，字仁本，休寧汪坑橋人。家世業儒，至德玹而貧。好學，手自抄録，箱帙滿家。雖飢寒困苦，手不釋卷。六經、三傳、諸史、百氏、山經、地志、醫卜、神仙、道佛之書，靡不研究。世家士族争爲西席，子弟經其訓誨，悉有禮度。嘗以先儒遺書，精神心術所寓，湮没不傳爲己任。遍訪藏書家，得陳氏《四書口義批點》百篇古文、倪氏《重訂四書輯釋》、朱氏《九經旁注》、趙氏《春秋集傳》、上虞劉氏《選詩補注》、胡氏《感興詩通》三十餘般。抄校既畢，遣子輝送入書坊，刊行天下。劉用章先生深嘉其志。平生著述有《新安文集》十卷，《道統源流》《程朱氏録》《小四書音釋》。卒年七十二。（［明］程敏政《新安文獻志》卷九五下《金仁本（德玹）傳》）

第十五章曰：「飄飄學仙侣，遺世在雲山。盗啓元命秘，竊當生死關。金鼎蟠龍虎，三年養神丹。刀圭一入口，白日生羽翰。我欲往從之，脱屣諒非難。但恐逆天理，偷生詎能安？」第十六章曰：「西方論緣業，卑卑喻群愚。流傳世代久，梯接凌空虚。顧瞻指心性，名言超有無。捷徑一以開，靡然世争趨。號空不踐實，躓彼榛棘途。誰哉繼三（世）［聖］，爲我焚其書。」愚謂：仙祖老子，佛祖釋迦，皆方外之教也。究其根原，實異名而同道也。有則俱有，無則俱無。朱子謂佛無而仙有，爲之注《參同契》以貽後人。近世士大夫往往藉爲口實，携丹鼎，延方士，廢人事而不修，至有多買少艾，名爲築基煉己者。苟以正道闢之，則曰：「爾賢於朱子乎？」夫長生、美色，人人所欲，固非朱子教之也，特不當助其瀾爾。吁！孔子不語怪神，不稱老子，真聖人也哉。（〔明〕盧格《荷亭文集》卷八《論朱子感興詩》）

後至篔簹又幾時，金丹豈是欲真爲。從今識取先生意，須讀當年《感興詩》。（〔明〕楊廉《楊文恪公文集》卷四《與徐文欽論朱子注參同契》）

遞中得書札詩章，開慰無量，及得所集魏漢詩，三復首序，可謂深於此道者矣。廉於此段工夫，實是缺略。蚤年泛看唐宋詩而已，乂之頗好明道《游山詩》、晦翁《感興詩》而已。（〔明〕楊廉《楊文恪公文集》卷四八《答劉潤之僉事》）

《上經》終於《坎》《離》，其理最妙，若再擇一卦，以《易》之便，不得如此之精意也。此朱子《感興詩》所謂「崑崙大無外，磅礴下深廣。陰陽無停機，寒暑互來往」者也。與《下經》之終於《既》《未濟》，

實同一意。（［明］蔡清《易經蒙引》卷一上）

朱子《感興》於老佛二氏，意有輕重，人嘗疑之，累見雜説中。此無他，佛之害大，老之害小故也。然亦朱子親見白玉蟾輩而悦之，所以其詞尤不覺右之也，然終不往從，此朱子所以爲正也。但道雖正矣，而亦未究其終。刀圭入口，白日飛升，如此何飛升者，三五十年人或見之，過此則再不可見。蓋所鍊之神，久亦散也。若曰彼仙者固長在，曷於空中二三歲一游，則慕其道者自多，又何必如吾儒著書立教以導人也。著書以導人學其道，則彼固自知不能以其所鍊之神長存天地間也；既不能長存，則勤苦棄世，若彼而終歸澌泯消散，竟何益哉！由是又爲蓬萊五城十二樓、三清仙籍之説以救之，正猶佛本見其類之貪競淫汙，一切絶之，以爲大快，而死矣而恐人不尚，又爲輪回報應之説以救之也。老有飛升長生之事，而人終不知其飛升之不可長，故朱子亦信之；佛有輪回報應之説，而人終不知更生之事爲間有，是故楊叔子探環之事咸書之。殊不思仙佛殊術異技，若要之久，揆之道，則自可不辨而明矣。以朱子尚以所見信其事，而不要其終，則王縉、柳子厚、蘇、黄以下，至宋景濂以儒附佛而終不悟者，又足言哉！宜乎自王公以上，齊民以下，歷千餘載，冥然曰釋、曰道，日新月盛，而與聖人之教相終始也。噫！（［明］張志淳《南園漫録》卷六「老佛」條）

朱子《感興詩》深信仙，歐公《感事詩》深非仙。朱詩曰：「飄飄學仙侶，遺世在雲山。盜啓元命秘，竊當生死關。金鼎蟠龍虎，三年養神丹。刀圭一入口，白日生羽翰。我欲往從之，脱屣諒非難。但恐逆天理，偷生詎能安？」歐詩曰：「空山一道士，辛苦學延齡。一旦隨物化，反言仙已成。開壙見空棺，謂已超青冥。尸解如蛇蟬，换骨脱其形。既云須變化，何不任死生。」「仙境不可到，誰知仙有無。或乘九斑虬，或駕五雲車。朝倚扶桑枝，暮游崑崙墟。往來幾萬里，誰復遇諸塗。富貴不還鄉，安用富貴歟。神仙人不見，魑魅與爲徒。人生不免死，魂魄入幽都。仙者得長生，又云超太虚。等爲不在世，與鬼亦何殊。得仙猶若此，何況不得乎。寄謝山中人，辛勤一何愚。」歐公生朱子前百有餘年，二詩想亦朱子之所見，而好尚不同如此。竊意朱子因一時見其事而發，又志在不從其術，故不覺稱之，而不暇究極其終無也。歐公因平生考其實而發，又歷見其不能長生，故不覺斥之，而不復推求其暫有也。不然，吾誰適從哉？（［明］張志淳《南園漫録》卷八「仙之詩」條）

枯復道人，今之名有道者，當其望八之年，偶嬰疾，危甚，未幾遂平復如常。間取魏伯陽《周易參同契》讀之，至於「任蓄微稚，老枯復榮」，輾然笑曰：「兹豈余之謂乎！」爰以枯復道人自號。……去年春，余過訪姻友陳上舍元善於池陽，獲與道人胥晤。問其年，八十三矣。坐自旦至午，不移席，每舉觴但微醺，而談吐益健，往往雜引仙經。顧余早歲亦嘗玩其辭，益切向之，後因讀晦翁《感興詩》乃

已，以此猶頗能讎答。或巧相詰難以爲笑，遂相與如平生。（〔明〕羅欽順《整庵存稿》卷八《枯復詩序》）

古人之學，惟務養性情，故其爲詩，自然止乎禮義。後世先王之教廢，而人不知所養。其爲詩也，率皆鑿空强作，不復發乎性情之正矣。雖漢魏盛唐等作，猶不能無憾，況其下者哉？予觀子朱子《感興》之作纔二十篇耳，天人稟賦之理、聖賢傳授之旨、異端悖謬之失、俗學支離之陋，與夫千古史學難決之是非，而超然得於獨斷之餘者，率於此發之，誠無愧於三百篇之作矣。然公豈嘗規規學爲如是之文哉？蓋由平日涵養之功已至，故其性情所發，自然止乎禮義如此。竊嘗考之本集，《至日感懷》之作有「顧以多言害道，戒不作詩」之語，而此諸篇實繼其後，則知公之有得於言者，正惟有得於多言之戒之力耳。故嘗訓學者云：「平淡自攝豈不勝，如思量詩句，至於真味發溢，又却與尋常好吟者不同。」真名言也。後之學者，徒見其詩文之妙，而不知其所本。故其平生爲學，動以著述爲事，以致心愈勞而事愈左，言愈多而道愈晦，可勝惜哉！故予因書數語於後，用以告夫後之君子，且以自警云。（〔明〕夏尚樸《東巖詩文集》卷二《書感興詩後》）

予少記三百篇，謳吟諷誦之餘，頗得其所謂情性者，然後知詩之善，固不出音響節奏，而其本實不在音響節奏也。後世詩詞雖有五言七言絶句、八句、長短句、長篇排律、古風、古選，以及歌行、吟曲之類之不一，要之，皆祖六義。故作者雖法度規模不出今人，而所感必正，所發必大，義關世教，不爲徒作，而後乃得之。漢唐宋來，天成如蘇李，自得如曹劉，沖淡如陶謝，豪邁如蘇黄，而李太白、杜少陵又英偉絶世，爲前後最。然細味其旨，其間所得固多，而終不免有風雲月露之形，多能增人感慨，擴人心志。甚者曲爲譏誚，空入禪語，是所謂工於詩而不工其所以詩，謂之有能繼三百篇者，吾未信也。紫陽朱夫子以萬古豪傑之才，得聖道之統，其於全經既嘗類注，以開萬古。間又因後世體，爲《感興》二十章。若陽陰、太極、人心、天理、古帝王之大道，後世君臣之失德、聖賢之學、異端紊亂之非，與夫正學養心，力行尚默之功，無不備著。予始歌之終篇，恍然若有所悟。既而三覆不忍置，乃知朱子借是以明道，非特關世教而已矣。不出二十章，而義理燦然，爲古今一大議論，正與後世之所謂詩者霄壤。輒改評曰：繼三百篇無忝。獨「學仙」一章，世或疑其以仙爲真有者，不知先生因仙家語成文。末二句則明指其不可，非曰有之，而吾自不爲也。君子毋以辭害義意焉。玩誦之餘，因發其意於末。（［明］陳賨《祭酒琴溪陳先生集》卷四《讀朱子感興詩（館課）》）

詩自三百篇後，有儒者、詩人之分。儒者之詩主於明理，詩人之詩專於適情。然世之人多右彼而抑此，故雲烟風月，動經品題，而性命道德之言，爲詩家大禁，少有及者，即曰涉經生學究氣。噫！

有是哉？論詩者當以三百篇爲準，然如「天命」一詩之贊聖德，「敬止」一詩之言聖學，以至《烝民》一詩，萬世言性者所不能外。而後之爲詩者乃少之，甚者又有託之仙佛誕幻之説以爲高者。蓋道學不明，沿襲相承之弊也。而詩之義，豈固然哉？紫陽先生雖道學大儒，而亦不廢吟咏。然其所謂詩者，抑何其與後世異耶？今觀其《感興》二十首，其音響節奏雖亦後人之矩步，而大而闡陰陽造化之妙，微而發性命道德之原，悼心學之失傳，憫遺經之墜緒，述群聖之道統，示小學之功夫，以至斥異端之非，訂史法之繆，亦無不畢備。所以開示吾道，而儆切人心者，較之雲烟風月之體，軒輊蓋萬萬不侔。其奥衍弘深，雖漢唐以來儒者，尚未有能臻斯閾，而區區之詩家，豈能窺其涯涘哉？如是而欲以一家之詩目之，不可也。莊誦之餘，敬題其後。（［明］孫承恩《文簡集》卷三四《書朱文公感興詩後》）

予少讀書篤守吾道，或言佛老之事，必怫然見於形色。中年以來，屢嬰疢疾，始有希仙出塵之想。邇者，讀紫陽《感興詩》，又灼然知仙之可學。於是百念俱灰，而第有一念，豈能忘哉！述近體一章。

一點靈臺似死灰，形骸雖壯壯心摧。空餘經史連床列，未有精神着眼來。蒲柳望秋先隕落，蓬瀛着意又徘徊。了知脱屣非難事，只有庭闈是永懷。（［明］朱厚熚《益藩睿製文集》卷三《讀紫陽感興詩有感》）

馬融云：「威儀表備謂之欽，照臨四方謂之明，經緯天地謂之文，道德純備謂之思。」《漢志》亦曰：「内曰恭，外曰欽。」其説非是。欽果屬外，則帝曰「欽哉」，豈屬外乎？朱子曰：「恭主容，敬主事，恭見乎外，敬主乎中。」於此又合之曰欽恭，敬也，盡欽之義，盡聖人之德矣。其曰：「敬體而明用。」此聖學傳心之秘，亦自程朱始發之。程子曰：「君子修己以敬，聰明睿智皆由此出，以此事天饗帝。」朱子曰：「人之所以不聰不明者，止緣身心惰嫚，便昏塞了。」其解《太極圖説》曰：「敬則欲寡而理明。」嗚呼！此所以爲敬體而明用也與？蓋心學之要也。《感興詩》曰：「放勛始欽明，南面亦恭己。大哉精一傳，萬世立人紀。猗與歎日躋，穆穆歌敬止。戒媻光武烈，待旦起《周禮》。恭惟千載心，秋月照寒水。魯叟何常師，删述存聖軌。」（〔明〕王樵《尚書日記》卷一）

鄉進士張基先生……所著《獨鑒廣頤》各一卷，《寅窖考》十卷，《讀書疑》二卷，《褋詩文》二卷，《張氏家乘》二卷，所纂輯《近思録補正》若干卷，《孝經大義》一卷，《定性書》《感興詩注》《養生彙道要》各一卷，其注《金剛經》《明儒粹語》《人物題評》俱未成。（〔明〕王世貞《弇州四部稿》續稿卷七四《靖孝先生傳》）

林溪翁者，今御史崔君廷試父，陳留名士，以子貴封者也。……釋褐後，惟以修身報國喻，無一語及私，而視聽聰明，健步，善飯。燈下誦紫陽《感興》諸篇，擊節琅琅，人莫之測也。（〔明〕王祖嫡《師竹堂集》卷二四《明敕封文林郎渭南知縣林溪崔公墓表》）

先生此編實與文成公意緒相承，有功於通脉甚大，非特朱子賴以表章而已。《感興詩》真雄偉特達，今在選者，違道不遠，獨「飄飄學仙①侶」、「西方論緣業」二篇立義未精，似可删也。《酬南軒篇》云：「惟應酬酢處，特達見本根。萬化自此流，千聖同兹源。」是徹底透悟。《歲寒軒》一篇亦有意，末云：「明朝猿叫三峽路，一葉徑上滄浪船。」可謂坐脱七言律，未見到家，而和陸子壽者，正屬影響，所謂入門未得時也，似亦宜删去。（〔明〕楊起元《重刻楊復所先生家藏文集》卷六《復張陽和先生示朱子悟後詩》）

老子欲長生久視，故主於鍊息精神。佛氏謂輪回墮於生死，能脱是則無生滅，故主於存神以合虚。二氏之學，皆與吾聖人原始反終之説相背。朱子《感興詩》「但恐逆天理，偷生豈其安」；陶淵明詩「縱浪大化中，應盡便須盡」，此似是理會原始反終者，然亦終有難盡會處。（〔明〕鄧球《閑適劇

① 「仙」字原脱，兹補之。

談》卷一）

楊廉夫《慕籛鏗詞》：「殷有賢大夫，黄髮眉兩白。男女欲不絶，飯食穀不辟。四十九室家，五十二嗣息。豈是山澤癯，噏漱煉精魄。廣成至道本自然，有人得之同壽域。君不見孔子竊比我老彭，老彭之壽稱以德。」詞末雖含諷意，其實歎譽之。故廉夫暮年致身黄老，嬖竹枝、柳枝、桃花諸婢，卒未壽考。蓋御女采取之術，猥媟淫縱之行，殺他人以欺天，養自己而損彼，有道德者不爲，縱以此得壽，亦天地間偷生之賊也。朱子《感興詩》有曰：「我欲往從之，脱屣諒非難。但恐逆天道，偷生詎能安？」大賢之言，固自殊衆也。（［明］劉萬春《守官漫録》卷一）

神仙者流，此老、莊、列子之外，如《黄庭經》《參同契》《淮南子》《抱朴子》《悟真篇》《物外清音》《中和集》《列仙傳》等書，次第祖述其言，修煉之術備矣。大概言人之有形不過精、氣、神三者而已，苟能保固三者，可以長生。荀卿言精神相反，一而不二，惟聖人意與此合。然而世之傳其書，用其術者，悉皆不得其效而反以召禍，不能成丹而適足以喪軀，其故何哉？豈得其言而不得其所以言歟？抑亦無仙風道骨，弗足以承此歟？先儒程子有日置風於密室之喻，以爲學其術有可以延年致壽，而未能飛昇變化。朱子《感興詩》則曰：「飄飄學仙侣，遺世在雲山。盜啟元命祕，竊當生死關。金鼎蟠龍虎，三年養神丹。刀圭一入口，白日生羽翰。我欲往從之，脱屣諒非難。但恐逆天道，偷生詎能安。」又詩曰：「迷心昧性哂竺學，貪生惜死悲方仙。」其説如此。然則，神仙之術果可學乎？（［明］張綸言《林泉隨筆》）

朱子《感興詩》二十首，雖云仿陳子昂《感遇》詩體而作，然其辭嚴義正，有補世教，非陳可得而彷彿也。（同上）

《齋居感興》雖以名理爲宗，實得梓潼格調。宋人非此，五言古益寥寥矣，世以儒者故爾深文，非篤論也。（［明］胡應麟《詩藪》外編五）

或謂予曰：「朱子《感興詩》比陳子昂《感遇詩》有理致。」予曰：「譬之青裙白髮之節婦，乃與靚粧袨服之宫娥争妍取憐，埒材角妙，不惟取笑旁觀，亦且自失所守。要之，不可同日而語也。彼以《擬招》續《楚辭》，《感興》續《文選》，無見於此矣，故曰離之則雙美，合之則兩傷，要有契予言者。」

宋世五言古，惟《感興》三十八章尚有拾遺風格，雖多作儒流見解，其體製實高出一時。梅、蘇、黄、陳諸子，各以詩名世，無此調也。苟律以唐人，奚俟用修，即五尺童子今皆能道矣。夫《感興》本咏懷者也。伯玉唐人，不能追嗣宗；元晦宋人，責以肩伯玉。不已舛乎？楚辭末附《擬招》，乃呂大臨作。考亭爲題詞，今便據爲朱，與《感興》并稱，亦誤。

考亭本意愛拾遺詩，以溺於方外，故取而矯之，未嘗欲與埒材角妙也。夫《感遇》在唐未爲絶出，而《感興》在宋實自卓然，謂不當并論，則有之耳。（［明］胡應麟《少室山房筆叢》卷一〇續甲部《丹鉛新録》六「感遇詩」條）

唐詩：「倘賜刀圭藥，還留不死名。」又朱文公《感興詩》：「刀圭一入口，白日生羽翰。」按《本草・丸散藥》有云：刀圭者，十分方寸匕之一，準如梧桐子大。一説，刀圭，盛藥器也。（［明］彭大翼《山堂肆考》卷一五〇「刀圭藥」條）

（吴）〔胡〕升，字潛夫，婺源人。淳祐庚戌以布衣領薦，登壬子進士第，入史館授國史編校。嘗以知縣洪從龍屬撰《星源圖志》，晚號定庵，所著有《四書增釋》，又注朱子《感興詩》及《丁巳雜稿》。卒年八十四。從子康，後著《春秋誅意讜告》百卷，進於朝。理宗覽而嘉之，特旨與殿試，調鎮江户參。（［明］凌迪知《萬姓統譜》卷一〇）

五言自漢魏流至元嘉而古體亡，自齊梁流至初唐而古、律混淆，詞語綺靡。陳子昂字伯玉，始復古體，效阮公《咏懷》爲《感遇三十八首》。王適見之，曰：「是必爲海内文宗。」然李于鱗云：「唐無五言古詩，而有其古詩。」陳子昂以其古詩爲古詩，弗取也。」何耶？蓋子昂《感遇》雖僅復古，然終是唐人古詩，非漢魏古詩也。且其詩尚雜用律句雜用律句者不録。平韻者，猶忌上尾説見沈約論中。至如《鴛鴦篇》《修竹篇》等亦皆古、律混淆，自是六朝餘弊，正猶叔孫通之興禮樂耳。故劉須溪謂：「子昂於音節猶不甚近，獨刊落凡疑作繁語，存之隱約，在建安後自成一家，雖未極暢達，如金如玉，概有其質矣。朱元晦《齋居感興詩》聲體完純過之，而意見愈深。」（［明］許學夷《詩源辯體》卷一三）

胡升，字潛夫，號愚齋，婺源清華人。制機閎休之曾孫，知府諤之子。淳祐庚戌以布衣領薦，登壬子進士第。入史館，授國史編校。逾年，史進，賜迪功郎。寶祐丁巳，丁大全據言路，逐董丞相槐。端明尤焴上疏列其事，丐去。大全怒，逐焴。或告升爲焴疏稿，以史事捃摭褫官，謫徙南安，前後十一年。咸淳癸酉，被旨叙復，丐祠告，調太平州司户參軍，仍董庶務。嘗以知縣洪從龍屬撰《星源圖志》。晚號定庵，所著有《四書增釋》，又注朱子《感興詩》及《丁巳雜稿》。元至元辛巳卒，年八十四。（［明］彭澤修、汪舜民纂《（弘治）徽州府志》卷八）

胡次焱，字濟鼎，號梅巖，晚號餘學，婺源考川人。少孤，家貧，母氏策勵以學。劬書不〔輙〕〔輟〕，博覽强識，魁江東，混補上庠。公私試，輙占高等，登咸淳四年第，授迪功郎，湖口主簿。以道遠禄養非便，改授池州貴池尉。既任，簽憲郡幕，録五縣囚，人稱平允。有鬼物愬毆死者，獲伸於次焱。德祐乙亥，時宋疆於淮，重兵在山陽，盱眙、合肥。池岸江，城惡，又渠隘淺，荷戈不滿千人，兵未及境，都統制張林已納款。與異意者，輙收殺之。時次焱爲附城縣尉，勢不得獨嬰城。家寒親耋，無壯子弟供養，乃隙張出迎，託公事，過東流縣，作冢道周，書木爲表識，曰「貴池尉死葬此下」，以泯其迹，脱身而歸。以《易》教授鄉里。往來從學者常百許人，稱梅巖先生。或以宦進招之，作《媒嫠問答詩》以見志。所著有《四書注》《唐詩絶句附注》《文公感興詩注》行於世。（〔明〕彭澤修、汪舜民纂《（弘治）徽州府志》卷八）

蔡汝揆，字君審，用之七世孫。師饒雙峰，得道學之傳，門人號爲愚泉先生。所著有《希賢録》《貫道集》《感興詩注》《友義雜書》。（〔明〕鄺璠修、熊相等纂《（正德）瑞州府志》卷一〇）

以明倫堂前逼文廟，乃退立於書樓基上，前置大方碑，隸刻朱子《感興詩》而亭覆之。（〔明〕唐冑等纂《（正德）瓊臺志》卷一五）

楊杲，右所人。性慧多能，以刊鐫得名。成化間，涂副使棐立郡學朱子《感興詩》諸碑刻，土石堅硬，多窠房。杲能隨理綮鑱之，極匀整精緻，甚爲涂所重。（〔明〕唐胄等纂《（正德）瓊臺志》卷四〇）

《通書通》《西銘通》《感興詩通》者，吾婺源先儒雲峰胡先生所著也。刻本久毁，予昔與其祠孫廷享同業，謂「三通」當與《易》《四書通》并傳。《易通》今南京少宰兄梓行矣，廷享以「三通」畀予刻之。序曰……予景先哲，而經未明，仕亦戾道，因刻《三通》叙鄉學之源流如此，用以自勖，且爲同志告焉。若夫《通書》《西銘》二通，由晦翁以通濂關之極趣，《感興詩通》因晦翁獨得而發明之，讀者所自會也，兹固略之。（〔明〕孫存、潘鎰修，楊林、張治纂《（嘉靖）長沙府志》卷四潘鎰《重刻性理三通序》）

（元）陳宏磬，字則善，瑞安人。性至孝，動静端謹。年十七，獨樓居，讀書其上，非有故不下。衣冠常儼然，就寢始脱。一日，得楊龜山、張南軒《語録》，玩味久之，豁然有得。至正戊子秋，忽遘疾。父母見其衣冠如常時，不知其疾也。及革，請父扶之曰：「宏磬願死父手。」父問：「若死將何之？」曰：「如爐中火然，消則自無耳。」遂歌朱子《感興詩》「崑崙大無外」一章，溘然而逝。（〔明〕湯日昭修，王光藴纂《（萬曆）温州府志》卷一二《人物志》二）

吴文光，字有明，南直婺源人。穎悟絶倫，讀書五行并下。……講學議論宗紫陽，時新學方熾，或譁之。有明曰：「我不敢爲考亭罪人，尤願爲陽明忠臣也。」所著有《尚書審是》十卷，《感興詩解》一卷，《祀禮從宜》一卷，《門人答問録》四卷，《論稿》四卷，《文集》十卷。晚尤好《易》，撰《周易會通》，學者以其會道之源，稱爲一源先生。（［清］張夏《雒閩源流録》卷一〇）

孟子曰：「勿忘勿助。」此指出真面目，與人著些意不得，不著些意不得。蓋稍著意，便失之助；稍不著意，便失之忘。於此意間調習得正當，即此是本體，即此是工夫，更無言語可著矣。仲尼從心不逾，亦只是這個本體。工夫到極熟處，所謂巧，所謂妙，俱從熟處出耳。晦庵《感興詩》云：「由余昧前訓，坐此枝葉繁。發憤永刊落，奇功收一原。」某願終身佩之。（［清］黄宗羲《明文海》卷一六八毛愷《答曹紀山御史》）

故嘗曰「訥」、曰「耻」、曰「怍」、曰「訒」，抑至此而更云「無言」，則終日乾乾，以體天之健，而流行於品物，各正其性命者，不以言間之，而有所息；不以言顯之，而替所藏也。此所云「品物流行」、「各正性命」，皆以成己之德言。朱子《感興詩》深達此理，較《集注》自别。其云「萬物各生遂言天，德容自清温言仲尼」，則固以德容之温清，配天之生物，而非云天以生遂爲功於物，聖以温清爲不言之教也。又云：

「發憤永刊落，奇功收一原。」所謂「發憤」、「刊落」者，即訒言之極致，而無言也。「奇功收一原」者，以言大德敦化之功，有以立天下之大本，而不在擬議之間也。繇此思之，聖人之欲無言者，亦當體實踐以自盡夫天德，而收奇功於一原矣，豈徒悻悻然憤門人之不喻，而爲此相激之詞，如西江學究之於蒙童也哉？（〔清〕王夫之《讀四書大全説》卷七）

至於朱子《感興二十首》，有明正學先生獨推之，以爲可上續三百，亦謂其有功於世教民彝爾。（〔清〕王鉞《世德堂集》卷一《晚寤齋詩集叙》）

嘗讀朱子《感興詩》，其略曰：「西方論緣業，卑卑喻群愚。……號空不踐實，躓彼荆榛途。……誰哉繼三聖，爲我焚其（壽）〔書〕。」蓋言無佛也。又曰：「金鼎蟠龍虎，三年養神丹。刀圭一入口，白日生羽翰。我欲往從之，脱屣諒非難。」蓋言有仙也。夫佛祖釋迦、仙祖老聃皆異端也，皆非吾儒所當言者也。妄則俱妄，無則俱無，今乃謂佛無而仙有，何也？又《語録》中盛稱《參同契》之書，至年六十八又與蔡元定相爲訂正，終夕不寐。然比及三年，竟爾屬纊矣，《參同》之説安在哉？司馬温公詩云：「太上老君頭似雪，世人浪説駐紅顏。」正中此病。由是後世往往招延方士，尋究龍虎鉛汞之術而修煉之，以求長生者，皆同聲藉口於朱子也，所繫匪淺鮮矣。雖然，此詩必有爲而作也。陳子昂

《感遇》之詩託仙佛以爲高，朱子既言其非，而謂己之二十篇「皆切於日用之實」，且注釋多家，而何北山先生亦嘗爲之注釋，後學豈容無忌憚而輕議哉？或曰：「其旨何居？」倪元恢曰：「《感興》之詩，《年譜》不載，而自序中亦未嘗明紀年月。」愚謂：此必韓侂胄用事之時，沈繼祖誣論之日，難於顯言，故有所託而逃焉，而非其真欲如此也。昔者孔子發浮海居夷之歎，今朱子亦結以「但恐逆天理，偷生詎能安」之句，豈非分明浮海居夷而不果往之意哉？信以爲真，是癡人前説夢也。若夫《參同》之注，本傳、行狀皆無之，附會可知矣。或曰：「其闢佛之嚴何也？」倪元恢曰：「佛氏之學，其後變而爲禪，當時陸象山倡爲頓悟之説，學者靡然從之。朱子目擊其非而闢之嚴，是又孟子闢楊、墨而不闢老聃，程子闢佛氏爲害尤甚之意也。」我故曰：謂佛爲無者，正言也；謂仙爲有者，託言也。其旨異，其理同也。（〔清〕熊賜履《閑道録》卷一八）

温公《通鑑》託始三晋之侯，爲王綱慨也。然周之失政，其來已久，自春秋所造端，而王迹熄矣，豈待獲麟之後，又百年而始歎嗟乎？然三晋之事系於《左氏》之卒章，温公首編之意，蓋不敢繼經而繼傳，以示讓也。朱子於《紀事本末跋》深取斯義，至《綱目》亦無改移，《齋居感興詩》首章所咏，特言其發論之未周全耳。自記（〔清〕李光地《榕村續語録》卷二〇）

「東京失其御」章，欲以蜀漢繼統而黜魏也。言晉受國於魏，其史宜帝魏耳，後人仍之，可不正乎？自記（同上）

「晉陽啓唐祚」章，病歐公於唐史之中雜以周紀也。按王莽之篡，漢世中絶，班固尚能黜之於列傳以紀事，況中宗尚在幽居，而遽奪唐之世、表周之號可乎？「公在乾侯」，此《春秋》之二三策，《綱目》所以竊取者也。其説實啓於范祖禹《唐鑑》，盡用伊川之意，故云。自記（同上）

「飄飄學仙侣」章，斥仙道也。曰「盜啓元命秘，竊當死生關」，則固不謂無其術矣。卒之以偷生之不安，至極之論也。按朱子晚年亦每與蔡季通講論《參同契》，而且爲之考異，豈誠有意於斯與？蓋悦其文辭之淵古，而議論之剴至者，每足以起予耳。自記（同上）

「西方論緣業」章，斥佛道也。朱子之意以爲佛在西方，不過以緣業之説誘導愚民，其初卑卑，無甚高論也。入華以後，展轉崇信，遂相與附益，增成其書，張大其教，至於凌空摩虚，不可究極耳。「指心性」則似至精，「起有無」則似極妙，所以人悦其徑捷而争趨之。然不知心性之爲實理、有無之本非二。故虚空無實，如荆棘之塗，趨之者躓，誰能息邪説，以承三聖者，必將爲我焚其書也。自記

（同上）

朱子於《易本義》，既以河圖爲作《易》之本，今觀《大全集·答王伯禮尺牘》云：「太極、兩儀、四象、八卦者，伏羲畫卦之法也。」太極豈河圖乎？又《感興詩》云：「羲皇古神聖，妙契一俯仰。不待龍馬圖，人文已宣朗。」似謂河圖非畫卦之本者。王魯齋謂此詩壬辰癸巳間所作，時朱子年逾四十矣。不知注《易》在前，抑在其後，何自相牴牾若此？（〔清〕查慎行《得樹樓雜鈔》卷一）

朱子詩有《齋居感興》五古二十章，何北山爲之注解，今見於《金華正學編》者，止存「人心妙不測」、「静觀靈臺妙」、「朱光遍炎宇」、「《大易》圖象隱」四章而已。其後胡雲峰采十家之注，名曰《感興詩通》，今不傳。（〔清〕查慎行《得樹樓雜鈔》卷二）

《性理》載（南軒）（晦庵）《感興詩》二十首，於太極反覆言之。其曰：「珍重無極翁，爲我重指掌。」蓋謂周元公茂叔也。無極，出《逸周書·命訓解》「正人莫如有極，道天莫如無極」。（〔清〕宋長白《柳亭詩話》卷二六「豪氣蓋九州」條）

安溪先生云：世固有仙道，自韓子言之，則皆鬼魅所爲也。信乎！曰其入於鬼魅者多矣，故首曰：「凝心感魑魅。」後曰：「木石生怪變，狐狸騁妖患。」而中叙其昇舉之候風寒幽晦，則非休徵可知。然韓子本意雖視仙道猶鬼道也，故曰：「莫能盡性命，安得更長延。」其記夢云：「安能從汝巢神山。」則直謂世無仙道，但窟宅巖崖，群彼異物耳。韓子之距邪也嚴，故於仙佛皆以鳥獸號之，若朱子《感興》二詩，則探其本原之論也。（［清］何焯《義門讀書記》第三十卷「昌黎集」條）

南渡諸家，紫陽亦詩豪也。讀《齋居感興》諸篇，實溯源伯玉，微此則宋代五言古益寥寥矣，奈乎以理學掩之！（［清］蔡顯《閑漁閑閑録》卷六）

朱子《感興詩》云「反躬艮其背」，此内之主一無適也；「肅容整冠襟」，此外之整齊嚴肅也。保養德性，莫過於此。（［清］雷鋐《讀書偶記》卷一）

「西方論緣業，卑卑喻羣愚。流傳世代久，梯接凌空虛。顧瞻指心性，名言超有無。捷徑一以開，靡然世争趨。號空不踐實，躓彼荆榛途。誰哉繼三聖，爲我焚其書。」此紫陽闢佛詩也。「飄飄學仙侣，遺世在雲間。盗啓玄命秘，竊當生死關。金鼎蟠龍虎，三年養神丹。刀圭一入口，白日生羽翰。我欲往從之，脱屣諒非難。但恐逆天理，偷生詎能安。」此紫陽闢仙詩也，功不在孟子之下。（［清］鄭方坤《全閩詩話》卷四「朱文公」條引《遡園語商》）

愚謂：人居天地間，有生必有死，乃理之常。生順死安，或壽或夭，惟修身以俟之而已，或者偷生怖死，盜竊天機，欲爲長生不死之計，斯惑矣。司馬温公《示道人》有云：「借令真有蓬萊山，未免亦居天地間。君不見太上老君頭似雪，世人浪説駐紅顔。」朱文公《感興詩》云：「刀圭一入口，白日生羽翰。但恐逆天理，偷生誰能安。」二公可謂達生死之理，而安性命之常者也。（［清］鄭方坤《全閩詩話》卷四「朱文公」條引《言鯖》）

蓋學雖有大小，《小學》實《大學》治國、平天下之根本。其讀書欲以知政事，而誦詩，則善者可以興起善心，惡者可以懲創逸志，而感化人心爲尤切。今《孝經》《詩經》《小學》俱有朱子《考正》《集傳》等書，而朱子《感興詩》及《訓蒙詩》亦皆緊要，乞將《孝經》《詩經》并《小學》等書，分日輪流同《尚書》《論語》講解。（［清］沈佳《明儒言行録》卷五「張元禎東白先生條」引張氏《保治添進日講并東宫性理等書》）

瞬逾三十春，歲陰周戊己。循觀涂棐碑，昔於瓊州學舍見明涂副使八分書此詩而和之，今三十年矣。海岸郵程紀。鄭簏墨何緣，虚齋吉祥止。茶鼎夢曉寒，炎州庠肄禮。簾裊石檻雲，香沍銅瓶水。豈惟分隸原，蝸扁同一軌。（［清］翁方綱《復初齋外集·詩》卷二四《壁間鄭谷口隸書朱子齋居感興詩軸恰是辛酉春作喜而次韻》）

朱子《齋居感興二十首》，於陳伯玉采其菁華，剪其枝葉，更無論阮嗣宗矣。作詩必從正道，立定根基，方可印證千條萬派耳。（［清］翁方綱《石洲詩話》卷四）

江案：此北山先生解朱子《感興詩》十二章之辭也。《感興詩》二十章首言陰陽造化之原，與人心出入之幾，繼言義堯以及周孔道統之盛，及魯鄒以至濂洛傳授之要，而必基之以小學之功，極之於六經之著。且慨然於仙釋之荒唐，而必欲火其書，愀然於科舉之陷溺，而急思復於古。又以温公《通鑑》、歐陽公《唐書》於正統閏位之分有未明者，而有意上求《春秋》之旨。但其語意深微，必待闡發而後明。北山先生一一默會而銓明之，而後大義明，微言著，所以開示來學者至矣！盡矣！至《感興詩》第十二章，則語意極爲明顯，尤可歌而可誦也。有曰：「《大易》圖象隱，《詩》《書》簡編訛。《禮》《樂》矧交喪，《春秋》魯魚多。瑶琴空寶匣，絃絶將如何。興言理餘韻，龍門有遺歌。」龍門，謂程叔子

也，叔子晚居龍門，故云。（〔清〕戴殿江《金華理學粹編》卷二《理學大宗》）

鄭曰：「先生詩直是程朱一輩人口中語，豈可復以詩求？」饒曰：「五言詩與朱子《感興（三）〔二〕十篇》後先相映，在詩言詩，至矣哉！」（〔清〕劉大紳《寄庵詩文鈔》卷二《傅巖溪先生詩集序》）

《齋居感興詩》，朱子撰，無年月。廣東歸善。（〔清〕孫星衍《寰宇訪碑録》卷九）

良友不易得，斯文復誰親。彼美考亭裔，況爲南郭鄰。髫齔合素志，及壯情益真。避難各東西，歸來闢荆榛。卜築愧我後，安得忘里仁。屏迹閭巷僻，怡情山水濱。花木動成列，琴書清絶塵。披閲《感興詩》，遺墨良足珍。至理寓群物，永歌發清淳。修德匆自畫，庶以光前人。（〔清〕曾燠《江西詩徵》卷四三高善《題朱氏南隱》）

歐陽公《删定黄庭經序》，自稱爲無仙子，曰：「自號爲無仙子者，以警世人之學仙者也。自古有道無仙，而後世之人知有道，而不得其道；不知無仙，而妄求仙，此我之所哀也。」朱子《感興詩》云：「飄飄學仙侣，遺世在雲山。盜啓元命秘，竊當生死關。金鼎蟠龍虎，三年養神丹。刀圭一入口，白日生羽翰。我欲往從之，脱屣非所難。但恐違天道，偷生詎能安？」此亦闢仙之詩，但歐公直以爲無，朱子猶以爲有耳。（［清］梁章鉅《退庵隨筆》卷一八）

〔見善如不及，見不善如探湯〕周氏柄中曰：「《荀子》云：『以指撓沸。』此探湯之説。《集注》雖無解，而朱子《感興詩》云：『劬書劇嗜炙，見惡逾探湯。』正作探熱水解。」（［清］梁章鉅《論語旁證》卷一六「見善如不及章」）

先生諱文炤，字元朗，號恒齋。孝廉，官穀城學博。幼穎悟，知向學……所著《周易拾遺》六卷，《周禮集傳》六卷，《春秋集傳》十卷，《太極通書拾遺後録》三卷，《西銘拾遺後録》二卷，《正蒙集解》九卷，《近思録集解》十四卷，《感興詩解》一卷，《訓子詩感》一卷，《家禮拾遺》三卷，《恒齋文集》十二卷，傳於世。（［清］唐鑒《學案小識》卷七《守道學案·善化李先生》）

張基《孝經大義》一卷，《定性書注》一卷，《感興詩注》一卷，《近思録補正》，《讀書疑》二卷，《獨鑒》一卷，《廣頤》一卷，《養生彙》一卷，《道要》一卷，詩文二卷。（［清］李銘皖、譚鈞培修，［清］馮桂芬纂《（同治）蘇州府志》卷一三八）

朱子《感興詩》二十篇，高峻寥曠，不在陳射洪下。蓋惟有理趣而無理障，是以至爲難得。（［清］劉熙載《藝概》卷二《詩概》）

李先生文炤，字元朗，號恒齋，湖南善化人。幼有奇慧，知向學……著《周易拾遺》六卷，《周禮集傳》六卷，《春秋集傳》十卷，《太極通書拾遺後録》三卷，《西銘拾遺後録》二卷，《正蒙集解》九卷，《近思録集解》十四卷，《感興詩解》一卷，《訓子詩解》一卷，《家禮拾遺》三卷，《恒齋文集》十二卷傳於世。（［清］李元度《國朝先正事略》卷三一唐鑑《李恒齋先生事略》）

朱子《感興詩》有理趣而無理障，所以高出《擊壤集》。（［清］金武祥《粟香隨筆》卷八）

《感興詩》成筆有神，何嘗語似腐頭巾。崛興南渡當推首，風格居然魏晋人。少室山房《詩藪》：「大抵南宋古體當推朱元晦，近體無出陳去非。」（［清］譚宗浚《荔村草堂詩鈔》卷三《過庭集》上《補元遺山王漁洋論詩絶句》其二十二）

涂天相，字燮庵，號存齋，一號迂叟，孝感人。康熙癸未進士，官至工部尚書。有《静用堂偶編》

《續編》。《詩話》：燮庵以壬午、癸未連捷成進士，年四十矣。出同邑熊文端之門，講學篤守師説，與張清恪、陳恪勤相應和。其言詩以朱子爲古今詩人之冠，嘗取《感興詩》擬之。張清恪爲序其集。（［民國］徐世昌《晚晴簃詩匯》卷五六）

日本

惺窩先生有言曰：「欲習古詩，則可讀《選詩風雅翼》。」文敏先生亦屢及此。今按二先生所以云爾，蓋此編就昭明所選之中又精選之，則萃之萃者也。且補遺之選者先於昭明之選，而續編之選者後於昭明之選，則歷代之選備矣。復附《感興詩》與《太極圖説》《通書》《西銘》《正蒙》，相爲表裏，則性情之正、義理之深，何以加焉。《風雅翼》之名，固當焉，非他編古詩者之所及也。況夫劉履注解之體製，步驟於朱文公《詩傳》，而援引詳而旨趣明，則非他訓釋之可比也。學古詩者，自此而進，則或其三百篇，亦可管窺乎。庚戌春之孟，口授仲龍，初加倭訓，而每月限三夜，而不措之。至秋之季，三選悉成，致終編之功，聊知二先生之所以云爾，重復其言，乃作之跋。庚戌九月點成，仲龍新寫全部，以自藏之，依其請，書跋授之。（林恕《鵞峰先生林學士文集》卷一〇〇《選詩風雅翼跋》）

《濂洛風雅》所載《感興詩》注，其所説雖多是，而非解詩之法也。首章蔡仲覺謂言無極、太極，尤是也。何北山謂「於此章指何語爲説太極，況無極乎」，謬也。「渾然一理貫」，此非太極耶？「況無極

乎」之語大謬也。次章與前章皆言陰陽而太極在其中。「至理諒斯存」，此太極也。（山崎闇齋《文會筆録》卷一七）

黄勉齋之説不瑩。三四章，何氏之説是也。五章至七章，何説是也。八章，何説是也。其爲在上君子言之之云。以九章何説觀之，則亦焉。十章，何説是也。十一章，無説。十二章，何説是也。十三章，無説。十四章，何氏爲鑿智而發之云是也。王文憲之説蓋得其微意也。十五章，何説是也。十六章，何説是也，但以流傳千載蒙之，愚者則不當也。十七八九章，何説是也。末章之説是也，末句用《陰符經》語之云尤當也。先生此篇之作意，如自序則借用彼而發明此，其味深矣哉。（同上）

余氏《選詩續編》五《感興》「學仙」章曰：「《參同契》所著空同道士鄒訢，即先生隱名。鄒本春秋邾子之國，訢即熹也。如韓昌黎託名於彌明道士也。」嘉按：晦庵與蔡季通講《參同契》，季通死後，著《參同契説》。見文集。又嘗爲《參同契考異》，而其後書末曰「空同道士鄒訢」。見文集。○《啟蒙翼傳》外篇載其後書而注。愚按：文公雖託名於人，其實鄒訢即公姓名也。異端辨正議之詹氏偏見淺識，諱之宜矣。胡敬齋亦曰：「《參同契》《陰符經》，朱子注之，甚無謂，使人入異端去。《調息箴》亦不當作。」《居業録》三。朱子注《參同契》《陰符經》及《調息箴》之意，薛敬、蔡季、退溪得之，《近思録》「存養類」有「愛養精力」

之説，是乃《孟子》「無暴氣」之意。又《遺書》亦曰：「呂與叔以氣不足而養之，此猶只是自養求無疾，如道家修養亦何傷。若須要存想飛昇，此則不可。」（同上）

《選詩・感興》末章下云：「先儒《太極》《通書》《西銘》《正蒙》目爲『性理四書』。愚謂：此《感興詩》亦當與前四書列爲五書。」嘉謂：此等之事何爲耶！識者笑耳。劉子澄言：「本朝只有四篇文字好：《太極圖》《西銘》《易傳序》《春秋傳序》。」《語類》百三十九。子澄言有好文字云爾，然遺四箴，何耶？（同上）

朱子《感興詩》謂：「三晋爲僭侯。」以其大夫僭竊諸侯之制也，然彼猶知請命於周。今之大名，或有自稱曰「侯者」，此真僭侯也。其老臣或有自稱曰「大夫」者，則亦可謂之僭大夫。是皆文人粗心，唯知事體似三代封建，而不問其名稱當否，妄以此呼之，遂致以亂皇家不變之制，其罪豈小哉！若武人俗吏，誤聽而謬稱之，非其罪也。（尾藤二洲《静寄軒集》卷一一《雜著》）

「致君堯舜語何忘，封事千言託諷長。静坐研經窮性理，直心修史正綱常。」《名臣録》及王荆國，《感興詩》追陳子昂。三百遺音南渡後，惜將道學掩文章。朱熹（國分青崖《青崖詩存》卷一九《咏史三

十六首》）

至於人倫日用之道，尤爲當務之急矣。學者當以恭敬持守爲先，常存此心，相與熟講，更研究此道理，考古驗今，應務接物，無一事之不切於己也。彼欲衒工鬬靡，賣名求譽，惟以詩賦陵跨於世者，亦是何心哉！甚損學力，無益於事也。或欲使人曉義理，或傳格言法語而爲韻語者，道統諸君子亦用心通情矣，如朱先生《感興詩》是也。雖其它口言筆書，咏風情興味之詩不爲不多，然與詩家所尚之風格語意頓異，而想夫非無補於事。（户田幹《記鎌倉紀行後》）

朝　鮮

《易》道無窮耦與奇，聖人垂教孰能思。焚香静坐梅窗下，且讀文公《感興詩》。（李種學《麟齋遺稿·南行録·絶句》）

（十二年丁丑，先生二十歲）次朱晦庵《感興詩》韻三篇以自警，終篇有「我願學聖學，期與聖同歸」之句。（趙昱《龍門集》卷六附《龍門先生年譜》）

蒙寄示新刊晦庵諸詩，極荷愛厚，不敢忘。《感興詩》蔡注，曾所未睹；《棹歌》注解，近方聞有之。渴欲得見，今合爲一册，忽墮塵几，如見古人，接緒言於千載之上，感幸尤深。滉前所以欲添入《雲谷》《城南》諸咏者，以《雲谷》只取十二首，而遺二十六咏爲未備。又「濯清」乃《城南二十咏》之一，取一而遺十九亦可惜，故敢白而未及於事爲可恨耳。恐君欲見其詩，故録呈，幸領覽何如。滉比來殊無意，謂惟多見所未見書，抱此還山，足以遣老，豈非孤陋暮景之大幸，但恨未得深契如公者，日相從而歌咏切磋耳。未涯會奉，惟爲時千萬加重。不宣。（李滉《退溪集》卷二一《答李剛而》）

題畫及武夷叙詩、《感興詩》等送呈，其中有要寫銘箴者。然銘箴多少不齊，以爲屏書，必參差不一。此詩八首，皆取六韻者書之，既得整齊，其言之淵妙警切，又有甚於諸箴銘，不知於意云何。（李滉《退溪集》卷三〇《答金而精（庚午）》）

文公《感興詩》譏馬公之託始三晋，以爲「迷先幾」，而修《綱目》也，亦不改舊例，何也？

文公只是述馬公之業，非自有所作，故只仍其舊。（李滉《退溪集》卷三三《答許美叔篈（庚午）》）

余少而失學，老而無聞。顧身多疾病，無所用於世，因得數年投閑於故山。家有晦庵諸書，伺神氣稍清，即閉門而伏讀之。雖不識其何謂，而心竊愛之欣欣焉。於時烏川金慎仲肯來相顧，方欲與之參訂其所學焉。未幾，余承召命，狼狽西來，隨分汩没，舊所讀書，茫不記一，而思山之念，昕夕不置。一日，慎仲見寄以空帖，要書晦庵《齋居感興詩》及廬山諸作。慎仲其知余病懷之所在歟！何其能使余起感也？遂推枕撥倦，拙寫如右而還之。噫！既未得從先生於雲谷、廬山、武夷之間矣，安得還吾舊山，與一二同志，齋居静裏，歌咏先生之道，以求天下之真樂而樂之，庶幾忘吾好古生晚之憂也耶！嘉靖壬子退溪書。（李滉《退溪集》卷四三《書晦庵詩帖後》）

示諭晦庵《感興詩》覺軒注，未曾見之，并《雲谷》等詩一帙刊行，則庶可得見，何幸如之。（李滉《退溪先生續集》卷四《答李剛而》）

公姓柳氏，諱希春，字仁仲，善山府人也。……時仁廟在東宫，公力以輔導爲己任，因講《大學衍義》，至齊桓公、景公之事，公言曰：「桓公九合諸侯，一匡天下，可謂盛矣。然而溺愛鄭姬，越次而欲立孝公，是方盛而有禍亂之漸也。景公國勢削弱，而權移田氏，可謂衰矣。然而使從諸大夫之言，擇其子之長且賢者爲嗣，則是已衰而有將興之理也。天地之氣亦然，時方仲夏陽明盛，而重淵之下，其冷如冰，此治世未嘗無陰邪之伏也；時方仲冬陰冷極，而窮泉之中，其温如湯，此亂世未嘗無陽德之萌也。故明主之御世，當治而防陰之潛長，當亂而養陽之方微。斯義也，朱子《感興詩》第八章備矣。向使二君者，明知是理，而預防於未然，則齊國豈有危亡之禍哉？竊見《感興詩》二十章，義理淵奥，亞三百篇，載於《性理群書》首卷者可考，而凡《群書》中所收銘箴贊詩之類，皆可以從容玩味，使人興起。夫子曰：『興於詩。』先儒亦云：『讀書之餘，間以游泳。』誠於講明經書之暇，不廢諷誦，以涵養德性，則其於聖學，非小補也。」（柳希春《眉巖集》附録卷二〇李好閔《謚狀》）

仁廟在東宮時，希春以春僚侍講《大學衍義》，歷陳前代治亂，喻以陰陽消長，極陳防微杜漸，不可不謹之義。且以朱子《感興詩》及《性理群書》等語，反覆導迪，語極詳密。（柳希春《眉巖先生集續》附録卷二一崔季翁《義巖書院請額上疏書院本在潭陽》）

或問清江居士李某曰：「子以清江居士爲號，子真見居於清江者乎？」應之曰：「余世居京城，家在南山之下，烏得以居清江乎？」「然則子以清江爲號，其説有無？」曰：「古之聖賢以物取譬者多矣，未有若水之易見而能近也。故自夫子川上之臨，而亟稱於水曰：『水哉！水哉！』又曰：『智者樂水。』至於孟子乃曰：『觀水有術，必觀其瀾。』朱夫子《感興詩》曰：『恭惟千載心，秋月照寒水。』則不獨有取於不捨晝夜，盈科以進者。其逝如斯，而江河之左而爲長者，以其卑也而止耳。」（李濟臣

《清江集》卷二《清江居士對》)

隆慶戊辰，先君子出牧清州。余往來省覲，因印是編而來。今年偶得於箱篋中，思往日事，僅如隔晨，而屈指歲月已十八年。其間人事變遷，悲歡各異，孤露餘生，感物興懷者多矣。乙酉初秋識。(柳成龍《西崖別集》卷四《書朱子感興詩卷後》)

初九日乙卯，小雨。姻家朴彦章及李元英持酒來別，朴文仲、鄭澮來別。逾芚嶺而宿元巖驛，留完堵俾看菽水之養。典弟及完基子遠從於謫所。周廣文獻民賢仲以書送白鞋及紙，朴景龍雲吉、沖龍雲擧以酒來餞。又各設食於朝夕，以饋冠童及從者。朴天授持酒來別，乃金節婦翁也。辛澈景涵又饋從人，又各有贐。俱講《感興詩》一篇。(趙憲《重峰集》卷一三《北謫日記》)

《孟子》第一篇首章注「造端」、「託始」之深意，或云心術之端始，或云七篇之端始。愚意以爲義利之辨，乃學者第一義，故謂之端。「造端」二字，出自《中庸》，端猶本也。言造此端，而託之於七篇之始也。温公以初命晋大夫爲《資治通鑑》之首，故朱子於《感興詩》有曰「託始有餘悲」。孟子注所謂「託始」者，與此正同。如此看，未知是否。(金長生《沙溪遺稿》卷四《答或人問

目》）

一氣函三天降材，陰陽合變互成胎。調和情性凡通聖，吐納新陳老變孩。水火玄機終復始，乾坤妙用闔還開。偷生逆理朱垂訓，莫羨道人身姓回。朱子《感興詩》：但恐逆天理，偷生詎能安。（成文濬一五五九—一六二六《滄浪詩集》卷一《國馨好看道書用徐花潭讀參同契詩韻以長律一篇見示余不講丹法無以爲答然仙聖養氣之法俱以陰陽水火爲妙用則同而有公私邪正大小之辨則異仍步來韻以復之》）

「至人」二字，非但《素問》諸書皆有之，朱子《感興詩》亦曰：「至人秉元化」云云。雖不删改，可無後學之疑。如何，如何。（李睟光《芝峰集》卷二四《重與鄭副學書》第一條①）

欲知字字皆元氣，請讀文公《感興詩》。小子妄求風露態，長吟空慕李青蓮。（金友伋《秋潭集》卷五《題晦庵先生詩集後》）

① 又見鄭經世《愚伏集》卷一〇四《李芝峰采薪録辨疑三辨》。

又曰：朱子《感興詩》是續《春秋》，當玩味讀之。退陶先生出處，與考亭相符，前後一揆。老先生隱居武屹，又與武夷、白鹿洞相同。（崔恒慶《竹軒集》卷四《記聞録》）

詩是一道，而所尚不同，束閣充棟，無非前人之刻意，而雌黄唇吻與奪旋生。主江西者專務奇雄，而不取唐人之磨瑩；主西崑者專事組織，而不從陶柳之門庭。此則宋賢取捨之大概，而朱文公《感興》之作，有功於斯道，不徒詩也。（李民宬《敬亭集》卷一三《删後無詩論》）

迂拙子朴先生，諱漢柱，字天支，密陽府人。……以治行第一，賜表裏加資。不煩民力構廨館，名曰「秋月軒」，蓋取朱子《感興詩》中語也。（趙任道《澗松集》卷五《迂拙子朴先生閭表碑銘并序》）

若使盡存養省察之功，玩心高明，沈潛反覆，倏爾通透，天開日朗，則信有如朱晦庵《感興》之吟「珠藏澤自媚，玉藴山含輝。神光照九垓，玄思徹萬微」矣，何必命象罔而得之也？又何待吸盡西江水，然後了此人間一大事也？（洪鎬《無住逸稿》卷一《答提督詩并序》序）

朱子《感興詩》曰：「朱光遍炎宇，微陰眇重淵。寒威閉九野，陽德昭窮泉。文明昧謹獨，昏迷有開先。幾微諒難忽，善端本綿綿。掩身事齋戒，及此防未然。閉關息商旅，絶彼柔道牽。」「微月墜西嶺，爛然衆星光。明河斜未落，斗柄低復昂。感此南北極，樞軸遥相當。太一有常居，仰瞻獨煌煌。中天照四國，三辰環侍旁。人心要如此，寂感無邊方。」又曰：「自古聖賢皆以心地爲本。聖人於動静，無不一於清明純粹(□)〔之〕主，而衆人則雜焉而不齊。心之全體，湛然虚明，萬善具足，無一毫私欲之間。其流行該遍，貫於動静，而妙用又無不在焉，一念之萌則必□而察之。此爲天理耶？爲人欲耶？果天理也，則敬以擴之，而不使其少有壅閼；果人欲也，則敬以克之，而不使其少有凝滯。西山曰：『静者未應物之時，動者應物之際。』静而存養則有以全天理之本然，動而省察則有以防人欲於將萌，此動静兼用其力也。然(敝)〔蔽〕以一言，敬而已。内外動静，無乎不敬，身安得而不修乎？朱某又嘗作《敬齋箴》，自首至尾，皆發明此意。」(崔有海《默守堂集》卷一三《夙興夜寐箴推演説》第四章)

朱子《感興詩》曰：「哀哉牛山木，斤斧日相尋。豈無萌蘖在，牛羊復來侵。恭惟皇上帝，降此仁義心。物欲互攻奪，孤根孰能任。反躬艮其背，肅容正冠襟。保養方自此，他年秀穹林。」按：人心雖喪於物欲，仁義之性未嘗泯滅。學者有志於道，則入德之要，不過正衣冠、齊顔色，以正其中之所存而已。苟能用力於此，日就檢束，則明天理去人欲之妙，不外乎斯矣。(崔有海《默守堂集》卷一四

《敬齋箴解上》第一章

朱子曰：「敬是一念不存，是間斷；一事不差，是間斷。」《感興詩》曰：「静觀靈臺妙，萬化從此出。云胡自蕪穢，反受衆形役。厚味紛朵頤，妍姿坐傾國。崩奔不自悟，馳騖靡終畢。君看穆天子，萬里窮轍迹。不有《祈招》詩，徐方御宸極。」○黄勉齋曰：世之學者，不知此心之爲重，任情縱欲，驕逸放肆，念慮之頃，或升而天飛，或降而淵淪，或熱而焦火，或寒而凝冰。如病狂之人，雖宫室之安、衣服之適、飲食之宜，亦茫然而莫之覺也，豈不深可憫哉？（崔有海《默守堂集》卷一四《敬齋箴解下》第八章）

未死宜憂國，無才敢濟時。榮名心不在，事業志全衰。每憶《遂初賦》，聊吟《感興詩》。行藏吾已定，雲路莫相推。（趙錫胤《樂静集》卷二《次曹守而漢英韻》其三）

別紙所託，敢不惟命，唯「陽昭」之意，未能曉然。豈晦翁《感興詩》所謂「陽德昭窮泉」者耶？因便見示，幸甚，節酌。（宋時烈《宋子大全》卷五一《答金延之（乙丑十一月二十日）》）

竊恐「秋月」、「寒江」等語，亦是其時相與贊美之意，故所以爲説如此也。亦非如堯、舜、湯、武傳心之妙，如《感興詩》之意也。（宋時烈《宋子大全》卷六七《答朴和叔（丙辰八月二十日）》）

洪君萬宗以無所用心爲不可，搜羅古今仙道諸説，第爲成書。愚以爲無所用心固不可，而用之於不當用，亦未爲可也。朱先生嘗譏范淳夫將聖賢言抄節一番，自謂事了。夫抄節聖賢言，猶未爲是當，況此僻書志怪之所言耶。明道先生所謂「竊造化之權」者，是戒其反常逆理，非勉人修行也。朱先生注《參同契》者，特以其文字之簡古而已，而其《感興詩》所斥仙術者嚴矣。（宋時烈《宋子大全》卷一四六《海東異蹟跋》）

晦翁《感興詩》曰：「厚味紛朵頤，妍姿坐傾國。」又《梅溪館》數詩，則直使人惶恐慚赧，汗流浹背，雖使澹庵復起，亦必羞愧欲死矣。今慕齋先生兩詩之意，其出於此乎？至於牛溪先生訓語，則無一字一句不自晦翁書中出來，觀此有不惕然而警省者乎？（宋時烈《宋子大全》卷一四八《書姜禹寶家藏慕齋牛溪兩先生詩文帖後》）

石室齋舍，伏聽老先生喜誦晦翁《感興詩》。今延之偏愛晦翁詩，要我寫數篇，感而副之。（宋時

烈《宋子大全》卷一四九《書感興詩後贈金延之》）

右爲同甫書於羲農洞南澗。顧書《感興詩》，同甫意也。昔文忠公先生遠宗朱氏説，以禦陸學之華使。同甫其後孫而淵源也。（宋時烈《宋子大全》卷一四九《書朱子感興詩後贈李同甫》）

文正公金先生薖軸石室山中，衣履仍藏焉。其嗣孫壽增延之於其源泉，礱石以治之，而名曰「洌泉」。門人恩津宋時烈拜手敬銘焉：「皎皎秋月，照此寒水。千載之心，先生仰只。」右全用朱子《感興詩》第十篇意，以明老先生原詩之旨。（宋時烈《宋子大全》卷一五〇《洌泉銘》）

問：「注：『造端，託始。』」答：「蓋『造端』出《中庸》，『託始』如朱子《感興詩》『託始』之義，言此一章爲七篇之首也。」《辨疑》。〇又問：「小注：雲峰胡氏曰：『造端、託始者，所以謹夫學者心術之初。』宋龜峰曰：『乃工夫之端始。』何如？」答：「《集注》之意非以端始爲心術之初也，胡氏恐亦以爲義利乃學者心術之初所當謹者也。蓋此章爲七篇之首，所以造端託始，欲使學者知其義利之分，謹夫心術之初云爾。若然，則胡氏之意亦異乎龜峰之説矣。如何如何？」（李惟泰一六〇七—一六八四《四書答問・孟子・梁惠王上》）

人定鍾聲政覺遲，寂寥燈下夜長時。名途上策唯宜去，暮景中懷欲告誰。庭雪從風初錯落，檐冰受月轉參差。操持宴息吾家事，隱几閑看《感興詩》。（朴長遠《久堂集》卷三《遣懷》）

《感興詩》注，覺軒蔡氏別有一本，比熊注加詳矣。《武夷九曲》詩注解，殊無意味，陳氏門人劉概極加贊歎，以爲可與《感興詩》并看，殊不可曉。（李玄逸《葛庵集》卷一二《答申明仲己卯》）

前書諭及北山何氏說《感興詩》首篇有可疑處，以四七物格公案未及結正，不暇及此。今因再詢，聊復獻愚。蓋聞《易大傳》曰：「一陰一陽之謂道。」道即太極也，此詩所謂「陰陽無停機，寒暑互來往」者，是孰使之然哉？此非一陰一陽之謂道乎？周子《太極圖說》曰：「無極而太極。」加「而」字於「太極」之上者，以爲此理至極而初無聲臭影響之可言也，非謂離太極而有無極也。故朱子曰：「動静不同時，陰陽不同位，而太極無不在焉。」又曰：「以其無方所無形體，不屬有無，故謂之無極。」此其爲說，大煞分明。何氏以爲此篇只是以陰陽爲主，諸說推之太過，蔡氏至謂此篇言無極、太極，不知指何語爲太極，況無極乎？是索太極於陰陽動静之外，而謂太極之上，別有所謂無極也，大失濂溪、考亭之旨。賢契所論已得之，更不多辨。（李玄逸《葛庵集》卷一二《答申明仲己卯別紙》）

《感興詩注》及陳氏説，適往南岳季兒所，未得副示，當俟後便耳。（李玄逸《葛庵集》卷一三《答申明仲辛巳》）

懼齋陳氏普《武夷櫂歌注解》云：九曲寓意，純是一條進道次序。其意固不苟，不但爲武夷山水也。其門人劉槪極意稱述，以爲與《感興詩》二十篇相表裏云。（李玄逸《葛庵集》卷一九《愁州管窺録》）

所留四丈紙，寫朱子《感興詩》一首及十訓、范戒，皆切於養蒙齋者也。（尹拯《明齋先生遺稿》卷一八《答李景甫癸酉至月九日》）

素行合神明。問：「神明心耶？鬼神耶？」曰：「神明有神，亦不可謂鬼神。朱子嘗曰：『神是理之發用，乘氣以出入者。』神明之神，即此是也。」

按《感興詩》曰：「神明妙不測，出入乘氣機。」此則指心而言，今此《集注》所稱。愚意正指神祇之昭明主宰處，猶《易》之言吉凶，則似難遂以説心者而訓之也。蓋所謂神明，欲專釋以鬼神固不可，必欲離鬼神而爲言，尤無畛泊緊要，恐非小失也，未知如何。（朴世采《南溪集》卷六〇《退溪四書質

疑疑義》一）

東床申汝楫袖一册子來，要余書朱子《感興詩》，仍示駱翁所書陳子昂《感遇詩》者。（柳尚運《約齋集》册五《書申汝楫所請書帖末》）

夫禍之作，不作於作之日，蓋必有所由起。以其大而言之，則天下國家之滅亡，豈一朝一夕適然而至哉？履霜而後堅冰乃至。……或曰：朱子《感興詩》曰：「馬公述孔業，託始有餘悲。眷眷信忠厚，無乃迷先機。」自涇舟膠楚澤，下堂見諸侯，而綱常陵遲，西都以之而亡。自曲沃篡晉，繻葛倒懸，而名分已亂，東都以之而亡。滅亡之兆，豈待於威烈王二十三年乎？（韓汝愈《遁翁集》卷七《通鑑始於威烈王二十三年》）

朱子《感興詩》一篇曰：「吾觀陰陽化，升降八紘中。前瞻既無始，後際那有終。至理諒斯存，萬世與今同。誰言混沌死，幻語驚盲聾。」此宙說也，錫鼎謹效作宇說：

我觀鴻濛氣，推盪九垓外。高深既無限，廣遠那有際。至理諒斯存，萬宇同此界。曾聞井蛙驚，徧見多局滯。（崔錫鼎《明谷集》卷六《鴻濛吟》）

余觀《齋居感興詩》，以温公《通鑑》託始於三晉僭侯，病其「迷先幾」，而及夫手編《綱目》，乃反因其「託始」，無所更張，則《春秋傳》之不作，其意或者類是歟？蓋自仁獸踣而聖筆絶，荆舒横而古經廢。千五百年之後，得朱子而傳不作。今去朱子五百有餘歲，後學欲因遺經窺聖人之心，難已。然文公既没，斯道未喪，其微言緒論，猶有足徵，可以俟百世而不惑。（崔錫鼎《明谷集》卷八《春秋集傳訓義序》）

竹泉金達甫、疏齋李養叔，即余莫逆友也。不幸十數年來，兩友相繼淪没，獨余以八耋之年，棲遑於西謫南竄之餘。每一念來，未嘗不撫迹愴悼也。今竹泉外孫李命德持示一障，即達甫所書朱夫子《感興詩》，而養叔題跋者也。（鄭澔《丈巖集》卷二五《題金達甫手蹟後》）

又曰：其心炯炯，猶若可識。炯炯，即光明不昧之謂。朱子《感興詩》中，嘗歷論前聖授受心法，而曰：「恭惟千載心，秋月照寒水。」與此意同。（金昌協《農巖集》卷一〇《經筵講義·心經》）

《感興詩》首二篇論陰陽五行處，尋常作一意看。偶看黄勉齋説，有云前篇是左右、前後、遠近、大小，此氣拍塞，無一處不周，無一物不到，是説横看底；後篇是上自開闢以來，下至千萬世之後，只是這個物事，流行不息，是説直看底。果然如此開説，方是分明有著落。若北山何氏則以蔡仲覺於此二篇并無極、太極而言爲非，曰「此只説陰陽，不知何語爲説太極，況無極乎」云爾，則又非常醜差。夫即陰陽而論之，則所謂太極只在陰陽裏面。「渾然一理貫，至理諒斯存」者，非太極而何？「況無極乎」一語，又以無極爲太極已上物事，此則象山已見正於朱子矣。北山是朱子以後人，又作如此見解何也？（李栽《密庵集》卷一〇《錦水記聞》）

少若游方外，終看味道腴。巖川二樂在，風月一塵無。手裏先天學，胸中太極圖。瑤琴絃已絶，哀俗日荒蕪。朱子《感興詩》曰：瑤琴空寶匣，絃絶將如何。（宋相琦《玉吾齋集》卷四《聞三淵訃》其二）

仙佛俱是左道異端，非吾儒所可道。……程子以養生延年，歸之於人力奪造化，又以比爐火之當風置室者。雖非指仙而言，理則可推也。至於朱子，非但注《參同契》，其《感興詩》，佛則曰：「西方論緣業，卑卑喻群愚。流傳世代久，梯接凌空虛。顧眄指心性，名言超有無。」此下有數句而記不得。末句曰：「誰能繼三聖，爲我焚其書。」其闢之也，如是其嚴。而仙則曰：「飄飄學仙侶，遺世在雲山。金鼎蟠龍虎，三年養神丹。刀圭一入口，白日生羽翰。我欲往從之，脱屣諒非難。但恐逆天道，偷生詎能安？」此亦有脱句而不能盡記。此則蓋謂羽化脱屣，固非所難，而有生有死，天道之常，不可逆天而學

此云爾，初非直謂無此理也。其視程子説，又不啻翻上一層矣。（宋相琦《玉吾齋集》卷一七《南遷録下》）

退溪老先生手書朱子《感興詩》與門人芝山金公，公受而糚之以自隨。（趙德鄰《玉川集》卷八《書金衛卿（兑胄）家藏退溪先生手筆三帖後》）

先輩長老之片言隻字，皆可爲後生所愛玩。三君子之心畫，萃之一幅，其可敬慕也已。吁！竹泉公之微意，疏齋公之發揮，深且詳矣。而余於丈巖公感愴之言，不覺三復而流涕也。當滄桑變易之後，追高山景仰之懷，佩服乎闡明之義，終有得於大賢人性情之正，則是幅也不獨爲三字符而止。李生勉之哉。（李觀命《屏山集》卷八《題金竹泉書朱子感興詩與其外孫李命德軸後》）

昨日共讀《感興詩》，疑處更檢看，隨考出處，謾録去。「拳拳信忠厚，無乃迷先機」，《通鑑》之書始於三晋命侯，不繼《春秋》絶筆之年，故謂其「託始有餘悲」，而或迷於先幾云爾。西園，靈帝置西園，以蹇碩、袁紹輩爲校尉，賣官鬻爵，故曰「植奸穢」。五族，單超、具瑗、左悺、徐璜、唐衡，皆宦寺也。「唐經亂周紀」，歐陽子修《唐史》，作《武后本紀》故云。龍門，程子世居之地也。（李萬敷《息山

集》卷七《與吴致重》）

王考致政公每公退，却埽蕭然，與物無競，間以翰墨自娱，至易簀之日，筆力不衰也。孫萬敷侍側，收片紙隻字，皆襲而藏之。丙子夏，始拔而粘裝，分爲十有二帖。敬守帖一，不肖冠首，用《易》之《大畜》以戒者。先訓敬守帖一，先祖盆峰公遺訓四十八條，書以戒之，使遵守者。又敬守帖二，書朱先生《感興詩》二十首。（李萬敷《息山集》卷一八《敬書王考筆帖匣》）

先生諱尚夏，字致道，系出安東，高麗太師幸之後，簪組蟬嫣……庚申，尤庵自海島還，先生往省之。自此十年强半，在華陽門下，商訂程朱書。尤庵深喜爲吾道得人，題先生居室曰「遂庵」，取薛文清語也。又命之曰「寒水齋」，蓋用朱子《感興詩》語，以示心法相傳之意。（李宜顯《陶谷集》卷一二《左議政寒水齋權先生神道碑銘并序》）

宋詩門户甚繁，而黄、陳專學老杜，以蒼健爲主，其中簡齋語深而意平，不比魯直之崚嶒、無己之枯澀，可以學之無弊，余最喜之。放翁如唐之樂天、明之元美，真空門所謂「廣大教化主」，非學富，不可能也。朱夫子於詩，亦一意詮古選體，諸作俱佳。《齋居感興》以梓潼之高調，發洙泗之妙旨，誠千

古所未有。余竊愛好，常常吟誦焉。（李宜顯《陶谷集》卷二七《雲陽漫録》）

古人詩集中，凡所謂「擬古」者，皆擬《古詩十九首》，非徒作也。朱子《擬古八首》亦然，而《劄疑》乃曰「擬陳子昂《感遇》」，此恐誤。子昂《感遇》與李白《古風》五十九首，其模範固出於《十九首》，而體格則稍變。朱子《齋居感興詩》，乃是仿《感遇》之作，而此則擬《十九首》，非擬子昂也。……董卓作逆時，謡語云「千里草，何青青。十日卜，不得生」，未幾卓敗。《齋居感興》所謂「青青千里草」，蓋用此語，非朱子自爲破字也，而《劄疑》不引古謡，意似未足。（李宜顯《陶谷集》卷二七《雲陽漫録》）

先生嘗爲有鳳手書朱子《感興詩》，仍問：「此詩諸篇，君能理會得否？」指第四章曰：「『君看穆天子』云云，何意？」對曰：「此恐首論穆王事，仍及昭王以下歷代衰亂之主也。」先生曰：「不然。此章蓋言人心之形役馳騖，靡有終極之意，而以穆王之萬里轍迹明之也。其云『不有《祈招》詩，徐方御宸極』。亦曰『人心既放而不有』以反之，則人欲即乘間爲主也。」至第十章，又問：「此言放勛事，而曰『南面恭己』，何也？」對曰：「『南面亦恭己』，恐指舜也。蓋以堯之欽、舜之恭，爲相傳心法也。」先生曰：「然。」（魚有鳳《杞園集》卷三二《農巖先生語録》）

《濂洛風雅·感興詩》首章注，北山何文定公曰「此篇只是以陰陽爲主。後面諸章，亦多是説此者，而諸説推之太過。蔡仲覺謂此篇言無極、太極，不知於此章指何語爲太極，況無極乎」云云。竊疑無極、太極，一也。今於太極上復有「況無極乎」之語，是以太極上別有一物爲無極矣，其可乎？朱子與陸象山論太極書，有曰：「於形而上者之上，復有『況太極乎』之語，是以道上別有一物爲太極矣。」文定此説，無乃與象山同其病乎？且言陰陽，則無極、太極之理固已在其中矣，況所謂「渾然一理貫」，所謂「至理諒斯存」，非謂無極、太極而何？伏望批示。（申益愰《克齋集》卷二《上葛庵先生別紙》）

嘗謁錦陽丈席，先生以《感興詩》教學者。「微月」、「斗柄」等句，把作譬喻説與，因乘間竊請曰：「小子平日不如是讀。」先生曰：「何哉？」對曰：「首四句似是即景，如詩之興體。『太一』之句，猶未全比，至末句翻轉，方是貼著比義，自然意味深長。」先生喜曰：「乃言得之矣。」（權德秀《逋軒集》卷三《漫録》）

《感興詩》曰：「人心妙不測，出入乘氣機。」今謂心之氣專，不干於形氣，則心身内外，烏得無間隔？心之出入，烏得乘氣機哉？蓋心之爲物，未發則性也，已發則情也。性即理也，情即氣也。這氣其非合性與氣之氣，而理氣以下，許多氣字，其不囿於情之一字乎？情字命名之義，從性從肉，是血氣行理之名。所謂「内外無間隔」，所謂「出入乘氣機」者，恐皆以此也。（玄尚璧《冠峰遺稿》卷二《答李公舉別紙（丁酉）》）

司馬公《通鑑》纂輯，自以爲繼孔子《春秋》之筆，而古今治亂得失之迹，燦然詳備，儼然有法，比古史氏殆無愧矣。然至於黜帝室之胄，而以鬼蜮篡賊接東漢之統；去嗣聖之年，而以牝雞淫婦亂唐室之緒。此天經地緯，倒置壞盡，而王綱幾乎熄矣，亂逆無所懲矣。若以此一事言之，温公之爲温公，岌岌乎殆哉。而原其情則此不過自家平日見未到處，豈有一毫私意夾雜於其間哉。是以朱夫子《感興詩》有「迷先幾」、「無魯連」之歎，而不敢顯語直斥歸罪於公，只自咨嗟歎傷，辭意婉切，要使後人有以自得於言語之外。則噫噫君子愛人之義，蓋如是忠且厚矣。大凡論人之道，務要就事論事，辨别情僞，棄其所短，取其所長，此固義理之正當者。而吕夷簡、張浚之不害爲賢相，王安石、蘇軾之得列於名臣，蓋以此也。今世則不然，公議迹掃，文網太密，人有微瑕細累，輒務洗垢索瘢，而一着纔誤，全局破敗。甚者指無謂有，變白爲黑，羿彀方張，蜮矢齊發，而間有一二持正論者，亦未免收司連坐之律。嗚呼！世道之害，可勝歎哉！感而題。

非舜非堯盡善難，前賢或有可疑端。尺朽何妨需棟宇，點瑕未必累琅玕。近自交馳三種議，全

然不見一人完。千年黑白無分別，莫作尋常細故看。（朴泰茂《西溪集》卷一《讀朱子感興詩有感并序》）

朱子《感興詩》曰：「人心妙不測，出入乘氣機。」驟看此語，則真若除是氣別有心，而乘氣機出入，有如太極之爲者。近來主心之學，或執此以爲心與氣質有辨之證，則若何以解之耶？竊嘗思之，「心」之一字，先儒有專以氣言者，有兼理氣言者，朱子所謂「心者，氣之精爽」，所謂「氣中自有靈底物事」等語，是專以氣言心也。横渠所謂「合性與知覺有心之名」，栗谷所謂「性與氣爲主宰於一身者謂之心」等語，是兼理氣言心也。蓋專以氣言，則精爽便是氣，氣便是精爽，更無分別。兼理氣言，則理無爲而氣有爲，發之者氣也，所以發者理也。恁地看則此詩所謂人心之心字，似亦兼理氣言之，而其意若曰人之一心，神妙不測，而其出入作用處則是乘氣機也，猶言發之者氣也。愚見如是，未知如何。（李縡《陶庵集》卷一四《答沈信甫問目》）

程子曰：「《關雎》之詩簡奧，今人未易曉，别欲作詩，略言教童子灑掃應對事長之節，令朝夕歌之，似當有助。」斯誠至論也，然而程子未及作詩，朱子《感興詩》中論小學一篇，即其遺意也。余故於是編，以此詩爲主，并載古人韻語之切於幼少者，終之以《童蒙須知》。（李縡《陶庵集》卷二四《童子

朝夕歌跋》）

九峰處士趙公鳴殷，字汝衡，楊州人。……方知義理無窮，所恨來日無多耳，且仿朱子《感興》餘意，作詩以述其志。（李縡《陶庵集》卷五〇《處士趙公行狀》）

愚所謂一存一處者，非欲求異於「滿體皆心」等説也，欲得其主宰所存處耳。批誨云：先賢所謂「腔子内外都是心」及「神光燭九垓」者此也。愚意，先生以此爲在此而彼亦不虚之證，則心雖宅於心腎，而腔子内外至於九垓，亦皆不虚也。若然，伊川何以曰「他人食飽，公無餒乎」；朱子何以曰「莽蕩蕩無交涉」；退溪何以曰「舍樞紐大本之所在」也。神光所燭，信有如《感興詩》語，而光者是心乎，燭之者是心乎？日昇於天，光燭六合，火燃於室，光燭四壁。光之所出，必有自矣。比之於心，在堂而燭室乎，在室而燭堂乎？其隱顯俄頃之間，必有可得以言者矣。（李瀷《星湖全集》卷九《答李畏庵》）

夫人心之有危殆，有七情故也。若無七者之熾蕩，飢寒痛痒之心，何以謂「惟危」？始知人心道心、四端七情，即同一説話，而先生所謂七情氣發之氣，亦只是程子所謂「觸其形」，朱子所謂「生於形氣」之義，與《感興詩》所謂「人心妙不測，出入乘氣機」之氣不同。何以明之？善言天者必驗於人。（李瀷《星湖全集》卷一四《答權台仲乙丑》）

理如將帥，氣如卒徒，故朱子又曰：「理有動静，故氣有動静。」若理無動静，氣何自而有動静？雖無先後之可言，其所以動静在理也，《感興詩》云「人心妙不測，出入乘氣機」是也。其曰「滿腔惻隱之心」，何也？心雖在此，光燭在彼，亦所謂「神光燭九垓」也。（李瀷《星湖全集》卷三一《答禹大來徵泰辛巳》）

且夫包犧氏受圖畫卦，亦無所考，恐後人臆强爲説。《大傳》豈不云乎：「仰則觀象於天，俯則觀法於地。觀鳥獸之文，與天地之宜。近取諸身，遠取諸物。」於是始畫八卦，以通神明之德，以類萬物之情，其所取極廣，何嘗云「河圖」乎？《感興詩》曰：「皇羲古聖神，妙契一俯仰。不待窺馬圖，人文已宣朗。」朱子之意亦如此。余信經而舍史，此其斷案也。（李瀷《易經疾書·易説》）

朱子《齋居感興詩序》謂，陳子昂自託仙佛，今考陳詩有仙而無佛，不知序中所指是何語，更詳之。（李瀷《星湖先生僿説》卷三〇《詩文門》「感興詩」條）

朱子「方塘詩」但以心之本體言也，該論本末，則靜時少而動處多。余敢從而續之曰：「方塘活水自源源，風蕩波驚便易渾。到得靜時塵滓定，原初光景始應存。」此以衆人功夫處言也。退溪詩云：「露草夭夭繞水涯，方塘活水浄無沙。雲飛鳥過元相管，只怕時時燕蹴波。」波者，指外物。外物之至，聖人何惡焉，但吾之心體不動耳。以物喻心，惟明鑑止水爲切近。然鑑體不動，而無應物之迹；水勢易動，而無内明之驗，皆非的證也，外此更無物可況。余嘗有詩云：「池虚不受一塵輕，活水停泓澈底清。不妨物觸波微動，依舊天雲影自明。」非敢貳於前賢，即述其餘意耳。又《齋居感興詩》云：「恭惟千載心，秋月照寒水。」不知月者是心，水者是心，又不知和兩物而喻其清明耶？月之照水，影在水中，而光明澈外，或者以此故耶？常所疑晦，故漫録之。（李瀷《星湖先生僿説》卷三〇《詩文門》「朱子退溪詩」條）

今爲心純善之論者，以《感興詩》「人心妙不測，出入乘氣機」一句爲證，以心與氣機爲二物，而以心乘氣也。所謂氣機，即心之機也，非心外別有一機也。（韓元震《南塘集》卷二〇《答權亨叔丁卯八月別紙》）

烏川鄭公華見與余官桂坊。間以其江齋之號「水月」者，求爲之記。夫「水月」之義，蓋據《感興詩》所謂「秋月」、「寒水」云者而約取之，則固千聖相傳之心訣也。惟公華資性明粹，學於家庭，淵源最正，宜於聖人之精藴，窺測有素，故能誦味是詩，要與發揮如此，不亦善乎！（安重觀《悔窩集》卷六《水月齋記》）

「微陰眇重淵」，按：此朱子《感興詩》句，而「重淵」即「重泉」，唐時避高祖諱稱「重泉」。（金在魯《禮記補注》）

金常夫問宗兄元行甫，謂心與氣質同在方寸，但指其虚靈底心，善惡底氣稟。引《感興詩》「人心妙不測，出入乘氣機」爲證，曰：「人心之不測，乘此氣機，則心氣之分，蓋可知也」云云。○心是氣之靈而神妙無方，故曰「人心妙不測」。其氣之靈，不離其氣。氣之動静，靈亦隨而出入，故曰「出入乘氣機」，非如「人乘馬，理乘氣」之以此乘彼也。蓋「不測」以靈底言，「氣機」以動静言，不過就一物中，所指不同。今謂心與氣稟有辨者，必曰超是氣，别有神底地位，無怪乎以此爲證。然殊不知天地間，只有一理一氣而已，非理即氣，非氣即理，豈有非理非氣，而别有一物者乎？

……天地之間，非理則氣，非氣則理。其以虚靈，謂非氣非理也，則無此道理。言者之意，決不如此。若曰：「非氣也，則果以爲理耶？」如以爲非理也，氣也，而必欲與方寸所具之氣貳之，則此又是何等氣耶？必欲虛靈與氣對待而并立於方寸之中，則其勢不得不如巍巖二心之病矣。其引《感興詩》者，似亦非朱子本意也。蓋聖賢所言心者，有兼理言者，有單指氣言者。《繫辭》「不測之謂神」，《正蒙》「兩在故不測」，皆指理之乘氣者而言也。此所謂「妙不測」，亦指心之兼理而言，蓋以爲凡言人心兼理氣故不測，而於乘此心氣而出入者，可見其不測之妙云也。實如孟子仁義之良心，由夜氣之清與否而存亡之也。朱子之意，非於一個氣中，分人心與氣機，貳之爲虛靈與氣質而謂兩個心也。此皆不究前言，攬作己意之病也。盛書其心與氣質貳之之辨則誠好，而以朱子詩「人心妙不測」專屬氣言則恐不然。更商之。（尹鳳九《屏溪集》卷一一《答沈信夫戊辰》）

《太極圖説注》：「動静者，所乘之機。」《感興詩》又言：「出入乘氣機。」「機」字本從「氣」字言，於理不襯，必下得失照勘也。「名義」二字亦不襯，改以道理如何？末端心之含萬理之妙，以一宰萬之德云云，皆是好語句。先生此句極是明白。「其誰」、「以此」二端，謂心本二個物事者也，此不須慮也。（尹鳳九《屏溪集》卷三八《宋絅汝栗谷人心道心圖説講説》）

《感興詩》曰：「恭惟千載心，秋月照寒水。」群聖相傳，惟此心學。（尹鳳九《屏溪集》卷四三《崇化書齋記》）

宜春南秀才雲舉，質美而嗜學。前月初，自晉陽訪纍人於晞陽蟾湖之上，猥以執經請益爲事。聽其言，察其心，蓋有異乎世俗之士之所志也。纍人罪廢流落，重之以疾病，平日所聞於師友者，忘失殆盡，既無以一言相啓發，又不能自力講討。留十數日，僅讀《大學》及朱子《感興詩》，又方讀《中庸》未畢，而以歲暮，奉其大人命，告别而歸。纍人甚愧其虚辱遠顧，且不勝悵然之懷，用古人贈言之意，以絶句二章奉送其行云：

窮途甚愧遠相求，攻苦寒窗一月留。歲暮别離仍卧病，滿江雲樹不勝愁。

千古儒家自有門，精思實踐是要言。若將四子潛心久，他日應須見本源。（金聖鐸一六八四—一七四七《霽山集》卷二《贈别南生雲舉國鵬并序》）

上之十四年戊午秋，余自耽羅，蒙恩撤棘，移配於光陽縣。越明年五月，族子江漢爲問余，跋涉六百里而來，仍留處五十餘日。其間講《大學》《中庸》《朱子行狀》《西銘》《感興詩》諸篇，朝夕飯一盂麥，菜藿數器而已。（金聖鐸《霽山集》卷一三《贈再從姪江漢序》）

心之爲物氣之靈，離氣論心説不成。妙處氣機非二物，乘之一字著來輕。「乘」不過因字之意，非如人乘馬、理乘氣之「乘」。（沈潮《静坐窩集》卷一《一種議論，以心爲氣外别物，而以〈感興詩〉「人心妙不測，

出入乘氣機」之句爲證，甚不是也，詩以下之》）

渼陰宗兄謂心與氣質，同在方寸，但指其虛靈底心，善惡底氣稟，引《感興詩》「人心妙不測，出入乘氣機」爲證云云。

心是氣之靈，而神妙無方，故曰「人心妙不測」。其氣之靈，不離其氣，而氣之動静，靈亦隨而出入，故曰「出入乘氣機」。「乘」即因字、隨字之意。因字、隨字，亦有二物相乘之嫌，活看可也。非如人乘馬、理乘氣之各是一物，而以此乘彼也。蓋不測，以靈底言；氣機，以動静言。不過就一物中，所指不同，譬如火之光明，隨其氣焰而或動或静也。光明氣焰，所指雖不同，豈可曰除是氣焰，而别有所謂光明乎？大抵由其妙，有心之名。然妙處固心，氣機獨非心乎？既曰心，又曰氣機，有似乎二物，而其實一物也。今謂心與氣稟有卞者，必曰超是氣，别有神底地位，無怪乎以此爲證。然殊不知天地間，只有一理一氣而已，非理即氣，非氣即理，豈有非理非氣而别爲一物者乎？此正佛氏「長空一片」底意思也，既不識心，又不識此詩，何足多卞。（沈潮《静坐窩先生集》卷五《答金常夫别紙丁卯》）

曾氏《史斷》曰：「司馬公法《春秋》而作《通鑑》，子朱子因《通鑑》而修《綱目》。」其所謂法《春秋》而作《通鑑》之説，司馬氏雖無《春秋》正大之筆法，因周室之微而作褒貶之書，則謂之法《春秋》可也。

而至於因《通鑑》而修《綱目》云，則朱子之事，與温公不同。蓋周室東遷，號令不行於天下，故孔子因魯史記，以寓一王之法。至威烈王東遷已二十世，王室愈微，三晋大夫弑君而分其國，人倫之變極矣。天王不惟不能命方伯討亂賊，而乃反列於諸侯，故司馬氏作《通鑑》，發源於此，以法《春秋》之自東遷爲始，所謂法《春秋》而作《通鑑》者則是矣。而司馬氏《通鑑》，多有可議者矣。黜帝室之胄，而以鬼蜮之篡賊，接東漢之統；去嗣聖之年，而以牝雞之淫婦，亂唐家之緒。朱子深爲温公惜之，而但其威德，素所尊敬，故常婉其辭。其於《資治通鑑舉要曆後序》，則以書之顯晦，關於時運爲言；其於《資治通鑑綱目序》，則以不自料，輒與同志，因兩公司馬温公、胡文定公、四書司馬公所作《通鑑》《目録》《舉要》合三書，胡公《舉要補遺》若干卷，别爲義例，增損檃括，以就此編《綱目》云云。其於《感興詩》五章、六章、七章，則致不滿於温公之意可見矣。何北山公曰：「五章、七章，皆是爲温公《通鑑》而作。温公此書，欲接《春秋》，而一時區處，間有未盡善者。五章言『託始』之意，失於先幾，蓋自胡致堂發之，文公亦謂其然。六章、七章所指君臣之綱，不可易者，而篡逆之繼漢統，淫婦之亂唐緒，此則大失也。如言歸罪於晋史，而望後賢更張，則所以望公也。既不能然，則歎無魯連以致悲傷之意。罪歐陽以周亂唐，美范太史削武氏，謂其得《春秋》一二策，而其説受之伊川。温公書武氏於《通鑑》，亦不能改六一翁之舊，此義伊川亦嘗言於温公。此皆朱子不滿温公言外之意，而其言婉切，人不知爲《通鑑》而發也。」已上何氏説。以此觀之，則《史斷》所謂因《通鑑》而修《綱目》云者，豈知朱子之心哉？（趙天經《易安堂

集》卷四《讀史諸辨·因通鑑而修綱目辨》）

來教謂氣機即靈覺變動底，此愚之所聽瑩也。今且以愚所引《感興詩》一句言之，其曰「人心妙不測」者，以神明之體段而言也；其曰「出入乘氣機」者，以氣質之變動而言也。竊原朱子之意，蓋以此心之動，因氣機而作用，故不免有「淵淪天飛」、「凝冰焦火」之憂也。然則心與氣機，合有分別，而今曰氣機即心，未知如何。（俞肅基《兼山集》卷三《答朴黎湖》①）

彼爲心即氣質之説者，專以清濁美惡，蔽論此心，故愚引《感興詩》一句爲證。蓋既曰人心之出入，乘此氣機，則心靈與氣機，合有分別。氣機非心，則氣質之非心可知也。且心之能事，不過知覺，則知覺即是心，而前教謂氣機即知覺變動底云，故妄以氣機即心，未知如何奉質矣。如今來教，則謂心乘氣機，而氣機爲心之所乘，其分有如是者。區區鄙見，正亦如此，自幸其不悖也。（俞肅基《兼山集》卷三《再答朴黎湖》第二條）

① 又見朴弼周《黎湖集》卷一〇三《答俞子恭書》。

近讀《感興詩》，遂不免改却前見，以爲心與氣機，不能無分别。若心之於氣機，當體便是，則當曰「出入即氣機」，不當曰「乘氣機」故耳。蓋心也者，以精爽之神明而言也；氣機者，以此氣之變動而言也。心必有是氣機，然後可以憑依而作用；氣機必有是心，然後可以主宰而管攝。此二者之必相須而行也。（俞肅基《兼山集》卷三《再答朴黎湖》第三條）

心雖屬氣，其體段之微眇，幾與此性無辨。語其分則自是鬼神坐地，初無形象之可模捉，故極其形容，不過曰虚靈而已。其與氣質之有迹可尋者，精粗本末，迥然不同，特其發揮運用之力，不能不有藉於氣質耳。愚於《感興詩》中得一句的證，曰：「人心妙不測，出入乘氣機。」心果氣質，則以爲氣質乘氣機，其果成説乎？心與氣質之分，亦決於此而已矣。（俞肅基《兼山集》卷九《韓南塘心字説辨戊午》）

來諭以《感興詩》「人心」之「心」字，謂兼理氣言，而釋「乘氣機」三字曰：「猶言發之者氣也。」其説出朱子本意，可謂十分精密矣。愚向以天地之氣機，臆解以報，而即考全篇，下句命意，分明就人心發用處説來，已自覺其非矣。（姜奎焕《賁需齋集》卷四《答沈信夫》）

《集注》説：「泛然觀之，則心與德似有分間。」然朱子本意，則初非分別言之也，故朱子於仁，説曰：「仁者，天地生物之心，而人得以爲心。」《感興詩》曰：「恭惟皇上帝，降此仁義心。」此非直以仁義爲本心者乎？（楊應秀《白水集》卷三《答梁恭伯學謙》）

應秀嘗得見何北山所注解朱子《感興詩》第三「咏心章」説，蓋亦全不識朱子之本意者也。由是觀之，則我朱子之統，不待一再傳，而已失其真矣。（楊應秀《白水集》卷七《補亡章諸儒説辨》）

北山何文定曰：此章言人心出入無時，莫知其鄉。「凝冰」、「焦火」，則喜怒憂懼不常之心也；「淵淪」、「天飛」，則奔逸不制之心也。皆氣之所爲，孟子所謂「放心」也。惟聖人之心，能自爲主宰，如元化之能宰制萬有，故曰「秉元化」也。昔人謂氣爲馬，心爲君，心之出入，蓋隨氣之動静，如乘馬然，故曰「乘氣機」。惟心君則能爲之主宰政事①，此之謂「動静體無違」。此「體」字②，如以身體道之「體」，蓋其一動一静，此心無不醒定，不曾離這腔子内，此之謂③體。曰「無違」者，謂雖動静萬變，

① 「事」，原脱，據何基《解釋朱子齋居感興詩二十首》補。
② 「字」，原作「守」，據何基《解釋朱子齋居感興詩二十首》改。
③ 「謂」，原作「爲」，據何基《解釋朱子齋居感興詩二十首》改。

而無少間斷也。惟其静而常能體之，故和順積中，見面盎背，如玉潤山，珠媚川也；惟其動而常能體之，故神完思清，明無不達，而能燭九垓、徹萬微也。如此豈復有前二者之患？然此聖學也，自世教非古，没一世於詞華利欲之塗，聖賢傳心之要，雖具在方册，而棄爲塵编，曾不顧省。於斯時也，有志於道者，將安歸乎？此所以重發紫陽之歎息也。

按：何氏此注，語多鶻突，非惟不足以發明詩意，適足以晦之，可惜！蓋詩中所謂「元化」，乃指人之得於天之本心而言也。此心之本體，便是上天元化之體也。觀《朱子語類》論心性等説，可知其然也。今何氏釋「秉元化」之義曰：「聖人之心，能自爲主宰，如元化之能宰制萬有。」是以聖人之心，與天之元化，看作二物，而以秉元化爲譬諭之言，是豈爲知朱子之本意者哉！其釋「體無違」之「體」字，則曰：「此『體』字，如『以身體道』之『體』。」是則然矣，而其下即繼之曰：「蓋其一動一静，此心無不醒定，不曾離這腔子内，此之謂體。」此則不復爲體道之義，而反爲體腔子之義也。其釋「體」字，既如是不明，則下段所謂「静而常能體之，動而常能體之」者，體個甚？又釋「無違」之義曰：「『無違』者，謂雖動静萬變，而無少間斷也。」此亦非所以釋「無違」之義也。蓋「無違」者，如「不違仁、不違則」之「不違」，蓋言聖人能體元化而不違也。能體元化者之心，固能無少間斷。然而動静萬變而無少間斷，釋「無違」二字之義，則未見其成説也。如此注説，若不改正，則吾朱子興歎明心之旨，其將黜昧矣。肆余敢忘僭越，而更注解詩意如左，以俟後之君子。

人心妙不測　心者，在天之神，在人得血氣，而能知覺運用，以主宰一身，酬酢萬變者。朱子曰：「草木之生，自有個神，他自不能生，在人則心便是，所謂『形既生矣，神發知矣』是也。」故曰「妙不測」。

出入乘氣機　氣機，血氣也。

凝冰亦焦火，淵淪復天飛。　凝冰，懼也；焦火，怒也。淵淪、天飛，謂奔馳無常，莫知其鄉也。此兩句，言知覺從血氣私欲上去，而情意之發，皆失其正也。何氏以爲孟子所謂「放心」者，是也。

至人秉元化　至人，聖人也。秉，如「秉彝」之秉。元，即所謂「大哉乾元」之「元」。化，即所謂「乾道變化」之「化」。元化，指得於天之本心而言，本心便是乾元造化之體也。程子謂：「『上天之載，無聲無臭』，其體則謂之易，其理則謂之道，其用則謂之神。」朱子曰：「『其體則謂之易』，在人則心；『其理則謂之道』，在人則性；『其用則謂之神』，在人則情也。」故謂之元化也。秉元化，言秉執其本心也。

動靜體無違　體，如「君子體仁」之「體」，言至人一動一靜，無不體元化也。無違，如「三月不違仁」之「不違」。但不違，用力而不違也；無違，自然無違也。言聖人常體元化，而未嘗有違也。

珠藏澤自媚，玉蘊山含輝　此兩句，譬靜時體元化之氣象。

神光燭九垓，玄思徹萬微　此兩句，言動時體元化之功效。而於此，始著「神光」字，以明心之爲神，此是朱子之文章也。

塵編今寥落，歎息將安歸　此則何注得之，當從之。（楊應秀《白水集》卷八《〈感興詩〉第三章

注解》)

公諱柱國，字國卿，姓沈氏。……每夜月上梧桐，輒彷徨於堂中或庭畔，朗誦《易》之《乾卦》，或朱子《感興詩》。(楊應秀《白水集》卷一五《收心齋沈公行狀》)

皓月澄江依舊照，如何人事異前時。可憐寂寞清溪洞，無與高吟《感興詩》。(楊應秀《白水集》卷一六《哀沈處士》)

問：「末段朱子注曰：『孟子引之，以明心之神明不測，得失之易而保守之難。』心既神明之物，則似必無過誤，而其得失之易而保守之難，何也？」曰：「朱子《感興詩》曰：『人心妙不測，出入乘氣機。凝冰亦焦火，淵淪復天飛。至人秉元化，動静體無違。』知此詩者，可與言此《集注》之義也。」(楊應秀《白水集》卷二三外集《孟子講説·牛山之木章》)

《齋居感興詩》曰：「聖人司教化，黌序育群才。因心有明訓，善端得深培。天叙既昭陳，人文亦褰開。云何百代下，學絶教養乖。群居競葩藻，争先冠倫魁。淳風久淪喪，擾擾胡爲哉。」朱子之言科舉之弊，而興歎慨惜者，若是丁寧懇至。而後世人主，猶循常習舊，莫或變改，是以其政，率皆姑息汚下，無復能復三代之治者，可勝惜哉！《書》曰：「學於古訓乃有獲。事不師古，而①克永世。」非説攸聞，後之爲人君者，盍師朱子之訓也。（楊應秀《白水集》卷二七《宗朱編上》）

《齋居感興》「冠倫魁」，揚子《法言》五百篇有「冠乎群倫」之文，蓋聖人首出群類之義也。先生引之，以喻科第居魁者，即冠倫之魁，而世人争先也。一原，《陰符經》有「絶利一原，用師十倍」之文。朱子解以絶利者，絶其二三。一原者，一其本原。豈惟用兵，凡事莫不皆然。「倍」如「事半功倍」之「倍」。此詩所云「發憤永刊落，奇功收一原」者，即「絶利一原」之義。而「奇功」字尤與功倍之功合。且先生書牘中援用「絶利一原」處多，此詩引用此文無可疑。（閔遇洙《貞庵集》卷一五《雜識》）

《感興詩》：朱光遍炎宇，微陰眇重淵。寒威閉九野，陽德昭窮泉。文明昧謹獨，昏微有開先。幾微諒難忽，善端本綿綿。掩身事齋戒，案：《月令》：夏至、冬至，君子齋戒，處必掩身。及此防未然。案：此一句兼冬至、夏至説。閉關息商旅，絶彼柔道牽。案：《姤》之初六「繫於金柅」是也。（柳正源《易解參考》）

① 「而」，《尚書·説命》作「以」。

（十月）與諸生講《感興詩》。（宋明欽《櫟泉集》卷一九《年譜》「己卯，先生五十五歲」條）

日，宣城李若天氏袖一册而示余曰：「此我曾祖考孤山先生之手書，而賜先君子者也。先君子晚年，又以是授余曰：『記余在童子時，受此册於王考膝下，命之曰：「爲人之道，略備於斯，惟汝其勉之。」余雖不能仰副王考書賜意，而平生受用之原，要不外乎是矣。今以是授汝，其服膺而勿失也。』先君子之言，今在耳而髮種種矣，汔無得也。象辰大懼不克承先君子傳授旨意，俯讀仰思，汩焉若將不及。子其爲我序之，有以警策之也。」余拜受而敬玩之，即朱夫子所編四子書，而名之曰《近思録》者也。訖寫之後，又以隙紙書古人詩文若干首，附以顔魯公筆蹟，詩則朱夫子《感興詩》及杜草堂詩，文則諸葛武侯《出師表》、韓昌黎文及范希文記二首。（趙普陽《八友軒集》卷四《書李若天家傳近思録後》）

合四編爲一帙，其下附以朱子《感興詩》、諸葛忠武侯《出師表》《梁甫吟》、杜拾遺詩、顔太史筆、韓昌黎詩文、范希文《岳陽樓記》《嚴先生祠堂記》。（李象辰二《下枝遺集》卷四《近思齋記》）

權童子宗成學於余，袖片紙請謄受東人近體，余爲寫朱子《感興詩》第十八章、楊龜山《此日不再得》詩以歸之，俾朝夕歌誦，不知童子能解此意否。夫適千里者，舉趾於几席；升九級者，振襟於庭際。學之漸驟，何以異是，未有蒙養之不端而能底於遠大者也。（李象辰《下枝遺集》卷五《贈權童子宗成》）

劇暑伏惟侍歡增福，所用力方在何書。拜違顔範，已近十年，區區慕仰，實不能自堪也。弟奉老粗遣，而眼疾遇暑添劇，捐書几坐，頓無意味，欲一意用功於本源上，而亦每爲浮念所攪擾，苦未見虚明氣像，可悶！且如義理大頭腦，舊日所自謂脱然無疑者，往往更生疑惑，不得通曉。此豈舊見本是再數廊柱而然耶？抑亦積思頗久，將或有尺寸之進耶？殊不勝憤悱，然姑不可形諸紙墨，若或賴天之靈，幸有彷彿契悟處，則當具説以奉禀也。《感興詩集覽》，草草輯録，想多疏繆，承蒙籤教，欣幸無已。（任聖周《鹿門集》卷二《與櫟泉宋兄七月》）

大居敬、貴窮理及《感興詩》書入皆好，無乃桂坊所陳，有所啓發而然耶？大抵善爲開導，得邸下誠心向學，最爲緊切耳。（任聖周《鹿門集》卷一〇《與舍弟穉共》）

《感興詩》末篇「發憤永刊落，奇功收一（源）〔原〕」一句，於邸下甚切。蓋「絶利一源，用師十倍」，是《陰符經》語，而朱子平日甚喜之，屢舉於學者，不可不一陳之，須一取而細玩之，然後善爲敷衍，明白陳説可矣。（任聖周《鹿門集》卷一〇《與舍弟穉共十一月》）

世子曰：「伊川説教之歌舞云云，恐有流弊矣。」臣曰：「樂之爲用甚大。古者小學，教人歌舞，如舞勺、舞象是也。《論語》曰：『成於樂。』三代以後，樂教廢失，故成材爲難。程子此語，非欲教之世俗淫樂也，欲仿三百篇作爲韻語，略叙灑掃應對、事親事長之節，使之朝夕歌之。此意甚好，未見其有害矣。其後朱子仿襲此意，作詩數篇，今見《感興詩》，可考而知也。」世子曰：「《感興詩》見《大全》乎？」對曰：「然矣，而亦見《濂洛風雅》，略有注語矣。蓋效陳子（仰）〔昂〕《感遇詩》，凡二十篇，而其中數篇説此事矣。」（任聖周《鹿門集》卷一八《書筵講義英宗二十六年庚午十二月戊子》）

今夫天子中天下而立，爲四方之極，正如一心之爲主於中。論天子之名義，則受命於天而代天莅物，以統御區宇、愛育群生爲職，正如心中所具之理以愛人、利物爲主也。即天子一身分上，具此道理，非有假借於外，亦如心具此理，完全自足，非有待於外。然論天子之職責、體面，則即此一身爲天地萬物之主，四海之内、兆民之衆，皆其度内，亦如此心之理完全自足於内，而與天地萬物爲一體也。謂天子爲群生萬物而有，則是以仁爲爲天地萬物同體而後有也。謂群生萬物各各來萃於天子身上，又謂天子一身東騖西逐，去管群生萬物，則是以天地萬物爲來入於吾心，又以此心爲去管他家物事也。朱門諸公皆以天子爲區宇、群生而有，故朱子明夫天子自是統理、愛育之主，不可以爲爲區宇、群生而有天子也。至此書所言，則如謂天子自是統御、愛育之主，此理具足於天子身上，既是主統御、愛育之責，則其體段，當與天地萬物爲一體。若使天地萬物有些闕虧，豈不虧欠了天子之體段邪？有形之譬，固不精細，然朱子亦以天子譬心見《感興詩》，故敢此立説，幸乞照破如何？（李象靖《大山集》卷一二《重答别紙》）

族兄以爲心與氣稟，同在方寸，但指其虚靈底心，善惡底氣稟，引《感興詩》「人心妙不測，出入乘氣機」爲證，曰：「人心不測，乘此氣機，則心氣之分，蓋可知矣。」又以爲《中庸》「鬼神之德」一句，皆當兼理氣看。德是兼理氣，鬼神不可異同看，引朱子説不可釋鬼神與德爲證。（金謹行《庸齋集》卷五《上師門書》）

兪公攙引《感興詩》「人心」、「乘氣」者，作爲心與氣分歧之證，而此所謂人心亦有合商量者。蓋此「人心」云者，本非單指虚靈者，即兼指本性者，則此正朱子所謂「本心」，孟子所謂「仁義之心」也。此「心」字本以虚靈帶理而言者也，帶理然後方可言乘氣。若只是虚靈之氣，則毋論精粗本末，均是氣也。以氣乘氣，其果成説乎？若或有以氣乘氣之道，則朱子論氣之説，《語類》及《大全》不啻千言萬語，何其無一言相近於此哉？而獨於「寂寥」詩句中，若是模糊爲説乎？況「人心妙不測」，即章句所謂人之神明，妙衆理而宰萬事者也。妙是妙合之意，宰是不測之意，此豈非本心之證乎？蓋其失誤見於人心之全屬虚靈之致，可不惜哉！（金謹行《庸齋集》卷一一《俞兼山辨南塘心説辨》）

問：「心與氣稟同異。」答：「心與氣稟同在方寸之中，而心是善底，氣稟是善惡底。此心之發，必乘氣稟而發，故朱子《感興詩》以爲『人心妙不測，出入乘氣機』者是也。」（金謹行《庸齋集》卷一一《石橋問答》）

先生嘗論未發之中曰出，則不是；此言已發則不得謂中也。既以發爲出，則心有發未發，而不可言出入者，亦豈爲端的之義。胡文定之起滅，《敬齋箴》之「動静」，《感興詩》之「出入」，何莫非指心之出入而言耶？（金柢行《密庵集》卷一一《二程全書付籤》）

太極爲萬化之樞紐，人心爲萬事之樞紐，故先儒以人心爲太極，後人誤解之，遂疑未發之前有理無氣。夫未發之前，氣機淵静，如水不波；已發之後，氣機妙運，如水流行，一動一静，皆氣機之所爲而理主宰乎其中。故朱子《感興詩》曰:「人心妙不測,出入乘氣機。」豈有無氣之理寓於方寸乎?(徐命膺《保晚齋集》卷一六《蠡測篇》)

公諱聖周,字仲思,其先豐川人也。高麗時,崇僚顯位累累不絶,入我朝世襲冠冕……爲文章醇贍明潔,形道測理,詞采絢麗。所解朱子《感興詩》一卷行於世,踵尤翁補成《朱書劄疑》八卷,又有《書牘劄記》雜著數十卷,多前人所未發也。(李敏輔《豐墅集》卷九《鹿門任公墓誌銘》)

昔胡澹庵以朱紫陽置諸十詩人之選,紫陽耻之,不復爲詩。然紫陽《感興詩》,高出於陶靖節、陳拾遺之上。君子雖不欲以一藝名,何嘗不爲詩也。(李獻慶《艮翁集》卷一九《順庵安君百選詩序》)

公諱攸之,字子有,姓崔氏。……嘗讀朱子《感興詩》及《武夷九曲歌》,愛其切於日用而明於進道之序,注釋而發揮之。(洪良浩《耳溪集》卷三一《艮湖崔公墓碣銘并序》)

先賢尋常説涵養本原止本原工夫如何?枝葉工夫如何?

竊嘗詳考從上聖賢議論,以此心主一身宰萬化,故指心爲本原。既以心地爲本原,則凡此心之發見於威儀文辭處，皆可以枝葉言之。《感興詩》終篇有云：「曰余昧前訓，坐此枝葉繁。發憤永刊落，奇功收一原。」恐是此意。然本末精粗，初無二致。本原工夫，固當篤實；枝葉工夫，亦不可疏脱。但下工有輕重，施手有緩急，方是全備，未知此意如何。（李宗洙《后山集》卷六《答金道彦別紙》）

問：「嘗聞逋軒翁謂《感興詩》『微月墮西嶺』數句，是興體，不可專作比體言，是如何？」曰：「謂之興體固好，但『太一有常居』以下，乃比之人心耳。」按此篇乃咏歎天象，以明人心之體用，正《中庸》章句所謂『言天地之道，以見聖人之德』者也。但止於三辰環侍，而不言寂感無方，則學者難得領會，故以「人心」結之，亦聖賢吃緊之意也。（李宗洙《后山集》卷一三《記聞》）

「奇功收一原。」問：「仁山金氏引《語類》所論《陰符經》『絶利一原』之語，解『收一原』之意，但謂收其一其原之功，則語頗生梗，只作本原之義看如何？」曰：「《語類》固可據，然作本原大原之義看，似長。」（同上）

右朱夫子《齋居感興詩》第十七八九三篇，一言聖人設教，後世詞章之弊；二言小學養正之功；

三言過時而學者，收心養性，以爲進學之基本，莫切於幼學趣向之方焉。駜也今年十四，正小學養正之時，而資性好動，俗習漸染，浮夸競躁之風，所宜早戒；遜弟保養之道，尤須豫教。書以與之，令諷誦涵泳，庶幾爲感發興起之一助。（李宗洙《后山集》卷一六《書與駜孫古訓要語後癸丑》）

朱子《齋居感興》是論學之詩，而諸家注解，雜亂無倫，於是集諸儒之訓釋，名曰《感興詩諸家注解》。（李宗洙《后山集》卷一八附李宇綱《遺事》）

「祈招齋」命義，本文未考。雖不敢質言，然尤翁本意似用《感興詩》中「不有《祈招》詩」一句語。（任靖周《雲湖集》卷一《答李判書伯訥敏輔庚戌》）

公諱聖周，字仲思。晚居公州之鹿門，學者因號焉。我任系出豐川，本中國紹興府慈溪縣人。高麗時有諱溫以銀紫光禄大夫，始東來著籍。……公爲文贍暢明白，不假藻飾，而詞彩粲然可讀，尤善於論理談經，雖精義所在，有時若不經意，立就數百言而辭約意盡，無容更議，儘乎有德者必有言也。平生於朱書，用力最深，嘗以《感興詩》二十篇，實爲學者治心進學之要，而諸家注解多汗漫失旨，遂爲之折衷，而間附己意，名以《集覽》。（任靖周《雲湖集》卷六《仲氏鹿門先生行狀》）

朱子《感興詩》曰：「人心妙不測，出入乘氣機。」心是乘氣出入之物，則心與氣其果無别乎？故吾以爲屏溪「心即氣質」之説誤矣。胤源曰：「虚靈之氣，非氣質之氣，則是正通之氣歟？」先生曰：「亦非正通之氣，只是虚靈之氣也。」（朴胤源《近齋集》卷三二《渼湖金先生語録》）

《感興詩》「一原」注，乃引體用一原。噫！觀於「啾喧」、「言辭」、「枝葉」、「刊落」之語，則明是用《陰符經》中「絶利一原」之語也。何北山注解不啻明白，而别出意見，以體用釋之者，全不成語勢文理。至以爲「《感興詩》末復合爲一理，此《中庸》之義」云者，不知何等説也。（李萬運《默軒集》卷五《辨一原》）

蓋自達磨入中國，九年面壁之時，其徒推演師旨，已有即心即佛之説，朱子《感興詩》所謂「捷徑一以開，靡然世争趨」者也。（金相進《濯溪集》卷一《答任稚共》）

竊嘗見朱子曰：「心者氣之精爽。」又曰：「孔子言『操存舍亡，出入無時，莫知其鄉』四句，以『惟心之謂』結之，正是直指心之體用，而言其周流變化，神明不測之妙也。」又《感興詩》曰：「人心妙不測，出入乘氣機。」勉齋解之曰：「心固是因氣成，便是活妙者。」是言其忽然出入，無有定處。由此觀之，可知心者畢竟是氣底，不可泛以合理氣論也。是以朱子獨於操存舍亡下，特言其説得心之體用始終，真妄邪正，無所不備。今辨心理氣者，只當以孔子此言爲主，而不當攙入他説也。且夫合理氣之説甚疏矣。彼其草木禽獸之心，孰非合理氣，而何故或全塞而不通，或只通一路明，絶不似人心之神妙而虚靈乎？此無他，人心之最爲虚靈者，以秀氣之貯得此理而然。而就人而論之，聖人之心，湛然虚明；衆人之心，昏蔽難開。由其秀氣之中，亦有清濁之不齊故也。然則所謂心者，當如何而用工也？曰凡論理氣，雖有分屬，亦必理爲之主，則所貴乎操存者，以其能以理御氣，而使不至妄動耳。豈可任其所爲，而諉曰此心之體本屬氣事而然乎？程朱所論敬貫動静之説，於是乎備矣，愚何敢贅焉。（鄭宗魯《立齋集》卷一九《答李聖應心理氣辨》）

先生諱宗洙，字學甫，真寶人。始祖碩，以縣吏中司馬贈密直使，有子子修，高麗末，以功封松安君，始居安東。至諱禎，善山都護府使，於退溪先生爲曾祖。……其論著也，未嘗有意爲之，而其關於日用而不可忽者，輒隨手輯録。四子書爲初學入頭處，而葉氏注未免草略，乃於《朱子語類》，采其關於四子書者，名之曰《近思録朱語類輯》。朱子《齋居感興》是論學之詩，而諸家注解，雜亂無倫，於是乎集諸儒訓釋，名曰《感興詩諸家注解》。（李㙖《俛庵集》卷一二《后山先生李公行狀》）

試以古人之所比方於風雅者而觀之，有曰：《大順城銘》庶幾《出車》《采薇》之作，《齋居感興》恰似「天生烝民」之詩。（崔興璧《蠹窩集》卷九《策題・濂洛風雅》）

公姓崔，諱東嵂，字鎮伯。……公自乙巳至癸丑，往來請業，未嘗或闕，如《孟子》《小學》《通鑑》《敬齋箴》《感興詩》，皆其所傳習。（崔興璧《蠹窩集》卷一一《五代祖考茶川府君家傳》）

恭愍王之在元也，命齊賢權斷國事。十年秉政，人無間言，則此可見齊賢事功之大，而兼之以忠愛至誠也。及其覲王江南，奉使西蜀，所至題咏，膾炙人口。嘗過則天墓，有詩曰：「歐陽儘名儒，筆削未免失。那將周餘分，續我唐日月。」後得朱子《感興詩》而自驗其吻合於考亭之論。至如諸作，文詞渾厚博大，清遒典雅，亦皆傳播於中國。（李樹仁《懼庵集》卷四《龜岡書院請額疏》）

心氣質之辨，後生孤陋，雖不得見彼此文案，然以意度之，心氣之靈而主宰乎方寸者也，氣質氣之粗而遍滿乎百體者也。其位置各自不同，則烏可混而無辨乎！心氣質無辨，則心之爲物，元來兼有善惡矣。然則此心未發之前，亦可言惡可乎！許多説姑且置之，只看「浩然章」志氣之帥也，氣體之充也。《感興詩》「出入乘氣機」等語，可知其得失。果使心之體亦容有惡，則聖人何故直曰「存心

養性」耶？（金正默《過齋遺稿》卷一《答安元直在默庚戌》）

而《感興詩》所謂「《春秋》二三策，萬古開群蒙」者，正自道也。然則其扶抑衮鉞爲君子謀，不爲小人謀者，乃《大易》之淵源、《春秋》之嫡傳，而《綱目》之所由來者，遠矣。（尹愭《無名子集・文稿》册七《策・綱目》）

天運循環，無往不復。至於有宋朱夫子出，而有以上接洙泗之源，克闡《春秋》之旨。當是時也，雖以司馬公之賢，尚有「託始迷先幾」之失，則彼歐陽子以下，又何足道也？此《感興詩》所以嗟惜慨歎，而《綱目》所以繼《春秋》而作。則其所謂「《春秋》二三策，萬古開群蒙」者，正夫子自道也。（尹愭《無名子集・文稿》册九《殿策・召公戒成王》）

噫！朱子《感興詩》有「託始迷先幾」之歎，此《綱目》所以繼《春秋》而作也。（尹愭《無名子集・文稿》册一四《書綱目合抄後》）

〔第一章〕先生《答袁機仲論啓蒙》詩曰：「若識無中含有象，許君親見伏羲來。」竊觀周子《太極圖》，真個識得無中有象之義也。蓋道之全體，混然一理，其大無外，其小無内者，一太極也。天地以之覆載，陰陽以之運行，人物之化生發育者，莫不爲之根柢。則河圖未出之前，其理已具；羲卦已畫之後，其用乃著。暨乎夫子之贊《易》，説出「太極」二字，則《易》之義始備。周子之説《易》，復以無極加於太極，則太極之理尤著明也。此先生所以編《近思録》，以《太極説》爲首，而必曰：「此是道理大頭腦處」，又曰：「百世道術之淵源。」夫學聖人，必求端，自此而溯極乎一源，準之於《大易》，則無中有象者，可默會，而所謂窮理盡性，至於命者，可用力而下工也。（黄德吉《下廬集》卷七《講義・朱書・齋居感興詩》）

〔第三章〕心之理是太極，心之動静是陰陽，故夫子説心之體用始終，而必曰「操則存，舍則亡，出入無時，莫知其鄉」。蓋心之本體，炯然神明，寂然不動。及其動也，順理而發，感而遂通天下之故。先生《答吕子約書》曰：「存亡出入，皆神明不測之所爲，而其真妄邪正，不可不辨也。」是以舜禹授受之際，惟以一「心」字，反復告戒。而曰「危」者，舍亡之易也；曰「微」者，操存之難也。申之以「惟精惟一」而後可「執中」，則操而不舍之功也。聖人之學，心學也。操而存則隨應萬變，存固自若；舍而亡則流盪陷溺，靡所不至。微者晦，危者放，而不自覺也。夫天君失位而人欲侵奪者，殆若神器無主，僭臣必有篡竊之禍。古者穆天子周行忘返，徐偃闖發竊號，幸而《祈招》之詩，以止王心，獲没於

祇宫。第四章之亂，取比之義尤著焉。學者必先審乎操舍之幾，則可與共學，可與適道也夫。（同上）

〔第十章〕《詩》《書》者，二帝三王之心法也；《儀禮》者，元聖損益前代，郁乎節文也。又經吾夫子删述之功，則千古聖人相傳之心，於斯乎皎然。先生「秋月」、「寒水」之喻，亦有所受矣。程伯子詩云：「川流有本源源聽，月入容光處處明。」觀夫源泉混混，不舍晝夜，則知其本源之流行也。清光皎潔，觸處無礙，則驗其萬理之具通也。本體廓然，事事順應，惟聖以之。聖人之學，心學也。心之主宰，惟曰「敬」而已。堯曰「欽」，舜曰「一」，禹曰「祗」，湯曰「慄」，文曰「翼翼」，武曰「勝怠」，周公曰「乾惕」，孔子曰「直内」，皆以是傳之。至夫子而集大成，故傳曰「祖述堯舜，憲章文武」，至矣。（同上）

〔第十一章〕子曰：「乾、坤，其《易》之門乎。」蓋《易》之道，與天地準，得其門而入，則可以語《易》，故稱乾、坤以入德之門也。乾以健而不息，故曰學以聚之，問以辨之，寬以居之，仁以行之；坤以静而德方，故曰直其正也，方其義也，敬以直内，義以方外。及其至也，高明配天，博厚配地，君子之德全矣。古之稱堯舜之德者，比堯於乾，比舜於坤；稱孔孟之德者，亦比孔於乾，比孟於坤。學聖人者，當先識乾、坤之義。戴大圜則知知崇而效天也，履大方則知禮卑而法地也，故子曰：「夫《易》所以崇德而廣業也。」包犧氏立象設教，必先以乾、坤者，蓋取諸斯歟？邵子詩云：「一物自來有一

身，一身還有一乾坤。」可謂深得《易》之義，善言《易》之用，而能近取譬矣，學者宜識之。（同上）

〔第十二章〕道原於天，載於方策，明而行之在乎人。古者《易》更三古而混於八索，《詩》《書》煩煩，《禮》《樂》沿革。吾夫子贊之、定之、删之、正之，又爲之作《春秋》，以備大一統之義，於是乎六經始備。暨乎周道衰、秦火酷，先王典籍無復全編，後世之儒，穿鑿傅會。《詩》之失盪，《書》之失誣，《易》訛而爲術數，《春秋》流而爲災異，三百三千之《禮》爲周末諸侯之壞滅。甚矣，吾道之衰也！千五百餘年而程夫子出，洗漢唐之陋，接洙泗之統，自任以萬世傳道之責。六經之旨，燦然復明，程子之功，於是爲大矣。朱子嘗稱蔡季通之言曰：「天先生伏羲、堯、舜、文王，後不生孔子亦不得，後又不生孟子亦不得，二千年後又不生程子亦不得。」此道更前後聖賢，其説始備。愚竊以爲天先生孔子，後又不生朱子不得。孔子之道，待朱子而傳；孔子之經，待朱子而明。遠紹洙泗，近述濂洛，集乎大成，爲萬世法程，於程子有光，而功不在孟子下。使萬古得免於長夜者，伊誰之功歟？（同上）

〔第十三章〕道之在天下，無古今之殊；人之禀受於天，亦無古今之異。夫何後世之不如古也，是豈道之衰哉，人莫由斯道也。夫子之設教洙泗，先王之道復明於世。得其宗者，惟顔氏、曾氏而已。顔氏從事於「四勿」，而得聞四代之禮樂；曾氏篤行於「三貴」，而獲傳一貫之吾道。至於再傳而子思子，曰「戒懼」、曰「慎獨」。又至孟子，而曰「存養」、曰「博學反約」。要之，皆祖述於夫子之遺旨，而四子其揆一也。孟氏既没，而遂失其傳，世俗所謂儒者，内則拘於章句詞章之習，外而雜於老氏釋子之言。其所以修己治人者，一切不越乎私智人欲之鑿。淺陋壞離，不可與適道，則實由於聖人之道不明不行也。先生嘗有詩云：「莫言此處無佳景，自是游人不上來。」蓋深有歎於知道者鮮矣。惟濂洛諸先生倡起斯道，周子曰「誠無僞」，《中庸》之旨也；程子曰「莫如敬」，《大學》之教也。先生合而述之曰：「居敬以立本，存誠以踐實。」其所謂集儒之粹，會聖之精歟。學者誠能真知而實體焉，則準濂閩而溯洙泗，其殆庶幾焉。（同上）

〔第十五章〕揚子雲之言曰：「聖人不師仙，厥術異也。」蓋神仙之説始自戰國之時，至於龍虎成丹，文武煉火，則秦漢迂怪之士輾轉傅會，浸以爲言。自成道家之術，皆以老氏爲宗主，欲其保性命、延年壽。高虛隱僻者流往往從之，達生知命之君子所不道也，況於聖人乎！故先生以「逆天」、「偷生」斥之者也。竊觀先生《次秀野詩》云：「按蹻有時聊戲劇，居心無物轉虛明。舉觴試問同亭侶，九轉工夫早晚成。」《讀道書》詩云：「東華緑髮翁，授我不死方。願言勤修學，接景三玄鄉。」《調息箴》云：「雲卧天行，非予敢擬。守一處和，千二百歲。」嘗於魏氏之書亦云：「連日讀《參同》，頗有趣知，千周萬遍。」非虛語也。既爲之注解，又於蕭寺，與蔡季通講習之。至於「箕篙鋪猶有金丹，歲晏無消息」之歎，眷眷屢發於吟咏辭旨之間者，嘗存於羽化之術者，似與「逆天」、「偷生」之戒，有矛盾矣。退溪先生門人問朱先生注《參同契》之意，曰：「其時先生已去國數年，時事大壞，悲國家之將亡，且寓意於《楚辭》《參同契》之類。若曰欲長生不死，後天而終，以盡反覆無窮之世變，猶屈原作《遠游》之賦，乃寓言耳。」善乎！孟子曰：「君子之所爲，衆人固不識也。」惟退溪識得先生之微旨，後之人學識未到，或有致疑於先生頗尚仙術者，故爲之辨。（同上）

〔第十六章〕程子曰：「楊墨之害，甚於申韓；佛老之害，甚於楊墨。」愚以爲以佛老之似亂周孔之實者，其害尤甚於老佛。蓋佛氏識心見性，認理爲氣，其精微則襲於道家也，其高遠則過於吾儒也。空寂之説，不累於物欲；深妙之法，不滯於形器，猶不知殄滅人倫，反易天常，自陷於夷狄禽獸之域。自晋魏以降，胥天下滔滔然匍匐而歸之，雖豪傑之士，亦有所不免焉。則主張斯道之人，必爲救正之，故思欲繼三聖而焚其書也。至若陸氏之尊德性，王氏之致良知，自謂得聖人之妙訣，而其實則禪家之改頭换面，而外假吾儒之言者也。同尊孔孟而非吾儒也，同學詩禮而非吾儒也。陸氏帶來葱嶺之氣味，王氏出没江西之波瀾。宋明之季，號爲學問者，靡然趨其捷徑，則洙泗濂閩以來之正正門路，幾乎鞠矣。其害不止於老佛，而甚於洪水猛獸也。後之學者，非陸非王，又有一種俗學，則其學口耳也，其心名利也，自欺欺人，干進竊位，傲然自處以師儒之座，便作一傳授之法門。魯陽虚名，終南捷徑者，往往有之，至希合柄臣之司業而極矣。彼哉！彼哉！君子竊爲耻之，彼乃自謂之儒，斥陸王曰異端。然若在陸王之門，安知其不鳴鼓而攻之乎？嗚呼！學之不講不明久矣。習俗之謬，漢唐宋以來猶然，可勝歎哉！凡吾同志於學者，不可不先誡於俗云。（同上）

〔第十七章〕三代德行之選廢而治教衰，隋唐詞章之法設而人才壞。夫用人之道，德行爲先，才藝爲次。虞朝載采，既稱九德；周家賓興，亦以六行。一自設科以來，不問其德之深淺、行之高下，惟以文藝而已，精於試式者擢焉，妙於科規者登焉。論經而非學術也，言政而非經綸也，觀於文而亦非古著述之體也。然而倖占額名者，不論賢不肖，廊廟臺閣，平步踏去，則治教安得以丕隆，人才豈得以彙征哉？王魯齋嘗有詩云：「清朝不計人心壞，舉子安知天爵榮。」所用是人行是學，不知何日可昇平，科（學）〔舉〕之弊亦久矣！古之論貢舉之法，不可一二説之，而蘇子瞻專以文章取士，王介甫必以經義説法，歐陽氏論策以驗其能否、詩賦以定優劣，均之爲未得其要也。竊觀先生貢舉議，有曰：「不取其記誦文詞，而取其行義器識；罷去詞業六論，而訪以時務之要。」庶乎小大之才，各得有所成就，而不爲俗學之所病，爲當路之君子，其或有所取焉。蓋其正本設條者，遠述三代而有徵，取裁漢唐而可行。作人導俗之法，莫過乎是矣。孟子曰：「有王者作，必來取法。」其在斯歟！其在斯歟！（同上）

〔第二十章〕子曰：「古之學者爲己，今之學者爲人。」爲己則講學而適道，以求諸己，君子儒也；爲人則尚言語夸文辭，以悦於人，小人儒也。故聖門之教誡子貢曰：「予欲無言。」責子路曰：「惡夫佞者。」子思亦曰：「惡其文之著也。」是乃孔子之家法，而爲後世慮也遠矣。周之末，習俗靡靡，利口惟賢，競相馳騖，以趨於功名。漢唐以來，愈下愈衰，汲汲乎徒以文辭爲事業。文之於言，尤其華靡者也。古人所謂「三不朽」，皆欲假於言而立焉。子曰：「有德必有言，有言者未必有德。」無其實而惟其華，則於躬行乎何益，於世教乎何補？君子竊耻之。《感興》末章，所以咏歎於此者也。先生爲學，真知實踐，優優乎造道，而此章猶謂「坐此枝葉繁」者何也？蓋格致工夫，博以文説之詳，將以畜其德，故先生嘗言：「某舊時亦要無所不學，禪道、文章、楚詞、詩、兵法，事事要學。一日，忽思之曰：且慢，我自此逐時去了，大凡人知個用心處，自無緣及外事。」與此章之意無異。先生自言入道之由，以示學者，勉誡之也。程子嘗誦吕與叔詩云：「學如元凱方成癖，文似相如殆類俳。獨立孔門無一事，只輸顔氏得心齋。」先生之學，幾乎顔子，則「發憤」、「刊落」者，不遠復也；「收功一原」者，所立卓爾也，復而立則與叔所謂心齋者也。程子曰：「欲學聖人，且須學顔子。」愚竊以爲後之學者，有志於學顔子之學，則必也學朱子而立的，庶乎其近道矣。（同上）

及夫千六百年之後，又得朱子之詩，而復明三百篇之義於三百篇之後。其辭莊而嚴，其旨簡而奥，存之也静，發之也果，譬如舜殿韶音惟升歌，不以管絃亂人聲。夫子之詩，日聞於四方，而聞夫子之風者，莫不有感發興起之思。其功化之及人，幾與《二南》相上下，於孔子有光，淵乎博哉！先王治與教之盛，捨此何求。欲知其造道成德之迹，則觀乎《遠游》；欲驗其體用顯微之妙，則覽乎《櫂歌》。無極、太極、兩儀、五行，以至百王千聖，肇紀修道之原，則徵之於《齋居感興》；仁山智水，鳶飛魚躍，以至春風和氣，瑞日祥雲之容，則考之於《武夷雜咏》。遏人欲，存天理，有水口之行舟；盡精微，道《中庸》，有鵝湖之次韻。元元本本，率普涵育，有西閣之句；戰戰兢兢，夙夜儆戒，有《題真》之篇。（李祘《弘齋全書》卷一〇《雅誦序》）

或有問《感興詩》中「人心妙不測，出入乘氣機」之句。曰：「那欲聞心善心善惡之説者耶。與孔子『性相近』之訓，孟子答滕文公、告子之問，明道『生之謂性』，伊川『性即理』，表裏看得，玩味體認，則自可有領略處。識性，始當語心與氣機。大抵理之在心，即所謂性；而心中所有之理，乃性也。五行各一其性，而天下萬物，亦莫不屬於五行。五行則專其一，萬物亦然。惟人最靈最貴，五行之理與性，咸具而兼有，是以其妙不窮，其機在心，栗谷所謂『心氣』也。氣機動而爲情，氣發理乘，何謂也云者，似不難究解。萬一公然馳心於如此如彼之紛然，而强其所不知，回頭轉腦，努目容喙。高者溺於虚寂，下者淪於卑淺，徒送光陰，徒疲精力。自以謂己見之一斑窺得，然而不能拔去私意根株，反歸於差毫繆千，而頑然兀然，爲庸人之䍐䍐而已。必須置心於大公至正之域，積以歲月，浸漬灌洽，温其舊知，期有新得。然後當與知覺之勝於己者討論，豈可以依稀摸索之説，説往説來，日事汗漫乎？吾則自來所執於此等處，寧近於吞吐膠漆，土苴墻面，不欲爲出奴入主之論。於諸家之異同者，概叩其實，皆宗於聖賢之語言也。吾紫陽朱夫子胸次何等光明之長者，氣岸何等灑落之大人，而善乎其對人知覺之問。若曰讀書，但嚴立課程，寬著意思，久之自當有味，不可求欲速之功也。心一而已，所謂覺者，亦心也。今以覺用心紛拏迫切，恐其爲病，不但揠苗而已。若以名義言之，則仁自是愛之體，覺自是知之用，界分脉絡，自不相關，但仁統四德，故仁則無不覺耳。然謝子之言，以覺言仁而亦曰心有知覺，不言知覺此心。侯子非之曰，謂不仁者無所知覺則可，便以心有知覺爲仁則不可。夫以夫子一念開來學之血誠，其所辨説於人者，從容整暇，若是其渾然，吾則只誦説吾夫子之説而答之，固陋甚矣，也堪一呵。」或者退，漫録如右，覽者莫以飣餖説話看之，自有皮裏春秋，可與知道者道。（李祘《弘齋全書》卷五六《或問感興詩句》）

《綱目》繼《春秋》而作者也，《春秋》終於周敬王三十九年，而《綱目》乃以威烈王二十三年爲始，其間七十七年，闕而不叙，何也？《大事記》亦直接獲麟後，而《綱目》獨不然，豈《綱目》本《通鑑》，《通鑑》之所未及載者，不欲追補而然歟？司馬氏之託始於三侯僭命，固亦有深意，而朱子《感興詩》嘗譏之以「迷先幾」，則今於筆削之際，反遵而不改者，何也？或云《通鑑》嫌於續《春秋》，而上接《左氏傳》。（李祘《弘齋全書》卷一一〇《經史講義》四七《綱目・辛亥館學儒生對・周威烈王》）

《答蔡季通書》曰：「《參同》之説，子細推尋，見得一息之間，便有晦朔弦望。」臣近淳竊惟《參同契》是道家修煉之書，夫子於《感興詩》，論其悖理違道之實。然於晚年，與蔡季通往復亹亹，此固後生末學之所未敢及。而竊想當是時，僞學之禁，火急而網密，浄安別席，獨講是《契》者，豈夫子微意歟？（李祘《弘齋全書》卷一三〇《故實二・朱子大全》）

臨化前夕，誦《感興詩》。了了神識，無或變移。（李野淳《廣瀨集》卷九《祭龜窩金公坽文》）

按首章，是統論天地、陰陽、寒暑來往之氣，而理爲之主，似是横説，而蔡氏謂《太極圖》之〇也。可疑。

按第二章，是論陰陽無終無始，而至理所存，古今不易者，似是直説，而蔡氏謂《太極圖》之◎也。可疑。

按第四章，「君看穆天子」以下，是指人心馳騖不已，則終必有「萬里窮轍迹，徐方御宸極」之事矣。蔡氏云：「特借此以比人心之流蕩，物欲之爲主，而六義之比也。」可疑。

按第六章，「五族沉忠良」，《史記》曰：「并被禁錮，延及五族。」據此則所謂「五族沉忠良」者，似以延及五族之法，沉淪忠良也。蔡氏以五族爲五侯，似失照管。蓋五侯是具瑗、左（棺）〔綰〕、徐璜、單超、唐衡之類，而桓帝時人也。禁錮忠良，是曹節、張讓輩所爲，靈帝時事也，時世固不同矣。

按第八章，「及此防未然」之「此」字，似指一陰初生也，未然。似指羸豕躑躅，履霜堅冰之類也。言及此一陰初生之時，預防其躑躅堅冰之致也。蔡氏以「此」字指陽而言，未然爲陰，果如此説則雖與下句「彼」字，對偶極精，而語意似不如此。可疑。

按第十九章，「反躬艮其背」，是養乎内也；「肅容整冠襟」，是制乎外也。蔡氏以上句爲由外而制乎内也，下句爲自内而防乎外也。可疑。（柳栻《近窩集》卷六《〈感興詩〉蔡注記疑》）

「珍重無極」之句，何以咏之於《感興詩》歟？（金羲淳《山木軒集》卷一五《丙寅文科別試初試題・太極圖》）

鼎山別紙云，渼西之評已備，無容贅説，而大抵東晉以後，無此作矣。正《禹謨》「格苗」之訛，明《湯誥》「慙德」之非，可謂千古隻眼，功在禹下，於湯有光，奚但朱門禦侮而已。《荀子》所引，明是道家説。儒家書自古無道經之目，今之《道德經》上篇稱《道經》，下篇稱《德經》，各自爲一經，十六字安知非此《道經》中逸語耶？言雖出於道家，理自合於吾儒，則引用庸何傷乎？然朱夫子未嘗不致疑於二十五篇，而獨此十六字則尊信而表章之，載之於《中庸序》，筆之於《感興詩》，爲聖學之大本，作萬世之人紀，是豈無所見而然哉？（丁若鏞《與猶堂全書》第一集詩文集卷二〇《書（壬午二月初吉）》）

御製條問曰：此是康王以後之詩，則何以在於「我將時邁」之上歟？夫子自衛反魯，雅頌各得其所，而《詩》猶有失序如此者何也？豈後儒之誤歟？

臣璧對曰：此爲祀成王之詩無疑。雅頌雖經聖筆之刪定，而秦火漢儒之後，豈無失其序者？此《感興詩》所以有「詩書簡篇訛」之歎也。（崔璧《質庵集》卷四《講義·詩傳下》「昊天有成命」條）

臣謹按，《感興詩》一篇大旨，只是一「感」字而已。凡人之心，有所興起則感，有所激發則感，有所寄寓則感，有所憂傷則感。雖以《風》《雅》三百篇之作觀之，是非邪正，各有不同，而亦不外乎感於心而形於言。然其所以感之者，實由於在上者風教之如何。泰通雍熙之世則二南絃歌之音作，乖亂淫靡之世則鄭衛桑濮之音起。至於雅之正雅之變，亦皆出於一時君子郊廟朝廷之作。憫時病俗之言，則凡厥爲人上而主風教者，其可不慎所以感之之由，要使感於心而形於言者，粹然一出於洪亮和舒之音也哉。朱子此詩之作，蓋出於憂傷激發之感。誦其所咏之事而尚論所遇之時，異學横流，人心陷溺，則夫子之所以感也；皇綱解紐，和議已決，則夫子之所以感也。葱嶺之學，反斥伊洛之正脉；横流之説，殊非一葦之可杭，則扶綱倡道之憂，陳善閉邪之意，所以丁寧反覆於二十篇三百六十言之中矣。感之者夫子，而所以感之者時世也。時世之所以然者，在上者豈可辭其責乎！猗我聖明，倡學明道，濟一世於鼓舞興起之治；《天保》《卷阿》之咏，《清廟》《閟宫》之頌，蔚然可觀於廟朝巷閭之間矣。雖然，作成陶鎔之雖勤，而正學則不明；義理堤防之雖嚴，而紀綱則漸紊。邪學有日熾之慮，《春秋》無可讀之地。「塵編今寥落」、「世無魯連子」之歎，安知不有作於憂時憫俗之君子也？我殿下誠能感發於朱子此詩之旨，益懋所以清化源、革舊染之方，奇功一原之妙，其在斯矣。而一時之感物形言者，亦皆不讓於《風》《雅》之正經矣，惟殿下留神焉。（柳台佐《鶴棲集》卷八《朱子大全故實抄・感興詩》）

逮其老病，牀褥猶誦朱子《感興詩》及《治家篇》以自警。（姜必孝《海隱遺稿》卷二〇《成均進士金公行狀》）

紫衣催索扇頭題，手札緘中副本齎。明皋除副使日，先王下手札，命賤臣書朱子《感興詩》於御扇以進，仍以賜徐公

御札頒示。（金祖淳《楓皋集》卷二《題徐明皋瀅修朱書采訪緣起》）

丙辰夏，東巖先生寢疾，健休朝夕候謁。一日，先生謂曰：「朱先生《感興詩》始言一理，中散爲萬事，末復合爲一理。所以明正學、辨異端，與《中庸》同功，使人感發，易於開悟，又不在三百篇之下，學者宜潛心焉。顧諸儒訓釋，散在別本，初學之士，病其不能遍觀。予欲裒稡，以便考閱而未果，汝若辨得此事，庶或爲創通大義之一助也。」未幾先生易簀，大懼失墜遺志，參互諸録而第録之，因識其後，以寓感慨之懷云。（柳健休《大埜集》卷九《書感興詩後》）

老子所謂「混兮闢兮，其無窮兮」；莊子所謂「日鑿一竅，七日而混沌死」；列子所謂「天地形氣質具而未相離，故曰渾淪」；《漢志》所謂「太極元氣，函三爲一」，皆以形氣渾一爲陰陽之本，而陰陽爲有端有始。故《感興詩》言陰陽升降，無始無終，至理斯存，而繼以「誰言混沌死」，以破渾淪鑿開之説，正是此説之左契，而發明上章「無極翁」之旨。（柳徽文《好古窩集》卷九《答族叔子强》）

《感興詩》所謂「微陽妙重淵」者，又據卦象而借言之，以對「微陽昭窮泉」之句。（柳徽文《好古窩集》卷一八《冬夏陰陽升降説》）

《感興詩集解》，歸後看下數次，益見其開示之切，及此刊布，正是小不得之事。但流看之際，記疑付籤者太多，蓋盛標鑿鑿中窾，而其外妄疑者亦不小。欲齎上以質，而許多籤標，遽以出手，亦覺未安。欲再看一過，略加刊落，然後當以奉稟耳。（李秉遠《所庵集》卷六《與金穉弘養休乙酉》）

《感興詩》「一息萬里奔」注：胡氏曰：「天行一日九萬餘里，人一呼一吸爲一息，一日三百六十息。一息之間，天行八十餘里，言萬里舉成數。」

以天行九萬里，分屬於三百六十息，則一息天行當爲二百五十里。今云八十餘里可疑，且舉成數云者，言其近於成數而略有進退者耳。今以二百五十里而謂之萬里，已不可謂舉成數，況八十餘里而可以舉成數云萬里乎？蓋「一息萬里」者，概言氣機之往來不停，瞬息萬變云爾。若局天行於里數，限人息於三百，節節分配，則非但於法象未保其無差謬，恐非所以語夫道也。（李秉遠《所庵集》卷一三《劄疑》）

朱子《感興詩》曰：「金鼎盤龍虎，三年養神丹。」「龍虎」二字，爲丹學開卷第一義，而人皆錯認。《參同契》曰：「偃月法鼎爐，白虎爲熬樞。汞日爲流珠，青龍與之俱。舉東以合西，魂魄自相拘。」初不明言何者爲龍，何者爲虎。朱子曰：「坎離、水火、龍虎、鉛汞之屬，互换其名，其實只是精、氣二者而已。」精，水也，坎也，龍也，汞也；氣，火也，離也，虎也，鉛也，其法以神運氣，結而成丹。東坡著《龍虎鉛汞説》寄子由，以「五行顛倒術，龍從火裏出，五行不順行，虎向水中生」爲宗旨，自謂得之隱者。其説甚辯，而亦以虎鉛屬心火，龍汞屬腎水。至今儒者之旁涉丹門者，宗此二説，未之或改。今讀尹真人弟子所著《性命圭旨》，論此極詳備。大概以人身未生以前屬先天，已生以後屬後天。乾上坤下，是先天本來面目。緣乾坤相交，乾之中爻，陷於坤損而成離，是爲心火；坤之中爻，配於乾實而成坎，是爲腎水。自此以後，後天用事，心火陽内含陰象，砂中有汞，火中有龍；腎水陰内含陽象，鉛中有銀，水中有虎。龍，東方之物，在人身爲肝爲魂；虎，西方之物，在人身爲肺爲魄。心火生於肝木，腎水生於肺金，故《參同契》曰：「金水合處，木火爲侶。」所謂「龍從火裏出，虎向水中生」者，乃指此而言，非如東坡云云也。汞性飛揚上走，鉛性沉重下墜，所以神日散、精日泄，卒至於死亡也。煉丹者，涵養本源，禁制情欲，使心火下降，腎水上升。神精二物，相會於黄中祖氣之竅，三元合一，凝成大藥，以復先天本來面目，是爲烹鉛乾汞，是爲「龍從火裏出，虎向水中生」，是爲取將坎位中心實點，化離宫腹内陰。於是乎「龍虎」二字之義，始得分曉，而爐鼎九轉之功，方有所着手矣。（金邁淳《臺山集》卷一六《闕餘散筆·尚書第二》）

心性理氣，極精微，極高妙，非淺心粗識所可驟語者也。……孟子所云「志者氣之帥，氣者體之充」，已是心與氣質之辨。而《感興詩》「人心妙不測，出入乘氣機」，《語類》所云「心比性微有迹，比氣

自然又靈」，栗谷所云「人之虛靈，不拘於禀受」者，其所區别，可見於此矣。（洪直弼《梅山集》卷一九《答林來卿庚子》）

《中庸》「鬼神」章之本義，以西崖之高明，顧不知之耶？及其自引朱子《感興詩》以明之，則其所謂「人心處方寸之間，雖酬酢萬變，而不見其有邊際方所」云者，還與西崖所謂雖在一身之中，而實管攝天下之理，上下四方皆境界之旨，爛熳同歸。（李漢膺《敬庵集》卷八《讀葛庵論西崖心無出入説》）

《感興詩》曰：「人心妙不測，出入乘氣機。」若曰人心是氣，而又曰乘氣，則亦豈非語複意疊，如後人胡説者耶。此皆愚所深疑而不敢自已者也。（李恒老《華西集》卷五《與任容叔戊申》）

《感興詩》「人心妙不測，出入乘氣機」，所謂心之體用，神妙不測者，以其乘氣機而一出一入耳。蓋心也者，理與氣妙合而自能神明者也。（李恒老《華西集》卷七《答金稚章乙巳八月》）

《敬齋箴解説》，姑未詳較其得失，而「惟心」之「心」字，本作「精」字恐無疑。盛説所引《感興詩》十章，「精一」之證，似尤精密也。（李恒老《華西集》卷一一《答柳稚程癸丑二月十八日》）

《感興詩》其曰：「人心妙不測，出入乘氣機。」此「機」字，與「太極者本然之妙也，動静者所乘之機也」之「機」字同義，與「幾善惡」之「幾」不同。蓋人心之所載者理也，所乘者氣也。其静也，乘氣而静；其動也，乘氣而動。然動静出入，非有二氣也。今之動底，即是向之静底也；今之入底，即是向之出底也，故謂之「機」也。言乘此一物而或動而出焉，或静而入焉。非謂有不動不静、非出非入底一個物，安頓在上面，特地乘此氣機而動静出入也。今曰「七情總爲氣機」，下文又曰「氣機有妄動」，又曰「互發不以氣機」爲説，竊詳其意則專屬氣機於動之初而不干於静，專言氣機於出之後而無與於入，恐與《感興詩》所云，及「太極所乘」云云矛盾也。幾善惡之幾，恐與氣機之機，本無干涉矣。（李恒老《華西集》卷二二《三淵先生行狀記疑丁未七月》）

恒老按：退溪先生一生工夫，尊信《心經》，玩繹既勤，體驗最深。其論附注吴程之説，反覆委曲，詳緩慎密。録其善而不阿其失，黜其謬而不没其功，儘乎其得力於是書者，不可誣也。至若核訂朱陸同異之實，有如白黑晝夜分明的確，足以破昏衢擿埴之迷惑。非實有真見，安能及此，真爲羽翼也明矣。愚以爲末端朱子説十二條，合《感興詩》末「曰予昧前訓，坐此枝葉繁。發憤永刊落，奇功收一原」者同讀，則先生之深意可證也。（李恒老《華西集》卷二三《讀退溪先生心經後論》）

「操存」章心之出入專以操舍言，而《感興詩》「人心妙不測，出入乘氣機」以動静言。非但《感興詩》爲然，朱子《答石子重書》論此，亦以爲心之體用，周流變化，神明不測，蓋孔子明言出入無時，非説心之病，乃説心之體用，而特言操舍存亡，爲持心之節度。程子攫夫人之誤認「出入」字，以爲心本如是而任其奔放，乃曰：「心豈有出入，特以操舍而言。」其旨深矣。（李源祚《凝窩集》卷一二《批震姪與崔幼天問答心經疑義》）

謹齋公縻職於京，而非雅樂也，乃與金剛齋鼎鉉和《歸去來辭》，移書請續。府君曰：「吾本未出，安有歸來，但此心之放，不可不歸來。」乃步其韻，又次朱夫子《感興詩》《感春賦》以見志。（姜獻奎《農廬集》卷一〇附録姜鍈撰《遺事》）

《感興詩》曰：「人心妙不測，出入乘氣機。」陳北溪曰：「妙者，非是言至好，是言其不可測。」觀是數説則心者至靈至妙，可以參天地，可以格鬼神，可以貫千古，可以燭萬里，莫非神變不測之妙也。「微妙」二字，何足以該其義乎？真西山曰：「能定能應，有寂有感，皆心之妙也。」則此可以兼體用看。朱子曰：「存亡出入，正説心之體用。」其妙不可測，則亦可以兼體用看。（鄭墧《進庵集》卷二《答崔維天永禄》）

《綱目》凡例，果與《感興詩》意不同。然觀其序文所論，只是因襲温公《通鑑》，而增損隱括，以寓筆法而已，故名之曰《資治通鑑綱目》。此其放《春秋》之因魯史，述而不作底意思者也。（趙秉悳《肅齋集》卷一〇《答蘇純汝》）

心氣之辨，渼湖説，無可代書者，不能録上，而朱子《感興詩》曰：「人心妙不測，出入乘氣機。」《中庸》二十章，或問曰：「心無形而氣有物。」《答林德久書》曰：「知覺正是氣之虚靈處。」《語類》曰：「心比性則微有迹，比氣則自然又靈。」《答杜仁仲書》曰：「謂神即是理。」却恐未然。後書又曰：「神是理之發用。」而乘氣以出入者，却將「神」字全作氣看，則又誤耳。《語類》曰：「氣之精英者爲神。」又曰：「神是氣之至妙處。」如此等文字，不能盡記。彼謂心即氣質云者，求諸朱子諸書，而不可得矣。蓋不離於氣質，而不囿於氣質者，心也。豈可唤心作氣質耶？（趙秉悳《肅齋集》卷一二《與李士九》）

朱子《感興詩》：「太一有常居，仰瞻獨煌煌。中天照萬國，三辰環侍旁。人心要如此，寂感無邊方。」詩意蓋欲人心自作主宰，以酬酢萬變。如北辰恒處其所，使衆星環繞而萬國畢照耳。熊氏云：「此篇論天之北辰，即人心之太極。」如此則所謂「人心要如此」者，將解以人心之有太極，要如天之有

北辰乎。太極是人心之所本具耳，何必要之後如之哉。亦見其蓦越而不著矣。（金岱鎮《訂窩集》卷一〇《性理大全記疑·性理》）

公諱思永，字公修，姓申氏。……晚年以《易》《書》《詩》尚未浸熟，日事課讀，若後生樣，至通誦而後已。疾革，語侍湯者曰：「吾當讀書，試吾精神。」仍誦《四書》各數章，《心經》贊、《詩》《書》序、《感興詩》、濂洛性理詩，不差一句。事在屬纊前一日，蓋其宿好之篤，而精力之到可見也。（金岱鎮《訂窩集》卷一九《成均生員肯構齋申公行狀辛酉》）

夫太極乘載於動静陰陽，而推之於前，不見其始之合；引之於後，不見其終之離者，此即程子所謂「動静無端，陰陽無始」者。而朱子《感興詩》曰：「吾看陰陽化，升降八紘中。前瞻既無始，後際那有終。至理諒斯存，萬世與今同。」此無始無終者，又是程子「無端無始」之意；而「至理斯存」者，即程子所謂道也。（柳致皜《東林集》卷五《答李汝雷震相戊午》）

公諱後章，字君晦，號主一齋。……癸酉冬，以侍講院諮議召。山林隆簡也，公蹙然不自安，上疏辭。上有今茲之命，實循公議之批。又別諭曰：「來輔震宫，則風期一合，當大試袖手，澤我東人，勿爲過辭，斯速乘馹上來。」公以受之匪分，連上三疏不已，上始允之。上親書朱子《感興詩》「珠藏澤自媚，玉藴山含輝」一句以下。公承命益震越，常以虚名冒受爲耻，自後十數年，端居講讀，名其齋曰「主一」。日兢兢焉，不以世事經心。（柳疇睦《溪堂集》卷一五《朝奉大夫行世子侍講院諮議主一齋先生柳公行狀》）

《感興詩》首篇，勉齋以爲通第二篇，皆言陰陽，而曰：「此是横看説。」北山以爲當作三節看。蓋勉齋則欲避架疊之嫌，故分屬於横看、直看。然横直分看，本非陰陽上大意要旨，則恐不當分章各言。且無「停機互來往」，未見其的爲横看説。北山之分作三節固是，然但無合一總論底意。反覆玩繹，則此篇始言天地陰陽，次言人文宣朗，然後繼之以「渾然一理貫」，則蓋言天地與人一理貫通，而伏羲、濂翁，相繼闡明也。以此提撮大旨，用作一篇頭腦。故第二篇之陰陽，第三篇之人心，乃自一貫中分開説下。其下如「朱光遍炎宇」、「微月墮西嶺」、「元亨播群品」等篇，復提掇天人合一之意。末篇言聖人與天同德，以證其一理貫通之實。如此看則總括起頭，製作有體，而綱與目相統，首與尾相應，乃與《中庸》首言一，中散萬，末復一之旨正相合。勉齋以後，亦有諸家注解，而無一契勘及此可疑。（韓運聖《立軒集》卷一六《雜録》）

《答石子重書》，闕却舍亡一邊，故朱子自以爲未盡，蓋與「操存」章本旨有些不合。《感興詩》元不以「操舍」言，此處「出入」字輕，疋似「動静」字。（李震相《寒洲集》卷五《上崔海庵（癸丑）别紙·操存章〈感興詩〉「出入」之異及〈答石子重書〉》）

《語類節録》固嘗曰：「心者，氣之精爽。」而植録曰：「氣之精英者爲神，金木水火土非神，所以爲金木水火土者是神。在人則爲理，所以爲仁義禮智信者是也。」兩説同是癸丑所聞，則氣之精爽，固非單指氣也。然此猶是中年説。《釋孟子》則曰：「心是本，氣是末，心有知而氣無知。」又曰：「心如寶珠，氣如水。」《釋中庸》則以心之正對氣之順。《感興詩》曰：「人心妙不測，出入乘氣機。」心之非氣明矣。又嘗曰：神是理之發用，乘氣而出入者。（李震相《寒洲集》卷一三《答張舜華癸未别紙》）

《參同》一書，以陰陽造化之妙，寓之於身心動静之間。鉛汞龍虎，本皆寓言，亦有至理，故朱子蓋嘗好之。千周萬遍，其書中語，至如白日飛昇之説，《感興詩》中亦以「逆理」、「偷生」斥之，非取其法也。（李震相《寒洲集》卷二四《答張舜華甲申》）

邵子曰：「心爲太極。」程子曰：「心也，性也，一理也。」蓋就一理上，主宰謂之心，而準則謂之性；妙用謂之心，而實體謂之性。若夫以氣言心者，乃其所乘之機也，故《感興詩》曰：「人心妙不測，出入乘氣機。」若於此看得分明，則真面呈露，而無復冠屨倒置之謬矣。（金平默《重庵集》卷一四《答魚文五癸未五月》）

所示兼真妄兩端，總謂之心者，亦恐急於伸己之見，而不察此節之意也。蓋夫子此言，特形容此心之所以神明不測，發揮萬變而立人之極也。本體自來如此，所謂理之妙用也。若夫舍之而亡，則由其人之放失此心而然，豈心之本體合下有是病也哉？請更潛玩。○仍記《感興詩》「人心妙不測，出入乘氣機」云云。若曰：心專是氣，不可復謂之理，則是人心直是氣機，如何道以氣乘氣耶？此亦更當入思也。（金平默《重庵集》卷二〇《答柳稚程·心説源委辨丁亥》）

由是推求，自孔孟以前，如成湯、文、武、伊、傅、周、召之訓，垂之於經典者，無非此説也。自孔孟以後，如周、程、張、朱，我東先覺之訓，見之於載籍者，無非此説也。故《感興詩》曰：「恭惟千載心，秋月照寒水。」外於此者，雖雜引聖賢之言而文之，説得寳花亂墜，亦皆俗儒之胡辭，異端之邪説也。（金平默《重庵集》卷三四《海上筆語》）

曰：「心與氣質，分而言之有據乎？」曰：「有。孟子曰：『志，氣之帥也；氣，體之充也。』《感興詩》曰：『人心妙不測，出入乘氣機。』其分而言之如此。」曰：「均是氣也，而分言如此者，何也？」曰：「心雖氣也，而天理全具，神明不測，以爲一身之主，以提萬事之綱，則是其全體大用，天理而已矣。若夫氣者，質之充而能運者也，蠢然而已矣；質者，氣之聚而成形者也，塊然而已矣。自其心之伎倆，與夫圓外竅中，以及魂魄、五臟、四肢、百骸之氣與形，總而謂之氣質，則只是此理所乘之機也。一個是形而上，一個是形而下。此則是明德，而彼則是所拘也，雖欲無分，得乎？」（金平默《重庵集》卷三七《天君篇》）

《感興詩》：「萬世與今同。」《集覽》曰：「當屬陰陽看。」愚意此亦當以理看。此章言陰陽之化，而其主意骨子是説理，非説氣也。

「人心妙不測」，注：余氏曰：「心者，靈覺之妙。」愚按：妙者，用之至神底，《大傳》所謂「一陰一陽之謂道」，張子所謂「兩在不測，理之所以主宰而獨運者」也。「出入乘氣機」，「出入」猶言動静，「氣機」即陰陽。心即太極，太極之妙，乘陰陽而動静，故此心之妙，乘氣機而出入也。鹿門引《孟子》「出入無時」，及朱子《答游誠之書》以存亡釋出入，恐失朱子詩本指矣。（金平默《重庵集》卷三九《江上散録辛亥》）

相別一年，更切關心，致承懷珍緘，千里見訪，以審返旆後履用休迪。進學之意，真切又如此，殊慰勞禱之忱也。賤狀百骸俱病，無日不叫苦。臘晦人事，莫可奈何。精舍粗略整頓，爰居爰處，但近地新進，相從無多，且《感興詩》「何日秀穹林」者是着題語。旋進旋退者，益無可望。虎食蜮射，環於四鄰，未知下梢竟如何耳。鄙作何足諷咏於空山明月之中耶？恐是江南逐臭、淮北嗜痂之爲也。（金平默《重庵先生别集》卷三《答金正三戊子附别紙》）

《感興詩》：「人心妙不測，出入乘氣機。」不測，妙用之謂也。「不測」二字，出《易·繫》，而張子「一故神，兩在故不測」，蓋妙是太極。太極，一故神；氣機，陰陽兩也。這神在陰，又在陽，故不測。此其本然之妙。朱子曰：「太極者，本然之妙也。」惟其有所乘之機，故操存之工間斷則凝冰、焦火、淵淪、天飛。此其文義明白，本無可疑，而柯老執此以爲心是氣，而合下兼善惡之證，非詆師説，則不思也甚矣。（金平默《重庵先生别集》卷七《武夷冷話》）

「虛靈」二字當以氣看是也。覺軒蔡氏曰：「虛靈知覺不能不囿於氣。」《心經》小注：「虛靈知覺是氣。」而又曰：「囿於氣，驟看似可疑，蓋虛靈知覺即氣之精英；囿於氣之氣即氣質雖同，是氣有精粗之辨。」此説甚精。吴寧齋曰：「人心氣機同是氣，而有精粗之辨，故《感興詩》曰：『人心妙不測，出入乘氣機。』」蔡氏「靈覺囿於氣」之説，蓋原於此。具應不待精究細分，而自所當分也。（吴衡弼《訥庵集·大學答問》「經一章」條）

《感興詩》第五篇四句義，愚亦前所蓄疑，而今按李方子所撰《綱目序》，設爲或問，引吕東萊《大事記》之例，繼用此詩。「迷先幾」之語，疑《綱目》之不易《通鑑》，蓋《大事記》直繼獲麟者也，《通鑑》起於三晉受命者也。據此以考詩意，似惜温公《通鑑》之不能正始耳。此篇專言王綱之陵夷，聖人述作之微旨，而仲尼《春秋》之始於東遷，實寓傷時之意。獲麟百年之後，乃有僭侯錫命之舉，王章之喪則厥惟舊矣。馬公《通鑑》述孔子之業，而託始於三晉，亦有衰世之悲，可見仁人君子眷眷忠厚之意。然周道之陵替，所由來者漸矣。《通鑑》託始，曷爲不繼獲麟也，無乃迷先見之幾乎？强解如此，似不失大意，而猶欠明白，更加商教如何。（韓章錫《眉山集》卷四《答金季用駿赫别紙》）

《感興詩》：「朱光遍炎宇，微陰眇重淵。寒威閉九野，陽德昭窮泉。文明昧謹獨，昏迷有開先。」此詩以寒暑、晝夜之倚伏、往來，以喻人心微顯之幾，而下二句又各承上四句。「文明昧謹獨」指炎暑遍宇而不知微陰之方伏，「昏迷有開先」指寒威閉野而已見陽德之潛昭也。然其在於人也，文明者昧於謹獨，昏迷者乃反先知。豈有是理？此有微意，終莫能曒如耳。（同上）

「豈若林居子，幽深萬化原。」林居子，汎言耶？抑有其人歟？（同上）

《感興詩》第一章，蔡氏謂專説太極，何氏謂專説陰陽，兩説皆欠偏。盛辨大意，似已明白矣。（柳重教《省齋集》卷四《往復雜稿·上重庵先生甲寅冬》）

如就人心而言，則《感興詩》第三章首云：「人心妙不測，出入乘氣機。」此二句與此書「理之發用」以下二句，脗然是一樣意，但不言理而言心，爲有異耳。其不言理而言心者，政以其凝冰而焦火，淵淪而天飛者，不能無真妄邪正之雜，只可以言心而不可以言理也。至其下言「至人秉元化，動静體無違」，然後所謂理之發用者，可即此見之，而上下與天地同流矣。迷見如此，不審尊意以爲如何？（柳重教《省齋集》卷七《往復雜稿·上重庵先生戊子八月十九日》）

公諱玟會，字士悦，號楸軒。……公病枕，常誦《洛閩箴銘》與《感興詩》。古人所謂一息尚存，此志不容小懈者，殆近之矣。（崔益鉉《勉庵集》卷二八《楸軒姜公墓碣銘并序》）

壺山魏公諱河祚，字贊寶。……時則梅山洪文敬公、蘆沙奇先生，於南於北，分主丈席，彬彬有洛閩之風。公便慨然感奮，或齎刺請益，或聞風私淑，所造益深，持論不苟於陰陽、華夷之界分路頭。辨析截嚴，一刀兩段，無回互摇奪之意。口不道非禮，身不踐非義。養性林泉，樂而忘憂，每風清月夜，朗吟朱子《感興詩》《武夷九曲》《招隱操》，聲甚悲壯，若千載感遇焉。（崔益鉉《勉庵集》卷一二九《壺山魏公墓碣銘并序》）

金州南二十里，有秋月山，山下有太清洞，洞後小岡，蜿蟺回抱，高不虚，卑不淺，宛然一區心畫。曹瑛承敬伯甫愛其地形之會於心也，與里中人經營書室有年矣。今年秋，遂合謀築室，閱月而成。室凡五架，堂房階所，方方正正，可以處師生而接賓友也。烟雲變化之態，海山虚明之氣，玲瓏其間，亦足以悦心目而爽胸衿。始取淵明詩語，以「揚明」爲號，屬余記之。余請以「心月」易之，且告之曰：堯舜萬古，其心常在，故朱子《感興詩》曰：「恭惟千載心，秋月照寒水。」山海門人亦言手中明月，傳自唐虞。蓋心之本體，光明洞徹，卷之則藏於方寸之密，而放之則燭九垓而徹萬微。心之取象於月，爲是也。然徒如此，想像不得。程夫子常曰：「涵養須用敬，進學在致知。」學者苟能致知以會其萬，居敬以主其一，則水月之心法在是，居是齋者，其念之哉。此地有心形而山秋月也，故謹記此而歸之云爾。（許愈《后山集》卷一三《心月齋記》）

四德，非誠無以成終始，故誠爲四德之實，如五行之有土，五常之有信。觀於朱子《感興詩》可知。（宋秉璿《淵齋集》卷一七《隨聞雜識》）

公諱鎬，字宗師，系出璿源。……好人之善，若己有之；見人之惡，猶不顯言。恬静簡默，而或值酒酩酊，激昂慷慨，有時乎誦屈《騷》、葛《表》，及朱子《感興詩》等篇，以叙其幽鬱。（宋秉璿《淵齋集》卷三八《外祖肅齋李公墓誌》）

孔夫子作《春秋》，終於周敬王庚申；馬公之作《通鑑》，當以辛酉託始，而乃棄却敬王以後百餘年，以威烈廿三年爲始者，何也？朱先生之述《綱目》，未嘗一遵其例，如蜀漢入正統之類是也，而其不以辛酉爲始，乃遵温公之筆，何也？晦翁《感興詩》曰：「馬公述孔業，託始有餘悲。拳拳信忠厚，無奈迷先機。」所謂「託始」云者，非指馬公《通鑑》起首之謂耶？若然，則先生之作《綱目》，不之改而仍遵其例，何耶？抑是不能遽改前輩之例故然耶？然先生既不從其例者多，則亦非改其凡例爲未安，故仍之者也。願承下教。

朱子不曾改《通鑑》，特就《通鑑》立綱繫目，繼《春秋》而爲法於萬世者也，此《苟庵集》中雜言也。顧亭林謂朱子改《通鑑》，必不如《通鑑》，因以比之於班孟堅之改《史記》而不如《史記》，宋景文之改

《舊唐書》而不如《舊唐書》，則苟庵謂之不識朱子矣。今來喻乃以《綱目》不改温公威烈爲始之誤爲疑，正如顧氏改《通鑑》之説也。若乃《感興詩》「託始有餘悲」之云，則却是究極之論，不可以此而疑彼也。（田愚《艮齋集後編》卷九《答姜孟熙丁巳》）

竊恐「秋月寒江」亦是其時相與贊美之意，故所以爲説如此也，亦非如堯、舜、湯、武傳心之妙，如《感興詩》之意也。然則凡所贊美，皆可遞低而看詳也。（田愚《艮齋集後編》卷一二《朱子大全標疑》第二）

《感興詩》：「天樞遂崇崇。」武后鑄銅爲天樞百五尺，以紀周功，書之曰「大周萬國頌德天樞」。「金鼎蟠龍虎」，《參同契》以乾坤爲鼎爐，坎離爲藥物，煉成内丹。蓋坎離者，水火也。水爲精，火爲氣，存想精氣，以成内丹也。坎離之一名曰龍虎，虎風龍雲，亦氣與精之謂也，道家之幻稱。「顧瞻指心性，名言超有無」，彼所謂識心見性，及其所謂儒家曰有，道家曰無，而佛則通有無而一之者也。（郭鍾錫《俛宇集》卷六〇《答鄭文顯别紙》）

太極妙也，動静機也，不可以動静直謂之妙也，此一句先師亦嘗屢致意焉。始也謂太極之所乘陰陽也，而太極之動，陽生之機也；太極之静，陰生之機也。如此則「乘」字甚實，而機爲所由本之意，正如來喻之云爾。晚而謂這「乘」字，只如乘時、乘勢之乘，乘其自然當然之時勢而爲動静之機也，如此則「乘」字稍虚而「機」爲發動之會耳。今黎翁則守前説，剛翁則從後説，然鍾則近以爲注解文字，不應艱深，當令人易曉。試以《語類》及《大全》諸説參驗之，恐只是謂太極之乘陽而動，乘陰而静，如《感興詩》所云「人心妙不測，出入乘氣機」也。（郭鍾錫《俛宇集》卷六二《答鄭敬可戊戌》）

孔子之言，通指此心之始終真妄，故朱子以爲非徒説心之病而已也。蓋以操而存者爲入，捨而亡者爲出，此正意也。若《感興詩》所謂「人心妙不測，出入乘氣機……至人秉元化，動静體無違」者，以動者爲出，静者爲入，而出入俱非不好底心，此又一意也。（郭鍾錫《俛宇集》卷七六《答李子明》）

《參同契》即煉丹延年、白日飛昇之術，《感興詩》「逆理」、「偷生」之語似斥此，而朱子反訂正其書，而恨不得與季通講之，何也？

人之一身之氣候，即一小天地也，其運行升降，自有正理。《參同契》所述，只是因其自然之候，而不傷其和，以保其天而已。所謂内丹之煉，不過指其水火之調爾，非如仙家之煎鉛汞成丹藥而服餌，以致長生飛昇之偷竊天機也。《感興詩》所云，恐不指此。（郭鍾錫《俛宇集》卷七七《答李汝材

壬寅》)

《感興詩》:「人心妙不測,出入乘氣機。」「妙不測」者,固主宰之理,而非『乘氣機』,做那妙不測不得。故詩意蓋曰:「人心本自神明不測,以其能『乘氣機』故也。」若曰:「這妙不測者,更乘氣機而出入云爾。」則恐未然。

妙用之不測,固因乘氣以致用,而本然之妙,非氣之所加損也。惟其有本然之妙,故能乘氣而致不測之用。若其本無此妙,則木石之冥頑頹塌,雖載之活驥背上,何足以致妙用乎?非乘氣機做那妙不得,恐似倒説了。「若曰」以下,似得此詩之意,但「更」字做病。(郭鍾錫《俛宇集》卷九三《答河聖權辛丑》)

公諱錫英,字景華,松坡號也。魏系冠山,以唐學士鏡爲東來之祖。……日與生徒講討經義,琴書自娱,漁釣取適。雞鳴而起,衣冠端坐,誦南塘《夙夜箴》、晦翁《感興詩》,日以爲常。(奇宇萬一八四六—一九一六《松沙集》卷三六《松坡魏公墓碣銘并序》)

昔王鳳洲論宋詩,以朱子五古爲南渡第一,而至答《感興詩》與陳子昂孰愈之問,則曰:「白首貞

姬，豈與青春冶女争色澤哉？」。（曹兢燮《巖棲集》卷八《與金滄江丙辰》）

昔在光海主初，吾鄉成芙蓉堂先生解濟州紱，屏居榮川山莊，遠近從學者甚衆，有同榻録，凡四十一人，秋月軒孫公以邑子居其一。……及喪遵其言，哀毁過甚。成先生憐其孤且有志，爲之冠而教誨之。自以早喪父母，無意舉業，築室於蓮峰之下伊水上，題其軒曰「秋月」，蓋取朱子《感興詩》語。（曹兢燮《巖棲集》卷三三《秋月軒孫公墓表乙卯》）

《感興詩》曰：「人心妙不測，出入乘氣機。」程子曰：「心即氣也。」不成説以氣乘氣，而兼山以爲心之虚靈即是理者，於此可據云云。若曰「虚靈，理也」，則《大學章句》何以曰「虚靈不昧以具衆理」乎？不成説以理具理，則虚靈之爲氣可知也。且觀一以字以氣具理之意，不亦明乎！然則朱子之意，蓋以古語有「心如人，氣如馬」之喻而借用者歟。《濂洛風雅》注有是説。（鄭在褧《愼窩集》卷八《讀書劄録》）

三十五年，我宣祖四十年丁未，先生六十八歲。三月，手書朱子《感興詩》一帙藏於家。篇下有退陶先生序與跋。（佚名《竹牖先生文集·年譜》）

二十五日，遺戒命子弼熙。……又曰：人家安得長有科宦，以扶持門户，惟惕慮改圖，不失吾儒家模範可也。因披玩《感興詩》及《六君子贊》、濂洛諸篇曰：「吾日前誦此，聊以驗精神矣。」午後與李秉鐸論《感興詩》「金鼎」、「龍虎」之義。（佚名《龜窩集》附録卷一《年譜》）

吁！陰陽之理，只兩個保合。故言其常全而不虧，則《感興詩》之言「保養」是也，言其交會而相感，則《太極説》之言變合是也。（佚名《七書辨疑·周易·乾·彖傳》「保合」）

吁！《感興詩》不云乎「不待窺馬圖，人文已宣朗」。噫！馬圖，即天地自然之文。（佚名《七書辨疑·周易·賁·彖傳》「文明以止人文」）

吁！陽道將亨則必復，故陽氣纔復則已亨，何則？《感興詩》曰：「陽德昭窮泉，萬化從此出。」夫復者，言始微之時也；亨者，言其生物之功也。（佚名《七書辨疑·周易·復·彖傳》「復亨」）

故聖人之作《易》也，《上經》首乾、坤以贊天地生成之妙，《下經》首咸、恒以明男女感通之理，而周夫子之言「陰陽一太極」，《感興詩》之言「妙契一俯仰」者，亦可謂善觀睽同之理者矣。（佚名《七書辨疑·周易·睽·彖傳》「天地睽而其事同也，男女睽而其志通也」）

吁！朱夫子《感興詩》論太極、陰陽之理，而其第十一章曰「乾行配天德，坤布協地文」者，非言乾坤之廣大，而配天地乎？十四章曰「元亨播群彙，利貞固靈根」者，非言陰陽之變通而配四時乎！何則？配者，以此效彼之謂也。一覆一幬，天地如彼其廣大；一寒一暑，四時如彼其變通。而唯彼乾坤者，即天地之象也；陰陽者，即四時之迹也。（佚名《七書辨疑·周易·繫辭上傳》「廣大配天地，變通配四時」）

吁！朱夫子《感興詩》不云乎「玄天幽且默，仲尼欲無言」。夫天何言哉，而四時成焉；聖不言也，而天下信之，則《易》之道，亦不過如斯而已者也。故朱夫子嘗論此句曰：「學者須要默識，得默成之理，然後方可信不言之妙。」噫！《易》之理，豈言之所可盡成而盡信哉？默然不動，而能成於天下之務，不待其言而信之。若四時之序，變通鼓舞之妙，只在於人默之中；探隱賾微之理，非待於言辭之外。（佚名《七書辨疑·周易·繫辭上傳》「默而成之，不言而信」）

徵引文獻

一、中國文獻

（一）經部

《周易經義》，［元］涂溍生撰，《中華再造善本·金元編》經部第八七册，北京：北京圖書館出版社，二〇〇四年。

《易經蒙引》，［明］蔡清撰，文淵閣《四庫全書》第二九册，臺北：臺灣商務印書館，一九八六年。

《易學象數舉隅》，［明］汪敬撰，《續修四庫全書》第五册，上海：上海古籍出版社，二〇〇二年。

《詩集傳》，［宋］朱熹，趙長征點校，北京：中華書局，一九五八年。

《尚書日記》，［明］王樵撰，文淵閣《四庫全書》第五八册，臺北：臺灣商務印書館，一九八六年。

《論語旁證》，［清］梁章鉅撰，《續修四庫全書》第一五五册，上海：上海古籍出版社，二〇〇二年。

《四書通》，［元］胡炳文撰，文淵閣《四庫全書》第二〇三册，臺北：臺灣商務印書館，一九八六年。

《四書管窺》，［元］史伯璿撰，文淵閣《四庫全書》第二〇四册，臺北：臺灣商務印書館，一九八六年。
《讀四書大全説》，［清］王夫之撰，北京：中華書局，一九七五年。
《新編十一經問對》，［元］何異孫撰，《中華再造善本·金元編》經部第一五六册，北京：北京圖書館出版社，二〇〇六年。

（二）史部

《史記》，［漢］司馬遷，北京：中華書局，一九五九年。
《續後漢書》，［元］郝經撰，文淵閣《四庫全書》第三八六册，臺北：臺灣商務印書館，一九八六年。
《元史新編》，［清］魏源撰，《中華再造善本·清代編》史部第二五九册，北京：國家圖書館出版社，二〇一四年。
《元書》，［清］曾廉撰，《四庫未收書輯刊》第四輯第一五册，北京：北京出版社，一九九七年。
《元史藝文志》，［清］錢大昕撰，陳文和主編《嘉定錢大昕全集》（增訂本）第五册，南京：鳳凰出版社，二〇一六年。
《明史稿》，［清］萬斯同撰，天一閣博物館整理，寧波：寧波出版社，二〇〇八年。
《清史稿》，趙爾巽等纂，北京：中華書局，一九七六年。
《續通志》，［清］嵇璜、曹仁虎等撰，文淵閣《四庫全書》第三九四册，臺北：臺灣商務印書館，一九八六年。

《國朝先正事略》，［清］李元度撰，《續修四庫全書》第五三八册，上海：上海古籍出版社，二〇〇二年。

《宋元學案》，［清］黄宗羲原著，全祖望訂補，馮雲濠、王梓材校正，北京：中華書局，一九八六年。

《明儒言行録》，［清］沈佳撰，文淵閣《四庫全書》第四五八册，臺北：臺灣商務印書館，一九八六年。

《雒閩源流録》，［清］張夏，《續修四庫全書》第五三六册，上海：上海古籍出版社，二〇〇二年。

《學案小識》，［清］唐鑒撰，《續修四庫全書》第五三九册，上海：上海古籍出版社，二〇〇二年。

《景定建康志》，［宋］周應合撰，《宋元方志叢刊》第二册，北京：中華書局，一九九〇年。

《（至順）鎮江志》，［元］俞希魯纂，南京：江蘇古籍出版社，一九九九年。

《（弘治）徽州府志》，［明］彭澤、汪舜民纂，《天一閣藏明代方志選刊》第二一册，上海：上海古籍書店，一九八二年。

《（正德）瓊臺志》［明］唐胄等纂，《天一閣藏明代方志選刊》第六一册，上海：上海古籍書店，一九八二年。

《（正德）瑞州府志》，［明］鄺璠修、熊相等纂，《天一閣藏明代方志選刊續編》第四二册，上海：上海古籍書店，一九九〇年。

《（嘉靖）長沙府志》，〔明〕孫存、潘鎰修，〔明〕楊林、張治纂，中國科學院圖書館選編《稀見中國地方志彙刊》第三七册，北京：中國書店，一九九二年。
《（萬曆）温州府志》，〔明〕湯日昭修，〔明〕王光藴纂，《四庫全書存目叢書》史部第二一一册，濟南：齊魯書社，一九九七年。
《浙江通志》，〔清〕嵇曾筠等修，沈翼機等纂，文淵閣《四庫全書》第五二六册，臺北：臺灣商務印書館，一九八六年。
《（道光）廣東通志》，〔清〕阮元修、陳昌齊等纂，《續修四庫全書》第六七二册，上海：上海古籍出版社，二〇〇二年。
《江西通志》，〔清〕謝旻等修，文淵閣《四庫全書》第五一七册，臺北：臺灣商務印書館，一九八六年。
《（同治）蘇州府志》，〔清〕馮桂芬撰，清光緒九年刊本。
《文淵閣書目》，〔明〕楊士奇編，馮惠民、李萬健等選編《明代書目題跋叢刊》上册，北京：書目文獻出版社，一九九四年。
《晁氏寶文堂書目》，〔明〕晁瑮編，馮惠民、李萬健等選編《明代書目題跋叢刊》上册，北京：書目文獻出版社，一九九四年。
《經義考》，〔清〕朱彝尊撰，文淵閣《四庫全書》第六七七册，臺北：臺灣商務印書館，一九八六年。

《千頃堂書目》，〔清〕黄虞稷撰，瞿鳳起、潘景鄭整理，上海：上海古籍出版社，二〇〇一年。

《皕宋樓藏書志》，〔清〕陸心源撰，《清人書目題跋叢刊》第一册，北京：中華書局，一九九〇年。

《善本書室藏書志》，〔清〕丁丙撰，《清人書目題跋叢刊》第二册，北京：中華書局，一九九〇年。

《鐵琴銅劍樓藏書目録》，〔清〕瞿鏞撰，《清人書目題跋叢刊》第三册，北京：中華書局，一九九〇年。

《天一閣書目》，〔清〕范邦甸等撰，江曦、李婧點校，杜澤遜審定，《中國歷代書目題跋叢書》本，上海：上海古籍出版社，二〇一〇年。

《八千卷樓書目》，〔清〕丁仁撰，《續修四庫全書》第九二一册，上海：上海古籍出版社，二〇〇二年。

《寰宇訪碑録》，〔清〕孫星衍撰，《續修四庫全書》第九〇四册，上海：上海古籍出版社，二〇〇二年。

（三）子部

《朱子語類》，〔宋〕黎靖德編，北京：中華書局，一九八六年。

《北溪字義》，〔宋〕陳淳撰，熊國禎、高流水點校，北京：中華書局，一九八三年。

《西山讀書記》，〔宋〕真德秀撰，文淵閣《四庫全書》第七〇五册，臺北：臺灣商務印書館，一九八六年。

《黄氏日抄》，〔宋〕黄震撰，文淵閣《四庫全書》第七〇八册，臺北：臺灣商務印書館，一九八六年。

《理學類編》，〔明〕張九韶撰，文淵閣《四庫全書》第七〇九册，臺北：臺灣商務印書館，一九八六年。

《金華理學粹編》，［清］戴殿江撰，《四庫未收書輯刊》第六輯第一二册，北京：北京出版社，一九九七年。

《榕村續語録》，［清］李光地撰，陳祖武點校，北京：中華書局，一九九五年。

《桯史》，［宋］岳珂撰，吴企明點校，北京：中華書局，一九八一年。

《賓退録》，［宋］趙與時撰，《宋元筆記小説大觀》第四册，上海：上海古籍出版社，二〇〇一年。

《貴耳集》，［宋］張端義撰，《宋元筆記小説大觀》第四册，上海：上海古籍出版社，二〇〇一年。

《日損齋筆記》，［元］黄溍撰，上海：上海古籍出版社，二〇一一年。

《衍極》，［元］鄭杓述，［元］劉有定釋，清《十萬卷樓叢書》本。

《南園漫録》，［明］張志淳撰，《北京圖書館古籍珍本叢刊》第六五册，北京：書目文獻出版社，一九八八年。

《祝子罪知録》，［明］祝允明撰，《四庫全書存目叢書》子部第八三册，濟南：齊魯書社，一九九七年。

《丹鉛總録》，［明］楊慎撰，文淵閣《四庫全書》第八五五册，臺北：臺灣商務印書館，一九八六年。

《荆川稗編》，［明］唐順之撰，文淵閣《四庫全書》第九五四册，臺北：臺灣商務印書館，一九八六年。

《萬姓統譜》，［明］凌迪知編，文淵閣《四庫全書》第九五六册，臺北：臺灣商務印書館，一九八六年。

《山堂肆考》，［明］彭大翼撰，文淵閣《四庫全書》第九七七册，臺北：臺灣商務印書館，一九八六年。

《續文獻通考》，〔明〕王圻編，《四庫全書存目叢書》子部第一八八册，濟南：齊魯書社，一九九七年。
《閑適劇談》，〔明〕鄧球撰，《續修四庫全書》第一一二七册，上海：上海古籍出版社，二〇〇二年。
《守官漫録》，〔明〕劉萬春撰，《四庫禁毀書叢刊》子部第三七册，北京：北京出版社，一九九七年。
《林泉隨筆》，〔明〕張綸言撰，《叢書集成初編》第二九〇二册，上海：商務印書館，一九三六年。
《少室山房筆叢》，〔明〕胡應麟撰，北京：中華書局，一九五八年。
《石渠寶笈》，〔清〕張照等編，文淵閣《四庫全書》第八二五册，臺北：臺灣商務印書館，一九八六年。
《閑道録》，〔清〕熊賜履撰，清華大學圖書館藏清刻本。
《義門讀書記》，〔清〕何焯撰，崔高維點校，北京：中華書局，一九八七年。
《閑漁閑閑録》，〔清〕蔡顯撰，清《嘉業堂叢書》本。
《讀書偶記》，〔清〕雷鋐撰，文淵閣《四庫全書》第七二五册，臺北：臺灣商務印書館，一九八六年。
《得樹樓雜鈔》，〔清〕查慎行撰，《叢書集成續編》第九二册，上海：上海書店，一九九四年。
《粟香隨筆》，〔清〕金武祥撰，《續修四庫全書》第一一八三册，上海：上海古籍出版社，二〇〇二年。
《退庵隨筆》，〔清〕梁章鉅撰，《續修四庫全書》第一一九七册，上海：上海古籍出版社，二〇〇二年。
《天原發微》，〔宋〕鮑雲龍撰，文淵閣《四庫全書》第八〇六册，臺北：臺灣商務印書館，一九八六年。

（四）集部

《楚辭補注》，［宋］洪興祖撰，白化文等點校，北京：中華書局，一九八三年。

《論學繩尺》，［宋］魏天應編選、林子長箋解，文淵閣《四庫全書》集部第一三五八册，臺北：臺灣商務印書館，一九八六年。

《新安文獻志》，［明］程敏政編，文淵閣《四庫全書》第一三七五—一三七六册，臺北：臺灣商務印書館，一九八六年。

《明文衡》，［明］程敏政編，《四部叢刊》本。

《明文海》，［清］黄宗羲編，文淵閣《四庫全書》第一四五四册，臺北：臺灣商務印書館，一九八六年。

《江西詩徵》，［清］曾燠編，《續修四庫全書》第一六八九册，上海：上海古籍出版社，二〇〇二年。

《晚晴簃詩匯》，［民國］徐世昌編，聞石點校，北京：中華書局，一九九〇年。

《柳河東集》，［唐］柳宗元撰，北京：中華書局，一九七九年。

《欒城集》，［宋］蘇轍撰，曾棗莊、馬德富校點，上海：上海古籍出版社，一九八七年。

《朱子全書》，［宋］朱熹撰，朱傑人、嚴佐之、劉永翔主編，上海：上海古籍出版社；合肥：安徽教育出版社，二〇〇二年。

《南澗甲乙稿》，［宋］韓元吉撰，文淵閣《四庫全書》第一一六五册，臺北：臺灣商務印書館，一九八六年。

《北溪大全集》，［宋］陳淳撰，文淵閣《四庫全書》第一一六八册，臺北：臺灣商務印書館，一九八六年。

《西山先生真文忠公文集》，［宋］真德秀撰，《宋集珍本叢刊》第七六册，北京：綫裝書局，二○○四年。

《蒙川遺稿》，［宋］劉黻撰，清《永嘉叢書》本。

《本堂集》，［宋］陳著撰，文淵閣《四庫全書》第一一八五册，臺北：臺灣商務印書館，一九八六年。

《魯齋集》，［宋］王柏撰，文淵閣《四庫全書》第一一八六册，臺北：臺灣商務印書館，一九八六年。

《梅巖文集》，［宋］胡次焱撰，文淵閣《四庫全書》第一一八八册，臺北：臺灣商務印書館，一九八六年。

《復齋先生龍圖陳公文集》，［宋］陳宓撰，《續修四庫全書》第一三一九册，上海：上海古籍出版社，二○○二年。

《何北山先生遺集》，［宋］何基撰，《續修四庫全書》第一三二○册，上海：上海古籍出版社，二○○二年。

《石堂先生遺集》，［宋］陳普撰，《續修四庫全書》第一三二一册，上海：上海古籍出版社，二〇〇二年。

《北游集》，[宋] 汪夢斗撰，文淵閣《四庫全書》第一一八七册，臺北：臺灣商務印書館，一九八六年。

《蘭皋集》，[宋] 吴錫疇撰，《宋集珍本叢刊》第八六册，北京：綫裝書局，二〇〇四年。

《碧梧玩芳集》，[宋] 馬廷鸞撰，《宋集珍本叢刊》第八七册，北京：綫裝書局，二〇〇四年。

《雲峰胡先生文集前編》，[元] 胡炳文撰，《北京圖書館古籍珍本叢刊》第九三册，北京：書目文獻出版社，一九八八年。

《貢文靖雲林集》，[元] 貢奎撰，《北京圖書館古籍珍本叢刊》第九三册，北京：書目文獻出版社，一九八八年。

《知非堂稿》，[元] 何中撰，《北京圖書館古籍珍本叢刊》第九四册，北京：書目文獻出版社，一九八八年。

《桐江續集》，[元] 方回撰，文淵閣《四庫全書》第一一九三册，臺北：臺灣商務印書館，一九八六年。

《剡源文集》，[元] 戴表元撰，文淵閣《四庫全書》第一一九四册，臺北：臺灣商務印書館，一九八六年。

《吴文正集》，[元] 吴澄撰，文淵閣《四庫全書》第一一九七册，臺北：臺灣商務印書館，一九八六年。

《芳谷集》，[元] 徐明善撰，文淵閣《四庫全書》第一二〇二册，臺北：臺灣商務印書館，一九八六年。

《西巖集》，［元］張之翰撰，文淵閣《四庫全書》第一二〇四册，臺北：臺灣商務印書館，一九八六年。
《定宇集》，［元］陳櫟撰，文淵閣《四庫全書》第一二〇五册，臺北：臺灣商務印書館，一九八六年。
《金華黃先生文集》，［元］黃溍撰，《續修四庫全書》第一三二三册，上海：上海古籍出版社，二〇〇二年。
《至正集》，［元］許有壬撰，文淵閣《四庫全書》第一二〇二册，臺北：臺灣商務印書館，一九八六年。
《不繫舟漁集》，［元］陳高撰，文淵閣《四庫全書》第一二一六册，臺北：臺灣商務印書館，一九八六年。
《密庵稿》，［明］謝肅撰，《四部叢刊三編》本。
《白雲稿》，［明］朱右撰，文淵閣《四庫全書》第一二二八册，臺北：臺灣商務印書館，一九八六年。
《逃虛子集》，［明］姚廣孝撰，《四庫全書存目叢書》集部第二八册，濟南：齊魯書社，一九九七年。
《遜志齋集》，［明］方孝孺撰，文淵閣《四庫全書》第一二三五册，臺北：臺灣商務印書館，一九八六年。
《澹然先生文集》，［明］陳敬宗撰，《四庫全書存目叢書》集部第二九册，濟南：齊魯書社，一九九七年。
《康齋集》，［明］吴與弼撰，文淵閣《四庫全書》第一二五一册，臺北：臺灣商務印書館，一九八六年。

《布衣陳先生存稿》，[明]陳真晟撰，《續修四庫全書》第一三三〇册，上海：上海古籍出版社，二〇〇二年。

《守黑齋遺稿》，[明]夏時撰，臺北圖書館藏明永樂本。

《東海張先生文集》，[明]張弼撰，《四庫全書存目叢書》集部第三九册，濟南：齊魯書社，一九九七年。

《篁墩集》，[明]程敏政撰，文淵閣《四庫全書》第一二五二册，臺北：臺灣商務印書館，一九八六年。

《醫閭集》，[明]賀欽撰，文淵閣《四庫全書》第一二五四册，臺北：臺灣商務印書館，一九八六年。

《荷亭文集》，[明]盧格撰，臺北圖書館藏明崇禎本。

《楊文恪公文集》，[明]楊廉撰，《續修四庫全書》集部第一三三二册，上海：上海古籍出版社，二〇〇二年。

《整庵存稿》，[明]羅欽順撰，文淵閣《四庫全書》第一二六一册，臺北：臺灣商務印書館，一九八六年。

《思玄集》，[明]桑悅撰，《四庫全書存目叢書》集部第三九册，濟南：齊魯書社，一九九七年。

《夏東巖先生文集》，[明]夏尚樸撰，《北京圖書館古籍珍本叢書》第一〇二册，北京：書目文獻出版社，一九八八年。

《祭酒琴溪陳先生集》，［明］陳寰撰，沈乃文編《明別集叢刊》第一輯第九〇册，合肥：黄山書社，二〇一三年。

《益藩睿製文集》，［明］朱厚燁撰，日本尊經閣文庫藏明嘉靖本。

《文簡集》，［明］孫承恩撰，文淵閣《四庫全書》第一二七一册，臺北：臺灣商務印書館，一九八六年。

《弇州四部稿》，［明］王世貞撰，文淵閣《四庫全書》第一二八三册，臺北：臺灣商務印書館，一九八六年。

《師竹堂集》，［明］王祖嫡撰，《四庫未收書輯刊》第五輯第二三册，北京：北京出版社，一九九七年。

《重刻楊復所先生家藏文集》，［明］楊起元撰，《四庫禁毁書叢刊》集部第六三册，北京：北京出版社，一九九七年。

《山堂萃稿》，［明］徐問撰，《四庫全書存目叢書》集部第五四册，濟南：齊魯書社，一九九七年。

《葉瀾山輯著全書》，［明］葉廷秀撰，沈乃文編《明別集叢刊》第五輯第七一册，合肥：黄山書社，二〇一六年。

《世德堂集》，［清］王鉞撰，《四庫全書存目叢書》集部第二三一册，濟南：齊魯書社，一九九七年。

《復初齋詩集》，［清］翁方綱撰，《續修四庫全書》第一四五四册，上海：上海古籍出版社，二〇〇二年。

《復初齋外集》，［清］翁方綱撰，清《嘉業堂叢書》本。

《寄庵詩文鈔》，［清］劉大紳撰，《續修四庫全書》第一四七三册，上海：上海古籍出版社，二〇〇二年。

《荔村草堂詩鈔》，［清］譚宗浚撰，《續修四庫全書》第一五六四册，上海：上海古籍出版社，二〇〇二年。

《後村詩話》，［宋］劉克莊撰，王秀梅點校，北京：中華書局，一九八三年。

《詩林廣記》，［宋］蔡正孫撰，常振國、降雲點校，北京：中華書局，一九八二年。

《吴禮部詩話》，［元］吴師道撰，《歷代詩話續編》本，北京：中華書局，一九八三年。

《南溪筆録群賢詩話》，［元］佚名撰，《四庫全書存目叢書》集部第四一六册，濟南：齊魯書社，一九九七年。

《歸田詩話》，［明］瞿佑撰，陳廣宏、侯榮川編校《明人詩話要籍彙編》第一册，上海：復旦大學出版社，二〇一七年。

《麓堂詩話》，［明］李東陽撰，陳廣宏、侯榮川編校《明人詩話要籍彙編》第一册，上海：復旦大學出版社，二〇一七年。

《詩藪》，［明］胡應麟撰，陳廣宏、侯榮川編校《明人詩話要籍彙編》第八册，上海：復旦大學出版社，二〇一七年。

《詩源辯體》，〔明〕許學夷撰，陳廣宏、侯榮川編校《明人詩話要籍彙編》第九册，上海：復旦大學出版社，二〇一七年。

《文章辨體序説》，〔明〕吴訥撰，北京：人民文學出版社，一九八二年。

《石洲詩話》，〔清〕翁方綱撰，郭紹虞編選、富壽蓀校點《清詩話續編》本（第二版），上海：上海古籍出版社，二〇一六年。

《柳亭詩話》，〔清〕宋長白撰，張寅彭選輯，吴忱、楊焄點校《清詩話三編》本，上海：上海古籍出版社，二〇一四年。

《全閩詩話》，〔清〕鄭方坤撰，陳節、劉大治點校《八閩文獻叢刊》本，福州：福建人民出版社，二〇〇六年。

《藝概》，〔清〕劉熙載撰，上海：上海古籍出版社，一九七八年。

（五）現代研究著作

《朱子詩中的思想研究》，申美子撰，臺北：文史哲出版社，一九八八年。

《宋詩選注》，錢鍾書撰，北京：人民文學出版社，一九八九年第二版。

《趙孟頫書法作品全集》，天津：天津古籍出版社，一九九八年。

《宋明理學與文學》，許總撰，南昌：百花洲文藝出版社，一九九九年。
《日本的朱子學》，朱謙之撰，北京：人民出版社，二〇〇〇年。
《翁方綱年譜》，沈津撰，臺北：中研院文哲研究所，二〇〇二年。
《朱熹的歷史世界》，余英時撰，北京：生活·讀書·新知三聯書店，二〇〇四年。
《新安理學》，周曉光撰，合肥：安徽人民出版社，二〇〇五年。
《唐宋千家聯珠詩格校證》，卞東波撰，南京：鳳凰出版社，二〇〇七年。
《作爲方法的漢文化圈》，張伯偉撰，北京：中華書局，二〇一一年。
《家學、經學和朱子學——以元代徽州學者胡一桂、胡炳文和陳櫟爲中心》，史甄陶撰，上海：華東師範大學出版社，二〇一三年。
《建陽劉氏刻書考》（下），方彦壽撰，載《文獻》一九八八年第三期。
《劉剡小傳》，王重民撰，載《冷廬文藪》，上海：上海古籍出版社，一九九二年。
《宋元明時期的新安理學》，周曉光撰，《中國典籍與文化》一九九三年第四期。
《陳子昂的玄感和朱熹的理興——〈感遇〉與〈寓居感興〉對讀》，王利民撰，《中國韻文學刊》一九九九年第一期。
《論新安理學的形成、演變及其階段性特徵》，李霞撰，《中國哲學史》二〇〇三年第一期。

《從〈四書輯釋〉的編刻看〈四書〉學學術史》，顧永新撰，載《北京大學學報》（哲學社會科學版）二〇〇六年第二期。

《和刻本胡次焱〈贅箋唐詩絶句選〉之淵源與文獻價值》，查屏球撰，載《中國典籍與文化》二〇〇七年第三期。

《從〈感興詩通〉論胡炳文對朱學的繼承與發展》，史甄陶撰，《漢學研究》第二十六卷三期，二〇〇八年九月。

《桑悦生平及其詩學思想考論》，楊彦妮撰，《東華人文學報》第一四期，二〇〇九年一月。

《劉履著述考》，張劍撰，《紹興文理學院學報》二〇〇九年第五期。

《疏解朱子〈齋居感興詩〉的理學思想》，王錕撰，載《朱學正傳：北山四先生理學》，上海：上海三聯書店，二〇一〇年。

《朱熹詩作蘊藏理學思想》，王錕撰，《中國社會科學報》二〇一四年一月六日A6版。

《朱子理學詩學研究》，王玉琴撰，南京：南京大學出版社，二〇一四年。

《南宋理學與文學：以理學派別爲考察中心》，葉文舉撰，濟南：齊魯書社，二〇一五年。

《朱子〈齋居感興詩〉理學思想箋注》，王錕撰，載肖瑞峰、劉躍進主編《跨界交流與學科對話：宋代文史青年學者論壇》，杭州：浙江大學出版社，二〇一五年。

《論朱熹〈齋居感興二十首〉與丹道之學的關係》，史甄陶撰，《清華中文學報》（新竹）第一七期，二〇一七年六月。
《北山學派文道合一發展脉絡之研究》，許玉敏撰，臺灣成功大學中國文學系碩士論文，二〇〇三年。
《北山學派研究》，高雲萍撰，浙江大學哲學系博士論文，二〇〇七年。

二、日本文獻

《江户時代書林出版書籍目録集成》，慶應義塾大學附屬研究所斯道文庫編，東京：井上書房，一九六二—一九六四年。
《尺素往來》，［日本］一條兼良撰，［日本］塙保己一編《群書類從》第九輯，東京：續群書類從完成會，一九五九年。
《日本名僧傳》，［日本］塙保己一編纂、太田藤四郎補《續群書類從》卷二百三，東京：續群書類從完成會，一九九五年。
《鵞峰林學士文集》，［日本］林恕撰，《近世儒家文集集成》第二期第十二卷，東京：ぺりかん社，一九九七年。
《山崎闇齋全集》，［日本］山崎嘉撰，東京：日本古典學會，一九三六—一九三七年。

《續山崎闇齋全集》，〔日本〕山崎嘉撰，東京：日本古典學會，一九三六—一九三七年。
《强齋先生遺稿》，〔日本〕若林强齋撰，京都大學附屬圖書館藏鈔本。
《静寄軒集》，〔日本〕尾藤二洲撰，《近世儒家文集集成》第一期第十卷，東京：ぺりかん社，一九九一年。
《春水日記》，〔日本〕賴山陽撰，木崎愛吉、賴成一共編《賴山陽全書》附録，廣島：賴山陽先生遺蹟顯彰會，一九三一—一九三二年。
《青崖詩存》，〔日本〕國分青崖撰，富士川英郎、松下忠、佐野正巳編《詩集日本漢詩》第二十卷，東京：汲古書院，一九八五年。
《鎌倉紀行》，〔日本〕户田幹撰，富士川英郎、佐野正巳編《紀行日本漢詩》第一卷，東京：汲古書院，一九九一年。
《漢學紀源》，〔日本〕伊地知季安撰，載《薩藩叢書》第二編，鹿兒島：薩藩叢書刊行會，一九〇九年，第三卷。
《日本古印刷文化史》，〔日〕木宫泰彦撰，東京：冨山房，一九三二年。
《碩水文庫に就て》，載《碩水文庫目録》卷首，九州大學附屬圖書館編，一九三四年。
《楠本端本——生涯と思想》，〔日本〕岡田武彦撰，福岡：積文館書店，一九五九年。

《日本朱子學と朝鮮》，［日本］阿部吉雄撰，東京：東京大學出版會，一九六五年。

《楠本碩水伝》，［日本］藤村禪撰，長崎：芸文堂，一九七八年。

《朱子感興詩と若林强齋の感興詩講義》，［日本］近藤啓吾撰，載《藝林》第一七卷第三號，一九六六年六月。

《近世儒者的仏教觀——近世儒教和仏教的交涉》，［日本］源了圓撰，載玉城康四郎編《仏教の比較思想論的研究》，東京：東京大學出版會，一九七九年。

《崎門學派系譜》，［日本］楠本碩水原輯、岡直養補訂，載岡田武彦等編《楠本端山・碩水全集》，福岡：葦書房，一九八〇年。

《楠本正繼博士之宋明儒學思想研究》，［日本］柴田篤撰，載《臺灣東亞文明研究學刊》第二卷第二期，二〇〇五年十二月。

《碩水文庫餘滴：楠本正繼教授と九州大學附屬圖書館》，［日本］柴田篤撰，載《中國哲學論集》第三三輯，二〇〇七年。

三、朝鮮半島文獻

《易解參考》，［朝鮮］柳正源撰，韓國成均館大學大東文化研究院編《韓國經學資料集成》第一

○一一○二册，首爾：成均館大學校出版部，一九九六年。

《星湖全書・易經疾書》，〔朝鮮〕李瀷撰，韓國成均館大學大東文化研究院編《韓國經學資料集成》第九八册，首爾：成均館大學校出版部，一九九六年。

《七書辨疑・周易》，〔朝鮮〕佚名撰，韓國成均館大學大東文化研究院編《韓國經學資料集成》第一二二册，首爾：成均館大學校出版部，一九九七年。

《禮記補注》，〔朝鮮〕金在魯撰，《韓國經學資料集成》第一二七册，首爾：成均館大學校出版部，一九九八年。

《訥庵集・大學答問》，〔朝鮮〕吴衡弼撰，韓國成均館大學大東文化研究院編《韓國經學資料集成》第七册，首爾：成均館大學校出版部，一九八九年。

《四書答問・孟子答問》，〔朝鮮〕李惟泰撰，韓國成均館大學大東文化研究院編《韓國經學資料集成》第九册，首爾：成均館大學校出版部，一九八九年。

《朝鮮時代書目叢刊》，張伯偉編，北京：中華書局，二〇〇四年。

《星湖先生僿説》，〔朝鮮〕李瀷撰，韓國國立中央圖書館藏寫本。

《晦軒先生實記》，〔高麗〕安珦撰，《韓國歷代文集叢書》第二五册，首爾：景仁文化社，一九九九年。

《麟齋遺稿》，〔朝鮮〕李種學撰，《韓國文集叢刊》第七册，首爾：景仁文化社，一九九六年。

《藍溪集》，[朝鮮]表沿沫撰，《韓國文集叢刊》第一五册，首爾：景仁文化社，一九九八年。
《龍門集》，[朝鮮]趙昱撰，《韓國文集叢刊》第二八册，首爾：景仁文化社，一九九六年。
《退溪集》，[朝鮮]李滉撰，《韓國文集叢刊》第三〇册，首爾：景仁文化社，一九九六年。
《眉巖集》，[朝鮮]柳希春撰，《韓國文集叢刊》第三四册，首爾：景仁文化社，一九九六年。
《清江集》，[朝鮮]李濟臣撰，《韓國文集叢刊》第四三册，首爾：景仁文化社，一九九六年。
《西厓別集》，[朝鮮]柳成龍撰，《韓國文集叢刊》第五二册，首爾：景仁文化社，一九九六年。
《重峰集》，[朝鮮]趙憲撰，《韓國文集叢刊》第五四册，首爾：景仁文化社，一九九六年。
《岳麓集》，[朝鮮]許筬撰，《韓國文集叢刊》第五七册，首爾：景仁文化社，一九九六年。
《沙溪遺稿》，[朝鮮]金長生撰，《韓國文集叢刊》第五七册，首爾：景仁文化社，一九九六年。
《滄浪詩集》，[朝鮮]成文濬撰，《韓國文集叢刊》第六四册，首爾：景仁文化社，一九九六年。
《芝峰集》，[朝鮮]李晬光撰，《韓國文集叢刊》第六六册，首爾：景仁文化社，一九九六年。
《敬亭集》，[朝鮮]李民宬撰，《韓國文集叢刊》第七六册，首爾：景仁文化社，一九九六年。
《潛谷遺稿》，[朝鮮]金堉撰，《韓國文集叢刊》第八六册，首爾：景仁文化社，一九九六年。
《澗松集》，[朝鮮]趙任道撰，《韓國文集叢刊》第八九册，首爾：景仁文化社，一九九六年。
《樂静集》，[朝鮮]趙錫胤撰，《韓國文集叢刊》第一〇五册，首爾：景仁文化社，一九九三年。

《宋子大全》，[朝鮮]宋時烈撰，《韓國文集叢刊》第一一〇册，首爾：景仁文化社，一九九三年。
《久堂集》，[朝鮮]朴長遠撰，《韓國文集叢刊》第一二一册，首爾：景仁文化社，一九九六年。
《葛庵集》，[朝鮮]李玄逸撰，《韓國文集叢刊》第一二八册，首爾：景仁文化社，一九九六年。
《明齋遺稿》，[朝鮮]尹拯撰，《韓國文集叢刊》第一三五册，首爾：景仁文化社，一九九六年。
《南溪先生朴文純公文正集》，[朝鮮]朴世采撰，《韓國文集叢刊》第一四〇册，首爾：景仁文化社，一九九六年。
《明谷集》，[朝鮮]崔錫鼎撰，《韓國文集叢刊》第一五三册，首爾：景仁文化社，一九九七年。
《丈巖集》，[朝鮮]鄭澔撰，《韓國文集叢刊》第一五七册，首爾：景仁文化社，一九九七年。
《農巖集》，[朝鮮]金昌協撰，《韓國文集叢刊》第一六一册，首爾：景仁文化社，一九九八年。
《玉吾齋集》，[朝鮮]宋相琦撰，《韓國文集叢刊》第一七一册，首爾：景仁文化社，一九九八年。
《遜齋集》，[朝鮮]朴光一撰，《韓國文集叢刊》第一七一册，首爾：景仁文化社，一九九八年。
《密庵集》，[朝鮮]李栽撰，《韓國文集叢刊》第一七三册，首爾：景仁文化社，一九九八年。
《玉川集》，[朝鮮]趙德鄰撰，《韓國文集叢刊》第一七五册，首爾：景仁文化社，一九九六年。
《屏山集》，[朝鮮]李觀命撰，《韓國文集叢刊》第一七七册，首爾：景仁文化社，一九九八年。
《息山集》，[朝鮮]李萬敷撰，《韓國文集叢刊》第一七八册，首爾：景仁文化社，一九九八年。

《陶谷集》，［朝鮮］李宜顯撰，《韓國文集叢刊》第一八一册，首爾：景仁文化社，一九九九年。
《杞園集》，［朝鮮］魚有鳳撰，《韓國文集叢刊》第一八四册，首爾：景仁文化社，一九九九年。
《克齋集》，［朝鮮］申益愰撰，《韓國文集叢刊》第一八五册，首爾：景仁文化社，一九九九年。
《冠峰遺稿》，［朝鮮］玄尚璧撰，《韓國文集叢刊》第一九一册，首爾：景仁文化社，一九九九年。
《陶庵集》，［朝鮮］李縡撰，《韓國文集叢刊》第一九四册，首爾：景仁文化社，一九九九年。
《星湖全集》，［朝鮮］李瀷撰，《韓國文集叢刊》第一九八册，首爾：景仁文化社，一九九九年。
《南塘集》，［朝鮮］韓元震撰，《韓國文集叢刊》第二〇一册，首爾：景仁文化社，二〇〇〇年。
《屏溪集》，［朝鮮］尹鳳九撰，《韓國文集叢刊》第二〇三册，首爾：景仁文化社，二〇〇〇年。
《霽山集》，［朝鮮］金聖鐸撰，《韓國文集叢刊》第二〇六册，首爾：景仁文化社，二〇〇〇年。
《貞庵集》，［朝鮮］閔遇洙撰，《韓國文集叢刊》第二一五册，首爾：景仁文化社，二〇〇〇年。
《雷淵集》，［朝鮮］南有容撰，《韓國文集叢刊》第二一七册，首爾：景仁文化社，二〇〇〇年。
《櫟泉集》，［朝鮮］宋明欽撰，《韓國文集叢刊》第二二一册，首爾：景仁文化社，二〇〇一年。
《大山集》，［朝鮮］李象靖撰，《韓國文集叢刊》第二二六册，首爾：景仁文化社，二〇〇一年。
《鹿門集》，［朝鮮］任聖周撰，《韓國文集叢刊》第二二八册，首爾：景仁文化社，二〇〇一年。
《豐墅集》，［朝鮮］李敏輔撰，《韓國文集叢刊》第二三二册，首爾：景仁文化社，二〇〇一年。

《保晚齋集》，〔朝鮮〕徐命膺撰，《韓國文集叢刊》第二三三册，首爾：景仁文化社，二〇〇一年。
《艮翁集》，〔朝鮮〕李獻慶撰，《韓國文集叢刊》第二三四册，首爾：景仁文化社，二〇〇一年。
《耳溪集》，〔朝鮮〕洪良浩撰，《韓國文集叢刊》第二四一册，首爾：景仁文化社，二〇〇一年。
《青城集》，〔朝鮮〕成大中撰，《韓國文集叢刊》第二四八册，首爾：景仁文化社，二〇〇一年。
《近齋集》，〔朝鮮〕朴胤源撰，《韓國文集叢刊》第二五〇册，首爾：景仁文化社，二〇〇一年。
《默軒集》，〔朝鮮〕李萬運撰，《韓國文集叢刊》第二五一册，首爾：景仁文化社，二〇〇一年。
《立齋集》，〔朝鮮〕鄭宗魯撰，《韓國文集叢刊》第二五三册，首爾：景仁文化社，二〇〇一年。
《過齋遺稿》，〔朝鮮〕金正默撰，《韓國文集叢刊》第二五五册，首爾：景仁文化社，二〇〇一年。
《無名子集》，〔朝鮮〕尹愭撰，《韓國文集叢刊》第二五六册，首爾：景仁文化社，二〇〇一年。
《下廬集》，〔朝鮮〕黄德吉撰，《韓國文集叢刊》第二六〇册，首爾：景仁文化社，二〇〇一年。
《貞蕤閣五集》，〔朝鮮〕朴齊家撰，《韓國文集叢刊》第二六一册，首爾：景仁文化社，二〇〇一年。
《弘齋全書》，〔朝鮮〕李祘撰，《韓國文集叢刊》第二六二册，首爾：景仁文化社，二〇〇一年。
《與猶堂全書》，〔朝鮮〕丁若鏞撰，《韓國文集叢刊》第二八一册，首爾：景仁文化社，二〇〇二年。
《楓皋集》，〔朝鮮〕金祖淳撰，《韓國文集叢刊》第二八九册，首爾：景仁文化社，二〇〇二年。
《臺山集》，〔朝鮮〕金邁淳撰，《韓國文集叢刊》第二九四册，首爾：景仁文化社，二〇〇二年。

《梅山集》，〔朝鮮〕洪直弼撰，《韓國文集叢刊》第二九五册，首爾：景仁文化社，二〇〇二年。
《華西集》，〔朝鮮〕李恒老撰，《韓國文集叢刊》第三〇四册，首爾：景仁文化社，二〇〇三年。
《肅齋集》，〔朝鮮〕趙秉悳撰，《韓國文集叢刊》第三一一册，首爾：景仁文化社，二〇〇三年。
《溪堂集》，〔朝鮮〕柳疇睦撰，《韓國文集叢刊》第三一三册，首爾：景仁文化社，二〇〇三年。
《寒洲集》，〔朝鮮〕李震相撰，《韓國文集叢刊》第三一七册，首爾：景仁文化社，二〇〇三年。
《重庵集》，〔朝鮮〕金平默撰，《韓國文集叢刊》第三一九—三二〇册，首爾：景仁文化社，二〇〇三年。
《眉山集》，〔朝鮮〕韓章錫撰，《韓國文集叢刊》第三二二册，首爾：景仁文化社，二〇〇四年。
《省齋集》，〔朝鮮〕柳重教撰，《韓國文集叢刊》第三二三册，首爾：景仁文化社，二〇〇四年。
《勉庵集》，〔朝鮮〕崔益鉉撰，《韓國文集叢刊》第三二六册，首爾：景仁文化社，二〇〇四年。
《后山集》，〔朝鮮〕許愈撰，《韓國文集叢刊》第三二七册，首爾：景仁文化社，二〇〇四年。
《淵齋集》，〔朝鮮〕宋秉璿撰，《韓國文集叢刊》第三二九—三三〇册，首爾：景仁文化社，二〇〇四年。
《艮齋集》，〔朝鮮〕田愚撰，《韓國文集叢刊》第三三四册，首爾：景仁文化社，二〇〇四年。
《俛宇集》，〔朝鮮〕郭鍾錫撰，《韓國文集叢刊》第三四一册，首爾：景仁文化社，二〇〇四年。

《松沙集》，［朝鮮］奇宇萬撰，《韓國文集叢刊》第三四六册，首爾：景仁文化社，二〇〇五年。

《巖棲集》，［朝鮮］曹兢燮撰，《韓國文集叢刊》第三五〇册，首爾：景仁文化社，二〇〇五年。

《竹牖集》，［朝鮮］佚名撰，《韓國文集叢刊續編》第五册，首爾：韓國古典翻譯院，二〇〇五年。

《竹軒集》，［朝鮮］崔恒慶撰，《韓國文集叢刊續編》第一二册，首爾：韓國古典翻譯院，二〇〇六年。

《秋潭集》，［朝鮮］金友伋撰，《韓國文集叢刊續編》第一八册，首爾：韓國古典翻譯院，二〇〇六年。

《無住逸稿》，［朝鮮］洪鎬撰，《韓國文集叢刊續編》第二二册，首爾：韓國古典翻譯院，二〇〇六年。

《默守堂集》，［朝鮮］崔有海撰，《韓國文集叢刊續編》第二三册，首爾：韓國古典翻譯院，二〇〇六年。

《約齋集》，［朝鮮］柳尚運撰，《韓國文集叢刊續編》第四二册，首爾：韓國古典翻譯院，二〇〇七年。

《博泉詩集》，［朝鮮］李沃撰，《韓國文集叢刊續編》第四四册，首爾：韓國古典翻譯院，二〇〇七年。

《遁翁集》，［朝鮮］韓汝愈撰，《韓國文集叢刊續編》第四四册，首爾：韓國古典翻譯院，二〇〇七年。

《逋軒集》，［朝鮮］權德秀撰，《韓國文集叢刊續編》第五七册，首爾：韓國古典翻譯院，二〇〇八年。

《西溪集》，［朝鮮］朴泰茂撰，《韓國文集叢刊續編》第五九册，首爾：韓國古典翻譯院，二〇〇八年。

《悔窩集》，［朝鮮］安重觀撰，《韓國文集叢刊續編》第六五册，首爾：韓國古典翻譯院，二〇〇八年。

《静坐窩集》，［朝鮮］沈潮撰，《韓國文集叢刊續編》第七三册，首爾：韓國古典翻譯院，二〇〇九年。

《易安堂集》，［朝鮮］趙天經撰，《韓國文集叢刊續編》第七四册，首爾：韓國古典翻譯院，二〇〇九年。

《兼山集》，［朝鮮］俞肅基撰，《韓國文集叢刊續編》第七四册，首爾：韓國古典翻譯院，二〇〇九年。

《賁需齋集》，［朝鮮］姜奎焕撰，《韓國文集叢刊續編》第七五册，首爾：韓國古典翻譯院，二〇〇九年。

《白水集》，［朝鮮］楊應秀撰，《韓國文集叢刊續編》第七七册，首爾：韓國古典翻譯院，二〇〇九年。

《八友軒集》，［朝鮮］趙普陽撰，《韓國文集叢刊續編》第七九册，首爾：韓國古典翻譯院，二〇〇九年。

《下枝遺集》，［朝鮮］李象辰撰，《韓國文集叢刊續編》第八〇册，首爾：韓國古典翻譯院，二〇〇九年。

《庸齋集》，［朝鮮］金謹行撰，《韓國文集叢刊續編》第八一册，首爾：韓國古典翻譯院，二〇〇九年。

《密庵集》，［朝鮮］金砥行撰，《韓國文集叢刊續編》第八三册，首爾：韓國古典翻譯院，二〇〇九年。

《后山集》，［朝鮮］李宗洙撰，《韓國文集叢刊續編》第八五册，首爾：韓國古典翻譯院，二〇〇九年。

《雲湖集》，［朝鮮］任靖周撰，《韓國文集叢刊續編》第九〇册，首爾：韓國古典翻譯院，二〇〇九年。

《濯溪集》，［朝鮮］金相進撰，《韓國文集叢刊續編》第九四册，首爾：韓國古典翻譯院，二〇一〇年。

《龜窩集》，［朝鮮］佚名撰，《韓國文集叢刊續編》第九五册，首爾：韓國古典翻譯院，二〇一〇年。

《蠹窩集》，［朝鮮］崔興璧撰，《韓國文集叢刊續編》第九五册，首爾：韓國古典翻譯院，二〇一〇年。

《俛庵集》，［朝鮮］李㙖撰，《韓國文集叢刊續編》第九六册，首爾：韓國古典翻譯院，二〇一〇年。

《懼庵集》，［朝鮮］李樹仁撰，《韓國文集叢刊續編》第九六册，首爾：韓國古典翻譯院，二〇一〇年。

《廣瀨集》，［朝鮮］李野淳撰，《韓國文集叢刊續編》第一〇二册，首爾：韓國古典翻譯院，二〇一〇年。

《近窩集》，［朝鮮］柳栻撰，《韓國文集叢刊續編》第一〇三册，首爾：韓國古典翻譯院，二〇一〇年。

《山木軒集》，［朝鮮］金義淳撰，《韓國文集叢刊續編》第一〇四册，首爾：韓國古典翻譯院，二〇一〇年。

《質庵集》，［朝鮮］崔璧撰，《韓國文集叢刊續編》第一〇七册，首爾：韓國古典翻譯院，二〇一〇年。

《鶴棲集》，［朝鮮］柳台佐撰，《韓國文集叢刊續編》第一〇七册，首爾：韓國古典翻譯院，二〇一〇年。

《海隱遺稿》，［朝鮮］姜必孝撰，《韓國文集叢刊續編》第一〇八册，首爾：韓國古典翻譯院，二〇一〇年。

《大埜集》，［朝鮮］柳健休撰，《韓國文集叢刊續編》第一一〇册，首爾：韓國古典翻譯院，二〇一〇年。

《好古窩集》，[朝鮮] 柳徽文撰，《韓國文集叢刊續編》第一一二册，首爾：韓國古典翻譯院，二〇一一年。

《所庵集》，[朝鮮] 李秉遠撰，《韓國文集叢刊續編》第一一五册，首爾：韓國古典翻譯院，二〇一一年。

《敬庵集》，[朝鮮] 李漢膺撰，《韓國文集叢刊續編》第一一六册，首爾：韓國古典翻譯院，二〇一一年。

《慎窩集》，[朝鮮] 鄭在褧撰，《韓國文集叢刊續編》第一一七册，首爾：韓國古典翻譯院，二〇一一年。

《凝窩集》，[朝鮮] 李源祚撰，《韓國文集叢刊續編》第一二一册，首爾：韓國古典翻譯院，二〇一一年。

《農廬集》，[朝鮮] 姜獻奎撰，《韓國文集叢刊續編》第一二二册，首爾：韓國古典翻譯院，二〇一一年。

《進庵集》，[朝鮮] 鄭墧撰，《韓國文集叢刊續編》第一二二册，首爾：韓國古典翻譯院，二〇一一年。

《訂窩集》，[朝鮮] 金岱鎮撰，《韓國文集叢刊續編》第一二三册，首爾：韓國古典翻譯院，二〇一一一年。

《東林集》，〔朝鮮〕柳致皜撰，《韓國文集叢刊續編》第一二四冊，首爾：韓國古典翻譯院，二〇一一年。

《立軒集》，〔朝鮮〕韓運聖撰，《韓國文集叢刊續編》第一二四冊，首爾：韓國古典翻譯院，二〇一一年。

《朱子『齋居感興詩』와『武夷櫂歌』의 조선판본》（《〈朱子齋居感興詩〉與〈武夷櫂歌〉的朝鮮版本》），沈慶昊撰，《季刊書誌學報》第十四輯，韓國書誌學會，一九九四年十二月。

《朱子感興詩研究》，中美子撰，《中國語文學論集》第十一號，韓國中國語文學研究會，一九九九年二月。

《朝鮮前期 朱子 著述의 刊行에 관한 研究》（《朝鮮王朝前期朱子著述刊行研究》），崔京勛（音，최경훈），載《書誌學研究》第四二輯，二〇〇九年第六期。

《中國書籍的輸入與學術受容——以明初建陽書林學者劉剡編撰的書籍爲中心》（기획주제：외래도서가 한국한문학의 발전에 끼친 영향의 탐색：중국도서의 수입과 학문적 수용 —명초 건양의 서림학자 劉剡의 편찬서를 중심으로—），鄭在哲（音，정재철），載《東方漢文學》第六六輯，二〇一六年。

後記

芳華雖逝，初/癡心不改。

在丁酉年的歲末和戊戌年的初春，爲自己持續近十年的工作作一總結，内心的激動可想而知。二〇一八年，於我而言，是有特殊意義的一年。一是個人四十初度，步入不惑之年；二是距我第一次接觸到中日韓《感興詩》諸多注本并發願整理亦已十年飄逝。回想二十二年前，我考入南京大學中文系後，即矢志於學問。廿二年來，對學問的愛好、敬畏之心，終始未改。這份初心，也可以説是一種癡心。黄山谷在《小山集序》中嘗稱晏幾道有四癡，正是這些「癡」成就了晏幾道的詞格，而我想做學問也需要一點「癡」的精神，更需要對學問的癡迷、癡心，以及癡情。我很高興，這麽多年來，我一直能够從事我喜歡的古代文學研究工作，癡迷與醉心于自己的學問世界，能够將職業與志業結合在一起。這真的要感謝偉大的時代，感謝南京大學文學院爲我提供的安心治學的良好環境，感謝家人爲我無私付出與犧牲，感謝學界諸多師友對我的幫助與照顧。

《朱子〈感興詩〉中日韓古注本集成》一書，於我而言，附載了很多難忘的記憶，特別是見證了我學術轉型的思考與挑戰。二〇〇六年，博士畢業留校工作後，有幾年時間，自覺個人的學問原地踏步。我決心開始學術轉型，將自己的學術軌道轉換到域外漢籍研究上來，轉型的契機就是其時我在海外收集到多部朱子《齋居感興二十首》的中日韓古注本。我内心不禁冒出疑問：何以朱子這一組詩在東亞産生這麽大的影響？這些注本之間的關係如何？這無疑在提示我，即使研究中國古代文學，也不能從單一的中國視角出發，而如將中國古代文學作品放到東亞漢文化圈的視域中加以觀照，其意義就可能大不一樣了。我決心從東亞漢文化圈的視角來研究朱熹這一組詩歌在中日韓三國不同的接受與反響，後來讀到伯偉師寫的《作爲方法的漢文化圈》一文，深受啓發，也與我的想法頗爲契合，本書可以説是伯偉師這一理念的一個注脚。

本書收録了朱子《齋居感興二十首》十幾部中日韓古注本，整理與點校工作整整持續了十年。吴承學教授在隨筆《微信萬里校書記》（《古典文學知識》二〇一七年第五期）中曾説到我對海外材料的熟悉，并稱爲我「文獻學專家」。其實「專家」，我根本談不上，而對域外文獻的一點點熟悉，也得益於十年來多次在美國、日本、韓國訪學時的調查與研究，并在訪學的過程中又認識了很多志同道合的朋友，正是靠他們的幫助，我纔能在萬里之外，第一時間得到自己需要的資料。

二〇〇八年八月至二〇〇九年八月、二〇一四年八月至二〇一五年八月，我兩度受邀在哈佛燕京學社以及哈佛大學東亞系訪問，在哈佛燕京圖書館善本部中，我第一次讀到山崎闇齋的《感興詩考注》以及李宗洙的《朱子感興詩諸家集解》，進而知道了衆多中國的注本。在哈佛訪學時，我認識了盧京姬教授，她曾就讀於韓國首爾大學，又在京都大學文學部攻讀博士。她在哈佛訪學結束後，在京都大學拿到了博士學位，并回到首爾大學工作。二〇一〇年八月，首爾大學奎章閣韓國學國際研究中心要召開第二屆韓國學國際學術研討會，京姬就邀我參加。我當時提交的論文就是《朱子〈齋居感興二十首〉在東亞社會的流傳與影響》。此文長約五萬字，寫作也持續了大半年時間。爲了理解詩意，我一個字一個字將收集到的《感興詩》注本輸入電腦，此舉的確加深了我對詩歌文本的印象。這是我從前研究《唐宋千家聯珠詩格》的方法，實踐證明這種方法行之有效。

本來我以爲《齋居感興二十首》中日韓古注本只有幾部，没想到越收集越多，不但有刻本，還有不少鈔本。其時正在北京大學中文系攻讀學位的都軼倫博士幫我申請到北大圖書館所藏的元代胡炳文《感興詩通》明刻本的照片。在中國國家圖書館工作的羅瑛博士幫我複印了吴曰慎《感興詩翼》的部分内容。同門盧又禎博士回韓國探親時，幫我從韓國中央圖書館複印到任聖周的《朱文公先生齋居感興詩諸家注解集覽》。通過南京大學歷史系楊曉春教授，我得到其時在日本九州大學留學的于磊博士的幫助，讀到了九州大學附屬圖書館所藏的久米順利《感興詩筆記》、加藤延雪《感興詩考注紀聞》鈔本以及任聖周《朱文公先生齋居感興詩諸家注解集覽》朝鮮版的原書。金程宇教授幫我在日本内閣文庫複製到林鵝峰的《感興詩考》鈔本。後來在首爾大學會議期間，在京姬的幫助下，我不但得到奎章閣所藏的朝鮮清州牧刊本蔡模《感興詩注》的複印件，而且還親自讀到了原書，這是存世最早的蔡模《感興詩注》版本。當時在首爾大學留學的許放博士又幫我複印了宋時烈的《宋子大全劄疑》全書。除了調動了各種資源獲得《感興詩》各家注本之外，查找、獲得附録中有關《感興詩》的次韻詩、評論資料更爲不易，花費了更大的力氣，也有幸收穫了很多友誼的果實。如我調查到臺北圖書館藏有明初書林詹氏所刻的《選詩續編》後附有另一種版本的胡炳文《感興詩通》，另外我需要核校的明人夏時所著的《守黑齋遺稿》原書也藏在臺北圖書館中。二〇一七年末，在南京大學召開的第四屆「東亞漢籍交流國際學術研討會」上，有幸結識現在臺灣大學中文系任教的佘筠珺博士，筠珺遂托其夫君東吴大學中文系賴信宏博士出手相助。在信宏的幫助下，我在千里之外很快就得到了需要的資料，真是非常感激信宏與筠珺的鼎力相助。另外，張煜、陳昌强、商海鋒、孫劼、劉傑諸學友在收集資料的過程中，都曾施以援手。我之所以要羅列這些舊事，一是心存感激之情，聊表謝意，此書不但是學術著作，亦是友誼的見證；二是也要説明從事域外漢籍研究在資料收集上的艱辛。爲了編校此書，我拜託了中國大陸、臺灣以及日本、韓國、美國等地的朋友，最後纔得以將文獻收集到目前這種程度。

寫作本書的前言則完全是自我挑戰。我貿然地闖入了東亞朱子學、東亞漢籍交流、東亞漢詩、東亞書籍史等從前比較陌生的領域，只能一邊寫，一邊學習，直到現在也只能粗通大概，更精細的研究，還有待來日。不過，我於該文還有另一番記憶。二〇一〇年，孩子剛剛出生不久，因爲家裏地方狹小，我一度只能睡在客廳，晚上也只能在厨房的餐桌上奮筆疾書。白天因爲家中比較噪雜，於是便到學校的教研室中去寫作，寫着寫着就有同事來開會，只能再换地方。就這樣斷斷續續寫了大半年，終於在研討會召開之前完成。承許放兄的大力襄助，將此文譯成了韓文。當時在首爾大學報告此文時，我用中文演講，由許放兄現場口譯，盧京姬教授對拙文進行了深入的點評。她提出的一些問題，至今我還没有完全解決，需要進一步深入到朝鮮朱子學的脉絡中。二〇一〇年末，我還在徐雁平兄主持的南大文學院古代文學學科論壇第十三次講習會上報告過該文，得到本學科同人的指教。二〇一一年，我到日本京都大學擔任客座教授，又利用京大的藏書對該文進行了最後的充實訂補，後承伯偉師不棄，發表於二〇一一年出版的《域外漢籍研究集刊》第七輯上；又承首爾大學李鍾默教授厚愛，韓文本發表於首爾大學奎章閣主辦的《韓國文化》第五十四輯上。一篇論文輾轉於中日韓三國，對我來説，洵爲獨特的人生記憶。後來生活條件有所改善，但寫作此文的經歷着實令我難忘，故特意在此表出，以志人生的雪泥鴻爪。我也通過首爾大學的會議與許放兄定交，以後凡我需要韓國的資料、翻譯韓文文獻，都得到他第一時間的援手，人生情誼見於文字之間，在此對許放兄特致謝忱。

二〇一一年以後，隨着資料收集的齊備，點校工作也基本完成，遂謀求出版，但因爲經費的原因一直未能付梓。點校稿也静静地存於電腦中很多年，我一直牽掛此事，二〇一三年還去國家圖書館校讀了清代吴曰慎的《感興詩翼》一書。二〇一五年末在安徽師範大學召開的「第九届東方詩話學國際研討會」上碰到十年未見、當時尚在上海古籍出版社工作的郭時羽女史，談到這部舊稿，她表示出了興趣。至二〇一六年末，上海古籍出版社建議我以此稿申請二〇一七年度的國家古籍整理出版專項經費資助。在上海古籍出版社和南京大學文學院的支持下，在國家古籍整理規劃辦專家的提携下，《朱子〈感興詩〉中日韓古注本集成》有幸獲得正式立項，這給了我莫大的鼓勵，遂在二〇一七至二〇一八年將舊稿又重新仔細校訂打磨了幾遍。在項目申請過程中，得到上海古籍出版社奚彤雲、劉賽諸友及郭時羽兄的青睞與幫助，而在文稿校對過程中，鄧淞露、王茹鈺、顧培新、靳曉嶽、薛瑞豐、張曉琴、陳越、安生諸君又助我良多，特别是淞露幫我校對多遍，多所匡正。本書責編彭華細緻耐心的工作，也使本書避免了不少錯誤，特此一并致謝。

二〇一七年，我的教學與科研工作特别煩劇，只有在校讀《朱子〈感興詩〉中日韓古注本集成》書稿時，我纔能得到心靈的安放與對俗務的超越。我很喜歡《感興詩》中「恭惟千載心，秋月照寒水」二句。每每在校稿時，我覺得仿佛在和先賢對話，在努力接近朱子的精神世界。學者的心性確實應該像「秋月照寒水」般孤清冷寂，只有在這種心境中，纔能理解古聖先賢的心靈世界。這也是我整理《感興詩》東亞注本的最大感悟。

在此書進入到最後的定稿階段，我被各種繁瑣的事務壓得喘不過氣來，日常的時間被切割得只剩下一塊塊碎片，急切想得到一段完整的時間，一鼓作氣完成此書。非常感謝多年的摯友京都大學人文科學研究所永田知之教授邀請我到京都大學人文科學研究所訪問，爲我提供極好的工作環境，讓我每日安心在世界有名的京大人文研中看稿、校稿。工作之餘，眺望京大人文研本館四樓窗外遠處的山巒，總有一種澄心静慮的感覺，這大概就是學問的真諦吧。在京都客座期間，我在京大人文研的圖書館中看到該館影照的臺北圖書館原藏的元刻本《新編音點性理群書句解》，其中就有熊剛大所注的《感興詩》。我又趁機去了名古屋的蓬左文庫，在蓬左文庫訪到明初書林詹氏所刻的《感興詩通》與《選詩補注》合刊本的朝鮮活字本。大阪大學文學研究科淺見洋二教授又邀請我去大阪大學訪問，并至該校重建的懷德堂文庫中看書。就在懷德堂文庫中，我讀到山崎闇齋的《感興詩注》和闇齋考訂的《陳了翁責沈文》的合刊本，這亦是我從沒有見過的版本。先後兩次京大訪學的經歷對此書意義極其重大，不但收集到支撑此書整理出版的文獻資料，而且也最終在京都完成了此書。此書的字裏行間浸潤了我在京都生活的難忘時光。

《朱子〈感興詩〉中日韓古注本集成》是我研究域外所藏中國文集古注本系列工作的成果之一，也是我主編的《域外中國古代文學研究資料叢刊》第一種。二〇一七年，我已經影印出版了《寒山詩日本古注本叢刊》，下面我打算整理出版規模更大的《中國文集日本古注本叢刊》《陸游日本研究資料彙編》等。配合文獻整理工作，我還會撰寫研究域外中國文學注釋評論資料的專書。

《朱子〈感興詩〉中日韓古注本集成》殺青之際，内心除了有馬齒徒增的歲月飄忽之感外，更多的是心懷感激。除了感謝上面提到的幫助過我的好友之外，還要感謝南京大學文學院院長徐興無教授支持我的工作，并慨然爲本書題簽，業師南京大學域外漢籍研究所所長張伯偉先生對我的教導與引領，以及古代文學學科同人的相互砥礪，更要感謝母親與妻子多年來的理解與支持。

因爲水平有限，本書之整理肯定還有不少訛誤，祈請讀者諸君不吝賜教。如發現問題，敬請發郵件到：dongbobian@nju. edu. cn，這裏先謝爲敬。

卞東波

二〇一八年歲末記於金陵盋山無待有爲齋

圖書在版編目(CIP)數據

朱子《感興詩》中日韓古注本集成 / 卞東波編校. 一上海：上海古籍出版社,2019.11
(域外中國古代文學研究資料叢刊)
ISBN 978-7-5325-9355-2

Ⅰ.①朱… Ⅱ.①卞… Ⅲ.①古典詩歌-注釋-中國-南宋 Ⅳ.①I222.744.2

中國版本圖書館 CIP 數據核字(2019)第 219326 號

域外中國古代文學研究資料叢刊

朱子《感興詩》中日韓古注本集成

(全二册)

卞東波 編校

上海古籍出版社出版發行

(上海瑞金二路 272 號 郵政編碼 200020)

(1) 網址：www.guji.com.cn

(2) E-mail：guji1@guji.com.cn

(3) 易文網網址：www.ewen.co

常熟人民印刷厂印刷

開本 850×1168 1/32 印張 30.75 插頁 13 字數 496,000

2019 年 11 月第 1 版 2019 年 11 月第 1 次印刷

印數：1—1,500

ISBN 978-7-5325-9355-2

I·3427 定價：168.00 元

域外中國古代文學研究資料叢刊
卞東波 主編

卞東波 編校

朱子感興詩中日韓古注本集成

己亥夏月興無書

上海古籍出版社

本書出版得到國家古籍整理出版專項經費資助
國家「雙一流」擬建設學科「南京大學中國語言文學藝術」資助項目
江蘇省2011年協同創新中心「中國文學與東亞文明」資助項目
國家社科基金冷門「絶學」和國别史等研究專項「中國古代文集日本古寫本整理與研究」（2018VJX025）階段性成果
南京大學文科卓越研究計劃「十層次」資助項目

文公朱先生感興詩

門人蔡模學

自序

予讀陳子昂感遇詩愛其詞旨幽邃音節豪宕非當世詞人所及如丹砂空青金膏水碧雖罕爲世用而實物外難得自然之奇寶欲效其體作十數篇顧以思致平庸筆力萎弱竟不能就然亦恨其不精於理而自託於仙佛之間以爲高也齋居無事偶書所見得二十篇雖不能探索微渺追迹前人然皆切於日用之實故言亦近而易知既以自

日本林衡編《佚存叢書》本蔡模《感興詩注》

何北山先生遺集卷三

宋何基撰　　郡後學胡鳳丹月樵編輯

解釋朱子齋居感興詩二十首

朱子自序云余讀陳子昂感遇詩愛其詞旨幽邃音節豪宕非當世詞人所及如丹砂空青金膏水碧雖近乏世用而實物外難得自然之奇寶也欲效其體作十數篇顧以思致平凡筆力萎弱竟不能就然亦恨其不精於理而自託於僊佛之間以爲高也齋居無事偶書所見得二十篇雖不能探索微眇追迹前言然皆切於日用之實故言亦近而易知既以自儆且以貽諸同志云

崑崙大無外旁薄下深廣陰陽無停機寒暑互來往皇羲古神聖妙契一俯仰不待窺馬圖人文已宣朗渾然一理貫昭晰非象罔珍重無極翁爲我重指掌

右一章　何北山曰此章當作三節看然首尾只一意首

《金華叢書》本何基《解釋朱子齋居感興詩二十首》

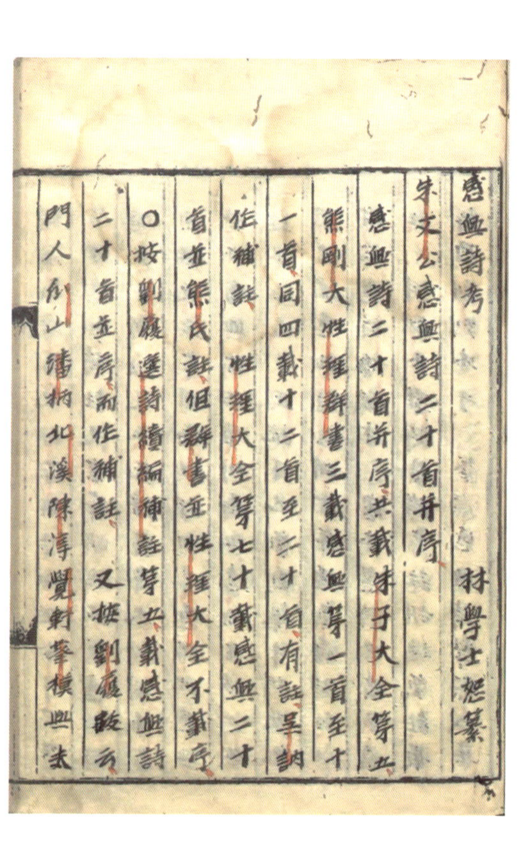
感興詩考　林學士恕纂

朱文公感興詩二十首并序

感興詩二十首并序共載朱子大全第五

熊剛大性理群書三載感興第一首至十

一首同四載十二首至二十首有註呈納

作補註性理大全第七十載感興二十

首並熊氏註但群書並性理大全不載序

○按劉履選詩續編補註第五載感興詩

二十首並序而作補註　又按劉履跋云

門人瓜山潘柄北溪陳淳覺軒蔡模與太

日本內閣文庫藏林恕《感興詩考》寫本

齋居感興二十首　山崎嘉考註

其一

昆侖或作崑崙非也大無外旁礴下深廣陰陽無停機寒暑互來往昆侖天之象旁礴地之形出太玄大無外其大無外也下深廣其下而深且廣也陰陽氣也無停機易所謂一陰一陽是也寒暑氣之著也互來往易所謂寒往則暑來暑往則寒來是也上二句言對待之體下二句言流行之用蓋天之所以大地

日本明曆四年刊山崎嘉《感興詩考注》

朱文公先生齋居感興詩諸家註解集覽

余讀陳子昂感寓詩愛其詞旨幽邃音節豪宕非當世詞人所及如丹砂空青金膏水碧雖近乏世用而實物外難得自然之奇寶之寓唐書及選詩作遇今從邃一作遠宕與蕩通砂一作沙非是

【通】子昂字伯玉唐中宗時人爲感遇詩三十八首感遇者感於所遇也丹砂生符陵山谷空青生益州山谷及越嶲山有銅處銅精熏則生其腹中空色青大者如雞子內有漿金膏穆天子傳河伯示汝黃金之膏水碧山海經耿山多水碧韓詩註水

朝鮮本任聖周《朱文公先生齋居感興詩諸家注解集覽》

朱子感興詩諸家集解

朱子自叙曰予讀陳子昂感遇詩（補註子昂字伯玉梓州射洪人文藝傳唐興承徐庾流風子昂始變正雅爲感遇三十八首王適云子昂感遇詩爲海內文宗誠知言也）愛其詞旨幽邃音節豪宕非當世詞人所及如丹砂空青金膏水碧（補註丹砂出桂州句漏縣晉葛洪欲得丹砂求爲句漏令空青生益州山谷及越嶲山有銅處銅精熏則生其腹中空金膏穆天子傳示汝黃金之膏水碧山海經耿山多水碧郭璞曰碧亦玉也選方士煉玉液陵波采水碧四者皆仙藥也）雖近乏世用而實物外難得自然之奇寶欲效其體作數十篇顧以思致平凡筆力萎弱竟不能就然亦恨其不精於理而自託於仙佛之間以爲高也齋居

朝鮮本李宗洙《朱子感興詩諸家集解》

目次

前言

一、引言

除了孔子，可能在東亞文明史上没有一個人能像朱子（一一三〇—一二〇〇）那樣對東亞歷史産生如此重大的影響，而且這種影響持續了七百多年，以至於今天我們仍能感到這種影響力的存在。朱子不但是偉大的哲學家，同時也是中國文學史上卓越的文學家。宋人張端義（一一七九—一二四八）云：

> 澹庵有《薦賢録》，首章謂上欲求詩人，遂薦十五人，以王庭珪爲首，晦翁亦以能詩薦。此時伊洛之學未甚專門也。①

也就是説，在「伊洛之學」即道學尚未成爲主流話語之前，朱熹還一度被視爲「詩人」。與朱熹差不多

① ［宋］張端義《貴耳集》卷中，《宋元筆記小説大觀》第四册，上海：上海古籍出版社，二〇〇七年，第四二八六頁。

同時的韓元吉（一一一八—一一八七）也稱朱熹「力學能文」①，宋末的王應麟（一二二三—一二九六）甚至還宣稱「翁詩爲中興冠冕」②，雖説稱朱熹爲南宋詩歌的最高代表有些夸張，但也無疑指出了朱子在詩史上的傑出地位。朱子的詩歌創作，除了《觀書有感》《春日》之類，因較有理趣，而爲我們耳熟能詳外，據筆者觀察，在朱子所有詩歌中，《齋居感興二十首》（下簡稱《感興詩》）其實應是朱子影響最大的詩。這組詩的影響不但穿越了時間，而且跨越了國境，在整個東亞都産生了非常巨大而深遠的影響。

不過，現代研究朱子思想與文學的學者很少注意朱子的《感興詩》③。從文學性上看，這組詩似

① ［宋］韓元吉《南澗甲乙稿》卷九《舉朱熹自代狀》，文淵閣《四庫全書》第一一六五册，臺北：臺灣商務印書館，一九八六年，第一二六頁。

② ［宋］吴錫疇《蘭皋集》王應麟序，《宋集珍本叢刊》第八六册，北京：綫裝書局，二〇〇四年，第二〇四頁。

③ 許總《宋明理學與文學》（南昌：百花洲文藝出版社，一九九九年）簡略提到《感興詩》。專門討論的論文僅有申美子《朱子感興詩研究》，《中國語文學論集》第一一號，韓國中國語文學研究會，一九九九年二月，第二二一—二四四頁。另可參見王利民《陳子昂的玄感和朱熹的理興——〈感遇〉與〈寓齋感興〉對讀》，載《中國韻文學刊》一九九九年第一期。王錕《疏解朱子〈齋居感興詩〉的理學思想》，載其所著《朱學正傳：北山四先生理學》，上海：上海三聯書店，二〇一〇年。王錕《朱熹詩作蘊藏理學思想》，《中國社會科學報》二〇一四年一月六日。王玉琴《朱子理學詩學研究》，南京：南京大學出版社，二〇一四年。葉文舉《南宋理學與文學：以理學派别爲考察中心》，濟南：齊魯書社，二〇一五年。王錕《朱子〈齋居感興詩〉理學思想箋注》，載肖瑞峰、劉躍進主編《跨界交流與學科對話：宋代文史青年學者論壇》，杭州：浙江大學出版社，二〇一五年。史甄陶《論朱熹〈齋居感興二十首〉與丹道之學的關係》，《清華中文學報》（新竹）第一七輯，二〇一七年六月。

乎可以稱爲「語録講義之押韻者」①，完全以詩言理學；但如果從朱子學的角度來看，此組詩則是朱子學説的集中體現，涉及其思想的諸多層面。如果再擴大眼界，從東亞朱子學史以及整個東亞漢文化圈來看，這組詩在東亞中、日、韓三國受到廣泛的重視，也是比較罕見的文學文化景觀。

首先，《感興詩》可能是中國文學史上得到最多注釋的組詩，據筆者統計，現存已經成書的中國宋元明清時代注本就有近十種，還有一些零星的注釋散見於他書中；日本所存江户時代的注釋書也有數種（包括漢文注釋和假名注釋）；朝鮮半島至少也有四種朝鮮時代學者所作的注本傳世，其中兩種還是彙集諸家注解的「集注本」。對短短一組詩二十首詳加注釋，并以著作的形式展現出來，而且在中國、朝鮮半島及日本還出現了多部集注性質的注本，這也是中國文學史上鮮見的現象。這充分説明了《感興詩》在東亞社會的强大影響力與經典性。其次，在中國，從宋代開始，就有人追和《感興詩》，一直到中國清代以及朝鮮時代末期還不斷有人追和。這些和詩努力模仿《感興詩》的風格，「以理爲詩」②，從而形成了一個源遠流長的「感興詩譜系」。再次，翻看東亞三國的漢文文獻，我

① ［宋］劉克莊《吴恕齋詩存稿跋》，辛更儒《劉克莊集箋校》卷一一一，北京：中華書局，二〇一一年，第四五九六頁。

② 此語出自蔡模《感興詩注》跋：「獨朱子奮然千有餘載之後，不徒以詩爲詩，而以理爲詩，齋居之《感興》是也。」韓國首爾大學奎章閣藏嘉靖三十二年（一五五三）朝鮮清州牧刊本，并參《佚存叢書》本。

們就會發現，評論此詩的相關文字亦層出不窮，類似「讀/論朱子感興詩」的題跋短文非常之多。這些評論或就《感興詩》全詩大意加以闡發，或就《感興詩》中具體的文字加以考訂，或討論《感興詩》某句詩的意涵，或以《感興詩》爲中心闡發朱子的思想。

總之，注釋、追和、評論構成了《感興詩》在東亞社會傳播與接受的三个維度。本前言以注本爲中心，兼及追和與評論，試圖簡略勾勒《感興詩》在東亞漢文化圈中的影響力，并進而分析東亞社會在接受《感興詩》過程中的異同。

二、朱子《感興詩》的中國注本、和詩與評論

宋寧宗嘉定二年（一二〇九），朱子逝世後九年，朝廷詔謚朱子爲「文」，「朱文公」成爲朱熹官方的徽號。三年後，他的代表作《四書集注》立於國學，從此朱熹在身後的歷史中逐漸被聖人化，最後達到了幾乎與孔子比肩的地位。但朱子的著作及其學問早在他生前就已經發生影響了，《感興詩》即是如此。我們在《朱子語類》中可以看到，朱子與學生討論哲學問題時，學生就引用此詩來説明朱子的思想①。可能早在宋代，《感興詩》就曾單獨行世，朱子本人嘗云：「去歲建昌學官偶爲刻舊作

① 見［宋］黎靖德編《朱子語類》卷一三三，北京：中華書局，一九八六年，第五三五頁。

《感興詩》。」①可見，《感興詩》最早的刻本是建昌官學本。《景定建康志》卷三三所載「理學書目」中就有《朱文公感興詩》②，明代的《文淵閣書目》卷一〇也著録有三部《朱文公感興詩》（一部一册）③，明人晁瑮的《晁氏寶文堂書目》卷上則著録一部《校定晦翁感興詩》④。

《感興詩》不但單行於世，而且被收入元代學者金履祥（一二三二—一三〇三）所編的宋代理學家文學選集《濂洛風雅》中，并隨着《濂洛風雅》的流傳而產生影響。《感興詩》早在宋代時就被刻於石上，元人鄭杓《衍極》「王子文書感興其幾矣」劉有定釋：

> 子文名埜，婺州金華人。鄭回溪之外孫，復娶鄭之孫女。官至端明、僉書樞密院，從真西山、魏鶴山講學，尤善楷隸行草，嘗書朱文公《感興詩》於玉麟堂，刻石城山書房，時稱爲「二妙」。⑤

---

① ［宋］朱熹《答詹帥書二》，《晦庵先生朱文公文集》卷二七，《朱子全書》第二一册，上海：上海古籍出版社；合肥：安徽教育出版社，二〇〇二年，第一二〇一頁。

② 《景定建康志》，［宋］周應合（一二一三—一二八〇）所編，成書於景定五年（一二六四），可見南宋滅亡前，《感興詩》已經單行於世。《宋元方志叢刊》第二册，北京：中華書局，一九九〇年，第一八八九頁。

③ ［明］楊士奇編《文淵閣書目》，馮惠民、李萬健等選編《明代書目題跋叢刊》上册，北京：書目文獻出版社，一九九四年，第一〇三頁。《文淵閣書目》著録的這三部《朱文公感興詩》，一部注明爲「闕」，二部注明爲「完全」。

④ ［明］晁瑮編《晁氏寶文堂書目》卷上，馮惠民、李萬健等選編《明代書目題跋叢刊》上册，第七四二頁。

⑤ ［元］鄭杓述，［元］劉有定釋《衍極》卷四，清《十萬卷樓叢書》本。

王埜，字子文，號潛齋，曾知邵武軍。在郡創建安書院，祠朱熹，以真德秀配，可見亦是朱子的追隨者。元代佚名所著的《南溪筆録群賢詩話》後集王埜《感興詩跋》條記載了王埜對《感興詩》的評論與閲讀感受：

文公先生《感興詩》二十篇，埜爲兒時，口不輟吟，然未能盡窺其指趣。及分教西邸，得瓜山潘君謙之所箋本，明白切實，如示諸掌。蓋先生此詩，凡太極陰陽之理，天理人欲之機，古今治亂之分，異端末學之辨，精粗本末，兼該并貫，加以興致高遠，音節鏗鏘，足以追儷風雅。學者優游諷咏，興起感發，良心善性，油然而生，下學上達之功，孰能外是而求之哉？①

在王埜眼中，《感興詩》是一組完美的詩。「興起感發，良心善性，油然而生」，正是朱子作此詩的苦心所在，也頗爲切合「感興詩」詩名的内涵。明清時期，《感興詩》刊刻於石亦多有記載：

成化丙申……以明倫堂前逼文廟，乃退立於書樓基上，前置大方碑，隸刻朱子《感興詩》而亭覆之。②

① 《四庫全書存目叢書》集部第四一六册，濟南：齊魯書社，一九九七年，第二九九頁。
② ［明］唐胄等纂《（正德）瓊臺志》卷一五，《天一閣藏明代方志選刊》第六一册，上海：上海古籍書店，一九八二年。

楊杲，右所人，性慧多能，以刊鐫得名。成化間，涂副使棐立郡學朱子《感興詩》諸碑刻。土石堅硬，多窠房。杲能隨理槩鑱之，極匀整精緻，甚爲涂所重。①

置亭立碑，隸刻朱子《感興詩》。②

《感興詩》鐫刻上石，似乎暗示此詩已經取得了一種象徵性的不朽地位，而從上面三則材料可見，明清時代遠離中原文化核心地帶的廣東地區（包括海南）尤重視《感興詩》，這無疑與《感興詩》具有一定的教化作用有關。

同樣在宋代，《感興詩》是士人書法的表現對象。在中國文化史上，一首詩歌成爲書法的書寫對象，一般不是因其爲名篇名作，就是因其表達的内容切合書寫者的内心世界。如果贈予他人，則又是委婉表達個人感情的方式：

某嘗以匹楮餉親友傅仲斐，仲斐反以此索書。某以拙陋辭者累月，講再三不倦，因取朱文

① ［明］《（正德）瓊臺志》卷四〇，《天一閣藏明代方志選刊》第六一册。

② ［清］阮元修、陳昌齊等纂《（道光）廣東通志》卷一四二建置略十八，《續修四庫全書》第六七二册，上海：上海古籍出版社，二〇〇二年，第二一六頁。

公先生《感興詩》書以歸之。此詩於道之本原，世之治亂，學術醇駁之辨，操修存省之方，無不畢具。暇日諷咏，所獲必多，豈直留意翰墨之間而已。①

作者最後一句話鄭重指出，對書法作品《感興詩》的欣賞應該超越其外在的綫條藝術（「翰墨」），而把握其背後的精神内涵與實質（「道」、「學術」、「操修」）。元代著名書法家趙孟頫手書的《感興詩并序》，至今存於世②，已被奉爲珍寶。

朱子身後，在理學日益成爲士大夫主流意識形態的元明之時，《感興詩》對於士人具有一種安身立命的意義：

（元）陳宏磬，字則善，瑞安人。性至孝，動静端謹……一日，得楊龜山、張南軒《語録》，玩味久之，豁然有得。至正戊子秋，忽遘疾。父母見其衣冠如常時，不知其疾也。及革，請父扶之曰：「宏磬願死父手。」父問：「若死將何之？」曰：「如爐中火然，消則自無耳。」遂歌朱子《感興

① ［宋］陳宓《復齋先生龍圖陳公文集》卷一〇《題傅監倉度疋紙》，《續修四庫全書》第一三一九册，上海：上海古籍出版社，二〇〇二年，第三六〇頁。

② 原件現藏於臺北故宫博物院，參見《趙孟頫書法作品全集》，天津：天津古籍出版社，一九九八年。

詩》「崑崙大無外」一章，溘然而逝。①

「崑崙大無外」一詩即《感興詩》第一章，不管此章演繹的是「無極而太極」的理念，還是講陰陽變化的道理，總之，此詩揭示了宇宙變化的哲理，一旦參透這個道理，似乎便獲得了解脱。

不過，《感興詩》在中國産生影響主要還是靠注本。朱子身後，他的弟子及後學不斷對《感興詩》加以注釋，現存宋元兩代的注本有蔡模（一一八八—一二四六）的《文公朱先生感興詩注》、何基（一一八八—一二六八）的《解釋朱子齋居感興詩二十首》②、熊剛大《性理群書句解》中的《感興詩》注解、胡炳文（一二五〇—一三三三）的《感興詩通》、劉履（一三一六—一三七二）的《選詩續編補注》等③。

蔡模，字仲覺，學者稱覺軒先生，建陽（今屬福建）人，他是朱子學生蔡沈（一一六七—一二三〇）之子。蔡沈、蔡模出身於南宋理學世家。福建建陽蔡發及其子蔡元定，孫蔡淵、蔡沆、蔡沈，曾孫

① ［明］湯日昭修、王光藴纂《（萬曆）温州府志》卷十二《人物》二，《四庫全書存目叢書》史部第二一一册，濟南：齊魯書社，一九九七年，第七五頁。

② 此書實際上包含何基及其老師黄榦（一一五二—一二二一）的意見，原見引於元金履祥、唐良瑞編選的《濂洛風雅》批注中，後單獨輯出，收於《何北山先生遺集》（《金華叢書》本）卷三，影印收入《續修四庫全書》第一三二〇册，上海：上海古籍出版社，二〇〇二年。

③ 劉履生卒年據謝肅《草澤先生行狀》，《密庵稿·文稿》壬卷，《四部叢刊三編》本。參見張劍《劉履著述考》，《紹興文理學院學報》二〇〇九年第五期。

蔡格、蔡模、蔡杭、蔡權，四世九人皆爲著名的理學家，被譽爲「蔡氏九儒」。全祖望曾言：「蔡氏父子、兄弟、祖孫，皆爲朱學干城。」①蔡模除注釋《感興詩》之外，「嘗輯文公所著書爲《續近思録》及《易傳集解》《大學衍説》《論孟集疏》《河洛探賾》等書行世」②，可見他對朱子著作及其學術頗有研究。據南宋大儒、朱子的私淑弟子真德秀記載，蔡沈作詩「吟咏性情，摹寫造化，則又源流文公《感興》諸作，非徒以詩自命而已」③，可知蔡沈本人的詩學觀念受到《感興詩》很大的影響，而蔡模從小耳濡目染，很早就接觸到了《感興詩》，這成爲他日後注釋《感興詩》的重要契機：

> 模之不敏，總角常侍先君讀之，優游諷咏之久，不覺手舞足蹈之意，然亦懵然未曉其爲何説也。先君間因其憤悱而啓發之，似有所見。④

蔡氏所作的《感興詩注》在中國本土佚失已久，現存最早的版本爲朝鮮嘉靖三十二年（一五五

① ［清］黄宗羲原著、全祖望訂修《宋元學案》卷六七《九峰學案序録》，北京：中華書局，一九八六年，第二二三八頁。

② 《宋元學案》，第二二一一頁。

③ ［宋］真德秀（一一七八—一二三五）《九峰先生蔡君墓表》，《西山先生真文忠公文集》卷四二，《宋集珍本叢刊》第七六册，北京：綫裝書局，二〇〇四年，第四四三頁。

④ ［宋］蔡模《感興詩注跋》，韓國首爾大學奎章閣藏嘉靖三十二年朝鮮清州牧刊本，并參《佚存叢書》本。

三）清州牧李楨刊本，此本後傳入日本，并被翻刻，收入林衡所編的《佚存叢書》，并隨著《佚存叢書》重新回流至中國。蔡注後有「嘉熙丁酉仲春望日」之跋，可見其注基本成書於一二三七年之前。蔡注雖然亦有對字句的解釋，但重心在對詩意的發揮，亦即從理學脉絡中闡發朱子詩中的微言大義。蔡氏注第四首「君看穆天子，萬里窮轍迹。不有《祈招》詩，徐方御宸極」云：

模按：所舉穆天子之事，特借此以喻人心之馳騖流蕩，若不知止，則心失主宰，而物欲反據而爲之主矣。此六義之比也。

此注從周穆王在位期間遠游無方，不理朝政，之後導致徐方乘時作亂，由此發揮，若人心不加以節制，終會爲物欲所佔據，那麽人也就不能控制自己的行爲。最後，蔡氏特別説明：「此六義之比也。」朱子對「比」的解釋是「以彼物比此物」①，此詩即將周穆王之遠游無度比作人心之馳騖。蔡注的很多地方都是用「比」的方法來解讀《感興詩》。再如《感興詩》第十九「哀哉牛山木，斤斧日相尋。豈無萌蘖在，牛羊復來侵」蔡注云：「言牛山之木嘗美矣，日爲斧斤所伐，然氣化流行，未嘗間斷，非無萌蘖之生，而牛羊又復來侵焉。此亦六義之比。」本詩又是將人的心性（也就是下文所言的「仁義心」）比作「牛山木」，人的心性自然是充滿仁義的，但如同牛山木遭到斧斤以及牛羊等外在力量（隱喻物欲）的侵蝕，如何能保護好

① ［宋］朱熹《詩集傳》，北京：中華書局，一九五八年，第四頁。

「仁義心」就是每個人面對的重大挑戰。這種用比興來解詩的方式，繼承的是漢儒詮釋《詩經》的方法，這是蔡模注的特色。這種方法有時確能發掘出詩歌背後的深意，但有時亦會過度闡釋，流於穿鑿附會。後來的注家基本没有沿襲蔡注的闡釋模式，而是以詩語的詮釋、典故出處的考證爲主。

何基，字子恭，號北山。婺州金華（今屬浙江）人。二十歲時從朱子女婿及弟子黄榦學習，黄榦教以「治學必有真實心地刻苦工夫而後可」，何基終身恪守此説。他的《解釋朱子齋居感興詩二十首》原書已經不傳，但原文基本見於元金履祥選、唐良瑞編的《濂洛風雅》批注中。《濂洛風雅》現有日本蓬左文庫所藏的明嘉靖四十四年（一五六五）朝鮮順天府刊本，以及中國國家圖書館藏鈔本、日本内閣文庫藏寛文十年（一六六一）跋刊本，另外還有《金華叢書》本（《叢書集成初編》第一七八三册）、《正誼堂全書》本等。現在可見的何基《解釋朱子齋居感興詩二十首》係後人從《濂洛風雅》中輯出并收入《何北山先生遺集》（下簡稱《遺集》）卷三中的，《遺集》的底本亦是《金華叢書》本，故《遺集》本《解釋朱子齋居感興詩二十首》與《金華叢書》本《濂洛風雅》所收《感興詩批注》基本相同，僅有些微差異。而《金華叢書》本《濂洛風雅》與朝鮮本、和刻本、國圖抄本（下簡稱「朝鮮本等」）《濂洛風雅》不同之處較多，包括《感興詩》正文的文本就多有不同①，注語不同之處

① 如第三首「玉韞山含暉」，「暉」《遺集》本作「輝」；第四首「崩奔不自悟」，「崩奔」《遺集》作「奔趨」；第十七首「贇序育群材」，《遺集》作「横序育英才」。

更多①。不過，朝鮮本等雖然刊刻時代較早，但亦有一些訛誤②。朝鮮學者任聖周（一七一一—一七八八）《朱文公先生齋居感興詩諸家注解集覽》引用到《濂洛風雅》的「批注」，所謂「批注」就是何基的《解釋朱子齋居感興詩二十首》，可能是元代唐良瑞在重編《濂洛風雅》時加入的，而不是金履祥或唐良瑞本人的新注。故本書之整理，没有將《濂洛風雅》「批注」視爲一種獨立的注本。《濂洛風雅》之所以收録何基對《感興詩》的解釋，乃因爲金履祥爲何基入室弟子，屬於何基的「北山學派」③。但并不是每一首詩都有他的注釋④。有論者將何基解釋《感興詩》的風格概括爲「篤守師説」，即「老老實實地從詩歌的内容發揮，以求契合詩歌作品原意」⑤，也就是説何基之注没有像蔡注那樣追求微

① 如《金華叢書》本引何基語皆稱爲「何北山」，而朝鮮本等則作「何文定」。第一首「昆侖大無外，旁薄下深廣」，《遺集》本無注，而朝鮮本等有注云「昆，音『混』」，「地也」。第六首「當塗轉凶悖」，《遺集》本小注云：「當塗，謂魏也。」朝鮮本等則作「讖云：『代漢者當塗高。』謂魏也」。第十二首何基注語，朝鮮本等作「《春秋》亦多魚豕之訛」，「魚豕」《遺集》本作「亥豕」。第十首何基注語末句，朝鮮本等作「欲百倍其力以不乏也」，《遺集》本則作「欲百倍其力以至之也」。

② 如第一首何基注語「次六言伏羲觀象設卦」，「次」朝鮮本等誤作「此」。第十六首何基注語「以惑高明之人」，「惑」朝鮮本等誤作「感」。

③ 《何北山先生遺集》卷末附有金履祥爲其師何基所寫的《北山之高壽北山何先生》《祭北山先生文》《再奠北山先生文》《挽詩》等。《挽詩》其三記述了金氏從學何基時之事：「每侍圖書右，令人俗慮空。」《續修四庫全書》第一三二〇册，第九一頁。關於北山學派，參見高雲萍《北山學派研究》，浙江大學哲學系博士論文，二〇〇七年。

④ 如第五首、第六首、第十一首、第十三首，何氏無注。

⑤ 許玉敏《北山學派文道合一發展脉絡之研究》，臺灣成功大學中國文學系碩士論文，二〇〇三年，第三八頁。

言大義。何基的解釋比較重視《感興詩》前後詩之間的關聯，如解釋第四首時説：「看得前章，是言至人盡性，此心不放而常存，故其妙至於光燭徹微。此章是言衆人徇欲，故心常放而不收，其究至於亡國敗家，猶所不顧。」①

《感興詩》不但是文學作品，也是重要的理學文獻，故宋代的理學文獻中也收録了此詩，宋熊節（一一九九年進士）編、熊剛大（一二一四年進士）句解的《性理群書句解》中也有《感興詩》之注。熊節、熊剛大爲朱子弟子和再傳弟子，他們在《性理群書》中選入《感興詩》并加以注釋，可見他們很理解《感興詩》在朱子學中的地位。其注者熊剛大身份較爲特殊。熊剛大，號古溪，建陽（今屬福建）人，嘉定七年（一二一四）進士，官建安縣教授，兼建安書院山長。他與蔡模、何基二位注家皆有學緣關係，他同時受業於蔡淵和黄榦，與蔡淵則同爲福建建陽人，而蔡模是蔡淵之弟蔡沈的兒子，何基則是黄榦的學生。熊剛大與何基皆爲朱熹的再傳弟子，熊氏與蔡、何之間應該有交游。正是因爲熊氏與二家皆有聯繫，故熊氏對《感興詩》的解釋綜合了兩家的觀點，思想也依違於兩家之間。如他解釋第四首：「按所舉穆天子之事，特借此以喻人心之馳騖流蕩，若不知止，則心失主宰，而物欲反據而爲之主矣。此六義之比也。」雖然他没有注明出處，但此段文字幾乎一字不易地用蔡模的原話，這是

① ［宋］何基《何北山先生遺集》卷三，《續修四庫全書》第一三二〇册，第七九頁。

承襲蔡模的一面。在解釋《感興詩》最有分歧的第一、第二首時，就可以看出熊剛大折衷兩家，如解第一首詩意云：「此篇論天地、陰陽、寒暑運行之氣，有理融貫其間，以爲之主。」解第二首云：「此篇論陰陽一太極。」熊氏解第一首没有采納蔡氏的「無極而太極」之説，但第二首又承認此首是「論陰陽一太極」，可謂糅合或調合了蔡、何二家之説。

熊剛大的句解分爲兩部分，其一是每首詩題下的詩意總括，其概括大都比較簡潔，但皆能準確把握朱子的本意，如論第十首云：「此篇言堯、舜、禹、湯、文、武、周公傳心之法在乎敬。」第二十首云：「此篇論天道不言，聖人無言，後世多言之弊。」其二則是熊剛大對詩歌大意的串講，熊氏的串講少有字句的訓詁，而是以比較明暢的語言對詩意進行解讀，有點像今人用白話「翻譯」詩句。今舉一例，如解釋第四首「君看穆天子，萬里窮轍迹。不有《祈招》詩，徐方御宸極」云：「汝看周之穆王，造八駿之乘，車轍馬迹殆遍天下，失爲主之道。不有祭公謀父作《祈招》之詩以諫止之，則諸侯離心，徐偃伯於徐土，玉帛而朝者不但三十六國，殆將出御君位，而文武之業隳矣，豈不甚可畏哉！」熊剛大的這種解詩方式可能與熊氏注解此書的體例有關，《性理群書句解》目的不是要闡釋個人的思想，而是「爲訓課童蒙而設」①，這就決定了其語言必須簡單明白。雖然清代的四庫館臣對其評價較低，認

---

① ［清］紀昀等纂《四庫全書總目》卷九二《性理群書句解》提要，北京：中華書局，一九六五年，第七八七頁。

爲其「所釋甚爲淺顯」①，但筆者發現，東亞諸家《感興詩》的注解對詩意的闡釋以熊剛大最爲簡明精練。熊剛大的句解對東亞的《感興詩》注釋也産生一定的影響，明代的吴訥將熊氏句解與劉履的《選詩續編補注》整合在一起，收入《性理群書句解補注》，流傳至今。日本林恕的《感興詩考》，朝鮮宋時烈的《朱子感興詩劄疑》、沈潮的《朱子感興詩解》、任聖周的《朱文公先生齋居感興詩諸家注解集覽》都引用到熊氏之注。

胡炳文的《感興詩通》是一部《感興詩》注釋的集注本，在東亞《感興詩》闡釋史上影響非常大。胡炳文，字仲虎，號雲峰，婺源（今屬江西）人。他曾從朱子的從孫朱洪範學習經學，用力於朱子學甚深，除著有《感興詩通》外，還著有《四書通》《周易本義通釋》等，亦是發揮朱子學之作。《感興詩通》前有泰定甲子年（一三二四）序，可見《感興詩通》成書於此年或之前。此書是《感興詩》的集成之作，共援引了十位注家，加上其本人的觀點，凡十一家注②。這十家是：潘柄、楊庸成、蔡模、真德秀、詹景辰、徐幾、黄伯暘、余伯符、胡升、胡次焱。在序言中，胡氏概括了《感興詩》的核心思想，即「明道統、斥異端、正人心、黜末學」。關於此書的注解角度、結構與解讀方法，以及對朱子思想的整理與發

① ［清］紀昀等纂《四庫全書總目》卷九二《性理群書句解》提要，第七八七頁。
② 明福建書林詹氏刻劉剡本引用了十一家注，多程時登一家注。

揮，史甄陶教授《從〈感興詩通〉論胡炳文對朱學的繼承與發展》已經做了很好的研究①，此處不贅。

下文筆者擬討論一下胡炳文《感興詩通》的版本問題②。胡炳文《感興詩通》完成後，可能最初并未刊刻，只以稿本的形式在故鄉流傳，時人稱「舊本飄忽鮮存」。宣德壬子（七年，一四三二年）括蒼人葉公回在胡炳文故鄉婺源做官，訪得了《感興詩通》的稿本，并付梓刊刻。葉氏本刻成後，版片獻給了知府，知府不但不重視，反而將其版片改爲眼科方板。後來廬陵人王謙亦到婺源爲官，應朱熹九世孫朱穩、胡炳文八世孫胡濬的請求，遂「捐俸壽梓」，重新將葉氏本於成化癸巳（九年，一四七三年）翻刻梓行。但此本「板行新安，流布未廣」，成化丁未（二十三年，一四八七年），上饒人婁氏得到善本交給鳳翔府知府春陵熊繡，熊氏即將之鋟梓版行。我們今天看到的版本基本皆是熊氏刻本。但據筆者所見，熊氏刻本流衍亦較複雜，至少又有兩種版本。一種爲史甄陶教授所見的北京大學圖書館藏本，此本書名下題「新安後學雲峰胡炳文通／掌祠九世孫胡珙輯／邑後學疊峰潘鎰校」。可

① 參見史甄陶《從〈感興詩通〉論胡炳文對朱學的繼承與發展》，《漢學研究》第二六卷第三期，二〇〇八年九月。

② 史甄陶《從〈感興詩通〉論胡炳文對朱學的繼承與發展》認爲，《感興詩通》現有兩本。一本附録於劉履《風雅翼》末，此本爲明福建書林詹氏刻本，内容曾受趙汸與倪士毅的更動。此本引用了十家注，并且編者還在胡炳文所録的注解之後附上劉履的意見。一本爲明憲宗成化二十三年（一四八七）熊繡刻本，此本乃是據明宣德七年（一四三二）葉公回所刻之本。此書引用了十一家注，外加胡炳文凡例中未言的程時登注。筆者在史教授所言的基礎上，再做進一步細化研究。

見，北大藏熊氏刊本《感興詩通》又經過胡珙、潘鎰等人的整理。胡珙爲胡炳文九世孫，可能是胡濬的後人，他不但輯録過《感興詩通》，胡炳文的《周易本義通釋》十二卷亦由其輯録，可見胡珙非常重視對先人文化遺産的繼承。據明孫存、潘鎰修，楊林、張治纂的《（嘉靖）長沙府志》卷四所載潘鎰《重刻性理三通序》，潘鎰曾將胡炳文所著的《書通》《西銘通》《感興詩通》整合爲「性理三通」刊行，可能就在其校勘的《感興詩通》基礎上進行的。潘鎰爲正德十六年（一五二一）進士，與胡炳文爲婺源同鄉，故其整理胡炳文的著作亦是出於對鄉賢敬仰，其《重刻性理三通序》云：「因刻《三通》叙鄉學之源流如此，用以自勖，且爲同志告焉。」胡珙、潘鎰已是成化以後人，故北大刻本應該不是成化年間的原刻本。

另一種熊氏本見藏於中國國家圖書館，應該是熊氏成化二十三年的原刊本。此本題署僅爲「新安後學胡炳文通」，卷末亦僅有熊鏽之跋（署作「鳳翔府知府後學春陵熊鏽謹識」），而北大卷末則有王謙、熊鏽之跋（熊氏自署少「後學」二字，其他全同），特别是王謙之跋交代了《感興詩通》刊刻的經緯，非常重要。國圖本和北大本，除以上差異之外，文本上國圖本文字稍優，如第十二首國圖本胡炳文《通》云：「以『公孫嘉』爲『公孫喜』。」而北大本「公孫喜」則作「公孫嘉」，顯誤。

葉公回宣德七年刊刻《感興詩通》稍後的正統二年（一四三七），休寧人劉剡編成了另一個《感興詩通》的本子。劉履在做《選詩續編補注》時，知道胡炳文著有《感興詩通》，但無緣得見，引以爲憾，故云：「竊聞雲峰胡先生亦嘗著《感興詩通》，或者秘其稿而不傳，萬一獲見是書，得以正予之謬妄，則又幸矣。」劉履的遺憾，在明代時由劉剡將其彌補了。他將訪得的《感興詩通》和《選詩續編補注》合刊，并在此基礎上加以增删，形成了一個新的注本。此書現藏於臺北圖書館，這個本子就是史甄陶教授所言的第一個本子，同時此本還曾東傳到朝鮮并被翻刻，日本蓬左文庫即藏有此書的朝鮮活字本。此本列爲《選詩續編》卷五，書末有劉剡跋語：

書林詹宗睿氏往新安朱子之鄉仁本金先生德玹處，訪求陳定宇、胡雲峰、朱風林、趙東山、倪道川諸老先生書籍，志欲刊行，乃得《選詩補注》等書，及同於黟邑汪士濂先生家得倪道川先生至正丁亥冬再重訂《四書輯釋》親筆正本以歸。《選詩》載《感興詩》於《續篇》，劉坦之先生於篇末云：「聞雲峰胡先生有《感興詩通》，未及見，學者倘得以正予得失之説。」則其望於後人也深矣，其忠厚之意何如哉。愚遂以金先生依倪、趙二先生所校《感興詩通》，勾抹去冗泛，定本爲宗，而附坦之《補注》於各篇之末，以成全備之美。區區非欲好煩，第此書發明性理之奥，昭如日星，庶得以自便讀，且以貽諸同志。因校對畢，敬題卷末，識其所自云。正統丁巳仲秋丁卯，晚學小生京兆劉剡拜手書。①

① 「正統丁巳仲秋丁卯，晚學小生京兆劉剡拜手書」一段，臺北「國圖」本脱，今據蓬左文庫藏朝鮮活字本補。

正統丁巳，即正統二年。劉剡，字用章，號仁齋，别署松塢門人，福建建陽人，明正統間的刻書家，編刻有《少微家塾點校附音通鑑節要》《增修附注資治通鑑節要續編》等書，上文跋語中的倪士毅的《四書輯釋》也由其重訂校刊①。「書林詹宗睿」在建陽有著名的書坊進德書堂，《四書輯釋》及《選詩補注》及續編皆由其刊行。從劉跋可見，劉氏所得的《感興詩通》已經經過倪士毅（道川，一三〇三—一三四八）、趙汸（東山，一三一九—一三六九）的校勘，金德玹也做了一些編輯工作，故此本題署作「新安胡炳文仲虎通/上虞劉履坦之補注/新安金德玹仁本輯録」。明程敏政《新安文獻志》卷九五下《金仁本德玹傳》也記載了此事：

> 金德玹，字仁本，休寧汪坑橋人。家世業儒，至德玹而貧。好學，手自抄録，箱帙滿家。雖飢寒困苦，手不釋卷。六經、三傳、諸史、百氏、山經、地志、醫卜、神仙、道佛之書，靡不研究。世家士族争爲西席，子弟經其訓誨，悉有禮度。嘗以先儒遺書，精神心術所寓，湮没不傳爲己任。

---

① 關於劉剡的生平與刻書事業，參見王重民《劉剡小傳》（撰於一九四八年），載《冷廬文藪》，上海：上海古籍出版社，一九九二年。方彦壽《建陽劉氏刻書考》（下），載《文獻》一九八八年第三期。顧永新《從〈四書輯釋〉的編刻看〈四書〉學學術史》，載《北京大學學報》（哲學社會科學版）二〇〇六年第二期。鄭在哲（音，정재철）《中國書籍的輸入與學術受容——以明初建陽書林學者劉剡編撰的書籍爲中心》（기획주제： 외래 도서가 한국한문학의 발전에 끼친 영향의 탐색 ； 중국 도서의 수입과 학문적 수용 —명초 건양의 서림학자 劉剡의 편찬서를 중심으로—），載《東方漢文學》第六六輯，二〇一六年。

遍訪藏書家，得陳氏《四書口義批點》百篇古文，倪氏《重訂四書輯釋》、朱氏《九經旁注》、趙氏《春秋集傳》、上虞劉氏《選詩補注》、胡氏《感興詩通》三十餘般。抄校既畢，遣子輝送入書坊，刊行天下。劉用章先生深嘉其志。平生著述有《新安文集》十卷、《道統源流》《程朱氏録》《小四書音釋》。①

文中的「劉用章」即劉剡。不過，劉剡所做的工作更重要，一是「勾抹去冗泛」，對《感興詩通》進行了删改；二是「附坦之《補注》於各篇之末」，即將胡、劉二家之注整合在一起，形成一個「定本」，即我們今天見到的合注本。

筆者仔細校對了熊繡本和劉剡本的《感興詩通》，發現兩者文本大約有七成相同，相異之處占三成，既有文字之異，亦有文本增删之異，這可能是倪、趙、金、劉四人前後校勘改動的結果。比較兩本，筆者發現，劉剡本有一些優於熊繡本之處，略舉數例。如第七首「垂統已/既如此，繼體宜昏風」，《感興詩通》熊繡本引余氏注云：「繼體之君耳濡目染，麀聚之配，不以爲惡。」「配」，劉剡本作「醜」，可能更準確。同第七首，「侃侃范太史」注：「神宗朝，范祖禹受詔與温公修《資治通鑑》，分職

① ［明］程敏政編《新安文獻志》，文淵閣《四庫全書》第一三七六册，臺北：臺灣商務印書館，一九八六年，第六〇三頁。

唐史，遂采唐得失之迹，名曰《唐鑑》，上之哲宗。」「失」，熊纁本誤作「朱」。第十一首注引梅巖胡氏語：「第八首專論復、姤。」「第八首」，熊纁本則誤作「第七首」。第十四首「元亨播群品，利貞固靈根」注引《黄庭經》：「玉池清水灌靈根。注：靈根，身也。」其中「注：靈根」，熊纁本脱，導致語意不清，而劉剡本則未脱。

劉剡所編的合注本，并非簡單地將《感興詩通》與《選詩續編補注》拼合在一起，而是又增加了一些兩注未有的内容，即增加了多條宋儒二程的語録，第一首、第十三至十六首、第十八首皆援引了程氏之語。劉剡本《感興詩通》還有一些文字不見於熊纁本，如卷首胡炳文《感興詩通序》後，劉剡本有一條小注：「朱平仲晏曰：胡炳文字仲虎，號雲峰，婺源人。其所著述之書，皆名曰『通』。《感興詩注》中所謂『通曰』者，即是也。」朱平仲乃倪士毅之友，其人亦見於倪士毅所作的《朱子綱目凡例序》中：「《朱子綱目》之作，權度精切，而筆削謹嚴，先輩論之詳矣，贅不待贅。惟《凡例》世尚罕傳，學者於書法有未窺其要者。至元後戊寅冬，友人朱平仲晏歸自泗濱。明年春，出其所録之本，謂得於趙公繼清質翁之子嘉績凝。始獲披閲，遂節録之。」另外，倪士毅整理的《中庸或問》，也是由朱平仲校正刊刻的。劉剡保留的這一條信息非常重要，此語應是倪士毅校勘《感興詩通》時留下的痕迹。再如，第十五首引胡升（一一九八—一二八一）之注，劉剡本有一段話「（胡）升讀唐史，聞太宗詔浮屠那羅邇娑婆寐取靈藕怪石爲秘劑，歷歲乃就，服之而大漸。上醫不知所爲，欲顯戮之，恐取笑夷狄而止，爲可戒也」，不見於熊繡本。胡升亦曾注過《感興詩》，今天已經亡佚，但在金德玹、劉剡的時代其本仍流傳於世，且胡升爲婺源人，與倪士毅、趙汸、金德玹爲同鄉，故其注本曾爲他們所見，并增補到胡炳文原注中。這也是劉剡本最有價值之處，也是本書在收入熊繡本之餘，還要收入劉剡本的原因之一。换句話説，劉剡所編的合注本，完全可以看作一個新的《感興詩》注本。不過，不必諱言，劉剡本《感興詩通》較熊繡本訛誤爲多，故本次點校《感興詩通》，選擇以北京大學圖書館藏熊繡本爲底本，參校中國國家圖書館藏熊繡本及劉剡本。

當然歷史上的《感興詩》注本更多，在蔡模之前，朱熹弟子潘柄（一一六八——一二三九）就做過箋注，蔡模《感興詩注》跋稱：

> 近因弟杭試邑樵川，寄示瓜山潘丈箋本，積日吟誦，猶或恨其箋注之間若有未盡者。

可見蔡氏正是不滿潘氏之作纔重新加以注釋的。潘柄之注全本已佚，但基本保存在胡炳文《感興詩通》中，據筆者統計，胡氏引用約三十三條①。據現存佚文來看，潘注基本上没有文字上的解釋，而以闡述詩意爲主。同時，他又將全部二十首詩分爲五節，即第一至第四首爲一節，第五至第七首爲

① 史甄陶《從〈感興詩通〉論胡炳文對朱學的繼承與發展》統計爲二十七條。另外，潘注還見引於蔡模《感興詩注》及劉履《選詩續編補注》中，基本與《感興詩通》重合。

一節，第八至第十二首爲一節，第十三至第十七首爲一節，第十八至第二十首爲一節，每一節之後都有總論，這一分法也影響到蔡模和胡炳文。

《感興詩》的元代注本，除了胡炳文的《感興詩通》之外，最重要的就是劉履《選詩續編補注》中的《感興詩》注。劉履注在形式上分爲兩部分，一部分是對《感興詩》中語彙的注釋，另一部分則是對詩意的串講。除了他本人的觀點之外，他還引用了現在已經失傳的潘柄、余伯符兩家的注解。另外，注釋第八首中「掩身事齋戒，及此防未然。閉關息商旅，絶彼柔道牽」時，劉履有一段小注：

「掩身」以下二句兼冬至、夏至説，「閉關」、「絶柔」二句分復、姤之詞説。此係鄱陽董銖録朱子語，諸家箋注皆不及此，因并記之。

這段文字非常珍貴，其引用了現在已經失傳的董銖（一一五二——一二一四）所録的朱子語録。董銖，《宋元學案》卷六九《滄洲諸儒學案》有其傳：「董銖，字叔重，稱盤澗先生。德興人。學於朱子。登嘉定進士，授迪功郎、婺州金華尉。黄勉齋志其墓。」董銖先學於程洵，後爲朱子入室弟子，故得親聆朱子謦咳，現在《朱子語類》中還有多條董銖所記的朱子語。劉注中保留的這一條董銖所記的朱子本人對《感興詩》的意見，彌足珍貴。劉履在此注的跋文中説：

愚因輯是《續編》，輒不自量而訓解之。雖意見凡近，未敢自謂過於前人，然於每篇之詞旨，敷暢條達，使諷玩之者，無崎嶇求合之難，或庶幾焉。

「敷暢條達」確實可以稱爲劉履注的特色，劉注不事旁徵博引，而以文辭詩意疏通爲主，讀來比較順暢。

值得注意的還有劉履對《感興詩》的總體評價，他在跋文中又說：

先儒嘗尊《太極圖》《通書》《西銘》及《正蒙》，目爲「性理四書」。愚謂：此《感興詩》亦當與前四者列爲五書而并傳之，無疑也。

周敦頤的《太極圖説》《通書》以及張載的《西銘》《正蒙》是北宋理學的經典作品，奠定了宋代性理之學的根基，被稱爲「性理四書」，劉履將《感興詩》與之并稱，無疑是將其提升到經典的高度。劉履的這一提法，似乎也得到了後人的認可。《感興詩》之所以能够成爲經典，劉履有一段極好的概括：

蓋其詩中包括，則於天地之覆載，氣運之周流，造化之發育，人心之寂感，以至六經所蘊之精微，聖賢授受之心法，所以渾然一貫者，則既深造而自得之矣，豈但「探索」而已耶！

總而言之，他認爲《感興詩》以韻文的形式建構了一個宏大而精微的思想體系，對於理解朱子的思想意義重大，故在《選詩續編》之末特别附録了此詩，「今録爲是編之卒章，則亦朱子特著張、吕之言於《楚辭後語》之末，使游藝者知有所歸宿之本意云」。可以説，他以《感興詩》作爲《選詩續編》的末篇，正有曲終奏雅、卒章顯志之意。

劉履對《感興詩》第一、二首的解釋遵從的是何基、黄榦「北山學派」的看法，如論第一首云：

此篇論太極一貫之理也。言天地設位，以見太極之體所以立；陰陽、寒暑迭運，以見太極之用所以行。蓋無往而非太極也。

此用陰陽、寒暑迭運解釋詩意，明顯承襲的是北山學派的觀念，蓋劉履乃何基弟子。《何北山先生遺集》末還有劉履所寫的《祭北山先生文》《再奠北山先生文》，可見其亦屬於北山學派系統。劉履爲上虞人，地近於金華，其受到北山學派的影響亦是因地緣之故。劉氏所引的董銖亦與北山學派有關，董銖曾爲金華縣尉，受到當地學術風會之影響，去世之後，黄榦還爲其撰寫墓志，可見其與北山學派之淵源。

劉履注還有一個特色，就是注中保留了劉履對朱子《感興詩》的評點，這是東亞其他注本所未有的。如第九首「人心要如此」，劉履評云：「語不古，意甚切。」第十八首「發軔且勿忙」，劉氏評曰：「太俚。」詩歌評點之習興起於宋元之際的劉辰翁、方回、蔡正孫等人。宋元時代的詩歌評點以藝術性評論爲主，一般都比較簡短，多爲印象式批評，體現了中國古代詩歌批評以感性涵咏爲主的特點，劉履之評亦不例外。甚至劉履還用「太俚」來評論朱子之詩，體現了一種從文學出發的欣賞態度。

宋元時代的《感興詩》注本，還有很多已經亡佚，如余伯符之注，胡炳文《感興詩通》、劉履《選詩續編補注》還存有十七條。余伯符，字子節，號思齋，鄱陽（今屬江西）人。他曾游於蔡氏之門，又游於朱子之門，融會兩家學問，又對兩家的著作皆有箋注：「思齋先生游蔡門，訂朱學，所注《感興詩》及《三問》，疏事精詳，析理明盡，先正許其有功斯文，信哉！」①又：「思齋及游新安朱晦翁之門，居家注《感興詩》，及蔡氏《三問解》與夫《性理》諸書，悉行於世。」②余注一部分是對文字的疏解③，另一部分是對詩意的闡釋，同樣試圖從朱子學的脉絡對詩意加以解釋。從現存的殘文來看，他的部分注釋特別詳細，譬如第十二首詩的注釋長達數千字，詳細討論了經史學上很多文字錯訛的問題，足見他對這一問題有很好的研究。值得注意的是，他特別强調《春秋》的重要性：「五經之有《春秋》，猶律法之有斷例。」在第六首注釋中，他也説：「苟非折以《春秋》之法，無以肅亂臣賊子之心。」余氏還努力在注釋中揣摩朱子做詩時的心態，如注第十二首，余氏云：「此詩深主程子，而先生自任之意確矣。」注第十四首云：「豈先生賦是詩時，正隱居山林，故以此自況歟？」另外，他用朱子解釋《中庸》的架構來解釋《感興詩》，這也影響到了《感興詩通》④。此外他還特别注重《感興詩》結構的內在

① [元] 徐明善（一二九四年前後在世）《芳谷集》卷下《余文夫刊思齋箋注朱子蔡氏二書及詩集》，文淵閣《四庫全書》第一二〇二册，臺北：臺灣商務印書館，一九八六年，第五九四頁。

② [元] 戴表元（一二四四—一三一〇）《剡源文集》卷一《銀峰義塾記》，文淵閣《四庫全書》第一一九四册，臺北：臺灣商務印書館，一九八六年，第一一—一三頁。

③ [元] 胡炳文《感興詩通》「凡例」云：「細注并從梅巖本引余氏。」「余氏」即余伯符，「細注」即是對文字的注釋。

④ 參見史甄陶《從〈感興詩通〉論胡炳文對朱學的繼承與發展》，《漢學研究》第二六卷第三期。

聯繫：

興隨感而生，詩隨興而作。或比或賦，雖非一體；或後或先，初非一意。然首尾之相爲貫穿，本末之相爲聯屬，則渾然其爲一貫也。蘇黄門謂《大雅·緜》九章初誦太王遷豳，至其八章乃及昆夷，至其九章復及虞芮。事不接，文不屬，如連山斷嶺，相去絶遠，而氣象聯絡，觀者知其脉理之爲一也。《感興》之詩，當以是觀。

這種對《感興詩》内在脉絡的重視，是其他諸家所未有的。同時，歷代對《感興詩》的評論基本上以思想闡發爲主，此段也是少有的從詩歌創作手法來評論《感興詩》的文獻。文中所引蘇轍之語見於蘇氏著名的《詩病五事》一文。對照蘇轍所言，《感興詩》的謀篇布局非常符合蘇轍的要求。可見，朱子在創作這組詩時，一定是經過一番深思熟慮的。

在胡炳文之前，同爲婺源人的胡升亦有《感興詩注》。胡升，字潛夫，號愚齋，婺源人。淳祐庚戌（一二五〇）以布衣領薦，登壬子進士第，入史館，授國史編校，逾年史進，賜迪功郎。嘗應知縣洪從龍屬撰《星源圖志》。晚號定庵，著有《四書增釋》，又注朱子《感興詩》及《丁巳雜稿》①。所著《感興

① 胡升生平見［明］彭澤修、汪舜民纂《（弘治）徽州府志》卷八，《天一閣藏明代方志選刊》第二一册，上海：上海古籍書店，一九八二年。又見《萬姓統譜》卷一〇，文淵閣《四庫全書》本。然《萬姓統譜》將「胡升」誤作「吴升」。

詩注》已佚，惟《感興詩通》引用五則。值得注意的是，胡升將《感興詩》的地位抬得很高：

此詩究極道體，綱維世教，與《太極圖》《通書》《近思録》實相表裏，指示學者甚切也。①

首先，他認爲《感興詩》表達了理學的最高理念，又可以與理學的經典著作相互印證，同時對於初學者理解理學的基本學説有很好的指導作用。元末明初的學者劉履將此書與所謂「性理四書」(《太極圖》《通書》《西銘》及《正蒙》)并列爲「五書」，其發端可以追溯到胡升。

胡炳文族人胡次焱(一二二九—一三〇六)亦著有《感興詩注》。次焱，字濟鼎，號梅巖，又號餘學，婺源人。度宗咸淳四年(一二六八)陳文龍榜進士，後降元，逃歸，教授鄉里，著有《梅巖文集》十卷。其所注《感興詩》已佚，僅存十幾條殘文見引於《感興詩通》。《梅巖文集》卷末附潘滋《復潛齋書》云：「昔梅巖嘗注《易》《四書》，又注《唐詩》《感興詩》，而叙不及之，何也？」②可見，此書最初就不太受重視，以至於在其文集序言中都没有提及。《梅巖文集》又附其族孫胡璉識語云：「注朱子

① 《感興詩通》末「諸家總論」引胡升語。

② ［宋］胡次焱《梅巖文集》，文淵閣《四庫全書》第一一八八册，臺北：臺灣商務印書館，一九八六年，第五九〇頁。胡氏所注的唐詩，即《贅箋唐詩絶句序》，參見查屏球《和刻本胡次焱〈贅箋唐詩絶句選〉之淵源與文獻價值》，載《中國典籍與文化》二〇〇七年第三期。

《感興詩》，則少尹括蒼葉君嘗刻之縣齋。」①則胡次焱《感興詩注》還曾經刊刻過。這裏的「少尹括蒼葉君」應該就是曾刊刻胡炳文《感興詩通》的葉公回。此書可能僅在其家鄉流傳，故影響不廣，因而湮滅無聞。目前，我們僅能根據《感興詩通》的凡例，知道其注亦爲集注，共引四家之注，可能包括潘柄、余伯符之注②。由於胡炳文與胡次焱同宗同鄉，所以有學者認爲胡次焱所作《感興詩注》「是胡炳文《感興詩通》的底本」③，亦不爲無見。就現存的胡氏本人注語的佚文來看，文辭較爲精練、簡約，例如注第十七首詩云：

此篇歎教化不明，士競葩藻之文，亦「鑿智昏道」之一節也。堯煥乎文，周郁郁乎文。蓋自天叙之，有倫者推之，其極可以經緯天地，後世以詞章爲文藝焉而已矣。横序雖設，教養無本，曾不知所以涵養德性，變化氣質，第較紙上語之工拙。操五寸管，書盈尺紙，幸而可悦一夫之目。巍冠倫魁，吃著不盡，是以僞習日滋，淳風日喪，擾擾乎場屋之得失，果何如哉！此不特士子之過，司教化者之過也。上以此取，下不得不以此應。此詩歸之「學絶教養乖」，其有歎夫！

① ［宋］胡次焱《梅巖文集》，第五九〇頁。

② 《感興詩通》凡例中説：「梅巖本引四家爲集注」，又説「細注并從梅巖本引余氏」；《感興詩通》第八首引梅巖胡氏語曰：「按潘氏此段，乃自首篇至八篇，總論其脉絡次第也。」

③ 史甄陶《從〈感興詩通〉論胡炳文對朱學的繼承與發展》，《漢學研究》第二六卷第三期，第九九頁。

胡氏此注可能是針對宋末的社會情勢有感而發的，實際上是對宋末士人的批判，對其「較紙上語之工拙」、「擾擾乎場屋之得失」，很是不滿。最後又指出這是「司教化者之過」，把矛頭指向了政策的制定者，這無疑是需要一番勇氣的。胡氏還能將朱子的學說具體運用到《感興詩》的解釋中，如注第九首云：

> 心之未發，性之寂也，無所偏倚，故曰「無邊」；心之已發，情之感也，無所間隔，故曰「無方」。

此段話牽涉到宋代理學史上著名的哲學命題「已發未發」之說，以及「心」、「性」、「情」之間的關係。早年，朱子受到張栻的影響，認爲「性爲未發，心爲已發」，後來認識到此說的流弊，又修正了這個觀點，他說：

> 喜怒哀樂之未發謂之中，性也；發而皆中節謂之和，情也。子思之爲此言，欲學者於此識得心也。心也者，其妙情性之德者歟。①
>
> （心）以成性者也。此句可疑，欲作而統性情也。②

① 〔宋〕朱熹《答張敬夫問目》，《晦庵先生朱文公文集》卷三二，《朱子全書》第二一册，第一四〇三頁。
② 〔宋〕朱熹《胡子知言疑義》，《晦庵先生朱文公文集》卷七三，《朱子全書》第二四册，第三五五五頁。

即認爲性爲未發，情爲已發，而心統性情。上文胡氏注語正是對朱子觀點的發揮，即心之未發之時，是「性之寂」，而心之已發之時，則是「情之感」，可見心可以控制性、情。這種解釋的方法是以朱子思想解釋朱子之詩，比較符合原文的語境。

當時已經成書的還有程時登的《感興詩講義》。程時登（一二四九—一三二八），字登庸，號述翁，樂平（今屬江西）人。度宗咸淳十年（一二七四）膺鄉薦，次年入太學，入元不仕。他的著述很多，其中包括《感興詩講義》①，但已經亡佚，目前僅存四條見引於《感興詩通》。史載：「（時登）自少慕義理之學，聞董銖得朱子之傳，而鄉鄰程古山學於盤澗者，因往師之，搜探幽微，會博於約。」②又據《宋元學案》卷八九記載，程氏爲朱子三傳弟子，所以其注《感興詩》亦非偶然。從四條殘文可見，程氏解詩比較平實，亦能從朱子學説出發闡釋此詩。

① 《宋元學案》卷八九「介軒學案」載：「程時登，字登庸，樂平人也。德興程正則從學董槃澗，以私淑朱子，先生從之游。著《周易啓蒙輯録》《大學本末圖説》《中庸中和説》《太極通書西銘互解》《諸葛八陳圖通釋》《律吕新書贅述》《臣鑒圖》《孔子世系圖》《深衣翼》《感興詩講義》《古詩訂義》《閨法贅語》《文章原委》。咸淳中入太學。宋亡不仕。」第二九七四—二九七五頁。《感興詩講義》，又見《元史藝文志》卷四、《經義考》卷四三著録。

② ［清］謝旻等修《江西通志》卷八八，文淵閣《四庫全書》第五一六册，臺北：臺灣商務印書館，一九八六年，第四二二頁。

中國國家圖書館及安徽省圖書館皆藏有清人吴曰慎所著《感興詩翼》一書①，這是現存唯一一部清人所作的《感興詩》注本。吴曰慎，字徽仲，歙縣（今屬安徽）人。吴氏盡心於宋五子書，論學主乎敬，故自號曰静庵②。此書前有吴曰慎康熙壬子（十一年，一六七二年）十二月丁未之序，又有吴氏所定之「凡例」，分爲：定序、分節、名篇、集注、愚按、體裁。比較值得注意的是「分節」、「名篇」與「愚按」部分，《感興詩翼》將二十首詩分爲四節，又分别用原詩中的兩到三個字重新給詩歌命名。吴氏又對每一節的大意進行了概括，其目如下：

第一節，昆侖、陰陽、包犧、放勛、顔生、林居子、龍門（以上七章，天地陰陽之理，聖賢道統之傳）；

第二節，人心、靈臺、保養、寂感、幾微（以上五章，人心體用之妙，存養省察之方）；

第三節，童蒙、横序、無言、學仙、西方（以上五章，小學大學之規，末習異端之失）；

第四節，周綱、祀漢、唐祚（以上三章，國家衰亂之由，史筆是非之辨）。

我們可以看到，吴氏的分節既不同於胡炳文的分節，也不同於朝鮮學者任聖周的分節，完全將這二

① 筆者所見爲中國國家圖書館所藏本，新安方氏刊，署作「古歙吴曰慎編注 邑後學方輔校」。

② 吴氏傳詳見《清史稿》卷四八〇，北京：中華書局，一九七六年，第一三一一七頁。

十首詩打散，按照吴氏自己對詩歌的理解重新劃分，主要是爲了突出「聖賢道統之傳，正學異端之辨，三朝史筆之得失」的主旨。《感興詩翼》最大的特色恐怕也就在於此了。

《感興詩翼》主要依賴的文本是《感興詩通》，援引《感興詩通》之處甚多，吴氏個人觀點主要見於書中的「愚按」部分，吴氏稱其語是爲了「發前言之未備，存一得之管見」。如解釋《感興詩》第一首云「愚按：天地待對而陰陽寒暑流行，皆所謂易也。易者，交易、變易之義。交易本於對待，變易本於流行。伏羲畫卦，所以明此而已。《太極圖説》分陽動陰静，又動静互根，亦此意也。」又云：「愚按：此言陰陽往來，即《中庸》所謂鬼神者；一理昭晰，即所謂誠之不可掩者。」目前中國的《感興詩》注本多爲宋元學者所作，到康熙年間又有了幾百年的發展，吴氏的《感興詩翼》雖然對《感興詩》突破不多，但他也在書中展現了與前人不同的看法，如《感興詩》第二十首，吴氏解云：

愚按：德行，本原也；言辭，枝葉也。此詩大指，在示人歸根趨實耳。説者以「一原」爲一貫，以「無言」爲無聲無臭，又謂即無極而太極，是本近而推之使遠，本淺而鑿之使深。此愚所以不敢從，而寧下毋高，寧拙毋巧也。

所謂「説者」，即《感興詩通》所引的徐幾之説。徐氏云：「奇功收一原，渾然此道之全體融會於方寸。夫子所謂『一以貫之』，子思所謂『無聲無臭』，周子所謂『無極而太極』者，故《感興詩》以此終焉。」吴氏認爲，此詩不過是讓人「歸根趨實」，而徐幾的解釋却用形而上的本體論來解釋，在吴氏看來，觀點過於穿鑿，故没有采納。又如，第十五首「金鼎蟠龍虎，三年養神丹」，諸家注解都引用朱熹之語來解釋詩意，如《感興詩通》引潘柄之語云：「文公嘗訂定魏伯陽《參同契》，且云《參同契》所云坎離、水火、龍虎、鉛汞之屬，只是互换其名，若其實只精、氣二者而已。……其法以神運精氣，結而爲丹。陽氣在下，初融成水，以火煉之，則凝成丹，内外異色，如雞卵。」吴氏在引用此語後，説：「愚按：此言内丹也，若詩所言，則外丹也。」語雖短，但觀察到了朱熹所云的《參同契》的丹法是内丹，而《感興詩》講的則是外丹，兩者并不同，故不能用朱熹論《參同契》之語來注釋《感興詩》，頗具隻眼。

除此之外，已經亡佚的注本甚多，南宋的蔡汝揆亦曾注《感興詩》，《（正德）瑞州府志》卷一〇載：

蔡汝揆，字君審，用之七世孫，師饒雙峰，得道學之傳，門人號爲愚泉先生。著有《希賢録》《貫道集》《感興詩注》《友義雜書》。①

明代的佚注還有永樂年間的趙撝謙的《感興詩注》，時人夏時稱此注「得於己者發明之，言必本其所

① ［明］鄺璠修、熊相等纂《（正德）瑞州府志》，《天一閣藏明代方志選刊續編》第四二册，上海：上海古籍書店，一九九〇年。此段記載又見於《宋元學案》卷八三《雙峰學案》，文字基本相同，獨没有著録《感興詩注》。但明王圻《續文獻通考》卷一八三《經籍考》著録有蔡汝揆《感興詩注》。

出，指必求其所歸，演繹詳審」①，可惜已經亡佚。又有吴文光之注，《千頃堂書目》卷一一著録：

吴文光《朱子感興詩解》一卷……（文光）字有明，婺源人，嘉靖丙午舉人，應山知縣。②

吴氏爲朱子同鄉，又與胡升、胡次焱、胡炳文等《感興詩》注者爲同鄉。明王世貞《弇州四部稿》續稿卷七四《靖孝先生傳》亦載靖孝先生張基著有《感興詩注》③。另外，清《浙江通志》卷二五二據《台州府志》著録有陳紀《朱子感興詩考訂》。清唐鑒（一七七八—一八六一）《學案小識》卷七《守道學案·善化李先生》載李文昭有《感興詩解》一卷。如此衆多《感興詩》注本的出現，一方面説明了此詩的重要性，及歷代士人的重視；另一方面也説明了《感興詩》在文字與義理的理解上有比較多的困難，或有比較多的歧義，正如朝鮮性理學家任聖周所言：

獨其文字簡深，義理精微，窮鄉晚學之士，讀之茫然，往往不識其旨意之所存，學者以是病焉。④

① ［明］夏時《守黑齋遺稿》卷四《感興詩注序》，臺北圖書館藏明永樂刊本。
② ［清］黄虞稷著，瞿鳳起、潘景鄭整理《千頃堂書目》，上海：上海古籍出版社，二〇〇一年，第三〇四頁。亦見於清人張夏《雒閩源流録》卷一〇。
③ ［清］馮桂芬（一八〇九—一八七四）所輯《（同治）蘇州府志》（清光緒九年刊本）卷一三八亦著録。
④ ［朝鮮］任聖周《朱文公齋居感興詩二十首諸家注解集覽》跋。

正是爲了解決此詩在文字理解上的障礙，挖掘其意旨所在，所以纔會出現如此多的注本。我們可以發現，《感興詩》的注者很多都是徽州地區的學者，這可能與此地爲朱子故鄉，及新安理學興盛有一定的關聯①。

筆者發現，這些注本在理解詩意上也是不同的，分歧最大的是第一及第二首詩，基本上可以分爲兩種意見。一種意見以蔡模爲代表，他認爲此二首詩「言無極而太極，即《太極圖》之〇也」，「以首篇爲説無極而太極，次篇爲説太極動而陽，静而陰，似若有所據」。總而言之，他認爲，此二詩其實是演繹了《太極圖説》中「無極而太極」的理論。其實，這個觀點，是承襲潘柄而來，潘氏在解釋第一首詩時就説：「伏羲去世既遠，太極之理不明久矣。非濂溪《太極圖説》以示人，天下後世何由知也。」持這種觀點的，還有余伯符以及胡炳文。胡炳文在《感興詩通》中只録蔡氏一系的觀點，而完全没有選録與蔡氏對立的、以何基爲代表的北山學派的觀點。何基認爲：

蔡仲覺謂此篇言無極、太極，不知於此章指何語爲説太極，況無極乎？太極固是陰陽之理，

---

① 宋理宗咸淳五年（一二六九）詔賜「文公闕里」於婺源，婺源之人必然以與朱子同鄉爲榮。「新安理學」之名，最早見於明代休寧學者朱升《朱楓林集》的扉頁上。關於新安理學，參見周曉光《新安理學》，合肥：安徽人民出版社，二〇〇五年。又參見周曉光《宋元明時期的新安理學》，《中國典籍與文化》一九九三年第四期；李霞《論新安理學的形成、演變及其階段性特徵》，《中國哲學史》二〇〇三年第一期。

言陰陽則太極已在其中。但此篇若强揠作太極説，則一章語脉皆貫穿不來。此等言語滉瀁，最説理之大病也。①

何氏的觀點承襲其師黄榦而來，而蔡模在編纂《感興詩注》時也注意到黄氏的觀點，如在第一首注中，他引用「前輩長者」話説：「此詩首二篇爲重説陰陽者，又有以首篇爲説横看底，次篇爲説直看底者。」這裏的「前輩長者」即黄榦，所引之語見於《濂洛風雅》，也見於何基的《解釋朱子齋居感興詩二十首》中。這兩種看法，反映了朱子學中不同地域産生的不同學派的分野，蔡氏與胡氏代表的是建陽蔡氏家族以及元代徽州地區的觀點；而何基代表的是以金華爲中心的北山學派的觀點，其後又爲此學派的成員所認同。如同是金華地區的學者吴師道云：「但全篇章指，非説太極耳。蔡氏乃以次篇爲説，動而陽，静而陰，尤不可通。」②從「説理之大病」到「尤不可通」，俱見北山學派對蔡氏一脉學説的不認同，可見歷代學者對《感興詩》的闡釋，具有顯著的地域差異與學派差異。

① 亦可參見〔宋〕何基《何北山先生遺集》卷四載鄭遠《遺事》：「時有以朱子《感興詩》首章爲解無極、太極者。先生以爲太極猶至理云爾，不量淺深，而挾此籠罩，其謂之何？按先生有《朱子感興詩解》，於首章内已發此意。其第二章止述黄勉齋解語，他章盡爲先生自解。」《續修四庫全書》第一三二〇册，上海：上海古籍出版社，二〇〇二年，第一〇〇頁。

② 〔元〕吴師道《吴禮部詩話》，《歷代詩話續編》本，北京：中華書局，一九八三年，第五八九頁。

除了成書的注本之外，宋代文獻中也有對《感興詩》每首詩歌大意進行概括的文字，最有代表性的是宋人黄震（一二一三——一二八〇）《黄氏日抄》卷三四中的一段話：

《感興詩》二十首，轉陳子昂自託仙佛之高調，而爲切於日用之實。一章言伏羲肇人文，皆造化自然之理。二章言陰陽無始，謂鑿死混沌者爲妄。三章言人心與造化通，惟至人能體之。四章言不能體造化者爲形役。五章言周衰已久，孔子作《春秋》，而司馬公乃責後世封大夫爲諸侯非先見。六章言漢衰，獨孔明伸大義，而帝魏之失當革。七章言唐啓土不以正，而致賊后之篡，賴范太史聲其罪。八章言陰陽常倚伏，當體陽復之端。九章言北辰居其所，當體爲人心之要。十章言聖人删詩定書，皆以敬爲傳心之本。十一章言伏羲仰觀俯察以立象。十二章言六經無傳而程氏作。十三章言顔、曾、子思、孟子傳有要領。十四章言元亨利貞之動静以誠爲主。十五章言學仙者逆天偷生。十六章言佛論緣業而繼之者談空虚。十七章言育材失其道。十八章言作聖當自早。十九章言仁義之心當守。二十章言文辭之弊當除。

黄震也是宋代的理學家，朱子的後學。中國歷代對《感興詩》的評論較多，但少有如此對《感興詩》詩意進行總體概括的文字。此段概括簡潔精練，準確地把握了朱子整組詩的思想，同時亦没有落入蔡模、何基兩家觀點的框限，對於後人迅速把握《感興詩》的大意幫助很大，值得表出。

追和前人之詩，和者與原作者之間必然具有一種默契或共鳴，譬如蘇軾追和陶淵明詩，開創了中國文學史上今人追和古人之先例①。後人追和《感興詩》，數量雖然不及和陶詩，但從宋至清，從中國到域外也是洋洋灑灑，犖犖大觀。最早追和《感興詩》的，可能是宋代學者劉黻（一二一七—一二七六）。劉黻，字聲伯（一作升伯），號質翁，學者稱蒙川先生，樂清（今屬浙江）人。爲太學生時，曾首署其名，上書攻擊奸臣丁大全。恭帝德祐初隨二王入廣，二年（一二七六），拜參知政事，行至羅浮病卒。從劉黻的行事就可以看出，他努力將儒家匡時救世的精神付諸實踐，這與朱子經世致用的淑世精神如出一轍②，所以他追和《感興詩》有其思想基礎。從他的和詩《和紫陽先生感興詩二十首》可以看出，他有很好的理學修養，對朱子的學說體系非常了解，而且對《感興詩》每首詩的詩意也有透徹的把握。所以他這組和詩，其實也是以韻文的形式表達他自己對《感興詩》的理解。比如第一首：

至理根一初，精微實高廣。寄之形氣中，今來齊古往。衆曜列太空，環侍惟斗仰。變化妙不測，虚靈本常朗。井坐識易陋，簾窺學云罔。静玩《感興》篇，剖陳如指掌。

---

① ［宋］蘇轍《子瞻和陶淵明詩集引》：「古之詩人有擬古之作矣，未有追和古人者也。追和古人則始於東坡。」《樂城後集》卷二一，載《樂城集》，上海：上海古籍出版社，一九八七年，第一四〇二頁。

② 余英時《朱熹的歷史世界》有詳細論述，北京：生活・讀書・新知三聯書店，二〇〇四年。

朱子《感興詩》中説：「渾然一理貫，昭晰非象罔。」蔡模注云：「『渾然一理貫』一句，實爲一詩錧轄。」劉詩開首就説「至理根一初」，與朱詩意思差不多，也就是説，「理」是先天的存在，貫徹宇宙始終。「寄之形氣中」，無形的「理」就存在於有形的「形氣」中，劉詩第九首又説「一理貫萬有」，也是這個意思。朱子詩中涉及的「正統論」、持敬、辟佛老的問題，劉氏和詩也悉數言及。

明代的和詩中，桑悦的《和齋居感興詩二十首》是比較有代表性的。桑悦（一四四七—一五〇三），字民懌，自號思玄居士，别號鶴溪道人，常熟（今屬江蘇）人。他撰有一系列的「和朱詩」，和《感興詩》只是其中一部分，他在和詩的序中説：

> 逮宋，濂洛諸儒性理之學大明，間有所作，假以明理，言多直遂，又成有韻之論。惟文公《感興》諸作，從容韻語之中，盡發天人之感，是豈特詩而已哉？①

他批評其他理學家的詩是「有韻之論」，即錢鍾書所謂的「押韻的文件」②，而《感興詩》則能跳脱出一

① ［明］桑悦《思玄集》卷一一《和齋居感興詩二十首》，《四庫全書存目叢書》集部第三九册，濟南：齊魯書社，一九九七年，第一四四頁。
② 見錢鍾書《宋詩選注》序，北京：人民文學出版社，一九八九年第二版。

般理學家以詩載理的理障，能以詩的形式「盡發天人之感」①，表現出極大的超越性。桑氏本人因爲與當時的理學家陳獻章（一四二八—一五〇〇）、張吉（一四五一—一五一八）多有交往，所以其詩也受到理學的影響，不免也以詩言理②。不過與劉氏和詩相比，桑氏的道學氣似乎比較淡，詩中也不像劉詩那樣到處充滿理學的詞彙。

明末葉廷秀（生卒年不詳）作有《和朱文公感興詩十八首》。葉廷秀，字謙齋，號潤山，濮州（今河南濮陽）人，明天啓五年（一六二五）進士。所和《感興詩》亦是圍繞朱子《感興詩》加以鋪衍，個人的思想比較少。和詩後有跋，先概括所和十八首詩之詩意云：

> 愚意於此思爲詮理辨學之萬一：其一言觀物立志。二言達生認心。三言希聖歸朱。四因舟喻治。五略叙道統，而思反經。六研幾。七知止。八申言知止先學禮。九學《易》急復卦。十欲廣《孝經》《近思》二書與經書并。十一言闇修。十二言仁體。十三、十四斥仙釋。十五言俗學之無用。十六言蒙養之宜端。十七言先立其大。十八仍言歸朱以希聖。中多依發原詩之

---

① 這種意見與吴訥的意見如出一轍：「至其《齋居感興》之作，則又於韻語之中，盡發天人之藴。」見［明］吴訥《文章辨體序説》，北京：人民文學出版社，一九八二年，第三一—三二頁。

② 參見楊彦妮《桑悦生平及其詩學思想考論》，載《東華人文學報》第一四期，二〇〇九年一月。

意，獨談史、《易》，爲叙學思、語初學之持循有地也。内語不避腐，以仿本色。識此白之。①可見，他有意「依發原詩之意」而和，而不是要多作發揮；同時爲了保持和詩的「本色」，即以詩言理，所以也使用了不少理學家的語言。

清人的和詩，比較重要的是翁方綱（一七三三——一八一八）的《和朱子齋居感興二十首》②。翁氏於乾隆甲申（一七六四年）奉命視學廣東，丁亥（一七六七年）秋，雷州視學畢，絶海赴瓊③。詩前有乾隆庚寅（一七七〇年）序，言此詩乃翁氏在瓊州時所作，他提到明成化年間所立的《感興詩》石刻，因而有感而和。這組詩雖然語涉形而上者，但全組詩道學氣比較淡，更像他在海南的紀行詩。如第五首云：

> 池上合抱樹，舊已矗雲出。何區後圃植，瓜疇及禾役。檳榔椰子花，秀發滿南國。培根而竢實，人力何由畢。君看萬鍾穫，那復一溉迹。冉冉徑寸莖，日漸凌屋極。

① ［明］葉廷秀《葉潤山輯著全書》第一四册《和朱文公感興詩十八首》，載沈乃文編《明别集叢刊》第五輯第七一册，合肥：黄山書社，二〇一六年，第五三〇頁。

② ［清］翁方綱《復初齋詩集》卷七《藥洲集》六，《續修四庫全書》第一四五四册，上海：上海古籍出版社，二〇〇二年，第四二一——四二三頁。

③ 參見沈津先生《翁方綱年譜》，臺北：中研院文哲研究所，二〇〇二年。

此詩洋溢着熱帶地區的風土人情，少有道學家的頭巾氣，又如陶淵明詩一般，表達出平凡生活中所包蘊的哲理。這組詩實際是借《感興詩》之韻與名，而表達個人的思想，這也算是翁方綱對《感興詩》的革新吧。

由於時代風會的轉變、文學品味的嬗變，文學經典也逐漸發生了轉移，《感興詩》很少進入當代學者的視野，或僅僅被作爲理學詩的代表而加以研究。與當代這種寂寥的狀況相比，在前近代的東亞社會，《感興詩》却是朱子影響最大的文學作品，中國古代的士人對此詩給予極高的評價。這些評論基本可以分爲兩類，一類是從文學的層面來評論的，如：

凡篇中所述皆道之大原、事之大義，前人累千萬言而不能彷彿者，今以五言約之。此又詩之最精者，真所謂自然之奇寶與！①

朱子《感興詩》二十篇，高峻寥曠，不在陳射洪下。蓋惟有理趣而無理障，是以至爲難得。②

①　［宋］王柏《魯齋集》卷一三《朱子詩選跋》，文淵閣《四庫全書》第一一八六册，臺北：臺灣商務印書館，一九八六年，第二〇二頁。

②　［清］劉熙載《藝概》卷二《詩概》，上海：上海古籍出版社，一九七八年，第六九頁。幾乎完全相同的見解亦見於［清］金武祥《粟香隨筆》（清光緒刻本）卷八：「朱子《感興詩》有理趣而無理障，所以高出《擊壤集》。」

王柏（一一九七—一二七四）是朱子的三傳弟子，他稱此詩爲「詩之最精者」，「自然之奇寶」，雖不無溢美，但在南宋詩歌中，這組詩確實比較獨特。因而這組詩不能以傳統的文學觀來視之，似可以稱之爲「哲詩」。元人張之翰還將《感興詩》的風格概括爲「蕭散」①，這個術語經常被用來形容隱逸一派的詩人，正好切合《感興詩》中「林居子」的自我認同。

朱子《感興詩》自序中提到因受陳子昂《感遇》的啓發而寫作了這組詩，同時又「恨其不精於理」，故經常有人將朱熹《感興詩》與陳子昂的《感遇》相比較，而《感遇》與《感興詩》孰高孰下亦是文學史上的一段公案。大部分學者認爲《感興詩》高於《感遇》，上引《藝概》中的觀點其實并非劉熙載（一八一三—一八八一）的原創，早在明代就有類似説法了。明張綸言《林泉隨筆》云：

> 朱子《感興詩》二十首，雖云仿陳子昂《感遇》詩體而作，然其辭嚴義正，有補世教，非陳可得而彷彿也。②

朱子説《感遇》「詞旨幽邃」，而《感興詩》與之相比更「有補世教」，雖然所言有一種功利主義色彩，但

① ［宋］張之翰《西巖集》卷四《得朱文公帖》：「幽深不減《武夷曲》，蕭散殆似《感興詩》。」文淵閣《四庫全書》第一二〇四册，臺北：臺灣商務印書館，一九八六年，第三八五頁。

② ［明］張綸言《林泉隨筆》，《叢書集成初編》第二九〇二册，上海：商務印書館，一九三六年，第五二頁。

也揭示了《感興詩》在文辭之外，有更大的社會功用。此外，明許學夷（一五六三——一六三三）亦云：「朱元晦《齋居感興詩》聲體完純過之（引者按：即陳子昂《感遇》），而意見愈深。」①則許氏認爲，《感興詩》不僅在韻律上超過《感遇》，而且在思想上也比其有深度。

關於《感遇》與《感興詩》的高下，曾有人以此詢問明代大學者楊慎（一四八八——一五五九），他的回答很有意思：

或請予曰：「朱子《感興詩》比陳子昂《感遇詩》有理致。」予曰：「譬之青裙白髮之節婦，乃與靚粧袨服之宫娥争妍取憐，埒材角妙，不惟取笑旁觀，亦且自失所守。要之，不可同日而語也。」②

這段話形象地指出：朱子《感興詩》與陳子昂《感遇詩》是不同類型的詩，不能强以高下區分。楊慎的觀點其實道出了古人所説的「儒者之詩」與「詩人之詩」的分野：

① ［明］許學夷《詩源辯體》卷一三，陳廣宏、侯榮川編校《明人詩話要籍彙編》第九册，上海：復旦大學出版社，二〇一七年，第三七七一頁。

② ［明］楊慎《丹鉛總録》卷二〇，文淵閣《四庫全書》第八五五册，臺北：臺灣商務印書館，一九八六年，第五八七頁。

詩自三百篇後，有儒者、詩人之分。儒者之詩主於明理，詩人之詩專於適情。然世之人多右彼而抑此，故雲烟風月，動經品題，而性命道德之言，爲詩家大禁，少有及者，即曰涉經生學究氣。噫！有是哉？①

在一般人的概念中，「儒者之詩」也就是理學家之詩必定缺乏丰神情韻，味同嚼蠟，但顯然孫承恩并不同意這一觀點。古人還認爲這兩種類型的詩，不屬於同一系統，所以也不能用相同的標準來衡量。宋末元初的蔡正孫（一二五九—？）在《唐宋千家聯珠詩格》卷二張載《芭蕉》一詩下評道：

讀諸老之詩，不可以騷人韻士吟風咏月者例論也。②

「諸老之詩」即指理學家之詩，「騷人韻士」也就是傳統意義上的詩人。從這句話可以看出，在蔡正孫看來，不能用要求一般詩人的標準去衡量理學家的詩。所以對於《感興詩》也不能用一般詩歌的丰神情韻來衡量，而應該從是否完美表達了「理趣」的角度來評判。

對《感興詩》的另一類評論則從思想的層面出發，比較有代表性的説法如下：

① ［明］孫承恩（一四八一—一五六一）《文簡集》卷三四《書朱文公感興詩後》，文淵閣《四庫全書》第一二七一册，臺北：臺灣商務印書館，一九八六年，第四五九頁。

② 見卞東波《唐宋千家聯珠詩格校證》卷二，南京：鳳凰出版社，二〇〇七年，第五五頁。

至於《感興》之作，則又不徒以詩爲詩者焉。自夫天地陰陽之妙，性命道德之懿，古先聖賢開物成務、立則垂訓之要，歷世治亂興衰之迹，與夫仙釋之妄誕，教化之淪替，悉於此焉發之。所以正人心於不泯，遏邪説於復萌，其有關於世教，有功於學者大矣，豈特陶情適性而已哉？①

予觀子朱子《感興》之作纔二十篇耳，天人稟賦之理、聖賢傳授之旨、異端悖謬之失、俗學支離之陋，與夫千古史學難決之是非，而超然得於獨斷之餘者，率於此發之。誠無愧於三百篇之作矣。②

間又因後世體，爲《感興》二十章。若陽陰、太極、人心、天理、古帝王之大道，後世君臣之失

---

① ［明］陳敬宗（一三七七—一四五九）《澹然先生文集》卷四《晦庵先生五言詩鈔序》，《四庫存目叢書》集部第二九册，濟南：齊魯書社，一九九七年，第三四七頁。

② ［明］夏尚樸《夏東巖先生文集》卷二《書感興詩後》，《北京圖書館古籍珍本叢書》第一〇二册，北京：書目文獻出版社，一九八八年，第五九四頁。

德、聖賢之學、異端紊亂之非，與夫正學養心，力行尚默之功，無不備著。①

今觀其《感興》二十首，其音響節奏雖亦後人之矩步，而大而闡陰陽造化之妙，微而發性命道德之原，悼心學之失傳，憫遺經之墜緒，述群聖之道統，示小學之功夫，以至斥異端之非，訂史法之繆，亦無不畢備。所以開示吾道，而儆切人心者，較之雲烟風月之體，軒輊蓋萬萬不侔。其奥衍弘深，雖漢唐以來儒者，尚未有能臻斯閾，而區區之詩家，豈能窺其涯涘哉？如是而欲以一家之詩目之，不可也。②

這些學者認爲不能從純粹文學的角度去看《感興詩》，因爲《感興詩》「不徒以詩爲詩」，它已經超越了「雲烟風月」的範疇，而指向了更深邃也更形而上的内容，諸如哲學、歷史、社會、制度、文化、人心等各個層面的問題，所以上文用了「無不畢備」、「無不備著」之類的言辭來形容此詩。所以像《感興詩》這樣的詩，當然不能「以一家之詩目之」，或如《麓堂詩話》所言：「《感興》之作，蓋以經史事理播之吟

① ［明］陳寰（一四七七—一五三九）《祭酒琴溪陳先生集》卷四《讀朱子感興詩（館課）》，沈乃文編《明别集叢刊》第一輯，合肥：黄山書社，二〇一三年，第四一二頁。

② ［明］孫承恩《文簡集》卷三四《書朱文公感興詩後》，文淵閣《四庫全書》第一二七一册，第四五九頁。

咏，豈可以後世詩家者流例論哉？」①這些評論無疑昭示了《感興詩》獨特的思想、哲理與審美價值，這也是《感興詩》能够流傳久遠的原因。

本節粗略概觀了《感興詩》在中國自宋以來的流傳情況，其傳播之廣、影響之深、注本之多，對於中國文學史上的一組詩而言的確是比較罕見的。不過，更大的意義還在於《感興詩》的影響超越了國界的限制，同樣流衍於東亞漢文化圈的日本與朝鮮二國，并産生了巨大的影響。

三、日本的《感興詩》注本

相較於漢唐經學，宋代興起的程朱理學，特别是朱子對儒家經典的注釋，被中世時期的日本士人稱爲「新釋」、「新注」。宋學之傳入日本，始於鐮倉時期（一一八五—一三三三）入宋之日僧，據伊地知季安（一七八二—一八六七）《漢學紀源》卷三載：「宋書之入本邦，蓋首乎僧俊芿等，多購儒書回自宋。」②僧俊芿於日本建久十年（宋慶元五年，一一九九）入宋，建曆元年（宋嘉定四年，一二一一）回國，携回大量的儒書。其後，弘安三年（一二八〇），圓爾辨圓（一二〇二—一二八〇）《三教典籍目録》記載了其帶回日本的理學書籍：

①［明］李東陽《麓堂詩話》，陳廣宏、侯榮川編校《明人詩話要籍彙編》第一册，第九〇頁。

②［日］《薩藩叢書》第二編，鹿兒島：薩藩叢書刊行會，一九〇九年，第二頁。

晦庵《大學》一册

晦庵《大學或問》三册

晦庵《中庸或問》七册

《論語精義》三册

《孟子精義》三册

晦庵《集注孟子》三册

《五先生語》二册①

而朱子的代表作《四書集注》正式傳入日本則在元應元年（一三一九）②。在日本正式開講程朱「新

---

① 《三教典籍目録》已經失傳，但基本見於圓爾辨圓法孫東福寺第二十八世祖大道一以所編的《普門院經論章疏語録儒書等目録》中，今收入［日］木宮泰彦先生所著的《日本古印刷文化史》第三篇《鐮倉時代（和樣版隆盛期）》，東京：富山房，一九三二年，第一五三—一五四頁。上文所謂「五先生語」，即宋儒周茂叔、程明道、程伊川、張横渠、朱晦庵的語録。

② ［日］《南山編年録》元應元年（一三一九）十月下云：「《四書集注》始來。」轉引自朱謙之《日本的朱子學》，北京：人民出版社，二〇〇〇年，第五〇頁。

注」或「新釋」則始於玄惠法印(一三〇二—一三五〇)①。玄惠,號健叟、洗心子,通稱玄惠法印,號獨清軒。據一條兼良(一四〇二—一四八一)《尺素往來》載:「近代獨清軒玄惠法印,宋朝洛濂之義爲正,開講席於朝廷以來,程朱二公之新釋,可爲肝心候也。」②又《大日本史》卷二一七《僧玄惠傳》載:「後醍醐帝召侍讀,先是經筵專用漢唐諸儒注疏,至是玄惠始倡程朱之説,世人往往多學之者。」

總之,在朱子去世後不久,朱子學就隨著宋學傳入日本③。我們目前無法知道朱子《感興詩》傳入日本的確切時間,但江户時代的書籍出版目録中已經有《感興詩》刊行的記録:寛文年間(一六六

---

① 日本的文獻中亦有認爲是歧陽方秀(一三六一—一四二四)最早講授程朱「新注」的,[日]文紫軒紫橋《新書籍目録》:「朱子新注渡本朝事,後花園御宇普廣院御治世,東福寺不二歧陽和尚,始以朱子注講談。」又《日本名僧傳》:「歧陽和尚初講《四書朱熹集注》,凡正本國傳習之謬,以便以叢林説禪,宜於士俗世話,爲要而已。」([日]塙保己一編纂、太田藤四郎補《續群書類從》卷二〇三,東京:續群書類從完成會,一九九五年,第四三〇頁)[日]中村惕齋《四書大全鼇頭》:「後小松帝應永十年癸未,南都歸船載《四書集注》《詩經集傳》來,同年八月三日達之洛陽,於是東福不二歧陽和尚始講之。」其實,歧陽方秀是最早對《四書》加以「和訓」的。朱謙之《日本的朱子學》已經對此做了辯證,見第八四頁。

② [日]塙保己一編《群書類從》第九輯卷一四一,東京:續群書類從完成會,一九五九年,第五一〇頁。「肝心候」中的「候」是日本古代書信中的常用語,相當於古代漢語中的「乎」、「者」、「也」之類。「肝心」之意爲「最重要」、「最核心」或「關鍵」。此點得到京都大學人間・環境學研究科道坂昭廣教授的指教,特此致謝。

③ 關於朱子學傳入日本的時間與過程,本文主要參考的是朱謙之的《日本的朱子學》以及阿部吉雄《日本朱子學と朝鮮》序章《日本朱子學勃興の情況と原因》,東京:東京大學出版會,一九六五年。

一——一六七三)出版的《和漢書籍目録》在「外典」部分就記録曾刊刻《感興詩》一册①；寬文十年(一六七〇)刊行的《增補書籍目録》在「故事」部分也出現了刊刻蔡模《感興詩注》一册②的記録；延寶三年(一六七五)毛利文八刊行的《古今書籍題林》也著録有蔡模的《感興詩注》一册③。但在寬文之前的江户早期，《感興詩》流傳并不廣，山崎闇齋(一六一八——一六八二)《感興詩考注序》云：

數百年來，朱書斯渡，人人讀《詩傳》，而不得其旨。此篇則不惟無讀之，知其名者亦尠矣。④

可見，雖然朱子學在日本傳播已經「數百年」，但日本士人知道《感興詩》的仍然很少。《感興詩》在日本之流行與山崎闇齋的關注有很大的關係。由於此組詩在義理上的抽象性與深奧性，日本與中國一樣產生了多部注解的著作，如林恕(鵞峰，一六一八——一六八〇)的《感興詩考》(公文書館内閣文

① 慶應義塾大學附屬研究所斯道文庫編《江户時代書林出版書籍目録集成》第一册，東京：井上書房，一九六二——一九六四年，第三六頁。
② 《江户時代書林出版書籍目録集成》第一册，第八一頁。
③ 《江户時代書林出版書籍目録集成》第一册，第一八六頁。
④ [日]山崎嘉《感興詩考注》，明曆四年(一六五八)二條通松屋町壽文堂刻本，哈佛大學哈佛燕京圖書館藏本。

庫藏林［大學頭］家寫本）、山崎嘉（闇齋）的《感興詩考注》（明曆四年刊本，下簡稱《考注》）、山宫維深《感興詩解》（無窮會圖書館藏有享保癸丑［一七三三］寫本）、奥井周齋所録的《感興詩解》（無窮會圖書館藏有安永三年［一七七四］寫本）。日本的《感興詩》注釋以闇齋的《考注》影響最大，在日本出現了不少解説《考注》的著作，如久米順利（一六九九—一七八四）的《感興詩筆記》（一七五一，無窮會圖書館、新発田市立圖書館、九州大學附屬圖書館藏有鈔本多種，下簡稱《筆記》）、加藤延雪（一六四七—一六九一）的《感興詩考注紀聞》（九州大學附屬圖書館藏鈔本，下簡稱《紀聞》）、若林强齋（一六七九—一七三二）的《感興詩講義》（一作《强齋先生感興詩考聞書》，九州大學附屬圖書館坐春風文庫藏鈔本，爲川島直正［一七五五—一八一一］手鈔本，一八〇八）及《感興詩師説》（九州大學附屬圖書館坐春風文庫藏鈔本，亦爲川島直正手鈔本，一八〇八）。

林鵝峰是日本江户初期著名的儒學家，其父是著名學者林羅山（一五八三—一六五七）。林家是日本儒學世家，在日本江户時代的朱子學史上享有崇高的地位。《感興詩考》是鵝峰講授《感興詩》的筆記，全書共五三頁，僅有寫本存世，現藏於日本國立公文書館内閣文庫。書前有《感興詩考序》，撰於寬文壬子（十二年，一六七二）；末有跋語，撰於寬文癸丑（十三年，一六七三）。序交代了鵝峰撰著此書的背景，首先暗引了宋代學者李心傳之語「朱子《感興詩》二十篇説盡天地陰陽之運，道德性命之理，百王之規範，六經之藴奥」；後云「而明聖道之正，排老佛之異，其便於學者，助於世教」。可見鵞峰撰著的目的仍是出於社會功用的考量。序與跋皆提到，此書最初是鵞峰講筵的筆記，并不是一部獨出心裁的個人著述。其體例，正如鵞峰自己所言「唯抄纂古訓，而無新意」（跋語），基本是抄撮前人注解而成，而援據最多的就是蔡模的《感興詩注》與熊剛大《性理群書句解》中的《感興詩》注，但也不是說鵞峰没有一點自己的意見，他不時以「今按」的方式發表自己的看法，這些意見有時還很獨到。最有特色的是他對《感興詩》第十四首中「非誠諒無有，五性實斯存」的一番闡釋：

今按，「誠」、「諒」、「實」三字，倭訓同，然甚有輕重。「誠」字者，貫元亨利貞，周子所謂「元亨者，誠之通；利貞者，誠之復」是也。「實」字者，仁義禮智之實也，兼信字之義。「諒」字者，可輕看，故熊氏以「皆」字釋之。

這段話指出了日本人閱讀此詩可能會忽略的内容，他拈出的三個語彙，「倭訓」相同，但實則其背後的哲學意蕴并不相同。鵞峰敏感地意識到了這一點，并特别指出。

我們可以從《感興詩考》中發現，鵞峰完全没有引用與蔡模觀點對立的何基的意見，詩意的解釋基本上以蔡氏爲主，但也并不意味著完全同意蔡氏的觀點，特别是在最有争議的最初二首詩的解釋上，鵞峰的意見則是折衷：

今按，胡《通》引梅巖胡氏説云「此篇即『陰陽無停機』一語申言之也」云云。由是見之，則第一篇、第二篇共并説太極、陰陽之理也。諸儒亦謂二篇重説陰陽者也，然蔡模斷然謂一篇説無極而太極也，二篇説太極動陽静陰也。胡《通》雖載蔡説，然不引分二篇之義，劉履亦謂合説太極、陰陽也，然則蔡説皆以爲不滿乎？畢竟太極與陰陽分之則二，合之則一，理不相離，然則諸儒説蔡説兼并而可見之。

可見，鵝峰跳出了蔡模主張的「太極」説與何基主張的「陰陽」説之間的二元對立，而認爲這兩首詩其實都在説太極、陰陽的道理，不應該割裂開來看，兩首詩不是各説各的，其實是在説同一件事情，并且太極與陰陽也并非截然對立，而是一而二，二而一的關係。鵝峰試圖從本體論上消彌太極與陰陽的對立，從而「兼并」兩者來理解兩首詩。這種整合蔡、何兩家的解釋在東亞《感興詩》闡釋史上也是獨特的，不過并没有對日本的《感興詩》闡釋産生影響。

在日本影響最大的注本是山崎闇齋的《感興詩考注》。山崎闇齋（一六一八——一六八二），名嘉，字敬義，通稱嘉右衛門，别號垂加、闇齋，京都人。他是日本江户時代前期著名的朱子學家、神道學者，被稱爲「日本精神的元祖」。他早年曾入寺爲僧，後來轉而研究朱子學，他曾經説：

> 我學宗朱子，所以尊孔子也，尊孔子以其與天地准也。《中庸》云：「仲尼祖述堯舜，憲章文武。」吾於孔子、朱子亦竊比焉。而宗朱子，亦非苟尊信之，吾意朱子之學，居敬窮理，即祖述孔

子而不差者。故學朱子而謬，與朱子共謬也，何遺憾之有？①也就是説，他認爲通過朱子理解孔子是最正確的途徑，所以他對朱子學篤信有加，精研朱子的各種著作，也包括《感興詩》。《感興詩考注》就是他研究朱子學的成果之一。

此書前有闇齋作於明曆二年（一六五六）的自序：

《詩》權輿於虞庭，而隆於周世，孔子列之《五經》。其雅言誦之居多，曾、思、孟氏之後，其教亡焉。一變爲《離騷》，再變爲五言。五言起於漢蘇武、李陵。夫陵也降虜，武也持節，則言之巧相似，而心之趣頓殊。晋陶淵明，唐之李、杜，皆能作五言，而超漢人，伴楚客，趕風雅之變者也，晚唐作者不足算矣。至宋程氏明道夫子，蓋得孔門吟咏之遺法，朱子依其法輯《詩傳》。而此篇者，體爲五言，實續周《詩》，固非子昂《感遇》之所彷佛也。朱子没後，未有繼作者，獨明之方遜志齋，其殆庶幾乎。惜哉！命之不幸，莫見其成也。抑我倭歌之與《詩》，言雖異而情則同。濫觴於神代，而盛於皇朝，逮中葉大津皇子始作詩賦，然後詩歌并行，世不乏人。但歌也失神代之風，詩也非周世之音。菅公之才，猶悦其製似香山，矧其他乎？數百年來，朱書斯渡，人人讀《詩傳》，而不得其旨。此篇則不惟無讀之，知其名者亦尠矣。予竊三復之，有年於兹，遂輒考諸家

① 《山崎闇齋年譜》，轉引自朱謙之《日本的朱子學》，第二九六頁。

之注，抄訓詁、出事證，以俟後之君子折中云。

這篇序先追溯了詩歌特别是五言詩發展的歷史，因爲《感興詩》體裁是五言詩。闇齋指出，《感興詩》「體爲五言，實續周《詩》」，所謂「周《詩》」即《詩經》，這也是把《感興詩》提高到儒家經典的地位①。同時，從他的叙述來看，似乎五言詩發展到《感興詩》就已經終結了，其後的作品已經不值一提了。很有意思的是，闇齋在叙述罷中國詩史後，又轉到日本的和歌與漢詩的歷史，并認爲「歌也失神代之風，詩也非周世之音」，似乎是一種退化的詩史觀。接著又説「菅公之才，猶悦其製似香山，矧其他乎」，「菅公」即平安時代漢詩人菅原道真（八四五—九〇三），「香山」則是中國唐代詩人白居易（七七二—八四六），這似乎暗示著以菅原道真爲代表的日本漢詩創作一直不能脱離中國詩歌的矩矱。最後，他又指出本書注釋的體例，即「考諸家之注，抄訓詁、出事證」，此語與林鵝峰之語頗相似，即《感興詩考注》是著意於文字疏通，而非發揮義理的著述，也即「述而不作」之作。

闇齋在序中又特别提到方孝孺，并在自序後全引了方氏的《讀朱子感興詩》一文。方氏爲一代醇儒，并以自己的生命實踐了他對理學的信仰。其《讀朱子感興詩》云：

① 中國亦有類似的説法，胡炳文《感興詩通》後載鳳翔府知府春陵熊繡跋語云：「（感興詩）實與三百篇相表裏。」

三百篇後無詩矣。非無詩也，有之而不得《詩》之道，雖謂之無，亦可也。夫《詩》所以列於《五經》者，豈章句之云哉？蓋有增乎綱常之重，關乎治亂之教者存也。非知道者孰能識之？非知道者孰能爲之？人孰不爲詩也，而不知道，豈吾所謂詩哉？嗚呼！若朱子《感興》二十篇之作，斯可謂詩也已。其於性命之理昭矣，其於天地之道著矣，其於世教民彝有功者大矣。繫之於三百篇，吾知其功無愧，雖謂三百篇之後未嘗無詩，亦可也。斯道也，亘萬古而不亡，心會而得之，豈不在乎人哉！①

他特别强調詩歌的社會功能，即「有增乎綱常之重，關乎治亂之教存也」。自二程提出作詩是「玩物喪志」之後，很多理學家也不太重視詩歌的價值。方氏此言之出，似乎自動將《感興詩》與一般的吟風咏月的詩歌作了區隔，同時也强調了《感興詩》的社會價值，即同樣欲把《感興詩》提高到儒家經典的地位。方氏提出，詩歌的社會功能：「非知道者孰能識之？非知道者孰能爲之？」這番話讓我們想起元代胡炳文《感興詩通》序中所説的話：「夫子讀周公、尹吉甫之詩，皆贊之曰：『爲此詩者，其知道乎！』」所謂「知道」，胡炳文解釋説：「『爲此詩者，其知道乎！』《孟子》凡兩引之，彼則爲詩者，

① ［明］方孝孺《遜志齋集》卷四《讀朱子感興詩》，文淵閣《四庫全書》第一二三五册，第一三九頁。

知率性之道；此則爲詩者，知治國、平天下之道也。」①可見，此「道」非形而上之道，而是改造社會之道，這與朱子的思想很是契合。闇齋對方氏之言心有戚戚焉，并云：「方氏此言，至矣。讀是詩者所當知也。」可見，闇齋也是極其看重詩歌的社會功能的。

中國元代學者劉履著力抬高《感興詩》地位，將其與其他四部理學經典合稱爲「性理五書」，對此闇齋似乎并不認同：

《選詩·感興》末章下云：「先儒《太極》《通書》《西銘》《正蒙》目爲『性理四書』。愚謂：此《感興詩》亦當與前四書列爲五書。」嘉謂：此等之事何爲耶！爲識者笑耳。劉子澄言：「本朝只有四篇文字好：《太極圖》《西銘》《易傳序》《春秋傳序》。」（《語類》百三十九）子澄言有好文字云爾，然遺四箴，何耶？②

言語之間，闇齋似乎反對從「文字好」，即文學的角度去認識理學經典，應該從思想的意義去解讀《感興詩》。

闇齋引用的「諸家之注」全是中國的注，主要有：潘柄注、蔡模注、劉履注、余伯符注、徐幾注、胡

---

① ［元］胡炳文《四書通·孟子通》卷三，文淵閣《四庫全書》第二〇三册，第四三二—四三三頁。史甄陶《從〈感興詩通〉論胡炳文對朱學的繼承與發展》有很好的解説，可參見。

② ［日］山崎闇齋《文會筆録》卷一七，《山崎闇齋全集》卷下，東京：日本古典學會，一九三六—一九三七年，第五六八頁。

次焱注以及胡炳文《感興詩通》。其中以引蔡氏《詩注》及劉氏《補注》爲多，有的詩，如第八首之注完全引用蔡氏《詩注》。但據筆者檢核，即使完全抄録中國注家的本文，闇齋所録的文本也與中國原始文本有不一致之處，如第十三首，闇齋引蔡氏《詩注》云：

此詩論顏子、曾子、子思、孟子傳心之法，以上接堯、舜、禹、湯、文、武、周公、孔子。蓋所以明道統之正派，而又歎其自孟子而下，寥寥千有餘載，而道統幾於絶也。其指深哉！

此段話中的「正派」，在原本《感興詩注》中作「支派」。「支派」明顯没有「正派」準確，所以闇齋在引用時做了改動。從這一改動也可以看出，闇齋對中國注家之注并非被動地照單接收。另外，此書還直接徵引朱子本人的著作以爲佐證。第十五首還首次徵引了明人陳褱（一四七七—一五三九）的《祭酒琴溪陳先生集》卷四《讀朱子感興詩》中的觀點，這也是諸家所未見的。

闇齋嘗稱：「鄒魯之後，伊洛接其傳，至朱子解孔子之書，明六經之道，是則述而不作者，嘉之所願學也。」①雖然闇齋謙稱「述而不作」，但闇齋本人也在《考注》的不少地方發表了自己的意見，或補充中國注家的注釋，如對第十一首「乾行配天德，坤布協地文」兩句，中國的注家只是發揮其中的義理，而没有涉及文語的出典，可能在中國士人看來并不需要出注，而闇齋却詳注其典：「嘉謂：《易》

① 〔日〕山崎闇齋《題朱書抄略》，轉引自《日本的朱子學》，第二九七頁。

曰：天行健。又曰：坤爲地，爲布，爲文。」又第十六「顧盼指心性，名言超有無」，蔡氏《詩注》僅云：「顧盼，指心性，即釋氏所謂作用，是性也。」而闇齋進一步指出：「嘉按：佛以青蓮目顧盼迦葉，付囑正法眼藏。此事禪録載之，而梵書所不有也。」此注則進一步落實了「顧盼」的原始意義。或對詩意作進一步的發揮，第十六首「號空不踐實，躓彼榛棘途」這一段，闇齋没有引中國注家的話，而是直接引用朱子的原話，不過朱子的話也是概括性的，并没有落實到具體的語境，闇齋就云：「嘉謂：榛棘，程子所謂『正路之蓁蕪，聖門之蔽塞，闢之而後可以入道』者是也。」此注將「榛棘」放入程朱學術的脉絡中，從而更容易看出朱子用詞的哲理意涵。

以上還是就具體字句的發揮，闇齋也有作義理上的發揮，如第十九首「物欲互攻奪，孤根孰能任」，闇齋即云：「嘉謂：『孤根』以木而言，即本然仁義之良心也。」則從詩中具體的物象發揮出更深入的哲學義藴，也與上文「恭惟皇上帝，降此仁義心」相呼應。當然，闇齋有不同意中國注家的地方，也會明確提出，第五首「馬公述孔業，託始有餘悲。拳拳信忠厚，無乃迷先幾」，蔡模《感興詩注》云：「此詩託始之意，東萊吕先生得之，故《大事記》之作，實接於獲麟，而託始於周敬王三十九年。竊意二先生相與講論之際，必有及於此，故朱子於蔡文忠所以深哀『《事記》將誰使之續』也。」闇齋認爲蔡氏没有弄清楚原始語義的出處，故對詩義理解不確：「嘉謂：注中於蔡文忠，蓋有差誤。『《事記》將誰使之續』，是朱子祭東萊文之言也。」

正如闇齋所言，《感興詩考注》主要是「抄訓詁、出事證」，但從中也可以看出闇齋本人的思想傾向。如《感興詩》第一首，上文已經指出，對此詩的解釋中國學者向來聚訟紛紜。從闇齋的引述來看，他完全没有引用何基的任何觀點，顯然是同意蔡模之説的。他發揮蔡氏之説，認爲此詩：「蓋天之所以大，地之所以下，陰陽之所以無停，寒暑之所以互來往者，一太極也。」又説：「理，即太極也。」可見，闇齋也認爲，此詩是形容太極的，宇宙間的一切變化都是太極的表現形式，而不僅體現陰陽的變化。在另一部著作《文會筆録》中，他明確表示同意蔡模觀點，而反對何基之説：

《濂洛風雅》所載《感興詩注》，其所説雖多是，而非解詩之法也。首章蔡仲覺謂言無極、太極，尤是也。何北山謂「於此章指何語爲説太極，況無極乎」，謬也。「渾然一理貫」，此非太極耶？「況無極乎」之語大謬也。次章與前章皆言陰陽而太極在其中。「至理諒斯存」，此太極也。①

《感興詩》第十五、十六首是朱子分别辟道、釋兩家的詩，兩教在儒家看來是「異端」之説，非得辟之而後快。闇齋也是極其反對異端之説的，他曾專做《辟異小序》云：

① ［日］山崎闇齋《文會筆録》卷一七，《山崎闇齋全集》卷下，第五六七頁。

子朱子曰：「正道異端如水火之相勝，彼盛則此衰，此强則彼弱。」熟視異端之害，而不一言以正之，亦何以祛習俗之弊哉？觀孟子所以答公都子好辯之問，則可見矣。①

《跋》又云：

程朱之門，千言萬語，只欲使學者守正道、闢異端而已矣。……朱子曰：「異端之害道，如釋氏者極矣。」然則使彼出於夫子之時，則豈免《春秋》之誅哉。②

所以在第十六首末，特别引用蔡氏《感興詩注》一段「此見朱子深慮異端之爲害，思欲擣其穴而犁其庭也。然其自任之意，亦有不可得而辭者矣」，來表示他的決心。

《感興詩》第十五首也是比較有分歧的詩，有的中國學者認爲此詩反映了朱子對道教的稱贊，如明張志淳（一四五七—一五三八）曾説：「朱子《感興詩》深信仙。」這畢竟不符合朱子本人的思想，所以他又加以彌縫：「竊意朱子因一時見其事而發，又志在不從其術，故不覺稱之，而不暇究極其終無

① 《續山崎闇齋全集》卷中，東京：日本古典學會，一九三六—一九三七年，第四三二頁。
② 《續山崎闇齋全集》卷中，第四五一頁。

也……不然，吾誰適從哉？」①最後一句話透露出注家的迷茫，也揭示出他對朱子之詩的誤讀。這顯然并不是個案，所以闇齋特别引用陳寰的話加以廓清：「琴溪陳氏曰：此章世或疑其以仙爲真有者，不知先生因仙家語成文。末二句則明指其不可，非曰有之，而吾自不爲也。君子毋以辭害義意焉。」②

闇齋對「異端」的批判是有其現實原因的。室町時代（一三三六—一五七三）末期之前，朱子學在日本主要通過五山禪僧來傳播，所以夾雜著很多佛教的思想，闇齋本人早年也曾爲禪僧，後來纔「脱禪爲儒」③。同時，在闇齋生活的江户時代前期，陽明學也傳到了日本，并構成對朱子學的挑戰，這在闇齋眼中也是異端之學，所以他特别批判了當時試圖并取朱陸之説的大儒藤原惺窩（一五六一—一六一九）：

朱書之來於本朝，凡數百年焉，獨清軒玄惠法印始以此爲正，而未免佛。藤太閤亦以爲程

① [明]张志淳《南園漫録》卷八「仙之詩」條，《北京圖書館古籍珍本叢刊》第六五册，北京：書目文獻出版社，一九八八年，第五二八頁。

② 原文見陳寰《祭酒琴溪陳先生集》卷四《讀朱子感興詩》，沈乃文編《明别集叢刊》第一輯第九〇册，第四一二頁。

③ 「脱禪爲儒」是江户初期很多儒者的共同經歷，源了圓《近世儒者的仏教觀——近世儒教和仏教的交涉》云：「藤原惺窩、林羅山、山崎闇齋，本是禪僧。與禪宗寺院有著千絲萬縷的關係，對儒者來説這是個切身的問題。而他們倡導的儒學又與佛教有著不可分離的關係，正是因爲通過佛教，才建立了儒教……近世初期的儒者們對佛教都是采取排斥的態度。」載玉城康四郎編《仏教の比較思想論的研究》，東京：東京大學出版會，一九七九年，第七三二頁。

朱新釋可爲肝心，而猶惑乎佛，遂不聞實尊信之者也。慶長、元和之際，南浦自謂信之，而亦尊佛；惺窩自謂尊之，而亦信陸。陸之爲學，陽儒陰佛。儒正而佛邪，厥懸隔不翅雲泥，既尊此而信彼，則肯庵、草廬之亞流耳，豈曰實尊信者哉？①

這種對禪學、陸學的排斥可能受到朱子排斥「異端」之學的影響，另一方面也基於闇齋對朱子之學的執著信仰，闇齋嘗云：「晦翁傳聖學，永做道磌梁。吾未窺他室，君須升厥堂。青松常鬱鬱，翠竹正颸颸。今古一天地，春風播德香。」②

闇齋是日本崎門學派的創始人，他將儒學與神道相結合，形成了所謂的「垂加神道」，成爲影響日本幾百年的思想。但我們在《感興詩注》中并没有看到闇齋表露過這方面的思想，他是恪守「述而不作」的原則來注釋《感興詩》的。

由山崎闇齋始創的崎門朱子學派在日本興盛不衰，其影響亦綿延不絶③，至今仍有一定的影響力。受到山崎闇齋《考注》的影響，在日本出現了很多解釋或發揮《考注》的書，這些書的著者基本皆

① 《續山崎闇齋全集》卷中《大家商量集》末附《答真邊仲庵書》，第四九〇頁。
② 《山崎闇齋全集》卷上《垂加草》第二《同旦中原氏寄詩來即和》，第九頁。
③ 參見［日］楠本碩水原輯、岡直養補訂《崎門學派系譜》，收入岡田武彦等編《楠本端山·碩水全集》，福岡：葦書房，一九八〇年。

爲崎門學派的成員。筆者所見的有久米順利所著的《感興詩筆記》、加藤延雪所著的《感興詩考注紀聞》及若林强齋的《感興詩講義》《感興詩師説》四書，前二書用漢語書寫，而後二書則爲和文注釋。若林强齋之書，日本學者已經有了比較全面的研究①，今暫且置之而略論前二書。

筆者所見久米順利《感興詩筆記》、加藤延雪《感興詩考注紀聞》皆爲鈔本，藏於日本九州大學碩水文庫。碩水文庫及前面提及的坐春風文庫皆是九州大學著名中國哲學史教授楠本正繼（一八九六—一九六三）的私人藏書②。楠本正繼的家族是崎門學派的傳人，其祖父楠本端山（後覺，一八二八—一八八三）、其父楠本正翼（海山，一八七三—一九二一）、其叔祖父楠本碩水（孚嘉，一八三二—一九一六）皆爲儒學家，他們繼承的是山崎闇齋—三宅尚齋—久米訂齋—宇井默齋—千手廉齋—千手旭山—月田蒙齋一系的朱子學③。《筆記》與《紀聞》二書的抄寫字體并不相同，可能并不是同一人所抄。

---

① 參見［日］近藤啓吾《朱子感興詩と若林强齋の感興詩講義》，載《藝林》第一七卷第三號，一九六六年六月，第八四—一〇九頁。若林强齋乃山崎闇齋弟子「崎門三傑」之一淺見絅齋（一六五二—一七一一）的弟子，京都大學附屬圖書館所藏《强齋遺稿》鈔本中就有强齋所撰《祭絅齋先生》一文，可見其傳承的亦是崎門學派的學統。

② 參見《碩水文庫に就て》（《碩水文庫目録》卷首，九州大學附屬圖書館，一九三四年）；［日］柴田篤《碩水文庫餘滴：楠本正繼教授と九州大學附屬圖書館》，載《中國哲學論集》第三三輯，二〇〇七年，第七二—九四頁。

③ 關於楠本家族的研究，參見［日］岡田武彦《楠本端本——生涯と思想》，福岡：積文館書店，一九五九年；［日］藤村禪《楠本碩水伝》，長崎：芸文堂，一九七八年。本文主要參考的是［日］柴田篤《楠本正繼博士之宋明儒學思想研究》，載《臺灣東亞文明研究學刊》第二卷第二期，二〇〇五年一二月。

久米順利所做的《紀聞》，是一部以山崎闇齋《考注》爲基礎的詳細闡發《感興詩》詩意的著作。久米順利，字斷治，又稱斷次郎（一作「新二郎」），號訂齋，别號簡兮，京都人，江户時代中期的儒學家。他是山崎闇齋的再傳弟子，他的老師是被稱爲「崎門三傑」之一的三宅尚齋（一六六二——一七四一）；著有《性理要旨》《訂齋先生雜記》等書。

久米訂齋在《筆記》前的識語中交代了此書寫作的緣起：

寬延四辛未歲孟秋，爲酒井欽信辰讀吾朱子《感興詩》，因記所見，備他日考云。夫朱子《感興詩》載文集書，其雜舉《性理大全》及《選詩續編》者猶在，大中於《禮記》中。山崎先生獨知此詩不可謾觀，特表章之，爲定著《考注》。然後雖世知有此詩，讀者猶未知析其微言。且此注也，成先生初年，未歷改正之筆也。故吾尚齋先生雖深惜之，未暇别下手，然講習之間，及此書之大義者，順利幸得與聞之矣。

可能由於傳抄的原因，這段文字有若干處語義并不明了，不過基本意思還是可以知曉的。從上可見，此書成書於寬延四年（一七五一）。訂齋此書之著，一方面有感於闇齋之《考注》作於其早年，思想還未成熟，所以還有完善的餘地。這主要是因爲闇齋之書以「述而不作」爲主，對詩歌的大意并没有做過多的發揮；而訂齋在《筆記》中幾乎對每一首詩的詩意都有所闡述。另一方面，我們也可以看到，訂齋的學術淵源主要來自於其親炙之師三宅尚齋，尚齋在日常與學生講論中，討論過此書，但其思想并未成書，而在訂齋的《筆記》中得到了繼承。從這一個案，我們可以看到，日本崎門學派三代學人對《感興詩》的傾心。在具體的注釋中，訂齋還不時返回崎門學派的語境中去，如注第二首「幻語驚盲聾」，訂齋則曰：

目之明，耳之聰，人之所得於天也。若目不見義理，耳不聞道理，即雖形存，便盲聾耳。往時山崎先生於奥州會津，以無學之人，號盲者、聾者，本於此乎？

這就是從崎門學派的觀點來解釋這首詩，也可見山崎闇齋對此詩的發揮。

與山崎闇齋大量援引蔡模的注解不同，訂齋援引的文獻以胡炳文的《感興詩通》以及劉履的《選詩續編補注》爲主，可能他利用的是劉剡所編的校合本。但他不時駁正中國學者的觀點，如第十二首「興言理餘韻，龍門有遺歌」之意，《感興詩通》云：「『理餘韻』於絶弦之後，周程三夫子也，獨舉龍門而言可以包濂溪、明道矣。」訂齋云：「《通》恐非。發其端者，在濂溪、明道二先生；而所其全備，在伊川先生，故獨舉而已。」《感興詩通》認爲，周與二程是并列的，此詩僅舉伊川以概括三者；而訂齋認爲，道學思想發展到伊川始較「全備」，故可以用伊川包括濂溪與明道。綜觀東亞三國《感興詩》的注釋，很少有人對這兩句詩産生疑義，大部分就是引述胡炳文的話而已，而訂齋却能提出不同意見，可見訂齋對此書的思考頗爲用心。

比較有特色的是，訂齋還引用了不少日本學者的看法，在解釋《感興詩》朱熹自序時，訂齋引用了若林强齋一句話，不過也僅有這一處。另外，引用比較多的是三宅長民的觀點，據訂齋自注：「長民，號一平，三宅尚齋之子。」長民的觀點可能部分地反映了其父的看法。《感興詩》第八首「閉關息商旅，絶彼柔道牽」，訂齋引長民解云：「蔡氏二句以冬至言，故解『牽』爲『牽繫』之義，不爲進之義，大失朱子之意。」蔡氏的原解是：「《易》曰：『先王以至日閉關，商旅不行，后不省方。』言冬至一陽生之時，必安静存養，絶彼柔道之牽繫也。」長民不同意蔡模將「牽」解釋爲「牽繫」，而認爲是「進」之義，而且認爲其本人的解釋符合朱子本意。這也是長民的新見，中國本土基本遵從的是蔡模的解釋。

訂齋也能引用日本本土的文獻來説明問題，如注釋闇齋《考注序》中「（抑我倭歌之與《詩》）言雖異而情則同」時，訂齋引用紀貫之所做的《古今和歌序》中「夫歌者動人之心」來説明和歌與漢詩一樣都是因心動而産生的。儘管訂齋大量引録三宅長民的觀點，但對於意見不同處，也不避忌而直接説出，第八首詩「掩身事齋戒，及此防未然」，三宅長民曰：「按《語類》説以上二句爲兼冬至、夏至，恐失朱子意，如蔡氏所言正是。如《語類》説，『防未然』三字，更無着落。是山崎先生所引用蔡説，不用《語類》説。」訂齋云：「上句承『謹獨』、『開先』總説，下句所以『防未然』分解，長民君恐謬柔道之牽繫也。」這種學術上求真的態度很值得贊許。

此書最值得注意的還是訂齋本人的觀點，訂齋每每以「順利曰」的形式在解釋中闡述自己的觀點。先看其對「齋居感興」中「興」的解釋：

順利曰：與六義之「興」，義同而意異，彼因物以引起，此因心之動以起思也。

這個觀點也是東亞三國《感興詩》的解釋中所僅見的，即區分了「齋居感興」之「興」與「賦比興」之「興」這兩個完全相同的字在不同的語境中不同的意義，并明確指出，「感興」之「興」是因「心之動」而產生的，也就是説「感興」之「興」更具有主觀的意味。順利的有些觀點也頗有新意，如第十首中「秋月照寒水」一句，諸家解釋如下：

蔡模《感興詩注》：言群聖人相繼，上下幾千載，而同此一心，有如秋月之至明照寒水之至清，皎然無一毫之翳，湛然無一點之滓也。

何基《解釋朱子齋居感興詩二十首》：此章明列聖相傳心學之妙，惟在一敬。

熊剛大《感興詩句解》：吾想其心，淵乎其清，湛乎其明，有如秋月下照寒水。

胡炳文《感興詩通》「秋月照寒水」五字，是形容「敬」之一字。

久米順利《感興詩筆記》：順利曰：炯而不昏①，如秋月之瑩；肅然而不亂，如寒水之凜，故曰形容敬之體。

① 根據下文句式，疑「炯」下脱「然」字。

《感興詩》這組哲理意味很濃的詩中出現「秋月照寒水」這句看似是寫景的詩句，其意蘊何在？蔡模認爲，此句是形容上句「恭惟千載心」中的「心」的，熊剛大亦持這種看法。何基没有直接解釋此句，但提到關鍵詞「敬」，胡炳文在此基礎上進一步發揮，認爲此句是形容「敬」的。久米順利又在胡炳文的基礎上，認爲「秋月之瑩」、「寒水之凜」都是形容「敬之體」（即敬的本體或本質）的，則又比胡炳文的解釋更具體一些。又第十三首「顔生躬四勿」，順利云：「《補注》云：躬，行也。順利案：躬，一字眼目。三月不違仁，唯是而已。《補注》甚粗。」這裏訂齋認爲，「躬」字是這句詩的字眼，其意義不僅僅是「踐行、施行」這麽簡單，還有孔子稱贊顔回「三月不違仁」的道德堅守。劉履的《選詩續編補注》只是解釋了躬的字面意思，而没有發掘其深意。第十四首「豈若林居子，幽探萬化原」，蔡模《感興詩注》解釋「林居子」爲「隱居山林之士也」，中國其他注本的解釋也從此説，但久米順利認爲：「指言隱居山林，甚拘泥，唯對言擾擾世人耳。程氏言，此理非静中不能體認者得之。」「林居子」字面意思確實是「山林之士」，順利則從理學的語境出發，指出有異於擾擾塵世之中的人都可以稱爲「林居子」。從這些不同於傳統的解釋可見，久米訂齋有較强的創新精神，能够不囿於舊説。

《感興詩》第一首、第二首是争議最大的兩首詩，對於第一首的詩意，訂齋也有一個詳細的總述：

順利曰：夫索道體於天地未生之前者，釋氏之空也；不知一氣之無停機者，老氏之無也。蓋天地者，道體之象，故其大無外而深廣無涯；陰陽寒暑與道爲體，故無停機而互往來。是以吾道體之看，即天地而知其真，不離陰陽而得其實。朱子首咏之，有意哉！有意哉！

訂齋的話語避開了蔡模與何基觀點的衝突，没有提到「太極」，却提到另一個形而上的概念——「道體」，其内涵與「太極」有點相似。在蔡模看來：「雖天地定位，陰陽、寒暑運行，而太極之理亦未嘗不在焉。」又「周子即推太極，動而生陽，静而生陰」。也就是説，天地、陰陽、寒暑皆是太極的表現形式，陰陽是太極運動的結果。訂齋的説法「天地者，道體之象」與之有相似的一面，但他似乎并不認爲「道體」是可以運動的。何基認爲此詩「只是以陰陽爲主」，「言陰陽則太極已在其中」；訂齋則説「是以吾道體之看，即天地，而知其真不離陰陽而得其實」，似乎又有强調「陰陽」的一面。訂齋的太老師闇齋是同意蔡模觀點的，明確説：「理，即太極也。」訂齋没有順從始祖的觀點，而是試圖彌合兩家歧見，避免説「太極」，而創造出一個「道體」。從「陰陽、寒暑與道爲體」可見，似乎「陰陽」與「道」都是「體」。在解釋第二首「至理諒斯存」時，訂齋又説：

雖天之大，陰陽之氣也；雖地之厚，剛柔之形也。氣即有消息，形即有始終，何得無前瞻後際之可言？然無端無始之妙，往者過，來者續，無一息之停，實至理之存也。道體本然之妙，陰陽所乘之機。噫！旨哉！

從上可見，天地與「陰陽」并不是并列的關係，而是陰陽的表現形式，這似乎是在突出「陰陽」，與何基的觀點相近，但他馬上又抬出「道體」這個頗類似於「太極」的概念。

《紀聞》的作者加藤延雪是山崎闇齋的及門弟子，此書後有天逸老髯一短跋略述其生平與著作：

加藤延雪，名絅，字默子，號章庵，俗稱紙屋半三郎，又稱人形屋，伊勢津人。受業於山崎闇齋。所著有《小學》《近思四子四經紀聞略説》，又有《章庵暇筆》五卷，《大學紀聞略説》三卷刊行於世。此書署曰「章庵編」，則爲其著述，不容疑也。①

書名「紀聞」似乎暗示著他的見解可能來自於老師的講論。

《紀聞》與《筆記》在體例上有很大的相似性，既對《感興詩》本文的字句予以注解，也對山崎闇齋《考注》中的詞彙加以解釋；都是拈出每首詩的個別字句，仔細闡釋其意義，但總體上，兩書鮮有重複之處。兩書不同之處在於，《筆記》比較詳細，而《紀聞》稍顯簡略；《筆記》所注釋的語彙都是《感興詩》中比較難以索解或比較重要的詞語，而《紀聞》對「晚唐」、「明曆」這樣的時代或年號都要予以解釋，似乎不太必要，同時《紀聞》很重視闇齋所引用典籍的出處，一一加以注明；《筆記》對每首詩

---

① ［日］楠本碩水原輯、岡直養補訂《崎門學派系譜》云：「加藤章庵，名延雪，一名絅，字默子，稱源十郎，號晦養堂，又潤默堂，住伊勢洞津，處士，業教授。元禄四年（一六九一）六月七日自刃，年四十五。」見［日］岡田武彦等編《楠本端山・碩水全集》，第四五八頁。

的總論不多，而《紀聞》一般在每首詩詩題下都有一段總論文字。這些總論性文字對理解《感興詩》的詩意很重要，既概括大旨，又串講詩意。中國的注本中，熊剛大的《朱子感興詩句解》也有對每首詩意的總括，章庵的《筆記》與之對照還稍顯詳細。如《感興詩》第二首，熊氏《句解》云：「此篇論陰陽一太極。」而《筆記》則云：「此篇承上篇説陰陽互根之妙也。陰陽一太極，故『萬古與今同』，蓋理固無生死，而氣亦無生死。」熊剛大和章庵的基本觀點相同，而章庵則聯繫上下文作了進一步的説明。雖然章庵與訂齋皆爲崎門傳人，但他們的觀點并不相同。譬如對「感興」的解釋兩者就有差異，訂齋的觀點已見前，而章庵則認爲「感興，此感發興起之義」，和六義之「興」的意思相同。

《紀聞》有些地方的闡釋有其個人色彩，如對第十二首「瑤琴空寶匣」這一句，東亞三國的注本很少關注這一句，幾乎都没有什麽解釋，而章庵則解釋云：「瑤琴，指聖人之微言」；「寶匣，指六經」。雖然比較簡短，但也發他人之未發。當然，《紀聞》也有疏誤之處，如注第一首闇齋《考注》中所引的「余氏」云：「正叔，字大雅。」其實，余氏，名伯符，字子節，號思齋。又注第十四首闇齋《考注》中所引的「潘氏」云：「字謙之，號三山。」「三山」，實乃「瓜山」之誤，「三山」乃其籍貫。從《紀聞》援引的資料來看，他極可能没有參考過乃師參考過的《感興詩通》，如果他看過該書，以上兩個疏誤就不會犯。

章庵比較恪守師説，在《紀聞》中至少兩次引用闇齋的《文會筆録》一書。他對闇齋的繼承還體現在對第一首詩的解釋上，上文已經説過，闇齋是支持蔡模觀點的，章庵亦同意此説：

此論道體，蓋首四句言天地之對待、陰陽之流行耳，故次四句以「皇犧作卦」結之。中間「渾然一理」兩句指太極言，見理氣本不相離，而亦不相雜處。終兩句以《太極圖説》結之。《大傳》所謂「《易》有太極」，此篇盡其意。

從這段話可見，章庵完全支持其師「理，即太極」的觀點。日本保存下來的《感興詩》注釋大部分是崎門學派的著作，某種程度上代表著崎門學派朱子學的觀點，這也是《感興詩》在日本流行過程中的特異之處。

四、朱子《感興詩》在朝鮮半島的流傳與接受

與朱子學傳入日本差不多同時，朱子學也隨着赴元的高麗使臣傳入朝鮮半島，目前比較公認的說法是：安珦（一二四三—一三〇六）是最早將朱子學帶到朝鮮半島的人，他因崇敬朱子，遂依朱子號晦庵之例，號爲晦軒。安珦曾説：「吾曾於中國得見朱晦庵著述，發明聖人之道，攘斥禪佛之學，功足以配仲尼。欲學仲尼之道，莫如先學晦庵。」①其《年譜》又載：

① [高麗]《晦軒先生實記》卷一《論諸生文》，韓國文集編纂委員會編《韓國歷代文集叢書》第二五册，首爾：景仁文化社，一九九三年，第四三頁。

庚寅忠烈王十六年，留燕京，手抄朱子書，又摹寫孔子、朱子真像。時朱子書未及盛於世，先生始得見之，心自篤好，知其爲孔門正脉，遂手録其書，又寫孔、朱真像而歸。自是講求朱書，深致博約之工。三月，從王還自元。①

時爲元至元二十七年（一二九〇）。元皇慶二年（一三一三）復科舉，詔定以朱熹《四書集注》試士子，朱學被定爲科場程式。所以安珦手抄朱子書時，離元朝政府將其列爲科舉用書尚有一段時間。安珦於此「朱子書未及盛於世」之時，發現朱書的價值，可見其眼光之獨到。極可能在此時，《感興詩》也隨朱子之書傳入高麗。《感興詩》真正在朝鮮半島得到流行還是在朝鮮時代。朝鮮也單獨翻印過《感興詩》②，宣祖時柳成龍（一五四二——一六〇七）記載：「隆慶戊辰（一五六八），先君子出牧清州。

① 《晦軒先生實記》卷三《晦軒先生年譜》，第六九頁。

② 《諸道册板録》全羅道靈巖下著録「《感興詩》八丈」，見張伯偉師編《朝鮮時代書目叢刊》第三册，北京：中華書局，二〇〇四年，第一五四四頁。又《完營册板目録》（一七五九）靈巖下亦著録「《感興詩》白紙」，《朝鮮時代書目叢刊》第三册，第一六四六頁。此外，據韓國學者沈慶昊先生《〈朱子齋居感興詩〉與〈武夷櫂歌〉的朝鮮版本》（朱子「齋居感興詩」와「武夷櫂歌」의조선판본），《季刊書誌學報》第一四輯，韓國書誌學會，一九九四年十二月，第三—三六頁）還提到《五車書録》（一七九一）也著録過靈巖的册板，他還提到巨濟刻板的《感興詩》有五張本、十張本。

余往來省覲，因印是編而來。」①這裏的印本可能就是蔡模的注本，而且上文提到「清州」非常重要，因爲現存最早的蔡模《感興詩注》版本就刊於清州，現藏於首爾大學奎章閣②。此書由時爲清州牧的李楨（一五一二—一五七一，字剛而，號龜巖）刊於嘉靖癸丑年（一五五三）。據李楨跋語，他所使用的底本是有下季良（一三六九—一四三〇）跋的庚子鑄字本，李楨在退溪李滉（一五〇一—一五七〇）的建議下，在《感興詩注》後又添加了《擬古八首》《奉同張敬夫城南二十咏》《百丈山六咏》《雲谷二十六咏》《宿休庵贈陳道人》《雲谷雜詩十二首》《武夷精舍雜咏并序》《洞天》《武夷櫂歌十首》（有陳普注）諸詩③。此書爲現存最古的蔡模《感興詩注》單行本，十九世紀林衡（述齋）編

① ［朝］柳成龍《西厓先生別集》卷四《書朱子感興詩卷後》，《韓國文集叢刊》第五二册，首爾：景仁文化社，一九九六年，第四八四頁。

② 沈慶昊先生《〈朱子齋居感興詩〉與〈武夷櫂歌〉的朝鮮版本》一文對此書有詳細的介紹。筆者有幸於首爾大學奎章閣善本書室親見此書原本，此書封面上題「朱詩」兩字，末有牌記「嘉靖癸丑冬清州牧開刊」，最末一頁是刊刻者姓名，還有一行筆寫文字「主宣城金氏家寶」，是原藏書者所寫。

③ 退溪曾有書信與李楨討論刊刻《感興詩注》之事，見清州牧刊本《感興詩注》後附録。又參見［朝］李滉《退溪集》卷一二《答柳仁仲》，《韓國文集叢刊》第三〇册，首爾：景仁文化社，一九九六年，第三三一頁；及卷二一《答李剛而》，《韓國文集叢刊》第三〇册，第四頁。

《佚存叢書》時就參考過此書①。除了單行本外，朝鮮士人還通過《濂洛風雅》中所收的何基注來了解《感興詩》，任聖周（一七一一—一七八八）《書筵講義》載任聖周與朝鮮世子的一番對話：

> 今見《感興詩》，可考而知也。世子曰：「《感興詩》見《大全》乎？」對曰：「然矣，而亦見《濂洛風雅》，略有注語矣。蓋效陳子昂《感遇詩》，凡二十篇，而其中數篇説此事矣。」②

可能正是有感於《濂洛風雅》注語太略，任聖周纔集合衆注，編成《朱文公先生齋居感興詩諸家注解集覽》一書。從上面的對話可見，任聖周可能没有接觸到清州牧刊本，不然他不會不推薦此書的單行注本，也不會在他的《集覽》中很少引録蔡模的觀點；他看到的可能就是《濂洛風雅》中的文本，所以在他的《集覽》中，纔會秉承何基的觀點。

《感興詩》在朝鮮流傳極其廣泛，并且滲透到朝鮮士人的日常生活之中。在朝鮮時代的文獻中，我們經常可以讀到朝鮮士人手書朱子《感興詩》的記載：

---

① 《佚存叢書》本《感興詩注》，［日］林衡識語云：「覺軒蔡氏注朱子《感興詩》一卷，余曩日獲活字版古本，乃知其久傳於此間矣。後又獲高麗本於友人處，校之無甚異同……高麗本附録朱子詩數十首，末又載懼齋注《武夷櫂歌》，今删落其數詩，獨存《櫂歌》注，亦以其無別行也。」從林氏的叙述可見，他所見的「高麗本」就是清州牧刊本。

② ［朝］任聖周《鹿門集》卷一八，《韓國文集叢刊》第二二八册，首爾：景仁文化社，二〇〇一年，第三六二頁。

一日，慎仲見寄以空帖，要書晦庵《齋居感興詩》及盧山諸作。①

所留四丈紙，寫朱子《感興詩》一首及十訓範戒。②

東郱申汝楫袖一册子來，要余書朱子《感興詩》。③

先生嘗爲有鳳手書朱子《感興詩》。④

① [朝] 李滉《退溪集》卷四三《書晦庵詩帖後》，《韓國文集叢刊》第三〇册，第四五八頁。

② [朝] 尹拯《明齋遺稿》卷一八《答李景甫》，《韓國文集叢刊》第一三五册，首爾：景仁文化社，一九九六年，第四一三頁。

③ [朝] 柳尚運《約齋集》册五《書申汝楫所請書帖末》，《韓國文集叢刊續編》第四二册，首爾：韓國古典翻譯院，二〇〇七年，第五八六頁。

④ [朝] 魚有鳳《杞園集》卷三二《農巖先生語録》，《韓國文集叢刊》第一八四册，首爾：景仁文化社，一九九九年，第四七一頁。

今竹泉外孫李命德，持示一障，即達甫所書朱夫子《感興詩》而養叔題跋者也。①

退溪老先生手書朱子《感興詩》與門人芝山金公。②

先祖盆峰公遺訓四十八條，書以戒之，使遵守者。又敬守帖二，書朱先生《感興詩》二十首。③

明皋除副使日，先王下手札，命賤臣書朱子《感興詩》於御扇以進。④

書法并非簡單的綫條藝術，所書寫的内容實際上是書寫者情志的寫照，也是其表達的核心。由於

① ［朝］鄭澔《丈巖集》卷二五《題金達甫手蹟後》，《韓國文集叢刊》第一五七册，首爾：景仁文化社，一九九七年，第五六〇頁。

② ［朝］趙德鄰《玉川集》卷八《書金衛卿兑胄家藏退溪先生手筆三帖後》，《韓國文集叢刊》第一七五册，首爾：景仁文化社，一九九六年，第二六七頁。

③ ［朝］李萬敷《息山集》卷一八《敬書王考筆帖匣》，《韓國文集叢刊》第一七八册，首爾：景仁文化社，一九九八年，第三九六頁。

④ ［朝］金祖淳《楓皋集》卷二《題徐明皋瀅修朱書采訪緣起》，《韓國文集叢刊》第二八九册，首爾：景仁文化社，二〇〇二年，第三四頁。

《感興詩》用韻文寫成，且名章迴句甚多，所以朝鮮士人喜歡借以表達自己對社會人生的看法，甚至連國王都喜歡書寫《感興詩》詩句贈人：「上親書朱子《感興詩》『珠藏澤自媚，玉蘊山含輝』一句以下。」①從《感興詩》成爲士人熱門的書寫對象可以推想其原因：其具有很大的教益作用，很多詩句類似於人生格言，具有豐富的哲理蘊味。

從以上的例子可見，除了一例是書寫全部的二十首外，一般書寫者只是寫一首詩或一聯詩。那麽這二十首詩中，哪首詩或哪幾句最受歡迎呢？除了前面剛剛提到的「珠藏澤自媚，玉蘊山含輝」外，我們可以發現朝鮮士人最喜歡的是第九首中的「秋月照寒水」一句，很多士人以此命名自己的書齋：

（尤庵）題先生居室曰遂庵，取薛文清語也。又命之曰寒水齋，蓋用朱子《感興詩》語。②

不煩民力構廨館，名曰秋月軒，蓋取朱子《感興詩》中語也。③

---

① ［朝］柳疇睦《溪堂集》卷一五《朝奉大夫行世子侍講院諮議主一齋先生柳公行狀》，《韓國文集叢刊》第三一三册，首爾：景仁文化社，二〇〇三年，第五一四頁。

② ［朝］李宜顯《陶谷集》卷一二《左議政寒水齋權先生神道碑銘并序》，《韓國文集叢刊》第一八一册，首爾：景仁文化社，一九九九年，第六九頁。

③ ［朝］趙任道《澗松集》卷五《迂拙子朴先生閭表碑銘并序》，《韓國文集叢刊》第八九册，首爾：景仁文化社，一九九六年，第一一〇頁。

（吾鄉成芙蓉堂先生）無意舉業，築室於蓮峰之下伊水上，題其軒曰秋月，蓋取朱子《感興詩》語。①

不僅如此，《感興詩》也是朝鮮士人的日常讀物，而且似乎是最受歡迎的讀物之一：

易道無窮耦與奇，聖人垂教孰能思。焚香静坐梅窗下，且讀文公《感興詩》。②

人定鐘聲政覺遲，寂寥燈下夜長時。名途上策唯宜去，暮景中懷欲告誰。庭雪從風初錯落，檐冰受月轉參差。操持宴息吾家事，隱几閑看《感興詩》。③

未死宜憂國，無才敢濟時。榮名心不在，事業志全衰。每憶《遂初賦》，聊吟《感興詩》。行

① ［朝］曹兢燮《巖棲集》卷三三《秋月軒孫公墓表》，《韓國文集叢刊》第三五〇册，首爾：景仁文化社，二〇〇五年，第四九九頁。

② ［朝］李種學《麟齋遺稿·南行録》，《韓國文集叢刊》第七册，首爾：景仁文化社，一九九六年，第五〇七頁。

③ ［朝］朴長遠《久堂先生集》卷三《遺懷》，《韓國文集叢刊》第一二一册，首爾：景仁文化社，一九九六年，第六三頁。

藏吾已定，雲路莫相推。①

宜春南秀才雲舉，質美而嗜學。前月初，自晋陽訪纍人於晞陽蟾湖之上。……留十數日，僅讀《大學》及朱子《感興詩》。②

誦南塘《夙夜箴》、晦翁《感興詩》，日以爲常。③

公諱柱國，字國卿，姓沈氏。……每夜月上梧桐，輒彷徨於堂中或庭畔，朗誦《易》之《乾卦》，或朱子《感興詩》。④

① ［朝］趙錫胤《樂静集》卷二《次曹守而漢英韻》，《韓國文集叢刊》第一〇五册，首爾：景仁文化社，一九九三年，第二八九頁。

② ［朝］金聖鐸《霽山集》卷二《贈别南生雲舉國鵬并序》，《韓國文集叢刊》第二〇六册，首爾：景仁文化社，二〇〇〇年，第二三八頁。

③ ［朝］奇宇萬《松沙集》卷三六《松坡魏公墓碣銘并序》，《韓國文集叢刊》第三四六册，首爾：景仁文化社，二〇〇五年，第二五八頁。

④ ［朝］楊應秀《白水集》卷一五《收心齋沈公行狀》，《韓國文集叢刊續編》第七七册，首爾：韓國古典翻譯院，二〇〇九年，第三六〇頁。

皓月澄江依舊照，如何人事異前時。可憐寂寞清溪洞，無與高吟《感興詩》。①

無論是「焚香静坐」，還是「隱几閑看」，《感興詩》在朝鮮士人的日常閲讀中似乎是除了儒家經典外，誦讀最多的著作，而且達到了「日以爲常」的程度，甚至成爲「僅讀」的讀物。《感興詩》在朝鮮半島的普及程度，是同時代的中國和日本所未見的。朝鮮士人對《感興詩》并非是泛泛而讀，而且能考其文義，尋其出典，頗見其用心，李萬敷嘗云：「昨日共讀《感興詩》，疑處更檢看，隨考出處謾録去。」②下文，李萬敷就詩中的若干語彙，作了一些考釋。并且，朝鮮士人不惟平日時常誦讀，即使在病中，也不忘讀之：「公病枕，常誦洛閩箴銘與《感興詩》。古人所謂一息尚存，此志不容小懈者，殆近之矣。」③朝鮮文獻中亦有士人臨終之際吟咏《感興詩》的記載，金岱鎮《成均生員肯構齋申公行狀（辛酉）》：

公諱思永，字公修，姓申氏。……晚年以《易》《書》《詩》尚未浸熟，日事課讀，若後生樣，至通誦而後已。疾革，語侍湯者曰：「吾當讀書，試吾精神。」仍誦《四書》各數章，《心經》贊、詩書

---

① ［朝］楊應秀《白水集》卷一六《哀沈處士》，《韓國文集叢刊續編》第七七册，第三七七頁。

② ［朝］李萬敷《息山集》卷七《與吴致重》，《韓國文集叢刊》第一七八册，第一九一頁。

③ ［朝］崔益鉉《勉庵集》卷二八《楸軒姜公墓碣銘并序》，《韓國文集叢刊》第三二六册，首爾：景仁文化社，二〇〇四年，第一〇〇頁。

序、《感興詩》、濂洛性理詩，不差一句。事在屬纊前一日，蓋其宿好之篤，而精力之到可見也。①

朝鮮士人無論是在「一息尚存」之際，還是在「屬纊前一日」讀《感興詩》，正是因爲《感興詩》有一種溝通「天人之際」的偉大效用和感發人心的道德力量。這種力量常常能觸動人心，「養性林泉，樂而忘憂。每風清月夜，朗吟朱子《感興詩》《武夷九曲》《招隱操》，聲甚悲壯，若千載感遇焉」②。從「聲甚悲壯」可以看到，朝鮮士人與此詩産生了一種心靈的共鳴。這種力量的獲得與朱子寫作時貫注的强烈的文化意識有關，也與朱子寫作時以「林居子」即失志在野的士人自居有關。朱子生前在政治上頗遭打擊，特别是晚年遭受韓侂胄的政治迫害，他以一介寒士的身份，以組詩的形式抒發了對歷史與現實的思考與批判，希望以此實現改造社會的理想。似乎朝鮮士人特别能感受到其中的意涵，從而使這組「哲詩」充盈著一股生命的力量，「（其人）恬静簡默，而或值酒酩酊，激昂慷慨。有時乎誦屈

① ［朝］金岱鎮《訂窩集》卷一九，《韓國文集叢刊續編》第一二三册，首爾：韓國古典翻譯院，二〇一一年，第五五四頁。

② ［朝］崔益鉉《勉庵集》卷二九《壺山魏公墓碣銘并序》，《韓國文集叢刊》第三二六册，首爾：景仁文化社，二〇〇四年，第一一五頁。又見《松沙集》卷四七《壺山魏公行狀》，《韓國文集叢刊》第三四六册，首爾：景仁文化社，二〇〇五年，第五二九頁。

《騷》、葛《表》及朱子《感興詩》等篇，以叙其幽鬱」①。《離騷》反映了屈子一生憂愁的坎坷心曲②，《出師表》則是孔明人生志義的慷慨悲歌③，將《感興詩》與屈原《離騷》以及諸葛亮《出師表》并稱，可見朝鮮士人認爲朱子亦將其一生未能實現的壯志寓於《感興詩》中。朝鮮士人不但將《感興詩》與屈原《離騷》、諸葛亮《出師表》共讀，而且將其與杜甫詩、韓愈文等中國文學史上的經典并置：

訖寫之後，又以隙紙書古人詩文若干首，附以顔魯公筆蹟，詩則朱夫子《感興詩》及杜草堂詩，文則諸葛武侯《出師表》、韓昌黎文及范希文記二首。④

合四編爲一帙，其下附以朱子《感興詩》、諸葛忠武侯《出師表》《梁甫吟》、杜拾遺詩、顔太史

---

① ［朝］宋秉璿《淵齋集》卷三八《外祖肅齋李公墓誌》，《韓國文集叢刊》第三三〇册，首爾：景仁文化社，二〇〇四年，第二二四頁。

② 司馬遷説：「離騷者，猶離憂也。」（《史記·屈原列傳》，北京：中華書局，一九五九年，第二四八二頁）班固説：「離，猶遭也；騷，憂也，明己遭憂作辭也。」（洪興祖《楚辭補注》卷一引《離騷贊序》，北京：中華書局，一九八三年，第二頁）

③ ［宋］趙與旹在《賓退録》卷九中説：「讀諸葛孔明《出師表》而不墮淚者，其人必不忠。」（《宋元筆記小説大觀》第四册，第四二三三頁）

④ ［朝］趙普陽《八友軒集》卷四《書李若天家傳近思録後》，《韓國文集叢刊續編》第七九册，首爾：韓國古典翻譯院，二〇〇九年，第二六六頁。

筆、韓昌黎詩文、范希文《岳陽樓記》《嚴先生祠堂記》。①趙普陽與李象辰生活年代相近，而且他們提到的與《感興詩》并稱的其他中國經典幾乎相同，可見這是十八世紀朝鮮士人共通的看法。在中國文化史上，《出師表》、杜詩、韓文、范仲淹的兩篇記文不但是文學經典，而且有深邃的道德與文化内涵，故朝鮮士人將《感興詩》與它們相提并論，其實也是在强調《感興詩》文字背後也有强烈的文化意藴。

在朝鮮士人日常講學中，亦經常討論《感興詩》。通過教育講論，《感興詩》的「風教」價值觀很容易滲透人心，這是中國和日本所未及的：

初九日乙卯，小雨。姻家朴彦章及李元英持酒來别，朴文仲、鄭澮來别。逾芚嶺而宿元巖驛，留完堵俾看菽水之養。典弟及完基子遠從於謫所。周廣文獻民賢仲以書送白鞋及紙。朴景龍雲吉、沖龍雲舉以酒來餞，又各設食於朝夕，以饋冠童及從者。朴天授持酒來别，乃金節婦翁也。辛澈景涵又饋從人，又各有贐。俱講《感興詩》一篇。②

① ［朝］李象辰《下枝遺集》卷四《近思齋記》，《韓國文集叢刊續編》第八〇册，首爾：韓國古典翻譯院，二〇〇九年，第六八至六九頁。

② ［朝］趙憲《重峰集》卷一三《北謫日記》，《韓國文集叢刊》第五四册，首爾：景仁文化社，一九九六年，第四一九頁。

與諸生講《感興詩》。①

上之十四年戊午秋，余自耽羅，蒙恩撤棘，移配於光陽縣。越明年五月，族子江漢爲問余，跋涉六百里而來。仍留處五十餘日，其間講《大學》《中庸》《朱子行狀》《西銘》《感興詩》諸篇。②

午後與李秉鐸論《感興詩》「金鼎」、「龍虎」之義。③

可見，無論是在日常生活中，還是在羈旅或貶謫之時，朝鮮士人都孜孜不倦地講習《感興詩》，他們對《感興詩》的熱衷令人動容。而且將《感興詩》與《大學》《中庸》《西銘》等經典同講，這正顯示了本爲一篇文學作品的《感興詩》已然躋身理學經典的事實，同時也印證了《感興詩》深邃的哲學意蘊。不僅如此，朝鮮時代現存的《感興詩》注本至少有四部，其中有兩部還是集注性質的著作。

① [朝] 宋明欽《櫟泉集》卷一九《年譜》，《韓國文集叢刊》第二二一册，首爾：景仁文化社，二〇〇一年，第三八一頁。

② [朝] 金聖鐸《霽山集》卷一三《贈再從姪江漢序》，《韓國文集叢刊》第二〇六册，首爾：景仁文化社，二〇〇〇年，第四四六頁。

③ [朝] 佚名《龜窩集》附録卷一《年譜》，《韓國文集叢刊續編》第九五册，首爾：韓國古典翻譯院，二〇一〇年，第二九六頁。

朝鮮時代現存最早的《感興詩》注釋之作是朝鮮著名朱子學家宋時烈(一六〇七—一六八九)的《朱子大全劄疑》中有關《感興詩》的注釋,本書將其單獨析出,姑名之爲《朱子感興詩劄疑》(下簡稱《劄疑》)。《劄疑》主要彙集了蔡模《感興詩注》、何基《解釋朱子齋居感興詩二十首》、熊剛大《朱子感興詩句解》諸家的注釋,宋時烈自己發揮的地方不多。《劄疑》比較簡潔,一是對詩中詞語的解釋,二是對詩意闡發。另外,還有少量的文本校勘,如第二十首「但逞言辭好,豈知神監昏」,《劄疑》校云:「『逞』《性理大全》作『騁』。」「『監』,《性理大全》作『鑒』。」《劄疑》没有引用到宋代以後的注本,如胡炳文《感興詩通》、劉履《選詩續編補注》等。不過,也正因爲援引的注釋不多,《劄疑》讀來比較清爽,不是太繁複。值得注意的是宋時烈本人的按語和觀點。宋時烈引用的諸家之注觀點不盡相同,他也會給出自己的意見。如關於《感興詩》第四首的寫法,熊剛大認爲是「六義之比」,而何基認爲是「賦體」,《劄疑》援引二家之説後,認爲「熊氏所謂比體者似勝」。《劄疑》有時亦有新見,如《感興詩》第五首「涇舟膠楚澤」,《劄疑》先引用熊剛大的解釋:「此言周室衰替之由,蓋自昭王無度,南游於楚,濟漢,船人惡之,即涇水之舟膠合以進,至中流而膠液,遂沉没於楚江。」幾乎所有的注本都采納這種解釋,不過《劄疑》則認爲:「先生此詩之意,蓋謂周王之舟本如是,而今反膠於楚澤也。非謂昭王自涇水乘舟至楚,楚人以膠改裝其舟,而使之溺也。況涇水實與楚澤隔絶,又甚焉,猶以爲涇水之舟膠於楚,則大誤矣。」則基本上否定了諸家之説,他給出的解釋是涇水與楚澤隔絶不通。雖然此解還有待驗證，但也可備一説。《劄疑》的部分成果爲任聖周《集覽》所吸收。亦有朝鮮學者對《劄疑》的注解表示商榷，如李宜顯云：

董卓作逆時，謡語云「千里草，何青青。十日卜，不得生」，未幾卓敗。《齋居感興》所謂「青青千里草」，蓋用此語，非朱子自爲破字也，而《劄疑》不引古謡，意似未足。①

《劄疑》對此句的解釋比較簡單，僅云：「千里草，謂董卓。『董』字破看則爲千里草。」《劄疑》的解釋以簡明爲主，鮮有引用文獻，不引古謡可能也是其體例使然。

另外，沈潮（一六九四—一七五六）的《静坐窩集》卷一一中也有其所著的《朱子感興詩解》，雖然《詩解》篇幅不大，也没有單獨成書，但亦可視爲一種獨立的《感興詩》注本。與朝鮮其他注本主要彙編中國歷代諸家的注釋不同，《朱子感興詩解》不引他人之説，而直接對詩意進行闡釋。其解第一、第二首云：

此篇言天地既判，陰陽流行，而一理貫乎其間，爲之主宰。庖義之畫八卦，濂溪之畫太極，皆所以模寫其狀以示人也。蓋伏羲道統之創業，濂溪道統之中興，故首篇并舉而言之。人文宣

① ［朝］李宜顯《陶谷集》卷二七《雲陽漫録》，《韓國文集叢刊》第一八一册，首爾：景仁文化社，一九九九年，第四三二頁。

朗，指八卦之成(《原象贊》：「上畫卦成，人文斯朗。」)也。蓋天地、日月、雷風、山澤，雖是畫前之物，而乾、坤、坎、離、震、巽、艮、兑則乃由人畫之而後成象，故曰「人文」也。《劄疑》以《賁·象》「觀乎人文」爲證，愚意第十七篇「人文」即《賁·象》之「人文」，而此「人文」，恐與彼不同。

此篇言陰陽升降，而至理亘乎古今之意。陰陽無停機，則升降亦在其中矣，復言升降，何也？「無停機」横説也，寒暑互换，一往一來也；「升降」竪説也，無始無終，至於萬世也。此所以既言「無停機」，又言「升降」也。冬至以後，陽升陰降；夏至以後，陰升陽降。此即上下之交，而成造化發育之功也，此亦下篇言人之張本也。上曰「一理」，此曰「至理」者，一是不二之名。在陰在陽，只是一太極也。至，是極至之意，贊歎其窮古今不易也；窮古今不易，亦理一故也。

《感興詩》第一、二首是此組詩中争議最大的詩，與朝鮮時代學者基本左袒蔡模不同，沈潮用陰陽解釋，則基本上是何基的觀點，而且文中説到的「横説」、「竪説」也是何基老師黄榦的話，沈潮也明顯參考過宋時烈的《朱子大全劄疑》，同時發表了與《劄疑》不同的意見。

朝鮮時代最重要的《感興詩》注本是兩部單行的集注本，其一爲任聖周所編的《朱文公先生齋居感興詩諸家注解集覽》(下簡稱《集覽》)。任聖周，字仲思，號鹿門。任氏出身於世家，時人李敏輔(一七一七—一七九九)云：

公諱聖周，字仲思，其先豐川人也。高麗時，崇僚顯位累累不絶，入我朝世襲冠冕……爲文章醇贍明潔，形道測理，詞采絢麗。①

任氏也是朝鮮時代著名的儒學家，《集覽》是其研究儒家經典諸多著作之一。《集覽》在韓國各大圖書館，如韓國國立中央圖書館、高麗大學圖書館、延世大學圖書館皆有收藏；日本九州大學圖書館、東京大學總合圖書館以及静嘉堂文庫亦有收藏；中國中山大學圖書館亦見收藏，近年已經影印出版②，筆者所見本爲韓國國立中央圖書館及九州大學圖書館藏本③。

《集覽》書前有凡例、目録（列所引諸家姓名），末附《感興詩》諸家總論，後有任聖周及閔遇洙跋。任聖周對朱子學用功甚多，於《感興詩》也頗費心力，《鹿門集》附録任靖周所撰聖周《行狀》云：

平生於朱書，用力最深。嘗以《感興詩》二十篇，實爲學者治心進學之要，而諸家注解多汗漫失旨，遂爲之折衷，而間附己意，名以《集覽》。④

① ［朝］李敏輔《豐墅集》卷九《鹿門任公墓誌銘》，《韓國文集叢刊》第二三二册，首爾：景仁文化社，二〇〇一年，第四六一—四六三頁。
② 見《中山大學圖書館藏域外漢籍珍本叢刊》第一九册，重慶：西南大學出版社，二〇一四年。
③ 該本一册，芸閣印書體字，左右雙邊，上白魚尾，版框21.3×13.7釐米，每半葉十行二十字，注釋小字雙行，版心題「感興詩」，表題「朱文公感興詩集」。
④ 《韓國文集叢刊》第二二八册，第五五八頁。

這段話强調《感興詩》「實爲學者治心進學之要」，在《集覽》的跋中他對《感興詩》也有非常高的評價：

朱夫子《感興詩》，上極乎陰陽性命之奥，而不遺於下學；外盡乎治亂興喪之機，而反之於一心。規模廣大，工夫嚴密，先儒以配乎《太極圖》《西銘》，信矣。

任聖周突出《感興詩》重要性的同時，也指出此詩之文本「獨其文字簡深，義理精微，窮鄉晚學之士，讀之茫然，往往不識其旨意之所存，學者以是病焉」（《集覽》跋）。不但如此，而且現存諸注也是「汗漫失旨」，即冗雜而中心不確，所以他纔在此基礎上，加以「折衷」。關於此書的編纂體例，任聖周本人在跋文中説得很清楚：

友人洪君季修①得明儒劉剡所編胡雲峰、劉上虞二氏注於其族父敬仲氏，以示余，曰：「盍爲之修輯以成書？」余受而閲之，字有其訓②，句有其解。凡昔之茫然而不識者，莫不瞭然而悉備。有是而尚沉没不行，誠可惜也。然其説或多繁碎，編録又復雜亂，間亦有闕略處。遂就其中删複正誤，略成次第。而又取金仁山《濂洛風雅注》及尤庵先生《朱子大全劄疑》，逐段添入，

① 「友人洪君季修」，「朝」任聖周《鹿門集》卷二一《感興詩集覽跋》作「近余」。
② 「字有其訓」前，「朝」任聖周《鹿門集》卷二一《感興詩集覽跋》前有「反覆參考」四字。

通爲一編。其或有未備者，則又依倣栗谷先生《小學集注》例，加圈而附補之。然不過一二文義而已。蓋自編輯之役，以至去取修删，終始與敬仲氏同其商訂，而若其附補者，又多出其手。於是而復奉稟於當世先達，博議於一時士友，未嘗敢輒用己意妄下一字，以犯僭逾之罪也。編既成，名以「集覽」。蓋此書之輯，本欲該載衆説，以便考閲，非敢裁之以傳注體段，以求多乎前人也。

從上可見，任聖周利用的是明福建書林詹氏刊刻的《選詩續編》卷五所收的劉剡編纂的胡文炳《感興詩通》與劉履《選詩續編補注》的合刊本，在此基礎上，又增加了金履祥、唐良瑞編選的《濂洛風雅》批注（包括何基的注及其師黄榦以及何氏弟子王柏的觀點）及宋時烈《朱子大全劄疑》中内容，即收録了《感興詩通》中的十家注（《集覽》未用《感興詩通》中的胡升注），《選詩續編補注》兩家注，《濂洛風雅》兩家注，以及《朱子大全劄疑》，共收録十五家注，可謂蔚爲大觀。之所以任氏《集覽》中能援引及宋時烈的《朱子大全劄疑》，與他研究過此書有關，李敏輔云：「（任聖周）所解朱子《感興詩》一卷行於世，踵尤翁補成《朱書劄疑》八卷，又有《書牘劄記》雜著數十卷，多前人所未發也。」①在這些注本中，任氏對《感興詩通》取資最多，但亦有未完全遵從之處，如《感興詩》的分段，就没有從《感興詩

① ［朝］李敏輔《豐墅集》卷九《鹿門任公墓誌銘》，《韓國文集叢刊》第二三二册，第四六三頁。

通》。《感興詩通》將第一至第四首視爲一節，而《集覽》則將第一至第三首視爲一節，這就涉及兩者對整組詩詩意的總體把握的不同。若諸家之説有未備之處，任聖周則闡發自己的意見，并加圈標明。雖然稱《集覽》「多前人所未發」有些夸張，但該書確實做到了「該載衆説，以便考閲」。

當初，胡炳文完成《感興詩通》後，一直僅在徽州地區流傳，很多學者未能一睹其詳，故劉履在著《選詩續編補注》時亦未能參考此書，感歎云：「竊聞雲峰胡先生亦嘗著《感興詩通》，或者秘其稿而不傳，萬一獲見是書，得以正予之謬妄，則又幸矣。」①同時，胡炳文承襲的是蔡模的學説，故對質疑蔡氏之學的黄榦、何基兩人的注解未予收録。儘管《感興詩通》是中國一部規模較大的、集注性質的著作，但由於流傳與理念的原因，此書并未真正成爲一部彙集諸家觀點的集大成式的著作。這一缺憾，爲任氏編注的《集覽》部分彌補了。任氏《跋》中又云：「蓋自編輯之役，以至去取修删，終始與敬仲氏同其商訂，而若其附補者，又多出其手。」可見，此書之完成還得到其友人洪敬仲的幫助。完成後，可能任氏還寄給朋友討論，其與朋友信云：「《感興詩集覽》，草草輯録，想多疏繆，承蒙籤教，欣

① 就連清代的一些學者都未能見到此書，以爲此書已佚，查慎行《得樹樓雜鈔》卷二載：「朱子詩有《齋居感興》五古二十章……其後故雲峰采十家之注，名曰《感興詩通》，今不傳。」《叢書集成續編》第九二册，上海：上海書店，一九九四年，第二八六頁。

幸無已。」①任氏編纂此書的態度是非常認真的。

這種認真的態度主要表現在兩個方面：一是對《感興詩》語典的精細考釋，二是保持多聞闕疑的學術態度。儘管中國注家對《感興詩》已經做了非常詳細的注釋，但還有一些語彙，中國士人認爲是尋常語典，而對於外邦士人，在閱讀時仍有一定障礙，任氏《集覽》在中國注家的基礎上，又做了進一步的探究。如解釋第一首「寒暑互來往」，任氏指出：「寒往暑來，暑往寒來，出《易・繫辭傳》。」同首「爲我重指掌」，任氏指出：「『指掌』，出《論語》。」這些詞彙，在中國的注家看來似爲常識，不必出注，而任氏則一一指出其原始出處。對於自己不能判斷的内容，則作闕疑，如解第四首，《集覽》云：「潘氏曰：『此言心爲形役之人。』蔡氏曰：『借此以喻人心之馳騖流蕩，若不〔知〕止，則心失主宰，物欲反據而爲之主矣。此六義之比也。』按：潘、蔡二説，皆通，未詳孰是。」解第十二首「興言理餘韻」，任氏曰：「理餘韻，何、胡二説不同，讀者詳之。」與其强作解人，不如留待讀者自己判斷，這體現了任氏爲學的謹嚴。

雖然任氏謙稱「未嘗敢輒用己意妄下一字」，只是對諸家注解「爲之折衷」，但任氏本人的用心俱見於此書，他偶爾也下按語，表達自己的看法，如第九首有任氏按語云：「上篇因陰陽以明人心之善

① ［朝］任聖周《鹿門集》卷二《與櫟泉宋兄》，《韓國文集叢刊》第二二八册，首爾：景仁文化社，二〇〇一年，第四〇頁。

惡，此篇因天象以明人心之本體。」第二十首，按語云：「此一節又承上言小學涵養之事，因又約之以操存之功，以極乎無言、一原之妙。大抵此詩首尾都是説此心。」所論皆言簡意賅。通觀全書，我們發現，他對朱子學中的北山學派，即何基一脉的解釋還是比較贊成的，幾乎每首詩都引用了何基的觀點，特别是第一首詩的題旨，何基的觀點與蔡模的觀點分歧頗大。任氏全文引用了何基批評蔡模的話「但此篇若强揠作太極説，則一章語脉皆貫穿不來。此等言語滉瀁，最説理之大病也」，又引用《朱子大全劄疑》中熊剛大的觀點加以支持「此篇論天地、陰陽、寒暑運行之氣」，而一言未引蔡模之説，可見他本人的傾向。

任聖周是朝鮮時代著名的性理學家，他個人的一些哲學觀點也在解《感興詩》時有所顯現，如解第二首「至理諒斯存，萬世與今同」，他認爲：「此謂陰陽之化，無始無終，無古無今，是乃至理之所存也。『萬世與今同』，當屬陰陽看。」他承接何基、熊剛大等人的觀點，認爲《感興詩》第一、第二首詩，主要闡發的是陰陽的運動變化，而金平默（一八一九—一八八八）《江上散録》（辛亥）云：

《感興詩》：「萬世與今同。」《集覽》曰：「當屬陰陽看。」愚意此亦當以理看。此章言陰陽之化，而其主意骨子是説理，非説氣也。①

① ［朝］金平默《重庵集》卷三九，《韓國文集叢刊》第三二〇册，首爾：景仁文化社，二〇〇三年，第一〇〇頁。

這就牽涉到理學中理氣的問題，任聖周是反對所謂「理氣先後」的，而認爲理氣不可分。氣是一種原始未分化的混沌狀態，氣的變化産生陰陽，而理就存在於陰陽變化之中，即氣之中，兩者是不可分的；而金平默則認爲理、氣是不同的，所以他認爲此詩説的是「理」而非「氣」。這顯示出兩人在哲學上的分野。

另一種集注本爲李宗洙（一七二二—一七九七）所編的《朱子感興詩諸家集解》（下簡稱《集解》），此書韓國高麗大學圖書館、延世大學圖書館、美國哈佛大學哈佛燕京圖書館等處皆有收藏，筆者所見本爲哈佛燕京圖書館藏本①。書前有凡例，末有李秉遠、金道和跋。關於李氏的生平及其編著《集解》的緣起，李堣（一七三九—一八一一）《后山先生李公行狀》有較詳細的説明：

> 先生諱宗洙，字學甫，真寶人。始祖碩，以縣吏中司馬贈密直使，有子子修，高麗末，以功封松安君，始居安東。至諱禎，善山都護府使，於退溪先生爲曾祖。……其論著也，未嘗有意爲之，而其關於日用而不可忽者，輒隨手輯録。四子書爲初學入頭處，而葉氏注未免草略，乃於

① 該本一册，左右四周雙邊，内向二葉花紋魚尾，版框21.0×16.5釐米，有界，每半葉十行二十字，注釋小字雙行，版心題「感興詩集解」。

《朱子語類》，采其關於四子書者，名之曰《近思録朱語類輯》。朱子《齋居感興》是論學之詩，而諸家注解，雜亂無倫，於是乎集諸儒訓釋，名曰《感興詩諸家注解》。①

從上可見，李宗洙是朝鮮著名朱子學家李滉的後人，而李滉是朝鮮最早刊刻清州本蔡模《感興詩注》的參與者。《集解》成書的直接背景就是李宗洙覺得「諸家注解，雜亂無倫」，他想統合諸家注解，形成一個清整的集注本。

《集解》在「凡例」中説：「其它諸家説只據《選詩續編》所載者采輯，故以蔡注爲主。」實際上并不完全如此，該書所集諸家注釋凡十五家，主要是拼合《感興詩通》《選詩續編補注》及《濂洛風雅》批注而成，但删去了《感興詩通》所輯十一家之一的真德秀，也没有收入熊剛大之説，還引用了「凡例」中没有列出的《濂洛風雅》批注。除此之外，值得注意的是《集解》多次引用《朱子語類》以及《朱子大全》等朱子本人的文字加以參證，這與李宗洙研究過《朱子語類》，對該書非常熟悉有關。上文所引李㙖《后山先生李公行狀》已言宗洙編過《近思録朱語類輯》，《集解》末附的金道和跋亦稱，李氏「尤用力於朱子書。嘗節取《語類》，編爲《朱語近思録》，又别録訓門人諸説爲《朱語訓門人分類》」。正

① ［朝］李㙖《俛庵集》卷一二《后山先生李公行狀》，《韓國文集叢刊續編》第九六册，首爾：韓國古典翻譯院，二〇一〇年，第四二三頁。同樣的話，又見［朝］李宗洙《后山集》卷一八附李宗洙之子李宇綱所寫的《遺事》，《韓國文集叢刊續編》第八五册，首爾：韓國古典翻譯院，二〇〇九年，第五三二頁。

因爲其對朱子著作下過功夫，故纔能引朱子之語與《感興詩》相參證。

《集解》基本上集合諸家之説而成，不過我們發現，《集解》對原始資料并非完全照抄，而是做了很大的改變，改動最大之處就是對原文的删節，如解第二首詩引用《莊子》中語：

南海帝曰儵，北海帝曰忽，中央帝曰混沌，儵與忽［遇混沌，混沌待之甚善。儵、忽謀報混沌之德］曰：人［皆］有七竅［以視聽食息］，此獨無有，［嘗］試鑿之。日鑿一竅，七日而混沌死。

括號中的内容就是遭删節的文字，這種删節，對文義的影響還不是很大，但亦有删略過甚處，如解第十首引潘柄之説：

此謂堯、舜、禹、湯、文、武、周公，（原文此處有「千載」兩字）相傳之心，前後相照，純然（原文作「於」）天理，如秋月［之明，無一毫之翳；如］寒水［之清，無一點之滓也］。

這段的删節僅保留了原文的兩個語彙，而對其性質的説明則被完全删除。這可能是著者追求簡潔的緣故。《集解》在彙集諸家之注時也出現了錯誤，將彼注當作此注，最明顯的例子是第十一首引用「補注」云：「陰陽爲兩儀，天圓爲渾儀，地方爲方儀。」其實此語見於胡炳文的《感興詩通》，而非《選詩續編補注》。類似的例子可能還有，這也是我們在閲讀《集解》時要注意的。

《集解》「凡例」具體説明了其解詩的原則：「諸家説同處，采其差長者；其異同處，則謹擇其近於本旨者。亦有兩説并存處，讀者詳之。」又：「諸家説文字間有合商量處，不敢輒删節，各其下略標其疑義。」其表達的意思，近於《集覽》所説的「折衷」諸家之説，又保持「闕疑」。儘管李氏《集解》以蔡注爲主，但這并不代表他完全同意蔡説，最明顯的是關於第一首、第二首詩的解釋。任聖周《集覽》完全同意何基的觀點，所以未録蔡注；而《集解》雖然引録了蔡氏之説，但僅限於對字句的解釋，而未引其對詩意的闡發，但詳録了何氏及何氏之師黄榦之説，最後還簡短地表明自己的態度：「第一大節言陰陽。」可見，他與任聖周一樣是同意何基的。有的地方，李氏還明顯指出他不認同蔡氏的觀點，如解第三首詩，李氏加按語曰：

此謂聖人秉持造化之妙，動静之際，做他骨子而無違。蔡氏以爲人心之造化，恐當商量。

《集解》在輯録諸家學説的同時，還不時發表自己的意見，與《集覽》編者的個人意見僅限於文字詮釋不同的是，《集解》注重對詩歌大意的把握，如關於朱子的自序，李氏就總括全詩的大意：

二十篇皆就目前日用處，即其所感以起興，故以「感興」名篇。其辭高遠，而不離仰觀俯察、遠求近取之間，所以明此道之大原，示心法之精微，揭理學之正脉，而使邪説者不得作。讀者宜體認之。○前十篇言聖人之學，後十篇言賢人之學。

此段解釋了《感興詩》得名的原因以及《感興詩》超出文學範疇的社會功用。最後還簡要指出二十首詩中前、後十首的分別，這也是前人所未涉及的。

《集解》在文字上與任氏《集覽》既有相同，亦有相異之處，可能《集解》參考過《集覽》，更有可能的是《集覽》《集解》有相同的文獻來源。譬如，《集覽》《集解》都援引了胡炳文的《感興詩通》，但兩書的文本與原書并不相同，除了删節之外，還有文字上的差異，且以解第一首詩引用潘柄的話爲例：

明熊繡本《感興詩通》	明劉剡本《感興詩通》	《集覽》	《集解》
潘氏曰：天地不同形，陰陽不同位，寒暑不同時，八卦不同畫，而太極一理默有以貫乎其中。反諸吾心，昭然著見，非見於彷彿象罔之間也。伏羲去世既遠，太極之理不明久矣。非濂溪《太極圖説》以示人，天下後世何由知也？	潘氏曰：天地不同形，陰陽不同位，寒暑不同時，八卦不同位，而太極一理默有以貫乎其中，昭然著見，非見於彷彿象罔間也。伏羲去世既遠，太極之理不明久矣。非濂溪作《太極圖》以示人，天下後世何由知之？	潘氏曰：天地不同形，陰陽不同氣，寒暑不同時，八卦不同位，而一理貫乎其中，昭然著見，非見於彷彿象罔間也。伏羲既遠，此理之不明久矣。非濂溪作《太極圖》以示人，天下後世何由知之？	潘氏曰：天地不同形，陰陽不同位，寒暑不同時，八卦不同位，而太極一理默有以貫乎其中，昭然著見，非見於罔象彷彿間也。伏羲既遠，太極之理不明久矣。非濂溪作圖以示人，天下後世何由知之？

《集覽》《集解》的文字與原本熊繡本《感興詩通》不同，但與明福建書林詹氏本《感興詩通》文本基本相同。筆者認爲，這應該是任聖周、李宗洙没有看到明熊繡本《感興詩通》，而是利用了明福建書林詹氏所刻的《選詩續編》卷五所收的《感興詩通》之故，也就是上文考證的金德玹、劉剡的校合本。李宗洙在《集解》的「凡例」中説得很清楚：「諸家注，蔡氏解有全部行於世，其它諸家説只據《選詩續編》所載者采輯，故以蔡注爲主。」筆者通校了《集解》中所引的《感興詩通》，基本與劉剡本相同，可以確定《集解》利用了劉剡本。《集覽》《集解》之所以利用劉剡本，而非熊繡本，主要是因爲劉剡本曾東傳到了朝鮮，并有朝鮮翻刻的古活字本。

不過，《集覽》《集解》的差異亦是非常明顯，《集覽》注釋稍略，《集解》則較詳。《集覽》以疏通文字爲主，所引注釋皆是對詩中文字的解釋，間有對詩意的解讀，而《集解》不但有文字解釋，更多的是對詩意的闡發，以及對朱子核心理念的發揮，如第十四首云：「元亨播群品，利貞固靈根。非誠諒無有，五性實斯存。」這牽涉到朱子學中很多核心的觀念，包括理氣關係，以及將「誠」上升到本體論的高度，而《集覽》發揮較少，《集解》却大段引録了《朱子語類》中相關的文字，實際上也是借此表達自己的看法。

除了現存的四部注本之外，朝鮮還有一些已佚的注本。如洪良浩（一七二四—一八〇二）《艮湖崔公墓碣銘并序》載：「公諱攸之，字子有，姓崔氏。……嘗讀朱子《感興詩》及《武夷九曲歌》，愛其切於日用而明於進道之序，注釋而發揮之。」①可惜崔攸之的注本没有流傳下來。此外，朝鮮學人的文集中亦有一些對《感興詩》解釋的單篇文字，但没有單獨成書，最有代表性的是黄德吉（一七五〇—一八二七）《下廬集》卷七《講義·朱書·齋居感興詩》中《感興詩》十首詩的解釋②，這些解釋應該是黄氏在書院中給諸生講授時的講義，故没有對文字的訓詁，而是直接對詩意進行闡發。黄氏的解釋也喜歡援引朱子本人的其他著作來與《感興詩》相印證，以此可見《感興詩》的思想與朱子的整個思想體系是相通的。

與中國相同，朝鮮也出現了很多《感興詩》的和詩，筆者收集到的朝鮮最早的《感興詩》和詩是表沿沫（一四三一—一四九八）的《謹次朱子感興詩》③，其後又有趙昱（一四九八—一五五八）《次朱晦庵感興韻三首》④、金堉（一五八〇—一六五八）《敬次晦庵先生感興詩韻》⑤、李沃（一六四一—一六

① ［朝］洪良浩《耳溪集》卷三一，《韓國文集叢刊》第二四一册，首爾：景仁文化社，二〇〇一年，第五六七頁。
② 《韓國文集叢刊》第二六〇册，首爾：景仁文化社，二〇〇一年，第三九七—四〇一頁。
③ ［朝］表沿沫《藍溪集》卷一，《韓國文集叢刊》第一五册，首爾：景仁文化社，一九九八年，第四二四頁。
④ ［朝］趙昱《龍門先生集》卷一，《韓國文集叢刊》第二八册，首爾：景仁文化社，一九九六年，第一六七頁。
⑤ ［朝］金堉《潛谷集》卷一，《韓國文集叢刊》第八六册，首爾：景仁文化社，一九九六年，第一四頁。

九八)《次朱子感興詩韻并序》①、朴光一(一六五五—一七二三)《次朱子感興詩韻》②、南有容(一六九八—一七七三)《謹次朱子感興》③、成大中《華陽書院二十咏依感興詩韻》④、朴齊家(一七五〇—一八〇五)《次朱子感興詩中童蒙貴養正一篇寄二稚》⑤等。

中國文集中《感興詩》的評論或以序跋形式出現,或以專論形式出現,而在韓國文集中也有一些專論《感興詩》的文字,如柳台佐(一七六三—一八三七)云:

臣謹按,《感興詩》一篇大旨,只是一「感」字而已。凡人之心,有所興起則感,有所激發則感,有所寄寓則感,有所憂傷則感。雖以《風》《雅》三百篇之作觀之,是非邪正,各有不同,而亦不外乎感於心而形於言。然其所以感之者,實由於在上者風教之如何。……朱子此詩之作,蓋出於憂傷激發之感。誦其所咏之事而尚論所遇之時,異學横流,人心陷溺,則夫子之所以感也;皇綱解紐,和議已決,則夫子之所以感也。葱嶺之學,反斥伊洛之正脉;横流之説,殊非一

① [朝]李沃《博泉先生詩集》卷九《田居録》,《韓國文集叢刊續編》第四四册,首爾:韓國古典翻譯院,二〇〇七年,第一五三頁。
② [朝]朴光一《遜齋集》卷一,《韓國文集叢刊》第一七一册,首爾:景仁文化社,一九九八年,第一四頁。
③ [朝]南有容《雷淵集》卷六,《韓國文集叢刊》第二一七册,首爾:景仁文化社,二〇〇〇年,第一四五頁。
④ [朝]成大中《青城集》卷四,《韓國文集叢刊》第二四八册,首爾:景仁文化社,二〇〇一年,第四一八頁。
⑤ [朝]朴齊家《貞蕤閣五集》,《韓國文集叢刊》第二六一册,首爾:景仁文化社,二〇〇一年,第五七八頁。

葦之可杭。則扶綱倡道之憂，陳善閑邪之意，所以丁寧反覆於二十篇三百六十言之中矣。感之者夫子，而所以感之者時世也。①

這一段論述很精彩，非常精辟地抓住了《感興詩》的主旨在於一個「感」字。這個「感」字，不但是人心之興起，人心之激發，人心之寄寓，更是朱子憂傷之體現。换言之，朱子生活的南宋社會面臨着多重危機，既有社會上的重重矛盾（所謂「皇綱解紐，和議已決」），亦有人心上的涣散（所謂「異學横流，人心陷溺」）。《齋居感興二十首》其實是朱熹對歷史與現實清醒的回應。

又朴泰茂（一六七七—一七五六）《讀朱子感興詩有感并序》云：

司馬公《通鑑》纂輯，自以爲繼孔子《春秋》之筆，而古今治亂得失之迹，燦然詳備，儼然有法，比古史氏殆無愧矣。然至於黜帝室之胄，而以鬼蜮篡賊接東漢之統；去嗣聖之年，而以牝雞淫婦亂唐室之緒。此天經地緯，倒置壞盡，而王綱幾乎熄矣，亂逆無所懲矣。若以此一事言之，温公之爲温公，岌岌乎殆哉。而原其情則此不過自家平日見未到處，豈有一毫私意夾雜於其間哉。是以朱夫子《感興詩》有「迷先幾」、「無魯連」之歎，而不敢顯語直斥歸罪於

① ［朝］柳台佐《鶴棲集》卷八《朱子大全故實抄·感興詩》，《韓國文集叢刊續編》第一〇七册，首爾：韓國古典翻譯院，二〇一〇年，第二九二頁。

公，只自咨嗟歎傷，辭意婉切，要使後人有以自得於言語之外。則噫噫君子愛人之義，蓋如是忠且厚矣。大凡論人之道，務要就事論事，辨别情僞，棄其所短，取其所長，此固義理之正當者。而吕夷簡、張浚之不害爲賢相，王安石、蘇軾之得列於名臣，蓋以此也。今世則不然，公議迹掃，文網太密，人有微瑕細累，輒務洗垢索瘢，而一着纔誤，全局破敗。甚者指無謂有，變白爲黑，羿彀方張，蜮矢齊發，而間有一二持正論者，亦未免收司連坐之律。嗚呼！世道之害，可勝歎哉，感而題。

非舜非堯盡善難，前賢或有可疑端。尺朽何妨需棟宇，點瑕未必累琅玕。近自交馳三種議，全然不見一人完。千年黑白無分别，莫作尋常細故看。①

此文其實并非是專論《感興詩》的文字，而是有感於《感興詩》中對歷史人物「辭意婉切」的批評方法，來發表對作者生活時代現實政治的看法，可謂借《感興詩》來澆自己心中之塊壘。從中也可以看出，《感興詩》哲理表現出的普適性與超越性。

朝鮮時代的《感興詩》評論大部分出現在書信中。中國的專論一般是對《感興詩》做出總體的評

① ［朝］朴泰茂《西溪先生集》卷一，《韓國文集叢刊續編》第五九册，首爾：韓國古典翻譯院，二〇〇八年，第二二一頁。

價，而朝鮮半島的評論則往往針對《感興詩》中某幾句詩進行評論。筆者發現，朝鮮時代學者討論最多的，是《感興詩》第三首中的「人心妙不測，出入乘氣機」，因爲這兩句詩牽涉到心、理、氣之間複雜的問題，所以這一問題得到了朝鮮文士的廣泛關注：

《感興詩》曰：「人心妙不測，出入乘氣機。」今謂心之氣專，不干於形氣，則心身内外，烏得無間隔？心之出入，烏得乘氣機哉？蓋心之爲物，未發則性也，已發則情也。性即理也，情即氣也。這氣其非合性與氣之氣，而理氣以下，許多氣字，其不囿於情之一字乎？情字命名之義，從性從肉，是血氣行理之名。所謂「内外無間隔」，所謂「出入乘氣機」者，恐皆以此也。①

這裏以《感興詩》爲引子，從而討論了朱子學中心、性、情，理氣之間的關係，以及「已發未發」的問題，所討論的都是形而上的抽象概念。而中國的注釋，如胡升之注、余伯符之注，雖然也談到「已發未發」的問題、心的問題、氣的問題，但却没有牽涉到上文中如許複雜的概念系統，并將這些概念貫穿起來。

對於《感興詩》最有争議的第一、第二首，朝鮮士人亦有討論，如申益愰（一六七二——一七二二）云：

《濂洛風雅·感興詩》首章注，北山何文定公曰「此篇只是以陰陽爲主。後面諸章，亦多是

① ［朝］玄尚璧（一六七三——一七三一）《冠峰遺稿》卷二《答李公舉别紙》，《韓國文集叢刊》第一九一册，首爾：景仁文化社，一九九九年，第三二一頁。

説此者，而諸説推之太過。蔡仲覺謂此篇言無極、太極，不知於此章指何語爲太極，況無極乎」云云。竊疑無極、太極，一也。今於太極上復有「況無極乎」之語，是以太極上别有一物爲無極矣，其可乎？朱子與陸象山論太極書，有曰：「於形而上者之上，復有『況太極乎』之語，是以道上别有一物爲太極矣。」文定此説，無乃與象山同其病乎？且言陰陽，則無極、太極之理固已在其中矣，況所謂「渾然一理貫」，所謂「至理諒斯存」，非謂無極、太極而何？①

申益愰的觀點很明確，就是支持蔡模「太極無極」之説，而反對何基的觀點，并指出蔡模認爲《感興詩》第一首「言無極而太極」，并非指「太極上别有一物爲無極」，而是「無極、太極，一也」，更重要的是「且言陰陽，則無極、太極之理固已在其中矣」，所以何基之説不能成立。

申益愰得到了響應，他的通信對象李玄逸（一六二七—一七〇四）在回信中也同意申氏的觀點：

前書諭及北山何氏説《感興詩》首篇有可疑處，以四七物格公案未及結正，不暇及此。今因再詢，聊復獻愚。蓋聞《易大傳》曰：「一陰一陽之謂道。」道即太極也。此詩所謂「陰陽無停機，寒暑互來往」者，是孰使之然哉？此非一陰一陽之謂道乎？周子《太極圖説》曰：「無極而太

① ［朝］申益愰《克齋集》卷二《上葛庵先生别紙》，《韓國文集叢刊》第一八五册，首爾：景仁文化社，一九九九年，第一八五頁。

極。」加「而」字於「太極」之上者，以爲此理至極而初無聲臭影響之可言也，非謂離太極而有無極也。故朱子曰：「動静不同時，陰陽不同位，而太極無不在焉。」又曰：「以其無方所無形體，不屬有無，故謂之無極。」此其爲説，大煞分明。何氏以爲此篇只是以陰陽爲主，諸説推之太過，蔡氏至謂此篇言無極、太極，不知指何語爲太極，況無極乎？是索太極於陰陽動静之外，而謂太極之上，别有所謂無極也，大失濂溪、考亭之旨。賢契所論已得之，更不多辨。①

李玄逸很明顯也是反對何基觀點的。李氏認爲，「道即太極」，道是推動「陰陽無停機，寒暑互來往」的終極力量，太極就在陰陽動静之中，而且太極與無極其實是一體的，并不是説太極之上别有無極。何基的錯誤就是在於割裂了太極與無極内在統一性，而「索太極於陰陽動静之外，而謂太極之上，别有所謂無極也」，因此「大失濂溪、考亭之旨」。

朝鮮時代的朱子學家大多對何基的觀點持反對態度，不僅是對其解第一、二首不予認同，對其他部分有的亦持反對意見。如楊應秀云：

應秀嘗得見何北山所注解朱子《感興詩》第三《咏心章》説，蓋亦全不識朱子之本意者也。

① [朝]李玄逸《葛庵集》卷一二《答申明仲(己卯)别紙》，《韓國文集叢刊》第一二八册，首爾：景仁文化社，一九九六年，第五七—五八頁。

由是觀之，則我朱子之統，不待一再傳，而已失其真矣。①

楊應秀的批評意見幾乎與李玄逸相同，都認爲何基對《感興詩》的解釋「全不識朱子之本意」。楊氏不但「破」，而且「立」，在其文集中專作一文闡發自己對《感興詩》第三章的意見②。不過，朝鮮學者中亦有批評蔡模者，柳栻（一七五五—一八二二）還專門有《〈感興詩〉蔡注記疑》一文，對蔡模的觀點進行商榷，如解首二章云：

按首章，是統論天地、陰陽、寒暑來往之氣，而理爲之主，似是橫説，而蔡氏謂《太極圖》之○也。可疑。

按第二章，是論陰陽無終無始，而至理所存，古今不易者，似是直説，而蔡氏謂《太極圖》之◎也。可疑。

所謂「橫説」、「直説」，并從「陰陽」角度來論詩，其實就是何基《解釋朱子齋居感興詩二十首》中引用的黄榦的觀點。雖然朝鮮學者解詩依違於蔡、何兩家，但亦有同時反對二氏者。如柳重教（一八三

---

① 〔朝〕楊應秀《白水集》卷七《補亡章諸儒説辨》，《韓國文集叢刊續編》第七七册，第一八〇頁。

② 〔朝〕楊應秀《白水集》卷八《〈感興詩〉第三章注解》，《韓國文集叢刊續編》第七七册，第一九五—一九七頁。在此文中，楊氏亦批判了何基的觀點：「按何氏此注，語多鶻突，非惟不足以發明詩意，適足以晦之，可惜！」

二——一八九三）嘗云：

《感興詩》第一章，蔡氏謂專説太極，何氏謂專説陰陽，兩説皆欠偏。盛辨大意，似已明白矣。①

不過，儘管柳氏反對蔡、何二家之説，但他自己也没有提出新見。從上可以看出，《感興詩》第一、第二章的詩意解釋是整個東亞《感興詩》闡釋的焦點與難點，討論《感興詩》的學者幾乎都要對蔡、何兩家的觀點有所回應。從這一問題可以看出，從事東亞思想史研究必須將思考的視角納入到整個東亞漢文化圈的場域中，從而在這一平臺上傾聽不同國度的聲音，而不是只關注單一的信息來源。

朝鮮時代還有一些從文學的角度評論《感興詩》的，如李宜顯云：

《齋居感興》以梓潼之高調，發洙泗之妙旨，誠千古所未有。余竊愛好，常常吟誦焉。②

① ［朝］柳重教《省齋集》卷四《往復雜稿·上重庵先生（甲寅冬）》，《韓國文集叢刊》第三二三册，首爾：景仁文化社，二〇〇四年，第八二頁。

② ［朝］李宜顯《陶谷集》卷二七《雲陽漫録》，《韓國文集叢刊》第一八一册，第四一八頁。

所謂「梓潼之高調」中的「梓潼」指陳子昂，因爲子昂乃四川梓州人①，「高調」指的是陳子昂的《感遇》詩，「發洙泗之妙旨」，意謂儒家或者説理學家的義理。這兩句意謂，《感興詩》用陳子昂《感遇》的聯章詩體和格調來闡發理學的義理，如元人陳高所言「一寓於理，扶樹道教」②。如作者所言，《感興詩》這種寫法確實「千古所未有」。

朝鮮學者亦討論到《感遇》與《感興詩》高下的問題，同樣認爲《感興詩》高於《感遇》。李獻慶（一七一九—一七九一）云：「紫陽《感興詩》，高出於陶靖節、陳拾遺之上。」③李氏認爲，《感興詩》不但超過了陳子昂的《感遇》，而且還超越了陶淵明的詩。還有學者認爲，《感興詩》僅次於《詩經》，如柳希春（一五一三—一五七七）云：「竊見《感興詩》二十章，義理淵奥，亞三百篇。」④這些當然是理學

① ［唐］柳宗元《柳河東集》卷二一《楊評事文集後序》：「梓潼陳拾遺。」北京：中華書局，一九七九年，第五七八頁。［明］胡應麟《詩藪》外編五：「《齋居感興》雖以名理爲宗，實得梓潼格調。」陳廣宏、侯榮川編校《明人詩話要籍彙編》第八册，第三三二一七頁。

② ［元］陳高《不繫舟漁集》卷三《感興》，《元人文集珍本叢刊》第八册，臺北：新文豐出版公司，一九八五年，第三三二頁。

③ ［朝］李獻慶《艮翁集》卷一九《順庵安君百選詩序》，《韓國文集叢刊》第二三四册，首爾：景仁文化社，二〇〇一年，第四一二頁。

④ ［朝］柳希春《眉巖先生集》附録卷二〇李好閔《謚狀》，《韓國文集叢刊》第三四册，首爾：景仁文化社，一九九六年，第五三〇頁。

家的觀點，但從某一個方面體現了《感興詩》在朝鮮人心目中的地位。

以上簡單勾勒了《感興詩》在朝鮮的流傳與影響。與中國相比，《感興詩》在朝鮮時代有更廣泛的普及性，是士人喜歡的讀物與學理討論的對象，這與朱子學在朝鮮始終佔據統治地位是息息相關的。

五、結　語

本文從東亞漢文文獻出發，對《感興詩》在東亞社會中廣泛的流傳與巨大的影響做了初步梳理，并對中日韓三國的注本進行了初步研究，足見《感興詩》在東亞漢籍流傳史上的獨特魅力。對於這組詩的理解，應該超越其文學形式，而從思想史、文化史的角度加以觀照。這組詩以韻文的形式集中展現了朱子對歷史、社會、哲學、經典、人心的看法，充分體現了朱子學的核心理念。現今，研究朱子學的學者大多從朱子有關經典詮釋的著作或語録、文集中透視朱子的思想，筆者認爲，我們亦可以從朱子的詩歌中抽繹出他的思想，《感興詩》就是一個很好的典型。同時，在東亞漢文化圈文學文化交流史的研究上，《感興詩》也是一個很好的個案。中國《感興詩》現存最早的注本是蔡模的《感興詩注》，該本在中國本土失傳，而最早的刻本是朝鮮本，朝鮮本又傳到日本，并在日本被重新翻刻，收到《佚存叢書》中，後來《佚存叢書》又再次回流到中國，形成一個所謂書籍史上的「書籍環流」。

本文認爲《感興詩》在前近代東亞漢文化圈的流傳與接受主要有三種形式，即注本、追和與評論，當然還應該包括《感興詩》在東亞社會的刊刻、書寫、勒石、講論等情況，但最有意味的形式當屬前述三種。我們可以看出，東亞社會對《感興詩》的接受是不同的，就注本而言，中國的注本最有原創性，既有對文字的疏通，也有對詩意的闡釋，特别注重對《感興詩》詩中義理的發揮。日本與朝鮮兩國的注本以引録中國既有文獻爲主，時有補充本國學者的意見，間亦發表編纂者的個人看法，從他們引録的選擇來看，其中也存在著編纂者的傾向性。

因爲對義理認識的不同，以及文獻來源的不同，三國的注者在詩意的認識上也産生了分歧。分歧最大的是對《感興詩》第一首與第二首的解釋，主要有兩派觀點。一派是以蔡模爲代表的朱子學福建建安學派，他們認爲這兩首是演繹周敦頤的《太極圖説》，説的是「無極而太極」的觀念；另一派是以黄榦、何基爲代表的朱子學浙江金華北山學派，他們認爲此兩首反映的不過是陰陽變化的觀念。這兩派觀念在東亞三國也得到不同的接受，如中國《感興詩》集成式著作《感興詩通》傾向於蔡氏的觀點，日本崎門學派創始人山崎闇齋的《感興詩考注》亦傾向於蔡氏；而朝鮮的兩部集注本《集覽》與《集解》則認同何基的觀點。這種差異一方面説明了《感興詩》含義的深奥性與開放性；另一方面，也顯示出東亞朱子學發展的不同面向。至於其背後的深層含義，筆者打算另文論述，這裏暫不展開。

二〇〇九年以來，業師張伯偉先生提出「作爲方法的漢文化圈」的學術理念，即將研究的問題放在東亞漢文化圈的整體中加以把握，從而向國際學術界提供不同於西方的新的學術理念和方法①。本文以《感興詩》在東亞的流傳爲例來進一步説明這一理念。質言之，無論研究朱子的思想，還是研究朱子的文學，《齋居感興二十首》都是非常值得注意的文本。而我們的研究，絶不能僅限於這二十首詩的本身，而應全面地收集關於此組詩的注本、和詩與評論資料；同時，不能僅限於中國本土的文獻，還要努力收集日本與朝鮮文獻中的相關資料，從而在東亞漢文化圈以及東亞朱子學的雙重視閾下來觀照這組詩，進而歸納出這組詩在不同地域所體現出來的文化意義。

六、點校説明

本書是中國、日本、朝鮮學者關於朱子《齋居感興二十首》古注本的彙刊，僅收録單獨成書或單獨成篇的古注本，零散的單篇注釋可見本書附録的評論部分。本書除收録《齋居感興二十首》的古注本之外，還酌情選録有關該組詩在中國、日本、朝鮮文獻中的著録、追和及評論資料。《感興詩》的和詩和評論資料非常之多，本書選擇了比較重要的文本作爲附録。有的評論資料原始文獻篇幅較

① 張伯偉《作爲方法的漢文化圈》，《中國文化》二〇〇九年第二期；又見先生同名專著，北京：中華書局，二〇一一年。

長，收入本書時進行了節録，僅選取與《感興詩》相關的部分。這也是要向讀者説明的。

本書所收文獻有明刻本、清刻本、和刻本、朝鮮刻本、日本鈔本，所用字體不一，本次整理，俗體字、簡體字一般皆改爲規範的繁體字。明顯的錯字用圓括號括出，正字用六角括號括出。

本書所收各古注本所録的《齋居感興二十首》正文各有不同，不作統一，亦不作改動，保持各書的原貌。本書所收的十餘部古注本有的爲彙集諸家注解的「集注本」，在援引前人注釋時，有些「集注本」會對所引文獻的文字進行增删，在不影響文意理解的情況下，整理時保持原貌，不作改動。有的「集注本」所録文本與原始文獻的差異之處甚多，無法一一出校勘記，僅對明顯或重要的異文進行校勘，讀者可以通過本書所收的原本，比較其與「集注本」之間的不同。

本書整理所用底本如下：

一、〔宋〕蔡模《感興詩注》，以韓國首爾大學奎章閣藏朝鮮嘉靖三十二年清州牧刊本爲底本，校以日本林衡所編《佚存叢書》本。清州牧本除了收《感興詩注》外，又增録了《擬古八首》《春同張敬夫城南二十咏》《百丈山六咏》《雲谷二十六咏》《宿休庵贈陳道人》《雲谷雜詩十二首》《武夷精舍雜咏并序》《洞天》《武夷棹歌十首》，其中《武夷棹歌十首》有宋人陳普之注，其他之詩無注。本次整理一并收入《武夷棹歌》陳普之注，朝鮮清州牧刊本所載其他無注之詩則從略。

二、〔宋〕何基《解釋朱子齋居感興詩二十首》，該注基本輯自元金履祥選、唐良瑞編的《濂洛風雅》批注，通行本有《續修四庫全書》影印的《金華叢書》本《何北山先生遺集》所收的《解釋朱子齋居感興詩二十首》。今以《何北山先生遺集》本爲底本，校以日本蓬左文庫藏明嘉靖四十四年（一五六五）朝鮮順天府刊本、日本内閣文庫藏寬文十年（一六六一）跋刊本、中國國家圖書館藏鈔本《濂洛風雅》。

三、［宋］熊剛大《朱子感興詩句解》，以臺北圖書館藏元刻本《新編音點性理群書句解》（日本京都大學人文科學研究所藏影照本）爲底本，校以日本國立國會圖書館藏明永樂十三年（一四一五）所刊朝鮮本、日本蓬左文庫藏朝鮮舊刊十行本《新編音點性理群書句解》、日本寬文八年刊本《新編音點性理群書句解》以及文淵閣《四庫全書》本《性理群書句解》。

四、［元］胡炳文《感興詩通》，以中國國家圖書館藏明成化二十三年（一四八七）熊繡初刊本爲底本，校以北京大學圖書館藏明刻本及臺北圖書館、日本蓬左文庫藏朝鮮古活字本《選詩續編》卷五所收的明代福建書林詹氏所刻的《感興詩通》《選詩續編補注》合注本。

五、［元］劉履《選詩續編補注》，以中國國家圖書館藏明嘉靖四年（一五二五）蕭梅林刊本爲底本，校以中國國家圖書館藏嘉靖三十一年（一五五二）顧存仁養吾堂本。

六、［明］吴訥《朱子感興詩句解補注》，以日本内閣文庫所藏江户鈔本爲底本。

七、《選詩續編》卷五收録的明劉剡所編胡炳文《感興詩通》及劉履《選詩續編補注》的合注本，此本對胡、劉兩家的注本有很多删削改動，并加入宋儒二程的觀點，可視爲一個新的《感興詩》注本，姑定名爲《感興詩合注》。本次整理以日本蓬左文庫藏朝鮮古活字本爲底本，校以臺北圖書館藏明代福建書林詹氏刊本。

八、［清］吴曰慎《感興詩翼》，以中國國家圖書館藏清刻本爲底本。

九、［日］林恕（鵝峰）《感興詩考》，以日本國立公文書館内閣文庫藏林大學頭家寫本爲底本。

十、［日］山崎嘉（闇齋）《感興詩考注》，以哈佛大學哈佛燕京圖書館藏日本明曆四年（一六五八）刻本爲底本。

十一、［日］久米順利《感興詩筆記》，以九州大學附屬圖書館藏鈔本爲底本。

十二、［日］加藤延雪《感興詩考注紀聞》，以九州大學附屬圖書館藏鈔本爲底本。

十三、［朝鮮］宋時烈《朱子感興詩劄疑》，以《宋子大全劄疑》本爲底本。

十四、［朝鮮］沈潮《朱子感興詩解》，以《韓國文集叢刊續編》第七三册所收《静坐窩集》本爲底本。

十五、［朝鮮］任聖周《朱文公先生齋居感興詩諸家注解集覽》，以九州大學附屬圖書館藏朝鮮本爲底本。

十六、［朝鮮］李宗洙《朱子感興詩諸家集解》，以哈佛大學哈佛燕京圖書館藏朝鮮本爲底本。

本書附録盡可能地彙集了中日韓三國東亞古文獻中有關朱子《齋居感興二十首》注釋、追和以及評論方面的資料，正文中已經出現過的序跋資料，在附録中就不再重複列出。但由於涉及的文獻量大且廣，筆者相信還有一些文獻未能寓目，若有機會再增補到本書的修訂本之中。本書所收的所有文獻基本未經前人整理，大部分没有電子文獻可查，很多文獻也是由筆者首次向學術界揭示。雖然盡量做到了采銅於山，但亦有毫無依傍、參考資料很少的困惑，故在筆者的整理與研究之中，定有不少疏漏之處，祈請讀者諸君惠而教我。

卞東波

二〇一一年夏初稿

二〇一八年春二稿

文公朱先生感興詩注

〔宋〕蔡 模 撰

予讀陳子昂《感遇》詩，愛其詞旨幽邃，音節豪宕，非當世詞人所及。如丹砂、空青、金膏、水碧，雖近乏世用，而實物外難得自然之奇寶。欲效其體，作十數篇，顧以思致平凡，筆力萎弱，竟不能就。然亦恨其不精於理，而自託於仙佛之間以爲高也。齋居無事，偶書所見，得二十篇。雖不能探索微眇，追迹前言，然皆切於日用之實，故言亦近而易知。既以自警，且以貽諸同志云。

昆侖大無外，旁礴下深廣。陰陽無停機，寒暑互來往。昆侖，以天言；旁礴，以地言。大無外，即張子所謂「大而無外」也。下深廣，言其下而深且廣也。陰陽，氣也。無停機，猶《易》所謂「一陰一陽」也。寒暑，氣之著也。互來往，猶《易》所謂「一寒一暑」也。蓋天地設位，而太極之體所以立；陰陽、寒暑迭運，而太極之用所以行，無往而非太極也。皇羲古神聖，妙契一俯仰。不待窺馬圖，人文已宣朗。皇羲，包羲氏也。大而化之之謂聖，聖而不可知之之謂神。俯仰，仰以觀於天文，俯以察於地理也。馬圖，河中龍馬負圖也。人文，凡剛柔之往來，上下之交錯，微而天理之節文，著而禮樂法度之煥然者，皆是也。宣朗，猶昭明也。言皇羲禀神聖特異之姿，妙契此理於一俯仰之間，不待窺見①神馬所負之圖，而人文已粲然宣朗於胸中矣。正邵子「畫

①「見」，原作「易」，據《佚存叢書》本《感興詩注》改。

前元有《易》」之意也。**渾然一理貫，昭晰非象罔。**昭晰，光明也。象罔，仿佛茫昧也。《莊子》：「象罔得之。」此蓋借用也。言渾然一理之妙，貫徹顯微，雖沖漠無朕，而天地、陰陽、寒暑之理已悉具於其中。雖天地定位，陰陽、寒暑運行，而太極之理亦未嘗不在焉。徹上徹下，極爲昭晰，非懵然象罔而無據也。「渾然一理貫」一句，實爲一詩之管轄，讀者詳之。**珍重無極翁，爲我重指掌。**無極翁，濂溪周子也。重指掌，謂皇羲畫卦之後，又得周子作《太極圖》以闡其義，如重指諸掌而甚明也。由今觀之，《易》有太極，周子即推無極而太極；是生兩儀，周子即推太極動而生陽，静而生陰；天地之數成變化而行鬼神，周子即推陽變陰，合而生水、火、金、木、土。是不謂之「重指掌」乎？○模妄謂：此篇言無極而太極，即《太極圖》之○也。

其一

吾觀陰陽化，升降八紘中。前瞻既無始，後際那有終。「化」者，變之成也。八紘，八極也。《列子》云：「八紘九野之水。」「前瞻既無始」，所謂推之於前，而不見其始之合也；「後際那有終」，所謂引之於後，而不見其終之離也。言陰陽之化，升降上下於八極之中，然動静無端，陰陽無始，不可分先後。周子所謂「動而生陽」者，亦只是就動處説起，畢竟動前又是静。如此則前瞻之，既無始矣；後之際，又那有終也哉？**至理諒斯存，萬世與今同。**至理，即太極也。「斯」者，指陰陽而言也。言太極之理不離乎陰陽之中，雖萬世之遠，與今一同，蓋太極無往而不在也。**誰言混沌死，幻語驚盲聾。**混沌，元氣未判也。《莊子》云：「七日而混沌死。」幻，詐惑也。言異端之徒以太極獨居於混沌之先，及天地既判，則太極已死於混沌者，真詐惑之語，但可以驚駭盲聾之人而已。○模妄謂：此篇言太極動而陽，静而陰，即《太極圖》之◎也。○模竊惟周子《太極圖》根極要領，實上接洙泗千歲之統，下啓河洛百世之傳。先師朱子剖析精微，闡緝明暢，既爲之説矣。既作《感興詩》，又特於首二篇提綱挈領，爲學者發明之。大矣哉！其有功於斯道也。或有問者曰：「前輩長者有以此詩首二篇爲重説陰陽者，又有以首篇爲説横看底，次篇爲説直看底者；而子乃斷然以首篇爲説無極而太極，次篇爲説太極動而陽，静而陰，似若有所據矣。然太極只是理，今首篇乃有及於天地、陰陽、寒暑，何也？陰陽已屬氣，今次篇乃推本於至理斯存，何也？」模應之曰：「夫形而上爲道，形而下爲器，豈判然而二之乎？器亦道，道亦器，程子言之盡矣。故朱子論太極而必及於天地、陰陽、寒暑者，以見其道著於器也。論陰陽而必原其至理斯存者，以見其氣根於道也。況朱子平日教人平實的當，而於論太極最病學者流入於談玄搜妙之域，而無著實用工之地。故其語學者嘗曰：『從陰陽處看，則所謂太極者，便只在陰陽裏，而今人説陰陽上面别有一個無形無影底物是太極，非也。』又曰：『太極只是天地萬物之理，在天地則天地中有太極，在萬物則萬物中有太極。』又曰：『太極生陰陽，理生氣也。陰陽既生，則太極在其中，理復在氣之内也。』又曰：『所謂太極者，便只在陰陽裏；所謂陰陽者，便只在太極裏。』學者反覆吟論此詩之餘，更以此説融會貫通之，則庶乎其有得矣。」

其　二

人心妙不測，出入乘氣機。凝冰亦焦火，淵淪復天飛。妙不測，猶言不可得而測度也。氣體之充也，主發謂之機。凝冰，凝於冰也；焦火，焦於火也。《莊子》云：「其熱焦火，其寒凝冰。」淵淪，隨淵而淪也；天飛，升天而飛也。言「人心妙不測」，一出一入，乘氣機而發。既凝冰矣，而亦能焦火；既淵淪矣，而復能天飛。四者所以言其不可測度，如此正與「潛天而天，潛地而地」同意。但「凝冰」、「淵淪」，主入而言；「焦火」、「天飛」，主出而言耳。**至人秉元化，動靜體無違。珠藏澤自媚，玉蘊山含輝。神光燭九垓，玄思徹萬微。塵編今寥落，歎息將安歸。**至人，至德之人也。秉，持也。元化，即人心之造化也。九垓，天有九重也。司馬相如《封禪書》云：「上暢九垓。」萬微，萬理之精微也。上泛言人心妙不測，此言惟至人爲能秉持元化。一動一靜之間，皆體此理而無違焉。方其靜也，寂然不動，如珠之藏而澤自媚，玉之蘊而山自輝；及其動也，感而遂通，神光燭乎九垓之遠，玄思徹乎萬微之妙。但聖人心法不傳，其載於塵編者，今又簡短寂寥，無有能識之者。然則將安歸乎？徒有歎息而已。

其　三

靜觀靈臺妙，萬化從此出。云胡自蕪穢，反受衆形役。靈臺，即心也。言人心本自神妙，天下萬化皆從此出，何爲不自操存，乃陷溺於荒蕪污穢之中，而反爲耳目口體之所役耶？范浚《心箴》所謂「心爲形役，乃獸乃禽」者，正此意也。**厚味紛朵頤，妍姿坐傾國。崩奔不自悟，馳騖靡終畢。**朵，垂也。朵頤，欲食之貌。《易》曰：「觀我朵頤。」妍，美色也。姿，色也。傾，覆也。言美色能覆人邦國，猶《詩》所謂「哲婦傾城」也。

直騁曰馳，亂馳曰騖。言心爲形役，溺於飲食男女之大欲，至於崩奔，猶不自悟，尚且馳騖四出，而無終畢之時也。

君看穆天子，萬里窮轍迹。不有《祈招》詩，徐方御宸極。穆天子，周穆王也。在位五十五年，使造父御八駿之乘，肆意遠游荒服之外，欲周行天下，皆使有車轍馬迹。徐偃伯於徐方，乘時作亂，祭公謀父作《祈招》之詩以諫止之。其詩曰：「祈招之愔愔，式昭德音。思我王度，式如玉，式如金。形民之力，而無醉飽之心。」○模按：所舉穆天子之事，特借此以喻人心之馳騖流蕩，若不知止，則心失主宰，而物欲反據而爲之主矣。此六義之比也。

其　四

涇舟膠楚澤，周綱已陵夷。況復《王風》降，故宫黍離離。涇舟，《詩》所謂「淠彼涇舟」是也。「膠」與《莊子》「置杯焉則膠」之義同。或謂昭王南征，濟漢，船人惡之，以膠船進，至中流，膠液而溺死也。《黍離》，《王風》詩名。言昭王南征不返，周室紀綱已陵夷矣。況又幽王爲犬戎所滅，平王東遷，而故都鞠爲禾黍。《王風》下同於列國，周室於是而愈衰矣。玄聖作《春秋》，哀傷實在兹。祥麟一以踣，反袂空漣洏。玄聖，孔子也。《春秋》，魯史記之名。孔子因而筆削之，始於魯隱公之元年，實平王之四十九年也。麟，獸名，麕身、牛尾、馬蹄，毛蟲之長也。踣，僵也。反袂漣洏，即《家語》所謂「使人告孔子曰：『有麕而獸者，何也？』孔子往觀之，曰：『麟也！胡爲來哉？』反袂拭面，涕泣沾襟」是也。言孔子雖因《黍離》降爲《國風》，遂託始於此，以作《春秋》。其實周綱陵夷，已在於「涇舟膠楚澤」之時矣。及西狩獲麟，則嗟吾道之窮，而《春秋》遂絶筆於此。漂淪又百年，僭侯荷爵珪。漂淪，猶汩汩也。又百年，謂自獲麟絶筆之後，將又百年也。今計之，其實止七十九年，言「百年」者，舉成數也。僭侯，謂魏斯、趙籍、韓虔三大夫僭竊諸侯之制也。荷爵珪，謂反蒙真侯之命也。王章久已喪，何復嗟歎爲。王章，即《左傳》所謂：「晉侯請隧，王弗許曰：『王章也。』」言王章之喪已久矣，胡爲至三晉分而始嗟歎乎？所以爲下文「迷先幾」之張本也。馬公述孔業，託始有餘悲。拳拳信忠厚，無乃迷先幾。馬公，先朝司馬温公也。述孔業，謂作《通鑑》，欲續《春秋》也。託始，謂作《通鑑》始於初命晉大夫魏斯、趙籍、韓虔爲諸侯也。是甚悲周道之衰微，固不失爲忠厚之意。然悔其不繼書於魯哀公十四年獲麟之後，自周敬王三十九年爲始，而乃自威烈王二十三年爲始，無乃迷其先幾也哉？或疑此欲以續獲麟爲先幾，猶未若致堂胡氏以晉悼公、平公時爲幾之尤先者也。殊不知此雖欲續於獲麟，其實先幾已在玄聖作《春秋》之時。此詩所以推原發端於膠楚澤也，有以夫。○模按：此詩託始之意，東萊吕先生得之，故《大事記》之作，實接於獲麟，而託始於周敬王三十九年。竊意二先生相與講論之際，必有及於此，故朱子於蔡文忠所以深哀「《事記》將誰使之續」也。然朱子於《通鑑綱目》之作，曷爲而不繼《春秋》也耶？果齋李氏曰：「東萊先生《事記》之書，用馬遷之法者也，故續獲麟而無嫌；朱子《綱目》之書，本《春秋》之指者也，故續獲麟而不可。是固然矣。抑亦《綱目》之書，特因《通鑑》而作也歟？」

其　五

東京失其御，刑臣弄天綱。西園植奸穢，五族沉忠良。東京，洛陽，後漢所都也。刑臣，宦豎也。

西園，靈帝置西園八校尉，以蹇碩、袁紹、鮑鴻、曹操、趙融、馮芳、夏牟、淳于瓊爲之。五族，單超、具瑗、左悺、徐璜、唐衡也。言桓、靈失其御下之道，宦豎弄權，開西園以鬻賣官爵，興黨錮以沉滅忠良，而漢遂衰矣。青青千里草，乘時起陸梁。「青青千里草」應董卓讖語也。卓初爲中郎將，其後廢立弑殺，燒宫室，發諸陵，自爲相國，强梁於一時。當塗轉凶悖，炎精遂無光。「魏闕當塗高」應曹操讖語也。轉，尤也。炎精，漢火德也。操挾天子以令諸侯，欺人孤兒寡婦，卒成篡奪之計，其凶悖尤甚於董卓，而漢祚遂亡矣。桓桓左將軍，仗鉞西南疆。伏龍一奮躍，鳳雛亦飛翔。祀漢配彼天，出師驚四方。天意竟莫回，王圖不偏昌。桓桓，威武貌。左將軍，劉備也。獻帝建安三年，爲左將軍。伏龍，諸葛亮也；鳳雛，龐統也。即徐庶謂「此中有伏龍、鳳雛」是也。「祀漢配彼天」，即用（仲）〔少〕康「祀夏配天」之語。不偏昌，即諸葛亮所謂「王業不偏安」是也。言先主仗義起兵於西南之疆，以誅操復漢爲名，一時賢才如諸葛亮、龐統之徒，群起而羽翼之，出師北伐，所在響震，事幾成矣。而天不祚漢，先主既殞，孔明亦殂①，卒使王業不偏盛於西土，可勝歎哉！晋史自帝魏，後賢合更張。世無魯連子，千載徒悲傷。晋史，謂陳壽撰《三國志》也。帝魏，謂以魏爲正統也。後賢，謂司馬温公也。魯連子，即《通鑑》所載魯仲連聞趙將事秦爲帝，歎曰：「彼帝天下，則連有蹈東海而

① 「先主既殞，孔明亦殂」，明劉剡所編「感興詩合注」（見《選詩續編》卷五）作「先主既殂，孔明亦殞」，似較爲正確。「殂」一般用來形容帝王之死，如《尚書·舜典》云：「帝乃殂落。」

死耳。」此言操爲漢賊不待言，陳壽帝魏不足責，後之賢者，如温公作《通鑑》合更張之，乃亦帝曹魏而寇蜀漢。是則若魯連子者，世亦不復有之矣。千載之下，豈不徒有悲傷也哉！此與尊揚雄同科，《綱目》書法可見。

其　六

晋陽啓唐祚，王明紹巢封。垂統已如此，繼體宜昏風。晋陽啓祚，事見《通鑑》。李淵初爲隋晋陽宫監，其子世民陰與裴寂等以晋陽宫人私侍淵，因脅以起兵。王明，曹王明也。巢封，元吉封爲巢剌王也。世民手刃元吉，而納其妃，生子明，初封曹，後立爲齊王，出紹巢王之後。言垂統之主，其瀆亂綱常已如此，宜繼體如高宗者昏迷淫亂，而有武后之事也。麀聚瀆天倫，牝晨司禍凶。乾綱一以墜，天樞遂崇崇。麀聚，《禮記》所謂「父子聚麀」也。牝晨，《書》所謂「牝雞之晨」也。乾綱，君之綱也。墜，落也。天樞，武后立周宗廟，鑄銅柱爲天樞，以紀周功德也。崇，高也。蓋武后初爲太宗才人，高宗立以爲后，參豫國政，擅權自恣，後遂廢其子中宗，改唐爲周。此正聚麀牝晨，而唐室之所以中否也。淫毒穢宸極，虐焰燔蒼穹。向非狄張徒，誰辨取日功。毐，即嫪毐之「毐」，以比張易之、張昌宗也。穢，污也。宸極，帝居之位也。虐焰，言其酷虐如火之烈也。燔，爇也。蒼穹，天也。狄張，狄仁傑、張柬之也。取日功，謂挽回天日，而中宗復位也。吕温頌曰：「取日虞淵。」云何歐陽子，秉筆迷至公。唐經亂周紀，凡例孰此容。歐陽子，先朝歐陽文忠公也。言其秉史筆以修唐史，乃於帝紀内立《武后紀》，是迷至公之道。以唐之一經而亂周紀於其中，凡例又孰可容此耶？侃侃范太史，受説伊川翁。《春秋》二三策，萬古開群蒙。侃侃，剛直也。范太史，先朝講官范祖禹也。伊川翁，伊川先生程子也。温公編《通鑑》，范太史分得唐史，遂采其得失善惡，别爲《唐鑑》，盡用伊川先生平日之説。每歲必書中宗所在，曰「帝在房州」，以合於《春秋》書「公在乾侯」之法，開明萬古之群蒙也。

其七

朱光遍炎宇，微陰眇重淵。寒威閉九野，陽德昭窮泉。朱光，日也。張孟陽詩云：「朱光馳北陸。」炎宇，夏天也。九野，八方中央也，見前「八紘」注。窮泉，幽昧之地。言朱光遍炎宇之時，而微陰已眇於重淵矣；寒威閉於九野之際，而陽德已昭於窮泉矣。蓋陰不生於陰，而常伏於至陽之中，姤卦是也；陽不生於陽，而潛復於盛陰之中，復卦是也。文明昧謹獨，昏迷有開先。幾微諒難忽，善端本綿綿。至陽而一陰伏，故雖文明，而或昧謹獨之戒；盛陰而一陽復，故雖昏迷，而實有開先之道。惟其昧謹獨也，故幾微之際，誠不可忽；惟其有開先也，故善之端緒，每綿綿而不絶焉。《老子》云：「綿綿若存。」掩身事齋戒，及此防未然。《月令》曰：「君子齋戒，處必掩身，毋躁。」言於夏至一陰生之時，必屏絶嗜欲，及此而防其陰之未然也。閉關息商旅，絶彼柔道牽。《易》曰：「先王以至日閉關，商旅不行，后不省方。」言冬至一陽生之時，必安静存養，絶彼柔道之牽繫也。彼，指陰而言。

其八

微月墮西嶺，爛然衆星光。明河斜未落，斗柄低復昂。感此南北極，樞軸遥相當。微月，新月也。明河，天河也。斗柄，北斗七星之柄也。南北極，天之樞軸也。天圓而動，包乎地外；地方而静，處乎天中。故天之形，半覆乎地上，半繞乎地下，而左旋不息。其樞軸不動之處，則爲南北極。謂之極者，猶屋脊之極也。言新月已西墜，則衆星爛然而愈光；河漢雖斜而未落，斗柄既低而復昂。惟有南北極不動，而其樞軸遥遠，正相當值，無少差忒。當此之時，仰觀天象，而深有感焉，亦猶心居中央，酬酢萬變，而無少偏倚也。蓋月始生明之時，而天象尤爲易見，故特言之。太一有常居，仰瞻獨煌煌。中天照四國，三辰環侍旁。人心要如此，寂感無邊方。太一，即北辰也。此言北辰而不及南者，蓋南極入地三十六度，常隱不見；北極出地三十六度，常見不隱，故此獨以其可見示人也。三辰，日月星也。《左傳》云：「三辰旂旗。」言太一居其所而不動，仰而瞻之，獨見其煌煌耳，此譬人心之寂也；居天之中，照臨四國，日月衆星，環繞而拱之，此譬人心之感也。故又斷之曰：人心須要如此，所以寂然不動，感而遂通，不見其邊方也。

其九

放勛始欽明，南面亦恭己。大哉精一傳，萬古①立人紀。放勛，《書》作「勛」，堯之號也。欽明，即《書》所謂「欽明文思」也。南面恭己，即孔子稱「舜恭己正南面」也。精一之傳，即舜之傳禹以「人心惟危，道心惟微；惟精惟一，允執厥中」也。猗歟歎日躋，穆穆歌敬止。戒獒光武烈，待旦起《周禮》。猗歟，美貌。日躋，即《詩》所稱「湯聖敬日躋」也。穆穆，深遠意，即《詩》所稱「穆穆文王，於緝熙敬止」也。獒，西旅所獻犬名。召公作書致戒，以光武王之烈也。《周禮》，書名，周公所作。孟子稱其「坐以待旦」也。恭惟千載心，秋月照寒水。言群聖人相繼，上下幾千載，而同此一心，有如秋月之至明照寒水之至清，皎然無一毫之翳，湛然無一點之滓也。魯叟何常師，删述存聖軌。魯叟，孔子也。言孔子無所不學，而亦何常師之有，但删述群聖，存帝王之軌範，以示將來耳。○模按：此詩歷序堯、舜、禹、湯、文、武、周公，以敬爲傳心之法，末以孔子結之。又言孔子删述，以起後篇之義。

其十

吾聞包犧氏，爰初闢乾坤。乾行配天德，坤布協地文。此言伏犧②畫卦，首之以乾、坤。乾之行

---

① 「古」，《佚存叢書》本作「世」。

② 「犧」，《佚存叢書》本作「羲」。

所以配天德也，坤之布所以協地文也。乾、坤以性情言，天、地以形體言。仰觀玄渾周，一息萬里奔。俯察方儀静，隤然千古存。此因天地而仰觀俯察也。天體玄渾而周，一息之頃，奔行萬里，所以言其健也；地體方儀而静，隤然安貞，千古常存，所以言其順也。《易》曰：「夫坤，隤然示人簡矣。」悟彼立象意，契此入德門。勤行當不息，敬守思彌敦。此因仰觀俯察而體之於身也。故言既「悟彼」即「契此」，以其立象之意，而爲入德之門。勤以行之，自强不息，所以法天也；敬以守之，正静彌厚，所以法地也。○模按：此詩實承前篇删定立義，蓋六經莫先於《易》，故首以《易》言之。

其十一

《大易》圖象隱，《詩》《書》簡編訛。《禮》《樂》剡交喪，《春秋》魚魯多。言六經惟《易》爲全書，而圖象則隱奥而難明。《詩》雖已删，而毛公輩作小序，頗失《詩》之本意。《書》雖經伏生輩口授之餘，文字舛錯，況《禮》《樂》散亡崩壞，其書皆喪失而不存。《春秋》又多錯漏，魚魯之差，豕亥之訛，如郭公、夏五之類甚多也。瑶琴空寶匣，絃絶將如何。興言理餘韻，龍門有遺歌。程子世居龍門□□□□□□，垂世立教者，□□□□。六經殘缺不全，猶瑶琴空藏寶匣，而其絃斷絶，不復堪彈矣。至程子出而後得聖賢微意於殘編斷簡之中，而遺音餘韻始可得而理也。○模按：此詩亦承前篇言孔子删述之後，而又湮塞於殘爛踳駁之餘，微言幾絶矣，是可歎也。

其十二

顔生躬四勿，曾子日三省。《中庸》首謹獨，衣錦思尚絅。偉哉鄒孟氏，雄辨極馳騁。操存一言要，爲爾挈裘領。丹青著明法，今古垂焕炳。何事千載餘，無人踐斯境。此言顔子躬行「四勿」之訓；曾子日加「三省」之功；子思《中庸》首明「謹獨」之戒，終言「尚絅」之義；《孟子》之篇特舉「操存」之要，實爲裘領之挈。其言炳若丹青，垂訓今古，何爲千載之下，乃無人能踐斯境乎？程子曰：「孟軻死，聖人之學不傳。」正此意也。〇模按：此詩論顔子、曾子、子思、孟子傳心之法，以上接堯、舜、禹、湯、文、武、周公、孔子，蓋所以明道統之支派①，而又歎其自孟子而下，寥寥千有餘載，而道統幾於絶也。其指深哉！

其十三

元亨播群品，利貞固靈根。非誠諒無有，五性實斯存。元亨利貞，乾之四德。元者，生物之始；

① 「支派」，胡炳文《感興詩通》、山崎闇齋《感興詩考注》、任聖周《朱文公先生齋居感興詩諸家注解集覽》引蔡氏語皆作「正派」。

亨者，生物之通，故以「播群品」言之；利者，生物之遂；貞者，生物之成，故以「固靈根」言之。然元亨，誠之通；利貞，誠之復。非誠則四者皆無有矣，而誠者，真實無妄之謂。天所賦、物所受之正理，即所謂太極也。「五性實斯存」者，言人得之，以爲五常之性，而信則貫①於四端，即所謂誠也。故朱子曰：「五常之信，猶五行之土，無定位，無成名，無專氣，而水、火、金、木無不待是以生者。故土於四行無不在，於四時則寄王焉。其理亦猶是也。」

世人逞私見，鑿智道彌昏。豈若林居子，幽探萬化原。林居子，謂隱居山林之士也。言世人徒逞其私見，恣爲穿鑿，而不順乎實理之自然，則道彌昏而不可見矣。豈若隱居山林之士探索幽隱，而有以見萬化之原哉？萬化原，即上文所謂「誠」也。○長樂潘氏云：此將言異端、詞章之害道妨教，故先發此，以明吾道之本原也。

其十四

飄飄學仙侶，遺世在雲山。盜啓玄命秘，竊當生死關。此言仙侶之遺棄人世，飄飄於雲山之中，盜竊天機以爲長生不死之計也。玄命秘，以造化言；生死關，以人身言。金鼎蟠龍虎，三年養神丹。刀圭一入口，白日生羽翰。金鼎，即《參同契·鼎歌》所謂「圓三五寸一分，口四八兩寸，脣長二尺，厚薄勻」也。龍虎，即道家所謂水火、鉛汞、魂魄也，其實只陰陽而已。刀圭，是小刀頭尖處，如醫家之劑藥方寸匕也。

① 「貫」，原作「實」，據《佚存叢書》改。

言龍虎之氣交相蟠結，金鼎烹煉，温養三年，遂成神丹。方寸匕一入於口，則超凡入聖，可以白日飛昇，如人之生羽翼也。我欲往從之，脱屣諒非難。但恐逆天道，偷生詎能安？長樂潘氏云：言我欲遺世脱屣，以從仙侶於雲山，初非難事，但恐違逆天道，縱得長生不死，心亦不安也。蓋人之生世，有生有死，乃理之常。吾儒之道，生順死安，或壽或夭，修身以俟之而已，何必苦欲偷生於天地之間耶？凡此皆出於私見、鑿智之所爲也。

其十五

西方論緣業，卑卑喻群愚。流傳世代久，梯接凌空虛。西方，西域也。漢時西域有身毒國者，敬奉佛道，後漢爲天竺國。卑，下也。卑卑，言其卑下而又卑下也。佛氏始初，但論説緣業因果，以化誘衆生愚民，極爲卑下。及流傳既遠，世代既久，如梯之接，漸漸凌入於空虛玄妙之域，而不可致詰焉。○朱子曰：「佛之所生，去中國絶遠。其書之始來者，如《四十二章》《遺教》《法華》《金剛》《光明》之類，雖其真僞不可知，本皆胡語，數譯而後通。然其所言，不過清虚緣業之論、神通變化之術而已。及其中間如惠遠、僧肇之流，乃始旁引莊、列之言以先後之，然尚未敢正以爲出於佛之口也。及其既久，而耻於假借，則遂陰竊篡取其意，而文以浮屠。傳之既久，聰明才智之士，或頗出於其間，而覺其陋，於是更出己意，益求前人之所不及者以張大之，而盡諱其怪鄙之談。於是其説一旦超然，真若出乎道德性命之上，而惑之者遂以爲果非堯、舜、周、孔之所能及矣。而其所謂禪者，又出於口耳之傳，而無文字之可據，以故人人得以竄其説以附益之，而不復有所考驗。今其所以或可見者，獨賴其割裂裝綴之迹，猶隱然於文字間而不可掩者耳。」顧盼指心性，名言超有無。朱子曰：「佛氏所以指爲心與性者，實乃精神魂魄之聚耳，則必別立一心以識此心，又未嘗睹夫民之衷、物之則也。既不識夫性之本然，則物之所感、情之所發，皆不得其道理。於是概以爲己累而盡絶之，雖至反敗天常、殄滅人理而不顧也。若云識心，則必收視聽以求識其體於恍惚之中，如人以目視目，以口齕口，雖無可得之理，然其勢必不能不相爾汝於其間也。夫學以心性爲本，而其所指以爲心性，與其所指以爲從事焉者乃如此，然則不謂之異端邪説而何哉？」模妄謂：「顧盼指心性」，即釋氏所謂「作用是性」也。「名言超有無」，即釋氏所謂「佛菩提不淪於無，不著於有，不任中間及内外」也。蓋釋氏初則以離事塵法，塵有分別，性爲真性，後乃轉以爲作用。是性初則以是諸法空相，一切皆歸於無；後乃轉而爲不淪於無，不著於有，不任中間及内外。朱子所謂「梯接凌空虚」，至此而益信也。捷徑一以開，靡然世争趨。號空不踐實，躓彼榛棘塗。西方之學以直指人明心見性成佛，盡棄綱常度數，謂「一超直入如來地」，是所謂捷徑也。此徑一開，舉世靡然争趨慕之，相與淪於空虚寂滅之境云，不曾脚踏實地，以由夫日用當然之實，以至顛躓困踣於榛棘之中，而莫能脱也。異端之爲害如此哉。誰哉繼三聖，爲我焚其書。三聖，即孟子所謂「承三聖」，禹、周公、孔子也。焚其書，韓退之所謂「火其書」也。此見朱子深慮異端之爲害，思欲擣其穴而犂其庭也。然其自任之意，亦有不可得而辭者矣。

其十六

聖人司教化，横序育群材。因心有明訓，善端得深培。天叙既昭陳，人文亦褰開。横序，學舍也。後漢鮑德以郡學久廢，乃修横，今字又作「黌」。《孟子》曰：「今人乍見孺子將入於井，皆有怵惕惻隱之心。」此因心之明訓也。善端，即四端也。培，益也。天叙，即《書》所謂「天叙有典」也。人文，即《易》所謂「觀乎人文」也。此言聖人出而司教化之責，開闢庠序以養育人材，初無他事，惟因人之本心以爲明訓，使人有以培植其善端，涵養其德性而已。及夫天叙既極其昭陳，則人文自然而褰開。蓋有本必有文，初不求爲文，而有自然之文也。云何百代下，學絶教養乖。群居競葩藻，争先冠倫魁。淳風反淪喪，擾擾胡爲哉。競，亦争也。葩，華也。藻，水草也。此言聖人之教不過如此所云，何爲百代之下，學既絶而教養之法又乖。學者乃不知天叙之中有自然之文，往往外用其心，競葩鬬藻以爲文，但欲争先冠魁，爲躐取高第之謀，卒使淳厚之風反淪喪汩失。吾不知其擾擾者，果何爲也哉？○竊意此詩言，上之所以教，下之所以學者，皆無其本，徒相與争競，爲不根之文。末習澆漓，正學湮塞，其不爲異端迷惑牽引者幾希。此所以垂朱子之歎，而繼於十六篇之後也。

其十七

童蒙貴養正，遜弟乃其方。雞鳴咸盥櫛，問訊謹暄凉。奉水勤播灑，擁篲周室堂。進趨極虔恭，退息常端莊。童蒙，幼稚而蒙昧也。養正，即《易》所謂「蒙以養正」也。遜，順也。弟，善事兄長也。盥，謂洗手。櫛，梳也。即《内則》所謂「雞鳴，咸盥漱、櫛、縰、笄、總、拂髦、冠、緌、纓，以適父母之所。及所，下氣怡聲，問衣燠寒，疾痛苛癢，而敬抑搔之」是也。奉水、擁篲，即《禮》所謂「灑掃室堂」是也。進趨、退息，即《内則》所謂「進退周旋慎齊」是也。以上皆言小學工夫。**劬書劇嗜炙，見惡逾探湯。庸言戒粗誕，時行必安詳。**劬，勞也。劇嗜炙，言過於耽嗜炙肉之美。《孟子》曰：「嗜秦人之炙。」逾探湯，言勝於探湯火之難。《論語》曰：「見不善如探湯。」庸，常也。庸言，即《易》所謂「庸言之信」是也。時行，《學記》言「當其可之謂時」。蓋言少之時，所當行之事也。此言爲弟子者，於敬事父兄長上之暇，然後退而修其學業，謹其言行，正《論語》「行有餘力，則以學文」之意也。**聖途雖云遠，發軔且勿忙。十五志於學，及時起高翔。**聖途，猶聖域也。軔，礙車輪木也。發軔勿忙，言發之初，不可欲速而躐等也。心之所之，謂之志。《論語》曰：「吾十有五而志於學。」翔，飛也。此言聖途雖遠，然發軔於此，而進當以漸，且勿忙迫。及十有五歲而入大學，從事於格物、致知、誠意、正心、修身、齊家、治國、平天下之事，則當及時高翔，以造聖域，不可安於小成而止也。

其十八

哀哉牛山木，斤斧日相尋。豈無萌蘖在，牛羊復來侵。「哀哉」二字，本於《孟子》，而朱子謂「最宜詳玩①，令人惕然有深省處」。牛山，齊之東南山。萌，芽也。蘖，芽之旁出者也。言牛山之木嘗美矣，日爲斧斤所伐，然氣化流行，未嘗間斷，非無萌蘖之生，而牛羊又復來侵焉。此亦六義之比。其詳見《孟子・告子上》篇。

恭惟皇上帝，降此仁義心。物欲互攻奪，孤根孰能任。《書》曰：「惟皇上帝降衷於下民。」《孟子》曰：「雖存乎人者，豈無仁義之心哉？」仁義之心實天之所以與我者，今也乃爲物欲之所攻奪，其不戕賊而殄滅也幾希。雖有孤根之萌蘖，亦孰能任之哉？任，保也。反躬艮其背，肅容正冠襟。保養方自此，何年秀穹林。反躬，即《樂記》所謂「不能反躬，天理滅矣」是也。艮其背，即《易》所謂「艮其背，不獲其身」是也。肅容，即《禮》所謂「色容莊」也。正冠襟，即《論語》所謂「正其衣冠」是也。蓋反躬艮背，所以由外而制乎內也；肅容正襟，所以自內而防乎外也。內外交養，庶乎有以復還仁義之心。然保養萌蘖，方自此始，不知何時茂盛而能秀穹林耶？秀穹林，所以終其比之義。學者優游玩味之餘，反之於心，必將油然有悟，惕然有敬，故不可不致謹於保養之微，亦不可不期造於秀茂穹林之域，而又不可安於易而沮於難也。詩之感人如此夫。

其十九

① 「詳玩」，《四書集注・孟子集注》卷一〇一作「詳味」。

玄天幽且默，仲尼欲無言。動息①各生遂，德容自清溫。此正用夫子「予欲無言，天何言哉」之説也。天無言，而萬物動植之微，自然各遂其性；聖人無言，而動容周旋之間，自然極其清溫也。彼哉夸毗子，呫囁徒啾喧。但逞言辭好，豈知神鑒昏。夸，大；毗，附也。《詩》所謂「無爲夸毗，威儀卒迷」是也。呫囁、啾喧，禦人以給口之狀。言世人爲大言以夸誕於世，諛言以阿附於人者，紛紛然徒用私意小見謬作妄述，欲呫囁啾喧以眩耀世俗，是但逞其外之言詞美好，而不知内之神鑒實昏昏也。曰余昧前語，坐此枝葉繁。發憤永刊落，奇功收一原。余，朱子自謂也。言余亦昧前者幽默無言之語，而坐此言語枝葉之繁。今將發憤而刊落之，庶乎收奇功於一原也。詳味末句，見其歸根斂實，神功超絶，蓋有不可得形容之妙，便與「致中和，天地位，萬物育」氣象一同。嗚呼！偉哉！○模於此詩諷誦涵咏之久，一旦恍然若有見先師朱子之心。是雖若不敢自任其道統之傳，而實憂此道之遂失其傳，故於《感興》之終篇，特發在陳之歎，蓋亦追悔其平日著書之徒多，而世之曉悟領會者絶少，故於此慨然有「發憤刊落」之語，正夫子「予欲無言」之意也。今味其言，玩其意，若以爲自責，則又若自謙；以爲自謙，則又若自任。百世之下，其將必亦有神會而心得之者耶？其旨深矣哉！

其二十

① 「息」，《佚存叢書》本作「植」。

右詩二十篇，篇各有體，意各有寓，學者固不必求爲牽合也。然熟玩而精思之，篇章離析之中，實有脉絡融貫之妙。二十篇中凡五更端，而皆以探原起意。自一篇至四篇，所以探造化之原也。言無極而太極，太極動而生陽，静而生陰，與夫人心之太極，而以心爲形役爲戒。自五篇至七篇，所以探治化之原也。言名分僭竊，正統濁亂，綱法淪斁，其幾微皆有漸。秉史筆者，皆不知防微杜漸，誅既死之奸諛，使萬世亂臣賊子知有所懼。此天下之所以日趨於亂也。自八篇至十三篇，所以探陰陽淑慝之原也。發姤、復二卦以見聖人扶陽抑陰於幾微之萌，及人心寂感之體，歷叙堯、舜、禹、湯、文、武、周公以敬傳心之法，遂以孔子結上起下，而以顔子、曾子、子思、孟子傳心者接之。自十四篇至十七篇，所以探道德性命之原也。直以誠爲萬化之原，而歎異端詞章之流不識此原，欺世誑俗，深爲此道之害。自十八篇至二十篇，所以探學問用工之原也。首篇童蒙養正，繼以牛山之木，喻其保養根本，終歎晚年道統之傳未有所屬，思欲無言，以收其反本還原之功，故於末篇末句，特以「一原」兩字結之。有旨哉！有旨哉！

古今之書，惟《詩》入人最易，感人最深。三百篇之後，非無能詩者，不過咏物陶情，舒其蕭散閑雅之趣而已。獨朱子奮然千有餘載之後，不徒以詩爲詩，而以理爲詩，齋居之《感興》是也。蓋以理義之奥難明，詩章之言易曉；難明者難入而難感，易曉者易入而易感也。朱子切於教人，故特因人之易入易感者，以發其所難入難感者耳。今誦其詩，包羅衆理，總括萬變，排闢異端，又皆正其本而探其原。模之不敏，總角常侍先君讀之，優游諷咏之久，不覺手舞足蹈之意，然亦懵然未曉其爲何説也。先君間因其憤悱而啓發之，似有所見。近因弟杭試邑樵川，寄示瓜山潘丈箋本，積日吟誦，猶或恨其箋注之間若有未盡者，隨筆抄記，不覺成帙，用以求正於有道。正温公所謂「揚子作《玄》，本以明《易》，非敢别爲一書，以與《易》競」之意也。同志之士，其亦有以識予之心者乎哉！嘉熙丁酉仲春望日，模書。

武夷櫂歌十首

公自題云：淳熙甲辰仲春，精舍閑居，戲作《武夷櫂歌》十首，呈諸友游，相與一笑。

懼齋陳普尚德注

武夷山上有仙靈，山下寒流曲曲清。欲識個中奇絶處，棹歌閑聽兩三聲。

朱文公《九曲》純是一條進道次序，其立意固不苟，不但爲武夷山水也。第一首言道之全體，徹上徹下，無内無外，散之萬物萬事，無所不在。然其妙處過於膏粱①之美、金玉之貴也，不可無人發明，故曰「欲識個中奇絶處，棹歌閑聽兩三聲」。

① 「粱」，《佚存叢書》本作「梁」，誤。

一曲溪邊上釣船，山有九曲。幔亭峰影蘸晴川。武夷君宴子孫於幔亭峰下。虹橋一斷無消息，萬壑千巖鎖翠一本作「暮」。烟。此語亦有桑海之感。

此首言孔、孟去後，道統久絶。其間無窮無盡之妙，首章所謂「奇絶處」者，皆爲氣質、物欲所蔽。加以異端邪説爲障，沈溺深痼，無能探而見之者。「上釣船」者，著①脚向學之意。「幔亭峰影」亦以其始有所見而言也，非有所見，亦不能向學，亦不知道統之無傳。苟知道統之無傳，而有志於學，則是已見正塗，《論語》所謂「可與共學」者也。

二曲亭亭玉女峰，有山名「玉女峰」。插花臨水爲誰容。狀玉女態。道人不復荒一本作「陽」。臺夢，興入前山翠幾重。得恬淡情致。〇蓋言彼雖冶容，道人無復憐汝，而唯寄興於青山也。

此首言學道由遠色而入，人能屏絶此心，然後能奮勇入道。若此心未能勇猛除去，則其志氣終爲其所昏惰，進寸而退尺。「前山翠幾重」，即一曲所謂「萬壑千巖」。「興入前山」是其志氣清明，故能勇決奮發，必欲入深詣極也。《小畜》卦初爻辭，全是此意。卦以一陰居四，群陽之志，皆爲其畜止，亦猶玉女之惑人也。初九居卦之初，與之相應，則其志移矣，而以剛居乾健之體，

①「著」，《佚存叢書》本作「立」。

能遠絶擺脱反復，而由乾道以行，故曰「復自道，何其咎」。復，反還也。自，由也，亦立脚發初之意。道，乾道也。言始爲四所惑，即知其非，反復而由正道以行，非勇健不能也。始爲所惑，故有咎，既能不遠而復，則所謂咎者悉無矣。何其咎，言安有咎哉？程子曰：「無咎之甚明也。」贊其勇之辭也。全是此曲詩意。

三曲君看架壑船，不知停櫂幾何年。桑田海水今如許，泡沫風燈敢自憐。

此曲言既能遠色，又當於世間一切榮辱得喪，皆能洗除蕩滌，不以介其胸中，然後俗累皆絶，沛然而入道矣。人惟拘於血肉之軀，故不能不爲榮辱得喪所累，故佛家泡沫、風燈之説，雖非正理，亦可以滌人利欲之心，故文公借用之。《大雅》咏文王之德云「無然畔援，無然歆羨，誕先登于岸」。此兩曲詩意正如此。畔，謂離去。援，攀援也。文公曰：「謂舍此而取彼也。」歆羨，文公曰：「歆，欲之動也；羨，愛慕也。言肆情以徇物也。」岸，文公曰：「道之極至處也。」「人心有所畔援，有所歆羨，則溺於人欲之流，而不能以自濟。文王無是二者，故能先知先覺，而一本作「以」造道之極至也。」文公此兩曲詩意，恰好如是。《論語》「賢賢易色」，《中庸》「去讒遠色」，直是把作個大緊要事。故獨先言於二曲，然後於三曲次之以榮辱得喪，晦翁當時之志，當是如此，深味之可見。

四曲東西兩石巖，巖花垂露碧㲯毿。金雞叫罷無人見，四曲有山名「金雞」。月滿空山水滿潭。意趣優游。

此曲駸駸有得，亦由遠色屏絶俗累，故能進而至於此。「東西兩石巖」，仰高鑽堅，欲得之心切也。「巖花垂露」，好意思鼎來，「不亦悦乎」之境也。「金雞叫罷無人見」，「如有所立卓爾，雖欲從之末由」者也。

五曲山高雲氣深，長時烟雨暗平林。寫景真。林間有客無人識，欸乃音「襖靄」。聲中萬古心。道味悠長。

此曲入深，身及其地，獨見自得，識得萬古聖賢心事。然猶有雲氣烟雨，則猶在暗暗明明之間，未能至於貫徹明了，不勞思慮省察，而無不豁然之地也。上蔡先生見程子，程子問其近日所得，對曰：「天下何思何慮。」程子曰：「賢却發得太早。」蓋理誠如此，然未至於豁然大通，則猶在明暗之間，尚須省察。若遽言「何思何慮」，反將失之，雖得而未得也。

六曲蒼屏繞碧灣，茅茨終日掩柴關。客來倚棹巖花落，猿鳥不驚春意閑。

此曲到此能静能安，天地萬物皆見其爲一體。智巧私欲，不逃虚照，生意流行，隨處充滿。天地可位，萬物可育，目前皆和順之境，而非末學者之所能見矣。

七曲移船上碧灘，隱屏仙掌更回看。大隱屏仙掌巖，乃七曲勝境。可一本作「却」。憐昨夜峰頭雨，添得飛泉幾度寒。寫物模景，幽淡有趣。○《大全集》本一作「人言此處無佳景，只有石堂空翠寒」。○「處」字，一本作「地」。

此曲由下學而上達，雖上達而未嘗離乎下學，故曰「隱屏仙掌更回看」。可憐昨夜峰頭雨，添得飛泉幾度寒」，温故知新，無窮妙用，源源而來。若據《大全集》本，則其意當云：道之體用，本非虚空，可悦可樂，亦無窮盡，而不學者不知，以爲迂遠無味，而不肯用力也。《大全集》本後二句云：「人言此處無佳景，只有石堂空翠寒。」

八曲風烟勢欲開，鼓樓巖下水縈洄。八曲有鼓樓巖。莫言此處一本作「地」。無佳景，自是游人不上來。誘學者進一步之意。

此曲已近於豁然貫通之處，而亦不離於下學。其味無窮，其用無盡，非迂非遠，至易至近。人患不用其力而已。一日用力，無不能至者也。

九曲將窮眼豁然，桑麻雨露見一本作「靄」。平川。平川，地名。漁郎更覓桃源路，除是人間別有天。此景非人間所多得，公曾以此詩召謗。○蓋言人所不知而已所獨得之妙。豁然貫通，無所障礙，日用沛然，萬事皆理。雖優入聖域，而未始非百姓日用之常。夫豈離人絶世而有甚高難行之事哉？所謂「道」者，不過若是而已。若舍此而求道，則皆異端邪説，誣民惑世之論，天理之所無，聖賢君子之所屏絶，不以留之胸中者也。

概居游武夷，常誦《櫂歌》，見其辭意高遠，超絶塵俗，而未得其要領。近獲承教懼齋陳先生蒙出示旨義，有契於心，乃知「九曲」寓意，直與《感興》二十篇相爲表裏，誠學者入道之一助，不敢私己，敬刊以續《感興詩解》之後，與同志共之。時大德甲辰仲春，武夷劉概謹跋。

頃得《棹歌注解》寫本，間有誤字、乙字、落字，未得善本，不能參較，依樣入板，每以未得見全本爲恨。今年春，盧子膺得申靈川手書善本，傳摹寄惠，受而讀之，較諸前本，誤字三十四，落字七十，衍字二十，乙字單六，總合一百三十字。刪改補入，更定鋟板。其與他本異者又六字，并注其下曰「一本作某字」，留俟博學君子更考改正云。乙卯仲春初吉，龜巖李楨謹識。

余觀紫陽夫子《感興詩》二十篇，因事而致感，寓物而起興，發於性情之正，而合乎六義之體，真聖人之詩也。蔡先生模撮是詩，別爲一帙，集解句義者，良以此也。今我牧伯龜巖先生存心聖賢之學，不喜浮華之文，嘗得是編，甚愛之。訟牒之餘，手不能釋，諷咏之間，興感而有得者，蓋云深矣。但是編罕有，人或未見，故思與有志者共之。告於今監司相國，以圖刊行，則相國又樂從之，即命工，將鋟諸梓。先生以爲獨刊此編近乎略，故加抄《擬古》八首、《雲谷雜詩》十二首、《武夷精舍雜咏》十二篇及《濯清》一絶、《棹歌》十絶，以繡板焉。不閲月而功訖。嗚呼！其嘉惠後學，扶植斯文之意，至矣！盡矣！使人人得而觀之，感發其善心，涵養其性情，則其於教化之道，豈曰小補之哉？嘉靖紀元之三十二年癸丑臘月下澣，上洛後人金忠甲敬跋。

右《城南二十咏》《百丈山六咏》《雲谷二十六咏》，共五十二首，與新刊增録《武夷雜詩》等作，辭旨理趣俱同，每一諷咏，令人有遁世棲雲、抱道長終之意。顧今所刊，獨遺此不録，自不知不好者言之。雖《感興詩》以下諸篇皆爲越人之章甫，使知而好之者見此本，寧不於此而歎惜也耶！鄙意以大州事力，苟欲改圖，不過四五板工夫，何患難改？恐必以新舊刻相接處，排行難適爲難。故如右，計行排書，而選其《宿休庵》一律，所以補三行之闕者耳。如無他難事，須依此改刊何如？若刊此五板，其餘則只改張數一二字而仍用之，功費不多，而書可爲完書，豈不好哉？且

《濯清》一絶，本《城南二十咏》之一，而今編在《武夷》之末，使初見者誤認爲《武夷》之詩，亦爲未穩，須去之，以置《城南》詩中，而取《武夷・洞天》一絶，填刻其空處，則庶兩詩皆從其類，無乃恰好乎？鑄字跋一張，亦不須并刻，鄙意亦去之，何如？何如？卷末自題識之末「君子云：吁！謹識」，此處雖無大害，然語勢少似局促。滉意欲改曰「博學君子改正云」，而去一「吁」字，直書公姓名曰「某謹識」，如此則無病矣，如何？率易冒告，甚知不韙。然嘗見昔張南軒刻程集，有未穩處，朱子力請改之。吕東萊作《白鹿洞書院記》，有未穩處，朱子又一一指出請改。此前賢所以德業日盛，而聲烈傳於久遠者。敢不有望於公也耶？退溪李滉景浩書。

初得鑄字本《感興詩注解》，入板訖，添録《擬古八首》《雲谷雜詩》《武夷雜咏》《棹歌》十絶，又收入《濯清》一絶於《漁艇》詩之下、《棹歌》詩之上，裒集爲一編。既印，敬禀於退溪先生。先生不棄滓陋，辱賜手教，丁寧切至。盥讀再三，謹依指教，補入《城南二十咏》《百丈山六咏》《雲谷二十六咏》，共五十二首，及《宿休庵》一律于《擬古》第八章、《雲谷》第一咏之間。又填刻《洞天》一絶於《漁艇》《棹歌》兩詩之中，而刊去《濯清》一絶。使各從其類，并删其《感興詩》後卞春亭鑄字跋而去之。凡添補删去，一依先生手教。分行排字，刊成編帙，以畢先生之志。後之讀者，豈無有感於是編者乎！嘉靖甲寅，龜巖居士李楨謹識。

嘉靖癸丑冬清州牧開刊

清州五□
懷德僧三□
刻手鎮岑金巨公
書寫校正貢生宋世渾
中訓大夫行清州教授吴詮
通訓大夫行清州判官清州鎮兵馬節制都尉韓蕙
通訓大夫清州牧使清州鎮兵馬僉節制使李楨
奉直郎清洪道都事梁喜
嘉善大夫清洪道觀察使兼兵馬水軍節度使李夢亮

附林衡《書感興詩注後》(《佚存叢書》本):

覺軒蔡氏注朱子《感興詩》一卷,余曩日獲活字版古本,乃知其久傳於此間矣。後又獲高麗本於友人氏,校之無甚異同。按永樂《性理大全》編入《感興詩》,其注互舉熊、胡、劉、徐數家,而蔡氏則僅一見於第二十首耳。且蔡注孤行,於諸書無所見,豈其佚於彼者久歟?高麗本附録朱子詩數十首,末又載懼齋注《武夷櫂歌》,今删落其數詩,獨存《櫂歌》注,亦以其無别行也。上章涒灘孟夏之月中九日,天瀑識。

解釋朱子齋居感興詩二十首

〔宋〕何　基　撰

朱子自序云：余讀陳子昂《感遇》詩，愛其詞旨幽邃，音節豪宕，非當世詞人所及。如丹砂、空青、金膏、水碧，雖近乏世用，而實物外難得自然之奇寶也。欲效其體，作十數篇，顧以思致平凡，筆力萎弱，竟不能就。然亦恨其不精於理，而自託於仙佛之間以爲高也。齋居無事，偶書所見，得二十篇。雖不能探索微眇，追迹前言，然皆切於日用之實，故言亦近而易知。既以自儆①，且以貽諸同志云。

崑崙②大無外，天也。昆，音「混」。旁薄下深廣。地也。③陰陽無停機，寒暑互來往。皇犧古神聖，妙契一俯仰。不待窺馬圖，人文已宣朗。渾然一理貫，昭晰非象罔。珍重無極翁，爲我重指掌。

右一章

① 「儆」，日本蓬左文庫藏明嘉靖四十四年(一五六五)朝鮮順天府刊本、日本内閣文庫藏寬文十年(一六六一)跋刊本、中國國家圖書館藏鈔本《濂洛風雅》(下簡稱「朝鮮本等」)作「警」。

② 「崑崙」，朝鮮本等作「昆侖」。

③ 此上兩個小注，底本皆無，據朝鮮本等補。

何北山①曰：此章當作三節看，然首尾只一意。首四句言盈天地間，別無物事，一陰一陽流行其中，實天地之功用，品彙之根柢。次②六句言伏羲觀象設卦，開物成務，建立人極之功。末二句言③周子立圖著書，發明《易》道，再開人極之功。「無極翁」只是舉濂溪之號，猶昔人目范太史爲「唐鑑翁」爾。此篇只是以陰陽爲主，後面諸章，亦多是説此者，而諸説推之太過。蔡仲覺謂此篇言無極、太極，不④知於此章指何語爲説太極，況無極乎？太極固是陰陽之理，言陰陽則太極已在其中。但此篇若强揠作太極説，則一章語脉皆貫穿不來。此等言語滉瀁，最説理之大病也。

右二章

吾觀陰陽化，升降八紘中。前瞻既無始，後際那有終。至理諒斯存，萬世與今同。誰言混沌死，幻語驚盲聾。儵、忽鑿混沌，日鑿一竅，七日而混沌死。語出《莊子》。

---

① 「何北山」，朝鮮本等作「北山何文定」，下同，不再出校。
② 「次」，朝鮮本等作「此」，似誤。
③ 「言」字原脱，據朝鮮本等補。
④ 「不」，原作「六」，據朝鮮本等改。

黄勉齋①曰：兩篇皆是言陰陽，但前篇是説横看底，此篇是説直看底。所謂横看者，是上下四方、遠近小大，此氣拍塞，無一處不周，無一物不到。所謂直看者，是上自開闢以來，下至千萬世之後，只是這②個物事流行不息。

人心妙不測，出入乘氣機。凝冰亦焦火，淵淪復天飛。至人秉元化，動静體無違。珠藏澤自媚，玉韞山含輝③。神光燭九垓，玄思徹萬微。塵編今寥落，歎息將安歸。

右三章

何北山曰：此章言人心出入無時，莫知其鄉。凝冰焦火，則喜怒憂懼不常之心也；淵淪天飛，則奔逸不制之心也。皆氣之所爲，孟子所謂「放心」也。惟聖人之心，能自爲主宰，如元化之能宰制萬有，故曰「秉元化」也。昔人謂氣爲馬，心爲君，心之出入，蓋隨氣之動静，如乘馬然，故曰「乘氣機」。惟心君則能爲之主宰政事，此之謂④「動静體無違」。此「體」字，如「以身體道」之

① 「黄勉齋」，朝鮮本等作「勉齋黄文肅」。
② 「這」，朝鮮本等作「遮」。
③ 「輝」，朝鮮本等作「暉」。
④ 「惟心君則能爲之主宰政事，此之謂」，朝鮮本等作「惟心君則能爲之主宰，政此之謂」。

「體」，蓋其一動一静，此心無不醒定，不曾離這腔子内，此之謂「體」。曰「無違」者，謂雖動静萬變，而無少間斷也。惟其静而常能體之，故和順積中，見面盎背，如玉潤山、珠媚川也。惟其動而常能體之，故神完思清，明無不達，而能燭九垓、徹萬微也。如此豈復有前二者之患？然此聖學也。自世教非古，没①一世於詞華利欲之塗，聖賢傳心之要，雖具在方册，而棄爲塵編，曾不顧省，於斯時也，有志於道者，將安歸乎？此所以重發紫陽之歎息也。

静觀靈臺妙，萬化從此出。云胡自蕪穢，反受衆形役。厚味紛朵頤，姸姿坐傾國。奔趨②不自悟，馳騖靡終畢。君看穆天子，萬里窮轍迹。不有《祈招》詩，徐方御宸極。周穆王西巡狩③忘歸，徐偃王僭號。穆王長驅歸周，命楚伐徐。又《左氏傳》曰：「穆王欲肆其邪心，周行天下，祭公謀父作《祈招》之詩，以止王心。」

右四章

何北山曰：此章言人心至爲虚靈，萬理畢具，酬酢萬務，經緯萬方，孰非此心之妙用，自應役萬

① 「没」，朝鮮本等作「設」，似誤。
② 「奔趨」，朝鮮本等作「崩奔」。
③ 「狩」，朝鮮本等作「守」。

物而君之。今反以徇欲之故，此心不宰，坐受耳目鼻口四肢衆形之役，而不自覺。飲食男女，固欲之大，然凡物之可喜可好者，亦悉爲化①誘，奔趨馳騖，無有止息。穆王車轍萬里，肆其侈心，幾至亡國而後已。看得前章，是言至人盡性，此心不放而常存，故其妙至於光燭徹微。此章是言衆人徇欲，故心常放而不收，其究至於亡國敗家，猶所不顧。此其聖狂之分，奚翅天淵之遠。然其端甚微，只在一念放收之間。此道心所以爲微，人心所以爲危也。古之君子所以一生戰戰兢兢，至啓手足而後知免，蓋以此也。

涇舟膠楚澤，周綱已陵夷。況復《王風》降，故宫黍離離。玄聖作《春秋》，哀傷實在兹。祥麟一以踣，反袂空漣洏。漂淪又百年，僭侯荷爵珪。王章久已喪，何復嗟歎爲。馬公述孔業，託始有餘悲。拳拳信忠厚，無乃迷先幾。

右五章

東京失其御，刑臣弄天綱。西園植奸穢，五族沈忠良。青青千里草，董卓。乘時起陸梁。

①「化」，朝鮮本等作「此」。

當塗轉凶悖，讖云「代漢者當塗高」，謂魏也。① 炎精遂無光。桓桓左將軍，昭烈爲左將軍。② 仗鉞西南疆。伏龍一奮躍，鳳雛亦飛翔。祀漢配彼天，出師驚四方。天意竟莫回，王圖不偏昌。晋史自帝魏，後賢盍更張。世無魯連子，千載徒悲傷。

右六章

晋陽啓唐祚，隋末，高祖爲太原留守，領晋陽宫監。太宗與裴寂取宫人私侍高祖，劫以起兵。王明紹巢封。太宗殺巢剌王元吉，以其妃生子明，遂以爲其後。垂統已如此，繼體宜昏風。麀聚瀆天倫，牝晨司禍凶。高宗武后，本太宗才人。乾綱一以墜，天樞遂崇崇。淫毒穢宸極，虐焰燔蒼穹。向非狄仁傑張柬之徒，誰辨取日功。云何歐陽子，秉筆迷至公。唐經亂周紀，凡例孰此容。侃侃范太史，受説伊川翁。《春秋》二三策，萬古開群蒙。

右七章

何北山曰：五章至七章，皆是爲温公《通鑑》而作。蓋此詩其首二章是説陰陽造化，一經一緯；

---

① 「讖云代漢者當塗高謂魏也」，原作「當塗謂魏也」，據朝鮮本等改。
② 「昭烈爲左將軍」，原作「昭烈」，據朝鮮本等改。

次二章是説人心，一善一惡。論其次序，便當及於經世之事。而古今治亂得失，具於史册者，獨温公《通鑑》一書最爲詳備有法。然温公此書欲接《春秋》，而一時區處，猶間有未盡善者。如此詩三章所指之失，蓋其節目之大者。五章言「託始」之意，失於先幾，蓋自胡致堂發之，而文公亦謂其然，嘗具其説於《綱目》矣，然猶可也。至如六章、七章所指，乃君臣之綱，天經地義，萬世不可易者。今乃出帝室之胄，而以鬼蜮篡賊，接東漢之統；去嗣聖之年，而以牝雞淫婦，亂唐室之緒。此則大失，豈可以爲訓誡，故朱子深爲温公惜之，而再修《綱目》之編也。但以温公盛德，素所尊敬，雖咨嗟歎息，而常婉其詞，如言帝魏歸罪於晉史，而望後賢更張，則所以望公也。既不能然，則歎無魯仲連以致悲傷之意。又如紀武氏事，罪歐公以周紀亂唐經，而美范太史能削武氏之號，繫嗣聖之年，且歲書「帝在房陵」，謂其得《春秋》之二三策，而其説受之伊川。温公書武氏於《通鑑》，亦不能改六一翁之舊。此義伊川亦嘗言於温公，况范氏實隸修《通鑑》局，分管唐史，此義未有不陳於温公者，但公自不以爲然爾。此皆朱子至①不滿於温公言外之意，但其言甚婉切，人不知爲《通鑑》而發。

① 「至」，朝鮮本等作「致」。

朱光遍炎宇，微陰眇重淵。寒威閉九野，陽德昭窮原①。文明昧謹獨，昏迷有開先。幾微諒難忽，善端本綿綿。掩身事齋戒，及此防未然。閉關息商旅，絶彼柔道牽。

右八章

何北山曰：首四句言天道消長之幾，次四句言人心善惡之幾。蓋天地只有一個陰陽，無物不體，無不自人身上透過。故人身氣機，實與天地同運。故君子於陰陽初動之時，自當隨時省察，以盡閑邪育德之道。惡則不忽於幾微，而絶之於早；善則養於綿綿，而充之使大。是以《月令》於冬夏二至，皆有掩身、齋戒之文。夫湛②然純一之謂齋，肅然警惕之謂戒。然後心地清明，有以燭乎善惡之機③，而早爲之所，庶幾陽明日盛，而德性益周；陰濁莫乖，而物欲不行耳。至於閉關息商旅，所以養陽氣，用金柅之剛，以止柔道之牽，此又聖人贊化育之事。此篇亦爲在上君子言之，故自吾一身以及天下事物，於陰陽交際之間，莫不盡其扶陽抑陰、長善遏惡之道也。

① 「原」，朝鮮本等作「泉」。
② 「湛」，朝鮮本等作「粲」。
③ 「機」，朝鮮本等作「幾」。

微月墮西嶺，爛然衆星光。明河斜未落，斗柄低復昂。感此南北極，樞軸遥相當。太乙①有常居，仰瞻獨煌煌。中天照四國，三辰環侍旁。人心要如此，寂感無邊方。

右九章

何北山曰：上章言人身與天地同運，而常欲扶陽抑陰。此章言人心與辰極同體，而常欲以静制動。兩篇皆説陰陽，亦皆是爲在上之君子言之。

放勳②始欽明，南面亦恭己。大哉精一傳，萬世立人紀。猗歟歎日躋，穆穆歌敬止。戒獒光武烈，待旦起《周禮》。恭惟千載心，秋月照寒水。魯叟何常師，删述存聖軌。

右十章

何北山曰：此章明列聖相傳心學之妙，惟在一敬。仲尼删述《詩》《書》，以存聖軌，而垂法萬世者，其要只此一字。

---

① 「太乙」，朝鮮本等作「大一」。
② 「勳」，朝鮮本等作「勛」。

吾聞庖犧氏，爰初闢乾坤。乾行配天德，坤布協地文。仰觀玄渾周，一息萬里奔。俯察方儀静，隤然千古存。悟彼立象意，契此入德門。勤行當不息，敬守思彌敦。

右十一章

《大易》圖象隱，《詩》《書》簡編訛。《禮》《樂》刓交喪，《春秋》魚魯多。瑶琴空寶匣，絃絶將如何。興言理餘韻，龍門有遺歌。伊川先生晚居伊闕龍門之南。

右十二章

何北山曰：此章言聖人之道備於六經，自厄於秦火，又汩於經師，而其文字亦且錯亂乖離。如《易》之易置圖書，委棄象學；《詩》《書》以陋儒之小序，冠之篇端，以亂經文；《禮》《樂》則散亡幾盡；《春秋》亦多亥①豕之訛。此其簡編尚且闕謬如此，又況道之精微乎！正如瑶琴寶匣，器雖在而絃已絶，其意且不復傳，將奈何哉？我今欲理其餘韻，亦幸程叔子於此嘗表章條理，深探精思，以續洙泗之絶響，其遺音今幸未泯。此固紫陽之謙詞②，然其自任之重，亦有不得而辭

①「亥」，朝鮮本等作「魚」。
②「詞」，朝鮮本等作「辭」。

者。故訂①正四古經，《詩》《書》則斥去小序之陋，而求經文之正意；《易》則還古《易》篇第之舊，而義主占象，以窮羲文之本旨；《禮》《樂》則求其合者，而有經有傳。至於精研龍門之微旨，以上接魯鄒之正傳，自濂洛開②端以來，其泛掃廓大之功，未有尚③焉者也。

顔生躬四勿，君④子日三省。《中庸》首謹獨，衣錦思尚絅。偉哉鄒孟氏，雄辨⑤極馳騁。操存一言要，爲爾挈裘領。丹青著明法，今古垂焕炳。何事千載餘，無人踐斯境。

右十三章

元亨播群品，利貞固靈根。非誠諒無有，五性實斯存。世人逞私見，鑿智道彌昏。豈若

①「訂」，朝鮮本等作「緒」。
②「開」，朝鮮本等作「闓」。
③「尚」，朝鮮本等作「高」。
④「君」，朝鮮本等作「曾」。
⑤「辨」，朝鮮本等作「辯」。

林居子，幽探萬化原。

右十四章

何北山曰：此章大旨只是《太極圖説》，定之以中正仁義而主静之意。然其主意，是爲鑿智而發。○王魯齋①曰：此歎《先天太極圖》之傳出於隱②者。

飄飄學仙侶，遺世在雲山。盜啓元命秘，竊當生死關。金鼎蟠龍虎，三年養神丹。刀圭一入口，白日生羽翰。我欲往從之，脱屣諒非難。但恐逆天道，偷生詎能安？

右十五章

何北山曰：生則有死，天道之常，人但當順受其正。今神仙家遺棄事物，遁迹雲山，苦身修煉，以求不死。所爲雖似清高，究其旨意，只是貪生怕死，逆天私己，豈是循理？程子曰：「此是天地間賊。」蓋③修身以俟死者，聖賢所以立命也；保煉延年者，道家所以偷生也。又豈④有賢者

① 「王魯齋」，朝鮮本等作「王文憲」。
② 「隱」，原作闕字，據朝鮮本等補。
③ 「蓋」，朝鮮本等作「豈」。
④ 「豈」，朝鮮本、寬文本作「蓋」，中國國家圖書館藏抄本《濂洛風雅》作「曷」。

而肯①爲此哉？

西方論緣業，卑卑喻群愚。流傳世代久，梯接凌空虛。顧盼指心性，名言超有無。捷徑一以開，靡然世事②趨。號空不踐實，躓彼榛棘途。誰哉繼三聖，爲我焚其書。

右十六章

何北山曰：此章言釋氏始則妄談因緣，痛説罪業，卑淺其論，以誘動愚下之聽。及其久也，又直指心性，肆講空無，閃遁其辭，以惑③高明之人。但其言善幻，莫可窮詰，流傳千載。愚者則劫其罪福，而陰奪其生養之資；智者則貪其捷徑，而重爲學術之害。其禍烈於洪水，有能焚其書而散其徒，一空之，以正人心，以厚民生，豈不足以爲聖人之徒，而承三聖之功哉？

---

① 「肯」字下，朝鮮本有「安於」二字。

② 「事」，朝鮮本作「争」。

③ 「惑」，朝鮮本等作「感」。

聖人司教化，横①序育英才②。因心有明訓，善端得深培。天叙既昭陳，人文亦褰開。云何百代下，學絶教養乖。群居競葩藻，争先冠儒③魁。淳風反淪喪，擾擾胡爲哉。

右十七章

何北山曰：此詩歎科舉之弊，每三年群天下之士爲一大擾，所得者何益？而斫喪人心，敗亂風俗，其害有不可勝言者。上之人乃重於改作而不知變，此紫陽所以深歎也。

童蒙貴養正，孫弟乃其方。雞鳴咸盥櫛，問訊謹暄凉。奉盂④勤播灑，擁篲周室堂。進趨極虔恭，退息常端莊。劬書劇嗜炙，見惡逾探湯。庸言戒粗誕，時行必安詳。聖途雖云遠，發軔且勿忙。十五志於學，及時起高翔。

右十八章

何北山曰：古人教養童蒙，教之事親之節，教之敬事之方，正其心術之微，謹其言行之常。雖未

①「横」，朝鮮本等作「黌」。
②「英才」，朝鮮本等作「群材」。
③「儒」，朝鮮本等作「倫」。
④「盂」，朝鮮本等作「水」。

便進以大學，然其細大必謹，内外交持，所以固其筋骸之束，澄其義理之源。有此質樸①，及長而進之大學，自然不費力也。「發軔且勿忙」者，蓋小學且欲收拾身心，涵養德性，以爲大學基本，故欲其且盡其小，而無躐進其大也。「及時起高翔」者，蓋大學則當進德修業，窮理盡性，以收小學之成功，故又欲其進爲其大，而不苟安其小也。

哀哉牛山木，斤斧日相尋。豈無萌蘖在，牛羊復來侵。恭惟皇上帝，降此仁義心。物欲互攻奪，孤根孰能任。反躬艮其背，肅容正冠襟。保養方自此，何年秀穹林。

右十九章

何北山曰：此章爲時之已過而不及小學者發，即文公所謂「持敬以補小學之缺」者是也。但過時而學者，辛苦難成，故有「保養方自此，何年秀穹林」之歎。蓋惜其用力已晚，而欲百倍其力以至之②也。

---

① 「樸」，朝鮮本等作「璞」。
② 「至之」，朝鮮本等作「不乏」。

玄天幽且默，仲尼欲無言。動植各生遂，德容自清温。彼哉夸毗子，呫囁徒啾喧。但逞言辭好，豈知神監昏。曰余昧前訓，坐此枝葉繁。發憤永刊落，奇功收一原。

右二十章

何北山曰：「奇功收一原」是用《陰符經》中「絶利一原，用師十倍」之語。《陰符》此二語，文公極喜之，時時舉揚。有學者問其義，文公嘗爲之解釋曰：「絶利者，絶其二三；一原者，一其元本。豈惟用兵，凡事莫不皆然。『倍』如『功必倍之』之謂。」大概謂專一則有功。上文言瞽者善聽，聾者善視，皆是專一，故有功也。今講學求道，是欲善其身心，修其德業，此是本原也。而乃榮華其言語，巧好其文章，則是盛其枝葉，失其本根，於學焉得有功？惟發憤而痛加刊落，則是絶其二三之利，而一其本原，故奇功可收也。

朱子感興詩句解

[宋] 熊節 編
[宋] 熊剛大 注

感興一首此篇論天地、陰陽、寒暑運行之氣，有理融貫其間，以爲之主。

文公先生

昆侖①大無外，昆侖，天形圓也，大而無所外。旁礴下深廣。旁礴，地勢方也，下而深且闊。礴，音「薄」。陰陽無停機，陰陽二氣流行於天地之間，其機軸不暫停止。寒暑互來往②。故寒而暑，暑而寒，更迭來往②。皇羲古聖神，古者伏羲神聖異稟。妙契一俯仰。仰觀天文，俯察地理，有以見天地對待之體，陰陽交錯之象，無物不然，默契其妙。不待窺馬圖，雖不待窺見神馬所負之圖。人文已宣朗。而剛柔之畫，奇耦之數，尊卑之等，貴賤之位，所謂人文者，已粲然昭布於天下矣。渾然一理貫，然非天自天，地自地，陰陽自陰陽，寒暑自寒暑，必有一理融貫其間，所謂太極也。昭晰非象罔。故沖漠無朕之中，而天地、陰陽、寒暑之理已具，此理粲③然昭晰，初非蒙昧，無可見之，實象罔蒙昧也。晰，音「析」。珍重無極翁，我朝周子推而廣之，又有無極之説，蓋《易》所謂「《易》有太極」，是言陰陽變易之中，而有至定極之理。周子所謂「無極而

① 「侖」，《四庫全書》本作「崙」。
② 「來往」，《四庫全書》本作「往來」。
③ 「粲」，《四庫全書》本作「燦」。

太極」，是言無定極之中，而有至定極之理。「無極」二字，周子發之，故以「無極翁」言。珍重，貴重也。爲我重指掌。於皇羲①畫卦之後，又得周子作《太極圖》以闡其義，如重指諸掌而甚明。

感興二首 此篇論陰陽一太極。

吾觀陰陽化，吾觀陰陽二氣變化。升降八紘中。上騰下降八極之中。紘，音「宏」。前瞻既無始，謂其有所始，則由前而觀，太極動而生陽，若以陽動爲始，則陽之動實根於陰。動之前未始無静，未見其有所始。後際那有終。謂其有所終，則由後而觀，動極而静，静而生陰。若以陰静爲終，則静極復動，一動一静，互爲其根，未見其有所終。至理諒斯存，無始無終，運行不息。所以然者，信有太極之理默存其間。萬世與今同。雖歷萬世之久，與今一同。誰言混沌死，彼莊周且言太極獨立於天地之先，及天地既判，而混沌死，不知氣依理而行，天下安有理已死，而氣獨行哉？幻語驚盲聾。此特荒誕之語，但可驚世之無耳目者，少有聰明，豈惑於彼之説哉？

① 「皇羲」，《四庫全書》本作「羲皇」。

感興三首此篇論人心出入之機。

人心妙不測，人心之靈，神妙不可測度。出入乘氣機。機動處也，或出或入，隨氣而動。凝冰亦焦火，心有所懼，則寒於凝冰；心有所愧，則熱於焦火。淵淪復天飛。思而深奥，或淵而淪；思而外馳，或天而飛。「凝冰」、「淵淪」，以入言也；「焦火」、「天飛」，以出言也。至人秉元化，至德之人秉執造化之理，而爲吾身之主。動静體無違。一動一静之間，皆體此理，而無違戾焉。珠藏澤自媚，方此心之静也，寂然不動，如珠藏在淵，而澤自生媚。玉韞山含輝。如玉韞在石，而山自含輝。神光燭九垓，及此心之動也，感而遂通，神光散照乎九天之上。玄思徹萬微。幽思妙通乎萬理之微。塵編今寥落，自聖人不作，心學無傳，著在舊編，散亂寥落，亦鮮有能知之者。歎息將安歸。徒有咨嗟歎息而已，其將歸之誰乎？

感興四首此篇論人心陷溺之過①。

静觀靈臺妙，靈臺，心也。静而觀之，一心之靈，神妙不測。萬化從此出。經綸萬事，皆從此出。云胡

① 「過」，《四庫全書》本作「禍」。

自蕪穢，如何不自把捉，而爲物欲污穢。反受衆形役。一心莫識爲主，而役役於耳目口鼻之私欲。厚味分朵頤，厚味方嗜甘於朵頤而不耻。朵，垂貌；頤，口旁也：言欲食。妍姿坐傾國。妍姿可好，坐覆其國而不悔。妍姿，美色也。崩奔不自悟，崩摧奔放於人欲横流之中，而不悟其非。馳騖靡終畢。終身顛倒馳騖，而無終畢之時也。君看穆天子，汝看周之穆王。萬里窮轍迹。造八駿之乘，車轍馬迹殆遍天下，失爲主之道。不有《祈招》詩，不有祭公謀父作《祈招》之詩以諫止之。招，音「韶」。徐方御宸極。則諸侯離心，徐偃伯於徐土，玉帛而朝者不但三十六國，殆將出御君位，而文武之業隳矣，豈不甚可畏哉！按所舉穆天子之事，特借此以喻人心之馳騖流蕩，若不知止，則心失主宰，而物欲反據而爲之主矣。此六義之比也。

感興五首

此篇論周室君臣之失。

涇舟膠楚澤，此言周室衰替之由，蓋自昭王無道。南游於楚，濟漢，船人惡之，即涇水之舟膠合以進，至中流而膠液，遂沉没於楚江焉。周綱已陵夷。周室紀綱，廢墜不振。况復《王風》降，况又幽王爲犬戎所弑，《王風》大壞，下同列國。故宫黍離離。平王東遷，西周故宫鞠爲「禾黍離離」之憂。玄聖作《春秋》，孔子作爲《春秋》一經。哀傷實在兹。始於魯隱，而當平王東周之始王。哀傷之意，實在於此。祥麟一以踣，麟出必有聖人在位，今明王不興，麟出非時，其困踣一至於此。踣，音「匐」。反袂空漣洏。夫子觀之，反袂拭涕，重嗟吾道之窮。《春秋》遂作於此，而亦絶筆於此。漂淪又百年，自是汨没，又餘百年。僭侯荷爵珪。魏斯、趙籍、韓虔三家分晋，僭竊侯位，周衰不能正其罪，反錫命之，彼遂得以荷諸侯之珪爵。王章久已喪，章，猶法也。王者之法，久已喪失。何復歎嗟①爲。亂名分、乖典常，何用嗟歎？馬公述孔業，司馬温公作《通鑑》，欲繼述夫子《春秋》之業。託始有餘悲。乃託始於初命晋大夫韓、趙、魏爲諸侯，而致其有餘不盡之悲，然此豈周室陵夷之始耶？拳拳信忠厚，寓意拳拳切至，信爲忠厚不薄。無乃迷先幾。當是時，諸侯盛，大夫强，視王室如贅疣耳。雖無王命，其能使之不自立乎？司馬公乃欲託始於此，可謂迷惑，不知事幾之所先矣。

感興六首

此篇論漢室君臣之失，秉史筆者不能黜魏而尊蜀。

東京失其御，漢自桓帝、靈帝浸失御下之道。刑臣弄天綱。宦官專恣，切弄威福。天綱即威福。西園植奸穢，開西園賣爵，置八校尉，蹇碩、袁紹、鮑鴻、曹操、趙融、馮芳、夏牟②、淳于瓊以崇植奸惡。五族沉忠良。用單超、具瑗、左悺、徐璜、唐衡五族，沉滅陳蕃、李膺忠良之士，黨錮禍也。青青千里草，千里草，董

① 「歎嗟」，《四庫全書》本作「嗟歎」。

② 「牟」，原作「辛」，據《資治通鑑》卷五九《漢紀》「漢靈帝中平五年八月」條改。

卓讖語也。**乘時起陸梁。**乘時而起，陸梁之甚。卓初爲中郎將，其後廢立，燒宫室，發諸陵，自爲相國，强梁於一時。**當塗轉凶悖，**「魏闕當塗高」，曹魏讖語也。操挾天子以令諸侯，卒成簒奪之計，其凶悖尤甚於董卓。**炎精遂無光。**漢之炎運，銷滅於此。**桓桓左將軍，**於此之時，有武威左將軍劉備，亦漢子孫也。獻帝建安三年，爲左將軍。桓桓，威武貌。**仗鉞西南疆。**仗義起兵於西南之疆，以誅操復漢爲名。鉞，斧鉞也。**伏龍一奮躍，**伏龍，諸葛亮也，一奮躍而起。**鳳雛亦飛翔。**鳳雛，龐士元也，亦飛翔而來。伏龍、鳳雛，即司馬徽謂「此中有伏龍、鳳雛」也。**祀漢配彼天，**羽翼劉備，迓續漢祀，以配彼天。**出師驚四方。**出師北伐曹操，天下震動。**天意竟莫回，**然天意不可得而挽回，先主既殞，孔明亦殂。**王圖不偏昌。**卒使王業不偏盛於西蜀，此漢祚所以不能復振。**晋史自帝魏，**夫陳壽作《三國志》，自尊大曹魏爲正統，固無責爾。**後賢盍更張。**司馬温公一代之大儒，《通鑑》之作，盍改而正之，乃復因襲其繆。**世無魯連子，**求如魯仲連①之不肯帝秦者，世亦不復有斯人矣。**千載徒悲傷。**千載之下，豈不徒悲傷也。

---

① 「魯仲連」，《四庫全書》本作「魯連子」。

感興七首此篇論唐室君臣之失，秉史筆者不能黜武后而尊唐。

晉陽啓唐祚，唐高祖爲隋晉陽宫監，太宗與裴寂陰謀以晉陽宫人侍高祖，因脅以起兵，是曰晉陽啓唐家運祚。王明紹巢封。王明，王子明也，太宗子也。巢封，元吉封爲巢剌王，太宗弟也。太宗手刃元吉，而奪其妻，生子明，立爲齊王，紹巢之後。垂統已如此，垂統之主，其瀆亂天倫如此。繼體宜昏風。繼體之君，耳濡目染昏亂之風，宜有甚焉。麀聚瀆天倫，武后本是太宗宫人，後出爲尼。高宗見而説之，使潛入宫，立以爲后。父子聚麀，其亂倫也如此。麀，牝鹿，音「憂」。牝晨司禍凶。然且使之參預國政，擅權自恣，猶人家之牝雞司晨，顛倒錯落，其凶禍可知。乾綱一以墜，既廢其子中宗於房陵，唐之紀綱已自墮地。天樞復崇崇。復立周之宗廟，鑄銅爲柱，名曰天樞，高極於天，紀周功德。改唐爲周，禍莫慘焉。淫毒穢宸極，淫毒，秦詐宦者，以比張易之、張昌宗二人。易之、昌宗恣效淫毒，狎比武后，穢惡帝居。毒，音「藹」①。虐焰燔蒼穹。來俊臣、周興扇爲酷虐，焰焰如火，燔炙蒼天。向非狄張徒，向非狄仁傑、張柬之輩。誰辦取日功。忠憤激切，挽回天日，則中宗終廢於房陵，誰人能辦此大功。取日，謂挽回天日。云何歐陽子，如何歐

① 「藹」，原作「某」，據《四庫全書》本改。

陽修撰《唐史》。**秉筆迷至公。**秉史直筆，乃迷至公之道，徇己私之意。**唐經亂周紀，**武氏以母后篡竊神器，中宗尚在房陵無恙，正如季氏强逼公室，而昭公出居乾侯，《春秋》每歲必書公之所在，魯未嘗無君也，豈以季氏專魯而遂與之？歐陽子反紀周之年號，以亂唐之曆數①，可勝歎哉！**凡例孰此容。**夫以歐公之作《唐史》，一凡一例，皆擬《春秋》，誰謂凡例而可容此乎？**侃侃范太史，**惟此②侃侃范太史。侃侃，温和淳厚貌。范太史，范祖禹。**受説伊川翁。**受學於程伊川，遂以伊川之説改而正之。**《春秋》二三策，**著爲③《唐鑑》，黜武后之僭，每歲必書曰「帝在房陵」，如《春秋》書「公在乾侯」之例。二三策，即二三言也。**萬古開群蒙。**使天下後世知有君臣之大義，真足以開萬古之蒙蔽也。

感興八首

此篇論姤乃陰之始，復乃陽之始。

朱光遍炎宇，赫赫日光，遍滿炎宇，陽之盛也。炎宇，夏天也。**微陰眇重淵。**然外雖盛暑，而重淵之底，其冷如冰，是一陰之細已驀然生於下。以卦言之，姤是也。重，平聲。**寒威閉九野，**凛凛寒威，閉藏九野，陰

① 「曆數」，《四庫全書》本作「曆統」。
② 「此」，《四庫全書》本作「有」。
③ 「著爲」，《四庫全書》本作「范撰」。

之極也。九野，八方與中央。陽德昭窮泉。然外雖盛寒，而窮泉之底，其温如春，是一陽之德已顯然萌動於下。以卦言之，復是也。文明昧謹獨，其在人也，陽明勝而德性用。苟有文明之德，而昧謹獨之戒。昏迷有開先。陰濁勝而物欲行，雖曰昏暗之極，而有開先之理。幾微諒難忽，惟其昧謹獨，故幾微之際，惡所萌也，信有所不容忽。善端本綿綿。惟其有開先，故善端之充，綿綿無窮，本有所不可禦。掩身事齋戒，君子於夏至之時，必掩身正色，屏絕嗜欲。及此防未然。及此而防其陰之未然，求以固夫陽也。閉關息商旅，先王於冬至之時，閉關息旅，安靜休養。絕彼柔道牽。去彼柔道之牽繫，求以絕夫陰也。

感興九首 此篇論天之北極，則人心之太極。

微月墜西嶺，新月既墜於西嶺。爛然衆星光。衆星爛然而光明。明河斜未落，河漢斜界而未落。斗柄低復昂。斗柄低指而復昂。感此南北極，於斯之時，仰觀天象，獨見此南北極，因有所感。樞軸遥相當。二極相去雖遠，而樞軸之運正直相當。太一有常居，南極在下規之中，入地三十六度，常隱不見；北極在上規之中，出地三十六度，常見不隱。故星、日、河漢運轉不常，惟有北極太一辰星常居其所而不動。仰瞻獨煌煌。視之，獨煌煌然有光。中天照萬國，在天之中，臨照萬國。三辰環侍旁。日月星三辰，皆環其旁而拱之。人心要如此，正如人心居身之中。寂感無邊方。寂然不動，無所偏倚，隨感隨應，無邊無方，而耳目口鼻之形，無不聽命於我。正猶太一居天之中，而日月星皆環列其旁，然則心爲吾身之北極歟！

感興十首

此篇言堯、舜、禹、湯、文、武、周公傳心之法在乎敬。

放勛始欽明，放勛，大功也，或以爲堯號。自帝堯始盡此欽敬光明之德。南面亦恭己。至舜繼堯端拱南面，亦惟知恭敬於己。大哉精一傳，及舜命禹曰：「人心惟危，道心惟微；惟精惟一，允執厥中。」蓋人心危殆而難安，道心微妙而難見，必精以察於二者之間，一以守其本心之正，信可操執。此中精一，非敬不可。大哉斯言，真聖人傳授之心法也。萬世立人紀。萬世綱常，可以藉此有立。猗歟歎日躋，成湯聖敬日躋，《詩》既歎而美之。猗，美貌。日躋，如日之升也。穆穆歌敬止。文王緝熙敬止，《詩》復歌而咏之。穆穆，深遠貌。止，語助辭也。戒亵光武烈，與夫武王戒謹於《旅獒》之訓，而武烈有光。待旦起《周禮》。周公思得於待旦之頃，而制作《周禮》①，皆所以持此敬也。恭惟千載心，恭惟堯、舜、禹、湯、文、武、周公之六七君子，相去雖千有餘載②，而傳心之法不外乎敬。秋月照寒水。吾想其心，淵乎其清，湛乎其明，有如秋月

① 「周禮」，原作「典禮」，據《四庫全書》本改。
② 「千有餘載」，《四庫全書》本作「有千餘載」。

下照寒水。魯叟何常師，是數聖人一敬①傳心之法，不播於《書》，則咏於《詩》，又不則布於《周禮》。仲尼無所不學，初無常師，祖述堯舜，憲章文武，無間夏禹，夢寐周公，亦何常之有哉？刪述存聖軌。晚年惟刪定《詩》《書》，修制《禮》《樂》，是數聖人心法之敬，盡見於《詩》《書》《禮》《樂》之間，庶幾帝王軌範猶存，而來者有考耳。

感興十一首

此篇論《易》首乾、坤，伏犧畫此以示後世，君子當體乾、坤以進德。

吾聞庖羲氏，我聞在昔伏羲。爰初闢乾坤。於此始分闢乾、坤，布之内外，畫爲方圓圖，以圓函方。圓者，象天；方者，法地。故下句以行布渾方爲言。乾行配天德，《易》曰：「乾，天下之至健。」又曰：「天行健。」蓋天者，乾之形體。乾者，天之性情，故畫乾以配合天德。坤布協地文。《説卦》曰：「坤爲布。」主②敷布施生，萬物散殊，小大呈露，粲然有文，故畫坤以協合於地文。仰觀玄渾周，仰而觀之，天圓而動。玄渾，幽而圓也。周，運動也。一息萬里奔。一息之間，奔行萬里。俯察方儀静，俯而察之，地方而静。《易》曰：「坤至静而德。」方儀，象也。頹然千古存。頹然其順，千古常存。悟彼立象意，君子悟伏羲畫卦，所以立乾、坤二象之意。契此入德門。默有以契合，在我入德之門户。勤行當不息，乾道奮發有爲。法乾

---

① 「一敬」，《四庫全書》本無。
② 「主」，原作「生」，據《四庫全書》本改。

之健，勤①而不息，則德日新而可久。敬守思彌敦。坤道静重有守。法坤之順，敬守愈篤，則業不失而可大。

感興十二首 此論六經散失已久，千載之下，惟有程伊川能繼孔子六經之絶學。

《大易》圖象隱，河圖卦象，《易》之本也。淫於術數之末學，則《易》之圖象，隱晦不明。《詩》《書》簡編訛。風賦比興，《詩》之義也。牽於小序之臆説，則《詩》之章旨，訛繆②而無當。《書》者，政事之紀，僅存於口授壁藏之餘，而虞夏商周之文，訓誥誓命之作，錯亂無考。《禮》《樂》矧交喪，《禮》《樂》中和之教，僅得於二戴氏之所記，而三千三百之儀、六律八音之節，喪失無傳。喪，去聲。《春秋》魚魯多。與夫《春秋》辨名分之書，不惟文字錯漏，以「魚」爲「魯」，以「己亥」爲「三豕」，如「郭亡」則書「郭公」，「夏五」不書其月之類更多。瑶琴空寶匣，猶瑶琴空藏於寶匣。絃絶將如何。而其絃斷絶，不復堪彈。興言理餘韻，千載之下，慨言有能振此絶響。龍門有遺歌。惟有伊川先生得聖賢微意於殘編斷簡中，而遺聲所播，正如琴絃既斷，今復接續也。龍門，伊川所居之地。

① 「勤」字原脱，據《四庫全書》本補。
② 「繆」，《四庫全書》本作「謬」。

感興十三首此篇論顔、曾、思、孟傳孔子之道，亦惟能潛其心，又重歎後之人不能。

顔生躬四勿，顔淵問仁，夫子告之以非禮勿視、聽、言、動。顔淵躬行此四者。曾子日三省。曾子一日常以此三者省察其身：爲人謀不忠？與朋友①交不信？傳不習？《中庸》首謹獨，子思作《中庸》，首明謹獨之戒。謹獨者，戒謹於暗室、屋漏、獨處之時。衣錦思尚絅。如衣錦衣，而思以緇衣加其上，謹之至也。絅，緇衣也。絅，火迥切。偉哉鄒孟氏，大哉，鄒國孟軻氏。雄辨極馳騁。肆口大辨，極其馳騁於文字間。操存一言要，其論心學，引夫子「操則存」一語，至簡且要。操，平聲。爲爾挈裘領。爲爾後學挈持綱領。言得其要，如挈裘領也。丹青著明訓，夫四子之言，炳如丹青，著在聖經，可爲明法。今古垂焕炳。遠垂今古，昭然可見。何事千載餘，胡爲千載之下。無人踐斯境。無人踐履到此地。

感興十四首此篇論是道之本源②。

元亨播群品，元亨利貞，乾、坤之四德。元者，生理之始，屬於春，物於此而萌蘖；亨者，生理之通，屬於夏，物

① 「朋友」，原作「明交」，據《四庫全書》本改。

② 「源」，《四庫全書》本作「原」。

於此而敷榮，故曰「播群品」。利貞固靈根。利者，生理之遂，屬於秋，物於此而成實；貞者，生理之成，屬於冬，物於此而歸根，故曰「固靈根」。非誠諒無有，誠，實理也。故元亨爲誠之通，利貞爲誠之復。苟非此誠，則四者皆無有矣。五性實斯存。在人則五常之性，實於此而存。蓋人得天之元，則爲吾性之仁；得天之亨，則爲吾性之禮；得天之利，則爲吾性之義；得天之貞，則爲吾性之智。五常不言信，正以貫乎四端，是實有此理，猶誠之貫乎元亨利貞也。世人逞私見，世人不知本然實有之理，順而存之，(雇)〔顧〕乃逞其私見。鑿智道彌昏。矜其小智，恣爲穿鑿，自以爲有見於道，不知智愈鑿，而道愈昏。未若林居子，豈若隱居山林之士。幽探萬化原。探索幽隱，而有以見萬化之原哉。萬化原，即上文所謂誠也。此將①言異端、詞章之學害道妨教，故先發此，以明吾道之本原也。

感興十五首 此篇論仙學之失。

飄飄學仙侶，飄飄然，學仙之流。遺世在雲間。遺棄人世，居雲山之間。盜啓玄命秘，既盜造化生生之權於秘密中。竊當生死關。氣合則生，氣散則死。復竊陰陽合散之機，以爲長生不死之計。關，機也。

① 「將」，《四庫全書》本作「章」。

金鼎蟠龍虎，用水火二鼎，烹煉神丹，龍虎之氣，交相蟠結。龍虎，鉛汞也，煉丹藥物也。三年養神丹。然煉丹之法非一日可成。初年聚集材料，次年燒煉而温養，至三年而後可服。刀圭一入口，刀圭之藥，纔入於口。刀圭，小刀頭尖處。白日生羽翰。則白日飛昇，如生羽翼。翰，平聲。我欲往從之，朱子自言，我欲往從學仙之侣於雲山間。脱屣諒非難。脱屣塵世，想非難事。屣，履也。屣，音「徙」。但恐逆天理，但恐違逆天理。偷生詎能安？縱得長生，心亦不安。蓋有生有死，天理之常。吾儒之道，生順死安，夭壽不貳，修身以俟，何必苦欲偷生於天地間耶？

感興十六首 此篇論佛學之非。

西方論緣業，佛在西方，其始也，論人之受業皆有因緣。卑卑喻群愚。言極卑下，化誘衆生愚民。流傳世代久，流傳既遠，世代既久。梯接凌空虚。漸入玄妙，如梯之接，陵駕於空虚高遠中。顧瞻指心性，一瞻顧之間，謂即心是佛，見性成佛，安①指其心性之妙。名言超有無。一言語之際，謂不淪於無，不著於有，不住中間與内外，欲超②於有無之外。捷徑一以開，便捷之徑一開。徑，曲路也。靡然世争趨。舉

① 「安」，原作「安」，據《四庫全書》本改。
② 「超」，原作「招」，據《四庫全書》本改。

世靡然争趨慕之。靡，猶風靡草也。號空不踐實，相與談論於空虚寂滅之境，不復脚踏實地，以由夫日用當然之實理。躓彼荆榛塗。宜其應接酬酢，觸事面墻，正猶顛躓困踣於荆棘叢中，而不知所往也。誰哉繼三聖，誰能爲孟子正人心、息邪説，上繼禹、周公、孔子之三聖。爲我焚其書。爲我燒其書，以絶佛氏夷狄之教乎。

感興十七首此篇論大學之教。

聖人司教化，聖人任君師之道，司教化之責。黌序育群材。開闢學舍，養育人才。黌，音「横」。因心有明訓，因人心之自然，而爲之節文，以修道立教於天下。善端得深培。使人自以涵養其德性，而培植①其善端。善端，仁義禮智也。天序既昭陳，天序，天叙之典既以昭陳其五倫之典。天叙，以其出於天而有定叙也。人文亦褰開。人文，人事之當然者，亦秩其五禮之文。人文，以其行於人而有節文也。褰開，褰舉而開示之也。褰，音「牽」。云何百代下，如何百世之下。學絶教養乖。學既絶，而教養之道又乖戾。群居競葩藻，群聚學舍，不過争爲奇葩麗藻之文，追逐時好。争先冠倫魁。攙先争奪，躐取高第。倫魁，狀

① 「植」，《四庫全書》本作「養」。

元也。淳風久淪喪，教日失，俗日薄，淳厚之風，喪失無有。擾擾胡爲哉。吾不知如是擾擾，果何爲哉？蓋道者，文之本；文者，道之末。古人當於本者加意，故設學教育，惟以天理人倫爲重，文藝之間，特餘力游意云耳。後世於末者用工，故設學教育，惟以文詞葩藻爲尚，天理人倫曾不講明，此朱子所以深歎也。

感興十八首 此篇論小學之教。

童蒙貴養正，童稚之初，貴養正性。遜弟乃其方。養正方法，在於遜弟。遜是順父母，弟是事兄長。雞鳴咸盥櫛，雞初鳴時咸起，而盥手櫛髮。盥，音「管」。櫛，側瑟①反。問訊謹暄涼。適父母所，敬謹問訊寒暖。奉水勤播灑，出而奉水，勤於灑地。擁篲周室堂。擁抱篲箒，環掃室堂。篲，音「遂」。進趨極虔恭，進而趨父母之前，極其恭謹。退息常端莊。退而有休息之時，常加嚴肅。劬書劇嗜炙，讀書必勤劬，甚於嗜炙之有味。炙，肉也。炙，音「這」。見惡逾探湯。見惡必遠避，甚於探湯之可畏。探，平聲。庸言戒粗誕，庸常言語，既以粗暴虚誕爲戒。時行必安詳。平時舉動，必以安穩詳謹爲上。聖途雖云遠，聖人途轍雖是更遠。發軔且勿忙。發軔之初，且勿忙迫。言不可躐等。軔，車輪木。發軔，猶言行之

① 「瑟」，《四庫全書》本作「匿」。

始也。軔，音「刃」。十五志於學，及其十有五歲，志於大學之道，念念在此，爲之不厭。及時起高翔。涵養既久，則及是時也，奮迅而起，又孰能禦之哉？蓋自十五志學，至七十不逾矩，有許多等級，豈容躐等驟造耶？

感興十九首此篇借牛山之木，形容仁義之心所當保養。

哀哉牛山木，可傷牛山之木，非不美也。牛山，齊東南山。斧斤日相尋。而斧斤日尋繹於上戕伐之。豈無萌蘗①生，亦非無萌芽之生。牛羊復來侵。牛羊復從而踐踏，豈得以遂其性哉。恭惟皇上帝，惟此皇天。降此仁義心。降衷於民，莫不有此仁義之良心。物欲互攻奪，物欲之私，交互攻奪。孤根孰能任。仁義之心，僅存孤根，孰能保養以全其生乎？蓋仁義之在人，猶木之在山也。善端之間發，猶萌蘗之復生也。私欲外邪，斧斤牛羊也。任，保也。反躬艮其背，是必反躬自省，而艮其背焉。蓋人之一身，四肢百體，莫不與物相感，惟背非聲色臭味之所能動揺。反躬艮背，所以止於内。艮，止也。肅容正冠襟。肅其容貌，正其衣冠，所以防於外。内外交養。保養方自此，但保養之功，方自此始。何年秀穹林。不知孤根生長，何時擢秀高出於林端乎？

① 「蘗」，《四庫全書》本作「櫱」。

感興二十首此篇論天道不言，聖人無言，後世多言之弊。

玄天幽且默，天道不言，幽深而默。仲尼欲無言。聖人亦欲無言。動植各生遂，然天不言，而萬物動植之微，各遂其性。德容自清温。聖人無言，而容貌舉履之間，盛德著形，清和可即，無非至教。彼哉夸毗子，彼有爲大言以夸誕於世，諛言以阿附於人者。彼，外之辭也。呫囁徒啾喧。禦人以口給，如百鳥之聲徒爾喧啾。呫囁，多言貌。囁，日涉反。但騁言詞好，但騁其外面言辭之美好。豈知神鑒昏。要其胸中實無真見，其於義理至道①之歸，全不知也。神鑒昏昏②，莫甚於此。神鑒，心也。曰予昧前訓，朱子自謂予亦昧前者幽默無言之訓。坐此枝葉繁。而坐此言語枝葉之繁多。發憤永刊落，自今發憤永永刊落。刊落，剗除也。奇功收一原。無事多言，而收本原一貫之功，不墮夸毗子呫囁啾喧之失也。

---

①「道」，原作「當」，據《四庫全書》本改。
②「昏昏」，《四庫全書》本作「昏昧」。

感興詩通

[元] 胡炳文 撰

感興詩通序

夫子讀周公、尹吉甫之詩，皆贊之曰：「爲此詩者，其知道乎！」以其詩有關於天理民彝，有關於世變也。子朱子《感興詩》兼之矣，明道統、斥異端、正人心、黜末學。六百三十字中，凡天地萬物之理，聖賢萬古之心，古今萬事之變關焉。使擊壤翁早得見之，安得謂「删後果無詩」哉？始言一理，中散爲萬事，末復合爲一理，與《中庸》合。朱子分《中庸》作五節，詩凡五起伏，亦無有不合者。獨恐後之注其詩者，未必皆能如朱子之注《中庸》爾。然由此十家之注，以會朱子之意，則亦未必不爲行遠升高之一助云。泰定甲子十月望日新安後學胡炳文序。

感興詩通凡例

一、所引用諸家，但以詩文先後爲次，不以人之先後爲次。

一、細注并從梅巖本引余氏。

一、梅巖本引四家爲集注，今增廣共十家。

一、總論分作五節，從潘氏，但潘氏以第八首爲第三節之始，今以爲第二節之終。

一、引用名氏

長樂潘氏柄，謙之，瓜山。

楊氏庸成。

建安蔡氏模，仲覺，覺軒。

建安真氏德秀，西山。

詹氏景辰。

建安徐氏幾，子與，進齋。

黄氏伯暘。

番陽余氏伯符，子節，思齋。

新安胡氏升，潛夫，愚齋。

新安胡氏次焱，餘學，梅巖。

文公感興詩通

新安後學胡炳文通

文公自序

余讀陳子昂《感遇》詩，子昂，姓陳，字伯玉，梓州射洪縣人。未知書，他日入鄉校，感悔，即痛修飭。文明初，舉進士。言山陵事，武后喜之。其後擢右拾遺，爲《感遇》詩三十八篇。王適曰：「是必爲海内文宗。」愛其詞意深邃①，音節豪宕，非當世詞人所及。如丹砂、空青、金膏、水碧，丹砂生符陵山谷，空青生益州山谷及越巂山有銅處，銅精熏則生，其腹中空。金膏，《穆天子傳》：「示汝黄金之膏。」水碧，《山海經》「耿山多水碧」，郭璞曰：「碧，亦玉也。」《選》：「方士煉玉液」，「凌波采水碧」。四者皆仙藥也。雖近乏世用，而

① 「詞意深邃」，諸本皆作「詞旨幽邃」。

實物外難得自然之奇寶。欲效其體作十數篇，顧以思致平凡，筆力萎弱，竟不能就。然亦恨其不精於理，而自託於仙佛之間以爲高也。如曰：「朅見玄真子，觀世玉壺中。」如曰：「古之得仙道，信與元化并。」如曰：「吾愛鬼谷子，青溪無垢紛。」如曰：「西方金仙子，崇義乃無明。」所言仙佛，皆此類也。齋居無事，偶書所見，得二十篇。雖不能探索微妙，追迹前言，然皆切於日用之實，故言亦近而易知。既以自警，且以貽諸同志云。

第一首

一首明吾道之正统。

昆侖大無外，旁礴下深廣。《太玄經》曰：「昆侖旁礴幽。」注：「昆，渾也；侖，淪也，天之象也。旁礴，猶彭魄，地之形也。」礴，與「魄」通。

通曰：昆，胡昆切，讀作崑侖之「崑」者，非。天言大，以見地之小；地言下，以見天之上。地言深且廣，以見天之高且大。天言無外，以見水之深、土之廣者，猶有外也。

陰陽無停機，寒暑互來往。

詹氏曰：「昆侖」、「旁礴」以對待實體而言，「陰陽」、「寒暑」以流行實用而言。○梅巖胡氏曰：前二句是言天地之形，後二句是言天地之氣。形則兩相配匹，以對待言；氣則兩相禪代，以流行言。

皇羲古神聖，妙契一俯仰。不待窺馬圖，人文已宣朗。

徐氏曰：伏羲契先天之易，不待窺見馬圖，而剛柔之列、奇偶之數、尊卑之等、貴賤之位，所謂「人文」者，已燦然昭布。不但有取於河圖，特因河圖之出，遂布奇偶以成八卦爾。程子謂，縱河圖不出，伏羲也須畫卦也。○通曰：按伊川《易傳》曰：「質必有文，自然之理；理必有對待，生生之本。有上則有下，有此則有彼，有質則有文。一不獨立，二則爲文，非知道者，孰能識之？」人文，人道也。詩意蓋謂，伏羲仰觀於天，俯察於地，而人之道已昭著矣。蓋天、地、人之道，皆以兩而成文也，不待窺河圖奇偶之數，而後知其爲文也。他注以爲文字之「文」，非是。

渾然一理貫，昭晰非象罔。《莊子》：「黄帝游赤水，遺玄珠，使象罔索得之。」楊氏曰：「象罔，不明也。」此蓋借用。

胡氏曰：理無迹可見，氣之分爲陰陽者，皆有迹之可見也。教人之序亦必自可見者言之，故自對待、流行，而後及於渾然也。

珍重無極翁，珍重，贊美之辭。無極翁，周子也。爲我重指掌。

蔡氏曰：《易》有太極，周子則推無極而太極；是生兩儀，周子則推太極動而生陽，静而生陰。是不謂之「重指掌」乎？○潘氏曰：天地不同形，陰陽不同位，寒暑不同時，八卦不同畫，而太極一理默有以貫乎其中。反諸吾心，昭然著見，非見於彷彿象罔之間也。伏羲去世既遠，太極之理不明久矣。非濂溪《太極圖説》以示人，天下後世何由知也。○通曰：以其理之粲然者，謂之人文；以其理之渾然者，謂之太極：非有二理也。詩言無極、太極，而先言人文，以見太極之理昭然斯人日用常行間，而非恍忽象罔之謂也。

第二首

吾觀陰陽化，升降八紘中。《淮南子》：「九州外有八澤，澤外有八紘。」注：「謂猶八極也。」

通曰：張子云：「一則神，兩則化。」合一不測爲神，推行有漸爲化。詩言：陰陽之氣，升非遽升，以漸而升，降非遽降，以漸而降，故謂之「化」。

前瞻既無始，後際那有終。

蔡氏曰：推之於前，不見始之合；引之於後，不見終之離。言陰陽升降八極之中，動静無端，陰陽無始，不可分先後。周子謂「動而生陽」，亦只就動處説起，畢竟動前又自是静。○通曰：《易》不言始終，而言終始，蓋有終然後有始，終非在後，始非在前。

至理諒斯存，萬古與今同。

蔡氏引朱子云：「從陰陽處看，則所謂太極者，便只在陰陽裏，而今人説陰陽上面别有一個無形無影底物是太極，非也。」又曰：「太極生陰陽，理生象①也。陰陽既生，則太極在其中，理復在陰陽之内也。」○余氏曰：太極，理也；陰陽，象也，二者相依而未嘗相離。陰陽有升降，太極亦與之有升降；陰陽無始終，太極亦與之無始終，此所以萬古與今同。

誰言混沌死，幻語驚盲聾。《莊子》：「南海帝曰儵，北海帝曰忽，中央帝曰混沌。儵與忽曰：『人有七竅，此獨無有哉。』鑿之，日鑿一②竅，七日而混沌死。」注：「混沌，清濁未分也。」

潘氏曰：至理，太極之實理。斯，指陰陽言之，言太極之理藏乎陰陽之中，無頃刻相離，萬古至今未嘗或異。老莊之徒謂太極獨居混沌之先，天地既判，太極已分裂破碎，無復全矣。○梅巖胡氏曰：此篇即「陰陽無停機」一語申言之也。

第三首

人心妙不測，出入乘氣機。《孟子》曰：「孔子曰：『出入無時，莫知其鄉。』其心之謂與？」《列子》曰：「是殆見吾衡氣機也。」

---

① 「象」，蔡模《感興詩注》作「氣」。

② 「一」字據《莊子·應帝王》補。

胡氏曰：此心未感之時，鬼神不能窺其際，及其感物而動，此心隨氣而爲之出入。蓋人心本不可以出入，言其所以出入者，氣也。○楊氏曰：氣之所使，疾如發機；心之出入，每乘其機。○徐氏曰：人心之妙，神明不測，所乘之機，氣使然爾。○余氏曰：心譬人，氣譬馬，人所以乘馬者也。氣之一出一入，心亦與之一出一入。故心者，本然之妙；氣者，所乘之機也。陳安卿曰：「心是個活物，不是貼静死定在這裏，常愛動，心之動是乘氣動。」又曰：「心之活處是理，因氣成便會活；靈處是理，與氣合便會靈。」所謂「妙」者，言其不可測，忽然出，忽然入，無有定時；忽在此，忽在彼，亦無定處。人須有操存涵養之功，然後本體常卓然爲此身之主宰，而無亡失之患，正得此詩之旨。

凝冰亦焦火，淵淪復天飛。《莊子》：「人心排下而進上。」「其熱焦火，其寒凝冰。」「其居也，淵而静；其動也，縣而天。僨驕而不可繫者，其人心乎！」

潘氏曰：凝冰、焦火者，志不能帥氣，而爲忿怒所移、憂懼所動。故逆境之來，怒氣乘之，熏心列糞，不火而熱；患難臨前，畏懼消沮，不冰而寒。苟在我者，無以制而御之，必肆其凶悖而過於沮喪矣。淵淪、天飛者，此心外馳，神不留形，營不載魄，或飛揚九天之上，或沉淪九淵之下。苟非在我者操而存之，不流於放逸，則溺於沉痼，有淪飛之患矣。

至人秉元化，《莊子》：「不離於真，謂之至人。」子昂詩：「信與元化并。」「秉元化」者，把握造化之柄也。動靜體無違。《易》「君子體仁」之「體」。珠藏澤自媚，玉韞山含輝。見《荀子》。神光燭九垓，相如文：「上暢九垓。」注：「垓，重也。」玄思徹萬微。塵編今寥落，歎息將安歸。

蔡氏曰：至人能秉持元化，一動一靜之間，皆體此理而無違焉。方其靜也，寂然不動，如珠之藏、玉之韞；及其動也，感而遂通，神光燭乎九垓之遠，玄思徹乎萬理之微。但聖人之心法不傳，其載於塵編者，今又簡斷寂寥，無有能識之者。然則將安歸乎？惟有歎息。○潘氏曰：元化，太極也。言能秉持吾心之太極，以爲吾身之主，故動靜各順其則。○余氏曰：心雖乘氣以出入，不隨氣以變遷也。○梅巖胡氏曰：常人心命於氣，至人氣命於心。○通曰：「人心妙不測」以下，兼聖人、衆人之心言；「凝冰」以下，專言衆人之心；「至人」以下，專言聖人之心。

第四首

靜觀靈臺妙，靈臺，出《莊子》，注云：「心也。」

楊氏曰：心有以「靈臺」名者，謂其神明所舍也；有以「天君」名者，謂其居中而爲耳目鼻口四支之主也。

萬化從此出。《陰符經》曰：「萬化生於心。」云胡自蕪穢，反受衆形役。陶潛云：「既自以心爲形役。」厚味紛朵頤，厚味，出《國語》。朵頤，出《易》。妍姿坐傾國。漢李延年歌曰：「北方有佳人，再顧傾人國。」崩奔不自悟，杜詩：「衣冠南渡多崩奔。」注：「蒼黄貌。」馳騖靡終畢。

潘氏曰：此言心爲形役之事也。○蔡氏曰：朶，垂也。朶頤，欲飲食之貌。直騁曰馳，亂馳曰騖，言心爲形役，溺於飲食男女，至於崩奔，猶不自悟，尚且馳騖四出，無終畢之時也。○徐氏曰：厚味可嗜，不以朶頤爲耻；姸姿可好，不以傾國爲悔。崩摧奔放於人欲横流之中，而不悟其非；終身顛倒馳騖，而無終畢之時也。

君看穆天子，周穆王。萬里窮轍迹。不有《祈招》詩，徐方御宸極。《左·昭①公十二年》右尹子革告楚靈王曰：「昔穆王肆其心，周行天下，將必有車轍馬迹焉。祭公謀父作《祈招》之詩以止王心云云，『形民之力，而無醉飽之心。』」○韓文《徐偃王廟碑》：「穆王得八龍之騎，西游忘歸，四方諸侯爭辨者，無所質正，咸賓於徐，贄玉帛於徐之庭者三十六國。穆王恐，命造父御而歸。偃王遂走死，失國。」劉越石《表》：「宸極失御。」

潘氏曰：此言心爲形役之人。○蔡氏曰：此借喻人心之馳騖流蕩，若不知止，則心失主宰，物欲反據而爲之主矣。此六義之比。○余氏曰：讀《冏命》《吕刑書》見人心無常，而操守之不易。穆王一身凡三變，方其命伯冏也，怵惕惟厲，屢以「欽之」一辭責之，其憂思深長矣。此心不續，御八駿而略四方，與《冏命》所戒，躬自蹈之。逮耄荒之年，度作刑誥四方，而「敬哉」

①「昭」，原作「襄」，據《左傳》及劉剡本《感興詩通》改。

之説，三四致意。雖周道自是始衰，而《冏命》主欽，《吕刑》主敬，心法之傳，猶可想也。人心操舍存亡之變，可不畏哉！〇梅巖胡氏曰：穆王，人主；徐偃，諸侯也。穆王爲天子，失所以爲主之道，故諸侯妄意宸極，遂僭爲天下主。靈臺失主，反爲形役，宜蔡氏以爲六義之比。〇通曰：吾心爲神明之舍，故曰「靈臺」；君位如北極之尊，故曰「宸極」。夫宸極者，穆天子之宸極也，而使偏方據之，可乎？靈臺者，我之靈臺也，而使外物據之，可乎？蔡氏以爲猶詩之比，是也。

總論第一首至第四首

潘氏曰：詩言陰陽、太極之理。人心，太極之妙，乃萬化所從出，而人乃爲物欲之所用，而不知自反焉。〇通曰：子朱子嘗論《大學》曰：「内有以盡其節目之詳，而外有以極其規模之大。」余以爲《感興詩》亦然。解者析之，入於至細，未能合之，盡其至大。余故析之，又合之。一、二首是論道爲太極，三、四首是論心爲太極。一首言陰陽在太極中，故曰「渾然一理貫」；二首言太極在陰陽中，故曰「至理諒斯存」。太極之理，萬合爲一，故曰「一理」；太極之理，不可復加，故曰「至理貫」云者。太極貫乎陰陽，而陰陽在太極中存云者；太極寓於陰陽，而太極又在陰陽中。一首又明吾道之正統，二首又闢異端之邪説，蓋伏羲仰觀俯察而爲陰陽二畫，開萬世斯文之一初。伏羲，一太極也。伏羲、文王、周公不言太極而孔子言之，孔子不言無極而周子言之。聖遠言湮，孰開我人，周子又一太極也。自開闢以後，伏羲爲斯文之一初，而夫子集大成；自秦漢而後，無極翁又爲斯文之一初，而朱子集大成。此詩自伏羲説到周子，道統之傳，自源徂流，故愚以爲明吾道之正統者，此也。「象罔」與「混沌」，出《莊子》。《老子》亦曰：「有物混成，先天地生。」蓋以混沌未分爲太極，先天地而生，而不知陰陽未分，統體一太極也；陰陽既分，各具一太極也。且復有「混沌死」之説，太極之理無時不存，無物不存，「死」之一字，殊爲可怪。愚以爲，闢異端之邪説者，此也。「昭晣非象罔」以見吾道之正傳，如青天白日，亘萬世猶如一日。「幻語驚盲聾」以見異端之邪説，如夢幻泡影，足以駭盲聾於一時。三首、四首皆説人心之太極，又須看前兩首言理，三首言氣，四首言形。蓋人心本渾然一理，不能不乘氣而動，而衆人又不能不爲形所役。聖人之心雖乘氣而動，而常主之以静；衆人之心爲形所役，而常失之於動。第三首所謂「凝冰」、「淵淪」者，人心静而無動者也；所謂「焦火」、「天飛」者，人心動而無静者也。聖人之心，動静無違。珠藏玉韞，静也，而川媚山輝，有動者寓，蓋静而無静者也；神光上燭乎九垓，動也，而玄思默徹乎萬微，有静者存，蓋動而無動者也。静而無動，動而無静者，物也，衆人之心也；静而無静，動而無動者，神也，聖人之心也。亦乘乎氣而不爲氣所乘者也，不能不麗於形而不爲形所役者也。第四首謂衆人之心不動於飲食之欲，則動於男女之欲，竟無一息静時。

夫飲食，人之常情，不悟而至於過侈則傷生；男女，人之大倫，不悟而至於淫欲以伐性。如穆天子，天下之主也，不悟於《祈招》之詩，則爲徐所據，而穆天子不能爲主矣。心者，衆形之主也，崩奔不自悟，則爲形所役，而心不能自爲主矣。右四首，分看，一首各自一意；合看，又似《太極圖説》，渾然一意。

第五首

涇舟膠楚澤，《詩》：「淠彼涇舟。」膠楚澤，劉恕《外紀》：「昭王巡狩反，濟漢，漢濱人以膠膠船。王至中流，膠液，王及祭公皆溺死。」涇在周地，楚在漢濱，或以「膠」爲《莊子》「置杯焉則膠」之「膠」者，非。周綱已陵夷。

通曰：詩揭「楚」與「周」二字，《春秋》之筆也。

況復《王風》降，平王遷洛，《詩》不復有《雅》。《黍離》諸詩，下列《國風》。故宫黍離離。《詩·黍離》篇。

潘氏曰：言周室陵夷、衰替之由也。自昭王南游，没於楚江，周室日已衰弱。及幽王爲犬戎所殺，平王遷東周，故都鞠爲禾黍。《王風》下同列國，周綱已廢墜，不復振矣。

玄聖作《春秋》，《莊子》：「玄聖素王之道。」《宋朝會要》：「大中祥符元年十一月，幸曲阜，進謁文宣王廟，加上文宣王，曰玄聖文宣王。」「五年十二月，改謚至聖。」作《春秋》，起自平王四十九年，止於敬王四十一年，凡二百四十二年。哀傷實在兹。祥麟可以踣，反袂空漣洏。《家語》：「叔孫氏之車士曰子鉏商，采薪獲麟，折其前左足，載以歸。叔孫以爲不祥，使人告孔子曰：『有獸而一角，何也？』孔子往觀之，曰：『麟也。胡爲來哉？』反袂拭面，涕泣沾衿。子貢問：『何泣？』子曰：『麟之出爲明主也，出非其時而見害。吾是以傷焉。』」《春秋・魯哀公十四年》：「西狩獲麟。」前覆曰蹃，即折其前左足也。

蔡氏曰：《春秋》者，魯史記之名也。孔子因而筆削之，始魯隱公元年，實平王四十九年也。言孔子雖因《黍離》降爲《國風》，遂託始於此，以作《春秋》。其實周綱陵夷已在「涇舟膠楚澤」時矣，及西狩獲麟，嗟吾道窮，而《春秋》絶筆。

漂淪又百年，自《春秋》終，至《通鑑》始，百年。僭侯荷爵圭。僭侯，即初命晋大夫爲諸侯也。爵，公、侯、伯、子、男爲五等之爵。圭，公執桓圭，侯執信圭，伯執躬圭是也。珪，本作「圭」。王章久已喪，《左・僖公二十五年》：「晋侯請隧於襄王，不許，曰：『王章也。未有代德，而有二王，亦叔父之所惡也。』」何復嗟歎爲。

蔡氏曰：謂自獲麟絶筆後，將又百年也。今考之，實止七十九年，言「百年」，舉成數也。王章之喪久矣，胡爲至三晋分而始嗟歎爲？所以爲下文「迷先幾」張本也。

馬公述孔業，司馬文正公述孔子作《春秋》之業。託始有餘悲。拳拳信忠厚，無乃迷先幾。

詹氏曰：三晋分侯之時，此吾夫子所謂「吾末如之何也已」。今《通鑑》託始於此，毋乃迷其先幾乎？○蔡氏曰：述孔業，謂作《通鑑》，欲續《春秋》也。不繼書於魯哀公十四年獲麟之後，自周敬王三十九年爲始，而乃自威烈王二十三年爲始，無乃迷其先幾也歟？○又按：此託始之意，東萊先生得之，《大事記》之作，實接獲麟，而託於周敬王三十九年。切①意二先生相與講論必有及於此，後朱子祭文中深哀「《事記》將誰使之續」也。然朱子於《通鑑綱目》曷爲不繼《春秋》也耶？李果齋曰：《事記》之書，用馬遷之法，故續獲麟而無可嫌；《綱目》之書，本《春秋》之指，故續獲麟而不可。抑《綱目》之書，特因《通鑑》而作也。○梅巖胡氏曰：致堂謂「陰凝冰堅，垂百載矣，雖無王命，夫誰與抗？」此知幾之論也。温公徒悲其成，不究其漸，必若致堂所論，文公此詩庶知幾矣。詩曰「哀傷」，曰「漣洏」，曰「嗟歎」，曰「餘悲」，此賈生所以太息，所以流涕，所以哀痛也歟！○通曰：《綱目》因《通鑑》而作，猶《春秋》因魯史而作也。魯史本託始於魯隱，而《春秋》因之；《通鑑》託始於三晋之事，而《綱目》因之。此皆述而不作之意也。

第六首

東京失其御，東京，洛陽，後漢所都。刑臣弄天綱。《左傳》：「寺人披云：豈惟刑臣。」注：「披，奄人也，故稱刑臣。」指和帝以後所用鄭衆、樊豐、周廣、孫程、張防、張讓、唐衡、單超、左悺、徐璜、具瑗等是也。天綱，即

---

① 「切」，蔡模《感興詩注》原作「竊」。

劉陶所謂「張理天綱①」。

通曰：王良善馭，無泛駕之馬；明主善御，無弄權之臣。

西園植奸穢，光和元②年，開西邸，賣官於西園。當之官者，先至議價。五族沉忠良。靈帝熹平五年，詔州郡吏考黨人門生、故吏、父子、兄弟在位者，悉免官禁錮，爰及五屬。屬即族也。忠良，即陳蕃、李膺而下三君、八俊、八顧、八及、八厨等是也。

蔡氏曰：靈帝置西園八校尉，以蹇碩、袁紹、鮑鴻、曹操、趙融、馮芳、夏牟、淳于瓊爲之。五族，單超、具瑗、左悺、徐璜、唐衡也。言桓、靈失御下之道，宦③豎弄權，開西園以鬻賣官爵，興黨錮以沉滅忠良，而漢遂衰矣。

青青千里草，靈帝初年，童謡云：「千里草，何青青。十日卜，不得生。」謂董卓也。乘時起陸梁。陸梁，東西倡佯也。當塗轉凶悖，《獻帝紀》：「太史丞許芝奏：許昌氣見於當塗高者，魏也。象魏者，兩觀闕是也。當道而高者，魏也，魏當代漢。」炎精遂無光。漢祖感赤帝生，自謂赤帝之精。《靈光殿賦》：「紹伊唐之

---

① 「張理天綱」，原作「張理理天綱」，據《後漢書》卷七三及劉剡本《感興詩通》改。

② 「元」，原作「六」。《後漢書·靈帝紀》載，光和元年，「初開西邸賣官，自關内侯、虎賁、羽林，入錢各有差」。據此正之，下文徑改。

③ 「宦」，原作「官」，據蔡模《感興詩注》改。

炎精。」

蔡氏曰：「青青千里草」，董卓讖語。卓初爲中郎將，其後廢立弑殺，燒宫室，發諸陵，自爲相國，强梁於一時。「魏闕當塗高」，曹操讖語。操挾天子以令諸侯，欺人孤兒寡婦，卒成簒奪之計，其凶悖尤甚於董卓，而漢祚亡矣。

桓桓左將軍，劉備也。獻帝建安三年，爲左將軍。仗鉞西南疆。先主初破荆州，後入成都，遂帝於蜀。荆在南，蜀在西。伏龍一奮躍，鳳雛亦飛翔。司馬德操曰：「此間自有伏龍、鳳雛。」謂諸葛孔明、龐士元也。祀漢配彼天，出師驚四方。天意竟莫回，王圖不偏昌。王圖，王者之基圖也。　蔡氏曰：即孔明所謂「王業不偏安」也。

詹氏曰：祀漢配天，蓋用《哀公元年》少康「祀夏配天」之意。○潘氏曰：此言先主仗義起兵於西南之蜀，以誅操復漢爲名，三顧亮於草廬之中，與計大事。而士元之徒群起翼之，兵威響振，所向無前。然天不祐漢，先主既殞，孔明亦殂，而漢統竟莫能續，非人力能强復也。

晋史自帝魏，晋之作史者陳壽《三國志》言魏爲帝。後賢合更張。後賢，謂司馬公。

通曰：讀者宜看「自」字與「合」字。謂之「自」者，乞米陳壽不足責也；謂之「合」者，述孔馬公可深責也。

世無魯連子，千載徒悲傷。《戰國策》：「魏使新垣衍説趙，欲尊秦爲帝，使連不從，後聞趙將事秦，歎曰：『臣有蹈東海而死耳。』」

徐氏曰：昭烈以帝胄之英，明正大義，而再造於一隅之蜀，漢統猶未絶也。陳壽帝魏寇蜀，不知正統之繫。司馬公復因襲其謬，而不知正。大義不明，正統旁落，求如魯連子不肯帝秦者，世不復有斯人也矣。悲哉！○黄氏曰：朱子作《綱目》以正統繫蜀，而書魏人爲入寇，則大義昭明於萬世之下，而與此詩互相發明。○余氏曰：東漢自章帝後，閹宦手握政柄，玩弄天綱於掌股之上。州郡材木文石，既令西園督促司農金錢繒帛，復於西園牣積，而當之官者先至西園議價。奸穢已極，讒譖盛行，是故黨人之獄始興於牢修，禁錮幾百人；再興於曹節，誅戮爰及五族。奸回之志愈肆，縉紳之禍愈烈。竇武、陳蕃一擊之不勝而身死；何進再擊之不勝，亦死。袁紹遂一舉而殲之，董卓乘釁廢立，袁術之徒從而作難，乘輿播遷，漢祚幾絶，職此由也。昭烈帝室，神明之胄；孔明、士元，俊傑之才，興復漢室，宜無難者。天不祚漢，志竟不就。魏據中原，而出於僭竊者也；蜀雖偏方，而接乎正統者也。大抵獻帝之播遷與幽王驪山之禍不殊，昭烈之入蜀與平王東遷之事則一，而操之傾奪，視齊晋諸國之陵僭又過之。苟非折以《春秋》之法，無以肅亂臣賊子之心。借曰三國鼎峙，不能相君，則并列其君以爲紀，駢列其臣以爲傳，猶云可也。今史於《獻帝紀》書曰「禪位於魏」，而於魏則以帝紀紀之，至先主則抑爲列傳，此固陋矣。温公《通鑑》唯以璽綬之傳次序歲月，不以正閏之法筆削褒貶。將軍，帝室之胄，温公則謂其族屬疏遠，不得與光武爲比。操，漢之賊。蜀之伐魏，正以討賊也。公於孔明出師乃書曰「諸葛亮入寇」，且謂魏取天下於盜手，非取於漢室，何不能正名辨分如此？文公《綱目》之作，於魏之篡漢書曰「魏曹丕稱皇帝，廢帝爲山陽公」，不以禪位立文；於蜀之紹漢大書「昭烈皇帝章武元年」，以繼獻帝延康元年之後，不介以魏黄初之號；至蜀之亡也，乃書曰「鄧艾至成都，帝出降」。見漢祚至是始絶，非絶於延康之後也。然則漢之正統當屬之蜀，而陳壽之史不得爲當，明矣。孰謂温公學術之正，而未免因仍舊史之陋哉！

第七首

晋陽啓唐祚，隋大業十三年，唐高祖爲太原留守，領晋陽宫監。時煬帝南游江都，天下盜賊起。世民知隋必亡，陰結豪傑，謀舉大事。懼高祖不聽，與副監裴寂謀，因選晋陽宫人私侍高祖，乃以大事告之，詐殺副留守高君雅，遂脅以起兵。王明紹巢封。王明，曹王明也。齊王元吉死，後改封巢王。世民既殺建成、元吉，遂取元吉妻於後宫而寵之，生明。貞觀二十一年，始封曹王，爲巢剌王嗣。垂統已如此，繼體宜昏風。

徐氏曰：三代之興，皆本於仁義，根於心，體於身，措於事，形於閨門，而達之天下後世。其貽謀之道無一毫可議，而後世猶有太康、幽、厲之失邦者，況不無可議者乎？「晋陽啓唐祚」，而君臣、父子之道乖矣；「王明紹巢封」，而兄弟、夫婦之倫喪矣。繼體之君耳濡目染，麀聚之配①，不以爲惡；牝晨之禍，胡能免之？○通曰：《易》重咸、恒，《詩》首《關雎》。太宗以淫泆毁綱常，豈特不足爲一代之鑒，而實千古之羞也。

麀聚瀆天倫，《記》：「父子聚麀。」「瀆天倫」者，武后初爲太宗才人，後出爲尼，高宗見而悦之，使潛入宫中，立爲昭儀，遂廢王皇后，立昭儀爲后。牝晨司禍凶。《書》：「牝雞之晨，惟家之索。」乾綱一以墜，《穀梁傳》：「乾綱解紐。」武后既立，廢中宗爲廬陵王，幽之，改元光宅，追尊武氏祖考爲王。遷帝於房陵，降唐宗室屬籍，改國號曰周，是唐之乾綱一以墜也。天樞遂崇崇。延載二年，武三思率番夷諸國，請作天樞紀功德，黜唐興周。大裒細鐵合冶之，署曰「大周萬國頌德天樞」，置端門外。其制若柱，度高一百五尺。班彪《北征賦》：「望通天之崇崇。」淫毒穢宸極，虐焰燔蒼穹。武后始惑於僧懷義，懷義死，張易之、昌宗得幸。虐焰者，任酷吏索元禮、周興、來俊臣等殘害忠良，賊殺宗室。「穢宸極」者，内瀆清禁；「燔蒼穹」者，上達蒼穹。向非狄張徒，誰辦取日功。狄仁傑爲相，以子母天性感動之，復立中宗。又薦張柬之爲相，遂誅張易之之徒，徙太后上陽宫。《唐史》贊仁傑曰「取日虞淵」。云何歐陽子，秉筆迷至公。宋仁宗朝，歐陽公奉敕修《唐史》。「迷至公」者，言其不能正中宗之位以明武后篡竊之罪也。唐經亂周紀，言既立《武后傳》，又立《則天

① 「配」，劉刻本《感興詩通》作「醜」，似優。

紀》，是作唐一經，而亂以武周之紀也。**凡例孰此容。**杜預曰：「其發凡以言例。」**侃侃范太史，**神宗朝，范祖禹受詔與温公修《資治通鑑》，分職唐史，遂采唐得失①之迹，名曰《唐鑑》，上之哲宗。**受説伊川翁。**程叔子葬太中伊川，因以自號。《程氏外書》云：范淳夫嘗與伊川論唐事，及爲《唐鑑》，盡用其説。伊川謂門人曰：「淳夫乃能相信如此。」**《春秋》二三策，萬古開群蒙。**亦作「矇」。○范氏《唐鑑》論曰：「昔季氏出其君，魯無君者八年。《春秋》每歲必書公之所在，及其居乾侯也，正月必書曰『公在乾侯』，不與季氏之專國也。自司馬遷作《吕后本紀》，後世爲史者因之，故《唐史》亦列武后於本紀。其於記事之體，則實矣；《春秋》之法，則未用也。《春秋》，吴楚之君不稱王，所以存周室也。天下者，唐之天下也，武后豈得而間之，故臣復繫嗣聖之年，黜武氏之號，以爲母氏禍亂之戒。竊取《春秋》之義，雖獲罪君子而不辭也。」○元祐中，客有見伊川者，几案間無他書，惟《唐鑑》一部，且曰：「近方見此書，三代以後無此議論。」

蔡氏曰：范太史每歲必書中宗所在，曰「帝在房州」，以合於《春秋》「公在乾侯」之法。○余氏曰：伊川曰：「婦居尊位，女媧氏、武氏②是也。」非常之變，不可言也。且臨朝稱制，吕氏嘗爲之，伊川不之及，何也？蓋吕氏臨朝稱制，未至如武后革命易姓之無忌憚也。作史者必如范太史，可無愧矣。文公《綱目》於貞觀十一年書「以武氏爲才人」，又於高宗永徽五年書「以太宗才

① 「失」，原作「朱」，據劉刻本《感興詩通》改。
② 「氏」，北大本作「后」，程頤《伊川易傳》卷一作「氏」。

人武氏爲昭儀」。父子之綱不正，凛然筆削間。至因年以著統，其於武后之革命，中宗之失位，則大書嗣聖之年，以則天改元之號分注其下，而復書「帝在房州」，以見君道雖不立，而正統不可奪也。不特此也。仁傑雖有反正之功，於其生也，一則曰「周以狄仁傑爲某官」，二則曰「周以狄仁傑爲某官」；及其殁也，始書「司空梁文惠公狄仁傑卒」，而不曰周焉。蓋以始所事之非正，固當冠之以周；而終焉反正中宗，則精忠大節有不可掩，故其殁也，削周而不書，以見其身雖事周而心在唐室，猶當以唐室卒之也。書法之嚴，可以配《麟經》矣。○潘氏曰：周末以來，千五百餘歲，歷代史記治亂得失之迹，皆足以爲後世監戒者，今獨舉三朝，何也？曰：此詩之意，非欲備載治亂得失之迹，但恨作史者不知《春秋》之法，或欲以初命晋大夫爲諸侯，託始於《通鑑》而迷於先幾者；或徒以魏之强大爲尊，而不知蜀爲正統者；或欲成母后武氏之惡，而不知中宗世嫡之不可廢者。此三者皆治道本末所係，君臣大分所關，而史册所書邪正不分，名分不辨，使亂臣賊子非惟肆奸欺於一時，而千載之下，亦莫有明其罪者，其爲害豈淺淺哉！若其他治亂得失，史氏自有一定是非，不必具述，可也。

第八首

朱光遍炎宇，《選》：「大火争朱光，積陽熙自南。」蔡氏曰：「日也。」微陰眇重淵。班固《答賓戲》：「測深乎重淵。」寒威閎九野，《淮南子》：「下貫九野。」陽德昭窮泉。《選》：「之子歸窮泉。」

蔡氏曰：言朱光遍炎宇之時，微陰已眇於重淵；寒威閎九野之際，陽德已昭於窮泉。陰不生於陰，常伏於至陽之中，姤卦是也；陽不生於陽，潛復於盛陰之中，復卦是也。

文明昧謹獨，昏迷有開先。幾微諒難忽，善端本綿綿。《老子》：「綿綿若存。」

蔡氏曰：至陽而一陰伏，故雖文明，而或昧慎獨之戒；盛陰而一陽復，故雖昏迷，而有開先之道。惟其昧於慎獨也，故幾微之際，誠不可忽；惟其有開先也，故善之端緒，每綿綿而不可絶。○徐氏曰：其在人也，陽明勝而德性用，故有文明之德，或昧慎獨之戒，則幾微之忽，惡所萌也；陰濁勝而物欲行，雖曰昏迷之極，而有開先之理，蓋善端綿綿，未始泯絶也。

掩身事齋戒，《月令》：「仲夏日長至，仲冬日短至。君子齋戒，處必掩身。」謂掩閉其身也。及此防未然。閉關息商旅，《復·大象》辭。絶彼柔道牽。《姤卦》：「繫於金柅，柔道牽也。」

黄氏曰：言朱明方盛，而微陰已動於重淵，陽不終於陽也。故當文明之時，或昧慎獨之戒，則昏迷之惡已有開先，君子謹之於一陽初萌之時，即掩身齋戒以防未然之患，而不使陰濁盛而物欲行也。寒威方極，而潛陽已動於窮泉，陰不終於陰也。故於幾微之際，信有難忽之理，而善端之萌綿綿不息，君子體之於一陽初生之時，即閉關止息以絶陰柔之牽，而必使陽明勝而德性用也。此詩皆隔句相應，大意陰極則陽生，陽極則陰生，善惡相爲消長，君子當抑陰扶陽，遏惡揚善也。

○梅巖胡氏曰：冬夏二至，君子必齋戒掩身，皆爲未然之防。其在重淵者防之，而不敢忽其幾；在窮泉者防之，而不敢折其端。《易》於《復》曰：「至日閉關，商旅不行。」此齋戒掩身於冬至，欲善端充廣於無窮也。《易》於《姤》曰：「繫於金柅，柔道牽也。」此齋戒掩身於夏至，欲幾微止息於未盛也。或曰：「防」字説姤爲切，恐不切於復。曰：言於姤，所以防陰之長；言於復，所以防陽之消。防陰之長，則幾微必謹而得開先之理；防陽之消，則善端常存而收慎獨之效。防之用大矣哉！○通曰：上二句兼冬夏至而言，下二句分言。○潘氏曰：以上諸篇，言人心與太極同體，本自寂感無方，一爲外物所汩，則馳逐忘反，必至於窮極人欲、絶滅天理而後已，古今治亂未有不由於此。然亂極思治，惡極善萌，如炎夏而陰已生，窮冬而陽潛復。世運循環，天機不泯，豈有人而極其所趨，如波頽風靡，而不可復反之理哉？但恐人不知所以自反爾，所以下句有「掩身」、「閉關」之事也。○梅巖胡氏曰：按潘氏此段，乃自首篇至八篇，總論其脉絡次第也。

總論第五首至第八首

潘氏曰：自五首至七首，言世道衰微，人欲横肆，僭竊奸欺，昏淫殘虐，無所不至，三綱淪、九法斁。在當時無以正名其罪，猶賴秉史筆者有以誅奸諛於既死，使萬世之下亂臣賊子有所畏懼焉。顧乃隨時是非，與世俯仰，而不知律以《春秋》一定之法，其亦可歎也矣。此所以特舉此三史而言也。〇通曰：前四首是就太極論陰陽動静之機，此四首是就世道論陰陽治亂之機，又當合看第五首揭「周」、「楚」二字，蓋謂：中國，陽也；南蠻，陰也。《春秋》於楚本書荆，後始書楚，末乃書楚子，其不與楚也，尚矣。昭王南游於楚而不復，是中國之陽而制於蠻夷之陰也，豈不大可歎乎？第六首蓋謂：君，陽也；臣，陰也。東京失其御臣之道，乃制於刑臣之手，遂使堂堂天漢而爲魏所有，是以君之陽而制於臣之陰也，豈不大可歎乎！第七首蓋謂：夫，陽也；婦，陰也。唐初已亂夫婦之倫，武后以太宗之才人，而爲高宗之后，卒使其子中宗幽於房陵，而唐遂爲周矣。此以夫之陽而制於淫婦之陰也，豈不大可歎乎！所以第八首即復、姤以論陰陽進退之機。蓋謂時方陽明而一陰忽生，人雖文明而昧於慎獨，皆不能及此防未然，而絶彼柔道之牽者也。此首本是即陰陽消長之機以明理欲消長之機，固不專爲前三首而發，然即前三首觀之，則皆昧於謹獨而不能防於未然，尤爲可鑒者也。周昭王不能防楚而卒受楚之禍，漢桓、靈不能防刑臣而卒受刑臣之禍，唐太宗不能防武后而卒受武后之禍。「朱光遍炎宇，微陰渺重淵」，其幾甚不可忽也。聖賢能謹其幾，則陽明勝而陰濁消；後世不能謹其幾，則陰愈盛而陽愈微。故第五首言楚之於周，第六首言魏之於漢，第七首言周之於唐，第八首總言陰之於陽，寓意愈深，垂戒愈明。三復此四首，使人上下古今，深有感於世道之變也如此，又深知後世不能謹獨之禍如此，詩之所關係，豈淺淺哉！不特此也，自「伏羲」至「無極翁」，是言吾道之正統；此言周與楚、漢與魏、唐與周，是論中國之正統。第三首曰「塵編今寥落」，聖人之心寓於經，而經之寥落已如此。此則言後世之事寓於史，而史之謬妄又如此。楚澤、周綱已見王章之喪；《通鑑》以初命三晋爲首，已迷先幾矣。漢之後，當以蜀爲正統，而晋史帝魏，陳壽不能不爾。武后之周，何可與大唐并？唐經亂周紀，是何歐陽子亦然？朱子《通鑑綱目》之作，蓋如夫子因魯史而修《春秋》，初命三晋，不得不因之，至於書蜀與魏、唐與周，則凜凜乎《春秋》之筆矣。此數詩固自有《綱目》《春秋》之筆存焉，讀者不可不知也。前言心爲形所役，此則言剛爲柔所牽；前言蕪穢，後言西園之奸穢，宸極之淫穢，首尾莫不相應。嗚呼！心本神明之舍也，而自爲蕪穢之囊，卒受奸穢、淫穢之禍，豈不大可惜哉？且第四首之末言周穆王之游幾爲偏方之徐所奪，第五首之始言周昭王之游卒爲偏方之楚所陷，其文理又自相接。朱子嘗於《大學》有曰：「凡引經傳若無統紀，然文理接續，血脉貫通，深淺始終，至爲精密。」余於《感興》之詩亦云。

第九首

微月墜西嶺，或以微月爲新月，或以爲殘月。新月即謂月既西墜，河漢西流，斗柄指西，將入地而復起，仲秋月始生明之夜也。殘月即月既西墜，明河已斜，斗柄建魁，將轉昏而爲旦，夜半子丑之時也。爛然衆星光。

明河斜未落，《晉志》曰：「天津九星，横河中，一曰天漢，一曰天江，主四瀆津梁，所以度神通四方也。」又曰：「坐旗西四星曰天高。天高西一星曰天河，南河、北河各三星夾東井。兩河之間，日月五星之常道也。」①斗柄低復昂。《詩·大東》：「維北有斗，西柄之揭。」《詩傳》曰：「南斗柄固指西，若北斗而西柄，則亦秋時也。」《楚辭》：「指斗柄以爲麾。」《集注》云：「斗柄者，北斗之柄，所謂杓也。北斗在太微，北魁四星爲璇璣，杓三星爲玉衡。」又曰：「自一至四爲魁，自五至七爲杓。蓋北斗七星在紫微宫南，而其杓所指周十二辰之舍，以定十有二月也。」感此南北極，樞軸遥相當。南北極，天之樞紐也，常不動處，譬車軸也。王蕃《渾天説》曰：「天半覆地上，半在地下。其天居地上，見一百八十二度半强，地下亦然。北極出地上三十六度，南極入地下三十六度，其南北極特爲兩端。其天與日宿斜而回轉，蓋南極低，入地三十六度，故周回七十二度，常見不隱；北極高，出地三十六度，故周回七十二度，常隱不見。」相當，《後漢·匈奴傳》曰：「寇雖頗②折，而漢之疲耗略相當矣。」太一有常居，《漢書》：「天神貴者太一，太一佐曰五帝。中宫天極星，其一明者，太一常居也。」《淮南子》：「太微者，太一之庭；紫宫者，太一之居。」仰瞻獨煌煌。中天照四國，盧仝詩：「請

① 《晉書·天文志》作「坐旗西四星曰天高，臺榭之高，主遠望氣象。天高西一星曰天河，主察山林妖變。南河、北河各三星，夾東井」，「兩河戍間，日月五星之常道也」。

② 「頗」，原作「破」，據《後漢書》卷一一九改，本書下同。

留北斗①一星相北極，指揮萬國懸中央。」三辰環侍旁。日、月、星也。人心要如此，寂感無邊方。

潘氏曰：此篇因觀天象以明人心之太極也。星、月、河漢運轉無定，惟北極太一辰星居其所而不動，日月衆星旋繞共之。如心居中央，役使群動，隨感隨應，無所偏倚。然後有以立乎其大者，而不爲耳目口體衆形所役，故曰「寂感無邊方」也。○梅巖胡氏曰：心之未發，性之寂也，無所偏倚，故曰「無邊」；心之已發，情之感也，無所間隔，故曰「無方」。○通曰：一章二章以陰陽動静言，而三章四章言心繼之；八章以陰陽淑慝言，而九章亦言心繼之。邵子曰：「天向一中分造化，人於心上起經綸。」即子朱子詩之意也。○余氏曰：按《語録》：「或問太一。朱子曰：『太一是帝座，即北極也。以星辰之位言之，謂之太一；以其所居之處言之，謂之北極。太一如人主，北極如帝都。』」

第十首

放勛始欽明，放勛，堯號。勛，與「勳」同。南面亦恭②己。舜。大哉精一傳，禹。萬世立人紀。猗歟歎日躋，湯。《詩》：「聖敬日躋。」穆穆歌敬止。文王。《詩·大雅》。戒獒光武烈，《書》：「太保

① 「斗」，原作「極」，據劉剡本《感興詩通》改。
② 「恭」，原作「共」，據劉剡本《感興詩通》改。

作《旅獒》，用訓於王。」待旦起《周禮》。周公坐以待旦。《周禮》，周公所制之禮。《周官》，六典之書是也。恭惟千載心，秋月照寒水。魯叟何常師，襄公二十二年庚戌十一月庚子，孔子生於魯，故曰「魯叟」。杜詩：「坐令魯叟作瞿曇。」删述存聖軌。删，如删《詩》之删。述，傳舊而已。軌，轍也。

潘氏曰：此謂堯、舜、禹、湯、文、武、周公相傳之心，前後相照，純於天理，如秋月之明，無一毫之翳；如寒水之清，無一點之滓。而仲尼無所不學，是以祖述堯舜，憲章文武，無間夏禹，夢寐周公。晚年删定《詩》《書》，修明禮樂，其志亦欲存帝王軌範以示將來耳。〇余氏曰：聖賢相傳，惟一心；心心相授，惟一敬。堯之欽明，舜之恭己，敬也。堯授舜，舜授禹，不越乎「惟精惟一」者，亦敬也。湯之日躋，文之穆穆，與夫武烈之光，本於戒獒。《周禮》之起，由於待旦者，亦敬也。故其人欲净盡，天理昭融，此心真如秋月寒水，不雲不波，上下一光，此敬所以爲聖學成始成終之妙，而帝王傳心之法也。仲尼主善爲師，何常之有，特窮而在下，不得如堯、舜、禹、湯、文、武、周公，以其修己以敬之功，推而以安百姓。於是乎删《詩》定《書》，繫《周易》，作《春秋》，修明禮樂，用存聖人之軌轍於萬世，非不知不如見之行事也。亦曰，堯舜之盛有典謨，文王之道布在方策，待其人而後行。〇梅巖胡氏曰：周公已上七聖人，傳心之敬，堯實倡之，故謂之始。始之者，大之也。孔子雖不得七聖之時，見於人紀之立；而能傳七聖之心，見於聖軌之存，「聖軌」云者，敬心之軌轍也。挹其秋月寒水之心，而寄諸軌範，則時雖往而書存，人雖往而心存。

立之於一時，有不若存之於萬世者矣。以吾觀於夫子賢於堯舜遠矣，其在是夫！○通曰：「周敬王四十一①年壬戌，孔子卒。至宋慶元丁巳，一千六百七十六年。」此以上二十六字，朱子是年正月朔書於藏書閣下。嗚呼！書此豈無意哉！夫子不可得而見矣，所幸夫子之書存於千載之下，猶得以溯夫子秋月寒水之心於千載之上也。學者知朱子之心，則知夫子之心；知夫子之心，則知堯、舜、禹、湯、文、武、周公之心矣。

第十一首

吾聞包犧氏，爰初闢乾坤。乾行配天德，坤布協地文。

潘氏曰：此言伏羲初畫乾、坤。天行健，故畫乾以配天德；坤爲布，主敷布施生，故畫坤以協合地文。○蔡氏曰：此詩承前篇「删述」之義，蓋六經莫先於《易》，故首以《易》言之。○徐氏曰：此言六十四卦，先天方圓圖也。圓圖者，乾行以象天也；方圖者，坤布以象地也。

仰觀玄渾周，玄，天之色；渾，天之儀。《太玄經》：「馴於玄渾行，無窮正天象。」一息萬里奔。胡安定：「玄天一晝一夜，行九十餘萬里。人一呼一吸爲一息，一息之間，天已行八十餘里。人一晝一夜有萬三千六百餘

---

① 「一」，原作「九」，據劉剡本《感興詩通》改。

息，故天行九十餘萬里。」《語録》：「廖德明云：天以氣言，則一晝一夜周行三百六十五度；以理言，則於穆無疆，無間容息。」「一息萬里奔」，甚言之也。俯察方儀静，陰陽爲兩儀，天圓爲渾儀，地方爲方儀。隤然千古存。隤然，順也。悟彼立象意，契此入德門。彼，包犧也；此，吾身也。

楊氏曰：聖人立象以盡意，學者悟意以入德。

勤行當不息，

楊氏曰：體乾之健。

敬守思彌敦。

楊氏曰：效坤之順。○梅巖胡氏曰：第八①首專論復、姤，故此首專論乾、坤，而皆歸之人事，《易》豈無用之書哉？○通曰：前詩自堯舜至夫子，是自源徂流，謂聖聖相傳，只是此敬。此詩自流溯源，論包犧之《易》，末亦提出一「敬」字。《坤》之敬以直内，敬也；《乾》之自强不息，亦敬也。先儒云「天地設位，而《易》行乎其中矣」，亦只是此敬。○潘氏曰：上篇言人當法堯、舜、湯、文數聖人之恭敬，以爲涵養德性之基；此篇言人當體乾、坤之健順，以爲進德守道之本也。

---

①「八」，原作「七」，據劉剡本《感興詩通》改。

第十二首

《大易》圖象隱，圖，謂河圖。象，謂卦象。隱，隱晦也。《詩》《書》簡編訛。《禮》《樂》矧文喪，《春秋》魚魯多。《抱朴子》曰：「書三寫，以『魯』爲『魚』，以『帝』爲『虎』，以『束』爲『宋』。」瑶琴空寶匣，絃絶將如何。鍾子期死，伯牙破琴絶絃。興言理餘韻，龍門有遺歌。龍門，西京河南縣。伊川晚年所居。

余氏曰：《易》自秦漢以來，學者不可謂無人，但河圖、洛書，《易》所自起，而或以圖爲書，以書爲圖，如劉牧之誤。《易》之有象，如乾之爲馬，坤之爲牛，《説卦》有明文矣。馬爲健，牛爲順，物有常理矣。至於按文索卦，若屯有馬而無乾，離有牛而無坤。乾之六龍，或疑於震；坤之牝馬，反當爲乾，是皆有不可曉者。漢儒求之《説卦》而不得，遂創爲互體、卦變、五行、納甲、飛伏之法，參互以求，幸其偶中，大抵皆附會穿鑿之説爾。獨王弼曰：「義苟應健，何必乾乃爲馬；爻苟合順，何必坤乃爲牛。」亦可破先儒膠固支離之失矣。然其意又似直以《易》之取象，但如《詩》之比興、孟子之譬喻，而無復有所自來，則是《説卦》之作，無所與於《易》，而遠取諸物者，亦剩語也。此《大易》圖之與象，所以均於隱晦而不明也。《詩》自齊、魯、韓氏之學不傳，而《毛傳》《鄭箋》獨行於世。然季札所觀周樂，《王風》列於《鄭》之先；而鄭氏所作《詩譜》，《王》乃次於《豳》之後。《藝文志》載《毛詩》二十九卷、《詁訓傳》三十卷，後漢以來引經附傳，共止二十九卷，則《詁訓傳》

之所并者，不知何卷也。《書》學經秦煨燼，孔安國所定纔五十八篇，其亡者四十有二。《武成》「血流漂杵」之言，孟子已不之信。《泰誓》三篇，或謂本非伏生口授，乃河間女子之獻，孔穎達亦以爲張霸僞造之文，則簡編之訛可類推矣。先王之治以禮樂爲本，晚周而下，浸以掃地。兩觀、大路、朱干、玉磬，天子之禮在諸侯；塞門、反坫、素衣、朱襮，諸侯之禮在大夫。天下學者亦失其傳，故隨武子不知殽烝，孟僖子不知相禮，范獻子不知問諱，曾子不知奠方。又何怪乎叔孫通之綿蕝見譏於兩生，曹褒之定議見沮於酺敏也。孔子問樂於萇弘，學琴於師襄，語太師「翕如」、「純如」之變，記《關雎》「洋洋盈耳」之美，聞《韶》而忘肉味，與人歌而善，反之而和，其用意深切如是。故自衛反魯，然後樂正，雅頌各得其所。後世雜之以鄭衛，混之以胡虜，而樂幾已矣，非禮與樂之交喪乎？若夫《春秋》之訛，如「魯」之爲「魚」，尤不可勝説，姑略言之：隱三年，君氏卒，《左氏》曰：「君氏卒，聲子也。」《公》《穀》曰：「尹氏卒，天子之大夫也。」夫聲子，一人爾，或以爲魯惠公之繼室而隱公之母，或以爲王朝之大夫，不知果何所指。莊元年，單伯送王姬。單伯，天子卿也。《公》《穀》曰：「單伯逆王姬。單伯，吾大夫之命乎天子者也。」夫王姬一事也，或以爲下嫁於諸侯，而王朝以命卿送之，或以爲魯大夫之逆，不知果何所辨。莊二年，書齊人伐戎，而《穀梁》則以爲「伐我」。曰戎曰我，果孰是而孰非。桓二年，書杞侯來朝，而《穀梁》則以爲紀侯。曰杞曰紀，果孰非而孰是？齊魯之會於艾也，或曰會於蒿，或曰會於鄗，抑何訛以傳訛之甚耶？宋楚之會於盂也，或曰會於雩，或曰會於霍，抑何錯而再錯之至耶？其他如以「公孫兹」爲「公孫慈」，以「公孫嘉」爲「公孫喜」，「祲祥」而謂之「侵羊」，「厥慭」而謂之「屈銀」，「鸜鵒」而謂之「鸛鵒」，愈傳愈謬，遽數之不能終也。魚魯之多，不其然乎！夫經所以載道也，而或隱或訛，且喪且繆，有如此者。是譬如瑶琴不作，寶匣空藏，至音寂寥，鳴絃斷絶。慨妙指之無寄，想徽玉之徒存。「撫促柱則鼻酸，彈虞絃則流涕」①，亦末如之何也已。天運循環，無往不復，而河南程夫子出焉。其於《易》，則謂有理而後有象，有象而後有數。《易》因象以明理，由象以知數，得其理則象數在其中。必欲窮象之隱微，盡數之毫忽，隨流逐末，術家所尚，非儒者所務也。其於《詩》也，則謂欲興於《詩》者，吟咏情性，涵暢道德之中而歆動之，有「吾與點也」氣象。其於《書》也，則謂須要見二帝三王之道，二典則求堯之所以治民，舜之所以事君。其於《禮》也，則謂多出於孔子弟子，然必去吕不韋之《月令》，及諸儒之《王制》。仍博集名儒，擇冠、婚、喪、祭、鄉、相見之經典，以類相從，自爲一書，若《大學》《中庸》，則《孟子》之倫也。至於《學記》《閑居》《燕居》《緇衣》《表記》，格言甚多，非《經解》《儒行》之比，當以爲《大學》《中庸》之次。《禮運》《樂記》《玉藻》《郊特牲》之類，又其次也。其於《樂》也，深惜夫今之祭祀無樂，今之樂不可用，不得緩急之

① 「彈虞絃」，《文選》卷三五張協《七命》作「揮危絃」。本書下同。

節。其論《春秋》，則曰大義數十，炳如日星，乃易見也。惟其微辭隱義，時措從宜者爲難知也，或抑或縱，或予或奪，或進或退，或微或顯，而得乎義理之安、文質之中、寬猛之宜、是非之公，乃制事之權衡、揆道之模範。又曰：《五經》之有《春秋》，猶法律之有斷例。《春秋》傳爲案，經爲斷，而欲以傳考經之事迹，以經别傳之真僞，有《易傳》《詩傳》《書説》①《春秋説》見行於世。先生得二程之正傳，續六經之絶學，作《本義》《啓蒙》，首辨劉牧以書爲圖，以圖爲書之失；推卦畫之本體，原立象之指歸，專主卜筮，實該萬變，始復潔静精微之舊；推本《詩》意，盡削小序，并爲一編，綴之篇後，叶其音韻，以便其吟哦，始復温柔敦厚之教。謂《書》之出於口授者多艱澀，得於壁藏者反平易，學者當沉潛於其易，不必穿鑿附會於其難。其於禮也，以《儀禮》爲經，而取《禮記》及諸經書所載有及於禮者，皆以附本文之下，凡脱稿者二十三卷。所著《家禮》，世皆用之。謂《周禮》爲周公運用天理爛熟之書，而意其立下此法，未曾盡見諸行事。其序律吕也，有取於蔡元定之書。自兩漢制志及蔡邕之説，與夫《宋朝會要》及張程之書，參互尋考，以爲國家審音協律典領之臣，當取以奏。其説《春秋》也，則謂正義明道，貴王賤伯，尊君抑臣，内夏外夷，乃其大義，而以爵氏、名字、日月、土地爲褒貶之例，若法家之深刻者，乃傳者之鑿，皆所以破古

① 「書説」，原作「詩書説」，前已有「詩傳」，此處誤衍，據劉剡本《感興詩通》删。

今之惑也。此詩深主程子，而先生自任之意確矣。○通曰：理餘韻於絶絃之後，周程三夫子也，獨舉龍門而言，可以包濂溪、明道矣。

第十三首

顔生躬四勿，曾子日三省。《中庸》首謹獨，衣錦思尚絅。偉哉鄒孟氏，雄辯極馳騁。操存一言要，爲爾挈裘領。《荀子》：「若裘挈領。」丹青著明法，今古垂焕炳。《揚子》：「聖人之言，炳若丹青。」何事千載餘，無人踐斯境。

蔡氏曰：此詩論顔子、曾子、子思、孟子傳心之法，以上接堯、舜、禹、湯、文、武、周公、孔子。蓋以明道統之正派，而又歎其自孟子而下，寥寥千餘載，而道統幾絶也，其旨深哉！○余氏曰：此言顔子之「克復」，曾子之「日省」，子思之「慎獨」雖不同，而孟子援孔子之説，斷之以「操則存」一語，則譬如挈裘領，領挈而裘自順。蓋四勿、三省與慎獨，尚絅無非操此心，而欲存之也。著爲明法，炳若丹青，非隱奥難見，高遠難行，何爲無人實踐斯境。言其説之易明而人難踐也。○梅巖胡氏曰：「踐」字要玩味。丹青炳焕，有目皆睹，而實踐者難，非知之艱，而行之惟艱也。第十首論七聖傳心之敬，此論四賢傳心之敬，此篇雖不明提「心」字，而「操」字亦從心上説來，聖賢皆從心上用工如此。七聖終以孔子，四賢終以孟子，皆道統之正傳也。韓子謂軻之死，不得其傳，此所以發千載無人之歎。○通曰：孟子之雄辯，三萬四千六百八十五字，不爲有餘；提挈裘領，只「操存」二字，不爲不足。

總論第九首至第十三首

潘氏曰：自八首至十三首，因上三首所言世道衰微，人欲横肆，禍亂極矣。而天運循環，亂極思治，人心暫晦，而善端不泯，但能參聖賢相傳之秘，以致其存養克復之功，體乾、坤健順之理，以極其力行固守之術，則人欲可消，而天理自復矣。雖六經殘缺，聖道不明，學者無所考證，而顔、曾、思、孟所言存養克復工夫之要，昭然明著，可舉而行，非如六經之殘缺難明也。何乃千有餘年，而無一人能踐行此道耶？〇通曰：先是三首、四首已發明心爲太極之妙，至是第九首借天之北極以喻人心之太極。太一有常居，寂然不動，心之體也；中天照四國，感而遂通，心之用也。下四首則又發明自古聖賢相傳之要道。蓋自古道統之傳，傳此心而已；此心之傳，傳此敬而已。第十首謂堯之欽明，舜之恭己，此敬也。堯、舜傳之禹，禹傳之湯，湯傳之文、武、周公，文、武、周公傳之孔子，皆不外一「敬」字。「秋月照寒水」五字，是形容「敬」之一字。但堯、舜至於周公之心，見於事業，孔子之心不得見於事業，而見於簡編，故曰「删述存聖軌」。第十一首又自堯、舜溯而上之，包犧先天之畫，爲萬世文字之祖，爲百聖心學之源。邵子曰：「《先天圖》，心法也。」言圖皆自中起，萬化萬事皆生於心也。圓圖象天體，天之象者，當勤行不息；方圖象地體，地之象者，當敬守彌敦。勤行動而敬也，敬守静而敬也。第十二首則又申言夫子删述存聖軌，謂夫子之心，既不得見於事業，而僅見於簡編。今而《易》之圖象既隱，《詩》《書》多訛，《禮》《樂》交喪，《春秋》有闕文，於是夫子不得施於當時者，又不得著於後世，殊可歎也。此又申明第三首所謂「塵編今寥落，歎息將安歸」者也。幸而千載之下，有程夫子出，而理餘韻於絃絶之後，發夫子之心於不傳之際。蓋第十首言能明堯、舜、禹、湯、文、武、周公之心在夫子，此則言能明夫子之心者，程夫子也。第十三首則又自程夫子而上溯，其得孟氏之傳。夫子之心，顔、曾得之，而爲「四勿」、「三省」；曾子之心，子思得之，而爲「衣錦尚絅」；子思之心，孟子得之，而發「操存」之要。孟子之後千四百年，無有能踐斯境，而程子得之。此道學之傳，至今不泯没也。蓋自伏羲發先天心學之傳，而堯、舜、禹、湯、文、武、周公皆有以承其流。夫子六經發心學之秘，而程子有以繼其絶。大抵此心皆如天星之太一，皆如秋月之寒潭，皆不外此敬而已矣。後之學者，欲心千載之心，奈之何不敬？

第十四首

元亨播群品，利貞固靈根。《黄庭經》：「玉池清水灌靈根。」注：「靈根，身也。」①《太玄經》：「藏心於淵，

① 「注靈根」三字原無，據劉剡本《感興詩通》補。

美厥靈根。」非誠諒無有，五性實斯存。

潘氏曰：將言異端、詞章之害道妨教，故先發此，以明吾道之本原也。元亨，屬春夏，萬物所以發生而敷榮；利貞，屬秋冬，萬物所以成熟而收藏。四德雖不言誠，然皆造化流行之實理。周子所謂「元亨，誠之通；利貞，誠之復」是也。○蔡氏曰：誠者，真實無妄之謂。天所賦，物所受之正理。「五性諒斯存」者，言人得之，以爲五常之性，而信則貫乎①四端，即所謂誠也。○楊氏曰：誠也者，天下之實理也。造化非實理，則無以發育萬物；萬物非實理，則無以自成其形。○徐氏曰：不誠無物，向非太極、無極之理，有以爲之樞紐根柢，則通復之理，皆無有矣。在天曰元亨利貞，而誠爲之本；在人爲仁義禮智，而信爲之本。此至誠盡性，所以與天地參也。

世人逞私見，鑿智道彌昏。豈若林居子，幽探萬化原。

潘氏曰：世人逞其私見，恣爲穿鑿，而不順乎實理之自然，乃下篇仙佛、舉子之類是也。○蔡氏曰：萬化原，即上文所謂「誠」也。○余氏曰：山林之士未必皆能幽探萬物之原，而幽探萬物之原，非山林之士莫能也。豈先生賦是詩時，正隱居山林，故以此自況歟？○梅巖胡氏曰：鑿者其僞，誠無僞也。○真氏曰：乾之四德，迭運不窮，其本則誠而已矣。誠，即太極也。其所以

① 「貫乎」，蔡模《感興詩注》作「實於」。

「播群品」者，誠之通也；其所以「固靈根」者，誠之復也。通則爲仁爲禮，復則爲義爲智。所謂「五行一陰陽，陰陽一太極」也。然動静循環，而静其本，故元根於貞，而感基於寂，不能養於未發之中，安得有既發之和。故此詩謂人之擾擾，適以害道，不若山林之士静觀密察，猶能探萬化之原。要之，道無不在，初不可以出處喧寂爲間，善學者當求先生言外之意。〇通曰：詩第一首言太極，到此復以「誠」之一字言之，猶周子圖説太極，而《通書》言誠，誠即太極也。善觀太極者，不徒在誠之通，而在誠之復。蓋所謂靈根之固者，即萬化之原也。鑿智者失之，幽探者得之。

第十五首

飄飄學仙侣，遺世在雲山。《史記》：「蓬萊、方丈、瀛洲三神山，望之如雲。」盜啓元命秘，竊當生死闗。

詹氏曰：元命秘者，造化生生之權；生死闗者，陰陽合散之機。

金鼎蟠龍虎，《選》：「守丹竈而不顧，煉金鼎而方堅。」陳子昂詩云：「金鼎合還丹。」蟠者，蟠結之義。龍虎，道家之説，謂人氣爲火，精爲水。火屬離，水屬坎。修煉者養陽胎於丹田而成黄芽，黄芽變爲嬰兒，嬰兒生於丹田，引出紅光，而乘青龍；養陰胎於絳宫，而成白雪，白雪變而爲姹女，姹女變而生於絳宫，引出白虎，而乘白虎。

嬰兒、姹女交會於黄庭。黄庭者，脾位也。陰陽相接，養成金丹，金丹既成，嬰兒却入絳宫，姹女却入丹田。陽反陰宫，夫反婦室，故曰還元金丹也。三年養神丹。説者①謂：仙家之煉外丹，初年聚集材料，次年燒煉而得温養，至三年而後可服。刀圭一入口，刀圭，小刀頭尖處。白日生羽翰。《白氏六帖》云：「白日升天，生羽翰。」

潘氏曰：言仙家煉外丹也。龍虎，鉛汞也。龍虎之氣交相蟠結，而以水火二鼎煉之，丹成服之，白日飛升。

我欲往從之，脱屣諒非難。但恐逆天道，偷生詎能安？

潘氏曰：有生有死，乃理之常。吾儒之道，生順死安，或壽或夭，修身以俟之而已，何必苦欲偷生天地間？凡此皆出於私見，鑿智之爲也。○余氏曰：歐公云，老氏貪生，釋氏畏死。氣聚則生，氣散則滅，順之而已，老釋皆悖之者也。或問程子：「神仙之説有諸？」曰：「若言居山林，保形煉氣，以延年益壽則有之，若曰白日飛升則無也。」又曰：「此是天地間一賊，若非竊造化之機，安得延年？使聖人肯爲，周孔爲之矣。」文公嘗訂定魏伯陽《參同契》，且云《參同契》所云坎離、水火、龍虎、鉛汞之屬，只是互换其名，若其實只精氣二者而已。精者，水也，坎也，龍也，汞

① 「者」原作「林」，據劉剡本《感興詩通》改。

也；氣者，火也，離也，虎也，鉛也。其法以神運精氣，結而爲丹。陽氣在下，初融成水，以火煉之，則凝成丹，内外異色，如雞卵。又曰：《參同契》云：「二用無爻位，周流行六虚。」二用者，用九與六，九六亦坎離也。六虚者，即乾、坤之初二三四五上爻位也。言二用雖無爻位，而常周流乎乾、坤六爻之間，猶人之精氣上下周流乎一身，而無所定也。《參同契》所注，空同道士鄒訢，即先生隱名。鄒本春秋邾子之國，訢即熹也，如韓昌黎託名於彌明道士也。此本無關於是章之指，特表而出之，使學者知先生無所不讀之書云。○胡氏曰：魏伯陽丹成服之，白日飛升，如安期生之徒，古皆有之。惟其煉得形氣清，遂能輕舉，然久亦消磨澌盡，皆非正道。渡江以前，多説吕洞賓、鍾離，今恐氣盡而死矣。蓋生而死，晝而夜，常道耳，逆其理而得生，知道者所不爲也。能盡乎此理之常，雖顔子之夭，伯牛之疾，亦安乎天理之自然，又何必求之神仙幻誕之説？徵之唐史，爲可戒也。嘗因《參同契》而悟仙家鼎器之設，蓋察外象坎離之候，以養内象坎離之真。苟内之坎離失其養，徒假外之坎離以爲功，豈理也哉？兼所以養之而成功者，又必氣禀至清，履行純一之人也。使氣禀濁而履行虧，乃欲點化於丹砂，亦妄而已。○通曰：所謂天道者，陰陽屈伸是已。使可有生而無死，是有晝而無夜，有陽之伸而無陰之屈，豈天道哉？是故仁者之静而壽，吾可爲也；神仙之偷生而不死，吾不爲也。

第十六首

西方論緣業，西方，天竺國。漢明帝夢金人長丈餘，頭有光明。以問群臣，或曰：「西方有神，名曰佛，其形長丈六尺而黄金色。」帝爲之遣使往天竺國訪尋，由是化流中夏。緣之名有十二，曰無明緣行、行緣識、識緣名色、名色緣六入、六入緣觸、觸緣受、受緣愛、愛緣取①、取緣有、有緣生、生緣老死憂悲苦惱。業之名有三，身業、口業、意業。子昂詩：「西方金仙子，緣業亦何名。」卑卑喻群愚。卑卑，《史記》曰：「申子卑卑。」

通曰：天生佛於西方，西方風氣肅殺，非佛慈悲，無以化之。其論緣業以化西方之人，非化中國也。世之論者皆謂佛自漢明帝時入中國，愚以爲佛之入中國自武帝開西域始，西域不開，佛無由而來。武帝作昆明池得黑灰，東方朔云：「可問西方道人。」「道人」非佛之徒乎？斯言豈非西域既開之後乎？○楊氏曰：佛固西方之英，蓋將以身化其國人。慈悲惻怛，所以矯其殺戮之威；淡泊無欲，所以消其荒淫之蕩；布施捨身，所以息其攘奪之禍；犓衣蔬食，所以塞其無厭之欲。凡其動作言語，雖精粗小大之不同，要皆欲以止其國中之亂耳，非有得於道，而可與聖賢

① 「識緣名色、名色緣六入、六入緣觸、觸緣受、受緣愛、愛緣取」，原作「識緣六入、緣名色、緣觸、觸緣受、受緣取」，據《長阿含經》等佛經改，本書下同。

抗也。

流傳世代久，梯接凌空虚。顧盼指心性，名言超有無。

潘氏曰：此言佛在西方天竺國，其始但論緣業因果，化誘愚民，流傳久遠，談空説妙，遂轉而爲禪。彼自以爲識心見性，超越有無，而不知其實則駕虚踏空，無所據依也，豈知乾坤之實理，聖賢之實德哉？○蔡氏曰：佛氏初只論緣業誘衆生，極爲卑下。其後如梯之接，漸漸凌入於虚空①玄妙之域，而不可致詰焉。○通曰：佛氏謂，心性者不淪於無，不著於有，不在中間與内外。吾之所謂心與性，皆實有而非虚無也，皆在内而不在外也。彼之心，豈寒潭秋月之心；彼之性，豈元亨利貞五行之性哉？

捷徑一以開，靡然世争趨。號空不踐實，躓彼榛棘途。誰哉繼三聖，爲我焚其書。

潘氏曰：此言禪家不由教，不由律，直使人閉目静坐，以俟心虚氣清。天光發見，便以爲見性成佛，其路可謂捷矣。是以世俗群起而趨之，縱使有所覺悟，亦只是守得一個儱侗空虚底物事，而不知日用之實理。以此接應酬酢，觸事面墻，殆猶即鹿無虞，顛躓困踣於荆榛叢棘之中，而不知其所往矣。凡此皆私見，鑿智之所爲也，未知何人能正人心以承三聖，而爲我焚其書，以遏絶夷

---

① 「虚空」，蔡模《感興詩注》作「空虚」。

狄之教乎？○余氏曰：朱子嘗曰：「某年十五六時，亦嘗留心於此。一日，在劉病翁所，會一僧，與之語。僧説：『某也理會得個昭昭靈靈底禪。』某遂扣問，見他説得也好。及去赴試，便有他意思，試官爲某説動，遂得舉。後赴同安任，時年二十四五矣。始見李先生，只説不是，教看聖賢言語。某遂將聖賢書來讀，讀來讀去，覺得聖賢言語，漸漸有味，回頭看釋氏之説，漸漸破綻罅漏百出。」吁！以先生少年未定之見，於釋氏猶有取焉，此程子所謂「其言近理，爲害尤甚」者也。○梅巖胡氏曰：楊誠齋論韓文公闢佛，謂有畏焉者，有好焉者。此詩緣業之説，蓋畏焉者，因其愚昧而入；凌空虛、超有無之説，蓋好焉者，因其高明而入。畏焉者，尚可理曉；好焉者，難以理化。故此詩辭有詳略。○通曰：詩闢佛甚於闢仙，蓋以學仙者逆天道，學佛者滅人倫。仙之學，非氣稍清、心稍静者莫能入；佛之學，或怖其果報，或慕其高虛，愚與賢皆能入。故仙丹三年始成，佛法一朝頓悟，此朱子所以必欲焚其書也。

第十七首

聖人司教化，横序育群材。横，學舍也，本作「黌」。因心有明訓，善端得深培。天叙既昭陳，人文亦褰開。

徐氏曰：上篇言老釋之害道，此又歎吾儒之學不明，而庠序之習日非也。○蔡氏曰：今人乍見孺子將入於井，皆有怵惕惻隱之心，此因心之有明訓也。天叙既陳，人文亦開，蓋有本，必有文。初不求爲文，而有自然之文。〇潘氏曰：既因天叙之自然，以昭陳其五倫之典；又順人事之當然，以品秩其五禮之文。本末具舉，體用兼明。〇余氏曰：君臣、父子、夫婦、兄弟、朋友之倫，出於天所叙秩者，既昭陳而不可紊，而君尊臣卑，父坐子立，兄先弟後，夫倡婦和，朋來友習之道，出於人所節文者，亦褰開而不可掩也。

云何百代下，學絶教養乖。群居競葩藻，争先冠倫魁。《甘泉賦》：「迺搜逑索耦，皋、伊之徒，冠倫魁能。」①注：「言選擇賢臣，可匹偶於古賢皋、伊之類，冠等倫而魁傑。」淳風反澆喪，擾擾胡爲哉。

潘氏曰：此詩言上之所以教，下之所以學，皆無其本，徒相與争，爲不根之文②，末習澆漓，正學湮塞，其不爲異端所牽引者幾希。所以重朱子之歎，而繼十六篇之後也。〇梅巖胡氏曰：此篇歎教化不明，士競葩藻之文，亦「鑿智昏道」之一節也。堯焕乎文，周郁郁乎文。蓋自天叙之，有倫者推之，其極可以經緯天地，後世以詞章爲文藝焉而已矣。横序雖設，教養無本，曾不知所以涵養德性，變化氣質，第較紙上語之工拙。操五寸管，書盈尺紙，幸而可悦一夫之目。巍冠倫魁，吃著不

① 「逑」，原作「捄」，據《文選》卷七《甘泉賦》改。「能」字原脱，據《甘泉賦》補。
② 「文」，北大本作「論」。

盡，是以僞習日滋，淳風日喪，擾擾乎場屋之得失，果何爲①哉！此不特士子之過，司教化者之過也。上以此取，下不得不以此應。此詩歸之「學絶②教養乖」，其有歎夫！○通曰：前六句言古者學校之教如此，後六句言後世科舉之弊又如此。古之學校不過欲人培養善端，以不失其本心而已；後世科舉競葩藻、争倫魁，虚名可得，而本心已失矣。古今風俗之淳駁，世道之興衰，皆由於此。

總論第十四首至第十七首

潘氏曰：天地造化之實理，本自如此，而老佛之徒，各逞其私見臆説，以誘誑愚民，而不本於天地正大之理；而世之號爲儒者，又徒從事於文字言語之末習，而不知聖學③之本原。所以自孟氏之没，千有餘年，無復有能續聖賢道統之傳者也。○通曰：第九、第十首言心言敬，繼而歷叙聖賢之傳，以見其傳，皆此心也，皆此敬也，又所以明吾道之正統也。至第十四首言性言誠，繼而歷叙仙與佛之類，以見其説皆非吾性也，皆非吾誠也，又所以闢異端之邪説也。先是明吾道

① 「爲」，北大本作「如」。
② 「絶」，原作「習」，據劉剡本《感興詩通》改。
③ 「學」，北大本作「賢」。

之正統，則自伏羲以至周子，今則歷舉堯、舜、禹、湯、文、武、周、孔、顔、曾、思、孟以及程子，可謂詳矣。先是闢異端之邪説，惟言老莊，今則凡仙與佛，暨近世學校科舉之弊皆歷言之，可謂悉矣。先是言道爲太極而言心繼之，今則言心爲太極而言性繼之。聖賢之心無不敬，天命之性無不誠，前後文不相屬，而意實相承，不可不逐首分看，而亦不可不合看。如此，《通書》以繼之者，善爲元亨；以成之者，性爲利貞。朱子既釋之曰：「繼言其發，成言其具。」及周子曰：「元亨，誠之通；利貞，誠之復。」朱子又釋之曰：「通者，方出而賦於物；復者，各得而藏於己。」今詩曰「播群品」、「固靈根」，「播」字即是「發」字，即是方出而賦於物；「固」字即是「具」字，即是各得而藏於己。元亨利貞，非誠無有；仁義禮智，非信不存。《中庸》一書無非言誠，而第十六章始發之；《感興二十首》無非言誠，而第十四首始發之，其旨一也。蓋誠者，真實無妄之理。「渾然一理貫」，誠即一，不誠非一也。「至理諒斯存」，誠即至，不誠非至也。「世人逞私見」，其見非誠也。「鑿智道彌昏」，其智非誠也。天地之誠不徒可見之於「元亨播群品」之時，最可見之於「利貞固靈根」之際。蓋静而復動，貞下起元，詩所以謂「萬化原」者，正在於此。五常之智，即四德之貞，而鑿者失之。詩以「幽探萬物原」歸之林居子者，其亦以萬化之動原於静，亦惟静者能得之歟？或曰：「十五首所謂神仙者，非林居子而何？」曰：吾儒林居子能經世，而不用於世者也；彼則無用於世，而遺世者也。且元亨利貞，萬化之一出一入，一生一死，皆真實無妄之理。

仙家欲長生而不死，妄也。元亨利貞之理，實有而非虛無。佛家無實無虛，超乎有無之表，妄也。六經無「仙」字與「佛」字，使其理果實有也，則六經言之，聖賢爲之矣。至若後世學校科舉，雖非仙佛異端之比，古者學校敬敷五教，因人心固有者導之；古者言揚功舉，取其有補於世者用之。後之學校科舉多尚虛文而無實用，則亦妄也。然此事却在上之人宗主如何爾，使學校皆如胡安定之「明體適用」，使科舉而皆得范文正公《金在鎔》之賦，皆得張庭堅「自靖自獻」之義，則亦謂之妄，可乎？謂之無補於世，可乎？嗚呼！仙學遺世，佛學①出世，儒又不能使經世，此後之世所以不能如唐虞三代之世也，此固詩之所深歎也。

第十八首

童蒙貴養正，《易》：「蒙以養正，聖功也。」遜悌乃其方。《語》：幼而不遜悌。

胡氏曰：遜順者，孝弟之原。程子曰：孝弟，順德也。

雞鳴咸盥櫛，《内則》：「子事父母，雞初鳴，咸盥漱、櫛、縰。」問信謹暄涼。冬温而夏凊，昏定而晨省。捧水勤播灑，擁篲周室堂。《内則》：「進盥，少者捧盤，長者捧水，請沃盥。」灑，掃也。《内則》：「灑掃室堂。」篲，掃竹也。

① 「學」，北大本作「法」。

《漢書》：「太公擁篲。」進趨極虔恭，退息常端莊。劬書劇嗜炙，劬書，勤勞於書也。《孟子》：「耆秦人之炙。」見惡逾探湯。庸言戒粗誕，時行必安詳。粗誕，鄙野夸誕也。安詳，安重詳審也。聖途雖云遠，發軔且勿忙。軔，礙車輪木也。十五志於學，及時起高翔。《易》：「君子進德修業，欲及時也。」

潘氏曰：此承前篇禪家捷徑而言，學者當從下學而後可以上達，不可如禪家直趨捷徑，欲一蹴至聖人之域也。〇余氏曰：「發軔且勿忙」，而以「及時起高翔」繼之，蓋言學者不可自視過高，而失之躁進；亦不可自視過卑，而失之不及也。「雞鳴盥櫛」以下，考之《内則》，皆子事父母之事，不曰「孝弟」，而曰「遜悌」，何也？蓋孝弟皆順德，而遜所以爲德之順也。人未有能遜而不孝，亦未有不孝而能弟者。孝弟爲仁之本，而遜又所以爲孝弟之原。〇梅巖胡氏曰：《易》言蒙以養正，聖功也。此詩首以養正，終以聖途，正與《易》合。養正未遽，至於聖而作聖，未有不終於養正者。養正有方，遜弟爲養正之良方乎？此言小學工夫，而以大學明之。〇通曰：古人之教，養蒙①爲先，故詩於此拳拳焉。詩首言天地陰陽之奥，此理之極於至大而無外者也。此言童蒙灑掃應對之節，理之入於至小而無間者也。程子曰：「灑掃應對與精義入神，通貫只是一理。」又曰：「自灑掃應對以上，便可到聖人事。」此詩始之以童蒙養正，終之以聖途高翔，即此意也。

---

① 「蒙」，北大本作「正」。

第十九首

哀哉牛山木，斧斤日相尋。豈無萌蘖在，牛羊復來侵。

蔡氏曰：「哀哉」二字，本《孟子》，朱子謂「最宜詳味，令人惕然有深省處」。牛山木美矣，日爲斧斤所戕，然氣化流行，未嘗間斷，非無萌蘖之生，牛羊又來侵焉。此亦六義之比。

恭惟皇上帝，降此仁義心。物欲互攻奪，孤根孰能任。《左傳》：「寡君未之敢任。」韓文：「孰余力之不任。」

潘氏曰：此言惟皇上帝降衷下民，人莫不具仁義之性，但爲口體物欲所攻伐，是以天理日微，而人欲日熾。縱或根苗尚在，當心平氣定之時，乘間發見，又爲私心邪念所戕賊，其不殄滅者幾希矣。仁義在人，猶木在山。善端之間發，猶萌蘖之復生也；私欲外邪，猶斧斤牛羊也。

反躬艮其背，《艮卦》：「艮其背。」肅容正冠衿。保養方自此，何年秀穹林。

潘氏曰：人之一身，四肢百體無不與物相感者，惟背非聲色臭味所能動摇。反躬、艮背，所以止於内；肅容、正冠，所以防其外。内外交養，庶幾有以完復其仁義固有之心也。然其端之發也甚微，今方保養於此，不知何時充實光輝，以至於盛大之域耶？「穹林」者，首尾以木爲喻也。

〇通曰：「哀哉」二字，《孟子》本謂放其心，而不知求者言也。「牛山」一章，亦言人之放其良心也，故詩亦以「哀哉」二字先之。嗚呼！心者，吾之所得於天，而異於禽獸者也。吾自放而失之，則去禽獸不遠矣，豈不大可哀也哉！此詩言心與第三四首相應，其言保養與第十三首所謂「操存」者相應。學者讀之，宜惕然深省也。○潘氏曰：上章童蒙之所養方言其存養之法，此章方露出仁義之心，始言其所養之實，不可不知也。

第二十首

玄天幽且默，子昂詩。仲尼欲無言。

詹氏曰：天地之生萬物，聖人之應萬事，其分固不能無異，其理則未嘗不同，皆自然而然也。

動植各生遂，德容自清温。

潘氏曰：此言天何言，而四時行、百物生，無非實理之所運也。聖人無言，而容貌舉履之間，無非至教之所形也。○通曰：物生於春，遂於秋。天之容，春而温，秋而清。

彼哉夸毗子，夸毗，《詩》：「無爲夸毗。」毛曰：「以體柔人也。」鄭箋曰：「女無夸毗，以形體順從之。」《後漢·崔駰傳》：「君子非不欲仕也，恥夸毗以求舉。」謂足恭善進退。拾遺陳子昂詩云：「便便夸毗子。」呫囁徒啾喧。呫囁，多言也。《漢·灌夫傳》：「今日長者爲壽，乃效兒女曹呫囁耳語。」啾喧，小兒聲，又鳥聲。但逞言辭好，豈知神鑒昏。

潘氏曰：此指上章「群居競葩藻」之徒也。《詩》曰：「無爲夸毗。」夸，大也；毗，附也。爲大言以夸誕於世，諛言以阿附於人也。呫囁啾喧，乃禦人以口給之狀。「豈知神鑒昏」，謂但騁外面言辭之美好，要其胸中實無定見，其於義理、真實、至當之所歸，全不之知也。

曰予昧前訓，予，文公自謂。坐此枝葉繁。《易》：「中心疑者，其辭枝。」《記》：「天下無道，則辭有枝葉。」發憤永刊落，奇功收一原。

蔡氏曰：末句見其歸根趨元作「斂」。實，神功超絶，有不可形容之妙。以爲自責，則又若自謙；以爲自謙，則又若自任。百世之下，必將有神會而心得之者。○梅巖胡氏曰：奇功，譬如天何言，而自有動植生遂之功，言語文字末耳。學者當删其枝葉，培其本根。枝枯葉脱，根幹呈露，而大本之一原者固如此。借言語爲筌蹄，而卒至忘筌、忘蹄之境，非奇功乎？後四句雖若自責，實所以責夸毗子而教之也。○通曰：此所謂「一原」，即前所謂「萬化原」也。「幽探萬化原」，則義之精；「奇功收一原」，則仁之熟矣。○徐氏曰：奇功收一原，渾然此道之全體，融會於方寸。夫子所謂「一以貫之」，子思所謂「無聲無臭」，周子所謂「無極而太極」者，故《感興詩》以此終焉。

總論第十八首至第二十首

潘氏曰：學者當務小學工夫，以培養其仁義固有之實心，而不可惑於釋氏駕空凌虚之説。當知夫子不言而躬行之意，而不可徒事口耳角敵文辭以爲媒身之計也。○通曰：右三詩皆承上章「因心有明訓，善端得深培」言之也。「童蒙貴養正」是養此良心於童蒙之時，所以培善端也；「保養方自此」是養其良心於梏亡之後，亦所以培善端也。「端」字有二義，始爲端，末亦爲端。性發爲情，是其始也，而謂之端，於此時養之，能不失之於始也；情欲昏蔽之極，而本性有時發見，是其末也，而謂之端，於此時而養之，是其既失之後，而保養方自此始也。聖途發軔，養之功易見；何年穹林，養之功未易成。兩「養」字，或言之於詩之首，或言之於詩之終，朱子教人之意深矣哉！末章言吾之心即天之心，則又無待於養之功矣。天無言，而其心自見於動植之生遂；聖人無言，而其心自見於德容之清溫。故詩前謂心者吾靈臺，而多欲者穢之，泛爲衆人言也；此謂心者吾神鑒，而多言者昏之，專爲末學者言也。末學紛紛，求工於言詞之末，而本心存亡，一漫不復省。枝葉徒繁，本根已悴，此朱子晚年必欲刊落枝葉，而特達本根也。「動植各生遂」，一散爲萬，而心之用以行；「奇功收一原」，萬會爲一，而心之體以立。詩首言一理，末言一原，於此見朱子晚年造詣之深矣。合此三詩觀之，童蒙養正，學之始也；反躬艮背，學之中也；奇功一原，學之終也。即《中庸》末章首言學者立心之始，中言慎獨戒懼之功，而終則歸之無聲無臭之天也。無聲無臭之天，即是無言之夫子，即無思無爲之《易》，即周子所謂「無極而太極，太極本無極」也。吁！妙矣！

感興詩諸家總論

余氏曰：詩始言一理，中散爲萬事，末復合爲一理。幽探無極、太極生化之原，明述人心、道心危微之辨，粗及夫晚周、漢、唐治亂之迹，精言夫陰陽、星辰、動静之機。上原夫堯、舜、禹、湯、文、武、周公授受之際，下列夫顔、曾、子思、孟軻存守之要。大而乾坤之法象，性命之根原；微而神仙之渺茫，釋佛之空寂，與夫經之所以得，史之所以失，靡不明備，無有遺闕。且於教之所以教，學之所以學，粲然條列，混然貫通。首窮夫無極之旨，末歸於無言之妙，與《中庸》始言「天命之謂性」，而終言「上天之載，無聲無臭」者，同一指歸也。

又曰：興隨感而生，詩隨興而作。或比或賦，雖非一體；或後或先，初非一意。然首尾之相爲貫穿，本末之相爲聯屬，則渾然其爲一貫也。蘇黄門謂《大雅・

緜》九章初誦太王遷豳，至其八章乃及昆①夷，至其九章復及虞芮。事不接，文不屬，如連山斷嶺，相去絶遠，而氣象聯絡，觀者知其脉理之爲一也。《感興》之詩，當以是觀。

李氏心傳曰：詩凡天地陰陽之運，道德性命之理，百王之規模，六經之藴奥，與夫孔孟相傳之正，瞿聃所見之妄，大略感興於此，而以下學上達之方終焉。雖因感興而遂成章，然開示學者之意，亦已切矣。顧其包涵廣遠，不可涯涘，倘非盡讀夫子之書而通其教，則於此六百三十言之大旨，猶未免乎面墻也。

李氏道傳曰：《感興》二十章，擬陳拾遺《感遇》詩而作也。詩人擬古多矣，第能仿其意趣，效其音節，無甚高論。拾遺之詩，李太白亦嘗擬之，其措意遣言，不出拾遺區域之外，至有全用拾遺語者，雖無作可也。晦庵二十章，其於天地萬物之理，下學上達之事，靡不該貫，蓋道學精微也。雖擬拾遺，其實過之，第宏深妙密，初學之士或未盡識也。

① 「昆」，原作「混」，據劉剡本《感興詩通》及蘇轍《詩病五事》改。

胡氏升曰：此詩究極道體，綱維世教，與《太極圖》《通書》《近思録》實相表裏，指示學者甚切也。

王氏埜曰：先生此詩，凡太極陰陽之理，天理人欲之機，古今治亂之分，異端末學之辨，精粗本末，兼該并貫，加以興致高遠，音節鏗鏘，足以追儷風雅。學者優游諷咏，良心善性，油然而生。下學上達之功，孰能外是而求之哉？

梅巖胡氏曰：文公贊陳詩，以爲「雖乏世用，實物外難得自然之奇寶」，且自言其詩「近而易知」，「皆切日用」。然則陳詩如金膏、水碧，有之固可玩，無之亦何損；文公詩則布帛之文，菽粟之味，有補飢寒，生人不可一日缺者。雖然，文公自謂「近而易知」，愚則謂其近如地，其遠如天，學者可以爲易知而忽之哉！

蔡氏曰：古今之書，惟詩入人最易，感人最深，三百篇之後，非無能詩者，不過咏物陶情，舒其蕭散閑雅之趣而已。獨朱子奮然千有餘載之後，不徒以詩爲詩，以理爲詩，《齋居感興》是也。蓋以義理之奧難明，詩章之言易曉。難明者難入而難感，易曉者易入而易感也。朱子切於教人，故特因人之易入易感者，以發其所難入難感者爾。

右晦庵朱先生《感興詩》若干篇，理趣融液，音韻優游，上該六經，下貫諸史。上下古今，幾千百禩，理道事變，蒐括殆盡，實與三百篇相表裏，要非騷人墨客吟風弄月之作也。第詞旨簡奥，學者未易曉解。近得婺儒通釋，其義始明。惜板行新安，流布未廣，若關陝僻在西鎮，得之尤難。上饒婁先生被命提學於此，以身範物，以性理陶淑士人，乃以所得善本授繡，俾鋟諸梓，以與學者共之，盛心也。於乎！豪傑之士寧無得此而興起者乎？時成化丁未秋八月既望，鳳翔府知府後學春陵熊繡謹識。

附北大本末王謙識語：

右文公先生《感興詩》（三）〔二〕十篇，先正胡雲峰嘗集十家之注爲之通，以惠學者，意至渥矣，奈何舊本飄忽鮮存。宣德壬子，括蒼葉公回氏來貳婺之明年，訪得其本，繡梓以傳。葉滿去時，遂以板獻大府，意圖永久。不知彼何人斯，視爲無物，改爲眼科方板，遂致此集泯泯無傳。噫！可慨也已。此予貳婺之明年，公九世孫福建副使穩、雲峰八世孫庠生濬嘗同詣予，且望予有傳。予謂眼科傳足以啓人之盲，是集傳能使天下之人心不盲。是役可後乎哉？由是汲汲訪求，又明年始得葉氏刻本，反覆誦味，若將有得，用不敢自私，捐俸壽梓，將與四方同志之士共之。因念雲峰泰定甲子纂集，洎葉氏宣德壬子梓行，迄今上下僅百五十年，而此集存没凡幾，(馬)〔焉〕知予今日之刻，將來傳者又何如耶？嗚呼！感慨係之矣。雖然，傳不傳，不足較也。今日之事焉可廢歟？抑焉知來者之不如今也？刻既完，予因識其歲月，并識所聞，以告來者，尚亦有警於斯，而相與共保悠久云。

成化癸巳冬十一月甲午，後學廬陵王謙謹識。

選詩續編補注

［元］劉履 撰

齋居感興詩二十首并序

予讀陳子昂《感遇》詩，愛其詞旨幽邃，音節豪宕，非當世詞人所及。如丹砂、空青、金膏、水碧，雖近乏世用，而實物外難得自然之奇寶。欲效其體，作數十篇，顧以思致平凡，筆力萎弱，竟不能就。然亦恨其不精於理，而自託於仙佛之間以爲高也。齋居無事，偶書所見，得二十篇。雖不能探索微妙，追迹前言，然皆切於日用之實，故言亦近而易知。既以自警，且以貽諸同志云。

其一

昆音「渾」。侖大無外，旁礴下深廣。陰陽無停機，寒暑互來往。皇羲古神聖，妙契一俯仰。不待窺馬圖，人文已宣朗。渾然一理貫，昭晰非象罔。珍重無極翁，爲我重指掌。

昆侖，言天形之圓轉；旁礴，謂地勢之廣被。馬圖，即滎河龍馬負圖而出，伏羲則之以畫八卦者也。人文，謂兩儀、四象支分交錯成八卦，以備三才者，説見朱子《原象贊》。象罔，猶言不分曉，語出《莊子》。無極翁，指濂溪周子也。○此篇論太極一貫之理也。言天地設位，以見太極之體所以立；陰陽、寒暑迭運，以見太極之用所以行。蓋無往而非太極也。伏羲，古之神聖①，仰觀俯察，默契其妙，有不待河之出圖，而所謂人文者固已灼見於卦畫②之前矣。且五行一陰陽，陰陽一太極，渾然融貫，本自昭著，但聖遠言湮，而於無聲無臭之中，有未易以窺測者。今乃感荷周子作爲《圖説》以示我人，使獲見其如此之明而無疑也。○余子節曰：伏羲作《易》，自畫以下；文王演《易》，自乾元以下，皆未嘗言太極，而孔子言之。孔子贊《易》，自太極以下，未嘗言無極，而周子言之。蓋「無極」二字，乃周子不繇師傳，默體道妙，立爲名義者如是，故朱子於其《圖説》釋之詳，已而復於此特舉是以名稱之，不亦宜哉！

其二

吾觀陰陽化，升降八紘音「宏」。中。前瞻既無始，後際那有終。至理諒斯存，萬古一作

①「神聖」，《風雅翼》卷一四《選詩續編》四（文淵閣《四庫全書》本）作「聖皇」。
②「卦畫」，《風雅翼》作「畫卦」。

「世」。與今同。誰言混沌死，幻語驚盲聾。

八紘，《淮南子》謂九州之外有八夤，八夤之外有八紘。「斯」者，指陰陽升降而言。混沌，元氣未判之稱。混沌死，亦見《莊子》書。幻，怪妄也。○此言太極之實理與陰陽氣化，亘萬古而無終窮也。其曰「前瞻無始」、「後際無終」者，即周子所謂「一動一静，互爲其根」，及程子所謂「動静無端，陰陽無始」之意。夫太極，理也；陰陽，氣也。氣無理則無所本，理無氣則無所寓，二者常相依而不相離。故陰陽之升降，無時休息，而太極之妙用，亦無往而不在也。彼謂「混沌死」者，其意以爲天地既判，元氣分裂，則所謂太極者亦破碎而不復全。此驚世駭俗之論，其不足信也明矣。

其　三

人心妙不測，出入乘氣機。凝冰亦焦火，淵淪復天飛。至人秉元化，動静體無違。珠藏澤自媚，玉韞山含暉。神光燭九垓，玄思去聲。徹萬微。塵編今寥落，歎息將安歸。

機者，發動所由之處。「凝冰」、「焦火」、「淵淪」、「天飛」，語本《莊子》。元化，即《書》所言「上帝降衷」，劉康公所謂「受天地之中以生」者。長樂潘柄以爲「吾心之太極」是也。九垓，已見《補注・郭景純詩》。○此言人心不測，乘氣而動，苟無道以主之，則恐懼所迫，不冰而寒；忿懥之來，不火而熱，甚而至於淵沉、天飛，有不可繫者矣。唯聖人爲能精一執中，故其動静之際，不逾矩度，存諸中而應乎外，觸處洞然，莫非此心之妙。然自聖人不作，心學無傳，簡册雖存，今人無有能究之者，而寥落殆甚，是以人心之失愈遠，而歎其將無所歸也。

其四

静觀靈臺妙，萬化從此出。云胡自蕪穢，反受衆形役。厚味紛朵頤，妍姿坐傾國。崩奔不自悟，馳騖靡終畢。君看穆天子，萬里窮轍迹。不有《祈招》音「韶」。詩，徐方御宸極。

靈臺，即人心也，以其神明之所舍，故以爲名。朵，垂也；頤，口旁也。朵頤，欲食之貌，語見《周易》。《祈招》詩，已見《補遺》。徐方，徐偃王之國也。按韓文公記偃王廟云：「穆王西游忘歸，四方諸侯有争辨者，無所質正，咸賓祭於徐。贄玉帛、死生之物於徐之庭者三十六國。」宸極，謂帝居也。〇此承上篇之言「人心不測」，以終「歎息安歸」之義。首言靈臺之妙，萬化之所從出者，即《書》所云「道心」之謂。惟其不能精一執中，反爲人心所役，乃縱飲食男女之欲，甚至崩奔馳騖，如穆王之幾喪天下者，爲害甚大，可不顧念之與？章首「静觀」二字，實一篇之旨要。蓋不能静觀，則無以知此心之妙，而所謂「自蕪穢」、「不自悟」者，皆由於此。讀者不可以其易而忽之。

其五

涇舟膠楚澤，周綱已陵夷。況復《王風》降，故宮黍離離。玄聖作《春秋》，哀傷實在兹。祥麟一以踣，反袂空漣洏。漂淪又百年，僭侯荷上、去二聲。爵圭叶音「規」。王章久已喪，何復嗟歎爲。馬公述孔業，託始有餘悲。拳拳信忠厚，無乃迷先幾。

涇舟，涇水之舟，見《詩·棫樸》篇。以其下文有「周王于邁」之語，故借用之。膠，潘柄言與《莊子》「膠杯」之義同。當，音去聲。《皇王大紀》①云：「昭王征荆蠻，旋涉漢梁，敗而隕，王右辛餘靡振王北濟，因是發病，崩。」《史記》云：「南巡狩不返，卒於江上。」則是涇舟住②膠於楚澤也。或引《通鑑外紀》之説，漢濱之人惡王，以膠船進，中流膠液，船解而溺。於義不通。麟踣，謂其折足而死也，已見《補遺·獲麟歌》及《補注·劉越石詩》。僭侯，謂晋大夫魏斯、趙籍、韓虔共分晋地，而請爲諸侯，天子不能討，且從而命之也。章，猶法也。馬公，司馬温公。述孔業，謂作《通鑑》，欲續《春秋》也。○此言周自昭王南征不返，王綱已陵夷矣。及平王東遷，下同列國，周

---

①「皇王大紀」原作「皇天大紀」，據《風雅翼》改。

②「住」，《風雅翼》作「往」。

衰愈甚，而亂臣賊子興，聖人於此已不能不感傷焉。況乎麟出非時而見害，於是悼明王之不作，哀吾道之既窮，作爲《春秋》，而託始於平王，絶筆於獲麟也。下逮三晋之時，王章淪喪既久，雖復嗟歎，亦無如之何。已而温公《通鑑》之作，乃欲追述聖業，託始於此。觀其反復悲傷，以明夫禮義名分之不可紊者，其意信爲忠厚，然惜其不即繼書獲麟之後，如東萊吕氏之《大事記》，則無乃昧於事幾之所先乎？或疑朱子《綱目》亦始於三晋而獨譏温公爲不可，何也？蓋《通鑑》紀事之書，但當續《左傳》，而不當有所創始。《綱目》褒貶之詞，實法《春秋》，況因《通鑑》而作，自不容不於此始。二書製作之體固有不同，讀者詳之。

其　六

東京失其御，刑臣弄天綱。西園植奸穢，五族沉忠良。青青千里草，乘時起陸梁。當塗轉凶悖，炎精遂無光。桓桓左將軍，仗鉞西南疆。伏龍一奮躍，鳳雛亦飛翔。祀漢配彼天，出師驚四方。天意竟莫回，王圖不偏昌。晋史自帝魏，後賢盍更張。世無魯連子，千載徒悲傷。

東京，指東漢所都而言。刑臣，閹宦也。天綱，猶言王綱。西園，靈帝所置，造萬金堂，引司農金帛錢物積之，并寄藏小黄門常侍家錢。又令其賣官鬻爵，入錢於此。五族，宦者單超、徐璜、具瑗、左悺、唐衡也。桓帝時同日封侯，世謂之五侯，又有「五邪」、「五倖」之號。千里草，靈帝時童謡，應董卓之讖。卓初爲中郎將，後廢立擅殺，自爲丞相，燒宫廟、發諸陵，劫獻帝西遷。陸梁，强梁也。當塗，謂魏王曹操，説見《補注》第八卷。桓桓，威武貌。左將軍，漢昭烈也，建安三年爲左軍將軍，領豫州牧。伏龍，謂諸葛孔明；鳳雛，謂龐統也，見《孔明傳》。祀漢配天，謂接漢正統也。「王圖不偏昌」，歎其不得統一也。孔明嘗言：「漢賊不兩立，王業不偏安。」蓋其志必欲統一云爾。晋史，謂晋史官陳壽。壽撰《三國志》，以魏爲帝。魯連子，戰國時人，會魏將新垣衍説趙使尊秦爲帝，連責之曰：「彼帝天下，連有蹈東海而死耳。」○此言東漢自桓、靈失道，宦豎弄權，斂貨賂以蓄奸穢，興黨錮以害忠良，遂致亂臣賊子相踵弑奪。昭烈以漢室之胄，又得忠賢爲輔，出師討賊，圖復舊疆，宜無難者。然天意竟不可回，莫遂恢廓。陳壽作史，以魏繼漢，固無足責，後來如司馬公學術之正，當以《春秋》之法正之，乃亦帝曹魏而寇蜀漢，求其如魯仲連之耻帝秦者，今不復見。千載而下，徒爲悲傷而已。○余子節曰：朱子《綱目》書「魏王曹丕稱皇帝，廢帝爲山陽公」，而不書禪位。於蜀繼漢，特書「昭烈皇帝章武元年」，而不介①以黄初之號。及蜀亡，乃書「鄧艾至成都，帝出降，漢亡」，以見漢統非絶於獻帝之延康也，與此詩正相表裏。

①「介」，《風雅翼》作「書」。

愚按：習鑿齒《漢晋春秋》謂蜀以宗室王，而魏、吴皆爲篡逆，至晋文平蜀，乃爲漢亡，而晋始興。然則朱子固有所本云。

其七

晋陽啓唐祚，王明紹巢封。垂統已如此，繼體宜昏風。麀聚瀆天倫，牝晨司禍凶。乾綱一以墜，天樞遂崇崇。淫毒穢宸極，虐焰燔蒼穹。向非狄張徒，孰一作「誰」。辦取日功。云何歐陽子，秉筆迷至公。唐經亂周紀，凡例孰此容。侃侃范太史，受説伊川翁。《春秋》二三策，萬古開群蒙。

晋陽，太原也。唐高祖李淵初爲隋太原留守，其子世民陰與晋陽宫監裴寂謀，以宫人私侍其父，因脅以起兵，遂取隋而有天下。其後世民又殺太子建成而嗣立，是爲太宗。王明，太宗子曹王明也。巢封，即太宗弟秦王元吉，後封（曹）〔巢〕剌王。初，太宗并殺元吉，而納其妻，生子明，使繼巢王後。麀，亦牝也。麀聚，謂武后本太宗才人，高宗烝，立爲后，此《禮記》所謂「父子聚麀」也。牝晨，言高宗令武后預決朝政，是牝雞之晨也。乾綱，謂君爲臣綱，夫爲妻綱也。天樞，武后既革唐爲周，鑄銅柱高一百五尺以紀周功德，榜曰「天樞」。毒，猶惡也。淫毒，謂武后初幸僧懷義，王求禮嘗請閹之；復幸張易之、昌宗兄弟，陽使預修《三教珠英》於内殿，以掩其迹之類。

虐焰，謂武后之殘酷，如斷去王皇后、蕭淑妃手足，投酒甕中，令骨醉，數日而死。又累殺三太子及唐宗室諸王族屬殆盡。狄張，狄仁傑、張柬之也。取日功，謂中宗得正帝位，社稷復歸於唐也。《柬之傳贊》云：「取日虞淵。」唐經，謂唐史，本韓文公「作唐一經」之詞。亂，污雜也。周紀，《武后紀》也。侃侃，剛直也。范太史，名祖禹，嘗作《唐鑑》。〇此篇專論武后之事，因推言高祖、太宗，垂統之主皆以女色亂倫如此，宜乎繼體如高宗者不耻麀聚之污，卒致牝晨之禍也。蓋武后自得志以來，專作威福，至於竊取大位，權歸武氏者幾五十年，而其間淫穢殘虐，不可勝紀。及武承嗣、三思等營求太子，自非仁傑力挽於前，柬之討亂於後，則唐祚幾於絶矣。秉史筆者宜用《春秋》之法，黜武后以爲女主僭亂之戒。奈何歐陽文忠公之修《唐書》，仍列則天改周之事於帝紀，以亂國史之凡例乎？惟范太史受學程子之門，其作《唐鑑》也，於中宗廢遷之後，每歲必書帝在某所，以合《春秋》「公在乾侯」之所以正國統而明大義者，真足以開萬古之愚蒙矣。〇按，《唐書》列傳：初，吴兢撰國史，爲《則天本紀》。史館修撰沈既濟奏請省《天后紀》，合《中宗紀》，每歲首必書曰「皇帝在房陵，太后行某事，改某制」。紀稱中宗，而事述太后，名不失正，禮不違常。愚謂：既濟此言雖不行於當時，固可法於後世。惜乎歐陽公見之而不能用。竊意范太史所受於伊川者，得非有取於此乎？因并記之，且以見公論有終不可泯者云。

其八

朱光遍炎宇，微陰眇重淵。寒威閉九野，陽德昭窮泉。文明昧謹獨，昏迷有開先。幾微諒難忽，善端本綿綿。掩身事齋戒，及此防未然。閉關息商旅，絶彼柔道牽。

開先，謂啓其端而導之也。《禮記》云：「有開必先。」掩，收斂也。掩身、齋戒，《月令》之文，於仲夏、仲冬之月見之。及此，指幾微而言。「閉關息商旅」，見《易・復卦》之象，言安意以養微陽也。「柔道牽」，《姤卦》初六象辭。牽，進也。以其進，故止絶之，所謂「繫於金柅」是也。○此篇言君子當體陰陽消長之機，以加省察存養之功也。夫陽極則陰生，陰極則陽生，二者迭爲消長，無有止息。然陽剛陰柔，善惡於是乎分焉。且吾一身之氣，即天地流行之氣，而吾日用之間，其可不因陰陽之消長以審夫善惡之機乎？方其德性昭明，一或昧於慎獨，則物欲之蔽已有開先者矣。此二句本黄伯（陽）〔暘〕説。乃知幾微之際，信不可忽。然其間善端，本自綿綿不息，又豈可不於此而常省察焉？是以君子當嚴冬一陽初復，必齋戒豫養，以固文明之基；當盛夏一陰初姤，亦必齋戒豫備，以杜昏迷之漸。此正抑陰扶陽、遏惡揚善之節度也。「掩身」以下二句兼冬至、夏至説，「閉關」、「絶柔」二句分復、姤之詞説。此係鄱陽董銖録朱子語，諸家箋注皆不及此，因并記之。

其九

微月墜一作「墮」。西嶺，爛然衆星光。明河斜未落，斗柄低復昂。感此南北極，樞軸遥相當。太一有常居，仰瞻獨煌煌。中天照四國，三辰環侍旁。人心要如此，語不古，意甚切。寂感無邊方。

昂，高舉貌。南北極，天之樞也。天形微倚，繞地左旋，南極入地三十六度，北極出地三十六度。樞軸，設言天之旋轉，所以持兩端而居中不移者，如户之樞，車之軸也。太一，即北辰，所謂帝座也。按，《朱子語録》：「太一如人主，北極如帝都。」三辰，日、月、星也。○潘柄謂此篇因天象以明人心之太極是也。蓋見月、星、河漢隨天運轉，而有以感夫天之樞軸南北相當，常居其所而不移。北辰一星獨居中天，照臨四國，三辰環繞而歸向之。人之一心，處方寸之間，寂然不動，至於酬酢萬變，感而遂通，不見其有邊際方所，亦猶是也。故特舉「要如此」三字以示人，其意切矣。

其十

放勛始欽明，南面亦恭己。大哉精一傳，萬世立人紀。猗歟歎日躋，穆穆歌敬止。戒獒光武烈，待旦起《周禮》。恭惟千載心，秋月照寒水。五字全非古語。魯叟①何常師，删述存聖軌。

放勛，虞史贊堯之詞，言其功大，無所不至也。始者，言本於此也。欽、恭，皆敬也。精一者，持敬之極功。朱子《敬齋箴》正引其語。猗歟，歎詞。躋，升也。《商頌·長發》篇言湯之德「聖敬日躋」也。穆穆，敬德之容。《大雅》云：「穆穆文王，於緝②熙敬止。」戒簝，謂召公作《旅獒》之書以戒武王。待旦，《孟子》言周公思兼三王之事，坐以待旦。魯叟，謂孔子也。○此言自古聖人相傳之心法，唯在乎「敬」之一字而已。堯之所以放勛者，既始於欽明；舜之南面無爲者，亦始於恭已，無它道也。及舜以之而授禹，則曰「惟精惟一」，語益加切，真足以立人紀於萬世矣。其後湯、文有得於此，而其相③承之際，武王所以慎戒獒之訓，而能丕顯其光烈；周公所以思兼三王，而能興起乎典禮，又豈出於此敬之外哉？是知此心同然，千載一日。至於孔子祖述堯舜，憲章文武，無間於禹，夢見周公，以集群聖之大成，而其删詩書、定禮樂，亦不過著明前聖之軌轍耳。然則敬者，聖學所以成始而成終者也，後之學者可不深念乎哉！

①「叟」，原作「史」，據《風雅翼》改。
②「緝」，原作「戢」，據《風雅翼》改。
③「相」，《風雅翼》作「嗣」。

其十一

吾聞庖羲氏，爰初闢乾坤。乾行配天德，坤布協地文。仰觀玄渾周，一息萬里奔。俯察方儀静，積「頹」同。然千古存。悟彼立象意，契此入德門。勤行當不息，敬守思彌敦。

庖羲，即伏羲也。開户曰闢，乾、坤爲《易》之門，故云闢。乾，健也。天行健，故乾配天德。坤，順也。地道順布，故坤協地文。凡地之所載，粲然呈露者，皆謂之文。玄渾，謂天；方儀，謂地也。積然，重墜貌，亦安静之意。〇言我聞伏羲初畫乾、坤二卦，以象天地，因而仰觀俯察以悟其意，而有以契乎入德之門。是以君子法天運之周，以力行，當自强而不息；效坤儀之静，以敬守，思安貞而益敦也。上篇專言恭敬，使有以涵養其本原，開發其聰明，以爲德業之基。此則直指踐履工夫，由是而入於聖賢之域也。二篇之旨相爲始終，學者尤宜體玩。

其十二

《大易》圖象隱，《詩》《書》簡編訛。《禮》《樂》矧交喪，《春秋》魚魯多。瑶琴空寶匣，絃絶將如何。興言理餘韻，龍門有遺歌。

圖，河圖及伏羲先天諸圖。象，卦象，皆《大易》至理之所存。隱，謂溺於測候之術數，虚無之誕説而不明也。「簡編訛」者，如《小雅》不當升《魚麗》於《鹿鳴之什》，而以《南陔》等篇附《魚麗》之後之類，及《武成》《洪範》《康誥》《梓材》諸篇多有錯簡也。《禮》《樂》交喪，謂《儀禮》多殘缺，而《樂經》又廢不傳也。魚魯，謂簡牘磨滅，有讀「亥」爲「豕」、「魯」爲「魚」之類。龍門，本河津山名。《周禮》稱龍門之琴瑟，以其地之所出也。此因伊川程子晚年築室龍門之上，以著書傳道，故託言之。○此蓋歎聖經殘缺，大道隱微，而有志於著述以闡明之歟？六經所以載道，而今若此，譬之瑤琴空存而絃絶已久，則將如之何哉？所賴河南程夫子得不傳之學於千數百年之後，聖人之微言如絃絶而復續，今我欲得理其餘韻者，以有龍門之遺歌在是故也。

其十三

顔生躬四勿，曾子日三省。《中庸》首①謹獨，衣錦思尚絅。偉哉鄒孟氏，雄辨極馳騁。操存一言要，爲爾挈裘領。丹青著明法，今古垂焕炳。何事千載餘，無人踐斯境。

躬，行也。《中庸》，子思所作。謹獨、尚絅，皆言爲己之學，其立心當如此也。操存，言人良心易失，能持守之，即在此耳。○此言顔子、曾子所行之目，子思、孟子所言之要，皆如丹青炳焕，垂

① 「首」，原作「守」，據《風雅翼》改。

法後世。如何鄒魯以後，濂洛以前，千餘年間，無有能力踐而深造之者。且四者之中，「操存」一語，尤爲切要。蓋仁義之心，放而不存，則雖欲加以克省不欺之功，亦無所用其力焉。故朱子於《孟子》「養氣章」説之詳矣，而復於此特申「挈裘」之喻，以致丁寧之意云。

其十四

元亨播群品，利貞固靈根。非誠諒無有，五性實斯存。世人逞私見，鑿智道彌昏。豈若林居子，幽探萬化原。

元亨利貞，乾之四德，即天道之流行而不息者。元亨於時爲春夏，萬物生長，周子以爲誠之通；利貞於時爲秋冬，萬物收藏，周子以爲誠之復。誠者，元亨利貞所以流行之實理，即下文「萬化之原」，所謂太極是也。五性，五行之性，曰仁義禮智信。五行各一其性，而人心具一太極，爲得五性之全。「實斯存」者，亦上文「非誠無有」之意。〇潘柄謂：此將言異端、詞章之害道妨教，故先發此，以明吾道之本原是也。夫道之本原，誠而已矣。造化之所以發育，人物之所以生生，皆不外是，世人不知，往往逞其私智而穿鑿妄行，此道之所以愈不明也。豈若隱遁之士，潛心育德，而能深探乎此者耶？

其十五

飄飄學仙侶，遺世在雲山。盜啓元命秘，竊當生死關。金鼎蟠龍虎，三年養神丹。刀圭一入口，白日生羽翰。我欲往從之，脱屣諒非難。但恐逆天道，偷生詎能安？

元命秘，謂人生受命之初，造化玄微之機械也。生死關，即元命秘之所在，以其可以生、可以死，皆由於此也。金鼎，即指人身之中而言，丹家所謂乾坤鼎器是也。蟠者，交媾之謂。龍虎，藥物之假名，其實精氣二物而已。三年，言其久，蓋丹既成，又必温養之久，然後能脱然而輕舉也。刀圭，醫家（則）〔劑〕藥之分數，《本草》以爲十分方寸（七）〔匕〕之一。刀圭入口，蓋用《參同契》「刀圭最爲神」、「還丹可入口」之文。《參同》本言内丹，特借服食之事爲喻耳。○此言仙家長生之術，學之甚易，但恐不合吾聖門「原始反終」之道，雖得偷生，豈能無愧於心乎？横渠張子曰：「存，吾順事；没，吾寧也。」其安矣哉！

其十六

西方論緣業，卑卑喻群愚。流傳①世代久，梯接凌②空虛。顧盼指心性，名去聲。言超有無。捷徑一以開，靡然世争趨。號空不踐實，躓彼榛棘塗。誰哉繼三聖，爲我焚其書。

西方，指佛而言。周昭王時，佛生於西域天竺國。緣業，謂人死不滅，復入輪回，生時所爲善惡，皆有報應也。梯接，猶今人言架空也。指心性，謂佛書有「即心是佛」、「見性成佛」之説。超有無，謂其言有，則云「色即是空」；言無，則云「空即是色」之類。靡然，草從風偃之貌。三聖，指禹、周公、孔子也。○此言佛初在西方，以緣業化誘愚俗，其言卑近易曉，亦不過使之怖畏自修，不敢爲惡耳。及傳入中國既久，爲其徒者轉相梯接，講演空妄勝大之言，號爲義學。未幾又變而爲禪，不立文字，直以爲一顧盼、一話言之頃，便可識心見性，超悟道妙。如此捷徑一開，不唯化喻群愚，雖高人達士，亦莫不靡然從之。殊不知彼但可施於一己，以爲寂滅之計，而非吾儒人倫日用之實理，乃亦以之施於天下國家，如行榛棘之塗，鮮有不困於迷誤顛踣者焉。朱子欲繼

① 「流傳」，原作「傳流」，據《風雅翼》改。
② 「凌」，原作「陵」，據《風雅翼》改。

三聖而焚其書，即孟子距楊、墨之意也。○愚謂：仙佛之爲異端，一也。然修煉之徒，往往靳秘其術，不輕授人，故從而習之者無幾。佛氏之教乃欲廣化群生，必棄而君臣，去而父子夫婦，皆歸於我。若此不已，則天其與我民彝不幾於熄乎？故程子獨言其害道爲尤甚，戒學者當如淫聲美色以遠之。今詳味二詩之旨，則其輕重淺深，亦可見矣。

其十七

聖人司教化，横序育群材。因心有明訓，善端得深培。天叙既昭陳，人文亦褰開。云胡百代下，學絶教養乖叶公回反。群居競葩藻，争先冠倫魁。淳風久一作「反」。淪喪，擾擾胡爲哉。

横，通作「黌」，學舍也。善端，即四端也。天叙，即《書》所言「五典」。人文，亦「五典」中人理之倫序。《易》言「觀乎人文以化成天下」者，正謂此也。褰①，掀舉之意。褰開，言易見也。倫魁，猶言甲科狀元也。○此言古先聖王開設學校，教育群材，皆所以明人倫而已。始也，因其本心

① 「褰」，原作「搴」，據《風雅翼》改。

固有之善端，使培養而擴充之。及夫天叙之典既極其昭陳，而人文亦莫不粲然而可睹①。奈何後世賢聖之君不作，教化陵夷。庠序群居之士率皆馳心於外，不知人理自然之文，但以詞章之葩藻豔麗者爲文，争先鬭靡，躐取高第，遂使良心琢喪，利欲紛拏，而於天叙、天秩不復加意。風俗之頽敗一至於此，可勝歎哉！

其十八

童蒙貴養正，遜弟乃其方。雞鳴咸盥櫛，問訊謹暄涼。奉「捧」同。水勤播灑，擁篲周室堂。進趨極虔恭，退息常端莊。劬書劇嗜炙，之夜反，一作「味」。見惡逾探平聲。湯。庸言戒粗誕，時行必安詳。聖途雖云遠，發軔且勿忙。太俚。十五志於學，及時起高翔。

童蒙養正，見《易·彖傳》。遜，順也，謂順親也。謹暄涼，即温凊之事。篲，箒也。劇，甚也。嗜者，知其味而好②之也。炙，燔肉。逾探湯，言惡之甚也。庸，常也。時行，即庸行也。軔，礙車止輪之木，發木動輪則車行。○上篇既言士風凋弊，由教養之失道，故此專言童蒙貴於養正，以

① 「睹」，《風雅翼》作「覩」。
② 「好」字下，《風雅翼》有「食」字。

爲進德修業之基。自「遜弟」以下至謹言行一節，皆養正之事。夫蒙以養正，乃作聖之功。然或恐其不安於分，而有妄意躐等者焉，故又戒之曰：聖途雖遠，且當於此從容漸進。俟年十五而入大學，從事於窮理修身治人之道，然後奮然高起，以造乎聖賢之域，不難矣。

其十九

哀哉牛山木，斤斧日相尋。豈無萌蘖生，牛羊復來侵。恭惟皇上帝，降此仁義心。物欲互攻奪，孤根孰能任。反躬艮其背，肅容正冠襟。保養方自此，何年秀穹林。

牛山木，訓義已見《孟子集注》。任，堪也，勝也。反躬，自省也。《樂記》云：「好惡無節於内，知誘於外，不能反躬，天理滅矣。」艮其背，《艮卦·彖辭》，止静之義也。蓋人身百體，皆爲物所動，惟背不動故爾。○此篇本《孟子》之意以成文。前四句與下四句同①，而「孤根」、「穹林」又似以木爲比。大抵爲人放其良心，而不知求，故以「哀哉」二字發其首，令人惕然深省，而操存保養以復其初也。上篇戒以發軔勿忙者，欲其盡保養之功，而易於高翔。此則歎其「何年秀穹林②」

①「同」字原脱，據《風雅翼》補。

②「林」字原脱，據文意補。

者，恐其失保養之時，而難於成功也。其反復懇切之意，不亦深哉！○潘柄曰：反躬、艮背以持其内，肅容、正襟以防其外。又曰：「童蒙」章止①言存養之法，至此始露出仁義之心，以爲所養之實，不可不知也。

其二十

玄天幽且默，仲尼欲無言。動植各生遂，德容自清温。彼哉夸毗子，呫音「帖」。囁日涉反。徒啾喧。但騁言詞好，豈知神鑒昏。曰予昧前訓，坐此枝葉繁。發憤永刊落，奇功收一原。

清，清明；温，和厚也。「彼哉」者，外之之詞。夸，大。毗，附也。《詩》云：「無爲夸毗。」蓋小人之態，不爲大言以夸世，則爲諛言以毗人也。呫囁，多言也。神鑒，謂明德。一原，即前所謂「萬化原」也。○此言天本無言，四時行，百物生，而玄渾之幽默者自若也。聖人欲無言，日用動静，莫非至教，而德容之清温，亦自若也。彼夸大阿諛之人，徒騁口才，務美於外，而卒迷其内，竟何以哉？且云，向也亦昧聖訓而失於多言，自今發憤，永將削除枝葉之繁，而歸根斂實，收奇功於

① 「童蒙章止」，《風雅翼》作「童蒙養正」。

一原也。○余子節曰：學者想德容清温於無言之中，察神鑒昏昧於多言之際，聖愚之分，斷可識矣。進齋徐幾曰：功收一原，渾然此道之全體，融會於方寸。夫子所謂「一以貫之」，子思所謂「無聲無臭」，周子所謂「無極而太極」者，故《感興詩》以此終焉。

愚嘗竊論此二十篇，其體格雖不過效陳子昂《感遇》之作，然其序引自謂「切於日用之實，言近而易知」，則已非所謂「詞旨幽邃，近乏世用」者比矣。至若「不能探索微妙」云者，特謙詞耳。蓋其詩中包括，則於天地之覆載，氣運之周流，造化之發育，人心之寂感，以至六經所蘊之精微，聖賢授受之心法，所以渾然一貫者，則既深造而自得之矣，豈但「探索」而已耶！故凡所述操存舍亡之迹，克省踐履之功，與夫論得失、正紀綱、辯異端、敦教養，則又無一不本諸其心，以合乎聖軌，使有以垂法於後世，此子朱子所以上與周、程、張子，繼孔、孟千載之絶學也歟！雲峰胡先生炳文有言者，游定夫讀《西銘》曰：「此《中庸》之理。」某讀《太極圖説》亦云。蓋其説即《中庸》「始言一理，中散爲萬事，末復合爲一理」也。《通書》與《太極圖》相表裏，其發明《中庸》處尤多，皆以誠爲之樞紐。至朱子《感興詩》始終條理，亦不異於《中庸》。斯言盡之矣。先儒嘗尊《太極圖》《通書》《西銘》及《正蒙》，目爲「性理四書」。愚謂：此《感興詩》亦當與前四者列爲五書而并傳之，無疑也。今録爲是編之卒章，則亦朱子特著張、吕之言於《楚（詞）〔辭〕後語》之末，使游藝者知有所歸宿之本意云。

又按：朱子此詩專明心學之藴奥，義理精微，而兼得乎詞人之興趣。雖一時箋注，如門人瓜山潘柄、北溪陳淳、覺軒蔡模，與夫楊庸成、詹景辰、徐子與、黄伯晹、余子節諸家之説，其於義理固多發明，然惜其未得師門傳注之體，或墮於講義之泛衍浮冗，或流於纂疏之枝葉繁碎，似與作者本意反相庢盭，而使初學即此以求興趣之歸，難矣。愚因輯是《續編》，輒不自量而訓解之。雖意見凡近，未敢自謂過於前人，然於每篇之詞旨，敷暢條達，使諷玩之者，無崎嶇求合之難，或庶幾焉。竊聞雲峰胡先生亦嘗著《感興詩通》，或者秘其稿而不傳，萬一獲見是書，得以正予之謬妄，則又幸矣。

朱子感興詩句解補注

［宋］熊剛大 集解
［明］吴 訥 補注

齋居感興詩二十首并序

予讀陳子昂《感遇》詩，愛其詞旨幽邃，音節豪宕，非當世詞人所及。如丹砂、空青、金膏、水碧，雖近乏世用，而實物外難得自然之奇寶。欲效其體，作十數篇，顧以思致平凡，筆力萎弱，竟不能就。然亦恨其不精於理，而自託於仙佛之間以爲高也。齋居無事，偶書所見，得二十篇。雖不能探索微妙，追迹前言，然皆切於日用之實，故言亦近而易知。既以自警，且以貽諸同志云。

其一

昆侖大無外，旁礴下深廣。陰陽無停機，寒暑互來往。皇羲古神聖，妙契一俯仰。不待窺馬圖，人文已宣朗。渾然一理貫，昭晰非象罔。珍重無極翁，爲我重指掌。

熊氏曰：此篇論天地、陰陽運行之氣，有理融貫其間，以爲之主。

《補注》：揚子《太玄經》曰：「昆侖旁礴幽。」注：「昆，渾也。侖，淪也，天之象也。旁礴，猶言旁魄，地之形也。」珍重，贊美之詞。上虞劉氏曰：昆，音「渾」。昆侖，言天形之圓轉；旁礴，謂地勢之廣被。馬圖，即滎河龍馬負圖，伏羲則之以畫八卦者也。人文，謂兩儀、四象交錯以成八卦，以備三才者。象罔，猶言不分曉，語出《莊子》。無極翁，周子也。此篇論太極一貫之理，言天地設位以見太極之體所以立，陰陽寒暑迭運以見太極之用所以行。伏羲仰觀俯察，默契其妙，有不待河之出圖，而所謂人文者固已灼見於畫卦之前矣。雲峰胡氏曰：人文，人道也。以其理之粲然者，謂之人文；以其理之渾然者，謂之太極：非有二理也。詩言無極、太極，而先言人文，以見太極之理昭然日用常行間，而非恍忽象罔之謂也。

其二

吾觀陰陽化，升降八紘中。前瞻既無始，後際那有終。至理諒斯存，萬古與今同。誰言混沌死，幻語驚盲聾。

熊氏曰：此篇論陰陽一太極。

《補注》：劉氏曰：八紘，《淮南子》謂九州之外有八夤，八夤之外有八紘。「斯」者，指陰陽升降而言。混沌，元氣未判之稱。混沌死，亦見《莊子》。幻，怪妄也。此言太極之實理與陰陽氣化亘萬古而無終窮。其曰「前瞻無始」、「後際無終」者，即周子所謂「一動一静，互爲其根」，程子所謂「動静無端，陰陽無始」之意。夫太極，理也；陰陽，氣也。氣無理則無所本，理無氣則無所寓①，二者常相依而不相離。故陰陽之升降，無時休息，而太極之妙用，亦無往而不在也。彼謂「混沌死」者，其不足信明矣。梅巖胡氏曰：此篇即「陰陽無停機」一語申言之也。

其三

人心妙不測，出入乘氣機。凝冰亦焦火，淵淪復天飛。至人秉元化，動静體無違。珠藏澤自媚，玉韞山含暉。神光燭九垓，玄思徹萬微。塵編今寥落，歎息將安歸。

熊氏曰：此篇論人心出入之機。

《補注》：徐氏曰：人心之妙，神明不測，所乘之機，氣使然爾。劉氏曰：機者，發動所由。「凝冰」、「焦火」、「淵淪」、「天飛」，語本《莊子》。元化，即《書》所言「上帝降衷」，劉康公所謂「受天地之中以生」者，吾心之太極是也。垓，當作「陔」。九垓，謂九天之上也。此言人心不測，乘氣而動，苟無道以主之，則恐懼所迫，不冰而寒，忿懥而來，不火而熱，甚而至於淵沉、天飛，有不可繫

① 此二句原作「無理則無所本理，無氣則無所寓氣」，意似不通，兹據《選詩續編補注》改。

者矣。唯聖人爲能，精一執中，故其動静之際，不踰矩度，簡册雖存，無有能究之者，是以人心之失愈遠，而將無所歸也。雲峰胡氏曰：「人心妙不測」以下，兼聖人、衆人之心言；「凝冰」以下，專言衆人之心；「至人」以下，專言聖人之心。萬微，萬理之微也。

其四

静觀靈臺妙，萬化從此出。云胡自蕪穢，反受衆形役。厚味紛朵頤，妍姿坐傾國。崩奔不自悟，馳騖靡終畢。君看穆天子，萬里窮轍迹。不有《祈招》詩，徐方御宸極。

熊氏曰：此篇論人心陷溺之過。

《補注》：靈臺，出《莊子》，注云：心也。劉氏曰：朵，垂也；頤，口旁也。朵頤，欲食之貌，語見《周易》。徐方，徐偃王國也。周穆王西游忘歸，四方諸侯咸賓祭於徐。祭公謀父作《祈招》之詩，以止王心。宸極，謂帝居也。此承上篇而言人心不測，以終歎息安歸之義。雲峰胡氏曰：吾心爲神明之舍，故曰「靈臺」；君位如北極之尊，故曰「宸極」。夫宸極者，穆天子之宸極也，而使偏方據之，可乎？靈臺者，我之靈臺也，而使外物據之，可乎？蔡氏以爲猶詩之比，是也。

其五

涇舟膠楚澤，周綱已陵夷。況復《王風》降，故宫黍離離。玄聖作《春秋》，哀傷實在兹。祥麟一以踣，反袂空漣洏。漂淪又百年，僭侯荷爵珪。王章久已喪，何復嗟歎爲。馬公述孔業，託始有餘悲。拳拳信忠厚，無乃迷先幾。

熊氏曰：此篇言周室衰替之由。昭王南游濟漢，漢人惡之，即涇水之舟膠合以進，至中流膠液，遂沉没於楚江。司馬公作《通鑑》，欲繼述夫《春秋》之業，乃託始於初命晋大夫韓、趙、魏爲諸侯，而致其有餘不盡之悲。然此豈周室陵夷之始耶？當是時，諸侯盛，大夫强，視王室如贅疣耳，乃欲託始於此，可謂不知事幾之所先矣。

《補注》：劉氏曰：涇舟，涇水之舟。膠，潘氏言與《莊子》「膠杯」之義同，當音去聲。《史記》云：昭王南巡狩不返，卒於江上。則是涇舟往膠於楚澤也。麟踣，謂折足而死。章，猶法也。梅巖胡氏曰：致堂謂「陰凝冰堅，垂百載矣，雖無王命，夫誰與抗？」此知幾之論也。温公則徒悲其成，而不究其漸矣。

其六

東京失其御，刑臣弄天綱。西園植奸穢，五族沉忠良。青青千里草，乘時起陸梁。當塗轉凶悖，炎精遂無光。桓桓左將軍，仗鉞西南疆。伏龍一奮躍，鳳雛亦飛翔。祀漢配彼天，出師驚四方。天意竟莫回，王圖不偏昌。晋史自帝魏，後賢盍更張。世無魯連子，千載徒悲傷。

熊氏曰：此篇論漢室君臣之失，秉史筆者不能黜魏而尊蜀。《補注》：五族，五屬也。忠良，陳蕃而下諸賢也。劉氏曰：東京，指東漢所都而言也。天綱，猶言王綱。西園，靈帝所置，賣官鬻爵，入錢於此。五族，單超、徐璜、具瑗、左悺、唐衡也。千里草，靈帝時童謡，應董卓之讖。陸梁，强梁也。當塗，謂曹操。「魏闕當塗高」，曹魏讖語。桓桓，威武貌。左將軍，漢昭烈也。伏龍，謂諸葛孔明；鳳雛，謂龐統。祀漢配天，謂接漢正統也。「王圖不偏昌」，歎其不得統一也。魯連子，戰國時人，魏將新垣衍説趙使尊秦爲帝。連責之曰：「彼帝天下，連有蹈東海而死耳。」陳壽作史，以魏繼漢，固無足責，司馬公作《通鑑》，乃亦帝曹魏而寇蜀漢，世無魯仲連之耻帝秦，千載而下，徒悲傷也。黄氏曰：朱子作《綱目》以正統繫蜀，而書魏人入寇，大義昭明於萬世之下，與此詩互相發明焉。

其七

晋陽啓唐祚，王明紹巢封。垂統已如此，繼體宜昏風。麀聚瀆天倫，牝晨司禍凶。乾綱一以墜，天樞遂崇崇。淫毒穢宸極，虐焰燔蒼穹。向①非狄張徒，孰辨②取日功。云何歐陽子，秉筆迷至公。唐經亂周紀，凡例孰此容。侃侃范太史，受説伊川翁。《春秋》二三策，萬古開群蒙。

熊氏曰：此篇言唐室君臣之失，秉史筆③者不能黜武后而尊唐。淫毒，秦詐宦者，以比易之兄弟。

《補注》：劉氏曰：晋陽，太原也。高祖初爲隋太原留守，其子世民與宫監裴寂謀④，以宫人私侍其父，脅以起兵，而有天下。後世民殺太子建成而嗣立，是爲太宗。王明，太宗子曹王明也。太宗殺弟元吉，而納其妻，生子明，後封元吉巢王，使明繼其後。麀，亦牝也。麀聚，謂武后本太

---

①「向」，原作「尚」，據諸本改。
②「辨」，原作「辨」，據諸本改。
③「史筆」，原作「筆史」，據熊剛大《朱子感興詩句解》改。
④「謀」字原缺，據劉履《選詩續編補注》補。

宗才人，高宗立爲后，《禮記》所謂「父子聚麀」也。牝晨，言高宗令武后預政，是牝雞之晨也。乾綱，謂君爲臣綱，夫爲妻綱也。天樞，武后革唐爲周，鑄銅柱高一百五尺以紀周功德，榜曰「天樞」。毒，猶惡也。淫毒，謂武后幸張易之兄弟。虐焰，謂武后殺唐宗室殆盡。狄張，狄仁傑、張柬之也。取日，謂中宗得正帝位，社稷復歸於唐。《柬之傳贊》云：「取日虞淵。」唐經，謂唐史。亂，污雜也。周紀，《武后紀》也。侃侃，剛直也。此篇論秉史筆者，宜用《春秋》之法，黜武后爲女主僭亂之戒，奈何歐陽公之修《唐書》仍列則天改周之事於帝紀，以亂凡例乎？范太史受學程子之門，其作《唐鑑》，於中宗廢遷之後，每歲必書帝在某所，以合《春秋》「公在乾侯」之文，足以開萬古之愚蒙矣。

其八

朱光遍炎宇，微陰眇重淵。寒威閉九野，陽德昭窮泉。文明昧謹獨，昏迷有開先。幾微諒難忽，善端本綿綿。掩身事齋戒，及此防未然。閉關息商旅，絶彼柔道牽。

熊氏曰：此篇論姤乃陰之始，復乃陽之始。朱光，日光也。炎宇，夏天也。九野，八方與中央也。

《補注》：劉氏曰：開先，謂啓其端。《禮記》云：「有開必先。」掩，收斂也。掩身、齋戒，《月令》之文，於仲夏、仲冬之月見之。及此，指幾微而言。「閉關息商旅」，見《易·復卦》，言安静以養微陽也。柔道牽，《姤卦》初六象辭。牽，進也。以其進，故止絶之，所謂「繫於金柅」是也。此篇言君子當體陰陽消長之機，以加省察存養之功。一陽初復，必齋戒豫養，以固文明之基；一陰初姤，亦必齋戒豫備，以杜昏迷之漸也。

其九

微月墜西嶺，爛然衆星光。明河斜未落，斗柄低復昂。感此南北極，樞軸遥相當。太一有常居，仰瞻獨煌煌。中天照四國，三辰環侍旁。人心要如此，寂感無邊方。

熊氏曰：此篇論天之北極，即人心之太極。

《補注》：劉氏曰：昂，高舉貌。南北極，天之樞也。天形微倚，繞地左旋，南極入地三十六度，北極出地三十六度。樞軸，設言天之旋轉，所以持兩端而居中不移者，如户之樞、車之軸也。太一，即北辰，所謂帝座也。按，《朱子語録》：「太一如人主，北極如帝都。」三辰，日、月、星也。此篇因天象以明人心之太極。夫北辰一星獨居中天，照臨四國，三辰環繞而歸向之。人心處方寸之間，寂然不動，感而遂通，亦猶是也。故特舉「要如此」三字以示人，其意切矣。

其十

放勛始欽明，南面亦恭己。大哉精一傳，萬世立人紀。猗歟歎日躋，穆穆歌敬止。戒獒光武烈，待旦起《周禮》。恭惟千載心，秋月照寒水。魯叟何常師，删述存聖軌。

熊氏曰：此篇論堯、舜、禹、湯、文、武、周公傳心之法在乎敬。

《補注》：劉氏曰：放勛，虞史贊堯之詞，言其功大，無所不至也。欽、恭，皆敬也。精一者，持敬之極功。猗歟，歎詞。躋，升也。《商頌·長發》篇言，湯之德「聖敬日躋」也。穆穆，敬德之容。《大雅》云：「穆穆文王，於緝熙敬止。」戒獒，謂召公作《旅獒》之書以戒武王。待旦，《孟子》言周公思兼三王，坐以待旦。魯叟，謂孔子也。此言自古聖人相傳之心法，唯在「敬」之一字。至於孔子祖述堯舜，憲章文武，集群聖之大成，其删詩書、定禮樂，亦不過著明前聖之軌轍耳。是則敬者，聖學所以成始而成終者也，學者可不深念乎！

其十一

吾聞包羲氏，爰初闢乾坤。乾行配天德，坤布協地文。仰觀玄渾周，一息萬里奔。俯察方儀静，穨然千古存。悟彼立象意，契此入德門。勤行當不息，敬守思彌敦。

熊氏曰：此篇論《易》首乾、坤，君子當體乾、坤以進德。

《補注》：劉氏曰：庖羲，即伏羲也。開户曰闢，乾、坤爲《易》之門，故云「闢」。乾，健也。天行健，故乾配天德。坤，順也。地道順布，故坤協地文。凡地之所載，粲然呈露者，皆謂之文。玄渾，謂天；方儀，謂地也。積然，重墜貌，亦安静之意。雲峰胡氏曰：前詩自堯舜至夫子，是自源徂流，謂聖聖相傳，只是此敬。此詩自流溯源，論包犧之《易》，末亦提出一「敬」字。坤之「敬」以直内敬也，乾之自强不息，亦敬也。先儒云「天地設位，而《易》行乎其中矣」，亦只是此敬。

其十二

《大易》圖象隱，《詩》《書》簡編訛。《禮》《樂》剡交喪，《春秋》魚魯多。瑶琴空寶匣，絃絶將如何。興言理餘韻，龍門有遺歌。

熊氏曰：此篇論六經散失已久，伊川能繼六經之絶學。

《補注》：劉氏曰：圖，河圖及伏羲先天諸圖。象，卦象，皆《大易》至理所存。隱，謂溺於測候術數、虚無誕説，而不明也。「簡編訛」者，如《詩·小雅》不當升《魚麗》於《鹿鳴之什》之類，《書·武成》《洪範》《盤庚》《梓材》諸篇多有錯簡也。《禮》《樂》交喪，謂《儀禮》多殘缺，而《樂經》又廢不傳也。魚魯，謂簡牘磨滅，有讀「亥」①爲「豕」，「魯」爲「魚」之類。龍門，本河津山名②。《周禮》稱龍門之琴瑟，以其地之所出也。此因伊川程子晚年築宇龍門之上，以著書傳道，故託言之。此歎聖經殘闕，大道隱微，所賴河南程夫子得不傳之學於千數百年之後，聖人之微言如絃絶而復續③，今我欲理其餘韻者，以有龍門之遺歌在是故也。雲峰胡氏曰：理餘韻於絶絃之後，周程三夫子也，獨舉龍門而言，可以包濂溪、明道矣。

其十三

顏生躬四勿，曾子日三省。《中庸》首謹獨，衣錦思尚絅。偉哉鄒孟氏，雄辨極馳騁。操存一言要，爲爾挈裘領。丹青著明法，今古垂焕炳。何事千載餘，無人踐斯境。

熊氏曰：此篇論顏、曾、思、孟傳孔子之道，亦惟能潛其心，又重歎後人之不能。

《補注》：余氏曰：此言顏子之「克復」，曾子之「日省」，子思之「慎獨」，雖不同，而孟子援孔子之説，斷之以「操則存」一語，譬如挈裘領，領挈而裘自順。蓋四勿、三省與慎獨、尚絅無非

---

① 「亥」，原作「多」，據劉履《選詩續編補注》改。
② 「名」，原作「石」，據劉履《選詩續編補注》改。
③ 「續」，原作「讀」，據劉履《選詩續編補注》改。

操此心，而欲存之也。著爲明法，炳若丹青，非隱奧難見，高遠難行，何爲無人實踐斯境乎？雲峰胡氏曰：孟子雄辨，三萬四千六百八十五字，不爲有餘；提挈裘領，只「操存」二字不爲不足。

其十四

元亨播群品，利貞固靈根。非誠諒無有，五性實斯存。世人逞私見，鑿智道彌昏。豈若林居子，幽探萬化原。

熊氏曰：此篇論道之本原。

《補注》：劉氏曰：元亨利貞，乾之四德。元亨於時爲春夏，萬物生長，周子以爲誠之通；利貞於時爲秋冬，萬物收藏，周子以爲誠之復。誠者，元亨利貞所以流行之實理，即下文「萬化之原」，所謂太極是也。五性，五行之性，曰仁義禮智信。五行各一其性，而人心具一太極，爲得五性之全。「實斯存」者，亦上文「非誠無有」之意。雲峰胡氏曰：詩第一首言太極，到此復以「誠」之一字言之，猶周子圖説太極，而《通書》言誠，誠即太極也。善觀太極者，不徒在誠之通，而在誠之復。蓋所謂靈根之固者，即萬化之原也。鑿智者失之，幽探者得之。

其十五

飄飄學仙侣，遺世在雲山。盜啓元命秘，竊當生死關。金鼎蟠龍虎，三年養神丹。刀圭一入口，白日生羽翰。我欲往從之，脱屣諒非難。但恐逆天道，偷生詎能安？

熊氏曰：此篇①論仙學之失。

《補注》：詹氏曰：「元命秘」者，造化生生之權；「生死關」者，陰陽合散之機。劉氏曰：金鼎，即指人身之中而言，丹家所謂乾坤鼎器是也。蟠者，交媾之謂。龍虎，藥物之假名，其實精氣二物而已。「三年」言其久，蓋丹既成，又必温養之久，然後能脱然而輕舉也。刀圭，《本草》以爲十分方寸匕之一。刀圭入口，蓋用《參同契》「刀圭最爲神」、「還丹可入口」之文。雲峰胡氏曰：所謂天道者，陰陽屈伸是已，使可有生而無死，是有晝而無夜，有陽之伸而無陰之屈，豈天道哉？是故仁者之静而壽，吾可爲也；神仙之偷生而不死，吾不爲也。

① 「篇」字原脱，據熊剛大《朱子感興詩句解》補。

其十六

西方論緣業，卑卑喻群愚。流傳①世代久，梯接陵空虚。顧盼指心性，名言超有無。捷徑一以開，靡然世争趨。號空不踐實，躓彼榛棘途。誰哉繼三聖，爲我焚其書。

熊氏曰：此篇論佛學之非。

《補注》：劉氏曰：西方，指佛。周昭王時，生西域。緣業，謂人死不滅，復入輪回，生時善惡，皆有報應。梯接，猶言架空也。指心性，佛書有「即心是佛」、「見性成佛」之説。超有無，謂其言有，則云「色即是空」；言無，則云「空即是色」之類。靡然，草從風偃之貌。三聖，禹、周公、孔子也。此言佛初在西方，以緣業化誘愚俗，其言卑近，不過使之怖畏，不敢爲惡耳。及傳中國既久，爲其徒者轉相梯接，講演空妄勝大之言。未幾又變爲禪，直以一顧盼、一話言之頃，便可識心見性，超悟道妙。捷徑一開，雖高人達士，亦莫不靡然從之，如行榛棘之塗，鮮有不困於顛躓者焉。繼三聖焚其書，即孟子距楊、墨之意。

① 「流傳」，原作「傳流」，兹據諸本改。

其十七

聖人司教化，横序育群材。因心有明訓，善端得深培。天叙既昭陳，人文亦褰開。云胡百代下，學絶教養乖。群居競葩藻，争先冠倫魁。淳風久淪喪，擾擾胡爲哉。

熊氏曰：此篇論大學之教。

《補注》：劉氏曰：横，通作「黌」，學舍也。善端，即四端也。天叙，即《書》所言「五典」。人文，亦「五典」中人理之倫序。褰，掀舉之意。褰開，言易見也。倫魁，猶言甲科狀元也。雲峰胡氏曰：前六句言古者學校之教如此，後六句言後世科舉之弊又如此。古之學校不過欲人培養善端，以不失其本心而已；後世科舉競葩藻、争倫①魁，虚名可得，而本心已失矣。古今風俗之淳駁，世道之興衰，皆由於此。

其十八

童蒙貴養正，遜弟乃其方。雞鳴咸盥櫛，問訊謹暄涼。奉水勤播灑，擁篲周室堂。進趨

① 「倫」字原脱，據《感興詩通》補。

極虔恭，退息常端莊。劬書劇嗜炙，見惡逾探湯。庸言戒粗誕，時行必安詳。聖途雖云遠，發軔且勿忙。十五志於學，及時起高翔。

熊氏曰：此篇論小學之教。

《補注》：劉氏曰：童蒙養正，見《易·蒙卦·彖傳》。遜，順也，謂順親也。謹暄涼，即温清之事。篝，第也。劇，甚也。嗜者，知其味而好之也。炙，燔肉。逾探湯，言惡之甚也。庸，常也。時行，即庸行。軔，（凝）〔礙〕車止輪木，發木動輪則車行也。上篇既言士風凋弊，由教養之失道，故此專言童蒙貴於養正，以爲進德修業之基。然或恐其妄意躐等，故又戒之曰：聖途雖遠，且當於此從容漸進。候年十五而入大學，從事於窮理修身治人之道，然後奮然高起，造乎聖賢之域不難矣。

其十九

哀哉牛山木，斤斧日相尋。豈無萌蘖生，牛羊復來侵。恭惟皇上帝，降此仁義心。物欲互攻奪，孤根孰①能任。反躬艮其背，肅容正冠襟。保養方自此，何年秀穹林。

① 「孤根孰」，原作「姑孰根」，茲據諸本改。

熊氏曰：此篇借牛山之木，形容仁義之心所當保養。

《補注》：劉氏曰：牛山木，見《孟子集注》。任，堪也，勝也。反躬，自省也。《樂記》云：「好惡無節於内，知誘於外，不能反躬，天理滅矣。」艮其背，《艮卦·彖辭》止静之義。蓋人身百體，皆爲物所動，惟背不動故爾。雲峰胡氏曰：「哀哉」二字，《孟子》本謂（教）〔放〕其心，而不知求者言也。「牛山」一章，亦言人之放其良心也，故詩亦以「哀哉」二字先之。嗚呼！心者，吾之所得於天，而異於禽獸者也。吾自放而失之，則去禽獸不遠矣，豈不大可哀也哉！學者讀之，宜愓然深省也。

其二十

玄天幽且默，仲尼欲無言。動植各生遂，德容自清温。彼哉夸毗子，呫囁徒啾喧。但騁言詞好，豈知神鑒昏。曰予昧前訓，坐此枝葉繁。發憤永刊落，奇功收一原。

熊氏曰：此篇論天道不言，聖人無言，後世多言。

《補注》：劉氏曰：清，清明；温，和厚也。「彼哉」者，外之之詞。夸，大；毗，附也。《詩》云：「無爲夸毗。」蓋小人不爲大言以夸世，則爲諛言以毗人也。呫囁，多言也。神鑒，謂明德。一原，即前所謂「萬化原」也。此言天本無言，四時行，百物生。聖人欲無言，日用動静，莫非至教。彼夸大阿諛之人，徒騁口才，務美於外，而卒迷其内，竟何以哉？蔡氏曰：末句見其歸根趨實，神功超絶，有不可形容之妙。以爲自責，則又若自謙；以爲自謙，則又若自任。百世之下，必將有神會而心得之者矣。徐氏曰：「奇功收一原」，渾然此道之全體，融會於方寸。即夫子所謂「一以貫之」，子思所謂「無聲無臭」，周子所謂「無極而太極，太極本無極」也。吁！妙矣！

感興詩合注

［元］胡炳文　通　［元］劉　履　補注
［明］金德玹　輯録　［明］劉　剡　合注

感興詩通序

孔①子讀周公、尹吉甫之詩，皆贊之曰：「爲此詩者，其知道乎！」以其詩有關於天命②民彝，有關於世變也。子朱子《感興詩》兼之矣，明道統、斥異端、正人心、黜末學。一千二百六十③字中，凡天地萬物之理，聖賢萬古之心，古今萬事之變備④焉。使擊壤翁早得見之，安得謂「删後果無詩」哉？始言一理，中散爲萬事，末

① 「孔」，熊繡本《感興詩通》作「夫」。按：本書乃輯録胡炳文《感興詩通》、劉履《選詩補注》而成，但所載之文本與熊繡刊本有較多差異，另外引録時亦有删改，無法一一出校，讀者可以與本書前文所收的熊繡刊本《感興詩通》、劉履《選詩補注》相對讀。兹擇比較明顯、重要的異文，以及不見於熊繡刊本《感興詩通》原本的文字，略作校補。

② 「命」，熊繡本《感興詩通》作「理」。

③ 「一千二百六十」，熊繡本《感興詩通》作「六百三十」。

④ 「備」，熊繡本《感興詩通》作「關」。

復合爲一理，與《中庸》合。朱子分《中庸》爲五節，詩凡五起伏，亦無有不合者。惟①恐後之注其詩者，未必②能如朱子之注《中庸》耳。然由此十家之注，以會朱子之意，則亦未必不爲行遠升高之一助云。泰定甲子十月③新安後學胡炳文序。朱平仲晏曰：胡炳文字仲虎，號雲峰，婺源人。其所著述之書，皆名曰「通」。《感興詩注》中所謂「通曰」者，即是也。

① 「惟」，熊繡本《感興詩通》作「獨」。
② 熊繡本《感興詩通》「必」字下有「皆」字。
③ 熊繡本《感興詩通》此下有「望日」二字。

感興詩通凡例

一、所引用諸家姓氏。

番陽程氏時登，登庸。

長樂潘氏柄，謙之，瓜山。

楊氏庸成。

建安蔡氏模，仲覺，覺軒。

真氏德秀，希元，西山。

詹氏景辰。

黄氏伯暘。

建安徐氏幾，子與，進齋。

番陽余氏伯符，子節，思齋。

新安胡氏升，潛夫，愚齋。

胡氏次焱，濟鼎，餘學，先號梅巖。

一、所引諸家，但以詩之先後爲次，不以人之先後爲次。

一、細注并依梅巖本引余氏。

一、梅巖本引四家爲集注，今增廣共十家。

一、總論分作五節，從潘氏，但潘氏以第八首爲第三節之始，今以爲第二節之終。

朱文公感興詩二十首 并序

余讀陳子昂《感遇》詩，子昂，姓陳，字伯玉，梓州射洪縣人。年十八未知書，他日入鄉校，感悔，即痛修飭。文明初，舉進士。言山陵事，武后喜之。其後擢右拾遺，爲《感遇》詩三十八首①。王適曰：「是必爲海内文宗。」愛其詞旨幽邃，音節豪宕，非當世詞人所及。如丹沙②、空青、金膏、水碧，丹沙生符陵山谷，空青生益州山谷及越嶲山有銅處，銅精熏則生，其腹中空。金膏，《穆天子傳》：「示汝黄金之膏。」水碧，《山海經》：「耿山多水碧。」郭璞曰：「碧，亦玉也。」《選》：「方士煉玉液」，「陵波采水碧。」四者皆仙藥也。雖近乏世用，而實物外難得自然之奇寶。欲效其體作數十③篇，顧以思致平凡，筆力萎弱，竟不能就。然亦恨其不精於理，而自託於仙佛之間以爲高也。如曰：「曷見玄真子，觀世玉壺中。」

① 「首」，熊繡本《感興詩通》作「篇」。
② 「沙」，熊繡本《感興詩通》作「砂」，下文同。
③ 「數十」，熊繡本《感興詩通》作「十數」。

如曰：「古之得仙道，信與元化并。」如曰：「吾愛鬼谷子，青溪無垢紛。」如曰：「西方金仙子，崇義乃無明①。」所言仙佛，皆此類也。齋居無事，偶書所見，得二十篇。雖不能探索微妙，追迹前言，然皆切於日用之實，故言亦近而易知。既以自警，且以貽諸同志云。

第一首

昆侖大無外，旁礴下深廣。《太玄經》曰：「昆侖旁礴幽。」注：「昆，渾也；侖，淪也。旁礴，猶彭魄，地之形也。」「礴」與「魄」通。○「昆」音「渾」。

《通》曰：昆，胡昆切，讀作崑崙之「崑」者，非。

陰陽無停機，寒暑互來往。

詹氏曰：「昆侖」、「旁礴」以對待實體而言，「陰陽」、「寒暑」以流行實用而言。梅巖胡氏曰：前二句言天地之形，後二句言天地之氣。形則兩相配合②，以對待言；氣則兩相禪代，以流行言。

皇羲古神聖，妙契一俯仰。不待窺馬圖，人文已宣朗。

① 「明」，原作「名」，據熊繡本《感興詩通》改。

② 「合」，熊繡本《感興詩通》作「匹」。

徐氏曰：伏羲契先天之《易》，不待窺見馬圖，而剛柔之列、奇耦之數、尊卑之等、貴賤之位，所謂「人文」者，已粲然矣。不但有取於河圖，特因河圖之出，遂布奇耦以成八卦爾。程子謂：「縱河圖不出，伏羲也須畫卦。」《通》曰：人文，人之道也。詩意謂伏羲仰觀於天，俯察於地，而人之道已昭著矣。蓋天、地、人之道，皆以兩而成文者也，不待窺河圖奇耦之數，而後知其爲文也。他注以爲文字之「文」者，非是。

渾然一理貫，昭晰非象罔。《莊子》：「黃帝游赤水，遺玄珠，使象罔索得之。」楊氏曰：象罔，不明也。此蓋借用。

胡氏升曰：理無迹可見，氣之分爲陰陽者，皆有迹可見也。教人之序必自可見者言之，故自對待、流行，而後及於渾然也。

珍重無極翁，爲我重指掌。珍重，贊美之辭。無極翁，周子也。

蔡氏曰：《易》有太極，周子即①推無極而太極；是生兩儀，周子即推太極動而生陽，靜而生陰。是不謂之「重指掌」乎？○潘氏曰：天地不同形，陰陽不同位，寒暑不同時，八卦不同位②，而太

① 「即」，蔡模《感興詩注》作「則」，下文同。
② 「位」，熊縑本《感興詩通》作「畫」。

極一理默有以貫乎其中，昭然著見，非見於彷彿象罔間也。伏羲去世既遠，太極之理不明久矣。非濂溪作《太極圖》以示人，天下後世何由知之？○《通》曰：理之粲然者，謂之人文；理之渾然者，謂之太極：非有二理也。

《補注》：昆侖，言天形之圓轉；旁礴，謂地勢之廣被。馬圖，即滎河龍馬負圖而出，伏羲則之以畫八卦者也。人文，謂兩儀、四象支分交錯成八卦以備三才者，説見朱子《原象贊》。象罔，猶言不分曉，語出《莊子》。無極翁，指濂溪周子也。○此篇論太極一貫之理也。言天地設位以見太極之體所以立，陰陽、寒暑迭運以見太極之用所以行，蓋無往而非太極也。伏羲，古之神聖，仰觀俯察，默契其妙，有不待河之出圖，而所謂人文者固已灼見於畫卦之前矣。且五行一陰陽，陰陽一太極，渾然融貫，本自昭著，但聖遠言湮，而於無聲無臭之中，有未易以窺測者。今乃感荷周子作爲《圖説》以示我人，使獲見其如此之明而無疑也。○余子節曰：伏羲作《易》，自畫以下；文王演《易》，自乾元以下，皆未嘗言太極，而孔子言之。孔子贊《易》，自太極以下，未嘗言無極，而周子言之。蓋「無極」二字，乃周子不繇師傳，默體道妙，立爲名義者如是，故朱子於其《圖説》釋之詳，已而復於此特舉是以名稱之，不亦宜哉！

第二首

吾觀陰陽化，升降八紘中。《淮南子》：「九州外有八澤，澤外有八紘。」注：「猶八極也。」〇紘，音「宏」。

《通》曰：詩言：陰陽之氣，升非遽升，以漸而升；降非遽降，以漸而降，故謂之「化」。

前瞻既無始，後際那有終。

蔡氏曰：朱子言太極、陰陽之妙，推之於前，不見始之合；引之於後，不見終之離。然則周子謂「動而生陽」，亦只就動處説，畢竟動前又自是静。

至理諒斯存，萬古與今同。萬古，一作「萬世」。

蔡氏引朱子云：從陰陽處看，則所謂太極者，便是在陰陽裏，而今人説陰陽上面别有一個無形無影底物是太極，非也。又曰：太極生陰陽，理生氣也。陰陽既生，則太極在其中，理復在陰陽之内也。余氏曰：太極，理也；陰陽，氣也，二者相依而未嘗相離也。陰陽有升降，太極亦與之有升降；陰陽無始終，太極亦與之無始終，此所以萬古與今同。

誰言混沌死，幻語驚盲聾。《莊子》：「南海帝曰儵，北海帝曰忽，中央帝曰混沌。儵與忽曰：人有七竅，此獨無有。試鑿之，日鑿一竅，七日而混沌死。」注云：「混沌，清濁未分也。」

潘氏曰：至理，太極之實理也。斯，指陰陽言之。言太極之理藏乎陰陽之中，無頃刻相離，萬古至今未嘗或異。老莊之徒謂太極獨居混沌之先，天地既判，太極已分裂破碎，不復全矣。梅巖胡氏曰：此篇即「陰陽無停機」一語申言之也。

《補注》：八紘，《淮南子》謂九州之外有八夤，八夤之外有八紘。「斯」者，指陰陽升降而言。混沌，元氣未判之稱。混沌死，亦見《莊子》書。幻，怪妄也。○此言太極之實理與陰陽氣化，亘萬古而無終窮也。其曰「前瞻無始」、「後際無終」者，即周子所謂「一動一静，互爲其根」，及程子所謂「動静無端，陰陽無始」之意。夫太極，理也；陰陽，氣也。氣無理則無所本，理無氣則無所寓，二者常相依而不相離。故陰陽之升降，無時休息，而太極之妙用，亦無往而不在也。彼謂「混沌死」者，其意以爲天地既判，元氣分裂，則所謂太極者亦破碎而不復全。此驚世駭俗之論，其不足信也，明矣。

第三首

人心妙不測，出入乘氣機。《孟子》：「出入無時，莫知其鄉。」惟心之謂歟！《列子》：「豈殆是吾衡氣機也。」

胡氏升曰：此心未動之時，鬼神不能窺其際，及其感物而動，則爲氣所使，或存或亡，如有出入也。蓋人心本不可以出入，言其出入者，氣也。楊氏曰：氣之所使，疾如發機；心之出入，每乘其機。余氏曰：心譬人，氣譬馬，人所以乘馬者也。心者，本然之妙；氣者，所乘之機也。陳安卿曰：心是個活物，常愛動，心之動是乘氣動。又曰：心之活處是理，因氣成便會活；靈處是理，與氣合便會靈。所謂「妙」者，言其不可測，忽然出，忽然入，無有定時；忽在此，忽在彼，亦無定處。人須有操存涵養之功，然後本體常卓然爲此身之主宰，而無亡失之患。政得此詩之旨。

凝冰亦焦火，淵淪復天飛。《莊子》：「人心自①下而進上。」「其熱焦火，其寒凝冰。」「其居也，淵而静；其動也，懸而天。」

潘氏曰：凝冰、焦火者，志不能率②氣，而爲忿怒所移、憂懼所動。故逆境之來，怒氣乘之，薰心列賁，不火而熱；患難臨前，畏懼消沮，不冰而寒。苟在我者，無以制而御之，必使③其凶悖而過於沮喪矣。淵淪、天飛者，此心外馳，神不留形，營不載魄，或飛揚九天之上，或沉淪九淵之下。苟非在我者操而存之，不流於放逸，則溺於沉痼④，有淪飛之患矣。

①「自」，熊繡本《感興詩通》及《莊子·在宥》皆作「排」。
②「率」，熊繡本《感興詩通》作「帥」。
③「使」，明詹氏本、熊繡本《感興詩通》皆作「肆」。
④「痼」，原作「涸」，據熊繡本《感興詩通》改。

至人秉元化，《莊子》：「不離於真，謂至人。」子昂詩：「信與元化并。」「秉元化」者，把握造化之權也。動静體無違。如《易》「君子體仁」之「體」。珠藏川自媚，玉韞山含輝。川，作「澤」。見《荀子》。神光燭九垓，相如文：「上暢九垓。」注：「垓，重也。」玄思徹萬微。塵編今寥落，歎息將安歸。輝，作「暉」。思，去聲。

蔡氏模曰：至人秉持元化，一動一静之間，皆體此理而無違。方其静也，寂然不動，如珠之藏、玉之韞；及其動也，感而遂通，神光燭乎九垓之遠，玄思徹乎萬理之微。但聖人心法不傳，其載於塵編者，今又間斷寂寥，無有能識之者。然則將安歸乎？惟有歎息。○梅巖胡氏曰：常人心命於氣，至人氣命於心。○《通》曰：「人心妙不測」以下，兼聖人、衆人之心言；「凝冰」以下，專言衆人之心；「至人」以下，專言聖人之心。

《補注》：機者，發動所由之處。「凝冰」、「焦火」、「淵淪」、「天飛」，語本《莊子》。元化，即《書》所言「上帝降衷」，劉康公所謂「受天地之中以生」者。長樂潘柄以爲「吾心之太極」是也。九垓，已見《補注·郭景純詩》。○此言人心不測，乘氣而動，苟無道以主之，則恐懼所迫，不冰而寒；忿懥之來，不火而熱。甚而至於淵沉天飛，有不可繫者矣。唯聖人爲能精一執中，故其動静之際，不逾矩度，存諸中而應乎外，觸處洞然，莫非此心之妙。然自聖人不作，心學無傳，簡册雖存，今人無有能究之者，而寥落殆甚，是以人心之失愈遠，而歎其將無所歸也。

第四首

静觀靈臺妙，靈臺，出《莊子》。注云：「心也。」

楊氏庸成曰：心以「靈臺」名者，謂其爲神明所舍；有以「天君」名者，謂其居中爲耳目鼻口四支之主也。

萬化從此出。《陰符經》曰：「萬化生於心。」云胡自蕪穢，反受衆形役。陶潛云：「既自以心爲形役。」厚味紛朵頤，厚味，字出《國語》。朵頤，字出《易》。妍姿坐傾國。漢李延年歌曰：「北方有佳人」，「再顧傾人國。」崩奔不自悟，杜詩：「衣冠南渡多崩奔。」注：「蒼黄貌。」馳騖靡終畢。

潘氏曰：此言心爲形役之事。○蔡氏曰：朵，垂也。朵頤，欲飲食之貌。直騁曰馳，亂騁①曰騖，言心爲形役，溺於飲食男女。○徐氏曰：厚味可嗜，不以朵頤爲耻；妍姿可好，不以傾國爲悔。崩摧奔放於人欲横流之中，而不悟其非；終身顛倒馳騖，而無終畢之時也。

君看穆天子，萬里窮轍迹。不有《祈招》詩，徐方御宸極。《左·昭十二年》：「右尹子革告楚靈王曰：昔穆王肆其心，周行天下，將必有車轍馬迹焉。祭公謀父作《祈招》之詩以止王心云云，『形民之力，而無

① 「騁」，熊鏽本《感興詩通》作「馳」。

醉飽之心。』」○韓文《徐偃王廟碑①》：「穆王得八龍之騎，西游忘歸。四方諸侯争辯者，無所質正，贄玉帛於徐之庭者三十六國。穆王恐，命造父御而歸。偃王遂走，失國。」劉越石《表》：「宸極失御。」○「祈招」之「招」音「韶」。

潘氏曰：此言心爲形役之人。○蔡氏曰：借此喻人心之馳騖流蕩，若不知②止，則心失主宰，物欲反據而爲之主矣。此六義之比。○《通》曰：吾心爲神明之舍，故曰「靈臺」；君位如北極之尊，故曰「宸極」。夫宸極者，穆天子之宸極也，而使徐方據之，可乎？靈臺者，我之靈臺也，而使外物據之，可乎？蔡氏以爲猶詩之有比，是也。

《補注》：靈臺，即人心也，以其神明之所舍，故以爲名。朶，垂也；頤，口旁也。朶頤，欲食之貌，語見《周易》。《祈招》詩，已見《補遺》。徐方，徐偃王之國也。按韓文公記偃王廟云：「穆王西游忘歸，四方諸侯有争辨者，無所質正，咸賓祭於徐。贄玉帛、死生之物於徐之庭者三十六國。」宸極，謂帝居也。○此承上篇之言「人心不測」，以終「歎息安歸」之義。首言靈臺之妙，萬化之所從出者，即《書》所云「道心」之謂。惟其不能精一執中，反爲人心所役，乃縱飲食男女之欲，甚至崩奔馳騖，如穆王之幾喪天下者，爲害甚大，可不顧念之與？章首「靜觀」二字，實一篇之旨要。蓋不能靜觀，則無以知此心之妙，而所謂「自蕪穢」、「不自悟」者，皆由於此。讀者不可以其易而忽之。

① 「碑」字原脱，據熊繡本《感興詩通》補。
② 「知」字原脱，據熊繡本《感興詩通》補。

總論第一首至第四首

《通》曰：子朱子嘗論《大學》曰：「内有以盡其節目之詳，外有以極其規模之大。」余以爲《感興詩》亦然。解者析之，入於至細，未能合之，盡其至大。余故析之，又合之。一、二首是論道爲太極，三、四首是論心爲太極。一首言陰陽在太極中，故曰「渾然一理貫」；二首言太極在陰陽中，故曰「至理諒斯存」。太極之理，合萬爲一，故曰「一理」；太極之理，不可復加，故曰「至理」。一首是明吾道之正統，二首是闢異端之邪說，蓋伏羲仰觀俯察而爲陰陽二畫，開萬世斯文之一初。伏羲，一太極也。伏羲、文王、周公不言太極而孔子言之，孔子不言無極而周子言之。聖遠言湮，孰開我人，周子又一太極也。自開闢以後，伏羲爲斯文之一初，而夫子集大成；自秦漢而後，無極翁又爲斯文之一初，而朱子集大成。此詩自伏羲説到周子，道統之傳，自源徂流，故愚以爲明吾道之正統者，此也。「象罔」與「混沌」，出《莊子》。《老子》亦曰：「有物混成，先天地生。」蓋以混沌未分爲太極，先天地而生，而不知陰陽未分，統體一太極也；陰陽既分，各具一太極也。且復有「混沌死」之説，太極之理無時不存，無物不有①，「死」之一字，殊爲可笑。愚以

① 「有」，熊𨫼本《感興詩通》作「存」。

爲，闢異端之邪説者，此也。三首、四首皆説人心之太極，又須看前兩首言理，三首言氣，四首言形。聖人之心雖乘氣而動，而常主之以静；衆人之心爲形所役，而常失之於動。第三首所謂「凝冰」、「淵淪」者，人心静而無動者也。所謂「焦火」、「天飛」者，人心動而無静者也。聖人之心，動静無違。珠藏玉韞，静也，而川媚山輝，有動者寓，蓋静而無静者也；神光上燭九垓，動也，而玄思徹①乎萬微，有静者存，蓋動而無動者也。静而無動，動而無静者，物也，衆人之心也；静而無静，動而無動者，神也，聖人之心也。第四首謂衆人之心不動於飲食之欲，則動於男女之欲，竟無一息静時矣。夫飲食，人之常事，不悟而至於過侈以傷生；男女，人之大倫，不悟而至於淫欲以伐性。如穆天子，天下之主也，不悟於《祈招》之詩，則爲徐方所據，而穆天子不能爲主矣。心者，衆形之主也，崩奔不自悟，則爲形所役，心不能爲主矣。右四首，分看，一首各自一意；合看，又似《太極圖説》，渾然一意。

第五首

涇舟膠楚澤，《詩》：「淠彼涇舟。」膠楚澤，劉恕《外紀》：「昭王巡狩返，濟漢，漢濱人以膠膠船。王至中流，膠

---

① 「徹」，熊繡本《感興詩通》作「默徹」。

液，王及祭公皆溺死。」涇在周地，楚在漢濱，或以「膠」爲《莊子》「置杯焉則膠」者，非。周綱已陵夷。

《通》曰：詩揭「周」與「楚」二字，《春秋》之筆。

況復《王風》降，平王遷洛，《詩》不復有《雅》。《黍離》諸詩，下列《國風》。故宫黍離離。

潘氏曰：言周室陵夷衰替之由也。自昭王南游，没於楚江，周室日以①衰弱。及幽王爲犬戎所殺，平王遷東周，故都鞠爲禾黍。《王風》下同列國，周綱已廢墜，不復振矣。

玄聖作《春秋》，《莊子》：「玄聖素王之道。」《宋朝會要》：「大中祥符元年十一月，幸曲阜，進謁文宣王廟，加上文宣王，曰玄聖文宣王。」「五年十二月，改謚至聖文宣王。」作《春秋》，起平王四十九年，止敬王四十一年②。哀傷實在兹。祥麟一以踣，反袂空漣洏。《家語》：「叔孫氏之車士曰子鉏商，采薪獲麟。叔孫氏以爲不祥，使人告孔子曰：『有獸而一角，何也？』孔子往觀之，曰：『麟也。胡爲來哉？』反袂拭面，涕泣沾巾③。子貢問：『何泣？』子曰：『麟之出爲明王④也，出非其時而見害。吾是以傷焉。』」《春秋·魯哀公十四年》：「西狩獲麟。」前覆曰踣，即折其前左足。

---

① 「以」，熊繡本《感興詩通》作「已」。
② 「四十一年」，原作「三十九年」，據熊繡本《感興詩通》改。
③ 「巾」，熊繡本《感興詩通》作「襟」。
④ 「王」，熊繡本《感興詩通》作「主」。

蔡氏曰：《春秋》者，魯史記之名。孔子因而筆削之，始魯隱公元年，實平王四十九年也。言孔子雖因《黍離》降爲《國風》，遂託始於此，以作《春秋》。其實周綱陵夷已在「涇舟膠楚澤」時矣，及西狩獲麟，歎吾道窮，而《春秋》絶筆。

漂淪又百年，自《春秋》終，至《通鑑》始，百年。僭侯荷爵珪。僭侯，則初命晋大夫爲諸侯也。爵，公侯伯子男爲五等之爵。珪，公執桓珪，侯信珪，伯躬珪是也。王章久已喪，《左・僖二十五年》：晋侯請隧於襄王，不許，曰：「王章也。未有代德，而有二王，亦叔父之所惡也。」何復嗟歎爲。荷，上去二聲。「珪」叶音「規」。

蔡氏謂：自獲麟絶筆後，又將百年也。今考之，實止七十九年，言「百年」，舉成數也。王章之喪久矣，胡爲至三晋分而始歎之乎？所以爲下文「迷先幾」之張本。

馬公述孔業，司馬文正公述孔子作《春秋》之業。託始有餘悲。拳拳信忠厚，無乃迷先幾。

詹氏曰：三晋分侯之時，此吾夫子所謂「吾末如之何也矣」。今《通鑑》託始於此，毋乃迷其先幾乎？〇蔡氏曰：不繼書於魯哀公十四年西狩獲麟之後，自敬王三十九年爲始，而乃自威烈王二十三年爲始，毋乃迷其先幾也歟？朱子《通鑑綱目》曷爲不繼《春秋》也耶？李果齋曰：《事記》之書，用馬遷之法，故續獲麟而無嫌；《綱目》之書，本《春秋》之指，故續獲麟而不可。《綱目》之書，特因《通鑑》而作也。〇梅巖胡氏曰：致堂謂：「陰凝冰堅，垂百載矣，雖無王命，夫誰與抗？」此知幾之論也。温公徒悲其成，失救其漸，必若致堂所論，文公此詩庶知幾矣。詩曰「哀傷」，曰「漣洏」，曰「嗟歎」，曰「餘悲」，此賈生所以太息，所以流涕，所以痛哭①也歟！○《通》曰：《綱目》因《通鑑》而作，猶《春秋》因魯史而作也。魯史本託始於魯隱，而《春秋》因之；《通鑑》託始於三晋，而《綱目》因之。此皆述而不作之意也。

《補注》：涇舟，涇水之舟，見《詩・棫樸》篇。以其下文有「周王于邁」之語，故借用之。麟踣，謂其折足而死也，已見《補遺・獲麟歌》及《補注・劉越石詩》。僭侯，謂晋大夫魏斯、趙籍、韓虔共分晋地，而請爲諸侯，天子不能討，且從而命之也。章，猶法也。馬公，司馬温公。述孔業，謂作《通鑑》，欲續《春秋》也。○此言周自昭王南征不返，王綱已陵夷矣。及平王東遷，下同列國，周衰愈甚，而亂臣賊子興，聖人於此已不能不感傷焉。況乎麟出非時而見害，於是悼明王之不作，哀吾道之既窮，作爲《春秋》而託始於平王，絶筆於獲麟也。下逮三晋之時，王章淪喪既久，雖復嗟歎，亦無如之何。已而温公《通鑑》之作，乃欲追述聖業，託始於此。觀其反復悲傷，以明夫禮義名分之不可紊者，其意信爲忠厚，然惜其不即繼書獲麟之後，如東萊吕氏之《大事記》，則無乃昧於事幾之所先乎？或疑朱子《綱目》亦始於三晋而獨譏温公爲不可，何也？蓋《通鑑》記事之

① 「痛哭」，熊鏽本《感興詩通》作「哀痛」。

書，但當續《左傳》，而不當有所創始。《綱目》褒貶之詞，實法《春秋》，況因《通鑑》而作，自不容不於此始。二書製作之體固有不同，讀者詳之。

第六首

東京失其御，東京，洛陽，後漢所都。刑臣弄天綱。《左傳》寺人披云：「豈惟刑臣。」披，奄人也，故稱刑臣。指和帝以後所用鄭衆、樊豐、周廣、孫程、張防、張讓、唐衡、單超、左悺、徐璜、具瑗等是也。天綱，即劉陶所謂「張理天綱」也。

《通》曰：王良善御，無泛駕之馬；明主善御，無弄權之臣。

西園植奸穢，光和（六）〔元〕年，開西（邱）〔邸〕，賣官於西園。當之官者，先至議價。五族沈忠良。靈帝熹平五年，詔州郡吏考黨人門生、故吏、父子、兄弟在官者，悉免官禁錮，爰及五屬。五屬即五族也。忠良，則陳蕃、李膺而下三君、八俊、八顧、八及、八厨等是也。

蔡氏曰：靈帝置西園八校尉，以蹇碩、袁紹、鮑鴻、曹操、趙融、馮芳、夏牟、淳于瓊爲之。五族，單超、具瑗、左悺、徐璜、唐衡也。言桓、靈失御下之道，宦豎弄權，開西園以鬻賣官爵，興黨錮以湛①

①「湛」，蔡模《感興詩注》作「沈」。

滅忠良，而漢祚衰矣。

青青千里草，靈帝初年，童謡云：「千里草，何青青。十日卜，不得生。」謂董卓也。乘時起陸梁。陸梁，東西倡佯也。當塗轉凶悖，《獻帝紀》太史丞許芝奏：「許昌氣見於當塗高者，魏也。象魏者，兩觀闕是也。當道而高者，魏也，魏當代漢。」炎精遂無光。漢祖感赤帝而生，自謂赤帝之精。《靈光殿賦》：「紹伊唐之炎精。」

蔡氏曰：「青青千里草」，董卓讖語。卓初爲中郎將，其後廢立弑殺，燒宮室，發諸陵，自爲相國，强梁於一時。「魏闕當塗高」，曹操讖語。操挾天子以令諸侯，欺人孤兒寡婦，卒成篡奪之計，其凶悖尤甚於董卓，而漢祚亡矣。

桓桓左將軍，劉備也。獻帝建安三年，爲左將軍。仗鉞西南疆。先主初破荆州，後入成都，遂帝於蜀。荆在南，蜀在西。伏龍一奮躍，鳳雛亦飛翔。司馬德操曰：「此間自有伏龍、鳳雛。」謂諸葛孔明、龐士元。祀漢配彼天，詹氏曰：祀漢配天，蓋用《哀元年》少康「祀夏配天」之語。出師驚四方。天意竟莫回，王圖不偏昌。王圖，王者之基圖也。蔡氏曰：即孔明所謂「王業不偏安」也。

○潘氏曰：此言昭烈仗義起兵於西南之蜀，以誅操復漢爲名，三顧亮於草廬之中，與計大事。而士元之徒群起翼之，兵威響震，所向無前。然天不祐漢，先主既殂，孔明亦殞，而漢統竟莫能續，非人力能强復也。

晉史自帝魏，晉之作史者陳壽《三國志》紀魏爲帝。後賢合更張。《通》曰：讀者宜看「自」字與「合」字。謂之「自」者，乞米陳壽不足責也；謂之「合」者，述孔馬公可深省①也。

世無魯連子，千載徒悲傷。《戰國策》：魏使新垣衍説趙，欲尊秦爲帝，仲連不從，後聞趙將事秦，歎曰：「臣有蹈東海而死耳。」

徐氏曰：昭烈以帝胄之英，明正大義，而再造於一隅之蜀，漢統猶未絶也。陳壽帝魏寇蜀，不知正統所繫。司馬公復因襲其謬，而不知②正也。大義不明，正統旁落，求如仲連不肯帝秦者，世不復有斯人矣。悲哉！○黄氏曰：朱子作《綱目》以正統繫蜀，而書魏人爲入寇，則大義昭明於萬世之下，而與此詩互相發明。

《補注》：東京，指東漢所都而言。刑臣，閹宦也。天綱，猶言王綱。西園，靈帝所置，造萬金堂，引司農金帛錢物積之，并寄藏小黄門常侍家錢。又令其賣官鬻爵，入錢於此。五族，宦者單超、徐璜、具瑗、左悺、唐衡也。桓帝時同日封侯，世謂之五侯，又有「五邪」、「五倖」之號。千里草，

① 「省」，熊繡本《感興詩通》作「責」。
② 「知」，原作「之」，據熊繡本《感興詩通》改。

靈帝時童謡，應董卓之讖。卓初爲中郎將，後廢立擅殺，自爲丞相，燒宫廟、發諸陵，刼獻帝西遷。陸梁，强梁也。當塗，謂魏王曹操，説見《補注》第八卷。桓桓，威武貌。左將軍，漢昭烈也，建安三年爲左軍將軍，領豫州牧。伏龍，謂諸葛孔明；鳳雛，謂龐統也，見《孔明傳》。祀漢配天，謂接漢正統也。「王圖不偏昌」，歎其不得統一也。孔明嘗言「漢賊不兩立，王業不偏安」，蓋其志必欲統一云爾。晋史，謂晋史官陳壽。壽撰《三國志》，以魏爲帝。魯連子，戰國時人，會魏將新垣衍説趙使尊秦爲帝。連責之曰：「彼帝天下，連有蹈東海而死耳。」○此言東漢自桓、靈失道，宦竪弄權，斂貨賂以蓄奸穢，興黨錮以害忠良，遂致亂臣賊子相踵弑奪。昭烈以漢室之胄，又得忠賢爲輔，出師討賊，圖復舊疆，宜無難者。然天意竟不可回，莫遂恢廓。陳壽作史，以魏繼漢，固無足責，後來如司馬公學術之正，當以《春秋》之法正之，乃亦帝曹魏而寇蜀漢，求其如魯仲連之耻帝秦者，今不復見。千載而下，徒爲悲傷而已。○余子節曰：朱子《綱目》書「魏王曹丕稱皇帝，廢帝爲山陽公」，而不書禪位。於蜀繼漢，特書「昭烈皇帝章武元年」，而不介①以黄初之號。及蜀亡，乃書「鄧艾至成都，帝出降，漢亡」，以見漢統非絶於獻帝之延康也，與此詩正相表裏。愚按：習鑿齒《漢晋春秋》謂蜀以宗室王，而魏吴皆爲篡逆，至晋文平蜀，乃爲漢

①「介」，《風雅翼》作「書」。

亡，而晋始興。然則朱子固有所本云。

第七首

晋陽啓唐祚，隋大業十三年，唐高祖爲太原留守，領晋陽宫監。時煬帝南游江都，天下盜賊起。世民知隋必亡，陰結豪傑，謀舉大事。懼高祖不聽，與副監裴寂謀，因選晋陽宫人私侍高祖，乃以大事告之，詐殺副留守高君雅以起兵。王明紹巢封。王明，曹王明也。齊王元吉死，後改封巢王。世民既殺建成、元吉，遂取元吉妻於後宫而寵之，生明。貞觀二十一年，始封曹王，以爲巢王之後。垂統既如此，繼體宜昏風。既，一作「已」。

徐氏曰：「晋陽啓唐祚」，而君臣、父子之道乖矣；「王明紹巢封」，而兄弟、夫婦之倫喪矣。繼體之君耳濡目染，麀聚之醜①，不以爲惡；牝晨之禍，胡能免之？〇《通》曰：《易》重咸恒，《詩》首《關雎》。太宗以淫泆②毁綱常，豈特不足爲一代之鑒，而實千古之羞也。

麀聚瀆天倫，《記》：「父子聚麀。」「瀆天倫」者，武后初爲太宗才人，後出爲尼，高宗見而悦之，使潛入宫，立爲昭儀，遂廢王皇后，立昭儀爲皇后。牝晨司禍凶。《書》：「牝雞之晨，惟家之索。」乾綱一以墜，《穀梁

① 「醜」，熊鑐本《感興詩通》作「配」。
② 「泆」字原脱，據熊鑐本《感興詩通》補。

傳》：「乾綱解紐。」武后既立，廢中宗爲廬陵王，幽之，改元光宅，追尊武氏祖考爲王。遷帝於房陵，降唐宗室屬籍，改國號曰周，是唐之乾綱一以墜。**天樞遂崇崇。**延載二年，武三思率蕃夷諸國，請作天樞紀功德，黜唐興周。大裒銅①合治之，署曰「大周萬國頌德天樞」，置端門外。其制若柱，度高一百五尺②。班彪《北征賦》：「望通天之崇崇。」**淫毒穢宸極，虐焰燔蒼穹。**「淫毒」者，武后始惑於僧懷義，懷義死，張易之、昌宗得幸。「虐焰」者，任酷吏索元禮、周興、來俊臣等殘害忠良，賊殺宗室。「穢宸極」者，內瀆清禁；「燔蒼穹」者，上達蒼天。**向非狄張徒，誰辦取日功。**狄仁傑爲相，以子母天性感動之，復立中宗。又薦張柬之爲相，遂誅張易之之徒，徙太后上陽宮。《唐史》贊仁傑曰「取日虞淵」。**云何歐陽子，秉筆迷至公。**宋仁宗朝，歐陽公奉敕修《唐史》。「迷至公」者，言其不能正中宗之位，以明武后篡竊之罪也。**唐經亂周紀，**言既立《武后傳》，又立《則天紀》，是作唐一經，而亂以武周之紀也。**凡例孰此容。**杜預曰：「其發凡以言例。」**侃侃范太史，**范祖禹神宗朝受詔與温公修《資治通鑑》，分職唐史，遂采唐得失之迹，名《唐鑑》，上之哲宗。**受説伊川翁。**程叔子葬父太中伊川，因以自號。《程氏外書》云：淳夫嘗與伊川論唐事，故爲《唐鑑》，盡用其説。伊川謂門人曰：「淳夫乃能相信如此。」**《春秋》二三策，**范《唐鑑》曰：「昔季氏出其君，魯無君者八年。《春秋》每歲

---

①「銅」，熊繡本《感興詩通》作「細鐵」。

②「尺」，原作「丈」，據熊繡本《感興詩通》改。

必書公之所在，及其居乾侯也，正月必書『公在乾侯』，不與季氏之專國也。自司馬遷作《吕后①本紀》，後世爲史者因之，故《唐史》亦列武氏爲本紀。其於紀事之體，則實矣；《春秋》之法，則未用也。《春秋》，吴楚之君不稱王，所以存周室也。天下者，唐之天下也，武后豈得而間之？故臣復繫嗣聖之年，黜武氏之號，以爲母后禍亂之戒。竊取《春秋》之義，雖獲罪君子而不辭也。」萬古開群蒙。誰辨，一作「孰辨」。

蔡氏曰：范太史每歲必書中宗所在，曰「帝在房州」，以合於《春秋》「公在乾侯」之法。○余氏曰：伊川曰：「婦居尊位，女媧氏、武氏是也。」非常之變，不可言也。且臨朝稱制，吕氏嘗爲之，伊川不及之，何也？蓋吕氏臨朝稱制，未至如武后革命易姓之無忌憚也。作史者必如范太史，可無愧矣。文公《綱目》貞觀十一年書「以武氏爲才人」，又於高宗永徽五年書「以太宗才人武氏爲昭儀」。父子之綱不正，凜然筆削間。至因年以著統，其於武氏之革命，中宗之失位，則大書嗣聖之年，以則天改元分注其下，而復書「帝在房州」，以見君道雖不立，而正統不可奪也。○潘氏曰：周末以來，千五百餘年，歷代史記治亂之迹，皆足爲後世鑑戒者，今獨舉三朝，何也？○曰：此詩之意，非欲備載治亂得失之迹，但恨②作史者不知《春秋》大③法，或欲以初命晋大夫

① 「后」，原作「氏」，據熊纁本《感興詩通》改。
② 「恨」，原作「悵」，據熊纁本《感興詩通》改。
③ 「大」，熊纁本《感興詩通》作「之」。

爲諸侯，託始於《通鑑》而迷於先幾者；或徒以魏之强大爲尊，而不知蜀爲正統者；或欲成母后武氏之惡，而不知中宗世嫡之不可廢者。此三者皆治道本末所係，君臣大分所關，而史册所書邪正不分，名分①不辨，使亂臣賊子非惟肆奸欺於一時，而千載之下，亦莫有明其罪者，其爲害豈淺淺哉！若其它治亂得失，史氏自有一定是非，不必具述，可也。

《補注》：晋陽，太原也。唐高祖李淵初爲隋太原留守，其子世民陰與晋陽宫監裴寂謀，以宫人私侍其父，因脅以起兵，遂取隋而有天下。其後世民又殺太子建成而嗣立，是爲太宗。王明，太宗子曹王明也。巢封，即太宗弟秦②王元吉，後封巢剌音「辣」。王。初，太宗并殺元吉，而納其妻生子明，使繼巢王後。麀，亦牝也。麀聚，謂武后本太宗才人，高宗烝，立爲后，此《禮記》所謂「父子聚麀」也。牝晨，言高宗令武后預決朝政，是牝雞之晨也。乾綱，謂君爲臣綱，夫爲妻綱也。天樞，武后既革唐爲周，鑄銅柱高一百五尺以紀周功德，榜曰「天樞」。毒，猶惡也。淫毒，謂武后初幸僧懷義，王求禮嘗請閹之；復幸張易之、昌宗兄弟，陽使預修《三教珠英》於内殿，以掩其迹之類。虐焰，謂武后之殘酷，如斷去王皇后、蕭淑妃手足，投酒甕中，令骨醉，數日而死。又累殺三太子及唐宗室諸王族屬殆盡。狄張，狄仁傑、張柬之也。取日功，謂中宗得正帝位，社

① 「名分」原脱，據熊繡本《感興詩通》補。
② 「秦」字原作「齊」，據明詹氏本、熊繡本《感興詩通》改。

稷復歸於唐也。《柬之傳贊》云：「取日虞淵。」唐經，謂唐史，本韓文公「作唐一經」之詞。亂，污雜也。周紀，《武后紀》也。侃侃，剛直也。范太史，名祖禹，嘗作《唐鑑》。○此篇專論武后之事，因推言高祖、太宗，垂統之主皆以女色亂倫如此，宜乎繼體如高宗者不耻麀聚之污，卒致牝晨之禍也。蓋武后自得志以來，專作威福，至於竊取大位，權歸武氏者幾五十年，而其間淫穢殘虐，不可勝紀。及武承嗣、三思等營求太子，自非仁傑力挽於前，柬之討亂於後，則唐祚幾於絶矣。秉史筆者宜用《春秋》之法，黜武后以爲女主僭亂之戒。奈何歐陽文忠公之修《唐書》，仍列則天改周之事於帝紀，以亂國史之凡例乎！惟范太史受學程子之門，其作《唐鑑》也，於中宗廢遷之後，每歲必書帝在某所，以合《春秋》「公在乾侯之所」，以正國統而明大義者，真足以開萬古之愚蒙矣。○按，《唐書》列傳：初，吴(競)〔兢〕撰國史，爲《則天本紀》。史館修撰沈既濟奏請省《天后紀》，合《中宗紀》，每歲首必書曰「皇帝在房陵，太后行某事，改某制」。紀稱中宗，而事述太后，名不失正，禮不違常。愚謂：既濟此言雖不行於當時，固可法於後世。惜乎，歐陽公見之而不能用。竊意范太史所受於伊川者，得非有取於此乎？因并記之，且以見公論有終不可泯者云。

第八首

朱光遍炎宇，《選》：「大火争朱光，積陽熙自南。」蔡氏曰：「日也。」微陰眇重淵。班固《答賓戲》：「測深乎重淵。」寒威閟九野，《淮南子》：「下貫九野。」陽德昭窮泉。《選》：「之子歸窮泉。」

蔡氏曰：言朱光遍炎宇之時，微陰已眇於重淵；寒威閟九野之時，陽德已昭於窮泉。陰不生於陰，常伏於盛①陽之中，姤卦是也；陽不生於陽，潛伏②於盛陰之中，復卦是也。

文明昧慎獨，昏迷有開先。幾微諒難忽，善端本綿綿。《老子》：「綿綿若存。」○慎獨，一作「謹獨」。

蔡氏曰：盛陽而一陰伏，故雖文明，而昧慎獨之戒；盛陰而一陽復，故雖昏迷，而有開先之道。惟其昧於慎獨也，故幾微之際，誠不可忽；惟其有開先也，故善之端緒，每綿綿而不絶。

掩身事齋戒，《月令》：「仲夏日長至，仲冬日短至。」「君子齋戒，處必掩身。」謂掩蔽③其身也。及此防未然。閉關息商旅，《復・大象》辭。絶彼柔道牽。《姤卦》：「繫於金柅，柔道牽也。」

黄氏曰：君子謹之於一陰④初萌之時，即掩身齋戒以防未然之患，而不使陰濁盛而物欲行也。

---

①「盛」，熊鏽本《感興詩通》作「至」，下文同。
②「伏」，熊鏽本《感興詩通》作「復」。
③「蔽」，熊鏽本《感興詩通》作「閉」。
④「陰」，熊鏽本《感興詩通》作「陽」。

君子體之於一陽初生之時，即閉關止息以絶陰柔之牽，而必使陽明勝而德性用也。此詩皆隔兩①句相應，大意陰極則陽生，陽極則陰生，善惡相爲消長，君子當抑陰扶陽，遏惡揚善也。○梅巖胡氏曰：冬夏二至，君子必齋戒掩身，皆爲未然之防。其在重淵者防之，而不敢忽其幾；在窮泉者防之，而不敢折其端。《易》於《復》曰：「至日閉關，商旅不行。」此齋戒掩身於冬至，欲善端充廣於無窮也。《易》於《姤》曰：「繫於金柅，柔道牽也。」此齋戒掩身於夏至，欲幾微止息於未盛也。或曰：「防」字説姤爲切，恐不切於復。曰：言於姤，所以防陰之長；言於復，所以防陽之消。防②陰之長，則幾微必謹而得開先之理；防陽之消，則善端常存而收慎獨之效。防之用大矣哉！○《通》曰：上二句兼冬夏至而言，下二句分言。○潘氏曰：以上諸篇，言人心與太極同體，本自寂感無方，一爲外物所汩，則馳逐忘反，必至於窮極人欲、滅絶③天理而後已，古今治亂未有不由於此。然亂極思治，惡極善萌，如炎夏而陰已生，窮冬而陽潛復。世運循環，天機不泯，豈有人而極其所趨，如波頽風靡，而不可復反之理哉？但恐人不知所以自反爾，所以下句有「掩身」、「閉關」之事也。○梅巖胡氏曰：按潘氏此段，乃自首篇至八篇，總論其

①「兩」，熊續本《感興詩通》無。
②「防」字原作「方」，兹據明詹氏本、熊續本《感興詩通》改。
③「滅絶」，熊續本《感興詩通》作「絶滅」。

脉絡次第者也。

《補注》：開先，謂啓其端而導之也。《禮記》云：「有開必先。」掩，收斂也。掩身、齋戒，《月令》之文，於仲夏、仲冬之月見之。及此，指幾微而言。「閉關息商旅」，見《易·復卦》之象，言安意以養微陽也。「柔道牽」，《姤卦》初六《象辭》。牽，進也。以其進，故止絶之，所謂「繫於金柅」是也。○此篇言君子當體陰陽消長之機，以加省察存養之功也。夫陽極則陰生，陰極則陽生，二者迭爲消長，無有止息。然陽剛陰柔，善惡於是乎分焉。且吾一身之氣，即天地流行之氣，而吾日用之間，其可不因陰陽之消長以審夫善惡之機乎？方其德性昭明，一或昧於慎獨，則物欲之蔽已有開先者矣。此二句本黄伯暘説。乃知幾微之際，信不可忽。然其間善端，本自綿綿不息，又豈可不於此而常省察焉？是以君子當嚴冬一陽初復，必齋戒豫養，以固文明之基；當盛夏一陰初姤，亦必齋戒豫備，以杜昏迷之漸。此正抑陰扶陽、遏惡揚善之節度也。「掩身」以下二句兼冬至、夏至説，「閉關」、「絶柔」二句分復、姤之詞説。此係鄱陽董銖録朱子語，諸家箋注皆不及此，因并記之。

總論第五首至第八首

《通》曰：前四首是就太極論陰陽動静之機，此四首是就世道論陰陽治亂之機，又當合看第五首揭「周」、「楚」二字。蓋謂中國，陽也；南蠻，陰也。《春秋》於楚本書荆，後始書楚，末乃書楚子，其不與楚也，尚矣。昭王南游於楚而不復，是中國之陽而制於蠻夷之陰也，豈不大可歎乎？第六首蓋謂君，陽也；臣，陰也。東京失其御①臣之道，乃制於刑臣之手，遂使堂堂天漢而爲魏所有，是以君之陽而制於臣之陰也，豈不大可歎乎？第七首蓋謂夫，陽也；婦，陰也。唐初已亂夫婦之倫，武后以太宗才人，而爲高宗之后，卒使其子中宗幽於房陵，而唐遂爲周矣。此以夫之陽而制於淫婦之陰也，豈不大可歎乎？所以第八首即復、姤以論陰陽進退之機。蓋謂時方陽明而一陰生，人雖文明而昧於慎獨，皆不能及此防未然，而絶彼柔道之牽也。此首本是即陰陽消長之機以明理欲消長之機，固不專爲前三首而發。然即前三首觀之，則皆昧於慎獨而不能防於未然，尤爲可鑒者也。周昭王不能防楚而卒受楚之禍，漢桓、靈不能防刑臣而卒受刑臣之禍，唐高②宗不能防武后而卒受武后之禍。「朱光遍炎宇，微陰眇重淵」，其幾甚不可忽也。聖賢能謹其幾，則陽明勝而陰濁消；後世不能謹其幾，則陰愈盛而陽愈微。故第五首言楚之於周，第六首言魏之於漢，第七首言周之於唐，第八首言陰之於陽，寓意愈深，垂戒愈明。三復此四首，使人上下古今，深有感於世道之變也如此，又深知後世不能慎獨之禍。如此詩之所關繫，豈淺淺哉！不特此也，自「伏羲」至「無極翁」，是言吾道之正統；此言周與楚、漢與魏、唐與周，是論中

---

① 「御」下，原有「非是」二字，當爲衍字，據熊繡本《感興詩通》删。
② 「高」，熊繡本《感興詩通》作「太」。

國之正統。第三首曰「塵編今寥落」，聖人之心寓於經，而經之寥落已如此。此則言後世之事寓於史，而史之謬妄又如此。前言心爲形所役，此則言剛爲柔所牽；前言蕪穢，後言西園之奸穢，宸極之淫穢，首尾莫不相應。第四首之末言周穆王之游幾爲偏方之徐所奪，第五首之始言昭王之游卒爲偏方之楚所陷，其文理又自相接。朱子嘗於《大學》曰：「凡引經傳，若無統紀，然文理接續，血脉貫通，深淺始終，至爲詳①密。」余於《感興詩》亦云。

第九首

微月墜西嶺，或以微月如新月，或以爲殘月。新月則謂月既西墜，河漢西流，斗柄指西，將入地而復起，仲秋月始生明之夜也。殘月則月既西墜，明河已斜，斗柄建魁，將轉②而爲旦，夜半子丑之時也。爛然衆星光。明河斜未落，《晋志》曰：「天津九星，横河中，一曰天漢，一曰天江，主四瀆津梁，所以度神通四方也。」又曰：「坐旗西四星曰天高，天高西一星曰天河。南北河各三星，夾東井。兩河之間，日月五星之常道也。」③斗柄低

① 「詳」，熊繡本《感興詩通》作「精」。
② 「轉」字下熊繡本《感興詩通》有「昏」字。
③ 《晋書·天文志》作「坐旗西四星曰天高，臺榭之高，主遠望氣象。天高西一星曰天河，主察山林妖變。南河、北河各三星，夾東井」。「兩河戍間，日月五星之常道也」。

復昂。《詩·大東》：「維北有斗，西柄之揭。」《詩傳》曰：「南斗柄固指西，若北斗而西柄，則亦秋時也。」《楚詞》：「舉斗柄以爲麾。」《集注》云：「斗柄者，北斗之柄，所謂杓也。」《晋志》：「北斗在太微，北魁四星爲璇璣，杓三星爲玉衡。」又曰：「自一至四爲魁，自五至七爲杓。」蓋北斗七星在紫宫①南，而其杓所建周於十二辰之舍，以定十有二月也。感此南北極，樞軸遥相當。南北極，天之樞紐，常不動處，譬車軸也。王蕃《渾天説》曰：「天半覆地上，半在地下。其天居地上，見者一百八十二度半强，地下亦然。其南北極持其兩端，其天與日月星宿斜而回轉。蓋南極低，入地三十六度，故周回七十二度，常隱不見；北極高，出地三十六度，故周回七十二度，常見不隱。」②相當，《後③漢·匈奴傳》曰：「寇雖頗折，而漢之疲耗略相當矣。」太一有常居，《漢書》：「天神貴者太一，太一佐曰五帝。中宫天極星，其一明者，太一常居也。」《淮南子》：「太微者，太一之庭；紫宫者，太一之居。」仰瞻獨煌煌。中天照四國，盧仝詩：「請留北斗一星相北極，指揮萬國懸中央。」三辰環侍旁。日月星也。人心要如此，語不古，意甚切。寂感無邊方。墜，一作「墮」。

---

① 「紫宫」熊繡本《感興詩通》作「紫微宫」。

② 「蓋南極低，入地三十六度，故周回七十二度，常隱不見；北極高，出地三十六度，故周回七十二度，常見不隱」，熊繡本《感興詩通》作「蓋南極低，入地三十六度，故周回七十二度，常見不隱；北極高，出地三十六度，故周回七十二度，常隱不見」。蔡模《感興詩注》文本同於朝鮮版文本。

③ 「後」字原脱，據熊繡本《感興詩通》補。

潘氏①曰：此篇因觀天象以明人心之太極也。星、月、河漢運轉無定，惟北極太一辰星居其所而不動，日月衆星環繞共之。如心居中央，役使群動，隨感隨應，無所偏倚。然後有以立乎其大者，而不爲耳目口體衆形所役，故曰「寂感無邊方」也。○《通》曰：一章、二章以陰陽動靜言，而三、四章言心繼之，八章以陰陽淑慝言，而九章亦言心繼之。邵子曰：「天向一中分造化，人從心上起經綸。」邵子、朱子之詩一意也②。

《補注》：昂，高舉貌。南北極，天之樞也。天形微倚，繞地左旋，南極入地三十六度，北極出地三十六度。樞軸，設言天之旋轉，所以持兩端而居中不移者，如户之樞，車之軸也。太一，即北辰，所謂帝座也。按，《朱子語録》：「太一如人主，北極如帝都。」三辰，日、月、星也。○潘柄謂：此篇因天象以明人心之太極是也。蓋見月、星、河漢隨天運轉，而有以感夫天之樞軸南北相當，常居其所而不移。北辰一星獨居中天，照臨四國，三辰環繞而歸向之。人之一心，處方寸之間，寂然不動，至於酬酢萬變，感而遂通，不見其有邊際方所，亦猶是也。故特舉「要如此」三字以示人，其意切矣。

---

① 「潘氏」，原作「蔡氏」，據熊繡本《感興詩通》改。
② 「邵子、朱子之詩一意也」，熊繡本《感興詩通》作「即子朱子之詩之意也」。

第十首

放勛始欽明，堯。南面亦恭己。舜。大哉精一傳，禹。萬世立人紀。猗歟歎日躋，湯。「聖敬日躋。」穆穆歌敬止。文王。《詩·大雅》。戒獒光武烈，《書》：「太保作《旅獒》，用訓於王。」待旦起《周禮》。周公坐以待旦。《周禮》，周公所制之禮。《周官》，六典之書是也。恭惟千載心，秋月照寒水。魯叟何常師，襄公二十二年①十一月庚子，孔子生於魯，故曰「魯叟」。删述存聖軌。删，如删《詩》之删。述，傳舊而已。軌，轍也。

潘氏曰：此謂堯、舜、禹、湯、文、武、周公千載相傳之心，前後相照，純於天理，如秋月之明，無一毫之翳；如寒水之清，無一點之滓。而仲尼無所不學，是以祖述堯舜，憲章文武，無間夏禹，夢寐周公。晚年删定《詩》《書》，修明禮樂，其志亦欲存帝王軌範以示將來爾。〇余氏曰：聖人相傳，相授，惟一敬。堯之欽明，舜之恭己，敬也。堯授舜，舜授禹，不越乎惟精惟一，亦敬也。湯之日躋，文之穆穆，與夫武烈之光，本於戒獒。《周禮》之起，由於待旦者，亦敬也。故其人欲净盡，天理昭融，此心真如秋月寒水。此敬所以爲聖學成始成終之妙，而帝王傳心之法也。仲尼

① 「二十二年」，原作「二十六年」，據《史記·孔子世家》、熊繡本《感興詩通》改。

主善爲師，何常之有，特窮而在下，不得如堯、舜、禹、湯、文、武、周公，以其修己以敬之功，推而以安百姓。於是乎删《詩》定《書》，繫《周易》，作《春秋》，修明禮樂，用存聖人之軌轍於萬世，非不知不如見之行事也。○梅巖胡氏曰：周公已上七聖人，傳心之敬，堯實倡之，故謂之始。始之者，大之也。孔子雖不得七聖之時，見於人紀之上①；而能傳七聖之心，見於聖軌之存。「聖軌」者，敬心之軌轍也。挹其秋月寒水之心，而寄諸軌範，則時雖去而書存，人雖往而心存。立之於一時，有不若存之於萬世者矣。以吾觀於夫子，賢於堯舜遠矣，其在是夫！○《通》曰：「周敬王四十一年壬戌，孔子卒。至宋慶元丁巳，一千六百七十六年。」朱子是年正月朔書於藏書閣下。嗚呼！朱子書此，豈無意哉？夫子不可得而見矣，所幸夫子之書存於千載之下，猶得以溯夫子之心於千載之上也。學者知朱子之心，則知夫子之心；知夫子之心，則知堯、舜、禹、湯、文、武、周公之心矣。

《補注》：放勛，虞史贊堯之詞，言其功大，無所不至也。始者，言本於此也。欽、恭，皆敬也。精一者，持敬之極功。朱子《敬齋箴》正引其語。猗歟，歎詞。躋，升也。《商頌·長發》篇言，湯之德「聖敬日躋」也。穆穆，敬德之容。《大雅》云：「穆穆文王，於緝熙敬止。」戒獒，謂召公作《旅

① 「上」，熊禴本《感興詩通》作「立」。

獒》之書以戒武王。待旦，《孟子》言周公思兼三王之事，坐以待旦。魯叟，謂孔子也。○此言自古聖人相傳之心法，唯在乎「敬」之一字而已。堯之所以放勛者，既始於欽明；舜之南面無爲者，亦始於恭已，無它道也。及舜以之而授禹，則曰「惟精惟一」，語益加切，真足以立人紀於萬世矣。其後湯、文有得於此，而其相承之際，武王所以愼戒獒之訓，而能丕顯其光烈；周公所以思兼三王，而能興起乎典禮，又豈出於此敬之外哉？是知此心同然，千載一日。至於孔子祖述堯舜，憲章文武，無間於禹，夢見周公，以集群聖之大成，而其删詩書、定禮樂，亦不過著明前聖之軌轍耳。然則敬者，聖學所以成始而成終者也，後之學者可不深念乎哉！「秋月照寒水」五字，全非古語。

第十一首

吾聞庖羲氏，爰初闢乾坤。乾行配天德，坤布協地文。

潘氏曰：此言初畫乾、坤。天行健，故畫乾以配天德；坤爲布，主敷布施生，故畫坤以配合地文。○蔡氏曰：此詩承前篇「删述」之義，蓋六經莫先於《易》，故首以《易》言之。○徐氏曰：此言六十四卦先天方圓圖也。圓圖者，乾行以象天；方圖者，坤布以象地也。

仰觀玄渾周，玄，天之色；渾，天之儀。《太玄經》：「馴於玄渾行。」一息萬里奔。胡安定曰：「天一晝夜行九十餘萬里。人一呼一吸爲一息，一息之間，天已行八十餘里。人一晝夜有萬①三千六百餘息，故天行九十餘萬里。」〇《語録》：廖德明云：「天以氣言，則一晝一夜，周行②三百六十五度；以理言，則於穆無疆，無間容息。」「一息萬里奔」，甚言之也。俯察方儀静，陰陽爲兩儀，天圓爲渾儀，地方爲方儀。隤然千古存。隤然，順也。

楊氏曰：聖人立象以盡意，學者悟意以入德。悟彼立象意，契此入德門。彼，庖羲也；此，吾身也。

勤行當不息，

楊氏曰：體乾之健。

敬守思彌敦。

楊氏曰：效坤之順。〇梅巖胡氏曰：第八首專論復、姤，故此首專論乾、坤，而皆歸之人事。〇程氏曰：越士李子紹嘗以此詩前十首對後十首，謂此章與第一首相出入。以下節推之，亦有甚相合者。子紹，號蓬山，文定公迪七世孫。〇《通》曰：前詩自堯舜至於夫子，是自源徂流，謂聖人相傳，只是此敬。此詩自流溯源，謂庖羲之《易》，亦只是此敬。坤之敬以直内，敬也；乾之

① 「萬」字原脱，據熊繡本《感興詩通》補。
② 「行」字原脱，據熊繡本《感興詩通》補。

自强不息，亦敬也。先儒云「天地設位，而《易》行乎其中矣」，亦只是此敬。

《補注》：庖羲，即伏羲也。開户曰闢，乾、坤爲《易》之門，故云「闢」。乾，健也。天行健，故乾配天德。坤，順也。地道順布，故坤協地文。凡地之所載，粲然呈露者，皆謂之文。玄渾，謂天；方儀，謂地也。積然，重墜貌，亦安静之意。○言我聞伏羲初畫乾、坤二卦，以象天地，因而仰觀俯察以悟其意，而有以契乎入德之門。是以君子法天運之周，以力行，當自强而不息；效坤儀之静，以敬守，思安貞而益敦也。上篇專言恭敬，使有以涵養其本原，開發其聰明，以爲德業之基。此則直指踐履工夫，由是而入於聖賢之域也。二篇之旨相爲始終，學者尤宜體玩。隤，一作「積」，與「頹」同。

第十二首

《大易》圖象隱，圖，謂河圖。象，謂卦象。隱者，隱晦也。《詩》《書》簡編訛。《禮》《樂》矧交喪，《春秋》魚魯多。《抱朴子》曰：「書三寫，以『魯』爲『魚』，以『帝』爲『虎』，以『束』爲『宋』。」瑶琴空寶匣，絃絶將如何。子期死，伯牙破琴絶絃。興言理餘韻，龍門有遺歌。龍門，西京河南縣。伊川晚年所居。

余氏曰：《易》自秦漢以來，學者不可謂無人，但河圖、洛書，《易》所自起，而或以圖爲書，以書爲圖，如劉牧之誤。《易》之有象，如乾之爲馬，坤之爲牛，《説卦》有明文矣。馬爲健，牛爲順，物有常理矣。至於按文索卦，若屯有馬而無乾，離有牛而無坤。乾之六龍，或疑於震；坤之牝馬，反當爲乾，是皆有不可曉者。漢儒求之《説卦》不得，遂創爲互體、卦變、五行、納甲、飛伏之法，參互以求，幸其偶中，大抵皆傅會穿鑿之説爾。獨王弼曰：「義苟應健，何必乾乃爲馬；爻苟合順，何必坤乃爲牛。」亦可破先儒膠固支離之失矣。然其意又似直以《易》之取象，但如《詩》之比興、孟子之譬喻，而無復有所自來，則是《説卦》之作，無所與於《易》，而遠取諸物者，亦剩語也。此《大易》之圖與象，所以均於隱晦而不明也。《詩》自齊、魯、韓氏之學不傳，而《毛傳》《鄭箋》獨行於世。然季札所觀周樂，《王風》列於《鄭》之先；而鄭氏所作《詩譜》，《王》乃次於《豳》之後。《藝文志》載《毛詩》二十九卷、《詁訓①傳》三十卷，後漢以來引經附傳，共止二十九卷，則《詁訓傳》之所并者，不知何卷也。《書》學經秦煨燼，孔安國所定纔五十八篇，其亡者四十有二。《武成》「血流漂杵」之言，《孟子》已不之信。《泰誓》三篇，或謂本非伏生口授，乃河内②女子之所獻，孔穎達亦以爲張霸僞造之文，則簡編之訛，可類推矣。先王之治以禮樂③爲本，晚周而下，

①「詁訓」，原作「訓詁」，據熊繡本《感興詩通》改，本書下同。

②「内」，熊繡本《感興詩通》作「間」。

③「禮樂」，原作「禮」，據熊繡本《感興詩通》補。

浸以掃地。兩觀、大路、朱干、玉磬，天子之禮在諸侯；塞門、反坫、素衣、朱襮，諸侯之禮在大夫。天下學者亦失其傳，故隨武子不知殽蒸，孟僖子不知相禮，范獻子不知問諱，曾子不知奠方。又何怪乎叔孫通①之綿蕝見譏於兩生，曹褒之定議見沮於酺敏也。孔子問樂於萇弘，學琴於師襄，語太師「翕如」、「純如」之變，紀《關雎》「洋洋盈耳」之美，聞《韶》而忘肉味，與人歌而善，反之而和，其用意深切如是。故自衛反魯，然後樂正，雅頌各得其所。後世雜之以鄭衛，混之以胡虜，而樂幾亡矣，非禮與樂之交喪乎？若夫《春秋》之訛，如「魯」之爲「魚」，尤不可勝説，姑略言之：《隱三年》，君②氏卒。《左氏》曰：「君氏卒，聲子也。」《公》《穀》曰：「尹氏卒，天子之大夫也。」夫聲子，一人耳，或以爲魯惠之繼室而隱公之母，或以爲王朝之大夫，不知果何所指。《莊元年》，單伯送王姬。單伯，天子之卿也。《公》《穀》曰：「單伯逆③王姬。」單伯者，吾大夫之命乎天子者也。夫王姬一事，或以爲下嫁於諸侯，而王朝以命卿送之，或以爲魯大夫之逆，不知何所辨。莊二年④，書齊人伐戎，而《穀梁》則以爲「伐我」。曰戎曰我，孰是而孰非。桓二年，書

---

① 「叔孫通」，原作「叔孫」，據熊繡本《感興詩通》補。
② 「君」原作「尹」，據明詹氏本、熊繡本《感興詩通》改，本書下同。
③ 「逆」，原作「送」，熊繡本《感興詩通》及《公》《穀》原文改。
④ 「二年」，原作「二十年」，據熊繡本《感興詩通》改。

杞侯來朝，而《穀梁》則以爲紀侯，曰紀曰杞，果孰非而孰是。齊魯①之會於艾也，或曰會於蒿，或曰會於郜，抑何訛以傳訛之甚邪？宋楚之會於盂也，或曰會於雩，或曰會於霍，抑何錯而再錯之至耶？其他如以「公孫兹」爲「公孫慈」，以「公孫嘉」爲「公孫喜」，「侵祥②」而謂之「侵羊」，「厥慭」而謂之「屈銀」，「鸜鵒」而謂之「鸛鵒」，愈傳愈謬，遽數之不能終也。魚魯之多，不其然邪！夫經所以載道也，或隱或訛，且喪且謬，有如此者。是譬如瑶琴不作，寶匣空藏，至音寂寥，嗚絃斷絶。慨妙指之無寄，想徽音③之徒存。古語有之：「撫促柱則鼻酸，彈虞絃則流涕。」亦末如之何也已。天運循環，無往不復，而河南程夫子④出焉。其於《易》也，則謂有理而後有象，有象而後有數。《易》因象以明理，由象以知數，得其義⑤則象數在其中。必欲盡數之毫忽，隨流逐末，術家所尚，非儒者所務也。其於《詩》也，則欲興於《詩》者，吟咏情性，涵暢道德之中而歆動之，有「吾與點」之氣象。其於《書》也，則謂須要見二帝三王之道，二典則求堯之所以治民，舜之所以事君。其於《禮記》也，則謂多出於孔子弟子，然必去吕不韋之《月令》，及諸儒之《王制》。

① 「魯」字原脱，據熊繡本《感興詩通》補。
② 「侵祥」，熊繡本《感興詩通》作「祲祥」。
③ 「音」，熊繡本《感興詩通》作「玉」。
④ 「程夫子」，原作「夫子」，據熊繡本《感興詩通》補。
⑤ 「義」，熊繡本《感興詩通》作「理」。

擇冠、昏、喪、祭、鄉、相見之經典，以類相從，自爲一書，若《大學》《中庸》，則《孟子》之倫也。至於《學記》《閑居》《緇衣》《表記》①，格言甚多，非《經解》《儒行》之比，當以爲《大學》《中庸》之次。《禮運》《樂記》《玉藻》《郊特牲》之類，又其次也。其於《樂》也，深惜夫今之祭祀無樂，今之樂不可用，不得緩急之節。其論《春秋》，則曰大義數十，炳如日星，乃易見也。惟其微辭隱義，時措從宜者爲難知也，或抑或縱，或予或奪，或進或退，或微或顯，而得乎理義之安、文質之中、寬猛之宜、是非之公，乃制事之權衡、揆道之模範。又曰：《五經》之有《春秋》，猶法律之有斷例。《春秋》傳爲案，經爲斷。而欲以傳考經之事迹，以經别傳之真僞，有《易傳》《詩傳》《書説》《春秋説》見行於世。先生得二程之正傳，續六經之絶學，作《本義》《啓蒙》，首辨劉牧以書爲圖、以圖爲書之失；推卦畫之本體，原立象之指歸，專主卜筮，實該萬變，始復潔静精微之舊；推本《詩》意，盡削小序，并爲一編，綴之篇後，協②其音韻，以便吟哦，始復温柔敦厚之教。謂《書》之出於口授者多艱澀，得於壁藏者反平易，學者當沉潛於其易，不必穿鑿傅會於其難。其於禮也，以《儀禮》爲經，而取《禮記》及諸經所載有及於禮者，皆以附本經之下，凡脱稿者二十三卷。所著《家禮》，世皆用之。謂《周禮》爲周公運用天理熟爛之書，而意其立下此法，未曾盡見諸行事。

① 「表記」，原作「喪記」，據熊繡本《感興詩通》改。
② 「協」，熊繡本《感興詩通》作「叶」。

其序律吕也，有取於蔡元定之書。自兩漢制志、蔡邕之説，與夫《宋朝會要》及張程之書，參互尋考，以爲國家審音叶①律典領之臣，當取以奏。其説《春秋》也，則謂正義明道，貴王賤霸，尊君抑臣，内夏外夷，乃其大義，而以爵氏、名字、日月、土地爲褒貶之例，若法家之深刻者，乃傳者之鑿説，皆所以破古今之惑也。此詩雖主程子，而先生自任之意確矣。○《通》曰：理餘韻於絶絃之後，周程三夫子也，獨舉龍門而言，可以包濂溪、明道矣。

《補注》：圖，河圖及伏羲先天諸圖。象，卦象，皆《大易》至理之所存。隱，謂溺於測候之術數、虚無之誕説而不明也。「簡編訛」者，如《小雅》不當升《魚麗》於《鹿鳴之什》，而以《南陔》等篇附《魚麗》之後之類，及《武成》《洪範》《康誥》《梓材》諸篇多有錯簡也。《禮》《樂》交喪，謂《儀禮》多殘缺，而《樂經》又廢不傳也。魚魯，謂簡牘磨滅，有讀亥爲豕，魯爲魚之類。龍門，本河津山名。《周禮》稱龍門之琴瑟，以其地之所出也。此因伊川程子晚年築室龍門之上，以著書傳道，故託言之。○此蓋歎聖經殘闕，大道隱微，而有志於著述以闡明之歟？六經所以載道，而今若此，譬之瑶琴空存而絃絶已久，則將如之何哉？所賴河南程夫子得不傳之學於千數百年之後，聖人之微言如絃絶而復續，今我欲得理其餘韻者，以有龍門之遺歌在是故也。

① 「叶」，熊鑐本《感興詩通》作「協」。

第十三首

顔生躬四勿，曾子日三省。《中庸》首慎獨，衣錦思尚絅。偉哉鄒孟氏，雄辯極馳騁。操存一言要，爲爾挈裘領。丹青著明法，今古垂焕炳。《揚子》：「聖人之言，炳若丹青。」何事千載餘，無人踐斯境。慎獨，一作「謹獨」。

蔡氏曰：此詩論顔子、曾子、子思、孟子傳心之法，以上接堯、舜、禹、湯、文、武、周公、孔子。蓋以明道統之正派，而又歎其自孟子而下，寥寥千餘①載，而道統幾絶矣，其旨深哉！○余氏曰：此言顔子之「克復」，曾子之「日省」，子思之「慎獨」雖不同，而孟子援孔子之説，斷之以「操則存」一語，則譬如挈裘之領，領挈而裘自順。蓋四勿、三省、慎獨、尚絅無非操此心，而欲存也。著爲明法，炳若丹青，非隱奥難見，高遠難行，何爲無人實踐斯境？言其説之易明而人之難踐也。○梅巖胡氏曰：「踐」字好②玩味。丹青炳焕，有目皆睹，而實踐者難，非知之難，而行之惟難也。第十首論七聖傳心之敬，此論四賢傳心之敬，此篇雖不曾明提「心」字，而「操存」亦從心上

① 「餘」字原脱，據熊繡本《感興詩通》補。
② 「好」，熊繡本《感興詩通》作「要」。

説來，聖賢皆從心上用功①如此。七聖終以孔子，四賢終以孟子，皆道統之正傳也。韓子謂軻之死，不得其傳，此所以發千載無人之歎。○程氏曰：「雄辨」、「馳騁」，獨指孟子者，不徒可見聖賢氣象，而所以形容其閑聖道、正人心，又無一字不切。○《通》曰：孟子之雄辨，三萬四千六百八十五字，不爲有餘；提挈要②領，只「操存」二字，不爲不足。

《補注》：躬，行也。《中庸》，子思所作。謹獨、尚絅，皆言爲己之學，其立心當如此也。操存，言人良心易失，能持守之，即在此耳。○此言顔子、曾子所行之目，子思、孟子所言之要，皆如丹青炳焕，垂法後世。如何鄒魯以後，濂洛以前，千餘年間，無有能力踐而深造之者。且四者之中，「操存」一語，尤爲切要。蓋仁義之心，放而不存，則雖欲加以克省不欺之功，亦無所用其力焉。故朱子於《孟子》「夜③氣章」説之詳矣，而復於此特申「挈裘」之喻，以致丁寧之意云。

總論第九首至第十三首

《通》曰：先是三首、四首已發明心爲太極之妙，至是第九首又借天心之極以喻人心之太極。太

①「功」，熊繡本《感興詩通》作「工」。
②「要」，熊繡本《感興詩通》作「裘」。
③「夜」，劉履《選詩續編補注》原作「養」。

乙有常居，寂然不動，心之體也；中天照四國，感而遂通，心之用也。下四首又發明自古聖賢相傳之要道，蓋自古道統之傳，傳此心而已；此心之傳，傳此敬而已。第十首謂堯之欽明，舜之恭己，此敬也。堯舜傳之禹，禹傳之湯，湯傳之文、武、周公，文、武、周公傳之孔子，皆不外一「敬」字。「秋月照寒水」五字，是形容「敬」之一字。但堯、舜、周公之心，見於事業，孔子之心不得見於事業，而見於簡編，故曰「删述存聖軌」。第十一首又自堯、舜溯而上至庖羲，先天之畫爲萬世文字之祖，爲百聖心學之源。邵子曰：「《先天圖》，心法也。」言圖皆自中起，萬化萬事皆生於心也。圓圖象天體，天之象者，當勤行不息；方圖象地體，地之象者，當敬守彌敦。勤行動而敬也，敬守静而敬也。第十二首則又申言夫子删述存聖軌，謂夫子之心，既不得見於事業，而僅見於簡編。今《大易》之圖象既隱，《詩》《書》多訛，《禮》《樂》交喪，《春秋》闕文，於是夫子不得施於當時者，又不得著於後世，殊可歎也。此又申明第三首所謂「塵編今寥落，歎息將安歸」者也。蓋第十首言能明堯、舜、禹、湯、文、武、周公之心者，夫子；此則言能明夫子之心者，程夫子也。第十三首則又自程夫子而上①溯其得孟氏之傳。夫子之心，顔、曾得之，爲「四勿」、「三省」；曾子之心，子思得

① 「上」，原作「止」，據熊繡本《感興詩通》改。

之，爲「衣錦尚絅」；子思之心，孟子得之，而發「操存」之要。孟子之後千四百年，無有能踐斯境，而程子得之。此道學之傳，至今不泯没也。蓋自伏羲發先天心學之傳，而堯、舜、禹、湯、文、武、周公皆有以承其流。夫子六經發心學之秘，而程子有以繼其絶。大抵此心皆如天星之太一，皆如秋月之寒潭，皆不外乎此敬而已。後之學者，欲心千載之心，奈之何不敬？

第十四首

元亨播群品，利貞固靈根。《黄庭經》：「玉池清水灌靈根。」注：「靈根，身也。」《太玄經》：「藏心於淵，美厥靈根。」非誠諒無有，五性實斯存。世人逞私見，鑿智道彌昏。豈若林居子，幽探萬化原。

潘氏曰：將言異端之害道妨教，故先發此以明吾道之本原。元亨，屬春夏，萬物所以發生而敷榮；利貞，屬秋冬，萬物所以成熟而收藏。四德雖不言誠，然皆造化流行之實理。周子所謂「元亨，誠之通；利貞，誠之復」是也。○真氏曰：乾之四德，迭運不窮，其本則誠實而已矣。誠，即太極也。其所以「播群品」者，誠之通也；其所以「固靈根」者，誠之復也。通則爲仁爲禮，復則爲義爲知。所謂「五行一陰陽，陰陽一太極」也。○余氏曰：山林之士未必皆能幽探萬化①之

①「化」，熊鑡本《感興詩通》作「物」。

原。萬化之原，非山林之士莫能探也。豈先生賦是詩時，正隱居山林，故以此自況歟？○程氏曰：此是指一樣偏見①僻學，自以爲是，而實害道之人，又非沈酣於利欲者之比。如後來江西、永康諸人，亦是如此。非必以爲林居者而後可以深探，但此理非静中不能體認。○《通》曰：詩第一首言太極，到此復以「誠」之一字言之，猶周子圖説太極，而《通書》言誠，誠即太極也。蓋善觀太極者，不徒在誠之通，而在誠之復。私見鑿智者失之，幽探萬化原者得之②。

《補注》：元亨利貞，乾之四德，即天道之流行而不息者。元亨於時爲春夏，萬物生長，周子以爲誠之通；利貞於時爲秋冬，萬物收藏，周子以爲誠之復。誠者，元亨利貞所以流行之實理，即下文「萬化之原」，所謂太極是也。五性，五行之性，曰仁義禮智信。五行各一其性，而人心具一太極，爲得五性之全。「實斯存」者，亦上文「非誠無有」之意。○潘柄謂：此將言異端、詞章之害道妨教，故先發此，以明吾道之本原是也。夫道之本原，誠而已矣。造化之所以發育，人物之所以生生，皆不外是，世人不知，往往逞其私智而穿鑿妄行，此道之所以愈不明也。豈若隱遁之士，潛心育德，而能深探乎此者耶？

---

①「偏見」，熊繡本《感興詩通》無。

②「私見」、「萬化原」，熊繡本《感興詩通》無。

第十五首

飄飄學仙侶，遺世在雲山。《史記》：「蓬萊、方丈、瀛洲三神山，望之如雲。」盜啓玄命秘，竊當生死關。玄命，一作「元命」。

詹氏曰：「元命秘」者，造化生生之權；「生死關」者，陰陽合散之機。

金鼎蟠龍虎，《選》：「守丹竈不顧①，煉金鼎方堅。」陳子昂詩云：「金鼎合還丹。」蟠者，蟠結之義。龍虎，道家之説，謂人氣爲火，精爲水。火屬離，水屬坎。修煉者養陽胎於丹田而成黄芽，黄芽變爲嬰兒，嬰兒生於丹田，引出紅光，而乘青龍；養陰胎於絳宫，而成白雪，白雪變爲姹女，姹女生於絳宫，引出白光，而乘白虎。嬰兒、姹女交會於黄庭。黄庭者，脾位也。陰陽相接，産成金丹，金丹既成，嬰兒却入絳宫，姹女却入丹田。陽交陰宫，夫反婦室，故曰還元金丹也。三年養神丹。説者謂，仙家之煉外丹，初年聚集材料，次年燒煉而得②温養，至三年而後可服。刀圭一入口，刀圭，小刀頭尖處。白日生羽翰。《白氏六帖》：「白日升天而生羽翰。」

潘氏曰：此言仙家煉外丹也。龍虎，鉛汞也。龍虎之氣交相蟠結，而以水火二鼎煉之，丹成服

①「顧」，原作「固」，據《文選·别賦》、熊繡本《感興詩通》改。

②「得」字原脱，據熊繡本《感興詩通》補。

之，白日飛升。

我欲往從之，脱屣諒非難。但恐逆天道，偷生詎能安？

潘氏曰：有生有死，乃理之常。吾儒之道，生順死安，或壽或夭，修身以俟之而已，何必苦欲偷生天地間？凡此皆出於私見、鑿知之爲也。○余氏曰：歐陽公云，老氏貪生，釋氏畏死。氣聚則生，氣散則滅，順之而已，釋老皆悖之者也。或問程子：「神仙之説有諸？」曰：「若言居山林，保形煉氣，以延年益壽則有之，若説白日飛升之類則無也。」又曰：「此是天地間一賊，若非竊造化之機，安得延年？使聖人肯爲，周孔爲之矣。」文公嘗訂定魏伯陽《參同契》，且云《參同契》所云「坎離」、「水火」、「龍虎」、「鉛汞」之屬，只是互换其名，若其實只精氣二者而已。精者，水也，坎也，龍也，汞也；氣者，火也，離也，虎也，鉛也。其法以神運精氣，結而爲丹。陽氣在下，初融成水，以火煉之，則凝成丹，内外異色，狀如雞卵。又曰：《參同契》云：「二用無爻位，周流行六虚。」二用者，用六用九，九六亦坎離也。六虚者，即乾、坤之初二三四五上六爻位①也。言二用雖無爻位，而常周流乎乾、坤六爻之間，猶人之精氣上下周流乎一身，而無所定也。

---

① 「位」字原脱，據熊繡本《感興詩通》補。

《參同契》所注①，空同道士鄒訢，即先生隱名。鄒本春秋邾子之國，訢即熹也，如韓昌黎託名於彌明道士也。此本無關②於是章之旨，特表出之，使學者知先生無所不讀之書云。○胡氏曰：魏伯陽丹成服之，白日飛升，如安期生之徒，古皆有之。惟其煉得形氣清，遂能輕舉，然久亦消磨澌盡，皆非正道。渡江以前，多説吕洞賓、鍾離，今恐氣盡而死矣。蓋生而死，晝而夜，常道耳，逆其理而得生，知道者所不爲也。能盡乎此理之常，雖顔子③之夭、伯牛之疾，亦安乎天命④之自然，又何必求之神仙幻誕之説？升讀唐史，聞太宗詔浮屠那羅邇娑婆寐取靈藥怪石爲秘劑，歷歲乃就，服之而大漸。上醫不知所爲，欲顯戮之，恐取笑夷狄而止，爲可戒也⑤。升嘗因《參同契》而悟仙家鼎器之設，蓋察外象坎離之候，以養内象坎離之真。苟内之坎離失其養，徒假外之坎離以爲功，豈理也哉？兼所以養之而成功者，又必稟氣至清，履行純一之人也。使氣稟濁而行虧，乃欲點化丹砂，亦妄而已。○程氏曰：人生百年曰期，皆受天地之氣以成形。天地所以長久者，以其氣運行不息，常在内而不泄也。人之氣無非運出之時，所以易散，修養家則先以搬運水火

① 「注」，原作「著」，據熊繡本《感興詩通》改。
② 「關」，原作「間」，據熊繡本《感興詩通》改。
③ 「子」字原脱，據熊繡本《感興詩通》補。
④ 「天命」，熊繡本《感興詩通》作「天理」。
⑤ 「升讀唐史……而止爲可戒也」一段，熊繡本《感興詩通》無。

而結内丹，其法以神運精氣。精，水也，陽也，又曰坎、曰龍、曰汞，皆水之異名也；氣，火也，陰也，又曰離、曰虎、曰鉛，皆火之異名耳。神運精氣，結而爲丹，則陽在下。初融爲水，以火煉之，漸凝而成内外異色，狀如雞子，其火候則有早晚進退之期。用卦爻之策，則遇陽而注意運行，遇陰而放神冥寂，此内丹也。外丹則鉛汞蟠結，煉以水火二鼎，并温三年而可服，過則無力，生則功緩。先儒所謂世間三事大難者，此其一也。雖未嘗無其法，而有生有死，乃理之常，或修或短，亦命所賦。不能修身以俟，（疆）〔彊〕以人力延之，縱得偷生於天地間，亦猶盜竊，豈能安哉？夫子朝聞夕死，孟子殀壽不貳。《圖説》「原始要終」，《西銘》「存順没寧」之旨，不如是也。玄命秘、生死關，如谷神、玄牝、橐籥之謂。谷神是虚而能應者，玄牝是幽深而能生者。橐，無底；籥，竹管，皆虚而有用者。脱屣，用《漢書》語。此因《感遇》詩「金鼎」、「神丹」之語而言。潘氏以爲「出於私見、鑿知之爲」亦通。○《通》曰：所謂天道者，陰陽屈伸是已，使可有生而無死，是有晝而無夜，有陽之伸而無陰之屈也，豈天道哉？是故仁者之静而壽，吾可爲也；神仙之偷生而不死，吾不爲也。

《補注》：元命秘，謂人生受命之初，造化玄微之機緘也。生死關，即元命秘之所在，以其可以生、可以死，皆由於此也。金鼎，即指人身之中而言，丹家所謂乾坤鼎器是也。蟠者，交媾之謂。龍虎，藥物之假名，其實精、氣二物而已。「三年」言其久，蓋丹既成，又必温養之久，然後能脱然而輕舉也。刀圭，醫家劑藥之分數，《本草》以爲十分方寸匕之一。刀圭入口，蓋用《參同契》「刀圭最爲神」、「還丹可入口」之文。《參同》本言内丹，特借服食之事爲喻耳。○此言仙家長生之術，學之甚易，但恐不合吾聖門「原始反終」之道，雖得偷生，豈能無愧於心乎？横渠張子曰：「存，吾順事；没，吾寧也。」其安矣哉！

第十六首

西方論緣業，西方，天竺國。漢明帝夢金人長丈餘，頭有光。明日以問群臣，或曰：西方有神，其形丈六尺而黄金色。帝爲之遣使往天竺尋訪，由是化流中國。緣之名有十二，曰無名緣行、行緣識、識緣名色、名色緣六入、六入緣觸、觸緣受、受緣愛、愛緣取、取緣有、有緣生、生緣老死憂悲苦惱。業之名有三，曰身業、口業、意業。子昂詩：「西方金仙子，緣業亦何名。」卑卑喻群愚。流傳世代久，梯接凌空虚。顧盼指心性，名言超有無。名，去聲。

潘氏曰：此言佛在西方天竺國，其始但論緣業因果，化誘愚民，流傳久遠，談空説妙，遂轉而爲禪。彼自以爲識心見性，超越有無，而不知實則駕空踏虚，無所依據也，豈知乾坤之實理，聖賢之實德哉？○蔡氏曰：佛初只論緣業以誘衆生，極爲卑下。其後如梯之接，漸漸凌入空虚玄妙之域，而不可致詰焉。

捷經一以開，靡然世争趨。號空不殘實，躓彼榛棘途。誰哉繼三聖，爲我焚其書。三聖，謂禹、周公、孔子。○經，一作「徑」。殘，一作「踐」。

《通》曰：詩闢佛甚於闢仙，蓋以學仙者逆天道，學佛者滅人倫。仙之學，非氣稍清、心稍静者莫能入；佛之學，或怖其果報，或慕其高虚，愚與賢皆能入。故仙丹三年始成，佛法一朝頓悟，此朱子必欲焚其書也。○程氏曰：佛氏之説大略有三，其初齋戒，後有義學、有禪學。朱子説之甚詳，隱括其語於後。蓋佛初入中國，止説修行，未有禪話。《四十二章經》辭甚鄙俚，故亦明白。其後中國好佛，而覺其陋者，從而增加之，如二十八祖所作偈皆韻語，西天安有此邪？自齋戒變爲義學，晉宋間其教既盛，遠法師、支道①林始相與演義，説出一般道理，然只盜竊老莊之説。至梁普通間，達磨入中國，見其説已窮，而梁武帝只從事於因果，遂面壁静坐，不立文字，直指人心，翻出禪話，言人心至善，不用辛苦修行。然其初尚分明説，其後又窮，一向説無頭話，當時士大夫未甚信。向及六傳至唐中宗時，有六祖禪學，專就身上作工夫，直要窮心見性。士大夫纔向裏者，無不歸之，而吾徒攻之者，皆出禪學之下，號爲聰明之人，便被誘引將去。人言孟子不闢老氏，不知但闢楊、墨，則老、莊在其中矣，後世佛氏之學亦多出楊氏。楊朱子，則老子弟

① 「道」，原作「道」，據熊鑪本《感興詩通》改。

子。老子之後有列子，列子之後有莊子。《列子序》中説，老、列多與佛經相類，佛氏其初如「不愛身以濟衆生」之説雖近於墨，然淺近不是他深處。達磨一切掃蕩，遂入於禪。蓋其時，儒者之説又淺近，如此被他窺見罅漏，故説得張王。今釋子亦有兩般：禪學，楊朱也；苦行布施，墨翟也。宋景文《唐贊》説佛氏之學多是華人譎誕者，攘莊列之説，以佐其高。此説甚好。蓋道釋之教雖異端，亦皆一再傳而失其本真，如佛氏則齋戒變爲義學，義學變爲禪，而其初禍福報應之説，又足以鉗制愚俗，故翕然向之。然只是不是爾。若佛之空，又與老之無不同。老子又是有，但清淨無爲，深藏固守，自爲玄妙，教人探索不得爾，然便是把有無做兩截看了。莊老絶滅義理未盡，至佛則人倫滅盡，至禪則義理滅盡矣。論佛氏之害者，無以過此。緣朱子深知其失，故足以破之。其後又有竊取濂溪之説以文之者，尤無忌憚也。此詩第一句、第二句即齋戒因果之説，程子所謂「昔之惑人，乘其迷暗」是也，故其害猶淺。第三句至第十句，則自義而禪，程子所謂「今之惑人，因其高明」是也，故其害愈深。末句繼三聖之言，朱子①焉得不以自任而卒末如之何也，惜哉！

《補注》：西方，指佛而言。周昭王時，佛生於西域天竺國。緣業，謂人死不滅，復入輪回，生時所爲善惡，皆有報應也。梯接，猶今人言架空也。指心性，謂佛書有「即心是佛」、「見性成佛」之

① 「朱子」，熊繡本《感興詩通》作「先生」。

説。超有無，謂其言有，則云「色即是空」；言無，則云「空即是色」之類。靡然，草從風偃之貌。三聖，指禹、周公、孔子也。○此言佛初在西方，以緣業化誘愚俗，其言卑近易曉，亦不過使之怖畏自修，不敢爲惡耳。及傳入中國既久，爲其徒者轉相梯接，講演空妄勝大之言，號爲義學。未幾又變而爲禪，不立文字，直以爲一顧眄①、一話言之頃，便可識心見性，超悟道妙。如此捷徑一開，不唯化喻群愚，雖高人達士，亦莫不靡然從之。殊不知彼但可施於一己，以爲寂滅之計，而非吾儒人倫日用之實理，乃亦以之施於天下國家，如行榛棘之塗，鮮有不困於迷誤顛踣者焉。朱子欲繼三聖而焚其書，即孟子距楊、墨之意也。○愚謂：仙佛之爲異端，一也。然修煉之徒，往往靳秘其術，不輕授人，故從而習之者無幾。佛氏之教乃欲廣化群生，必棄而君臣，去而父子夫婦，皆歸於我。若此不已，則天其與我民彝，不幾於熄乎？故程子獨言其害道爲尤甚，戒學者當如淫聲美色以遠之。今詳味二詩之旨，則其輕重淺深，亦可見矣。

第十七首

聖人司教化，横序育群材。横，學舍也，本作「黌」。因心有明訓，善端得深培。天叙既昭陳，

---

① 「眄」，明詹氏本作「盼」。

人文亦褰開。

徐氏曰：上篇言老佛之害道，此又歎吾儒之學不明，而庠序之習日非也。○蔡氏曰：今人乍見孺子入井，皆有怵惕惻隱之心，此因心之明訓也。○余氏曰：君臣、父子、兄弟、夫婦、朋友之倫，出於天所秩叙者，既昭陳而不可紊；而君尊臣卑，父坐子立，兄先弟後，夫倡婦和，朋來友習之道，出於人所節文者，亦褰開而不可掩也。

云胡百代下，學絶教養乖。群居競葩藻，争先冠倫魁。《甘泉賦》：「迺搜逑索耦，臯、伊之徒，冠倫魁能①。」注曰：「言選揀賢臣，可以配耦②於古賢臯、伊之類，冠等倫而魁傑者。」淳風反澆喪，擾擾胡爲哉。反，一作「久」。乖，叶作公回反。

潘氏曰：此詩言上之所以教，下之所以學，皆無其本，徒相與争，爲不根之文，末習澆漓，正學湮塞，其不爲異端所牽引者幾希。所以重朱子之歎，而繼十六篇之後也。○梅巖胡氏曰：此篇歎教化不明，亦「鑿知昏道」之一節也。堯焕乎文，周郁郁乎文。蓋自天叙之，有倫者推之，其極可以經天緯地，後世以詞章爲文藝焉而已矣。横序雖設，教養無本，曾不知所以涵養德性，變化氣

① 「能」字原脱，據《文選》卷七《甘泉賦》補。
② 「配耦」，熊繡本《感興詩通》作「匹偶」。

質，第較紙上語之工拙。揮①五寸管，書盈尺紙，幸而可悦一夫之目。巍冠倫魁，吃著不盡，是以僞習日滋，淳風日喪，擾擾乎場屋之得失，果何爲哉！此不特士子之過，司教化者之過也。上以此取，下不得不以此應。此詩歸之「學絶教養乖」，其有歎夫！〇《通》曰：前六句言古者學校之教如此，後六句言後世設科舉之弊又如此。古之學校不過欲人培養善端，以不失其本心而已；後世科舉競葩藻、争倫魁，虚名可得，而其本心已失之矣。古今風俗之淳駁，世道之興衰，皆由於此。

《補注》：横，通作「黌」，學舍也。善端，即四端也。天叙，即《書》所言「五典」。人文，亦「五典」中人理之倫序。《易》言「觀乎人文以化成天下」者，正謂此也。褰，掀舉之意。褰開，言易見也。倫魁，猶言甲科狀元也。〇此言古先聖王開設學校，教育群材，皆所以明人倫而已。始也，因其本心固有之善端，使培養而擴充之。及夫天叙之典既極其昭陳，則人文亦莫不粲然而可睹。奈何後世賢聖之君不作，教化陵夷。庠序群居之士率皆馳心於外，不知人理自然之文，但以詞章之葩藻豔麗者爲文，争先鬭靡，躐取高第，遂使良心琢喪，利欲紛拏，而於天叙、天秩不復加意。風俗之頽敗一至於此，可勝歎哉！

① 「揮」，熊縟本《感興詩通》作「操」。

總論第十四首至第十七首

《通》曰：第九首、十首言心言敬，繼而歷序聖賢之傳，以見其傳，皆此心也，皆此敬也，又所以明吾道之正統也。至第十四首言性言誠，繼而歷序仙與佛之類，以見其説皆非吾性也，皆非吾誠也，又所以闢異端之邪説也。先是明吾道之正統，則自伏羲至周子，今則歷舉堯、舜、禹、湯、文、武、周、孔、顔、曾、思、孟以及程子，可謂詳矣。先是闢異端之邪説，惟言老莊，今則凡仙與佛，暨近世學校科舉之弊皆歷言之，可謂悉矣。先是言道爲太極而言心繼之，今則言心如北①極而言性繼之。聖賢之心無不敬，天命之性無不誠，前後文不相屬，而意實相承，不可不逐首分看，而亦不可不合看。如此《通書》以繼之者，善爲元亨；以成之者，性爲利貞。朱子既釋之曰：「繼言其發，成言其具。」及周子曰：「元亨，誠之通；利貞，誠之復。」朱子又釋之曰：「通者，流出而賦於物；復者，各得而藏於己。」今詩曰「播群品」、「固靈根」，「播」字即是「發」字，即是流出而賦於物；「固」字即是「具」字，即是各得而藏於己。元亨利貞，非誠無有；仁義禮②智，非信不存。

① 「北」，熊繡本《感興詩通》作「太」。

② 「禮」，原作「理」，據熊繡本《感興詩通》改。

《中庸》一書無非言誠，而第十六章始發之；《感興詩》二十首無非言誠，而第十四首始發之，其旨一也。蓋誠者，真實無妄之理。「渾然一理貫」，誠則一，不誠非一也。「至理諒斯存」，誠則至，不誠非至也。「世人逞私見」，其見非誠也。「鑿知道彌昏」，其知非誠也。天地之誠不徒見於元亨播群品之時，最可見於「利貞固靈根」之際。蓋静而復動，貞下起元，詩所謂「萬化原①」者，正在於此。五常之智，即四德之貞，而鑿者失之。詩以「萬化原」歸之林居子者，其亦以萬化之②動原於静，亦惟静者能得之歟？或曰：十五首所謂神仙者，非謂林居子而何？曰：吾儒林居子能經世，而不用於世者也；彼則無用於世，而遺世者也。且元亨利貞，萬化③之一出一入，一生一死，皆有真實無妄之理。仙家欲長生不死，妄也。元亨利貞之理，實有而非虚無。佛家無實無虚，超乎有無之表，妄也。六經中無「仙」字、無「佛」字，使其理果實有也，六經言之，聖賢爲之矣。至若後世學校科舉，雖非仙佛異端之比，古者學校敬敷五教，因人心固有者導之；古者言揚功舉，取其有補於世者用之。後之學校科舉多尚虚文而無④實用，則亦妄也。然此事却

① 「原」字原脱，據熊繡本《感興詩通》補。
② 「之」字原脱，據熊繡本《感興詩通》補。
③ 「化」，原作「物」，據熊繡本《感興詩通》改。
④ 「無」，原作「其」，據熊繡本《感興詩通》改。

在上之人，宗主者何如爾。使學校皆如胡安定之「明體適用」，使科舉皆得如范文正《金在鎔》之賦，皆得張庭堅「自靖自獻」之經義，則亦謂之妄，可乎？謂之無補於世，可乎？仙學遺世，佛氏出世，儒學又不能經世，此後世之所以不能如唐虞三代之世也，此固詩之所深歎也。

第十八首

童蒙貴養正，《易》：「蒙以養正，聖功也。」孫弟乃其方。《語》：「幼而不孫弟。」

胡氏曰：孫順，孝弟之原。程子曰：「孝弟，順德也。」

雞鳴咸盥櫛，《内則》：「子事父母，雞初鳴，咸盥、櫛。」問訊謹暄涼。冬温而夏凊，昏定而晨省。捧水勤播灑，擁篲周室堂。《内則》：「進盥，少者捧盤，長者奉水，請沃盥。」灑，灑掃也。《内則》：「灑掃室堂。」篲，掃箒也。擁，《漢書》：「文侯擁篲。」進趨極虔恭，退息常端莊。劬書劇嗜炙，劬書，勤勞於書也。《孟子》：「嗜秦人之炙。」見惡逾探湯。庸言戒粗誕，粗誕，鄙野夸誕也。時行必安詳。安詳，安重詳審也。聖途雖云遠，發軔且匆忙。軔，礙車輪木。十五志於學，及時起高翔。《易》①：「君子進德修業，欲及時也。」○灑，去聲。炙，之夜反，一作「味」。探，平聲。

① 「易」字原脱，據熊繡本《感興詩通》補。

潘氏曰：此承前篇禪家捷徑而言，學者當從事於下學，而後可以上達，不可如禪家直趨捷徑，欲一蹴至聖人之域也。〇余氏曰：「發軔且勿忙」，而以「及時起高翔」繼之，蓋學者不可自視過高，而失之躁進；亦不可自視過卑，而失之不及。「雞鳴盥櫛」以下，考之《内則》，皆子事父母之事。不曰「孝弟」，而曰「孫弟」，何也？蓋孝弟皆順德，而孫所以爲德之順也。人未有能孫而不孝，亦未有不孝而能弟者。孝弟爲仁之本，而孫所以爲孝①弟之源。〇《通》曰：古人之教，養蒙②爲先，故詩於此拳拳焉。詩首言天地陰陽之奥，此理之極於至大而無外者也。此言童蒙灑掃應對③之節，此理之入於至小而無間者也。程子曰：「灑掃應對與精義入神，通貫只是一理。」又曰：「自灑掃應對以上，便可到聖人事。」此詩始之以童蒙養正，終之以聖途高翔，即此意也。

《補注》：童蒙養正，見《易傳》。遜，順也，謂順親也。謹暄涼，即温清之事。篲，箒也。劇，甚也。嗜者，知其味而好之也。炙，燔肉。逾探湯，言惡之甚也。庸，常也。時行，即庸行也。軔，礙車止輪之木，發木動輪則車行。〇上篇既言士風凋弊，由教養之失道，故此專言童蒙貴於養

① 「爲孝」，原作「養」，據熊繡本《感興詩通》改。
② 「蒙」，熊繡本《感興詩通》作「正」。
③ 「對」，原作「退」，據熊繡本《感興詩通》改。

正，以爲進德修業之基。自「遜弟」以下至謹言行一節，皆養正之事。夫蒙以養正，乃作聖之功。然或恐其不安於分，而有妄意躐等者焉，故又戒之曰：聖途雖遠，且當於此從容漸進。俟年十五而入大學，從事於窮理修身治人之道，然後奮然高起，以造乎聖賢之域，不難矣。

第十九首

哀哉牛山木，斧斤日相尋。豈無萌櫱生，牛羊又來侵。

蔡氏曰：「哀哉」二字，本《孟子》，朱子謂「最宜詳味，令人惕然有深省處」。牛山木美矣，日爲斧斤所伐，然氣化流行，未嘗間斷，非無萌櫱之生，牛羊又來侵焉。此亦六義之比。

恭惟皇上帝，降此仁義心。物欲互攻奪，孤根孰能任。《左傳》：「寡君未之敢任。」韓文：「孰知余力之不任。」

潘氏曰：惟皇上帝降衷於下民，人心莫不具此仁義之性，但爲口體物欲所攻伐，是以天理日微，人欲日熾。縱根苗尚在，當心平氣定之時，乘間發見，又爲私心邪念所戕賊，其不殄滅者幾希矣。仁義在人，猶木在山。善端之間發，猶萌櫱之復生也；私欲外邪，猶斧斤牛羊也。

反躬艮其背，《艮卦》：「艮其背。」肅容正冠襟。保養方自此，何年秀穹林。

潘氏曰：人之一身，四肢百體無不與物相感者，惟背非聲色臭味所能動摇也。反躬、艮背，所以止於内；肅容、正冠，所以防其外。内外交養，庶幾有以全其仁義固有之心也。然其端之發也甚微，方其保養於此，不知何時充實光輝，以至於盛大之域。穹林者，首尾皆以林爲喻也。○《通》曰：此詩言心與第三四首相應，其言保養與第十三①首所謂「操存」者相應。學者讀之，宜惕然深省也。

《補注》：牛山木，訓義已見《孟子集注》。任，堪也，勝也。反躬，自省也。《樂記》云：「好惡無節於内，知誘於外，不能反躬，天理滅矣。」艮其背，《艮卦・彖辭》，止靜之義也。蓋人身百體，皆爲物所動，惟背不動故爾。○此篇本《孟子》之意以成文。前四句興下四句②，而「孤根」、「穹林」又似以木爲比。大抵爲人放其良心，而不知求，故以「哀哉」二字發其首，令人惕然深省，而操存保養以復其初也。上篇戒以「發軔勿忙」者，欲其盡保養之功，而易於高翔；此則歎其「何年秀穹林③」者，恐其失保養之時，而難於成功也。其反復懇切之意，不亦深哉！○潘柄曰：「童蒙」章止言存養之法，至此始露出仁義之心，以爲所養之實，不可不知也。

---

① 「十三」，原作「十四」，據熊鑭本《感興詩通》改。
② 「前四句興下四句」，熊鑭本《感興詩通》作「前四句與下四句同」。
③ 「林」字原脱，據文意補。

第二十首

玄天幽且默，仲尼欲無言。上句子昂詩。

詹氏曰：天地之生萬物，聖人之應萬事，其分固不能無異，其理未嘗不同，皆自然而然也。

動植各生遂，德容自清温。

潘氏曰：此言天何言，而四時行，百物生，無非實理之寓①也。聖人無言，而容貌舉履之間，無非至教之所形也。○《通》曰：物生於春，遂於秋。天之容，春而温，秋而清。

彼哉夸毗子，夸毗，《詩》：「無爲夸毗。」毛曰：「以體柔人。」鄭箋：「女無夸毗，以形體順從之。」《後漢·崔駰傳》：「君子非不欲仕也，耻夸毗以求舉。」謂足恭善進退。子昂詩：「便便夸毗子。」呫囁徒啾喧。呫囁，多言也。《漢·灌夫②傳》：「今日長者爲壽，乃效兒女曹呫囁耳語。」啾喧，小兒聲，又鳥聲。但騁言詞好，豈知神鑒昏。呫，音「帖」。囁，日涉反。

潘氏曰：此指上章「群居競葩藻」之徒也。《詩》曰：「無爲夸毗。」夸，大也；毗，附也。爲大言

① 「寓」，熊繡本《感興詩通》作「所運」。
② 「灌夫」，原作「灌英」，據熊繡本《感興詩通》改。

以夸誕於世，諛言以阿附於人也。呫囁啾喧，乃禦人以口給之狀。「豈知神鑒昏」，謂但騁其外面言辭之美，要其胸中實無定見，其於義理、真實、至當之所歸，全不知也。

曰予①昧前訓，坐此枝葉繁。《易》：「中心疑者，其辭枝。」《記》：「天下無道，則辭有枝葉。」發憤永刊落，奇功收一原。

梅巖胡氏曰：奇功，譬如天何言，而有動植生遂之功，言語文字末爾。學者當删其枝葉，培其本根。枝枯葉脱，根幹呈露，而大本之一原者固如此。借言爲筌蹄，而卒至忘筌蹄之境，非奇功乎？後四句雖若自責，實所以責夸毗子而教之也。○《通》曰：此所謂「一原」，即所謂「萬化原」。「幽探萬化原」，則義之精；「奇功收一原」，則仁之熟矣。

《補注》：清，清明；温，和厚也。「彼哉」者，外之之詞。夸，大；毗，附也。《詩》云：「無爲夸毗。」蓋小人之態，不爲大言以夸世，則爲諛言以毗人也。呫囁，多言也。神鑒，謂明德。一原，即前所謂「萬化原」也。○此言天本無言，四時行，百物生，而玄渾之幽默者自若也。聖人欲無言，日用動静，莫非至教，而德容之清温，亦自若也。彼夸大阿諛之人，徒騁口才，務美於外，而卒迷其内，竟何以哉？且云，向也亦昧聖訓而失於多言，自今發憤，永將削除枝葉之繁，而歸根

①「予」，明詹氏本作「余」。

斂實，收奇功於一原也。○余子節曰：學者想德容清温於無言之中，察神鑒昏昧於多言之際，聖愚之分，斷可識矣。進齋徐幾曰：功收一原，渾然此道之全體，融會於方寸，夫子所謂「一以貫之」，子思所謂「無聲無臭」，周子所謂「無極而太極」者，故《感興詩》以此終焉。

總論第十八首至二十首

《通》曰：右三詩皆承上章「因心有明訓，善端得深培」言之也。「童蒙貴養正」是養此良心於童蒙之時，所以培善端也；「保養方自此」是養其良心於梏亡之後，亦所以培其善端也。「端」字有二義，始爲端，末亦爲端。性發爲端①，是以其始也而謂之端，於此時而養之，能不失之於其始也；情欲昏蔽之極，而本性有時發見，是以其末也而謂之端，於此時而養之，是既失之後，而保養方自此始也。「聖途發軔」，養之功易見；「何年②穹林」，養之功未易成。兩「養」字，或言之於詩之首，或言之於詩之終，子朱子教人之意深矣哉！末章③言吾之心，天之心，則又無待於養之之功矣。天無言，而其心自見於動植之生遂；聖人無言，而其心自見於德容之清温。故詩前

① 「端」，熊繡本《感興詩通》作「情」。
② 「年」字原作「言」，據熊繡本《感興詩通》改。
③ 「章」字原作「首」，據熊繡本《感興詩通》改。

謂心者吾靈臺，而多欲者穢之，泛爲衆人言也；此謂心者吾神鑒，而多言者昏之，專爲末學言也。末學紛紛，求工①於言辭之末，而本心存亡，漫不復省。枝葉徒繁，本根已瘁②，此朱子晚年必欲刊落枝葉，而特達本根也。「動植各生遂」，一散爲萬，而心之用以行；「奇功收一原」，萬會爲一，而心之體以立。詩首言一理，末言一原，於此見朱子晚年造詣之深矣。合此三詩觀之，童蒙養正，學之始也；反躬艮背，學之中也；奇功一原，學之終也。即《中庸》末章首言學者立心之始，中言慎獨戒懼之功，而終則歸之無聲無臭之天也。無聲無臭之天，即無言之夫子，即無思無爲之《易》，即周子所謂「無極而太極，太極本無極」也。吁！妙矣！

① 「工」字原作「功」，據熊繡本《感興詩通》改。
② 「瘁」，熊繡本《感興詩通》作「悴」。

諸家總論

余氏曰：詩始言一理，中散爲萬事，末復合爲一理。幽探無極、太極生化之原，明述道心、人心危微之辨，粗及夫晚周、漢、唐治亂之迹，精言夫陰陽、星辰、動静之機。上原夫堯、舜、禹、湯、文、武、周、孔①授受之宗②，下列夫顔、曾、思、孟存守之要。大而乾坤之法象，性命之根源，微而神仙之渺茫，釋佛之空寂，與夫經之所以得，史之所以失，靡不明備，無有闕遺。且於教之所以爲教，學之所以爲學，粲然條列，渾③然貫通。首窮夫無極之旨，末歸於無言之妙，與《中庸》始言「天命之謂性」，而終言「上天之載，無聲無臭」者，同一指歸也。

① 熊繡本《感興詩通》無「孔」字。
② 「宗」，熊繡本《感興詩通》作「際」。
③ 「渾」，熊繡本《感興詩通》作「混」。

又曰：興隨感而生，詩隨興而作。或比或賦，雖非一體；或後或先，初非一意。然首尾貫穿，本末聯屬，則渾然其一貫也。蘇黄門謂：「《大雅·緜》九章初頌①太王遷豳，至八章乃及昆夷，九章復及虞芮。事不接，文不屬②，如連山斷嶺，相去絶遠，而氣象聯絡，觀者知其脉理之爲一也。」《感興》之詩，當以是觀之。

李氏心傳曰：詩凡天地陰陽之運，道德性命之理，百王之規範③，六經之藴奥，與夫孔孟相傳之正，瞿聃所見之妄，大略咸具④於此，而以下學上達之方終焉。雖因興所感而遂成章，然開示學者之意，亦已切矣。顧其包涵廣遠，不可涯涘，倘非讀盡夫子之書而通其義⑤，則於此六百三十六字⑥之大旨，猶未免乎面墻也。

李氏道傳曰：《感興》二十章，擬陳拾遺《感遇》而作也。詩人擬古多矣，第能仿

---

① 「頌」，熊繡本《感興詩通》作「誦」。
② 「事不接文不屬」，原作「事不接而文屬」，據熊繡本《感興詩通》、蘇轍《欒城三集》卷八《詩病五事》改。
③ 「範」，熊繡本《感興詩通》作「模」。
④ 「咸具」，熊繡本《感興詩通》作「感興」。
⑤ 「義」，熊繡本《感興詩通》作「教」。
⑥ 「六字」，熊繡本《感興詩通》作「言」。

其意趣，效其音節，無甚高論。拾遺之詩，李太白亦嘗擬之，其措意遣詞①，不出拾遺區域之外，至有全用拾遺語者，雖無作，可也。晦庵二十章，其於天地萬物之理，下學上達之事，靡不該貫，蓋道學精微也。雖擬拾遺，其實過之，第其弘②深妙密，初學之士或未盡識也。

王氏埜曰：先生此詩，凡太極陰陽之理，天理人欲之機，古今治亂之分，異端末學之辨，精粗本末，兼該并貫。加以興致高遠，音韻③鏗鏘，足以追儷風雅。學者優游諷咏，興起感發，良心善性，油然而生。下學上達之功，孰能外是而他求之哉？

梅巖胡氏曰：文公贊陳詩，以爲「雖乏世用，實物外難得自然之奇寶」，且自言其詩「近而易知」，「皆切日用」。然則陳詩如丹砂、空青、金膏、水碧，有之固可玩，無之亦何損；文公詩則布帛之文，菽粟之味，有補飢寒，生人不可一日缺者。雖

① 「詞」，熊繡本《感興詩通》作「言」。
② 「其弘」，熊繡本《感興詩通》作「宏」。
③ 「韻」，熊繡本《感興詩通》作「節」。

然，文公自謂「近而易知」，愚則謂其近如地，其遠如天，豈可以易知而忽之哉！

胡氏曰：此詩究極道體，綱維世教，與《太極圖》《通書》《近思録》實相表裏，指示學者甚切也。

愚嘗竊論此二十篇，其體格雖不過效陳子昂《感遇》之作，然其序引自謂「切於日用之實，言近而易知」，則已非所謂「詞旨幽邃，近乏世用」者比矣。至若「不能探索微妙」云者，特謙詞耳。蓋其詩中包括，則於天地之覆載，氣運之周流，造化之發育，人心之寂感，以至六經所蘊之精微，聖賢授受之心法，所以渾然一貫者，則既深造而自得之矣，豈但「探索」而已耶？故凡所述操存舍亡之迹，克省踐履之功，與夫論得失、正紀綱、辨異端、敦教養，則又無一不本諸其心，以合乎聖軌，使有以垂法於後世。此子朱子所以上與周、程、張子繼孔、孟千載之絶學也歟！雲峰胡先生炳文有言，昔游定夫讀《西銘》曰「此《中庸》之理」，某讀《太極圖説》亦云。蓋其説即《中庸》「始言一理，中散爲萬事，末復合爲一理」也。《通書》與《太極圖》相表裏，其發明《中庸》處尤多，皆以誠爲之樞紐。至朱子《感興詩》始終條理，亦不異於《中庸》。斯言盡之矣。先儒嘗尊《太極圖》《通書》《西銘》及《正蒙》，目爲「性理四書」。愚謂：此《感興詩》亦當與前四者列爲五書而并傳之，無疑也。今録爲是編之卒章，則亦朱子特著張、吕之言於《楚詞後語》之末，使游藝者知有所歸宿之本意云。

又按：朱子此詩專明心學之藴奥，義理精微，而兼得乎詞人之興趣。雖一時箋注，如門人瓜山潘柄、北溪陳淳、覺軒蔡模，與夫楊庸成、詹景辰、徐子與、黄伯暘、余子節諸家之説，其於義理固多發明。然惜其未得師門傳注之體，或墮於講義之泛衍浮冗，或流於纂疏之枝葉繁碎，似①與作者本意反相座盭，而使初學即此以求興趣之歸，難矣。愚因輯是《續編》，輒不自量而訓解之。雖意見凡近，未敢自謂過於前人，然於每篇之詞旨，敷暢條達，使諷玩之者，無崎嶇求合之難，或庶幾焉。竊聞雲峰胡先生亦嘗著《感興詩通》，或者秘其稿而不傳，萬一獲見是書，得以正予之謬妄，則又幸矣。

① 「似」字原作「使」，據明詹氏本、熊繡本《感興詩通》改。

文公朱子之詩如布帛穀粟，誠有補於學者之日用，即天道以明人心體用一源，顯微無間，先儒論之，各已詳矣，夫奚庸贅。書林詹宗睿氏往新安朱子之鄉仁本金先生德玹處，訪求陳定宇、胡雲峰、朱風林、趙東山、倪道川諸老先生書籍，志欲刊行，乃得《選詩補注》等書。及同於黟邑汪士濂先生家，得倪道川先生至正丁亥冬再重訂《四書輯釋》親筆正本以歸。《選詩》載《感興詩》於《續編》①，劉坦之先生於篇末云：「聞雲峰胡先生有《感興詩通》，未及見。學者倘得，以正予得失之說。」則其望於後人也深矣，其忠厚之意何如哉！愚遂以金先生依倪、趙二先生所校《感興詩通》，勾抹去冗泛，定本爲宗，而附坦之《補注》於各篇之末，以成全備之美。區區非欲好煩，第此書發明性理之奧，昭如日星，庶得以自便讀，且以貽諸同志。因校對畢，敬題卷末，識其所自云。

正統丁巳仲秋丁卯，晚學小生京兆劉剡拜手書。

① 「編」字原作「篇」，據明詹氏本、熊繡本《感興詩通》改。

感興詩翼

［清］吴曰慎　撰

感興詩翼序

古者詩教最重，其見於經傳所稱引者，歷歷可徵。微言要義，多寓其間。後世爲詩者，徒尚浮辭，無與於道，此邵子所以謂「删後更無詩」也。朱子《感興》二十章，其於天地陰陽之理，聖賢道統之傳，人心體用之妙，存養省察之方，小學大學之規，末習異端之失，國家衰亂之由，史筆是非之辨，精粗本末，無不兼該，羽翼聖經，上追雅頌。顧以辭旨宏深，卒難洞曉，於是采集群言，參互考訂，裁以臆斷，詩傳式遵，編爲《感興詩翼》。雖未能盡得朱子之心，然於訓詁文義，頗爲明著，因是而日諷咏焉，則天人心性之理，修身經世之方，或者亦可以知其大略云。康熙壬子十二月丁未，古歙後學吴曰慎序。

感興詩總論

雲峰胡氏曰：夫子讀周公、尹吉甫之詩，皆贊之曰：「爲此詩者，其知道乎！」以其詩有關於天理民彝，有關於世變也。子朱子《感興詩》兼之矣。明道統、斥異端、正人心、黜末學。六百三十字中，凡天地萬物之理，聖賢萬古之心，古今萬事之變關焉。使擊壤翁早得見之，安得謂「删後更無詩」哉？

余氏曰：《感興詩》幽探無極、太極生化之原，明述人心、道心危微之辨，粗及夫晚周、漢、唐治亂之迹，精言夫陰陽、星辰、動静之機。上原夫堯、舜、禹、湯、文、武、周公授受之際，下列夫顔、曾、子思、孟軻存守之要。大而乾坤之法象，性命之根原，微而神仙之渺茫，老佛之空寂，與夫經之所以得，史之所以失，靡不明備，無有遺闕。且於教之所以教，學之所以學，粲然條列，混然貫通。又曰：興隨感而生，詩隨興而作，或比或賦，雖非一體；或先或後，初非一意。然首尾之相爲貫穿，本末之相爲聯屬，則渾然其爲一貫也。

胡氏升曰：此詩究極道體，綱維世教，與《太極圖》《通書》《近思録》實相表裏，指示學者甚切也。

王氏曰：先生此詩凡太極陰陽之理，天理人欲之機，古今治亂之分，異端末學之辨，精粗本末，兼該并貫，加以興致高遠，音節鏗鏘，足以追儷風雅。學者優游諷咏，良心善性，油然而生，下學上達之功，孰能外是而求之哉？

感興詩翼凡例

一 定序

《齋居感興》，偶書所見，本無次序，然合二十章讀之，以類相從，未嘗無序也。與其以無序者而强序之，則鑿且勞，不若易其舊而類序爲明且順也。《大學章句》《孝經刊誤》豈必仍舊序哉？惟其當而已。

一 分節

《易》曰：「方以類聚，物以群分。」有合則必有分也。《感興詩》分爲四節，亦如《中庸章句》，支分節解，脉絡貫通。其間若聖賢道統之傳，正學異端之辨，以及三朝史筆之得失，舊原類聚，今以節分，實未嘗有異也。

一 名篇

《感興詩》原無篇題，今特取詩中二三要字標之，庶幾讀者識其名，而大指可見矣。

一集注

《感興詩》辭奥而理深，故訓詁不可不明，文義不可不暢。雲峰先生《詩通》其説雖詳，但先後斷裂，彼此異同，不能會歸一致。今采集衆説，參以臆見。當者收之，否者去之，斷者續之，缺者補之，繁者削之，略者詳之，使讀者樂竟焉。

一愚按

本注務在簡明，不分人己，後注始標「愚按」，所以發前言之未備，存一得之管窺也。

一體裁

朱子《詩傳》，先釋名物字義，次原作詩之由，次演本文語意。其他微言大義列於篇後，與本注互相發明，表裏精粗，靡有不備，故今《詩翼》體裁悉遵用之。蓋以朱子注《詩》之法而注朱子《感興》之詩，或庶幾其無大失乎？猶冀有道者有以正之也。

感興詩翼目録

第一節

以上七章，天地陰陽之理，聖賢道統之傳。

第二節

人心舊第三

靈臺舊第四

保養舊第十九

寂感舊第九

幾微舊第八

以上五章，人心體用之妙，存養省察之方。

第三節

童蒙舊第十八

横序舊第十七

無言舊第二十

學仙舊第十五

西方舊第十六

以上五章，小學大學之規，末習異端之失。

第四節

周綱舊第五

祀漢舊第六

唐祚舊第七

以上三章，國家衰亂之由，史筆是非之辨。

凡詩二十章，分爲四大節。

感興詩翼

古歙吴曰慎編注
邑後學方輔校

余讀陳子昂《感遇》詩，愛其辭旨幽邃，章節豪宕，非當世詞人所及。如丹砂、空青、金膏、水碧，雖近乏世用，而實物外難得自然之奇寶。欲效其體，作十數篇，顧以思致平凡，筆力萎弱，竟不能就。然亦恨其不精於理，而自託於仙佛之間以爲高也。齋居無事，偶書所見，得二十篇。雖不能探微索眇，追迹前言，然皆切於日用之實，故言亦近而易知。既以自警，且以貽諸同志云。陳子昂，字伯玉，唐武后時爲拾遺，有《感遇》詩三十八篇。丹砂、空青、金膏、水碧，皆仙藥。碧，亦玉也。陳詩有曰：「曷見玄貞子，觀世玉壺中。」又曰：「古之得仙道，信與元化并。」又曰：「吾愛鬼谷子，青溪無垢氛。」又曰：「西方金仙子，崇議乃無明。」所言仙佛，皆此類也。

○梅巖胡氏曰：文公贊陳詩，以爲「雖乏世用，實物外難得自然之奇寶」，且自言其詩「近而易知」，「皆切日用」。然則陳詩如金膏、水碧，有之固可玩，無之亦何損；文公詩則布帛之文，菽粟之味，有補飢寒，生人不可一日缺者。雖文公自謂「近而易知」，愚則謂其近如地，其遠如天，學者豈可以爲易知而忽之哉！

昆侖大無外，旁薄下深廣。陰陽無停機，寒暑互來往。皇犧古聖神，妙契一俯仰。不待窺馬圖，人文已宣朗。渾然一理貫，昭晰非象罔。珍重無極翁，爲我重指掌。

昆，胡本切。薄，音「博」。渾，上聲。爲，去聲。重指之「重」，平聲。○昆侖，與「混淪」通，流轉貌，天之象也。旁薄，充塞貌，地之形也。深，猶厚也。天象圓轉，包乎地外，故曰「昆侖大無外」；地體廣厚，充塞天中，而人居其上，故曰「旁薄下深廣」。此二句以天地之形對待實體而言也。「陰陽寒暑」二句，以天地之氣流行實用而言也。人文，謂卦爻剛柔之列，奇偶之數，尊卑之等，貴賤之位也。然不曰「天文」，而曰「人文」者，天地之道，盡之於人也。象罔，不明也。無極翁，指周子也。指掌，發明其理，使人易見，如指諸掌也。○此詩言天地陰陽之理，伏羲得之而畫卦，至周子又作《太極圖》以重明之也。蓋天地定位，陰陽寒暑迭運，畫前之《易》也。伏羲仰觀俯察，默契其妙，不待河圖之出，而人文已燦然昭布矣。程子所謂「縱河圖不出，伏羲亦須畫卦」是也。夫天地不同形，陰陽不同位，寒暑不同時，八卦不同畫，而太極一理默有以貫乎其中。

體用一原，顯微無間，昭然著見，而非窈冥不可測。識者但去聖既遠，非周子著圖書以闡發其精蘊，天下後世何由知其妙乎？言爲我者慶幸師承之辭也。

昆侖章十二句

第一。○愚按：天地待對而陰陽寒暑流行，皆所謂易也。易者，交易、變易之義。交易本於對待，變易本於流行。伏羲畫卦，所以明此而已。《太極圖説》分陽動陰静，又動静互根，亦此意也。○又按：「昆侖」二句，天氣地形，天動地静，天依形，地附氣，其形也有涯，其氣也無涯，皆可見矣。○胡氏曰：理無迹可見，氣之分爲陰陽者，皆有迹之可見也。教人之序亦必自可見者言之，故自對待、流行，而後及於渾然也。○《通》曰：人文，人道也。一不獨立，二則爲文。蓋天地人之道，皆以兩而成文也。又曰：以其理之燦然者，謂之人文；以其理之渾然者，謂之太極：非有二理也。此詩言無極、太極，而先言人文，以見太極之理昭然斯人日用常行間，而非恍忽象罔之謂也。○愚按：此言陰陽往來，即《中庸》所謂「鬼神」者；一理昭晰，即所謂「誠之不可掩」者。○《通》曰：伏羲、文王、周公不言太極，而孔子言之；孔子不言無極，而周子言之。○朱子曰：「無極」二字，乃周子灼見，太極不屬有無，不落方體，真得千聖以來不傳之秘。

吾觀陰陽化，升降八紘中。前瞻既無始，後際那有終。至理諒斯存，萬世與今同。誰言混沌死，幻語驚盲聾。

張子曰：「推行有漸爲化。」陰陽之氣，升降以漸，故謂之化。八紘，猶「八極」也。《淮南子》謂：「九州之外有八夤，八夤之外有八紘。」至理，太極之實理也。「斯」指陰陽而言。「混沌」者，元氣未判，清濁未分之稱。《莊子》言儵、忽爲混沌日鑿一竅，七日而混沌死。此幻語也。○此詩承上章「陰陽無停機」而申言之也。陰陽升降八極之中，推之於前，不見其始之合；引之於後，不見其終之離。然陰陽，氣也，而太極之理存乎其中。陰陽有升降，太極亦與之有升降；陰陽無始終，太極亦與之無始終。此所以「萬世與今同」也。而老莊之徒誤以混沌爲太極，謂太極在陰陽之先，及天地判、陰陽分，則太極破裂不存者，是怪妄之説，徒足以眩駭愚俗而已，豈知太極、陰陽之理者哉？

陰陽章八句

第二。○言陰陽升降，則寒暑在其中矣。○蔡氏曰：動静無端，陰陽無始，不可分先後。周子謂「動而生陽」，亦只就動處説起，畢竟動前又自是静。○朱子曰：從陰陽處看，則所謂太極者，便只在陰陽裏，而今人説陰陽上面别有個無形無影底物，是太極，非也。○《通》曰：首章曰「渾然一理貫」，太極之理，萬合爲一，故曰「一理貫」云者，太極貫乎陰陽，而陰陽在太極中也。二章曰「至理諒斯存」，太極之理不可復加，故曰「至理存」云者，太極寓於陰陽，而太極又在陰陽中也。首章自伏羲説到周子，明吾道之正統也。二章指混沌死爲幻語，闢異端之邪説也。混沌死，出《莊子》。《老子》亦曰：「有物混成，先天地生。」蓋以混沌未分爲太極，先天地而生，而不知陰陽未分，統體一太極也；陰陽既分，各具一太極也。且復有「混沌死」之説，太極之理無時不存，無物不有，「死」之一字，殊爲可怪也。

吾聞包犧氏，爰初闢乾坤。乾行配天德，坤布協地文。仰觀玄渾周，一息萬里奔。俯察方儀静，隤然千古存。悟彼立象意，契此入德門。勤行當不息，敬守思彌敦。

包，與「庖」同。隤，音「頽」。○包犧，即伏羲也。以畫言則奇爲乾，偶爲坤；以卦言則純陽爲乾，純陰爲坤。開户曰闢。乾、坤爲《易》之門，故云闢。乾畫不斷，故曰行；坤畫分列，故曰布。天以微言，故曰德；地以顯言，故曰文。乾實則健而不息，故配天；坤虚則順而有常，故配地。玄渾，謂天玄其色，渾其體也。人一呼一吸爲一息。萬里奔，甚言天行之速也。方儀謂地，陰陽爲兩儀，天圓爲渾儀，地方爲方儀也。隤然，順也，安静之意。彼，包犧也；此，吾身也。勤行，陽之動也；敬守，陰之静也。○此詩承首章「皇羲妙契」、「人文宣朗」而言，因示人當體乾、坤以入德也。伏羲初畫乾、坤以配天地，蓋以天行至速，地静常存，不過因陰陽之實體爲卦爻之法象耳。聖人既立象以盡意，學者可悟意以入德，故當體乾之健而勤行不息，效坤之順而敬守彌敦也。論《易》而歸之人事，此首章所以不曰「天文」，而曰「人文」也歟？

包犧章十二句

舊第十一，今定第三。〇徐氏曰：先天六十四卦。圓圖者，乾行以象天也；方圖者，坤布以象地也。〇《通》曰：圓圖象天體，天之象者，當勤行不息；方圖象地體，地之象者，當敬守彌敦。勤行動而敬也，敬守静而敬也。〇愚按：乾、坤以方圓圖言者，恐非朱子本意，姑存於此。〇又按：伏羲作《易》，開道統之傳者也。此詩末提出一「敬」字，意蓋深矣。

放勛始欽明，南面亦恭己。大哉精一傳，萬世立人紀。猗歟歎日躋，穆穆歌敬止。戒獒光武烈，待旦起周禮。恭惟千載心，秋月照寒水。魯叟何常師，删述存聖軌。

放，上聲。勛，同「勳」。〇放勛，虞史贊堯之功，無所不至也。後人因以爲堯號。欽，恭敬也。明，通明也。聖人傳心之敬，堯實倡之，故謂之始無爲而治。恭己，正南面而已者，舜也。「人心惟危，道心惟微，惟精惟一，允執厥中」者，舜之所以授禹也。猗歟，歎美辭。躋，升也。《商頌》

言，湯之德「聖敬日躋」。《詩》云：「穆穆文王，於緝熙敬止。」武王既克商，西旅貢獒，太保召公作《旅獒》之篇以訓戒王。周公夜思幸得，坐以待旦。周禮，周公所制之禮樂法度皆是，非專指六官之書也。惟，思也。千載心，謂數聖人之心，歷千載而如一也。秋月，喻其光明；寒水，喻其潔清。魯叟，謂孔子也。軌，轍迹之度也。○此詩承上章歷叙群聖道統之傳，其要在於敬也。蓋道統相傳，惟此心；傳心之法，惟一敬。堯之欽明，舜之恭己，禹之精一，湯之日躋，文之穆穆，敬也。與夫武烈之光，本於戒獒；周禮之起，由於待旦者，亦敬也。故此數聖人之心，人欲淨盡，天理昭融，如秋月之照寒水，光明潔清，上下洞徹。仲尼無所不學，主善爲師，是以祖述堯舜，憲章文武，無間夏禹，夢寐周公。晚年刪《詩》《書》，定《禮》《樂》，贊《周易》，修《春秋》，用存帝王軌範於萬世，其功大矣。非孔子傳前聖之心法，則後世亦將何所學哉？

放勛章十二句

舊第十，今定第四。○《通》曰：自古道統之傳，傳此心而已；此心之傳，傳此敬而已。堯、舜傳之禹，禹傳之湯，湯傳之文、武、周公，文、武、周公傳之孔子，皆不外一「敬」字。「秋月照寒水」五字，是形容「敬」之一字。但堯、舜至於周公之心，見於事業；孔子之心，不得見於事業，而見於簡編，故曰「刪述存聖軌」。○梅巖曰：「聖軌」云者，敬心之軌範也。立人紀於一時，不若存聖軌於萬世。夫子賢於堯、舜，其以是夫。

顔生躬四勿，曾子日三省。《中庸》首謹獨，衣錦思尚絅。偉哉鄒孟氏，雄辯極馳騁。操存一言要，爲爾挈裘領。丹青著明法，今古垂焕炳。何事千載餘，無人踐斯境。

省，悉井切。衣、爲，皆去聲。〇躬，猶言躬行也。子思作《中庸》，末章先言謹獨，而後言戒慎恐懼，無時不然，爲己之功，先於動時，用力下學之方也。裘之有領，總綱處也。丹青，謂簡策也。焕炳，明著也。自孟子没至周子，中間千四百年，道統幾絶。斯境，聖賢之域也。〇此詩承上章，歷叙道統之傳至於孟子，因歎孟子没，而遂失其傳也。蓋顔子克己復禮，曾子日省其身，得傳於夫子者也。子思之慎獨，得傳於曾子者也。孟子閑道息邪，距詖放淫之辯，至爲深切著明，縱横衍暢。而「操則存」一語本諸孔子，乃心法至要，如裘之有領，故特挈以示人，其得孔、曾、子思之傳可見矣。聖賢明法，著在簡策，炳如日星，可遵而行。自孟子而後，何千有餘載，竟無人能造其域也？使非濂溪周子，不由師傳，默契道體，則何以續千載不傳之緒，而開我後人也哉？

顔生章十二句

舊第十三，今定第五。〇愚按：前章言聖聖相傳以敬，而此章之旨亦不外一「敬」字。蓋顔子非敬，何以能克己，故曰「勿」者，禁止之辭，是人心之所以爲主，而勝私復禮之機也。三省則敬以察之，謹獨則動而敬也。操之之要，敬以直内而已，此敬之所以爲聖學成始成終之要道也。〇《通》曰：孟子之雄辯，三萬四千六百八十五字，不爲有餘；提挈裘領，只「操存」二字，不爲不足。○梅巖曰：「踐」字要玩味。丹青炳焕，有目皆睹，而實踐者難，非知之艱，而行之惟艱也。○愚按：實踐由於真知，不能實踐，雖謂之不知，可也。故《大學》序曰：「及孟子没而其傳泯焉，則其書雖存，而知者鮮矣。」正與此詩互相發也。

元亨播群品，利貞固靈根。非誠諒無有，五性實斯存。世人逞私見，鑿智道彌昏。豈若林居子，幽探萬化原。

元亨利貞，天之四德。元，始也；亨，通也；利，宜也；貞，固也。元亨，主於生長，於時爲春夏。播，布也。群品，萬物也。利貞，主於收藏，於時爲秋冬。固，猶保也。靈根，發育之本也。誠者，天所賦，物所受之實理，乃四德之統體也。五性，仁、義、禮、智、信也。林居子，指周子。萬化原，即上文所謂誠也。○此詩言周子能探化原，道統絶而復續也。蓋乾之四德，迭運不窮。曰元曰亨，萬物之所以資始而流形也，故曰「播群品」；曰利曰貞，萬物之所以各正而保合也，故曰「固靈根」。德雖有四本，則一誠。元亨者，誠之通也；利貞者，誠之復也，非誠則四德亦無有矣。在天爲元亨利貞，人得之則爲仁義禮智，而非信以實之，亦終必亡而已。夫性本於天，實理自然，而世人逞私鑿智，於率性之道，日益昏迷。此所以千有餘載，道統失傳，豈若林居静養之君子，窮造化之本原，著《太極通書》以上續孔孟之緒，而性道賴以復明也哉。

林居子章八句

舊第十四，今定第六。○《通》曰：首章言太極，此復以誠言之，猶周子圖説太極，而《通書》言誠，誠即太極也。善觀太極者，不徒在誠之通，而在誠之復。蓋所謂靈根之固者，即萬化之原也，鑿智者失之，幽探者得之。又曰：聖賢之心無不敬，天命之性無不誠。○梅巖曰：鑿者其僞，誠無僞也。○真氏曰：動静循環，而静其本，故元根於貞，而感基於寂。然道無不在，初不可以出處喧寂爲間，善學者當求先生言外之意。○徐氏曰：在天曰元亨利貞，而誠爲之本；在人爲仁義禮智，而信爲之本。此至誠盡性，所以與天地參也。○愚按：余氏謂「林居子」，朱子自況者，非也。若然，則是抑人揚己也。且此章次於孟子之後，其大旨又本周子《通書》，又與首章「無極翁」、「重指掌」相應，其爲周子無疑。或謂以「林居子」目周子似輕，然則「魯叟」、「顏生」，豈輕孔子、顏子乎？○《通》曰：誠者，真實無妄之理。「渾然一理貫」，誠即一，不誠非一也。「至理諒斯存」，誠即至，不誠非至也。「世人逞私見」，其見非誠也。「鑿智道彌昏」，其智非誠也。天地之誠，不徒可見之於「元亨播群品」之時，最可見之於「利貞固靈根」之際。蓋静而復動，貞下起元，所謂「萬化原」者，正在於此，而幽探歸之。「林居子」者，其以萬化之動原於静，亦惟静者能得之歟？或曰後章所謂仙佛者，非林居子而何？曰：吾儒林居子能經世，而不用於世者也；彼則無用於世，而遺世者也。且元亨利貞，萬化之一出一入，一生一死，皆真實無妄之理。仙家欲長生而不死，妄也。元亨利貞之理，實有而非虛無，佛家無實無虛，超乎有無之表，妄也。六經無仙字與佛字，使其理果實有也，則六經言之，聖賢爲之矣。

《大易》圖象隱，《詩》《書》簡編訛。《禮》《樂》矧交喪，《春秋》魚魯多。瑶琴空寶匣，絃絶將如何。興言理餘韻，龍門有遺歌。

喪，去聲。○圖，謂河圖、洛書、先天四圖。象，謂卦象。劉牧以九數爲河圖，十數爲洛書。先天圖，方外竊之，秘而不傳。《説卦》取象，求之於經，有不合者，漢儒創爲互體、卦變、五行、納甲、飛伏之法，大抵皆附會穿鑿之説耳，故曰「圖象隱」。《詩經》，毛公升《魚麗》以足《鹿鳴》什數，黜《白華》而首《南有嘉魚》。鄭氏《詩譜》，《王》乃次於《豳》之後。《書經·武成》篇中先後失次，《康誥》首節乃《洛誥》脱簡，《梓材》後半乃臣戒君之辭，誤合於武王告康叔之書，故曰「簡編訛」。自晚周而下，禮樂不興，上下僭亂，典籍散亡。《周禮》本缺《冬官》，《儀禮》僅存十七篇，而《戴記》多雜亂紕繆，《樂經》又廢不傳，故曰「交喪」也。《春秋》如「紀子伯」、「甲戌」、「己丑」、「夏五」之類，已屬存疑；而三傳經文，互有乖異，如尹氏卒，而《左傳》曰「君氏」；齊人伐戎，而《穀梁》

曰「伐我」。齊魯會於艾，而或曰「蒿」，又曰「鄗」，宋楚會於盂，而或曰「雩」，又曰「霍」。祲祥，而謂之「侵羊」；鸜鵒，而謂之「鸛鵒」。如此之類，不能悉數，故曰「魚魯多」。《抱朴子》曰：「書三寫，以『魯』爲『魚』，以『帝』爲『虎』，以『束』爲『宋』。」言訛傳也。龍門，在河南，伊川程子晚年所居處。《周禮》云：「龍門之琴瑟。」以其山所出之材名也。「瑶琴」以下，皆此意也。○此詩言程子能繼孔子六經之絶學，而已得因之以爲功，所以終前章道統相傳之意也。夫經所以載道也，聖經訛缺而大道隱微，譬如瑶琴不作，寳匣空藏，至音寂寥，鳴絃斷絶，亦末如之何也已。幸而河南程子得聖學之傳，有《易》《春秋》《詩》《書》傳，説聖人之微言，如絃絶而復續。我今欲起而理其餘韻，賴有程子遺書在，如龍門之琴歌也。此詩深主程子，而朱子自任之重，亦可見矣。

龍門章八句

舊第十二，今定第七。○愚按：周子復續聖傳，深探《易》奥，於他經則未暇論著。至二程子經學始盛，此詩舉龍門以該明道也。○又按：前章述聖賢心法，以敬爲要，叙周程二詩，雖不言敬，然周子言無欲，故静一者無欲，豈非聖人之敬乎？程子專主「敬」字以教人，而自處無時不敬，則又不待言而可見矣。○又按：自首章至此爲第一節。首章言陰陽，而二章申言之；首章言伏羲、周子，而三章申言伏羲，四章歷叙堯、舜、禹、湯、文、武、周公、孔子，五章歷叙顔、曾、思、孟，六章申言周子，七章又及程子，而附見自任之意。所以詳首章之略，而終道統之義也。其旨深矣！○又按：天地與人爲三才，「天地設位而《易》行乎其中矣」。惟聖賢能體乾、坤，易簡理得，然後成位乎中，與天地參，蓋此一節之大旨也。

人心妙不測，出入乘氣機。凝冰亦焦火，淵淪復天飛。至人秉元化，動靜體無違。珠藏澤自媚，玉韞山含輝。神光燭九垓，玄思徹萬微。塵編今寥落，歎息將安歸。

復，扶又切。垓，科開切。思，去聲。○心者，人之神明虚靈知覺者也。自静而應乎外曰出，自動而反乎内曰入。氣機，指喜怒哀樂、視聽言動發止之機也。凝冰，言寒慄如冰之凝結也。焦火，言燥熱如火之焦灼也。淵淪，言陷溺如沉於淵也。天飛，言放逸如飛於天也。至人，即伏羲以下諸聖人是也。元化，即上章所謂「萬化原」也，即太極也。體，如「君子體仁」之「體」。珠藏、玉韞，喻誠諸内也；澤媚、山輝，喻德潤身也。九垓，謂八極及中央也。燭九垓，言遠無不照；徹萬微，言細無不入。○此詩言心之神妙，衆人失之，惟聖人動静各順其則也。蓋人心本然之體用，神妙不測。其出也，乘吾身氣機之發而動；其入也，乘吾身氣機之止而静。心不離氣，而能御氣，如人之乘馬。然常人志不能帥氣，而無道以主之。恐懼所迫，不冰而寒；忿懥之興，不火而熱。私欲沈痼，淪於淵壑；神識馳騖，飛揚九天，而心失其正矣。聖人能秉持吾心之太極，以爲此身之主，一動一静之間，皆體此理而無違焉。方其静也，寂然不動，如珠之藏、玉之韞；及其動也，神光燭乎九垓之遠，玄思徹乎萬理之微。但聖人之心法不傳，其載於簡編者，今又塵敝殘缺，無有能識而踐之者。然則將安歸乎？惟有歎息而已。

人心章十二句

舊第三，今定第八。〇《通》曰：「人心妙不測」以下，兼聖人、衆人之心言；「凝冰」以下，專言衆人之心；「至人」以下，專言聖人之心。〇梅巖曰：常人心命於氣，至人氣命於心。〇陳安卿曰：心是個活物，忽然出，忽然入，無有定時；忽在此，忽在彼，亦無定處。人須有操存涵養之功，然後本體常卓然爲此身之主宰，而無亡失之患。〇愚按：「人心」即太極，「氣機」即陰陽，「至人」即列聖，「塵編」即孔子所删述者，「寥落」即隱訛。「絃絶」之謂「歎息」、「安歸」，言外之意，又可見周、程之功於斯爲大。此章專論心，爲第二節之始，然與前七章相應，亦如《中庸》之支分節解，脉絡貫通也。〇又按：前節言天地聖賢是爲三才，然聖狂之分，在此心之存亡而已。范氏《心箴》曰：「茫茫堪輿，俯仰無垠。人於其間，渺然有身。是身之微，太倉稊米。參爲三才，曰惟心耳。往古來今，孰無此心。心爲形役，乃獸乃禽。惟口耳目，手足動静。投間抵隙，爲厥心病。一心之微，衆欲攻之。其與存者，嗚呼幾希。君子存誠，克念克敬。天君泰然，百體從令。」與此節數詩言心者，大有發明。

静觀靈臺妙，萬化從此出。云胡自蕪穢，反受衆形役。厚味紛朵頤，妍姿坐傾國。崩奔不自悟，馳騖靡終畢。君看穆天子，萬里窮轍迹。不有《祈招》詩，徐方御宸極。

看，平聲。招，常遥切。○靈臺，心也，言神明所舍也。蕪穢，私欲污塞之意。紛，亂也。朵，垂也。朵頤，欲食之貌。直騁曰馳，亂馳曰騖。穆天子，周穆王也。《左傳》云：「昔穆王欲肆其心，周行天下，將必有車轍馬迹焉。祭公謀父作《祈招》之詩以止王心，王是以獲没於祗宫。」徐方，徐偃王國也。穆王得八駿馬，西游忘歸，諸侯争辨者無所質正，執玉帛於徐之庭者三十六國。穆王恐而歸，徐子遂走死失國。宸極者，天子之位，如北極之尊也。「穆天子」以下四句，比也。○此詩言心本一身之主，若放而不知求，則私欲反爲之主矣。所以申上章「淵淪」、「天飛」之意也。蓋人心至妙，爲萬化之本，衆形之主也。衆人何乃自污塞之，遂不能宰物，反爲衆形所役使。是以嗜厚味而紛然朵頤，好好色而至於亡國崩摧。奔放於人欲横流之中，而不悟其非；馳騖四出，而無終畢之時也。譬之穆王爲天子，去京師而遠游，故諸侯咸賓於徐。使非《祈招》之詩止王心而返駕，則徐方爲王國，而穆天子失其位矣。然則人苟能悔悟於奔放之際，而致其克復之功，庶幾吾心本然之妙，所以出萬化而宰衆形者，猶不至終失矣乎。

靈臺章十二句

舊第四，今定第九。○蔡氏曰：舉穆王事以喻人心之馳騖流蕩，若不知止，則心失主宰，物欲反據而爲之主矣。此六義之比。○愚按：上章兼言衆人、聖人之心，此後不申言聖人之心者，以前節「恭惟千載心，秋月照寒水」義已明也。此章申言衆人之心，而又示以悔悟爲拯救之方。穆王聞《祈招》之詩而知返，故徐子走死。人能悔悟，則天理復還，人欲退聽，亦如此矣。此言外之意，不可不知。○《通》曰：一二首是論道爲太極，此二首是論心爲太極。又一二首言理，前首言氣，此首言形。蓋人心本渾然一理，不能不乘氣而動，而衆人又不能不爲形所役。聖人之心雖乘氣而動，而常主之以静；衆人之心爲形所役，而常失之於動。動於飲食之欲不悟，而至於過侈則傷生；動於男女之欲不悟，而至於淫欲則伐性。如穆天子，天下之主也，不悟於《祈招》之詩，則爲徐所據，而穆天子不能爲主矣。心者，衆形之主也。「崩奔不自悟」，則爲形所役，而心不能自爲主矣。又曰：吾心爲神明之舍，故曰「靈臺」；君位如北極之尊，故曰「宸極」。夫宸極者，穆天子之宸極也，而使偏方據之，可乎？靈臺者，我之靈臺也，而使外物據之，可乎？

哀哉牛山木，斧斤日相尋。豈無萌櫱生，牛羊復來侵。恭惟皇上帝，降此仁義心。物欲互攻奪，孤根孰能任。反躬艮其背，肅容正冠襟。保養方自此，何年秀穹林。

櫱，五割切。任，平聲。○首言「哀哉」，令人惕然深省也。牛山木，見《孟子》。此四句，興也。

蔡氏曰：比也。任，堪也，勝也。反躬者，不徇外物而反求諸身，以思天理之所在也。艮，止也。人身皆動，惟背爲止。「艮其背」者，言止於所當止也，反躬然後知止。艮背即止至善也。「肅容正冠襟」，正其衣冠，尊其瞻視也。穹，猶高也。孤根、穹林，皆以木爲喻也。○此詩承上章意，言良心爲物欲所奪，則喪失矣，而人當反身循理，敬以養之也。夫牛山之木，日爲斧斤所伐，而喪其美。然氣化流行，未嘗間斷，非無萌蘖之生，牛羊又來侵焉，是以濯濯無木也。上帝降衷於民，莫不有仁義之心，猶山之有木也，但爲物欲互攻奪而反覆梏亡，猶斧斤牛羊也。是以天理日微，猶萌蘖不存，僅留孤根而已，豈能堪此戕賊哉？其不殄滅者，幾希矣。故當反躬、艮背以止於內，肅容、正冠以防於外。內外交養，庶幾有以完復其仁義固有之心。然其端之發也甚微，今方保養於此，不知何時充實光輝，以至於盛大之域耶？人不可不早自勉也。

保養章十二句

舊第十九，今定第十。○《通》曰：心者，吾之所得於天，而異於禽獸者也。放而失之，則去禽獸不遠矣。故詩以「哀哉」二字先之，其言保養與前所謂「操存」者相應。○愚按：仁義之心，即前章所謂「萬化從此出」者也。「物欲互攻奪」，即「崩奔不自悟」者也。前章言從欲貴於悔悟，此章言善端在於保養，保養之要，敬而已矣。前章言「馳騖」，此章言艮止，理欲每相反也。○又按：仁義，吾所固有者也，而互攻奪之，則無矣；私欲，我所當無者也，而自蕪穢焉，則有矣。故爲學之方，養其所固有，去其所當無而已。合二詩觀之可見也。

微月墮西嶺，爛然衆星光。明河斜未落，斗柄低復昂。感此南北極，樞軸遥相當。太一有常居，仰瞻獨煌煌。中天照萬國，三辰環侍旁。人心要如此，寂感無邊方。

微月，月始生明也。昂，高舉貌。低復昂，言運轉不定也。南北極，天之樞紐也。天形微倚，繞地左旋，南極入地三十六度，北極出地三十六度，所以持兩端而居中不移者，如户之樞、車之軸也。當，猶對也。太一，即北極，所謂帝座也。以星辰之位言之，謂之太一；以其所居之處言之，謂之北極。太一如人主，北極如帝都。三辰，日、月、星也。○此詩承上章保養之意，言人心當主静，如天之北極也。方夜之際，月墮星光，明河、斗柄運轉無定，惟北極居其所而不動，中天遠照，日月衆星旋繞共之。人心本體當寂然不動，如太一有常居，則此心之用，感而遂通無窮盡，方體亦如中天照萬國矣。人與天豈有異道哉？

寂感章十二句

舊第九，今定第十一。○潘氏曰：此篇因天象以明人心之太極也。心居中央，役使群動，隨感隨應，無所偏倚，然後有以立乎其大者，而不爲耳目口體衆形所役，故曰「寂感無邊方」也。○梅巖曰：心之未發，性之寂也，無所偏倚，故曰「無邊」；心之已發，情之感也，無所間隔，故曰「無方」。○愚按：「要如此」是主工夫言，非徒明人心、自然之體用而已。○又按：衆人之心淪飛馳騖，是常失之於動也。動而無静，則其感應之際，私而小。惟此心寂然，無欲而静，則廓然大公，物來順應，其感通者無窮矣。動本於静，此聖人之心所以如秋月照寒水，燭九垓而徹萬微。其與「太一有常居」、「中天照萬國」者，何以異乎？然主静，實不外於敬，敬則欲寡而理明，自無淪飛馳騖之患。故此詩承上數章論心之存亡，而示人以寂感，其意切矣。

朱光遍炎宇，微陰眇重淵。寒威閟九野，陽德昭窮泉。文明昧謹獨，昏迷有開先。幾微諒難忽，善端本綿綿。掩身事齋戒，及此防未然。閉關息商旅，絶彼柔道牽。

重，平聲。○朱光，猶言陽光也，或曰日也。陽施曰遍，陰斂曰閟；陽明曰昭，陰暗曰眇；陽生曰德，陰殺曰威，義有别也。重淵、窮泉，皆謂地之下，在姤、復卦象，則初爻是也。開先，謂啓其端。掩身，收斂其身也。《月令》：「仲夏、仲冬，君子齋戒，處必掩身。」《復卦·象傳》曰：「先王以至日閉關，商旅不行。」蓋安静以養微陽也。《姤卦·象傳》曰：「繫於金柅，柔道牽也。」蓋堅剛以遏初陰也。柅所以止車，金爲之則尤堅，遏之於初，所以絶陰柔之相牽引而進也。○此詩亦承前章保養之意，言人當謹於善惡之幾也。夏至，陽盛之時，而一陰已生於地下；冬至，陰盛之際，而一陽來復於地中。此陰陽消息之幾，在天地者如此，故其在人也，雖當文明之時，或昧慎獨之戒，則昏迷之惡，已有開先，如夏至而一陰生也；雖當昏迷之際，亦有幾微之明，而善端之存，綿綿不絶，如冬至而一陽生也。是以君子當審其幾，掩身齋戒，防於未然。天理則敬以存之，如閉關息旅，使其充長而不至於傷；人欲則敬以克之，如繫於金柅，絶其牽引而不使之進。庶幾反躬艮背之道，得而可希，至人之動静，體無違者矣。若不及此幾微而防之，則善日消而惡日長，雖有萌蘖之生，其如斧斤牛羊何哉？若是而欲其不至於「凝冰」、「焦火」、「淵淪」、「天飛」，不可得也。

幾微章十二句

舊第八，今定第十二。○愚按：此章特借陰陽消息以明人心善惡之幾當謹，非專論復、姤二卦，亦非謂齋戒掩身，止在仲夏、仲冬二月也。蓋上章言主静，此章言審幾，以終保養良心之意。主静，即《中庸》之戒懼；審幾，即《中庸》之慎獨。心法之要，惟此二事。然掩身齋戒，即上章之反躬肅容，其要又不過一敬而已。○黄氏曰：此詩皆隔句相應，大意陰極則陽生，陽極則陰生，善惡相爲消長，君子當抑陰扶陽，遏惡揚善也。○《通》曰：「掩身」二句，兼冬、夏至而言，下二句分言。○或曰：「防」字説姤爲切，恐不切於復。梅巖曰：言於姤，所以防陰之長；言於復，所以防陽之消。○愚按：自「人心」至此五章爲第二節，蓋言心之妙與養心之法，所以爲希聖、希天之本也。前節但言聖人之心，而此節詳言聖凡之心不同。前節既言敬，而此節又言静存動察之功，不可偏廢。且「寂感」章本昆侖之象而言，「幾微」章本陰陽、寒暑而言，又與第一章相應。其條理之精密，互相發明，讀者宜潛心焉。

童蒙貴養正，遜弟乃其方。雞鳴咸盥櫛，問訊謹暄涼。捧水勤播灑，擁篲周室堂。進趨極虔恭，退息常端莊。劬書劇嗜炙，見惡逾探湯。庸言戒粗誕，時行必安詳。聖途雖云遠，發軔且勿忙。十五志於學，及時起高翔。

灑，音「曬」。篲，音「遂」。劇，音「屨」。探，吐南切。○《易》曰：「蒙以養正。」遜，順也，謂順親也。《内則》曰：「子事父母，雞初鳴，咸盥漱、櫛、縰。」問訊謹暄涼，謂「冬温而夏凊，昏定而晨省」也。篲，掃竹也。劬書，勤勞於書也。劇，甚也。炙，炙肉也。劇嗜炙，言好之至也；逾探湯，言惡之甚也。粗誕，鄙野夸誕也。時行，行當其時也。安詳，從容詳審也。軔，礙車輪木也，去軔則輪動而車行。古者十五而入大學。志於學，志於大學之道也。高翔，謂入聖賢之域也。○此詩備言小學之事，所以爲大學之基本也。蓋人性本善，而氣質之偏，物欲之蔽所不能無，故必先自童蒙之時而養之以正。其道莫先於孝弟，故定省温凊，灑掃進退之際，極其恭敬。又當學文疾惡，謹於言行，若此者，所以爲希聖、希賢之始功也。然或恐其妄意躐等，故又戒之曰：「聖途雖遠，且當於此從容漸進。」候年十五而志大學，從事於窮理、盡性、明德、新民之道，然後奮然高起，造乎聖賢之域，不難矣。」蓋方其幼也，不習之於小學，則無以收其放心，養其德性，而爲大學之基本。及其長也，不進之於大學，則無以察夫義理，措諸事業，而收小學之成功。然敬者，聖學之所以成始而成終者也。故此詩以虔恭端莊言焉。

童蒙章十六句

舊第十八，今定第十三。〇梅巖曰：《易》言：「蒙以養正，聖功也。」此詩首以養正，終以聖途，正與《易》合。〇余氏曰：不言「孝弟」，而言「遜弟」，何也？蓋孝弟皆順德，人未有能遜而不孝，亦未有不孝而能弟者。孝弟爲仁之本，而遜又所以爲孝弟之原。又曰「發軔且勿忙」，而以「及時起高翔」繼之，蓋言學者不可自視過高，而失之躁進；亦不可自視過卑，而失之不及也。〇愚按：「遜悌」二字，實本孔子。孔子曰：「幼而不遜弟。」蓋孔子言之於幼，故朱子亦於「童蒙」章言之。〇《通》曰：古人之教，養正爲先，故詩於此拳拳焉。詩首言天地陰陽之奥，此理之極於至大而無外者也。此言童蒙灑掃應對之節，理之入於至小而無間者也。程子曰：「灑掃應對與精義入神，通貫只一理。」又曰：「自灑掃應對以上，便可到聖人事。」此詩始之以童蒙養正，終之以聖途高翔，即此意也。又曰：「童蒙貴養正」是養此良心於童蒙之時，「保養方自此」是養其良心於梏亡之後。兩「養」字，或言之於詩之首，或言之於詩之終，朱子教人之意深矣！○愚按：此章爲第三節之始，詳言教學之方，以爲後章黜末學異端之本也。

聖人司教化，横序育群材。因心有明訓，善端得深培。天叙既昭陳，人文亦褰開。云何百代下，學絶教養乖。群居競葩藻，争先冠倫魁。淳風久淪喪，擾擾胡爲哉？

冠、喪，皆去聲。○横，本作「黌」，學舍也。序，殷學名。善端，即四端也。褰，掀舉之意。褰開，言易見也。葩藻，謂靡麗之辭。冠倫魁，言冠等倫而魁傑也。○此詩言古者學校之善，歎後世辭章之失也。蓋聖王修道立教，作君作師，設爲庠序，養育群材，不過因其心之所固有者而明教之，故其四端之善，得以栽培深厚，而於君臣、父子、夫婦、兄弟、朋友之倫，出於天所叙秩者，既昭陳而不可紊。五倫之間，親疏上下，燦然有禮以相接，出於人所節文者，亦褰開而不可掩。本末具舉，體用兼明，初不求爲文，而有自然之文也。後世聖學失傳，教養無法，士子群居黌序，争尚浮文，求舉科甲，天理人倫，曾不講究，僞習日滋，淳風久喪，擾擾乎場屋之得失，果何爲哉？此不特士子之過，司教化者之過也。夫上之所以教，下之所以學，皆無其本，末習澆漓，正學湮塞，其不爲異端所牽引者，幾希矣。

横序章十二句

舊第十七，今定第十四。○梅巖曰：堯煥乎文，周郁郁乎文。蓋自天叙之，有倫者推之，其極可以經緯天地。後世以辭章爲文藝焉而已，上以此取，下不得不以此應。此詩歸之「學絶教養乖」，其有歎夫！○《通》曰：前六句言古者學校之教如此，後六句言後世科舉之弊又如此。古之學校不過欲人培養善端，以不失其本心而已；後世科舉競葩藻，争倫魁，虚名可得，本心已失矣。古今風俗之淳駁，世道之興衰，皆由於此。○愚按：上章言小學之教貴養正，此章言大學之教在深培善端，皆切於身心倫常日用之實者也。後世徒尚辭章，此聖道之所以不明不行，異端得以起而乘其弊也歟！

玄天幽且默，仲尼欲無言。動植各生遂，德容自清温。彼哉夸毗子，呫囁徒啾喧。但逞言辭好，豈知神鑒昏。曰予昧前訓，坐此枝葉繁。發憤永刊落，奇功收一原。

呫，音「徹」。囁，音「摺」。○德容，謂夫子盛德之見於容貌者也。清，嚴肅也。温，和厚也。言清温見其陰陽合德，渾然無偏也。「彼哉」者，外之之詞。夸，大也。毗，附也。蓋謂大言以夸世，詼言以呲人也。呫囁，多言也。啾喧，小聲亂雜之意。神鑒，謂心也。刊，削也。一原，一本也，言削繁枝而歸一本，則奇功可收也。後四句雖若自責，實所以責夸呲子而教之也。○此詩承上章之意而言，道貴躬行心得，不徒在言語文辭之間，欲人反本而歸實也。天本無言，四時行，百物生，莫非實理之流行。聖人欲無言，容貌動静之間，莫非至教之所在。道固有不待言而顯者，彼夸大阿詼之人，徒多言亂聽，但逞言辭之美好，而其心實無所見，其於義理至當之歸，全不之知也。我昔昧於前聖無言之訓，以此枝葉繁多，今發憤永删除之，庶幾根本立，而後德業可成也。蓋自悔以警人之辭。

無言章十二句

舊第二十，今定第十五。○潘氏曰：「彼哉夸呲子」四句，指上章「群居競葩藻」之徒也。○《通》曰：前謂心者吾靈臺，而多欲者穢之，泛爲衆人言也；此謂心者吾神鑒，而多言者昏之，專爲末學者言也。末學紛紛，求工於言詞之末，而本心存亡，漫不復省。枝葉徒繁，本根已悴，此朱子所以必欲刊落枝葉，而特達本根也。○梅巖曰：奇功，譬如天何言，而自有動植生遂之功也。○愚按：德行，本原也；言辭，枝葉也。此詩大指，在示人歸根趨實耳。説者以「一原」爲一貫，以「無言」爲無聲無臭，又謂即無極而太極，是本近而推之使遠，本淺而鑿之使深。此愚所以不敢從，而寧下毋高，寧拙毋巧也。

飄飖學仙侶，遺世在雲山。盜啓元命秘，竊當生死關。金鼎蟠龍虎，三年養神丹。刀圭一入口，白日生羽翰。我欲往從之，脱屣諒非難。但恐逆天道，偷生詎能安？

翰，平聲。○「元命秘」者，造化生生之權；「生死關」者，陰陽合散之機。龍虎，鉛汞也。仙家煉外丹，初年聚集材料，次年燒煉，而後温養，至三年而後可服。刀圭，十分方寸匕之一。以刀圭撮之，言不多也。仙家煉外丹，龍虎之氣交相蟠結，而以水火二鼎煉之，丹成服之，白日飛升。脱屣，言視棄妻子、富貴如脱敝屣也。天道一陰一陽，自然之道也。○此詩論仙學之失，己所不爲，所以闢異端而閑聖道也。言學仙者，棄絶人世，獨處雲山，盜發天地之藏，逃避死生之域，燒煉藥物，服食飛升，我非不能爲之，但有生必有死者，天之道也。夭壽不貳，修身以俟之，則生順死安矣。今乃違天自利，苟且偷生，非理之正，心豈能安？此吾所以不爲也。

學仙章十二句

舊第十五，今定第十六。○朱子曰：《參同契》所云，坎離、水火、龍虎、鉛汞之屬，其實只精、氣二者而已。其法以神運精氣，結而爲丹。陽氣在下，初融成水，以火煉之，則凝成丹，内外異色，如雞卵。愚按：此言内丹也，若詩所言，則外丹也。○程子曰：「此是天地間一賊，若非竊造化之機，安得延年？使聖人肯爲，周、孔爲之矣。」○愚按：此詩曰盜啓，曰竊當，曰偷生，益足以見其爲賊之實也。○《通》曰：所謂天道者，陰陽屈伸是已。使可有生而無死，是有晝而無夜，有陽之伸而無陰之屈，豈天道哉？是故仁者之静而壽，可爲也；神仙之偷生而不死，吾不爲也。○胡氏曰：生而死，晝而夜，常道耳，逆其理而得生，知道者所不爲也。能盡乎此理之常，雖顔子之夭，伯牛之疾，亦安乎天理之自然，又何必求之神仙幻誕之説哉？

西方論緣業，卑卑喻群愚。流傳世代久，梯接凌空虛。顧盼指心性，名言超有無。捷徑一以開，靡然世争趨。號空不踐實，躓彼榛棘塗。誰哉繼三聖，爲我焚其書？

名，彌正切。靡，上聲。爲，去聲。○西方，天竺國也。緣之名有十二，謂無明、行、識、名色、六入、觸、受、愛、取、有、生、老死也，皆迭相因而起者。無明、行爲前世因，識至有爲今世果，復爲來世因，生、老死爲來世之果也。業之名有三，曰身業、口業、意業。指心性，如云即心是佛，見性成佛之類。超有無，如云色即是空，空即是色，法非有、非非有，非無、非非無之類。靡然，草從風偃之貌。三聖，禹、周公、孔子也。孟子欲正人心，息邪説，距詖行，以承三聖。此欲焚佛書，亦孟子距楊、墨之意也。○此詩論佛學之非，欲焚其書，亦所以闢異端而閑聖道也。佛在西方，其始但説緣業因果，化誘愚民，論極卑下，流傳久遠。其後如梯之接，不由教律，漸入空虛，遂轉而爲禪，但閉目静坐，以俟心虛氣清，天光發見，以爲一顧盼間，便徹心性，名稱言論，超越有無，頓悟妙道。成佛非難，其徑可謂捷矣，是以世俗群起而趨之。然其教，以空爲名，無所據依，縱有所覺悟，亦止一儱侗虛空之物，而不知日用之實理。及其應接謬亂，殆猶顛躓於荆榛叢棘之中，而一步不可行矣。未知何人能正人心以承三聖，而爲我焚其書，以遏絶佛氏之教乎？

西方章十二句

舊第十六，今定第十七。〇楊氏曰：佛固西方之英，慈悲以矯其殺戮，淡泊以消其荒淫，施舍以息其攘奪，皆欲以止其國中之亂耳，非有得於道，而可與聖賢抗也。〇梅巖曰：韓文公闢佛，謂有畏焉者，有好焉者。此詩緣業之説，蓋畏焉者，因其愚昧而入；凌空虛、超有無之説，蓋好焉者，因其高明而入。畏焉者，尚可理曉；好焉者，難以理化，故此詩辭有詳略。〇《通》曰：佛氏謂，心性者不淪於無，不著於有，不在中間與內外。吾之所謂心與性，皆實有而非虛無也，皆在內而不在外也。彼之心，豈寒潭秋月之心；彼之性，豈元亨利貞五行之性哉？〇又曰：詩闢佛甚於闢仙，蓋以學仙者逆天道，學佛者滅人倫。仙之學，非氣稍清、心稍靜者莫能入；佛之學，或怖其果報，或慕其高虛，愚與賢皆能入。故仙丹三年始成，佛法一朝頓悟，此朱子所以必欲焚其書也。〇愚按：自「童蒙」至此五章，爲第三節，所以明正學、抑浮文，而闢異端也。蓋小學、大學之教，使人存心養性，明道敦倫，而俗儒記誦辭章之習，其功倍於小學而無用；異端虛無寂滅之教，其高過於大學而無實，皆所謂「世人逞私見，鑿智道彌昏」者也。雖然，老佛之徒不足責也。儒者乃舍本逐末，昧於前聖之心傳，或反逃歸二氏，是爲率獸食人，其罪大矣。○《通》曰：古者學校敬敷五教，因人心固有者導之；古者言揚功舉，取其有補於世者用之。後之學校科舉，多尚虛文而無實用。嗚呼！仙學遺世，佛法出世，儒又不能使經世，此後世所以不能如唐虞三代也，此朱子所以深歎之也。

涇舟膠楚澤，周綱已陵夷。況復《王風》降，故宮黍離離。玄聖作《春秋》，哀傷實在茲。祥麟一以踣，反袂空漣洏。漂淪又百年，僭侯荷爵珪。王章久矣喪，何復嗟歎爲？馬公述孔業，託始有餘悲。拳拳信忠厚，無乃迷先幾？

荷、喪，并去聲。○涇舟，借《詩》「淠彼涇舟，周王于邁」意用之，非真是涇水之舟也。涇與漢不通。或曰：涇，疑作「輕」。按史，周昭王不能强於政治，楚人不朝。王南征返，濟漢，漢濱人惡之，濟以膠舟，中流膠液，王乃溺死。《王風》降，謂王朝詩降爲《國風》，而雅亡也。平王既遷洛，故都宫室盡爲禾黍，大夫傷而賦之。《王風》首篇，《黍離》是也。宋加孔子謚，曰玄聖文宣王。孔子作《春秋》，因魯史以寓王法。始魯隱公元年，實平王四十九年也，終魯哀公十四年西狩獲麟，凡二百四十二年。前覆曰踣。《家語》：「鉏商獲麟，折其前左足，載以歸。孔子往觀之，反袂拭面，涕泣沾襟，曰：『吾道窮矣。』」自《春秋》終，至《通鑑》始，實止七十九年。言百年，舉成數也。僭侯，晋大夫魏斯、韓虔、趙籍本僭亂之臣而爲侯也。周威烈王二十三年初，命三晋爲諸侯。章，猶法也。馬公，司馬文正公也。述孔業，謂作《通鑑》，欲續《春秋》也。拳拳，懇切之意。〇此詩言周室久衰，《春秋》《通鑑》之所以作也，而有得失焉。周自昭王南征，没於楚澤，王綱廢墜，已不復振，況及幽王爲犬戎所殺，平王東遷，故都鞠爲禾黍。《王風》下同列國，衰替甚矣。孔子因《黍離》降爲《國風》，遂託始於此，以作《春秋》。及西狩獲麟，嗟吾道窮，而《春秋》絶筆。此後又將百年，而三晋分侯，蓋王章之喪久矣。至是，末如之何，所謂「何嗟」及「矣」者也。而温公《通鑑》託始於此，雖拳拳然，誠忠厚有餘，而見不及微，無乃迷其先幾也乎？

周綱章十六句

舊第五，今定第十八。〇梅巖曰：致堂謂「陰凝冰堅，垂百載矣，雖無王命，夫誰與抗」，此知幾之論也。温公徒悲其成，不究其漸耳。〇安城劉氏曰：《春秋》之始，魯惠公以其妾仲子爲妻。及仲子没，平王則使宰咺來歸賵。魯桓公以弟弑兄，及没，莊王則使榮叔來錫命。周之典禮，皆周之自壞也。歲改月化，下愈陵，上愈替，於是曲沃武公篡晋，釐王命爲侯。三晋又滅武公之祀，亦得以威烈王之命爲侯。嗚呼！司馬公之《通鑑》，固不得不後《春秋》而作也。然以釐王、武公之事觀之，則朱子所謂「迷先幾」者，信矣。○王伯厚曰：自釐王命曲沃伯爲晉侯，而篡臣無所忌，威烈王之命晉大夫，襄釐之迹也。有曲沃之命，則有三大夫之命，出爾反爾也。○蔡氏曰：東萊《大事記》之作，實接獲麟，然朱子《綱目》曷爲不繼《春秋》也耶？李果齋曰：「《大事記》之書，用馬遷之法，故續獲麟而無嫌；《綱目》之書，本《春秋》之旨，故續獲麟而不可抑。」《綱目》之書，特因《通鑑》而作也。○愚按：朱子於經傳，無不論著，獨《春秋》未及注釋。又以《通鑑》有大義不明處，故法《春秋》以作《綱目》，垂教後世，其功大矣。此後三詩，別爲一節，皆所以明其意也。

東京失其御，刑臣弄天綱。西園植奸穢，五族沉忠良。青青千里草，乘時起陸梁。當塗轉凶悖，炎精遂無光。桓桓左將軍，仗鉞西南疆。伏龍一奮躍，鳳雛亦飛翔。祀漢配彼天，出師驚四方。天意竟莫回，王圖不偏昌。晉史自帝魏，後賢盍更張。世無魯連子，千載徒悲傷。

盍，一作「合」。更，平聲。○東京，洛陽，東漢所都也。御，治也，治人如御車，操縱有道也。刑臣，奄人也，指和帝以後所用鄭衆、樊豐、周廣、孫程、張防、張讓、唐衡、單超、左悺、徐璜、具瑗等是也。天綱，猶言王綱。西園，靈帝所置，賣官鬻爵，入錢於此，以蹇碩、袁紹、曹操等爲西園八校尉。五族，五屬也。忠良，即陳蕃、李膺而下三君、八俊、八顧、八及、八厨等是也。靈帝時，童謡云：「千里草，何青青。十日卜，不得生。」謂董卓也。陸梁，東西倡佯也。獻帝時，太史奏：「許昌氣見於當塗高。」象魏，是兩觀闕。當塗而高者，魏也。漢以火德王，故曰炎精。桓桓，威武貌。建安三年，劉備爲左將軍。荆在南，蜀在西，先主初破荆州，後入成都，遂帝於蜀。伏龍，謂諸葛亮；鳳雛，謂龐統也。祀漢配天，如少康「祀夏配天」之意，謂接漢正統也。王圖，王者之基圖也。偏昌，獨盛也。不偏昌，歎其不得統一也。晋之作史者，陳壽《三國志》以魏爲帝。後賢，謂司馬公也。更張，謂改易，如改張琴瑟之絃，使其調也。魯連子，戰國時人。魏使新垣衍説趙，欲尊秦爲帝，連不從，後聞趙將事秦，歎曰：「連有蹈東海而死耳。」〇此詩言東漢既亂亡，則蜀爲正統，而歎司馬公不能改陳壽帝魏之非也。漢桓、靈失御下之道，宦豎弄權，開西園以鬻賣官爵，興黨錮以沉滅忠良，而漢遂衰矣。既而董卓廢立弑殺，自爲國相，乘時横行。曹操挾天子以令諸侯，卒成篡奪之計，其凶悖尤甚於董卓，而漢祚亡矣。昭烈仗義起兵於西南之域，以誅曹復漢爲名，三顧亮於草廬之中，與計大事，而士元之徒，群起翼之，兵威響振，所向無前。奈天不祐漢，先主既殞，孔明亦殂，天下三分，不能一統。然昭烈以帝胄之英明，正大義而再造於一隅之蜀，漢統猶未絶也。陳壽帝魏寇蜀，不知正統之繫，司馬公復因襲其謬，而不知正。大義不明，正統旁落，求如魯連子不肯帝秦者，世不復有斯人也矣。悲哉！

祀漢章二十句

舊第六，今定第十九。○黄氏曰：朱子作《綱目》以正統繫蜀，而書魏人爲「入寇」，則大義昭明於萬世之下，而與此詩互相發明。○余氏曰：史於《獻帝紀》，書曰「禪位於魏」，而於魏則以帝紀紀之，至先主則抑爲列傳，此固陋矣。温公《通鑑》唯以璽綬之傳次序歲月，不以正閏之法筆削褒貶。操，漢之賊，蜀之伐魏，正以討賊也。公於孔明出師，乃書曰「諸葛亮入寇」，何不能正名辨分如此？文公《綱目》於魏之簒漢，書曰「魏曹丕稱皇帝，廢帝爲山陽公」，不以禪位立文；於蜀之續漢，大書「昭烈皇帝章武元年」，以繼獻帝之後。然則漢之正統當屬之蜀，而陳壽之史不得爲當，明矣。孰謂温公學術之正？而未免因仍舊史之陋哉！○潘氏曰：諸葛入寇，晉史自帝魏也。丞相出師漢賊，明大義也。

晉陽啓唐祚，王明紹巢封。垂統已如此，繼體宜昏風。麀聚瀆天倫，牝晨司禍凶。乾綱一以墜，天樞遂崇崇。淫毒穢宸極，虐焰燔蒼穹。向非狄張徒，誰辦取日功。云何歐陽子，秉筆迷至公。唐經亂周紀，凡例孰此容。侃侃范太史，受説伊川翁。《春秋》二三王，去聲。○晉陽，隋宮名。唐高祖初爲太原留守，領晉陽宮監。其子世民知隋必亡，與副監裴寂謀，因選晉陽宮人私侍高祖，脅以起兵，而有天下，故曰「晉陽啓唐祚」。世民殺弟元吉，而納其妻，生子明，後封元吉巢王，使明繼其後。麀，亦牝也。武后本太宗才人，高宗立爲后。《禮記》曰：「禽獸無禮，父子聚麀。」牝晨，言高宗令武后預政，是「牝雞之晨，惟家之索」也。後武后廢中宗爲王，遷於房陵而自立，改國號曰周，是唐之乾綱墜也。武后既革唐爲周，鑄銅柱，高一百五尺，以紀周功德，署曰天樞。崇崇，高貌。毒，猶惡也。武后幸僧懷義、張易之、昌宗，淫穢無恥，又殘害忠良，殺唐宗室殆盡，暴虐如火，上燔於天。狄、張，狄仁傑、張柬之也。狄仁傑爲相，以子母天性感動之，復立中宗，又薦張柬之爲相，遂誅張易之等，徙武后上陽宮。《唐史》贊曰：「取日虞淵。」言中宗得正帝位，社稷復歸於唐，如取日於虞淵也。歐陽公修《唐史》，不能正中宗之位，以明武后篡竊之罪，故曰「迷至公」。既立《武后傳》，又立《則天紀》，是作唐一經，而雜以武周之紀也。侃侃，剛直也。范太史，范祖禹也。伊川翁，程叔子也。范淳夫嘗與伊川論唐事，及爲《唐鑑》，盡用其說。魯季氏逐昭公，《春秋》歲首必書公之所在，以存君也。《唐鑑》每歲必書「帝在房州」，法《春秋》之意也。○此詩論武后之亂，而善范太史存唐黜周，得《春秋》書法也。唐太宗用宮人私侍，以劫其父，納巢剌王妃而封子明。創業垂統者如此，繼體之君，效其

策，萬古開群蒙。

所爲，淫昏成習，無足怪者。故高宗以父之才人爲后，瀆亂天倫，且使之裁決政事，此禍亂之所由生也。其後卒至廢中宗而自立，革唐爲周，淫污帝位，虐殺宗藩，而唐祚幾絶矣。使非狄、張忠勤，誰能復立中宗，而反周爲唐哉？夫武氏以母奪子，以妻滅夫，此古今之大變。後世秉史筆者，伸大義而貶黜之，可也。何歐陽子不知公理，修《唐書》而雜以《周紀》，《春秋》義例，豈能容此？唯范太史得聞程子之論，其作《唐鑑》，於中宗廢遷之後，每歲必書「帝在房州」，以合於《春秋》「公在乾侯」之法，足以開萬古之愚蒙矣。

唐祚章二十句

舊第七，今定第二十。○徐氏曰：三代之興，皆本於仁義，根於心，體於身，措於事，刑於閨門，而達之天下後世。其貽謀之道無一毫可議，而後世猶有太康、幽、厲之失邦者，況不無可議者乎？「晉陽啓唐祚」，而君臣、父子之道乖矣；「王明紹巢封」，而兄弟、夫婦之倫喪矣。繼體之君，耳濡目染，麀聚之配，不以爲惡；牝晨之禍，胡能免之？○《通》曰：《易》重《咸》《恒》，《詩》首《關雎》，太宗以淫泆毁綱常，豈特不足爲一代之鑑，而實千古之羞也。○范氏《唐鑑》論曰：昔季氏出其君，魯無君者八年，《春秋》每歲必書公之所在，及其居乾侯也，正月必書曰「公在乾侯」，不與季氏之專國也。自司馬遷作《呂后本紀》，後世爲史者因之，故唐史亦列武后於本紀，其於記事之體則實矣，《春秋》之法則未明也。《春秋》，吴楚之君不稱王，所以存周室也。天下者，唐之天下也，武氏豈得而間之？故今復繫嗣聖之年，黜武氏之號，以爲母后禍亂之戒。竊取《春秋》之義，雖獲罪君子而不辭也。○余氏曰：文公《綱目》於貞觀十一年書「以武氏爲才人」，又於高宗永徽五年書「以太宗才人武氏爲昭儀」。父子之綱不正，凜然筆削間。至因年以著統，其於武后之革命，中宗之失位，則大書嗣聖之年，以則天改元之號分注其下，而復書「帝在房州」，以見君道雖不立，而正統不可奪也。書法之嚴，可以配《麟經》矣。○潘氏曰：此三詩以作史者不知《春秋》之法，或欲以初命晋大夫爲諸侯，託始於《通鑑》而迷先幾者；或徒以魏之强大爲尊，而不知蜀爲正統者；或欲成母后武氏之惡，而不知中宗世嫡之不可廢者。此三者皆治道本末所繫，君臣大分所關，而史册所書，邪正不分，名分不辨，使亂臣賊子非惟肆奸欺於一時，而千載之下，亦莫有明其罪者，其爲害豈淺淺哉！又曰：世道衰微，人欲横肆，僭竊奸欺，昏淫殘虐，無所不至。三綱淪，九法斁，在當時無以明正其罪，猶賴秉史筆者，有以誅奸諛於既死，使萬世之下，亂臣賊子有所畏懼焉。顧乃隨時是非，與世俯仰，而不知律以《春秋》一定之法，其亦可歎也已。此所以特舉此三史而言也。○《通》曰：前詩自「伏羲」至「無極翁」，是言吾道之正統；此言周與楚、漢與魏、唐與周，是論中國之正統。楚澤、周綱已見王章之喪，《通鑑》以初命三晋爲首，已迷先幾矣。漢之後，當以蜀爲正統，而晋史帝魏，陳壽不能不爾。武后之周，何可與大唐并？唐經亂周紀，是何歐陽子亦然？朱子《通鑑綱目》之作，蓋如夫子因魯史而修《春秋》，初命三晉，不得不因之，至於書蜀與魏、唐與周，則凜凜乎《春秋》之筆矣！此數詩固自有《綱目》《春秋》之筆存焉，讀者不可不知也。〇愚按：孔子删述六經，而功莫大於作《春秋》；朱子折衷群籍，而用莫大於作《綱目》。此節三詩，皆發其所以作《綱目》之意。由是觀之，則朱子以夫子之道自任者，其亦重矣，故以此終焉。

感興詩考

［日本］林　恕　撰

感興詩考序

朱文公《感興詩》二十篇，説盡天地陰陽之運、道德性命之理、百王之規範、六經之藴奥，而明聖道之正，排老佛之異。其便於學者，助於世教者，與《小學》《近思録》相爲表裏。先儒加《小學》於《學》《庸》《論》《孟》，而稱「五書」；加《感興詩》於《太極圖説》《通書》《西銘》《正蒙》，而又曰「五書」：良有以也。余未弱冠讀此詩，壯强之間，亦屢誦之。今年臘末，熟覽序及第一篇，爲明春開講筵也。當初，朱門高弟作之注解者多矣。胡雲峰纂諸家作之《通》，上虞劉氏編《選詩風雅翼》，以《感興詩》附於其末，而注解最詳也。家又藏蔡覺軒注本及熊氏《性理群書》，其中有《感興詩》及注，且加吴訥補注。其解説之多如此，益知此詩之旨至深妙也。以愚見之，則精博無如胡、劉，然蔡、熊之要約亦切。明春之講，欲用胡、劉之本，故粗抄蔡、熊、吴説爲别册，備講舌之餘辨，號《感興詩考》。有笑於列者，曰：「時是歲暮，人人營家事，俗所謂師趨之日也，何爲安居於几案之間哉？」余不及答之，口授起筆自若，唯發一言云：「此亦營余家事也，何趨於名利之場哉？」寬文壬子嘉平二十五日鵝峰林叟序。

感興詩考

林學士恕纂

朱文公感興詩二十首并序

《感興詩二十首并序》共載《朱子大全》第五，熊剛大《性理群書》三載《感興》第一首至十一首，同四載十二首至二十首，有注，吴訥作補注。《性理大全》第七十載《感興二十首》并熊氏注，但《群書》并《性理大全》不載序。〇按劉履《選詩續編補注》第五載《感興詩二十首并序》，而作補注。又按劉履跋云，門人瓜山潘柄、北溪陳淳、覺軒蔡模，與夫楊庸成、詹景辰、徐子與、黄伯（晦）〔暘〕、余子節等皆作《感興詩》注，又雲峰胡先生著《感興詩通》云云。劉履又云，先儒嘗尊《太極圖》《通書》《西銘》及《正蒙》，目爲「性理四書」。愚謂：此《感興詩》亦當與前四者列爲「五書」，而并傳之無疑也云云。

正統丁巳劉剡纂朱門及元明諸儒《感興詩》注、胡雲峰《通》、劉履《補注》以附於《選詩續編》末。

唐本《選詩》只載劉履注，朝鮮本《選詩》載諸家注、胡《通》、劉《注》，最詳乃劉剡本乎。

蔡模《感興詩學》、熊氏《集解》、吴氏《補注》，及《選詩》唐本、朝鮮本，皆所家藏也。《朱子大全》題云「齋居感興二十首」，《年譜》《實記》不載作《感興詩》，則未詳在何年而作之。

《選詩續編》載《感興詩通序》云：「朱子分《中庸》爲五篇，詩凡五起伏，亦無有不合者。惟恐後之注其詩者，未必能如朱子之注《中庸》耳。然由此十家之注，以會朱子之意，則亦未必不爲行遠升高之一助云。泰定甲子十月新安後學胡炳文序。」

又所引諸家姓氏。番陽程氏時登，登庸、長樂潘氏柄，謙之，瓜山、楊氏庸成、建安蔡氏模，仲覺，覺軒、真氏德秀，希光，西山、詹氏景辰、建安徐氏幾，子與，進齋、黄氏伯暘、番陽余氏伯符，子節，思齋、新安胡氏升，潛夫，愚齋、胡氏次焱，濟鼎，餘學，先號梅巖。

《選詩續編》至正二十三年戴良《序》云：「劉履，字坦之，宋侍御史忠公四世孫。忠公私淑文公者也，固有所受哉。」又至正二十一年謝肅《序》云「劉履守志厲行，以經術世其家」云。

余讀陳子昂《感遇》詩云云。

《唐書》列傳三十二云：陳子昂，字伯玉，梓州射洪人。唐興，文章承徐、庾餘風，天下祖尚。子昂始變雅正，初爲《感遇》詩三十八章。王適云：「是必爲海内文宗。」乃請交。子昂所論著，當世以爲法。○《唐十二家・陳子昂集》載《感遇》詩三十八首，《選詩續編》載其中七首，有注。《唐詩解》載其中十一首。韓退之《送孟東野序》云：「唐之有天下，陳子昂、蘇源明、元結、李白、杜甫、李觀皆以其所能鳴。」

感遇《韻會》云：「遇之言相偶也。」《周禮》注云：「欲其若不期而偶至。」又（侍）〔待〕也。

感興《韻會》：《詩序疏》云：「興者，起也，取譬引類，起發己心。」又云：「興是譬喻之名，意有不進，故題云『興』。」《詩詁》曰：「興者，感物而發。」

幽邃《韻會》云：「邃，深遠也。」東坡詩：「冒曉究幽邃。」

豪宕《韻會》云：「宕，徒浪切，唐去聲。」《說文》：「過。」今言「放宕」也。

丹沙、空青、金膏、水碧見朝鮮本《選詩補注》。

物外今按：「物外」猶言六合之外乎？指仙境也。《北山移文》所謂「物表」，亦物外之義也。韋莊詩「徐福應無物外游」者，指海中仙山也。

託於仙佛之間《感遇》第五首云：「曷見玄真子，觀世玉壺中。」第八首云：「西方金仙子，崇議乃無明。」第十一首云：「吾愛鬼谷子，青溪無垢氛。」今按：玄真、鬼谷者，仙也。金仙者，佛也。子昂詩論者託於仙佛，朱子專述實理，唯效其詩體，不取其意。

第一首

昆侖大無外，旁礴下深廣。《韻會》：「旁礴，混同也。」《莊子》：「旁礴萬物。」又充塞也，廣被也，通作「魄」。《封禪書》：「旁魄四塞。」

蔡模《學》云：天地設位，而太極之體所以立；陰陽寒暑迭運，而太極之用所以行，無往而非太極也。熊氏《解》云：昆侖，天形圓也，大而無所外；旁礴，地勢方也，下而深且闊。

陰陽無停機，寒暑互來往。

熊《解》云：陰陽二氣流行於天地之間，其機軸不暫停止，故寒而暑，暑而寒，更迭來往。

皇羲古聖神，妙契一俯仰。

蔡云：大而化之之謂聖，聖而不可知之之謂神。俯仰，仰以觀於天文，俯以察於地理也。

不待窺馬圖，人文已宣朗。

蔡云：皇羲禀神聖特異之姿，妙契此理於一俯仰之間，不待窺見神馬所負之圖，而人文已粲然宣朗於胸中矣。正邵子「畫前元有《易》」之意也。熊氏云：剛柔之畫，奇耦之數，尊卑之等，貴賤之位，所謂人文者，已粲然昭布於天下矣。　徐氏云：程子謂「縱河圖不出，伏羲也須畫卦」。

渾然一理貫，昭晰非象罔。

《莊子》云：「黄帝游赤水遺玄珠，使象罔索得之。」　蔡云：象罔，仿佛茫昧也。《莊子》：「象罔得之。」此蓋借用也。　又云：「渾然一理貫」一句，實爲一詩之錧轄。　熊云：非天自天，地自地，陰陽自陰陽，寒暑自寒暑，必有一理融貫其間，所謂「太極」也。

珍重無極翁，爲我重指掌。

蔡云：無極而太極，即《太極圖》之○也。　熊云：陰陽變易之中，而有至定極之理。周子所謂「無極而太極」是言無定極之中，而有至定極之理。「無極」二字，周子發之，故以「無極翁」言。　珍重，貴重也。　吴氏《補注》曰：珍重，贊美之詞。　今按：斥周子曰「無極翁」者，始於此乎？　熊云：於皇羲畫卦之後，又得周子作《太極圖》以闡其義，如重指諸掌而甚明。　劉履云：聖遠言湮，而於無聲無臭之中，有未易以窺測者。今乃感荷周子作爲《圖説》以示我人，使獲見其如此之明而無疑也。

第二首

吾觀陰陽化，升降八紘中。

蔡曰：化者，變之成也。八紘，八極也。《列子》曰：「八紘九野之水。」　熊云：上騰下降八極之中。此篇論陰陽一太極。

前瞻既無始，後際那有終。

蔡云：「前瞻既無始」，所謂推之於前，而不見其始之合也；「後際那有終」，所謂引之於後，而不見其終之離也。　熊云：謂其有所終，則由後而觀。動極而静，静而生陰。若以陰静爲終，則静極復動，一動一静，互爲其根，未見其有所終。

至理諒斯存，萬世與今同。

蔡云：至理，即太極也。「斯」者，指陰陽而言也，言太極之理不離乎陰陽之中，雖萬世之遠，與今一同，蓋太極無往而不在也。　熊云：無始無終，運行不息。所以然者，信有太極之理，默存其間，雖歷萬世之久，與今一同。

誰言混沌死，幻語驚盲聾。

蔡云：混沌，元氣未判也。《莊子》云：「七日而混沌死。」①幻，詐惑也。言異端之徒以太極獨居於混沌之先，及天地既判，則太極已死於混沌者，真詐惑之語，但可以驚駭盲聾之人而已。

①　批語云：見《莊子·應帝王篇》。

熊云：彼莊周且言太極獨立於天地之先，及天地既判，而混沌死，不知氣依理而行，天下安有理已死，而氣獨行哉？此特荒誕之語，但可驚世之無耳目者，少有聰明，豈惑於彼之説哉？

○蔡謂：第一篇言無極而太極，即《太極圖》之○也。第二篇言太極動而陽，静而陰，即《太極圖》之◎也云云。今按：第一篇云「渾然一理貫」，即是○也；第二篇云「吾觀陰陽化，升降八紘中」，即是◎也。○蔡云：周子《太極圖》根極要領，實上接洙泗千歲之統，下啓河洛百世之傳。先師朱子剖析精微，闡緝明暢，既爲之説矣。既作《感興詩》，又特於首二篇提綱挈領，爲學者發明之，大矣哉，其有功於斯道也！○今按：胡《通》引梅巖胡氏説云：此篇即「陰陽無停機」一語申言之也云云。由是見之，則第一篇、第二篇共并説太極、陰陽之理也。諸儒亦謂二篇重説陰陽者也，然蔡模斷然謂一篇説無極而太極也，二篇説太極動陽静陰也。胡《通》雖載蔡説，然不引分二篇之義，劉履亦謂合説太極、陰陽也，然則蔡説皆以爲不滿乎？畢竟太極與陰陽分之則二，合之則一，理不相離，然則諸儒説蔡説兼并而可見之。○今按：《論語》「瞻之在前，忽焉在後」，此篇「前瞻既無始，後際那有終」二句，本於此乎？○又按：子昂《感遇》第六篇首句「吾觀龍變化」，第八篇首句「吾觀崑崙化」云云，此篇首句效之乎？○又按：第一篇用「象罔」字，此篇云「混沌死」，皆出《莊子》，蓋唯取其語，不取其意者也。○此二首專用周子《太極圖説》之意而作之。先儒既合論之，蓋第一篇言天地開闢，此時既有太極之理，乃是畫前《易》也，伏羲畫卦以來，先天《易》也。第二篇陰陽升降之理，恰如見六十四卦圖乎？第一篇云「不待窺馬圖」，乃是畫前之《易》也。馬圖既出而八卦畫，八卦畫成六十四卦，六十四卦悉是陰陽之變也；陰陽之變者，太極動静之分也；二氣之分者，太極之一理也。太極元無極也，無極故太極也。是等理，此二首備矣，宜熟讀而窺其妙也。

第三首

熊云：此篇論人心出入之機。

人心妙不測，出入乘氣機。

熊云：人心之靈，神妙不可測度。機動處也，或出或入，隨氣而動。

凝冰亦焦火，淵淪復天飛。

熊云：心有所懼，則寒於凝冰；心有所愧，則熱於焦火。思而深奥，或淵而淪；思而外馳，或天而飛。凝冰、淵淪，以入言也；焦火、天飛，以出言也。蔡云：《莊子》云：「其熱焦火，其寒凝冰。」淵淪，隨淵而淪也；天飛，升天而飛也。言人心妙不測，一出一入，乘氣機而發，既凝冰矣，而亦能焦火；既淵淪矣，而復能天飛。四者所以言其不可測度如此。余氏云：心譬人，氣譬馬，人所以乘馬者也。心者，本然之妙；氣者，所乘之機也。

至人秉元化，動静體無違。

陳《感遇》詩第六云：「古之得仙道，信與元化并。」同第十云：「深居觀元化。」　蔡云：至人，至德之人也。秉，持也。元化，即人心之造化也。　熊云：至德之人秉執造化之理，而爲吾身之主。一動一静之間，皆體此理，而無違戾焉。

珠藏澤自媚，玉藴山含輝。①

熊云：方此心之静也，寂然不動，如珠藏在淵，而澤自生媚；如玉藴在石，而山自含輝。

神光燭九垓，玄思徹萬微。

蔡云：及其動也，感而遂通，神光燭乎九垓之遠，玄思徹乎萬微之妙。　吴云：垓，當作「陔」。九垓，謂九天之上也。　蔡云：九垓，天有九重也。司馬相如《封禪書》云：「上暢九垓。」萬微，萬理之精微也。

塵編今寥落，歎息將安歸。

蔡云：聖人心法不傳，其載於塵編者，今又簡短寂寥，無有能識之者，然則將安歸乎？徒有歎息而已。　劉云：元化，即《書》所言「上帝降衷」，劉康公所謂「受天地之中以生」者，長樂潘柄以爲「吾心之太極」是也。　胡氏《通》云：「人心妙不測」以下，兼聖人、衆人之心言；「凝冰」以

---

① 批語云：陸機《文賦》曰：「石韞玉而山暉，水懷珠而川媚。」

下，專言衆人之心；「至人」以下，專言聖人之心。

第四首

熊云：此篇論人心陷溺之過。

靜觀靈臺妙，萬化從此出。

熊云：靈臺，心也。靜而觀之，一心之靈，神妙不測，經綸萬事皆從此出。吴云：「靈臺」出《莊子》。

云胡自蕪穢，反受衆形役。

蔡云：人心本自神妙，天下萬化皆從此出，何爲不自操存，乃陷溺於荒蕪污穢之中，而反爲耳目口體之所役耶？范浚《心箴》所謂「心爲形役，乃獸乃禽」者，正此意也。《陰符經》云：「萬化生於心。」陶潛云：「既自以心爲形役。」

厚味紛朵頤，妍姿坐傾國。

熊云：厚味方嗜甘於朵頤而不耻。朵，垂貌；頤，口旁也：言欲食。妍姿可好，坐覆其國而不悔。妍姿，美色也。

崩奔不自悟，馳騖靡終畢。

熊云：崩摧奔放於人欲横流之中，而不悟其非。終身顛倒馳騖，而無終畢之時也。蔡云：美色能覆人邦國，猶《詩》所謂「哲婦傾城」也。直騁曰馳，亂馳曰騖。言心爲形役，溺於飲食男女之大欲，至於崩奔，猶不自悟，尚且馳騖四出，而無終畢之時也。

君看穆天子，萬里窮轍迹。

熊云：周之穆王造八駿之乘，車轍馬迹殆遍天下，失爲主之道。

不有《祈招》詩，徐方御宸極。

蔡云：徐偃伯於徐方，乘時作亂，祭公謀父作《祈招》之詩以諫止之，其詩曰：「祈招之愔愔，式昭德音。思我王度，式如玉，式如金。形民之力，而無醉飽之心。」〇今按：《祈招詩》見《左傳·昭公十二年》。林注云：招，祈父名，周司馬也。祭公方諫遠行，故作司馬之詩。〇《通》云：吾心爲神明之舍，故曰靈臺；君位如北極之尊，故曰宸極。夫宸極者，穆天子之宸極也，而使徐方據之，可乎？靈臺者，我之靈臺也，而使外物據之，可乎？蔡氏以爲猶詩之比，是也。

第五首

熊云：此篇論周室君臣之失。

涇舟膠楚澤，周綱已陵夷。

蔡云：涇舟，《詩》所謂「淠彼涇舟」是也。「膠」與《莊子》「置杯焉則膠」之義同。① 或謂昭王南

① 批語云：《莊子·逍遥遊篇》云：「置杯焉則膠，水淺而舟大也。」

征，濟漢。船人惡之，以膠船進。至中流，膠液而溺死。○今按：膠字兩義，熊者取徐説，劉者并兩説，而前説爲是。○「淠彼涇舟」見《大雅·棫樸》詩。○今按：昭王没於漢水，然云「涇舟」者，取《詩》語假用之，詳見劉注。

況復《王風》降，故宫黍離離。

今按：《黍離》詩，見《王風》。熊云：況又幽王爲犬戎所殺，《王風》大壞，下同列國。平王東遷，西周故宫鞠爲禾黍離離之憂。○胡《傳》云：自《黍離》降爲《國風》，天下無復有雅。

玄聖作《春秋》，哀傷實在兹。

《莊子》：「玄聖素王之道。」《宋朝會要》：「大中祥符元年十一月，幸曲阜，進謁文宣王曰玄聖文宣王。」「五年十二月，改謚至聖文宣王。」作《春秋》，起平王四十九年，止敬王三十九年。

祥麟一以踣，反袂空漣洏。

熊云：麟出必有聖人在位，今明王不興，麟出非時，其困踣一至於此。夫子觀之，反袂拭涕，重嗟吾道之窮，《春秋》遂作於此，而亦絶筆於此。

漂淪又百年，僭侯荷爵珪。

蔡云：漂淪，猶汩汩也。又百年，謂自獲麟絶筆之後，將又百年也。今計之，其實止七十九年。言「百年」者，舉成數也。僭侯，謂魏斯、趙籍、韓虔叁大夫，僭竊諸侯之制也。荷爵珪，謂反蒙真侯之命也。

王章久已喪，何復嗟歎爲。

熊云：章，猶法也。王者之法，久已喪失，亂名分，乖典常，何用嗟歎？

馬公述孔業，託始有餘悲。

熊云：司馬温公作《通鑑》，欲繼述夫子《春秋》之業，乃託始於初命晋大夫韓、趙、魏爲諸侯，而致其有餘不盡之悲，然此豈周室陵夷之始耶？

拳拳信忠厚，無乃迷先幾。

《中庸》注云：「拳拳，奉持之貌。」熊云：寓意拳拳切至，信爲忠厚不薄。當是時，諸侯盛，大夫强，視王室如贅疣耳。雖無王命，其能使之不自立乎？司馬公乃欲託始於此，可謂迷惑，不知事幾之所先矣。蔡云：述孔業，謂作《通鑑》，欲續《春秋》也。託始，謂作《通鑑》，始於初命晋大夫魏斯、趙籍、韓虔爲諸侯也。是甚悲周道之衰微，固不失爲忠厚之意。然悔其不繼書於魯哀公十四年獲麟之後，自周敬王三十九年爲始，而乃自威烈王二十三年爲始，無乃迷其先幾也哉云云。又云：先幾已在玄聖作《春秋》之時。此詩所以推原發端於膠楚澤也，有以夫！又云：託始之意，東萊吕先生得之，故《大事記》之作，實接於獲麟，而託始於周敬王三十九年。竊意二先生相與講論之際，必有及於此。〇《通》云：梅巖胡氏云：致堂謂「陰凝冰堅，垂百載矣，雖無王命，夫誰與抗？」此知幾之論也。温公徒悲其成，失救①其漸，必若致堂所論，文公此詩庶知幾矣。詩曰「哀傷」，曰「漣洏」，曰「嗟歎」，曰「餘悲」，此賈生所以太息，所以流涕，所以痛哭②也歟？又云：《綱目》因《通鑑》而作，猶《春秋》因魯史而作也。魯史本託始於魯隱，而《春秋》因之；《通鑑》託始於三晋，而《綱目》因之。此皆述而不作之意也。○今按：「迷先幾」之義難解，故諸説不一，詳見蔡模學及劉氏《補注》。然言其要，則「涇舟膠楚澤」是周室衰之始也，温公不託始於此，是迷先幾也，與獲麟并論者，非全篇之意乎？

第六首

熊云：此篇論漢室君臣之失，秉史筆者，不能黜魏而尊蜀。

東京失其御，

熊云：漢自桓帝、靈帝，浸失御下之道。

刑臣弄天綱。

蔡云：刑臣，宦豎也。

---

① 「失救」，《感興詩通》作「不究」。
② 「痛哭」，《感興詩通》作「哀痛」。

西園植奸穢，五族沈忠良。

蔡云：靈帝置西園八校尉，以蹇碩、袁紹、鮑鴻、曹操、趙融、馮芳、夏牟、淳于瓊爲之。五族，單超、具瑗、左悺、徐璜、唐衡也。宦豎弄權，開西園以鬻賣官爵，興黨錮以沉滅忠良，而漢遂衰矣。○今按：和帝時，鄭衆誅竇氏封侯，是後漢宦者弄權之初也。順帝時，孫程誅閻氏以來，勢彌强，及單超等誅梁氏，五侯并封。到桓、靈黨錮事起，陳蕃、李膺等忠良皆爲宦者被害。

青青千里草，乘時起陸梁。

蔡云：「青青千里草」，應董卓讖語也。卓初爲中郎將，其後廢立弑殺，燒宮室，發諸陵，自爲相國，强梁於一時。○今按，《通》云：「陸梁，東西倡佯也。」劉云：「陸梁，强梁也。」强梁者，跋扈也，見《後漢書》注。《通鑑》胡三省注詳釋「跋扈」、「强梁」之義。

當塗轉凶悖，炎精遂無光。

熊云：「魏闕當塗高」，曹魏讖語也。操挾天子以令諸侯，卒成篡奪之計，其凶悖尤甚於董卓。漢之炎運，銷滅於此。《通》云：《獻帝紀》，太史丞許芝奏：許昌氣見於當塗高者，魏也。象魏者，兩觀闕是也。當道而高者，魏也，魏當代漢。《靈光殿賦》：「紹伊唐之炎精。」

桓桓左將軍，仗鉞西南疆。

蔡云：桓桓，威武貌。左將軍，劉備也。獻帝建安三年，爲左將軍。《書·牧誓①》：「桓桓，如虎如貔，如熊如羆。」杜詩：「桓桓陳將軍。」 熊云：仗義起兵於西南之疆，以誅操復漢爲名。鉞，斧鉞也。 《通》云：先主初破荆州，後入成都，遂帝於蜀。荆在南，蜀在西。

伏龍一奮躍，鳳雛亦飛翔。

熊云：伏龍，諸葛亮也，一奮躍而起。鳳雛，龐士元也，亦飛翔而來。伏龍、鳳雛，即司馬徽謂「此中有伏龍、鳳雛」也。

祀漢配彼天，

《通鑑綱目》十四：「昭烈皇帝章武元年，立宗廟，祫祭高皇帝以下。」 蔡云：祀漢配彼天，即用(仲)〔少〕康「祀夏配天」之語。

出師驚四方。

熊云：出師北伐曹操，天下震動。

天意竟莫回，王圖不偏昌。

蔡云：不偏昌，即諸葛亮所謂「王業不偏安」是也。 熊云：然天意不可得而挽回，先主既殞，

① 「牧誓」，原作「泰誓」，兹據《尚書》正之，本書下同。

孔明亦殂。

晋史自帝魏，後賢盍更張。

熊云：陳壽作《三國志》，自尊大曹魏爲正統，固無責爾。司馬温公一代之大儒，《通鑑》之作，盍改而正之，乃復因襲其繆。

世無魯連子，千載徒悲傷。

熊云：求如魯仲連之不肯帝秦者，世亦不復有斯人矣。按：仲連不帝秦事，詳見《史記·仲連傳》及《通鑑》。

第七首

熊云：此篇論唐室君臣之失，秉史筆者不能黜武后而尊唐。

晋陽啓唐祚，

蔡云：晋陽啓祚，事見《通鑑》。李淵初爲隋晋陽宫監，其子世民陰與裴寂等以晋陽宫人私侍淵，因脅以起兵。

王明紹巢封。

蔡云：王明，曹王明也。巢封，元吉封爲巢剌王也。世民手刃元吉，而納其妃，生子明，初封曹，後立爲齊王，出紹巢王之後。

垂統已如此，繼體宜昏風。

熊云：垂統之主，其瀆亂天倫如此；繼體之君，耳①濡目染昏亂之風，宜有甚焉。

麀聚瀆天倫，牝晨司禍凶。

蔡云：麀聚，《禮記》所謂「父子聚麀」也。牝晨，《書》所謂「牝雞之晨」也。　今按：天倫，兄弟也，見《穀梁傳》。

乾綱一以墜，天樞遂崇崇。

《穀梁傳》序：「乾綱解紐。」　蔡云：乾綱，君之綱也。墜，落也。天樞，武后立周宗廟，鑄銅柱爲天樞，以紀周功德也。崇，高也。蓋武后初爲太宗才人，高宗立以爲后，參豫國政，擅權自恣，後遂廢其子中宗，改唐爲周。此正聚麀牝晨，而唐室之所以中否也。　《通》云：延載二年，武三思率蕃夷諸國，請作天樞紀功德，黜唐興周。大裒銅合冶之，署曰「大周萬國頌德天樞」，置端門外。其制若柱，度高一百五尺②。班彪《北征賦》：「望通天之崇崇。」

淫毒穢宸極，虐焰燔蒼穹。

①「耳」，原作「臣」，蓋承上而誤，據《感興詩句解》改。

②「尺」字原作「丈」，據《感興詩通》正。

《通》云：「淫毒」者，武后始惑於僧懷義，懷義死，張易之、昌宗得幸。「虐焰」者，任酷吏索元禮、周興、來俊臣等殘害忠良，賊殺宗室。「穢宸極」者，内濁清禁；「燔蒼穹」者，上達蒼天。今按：「淫毒」之「毒」，蔡、熊共作「毐」字看。「淫毐」謂秦宦者嫪毐，以比張易之、張昌宗也。劉云：「毒」猶惡，謂武后幸張易之兄弟。「虐焰」謂武后殺唐宗室殆盡。

向非狄張徒，誰辨取日功。

蔡云：狄張，狄仁傑、張柬之也。取日功，謂挽回天日，而中宗復位也。吕温頌曰：「取日虞淵。」

云何歐陽子，秉筆迷至公。

蔡云：歐陽子，先朝歐陽文忠公也。言其秉史筆以修唐史，乃於帝紀内立《武后紀》，是迷至公之道。

唐經亂周紀，凡例孰此容。

熊云：武氏以母后篡竊神器，中宗尚在房陵無恙，正如季氏强逼公室，而昭公出居乾侯。《春秋》每歲必書公之所在，魯未嘗無君也，豈以季氏專魯而遂與之？歐陽子反紀周之年號，以亂唐之曆數，可勝歎哉！夫以歐公之作唐史，一凡一例，皆擬《春秋》，誰謂凡例而可容此乎？

侃侃范太史，受説伊川翁。《春秋》二三策，萬古開群蒙。

蔡云：侃侃，剛直也。范太史，先朝講官范祖禹也。伊川翁，伊川先生程子也。温公編《通鑑》，范太史分得唐史，遂采其得失善惡，别爲《唐鑑》，盡用伊川先生平日之説。每歲必書中宗所在，曰「帝在房州」，以合於《春秋》書「公在乾侯」之法，開明萬古之群蒙也。《近思録》云：元祐中，客有見伊川者，几案間無他書，惟印行《唐鑑》一部。先生曰：「近方見此書，三代以後無此議論。」劉云：按，《唐書》列傳：初，吴兢撰國史，爲《則天本紀》。史館修撰沈既濟奏請省《天后紀》，合《中宗紀》，每歲首必書曰「皇帝在房陵，太后行某事，改某制」。紀稱中宗，而事述太后，名不失正，禮不違常。愚謂：既濟此言雖不行於當時，固可法於後世，惜乎歐陽公見之而不能用。竊意范太史所受於伊川者，得非有取於此乎？因并記之，且以見公論有終不可泯者云。

第八首

熊云：此篇論姤乃陰之始，復乃陽之始。

朱光遍炎宇，微陰眇重淵。

蔡云：朱光，日也。張孟陽詩云：「朱光馳北陸。」炎宇，夏天也。熊云：外雖盛暑，而重淵之底，其冷如冰，是一陰之細已驀然生於下。以卦言之，姤是也。

寒威閉九野，陽德昭窮泉。

蔡云：九野，八方中央也。窮泉，幽昧之地。熊云：凜凜寒威，閉藏九野，陰之極也。外雖盛寒，而窮泉之底，其温如春，是一陽之德，已顯然萌動於下。以卦言之，復是也。蔡云：言朱光遍炎宇之時，而微陰已眇於重淵矣；寒威閉於九野之際，而陽德已昭於窮泉矣。蓋陰不生於陰，而常伏於至陽之中也；陽不生於陽，而潛復於盛陰之中也。

文明昧謹獨，昏迷有開先。

蔡云：至陽而一陰伏，故雖文明，而或昧謹獨之戒；盛陰而一陽復，故雖昏迷，而實有開先之道，惟其昧謹獨也。熊云：其在人也，陽明勝而德性用，苟有文明之德，而昧謹獨之戒；陰濁勝而物欲行，雖曰昏暗之極，而有開先之理。

幾微諒難忽，善端本綿綿。

熊云：惟其昧謹獨，故幾微之際，惡所萌也，信有所不容忽；惟其有開先，故善端之充，綿綿無窮，本有所不可禦。蔡云：幾微之際，誠不可忽，惟其有開先也。故善之端緒，每綿綿而不絶焉。《老子》云：「綿綿若存。」

掩身事齋戒，及此防未然。

《禮記·月令》：「仲夏日長至，君子齋戒，處必掩身，毋躁。止聲色，毋或進；薄滋味，毋致和；節嗜欲，定心氣。」今按：姤一陰生於下，爲五月之卦。蔡云：夏至一陰生之時，必屏絶嗜欲，及此而防其陰之未然也。此，指陽而言。熊云：及此而防其陰之未然，求以固夫陽也。

閉關息商旅，絶彼柔道牽。

《易·復·象》云：「雷在地中復，先王以至日閉關，商旅不行，后不省方。」程《傳》：「陽始生於下而甚微，安静而後能長。先王順天道，當至日，陽之始生，安静以養之，故閉關使商旅不得行。」《姤》初六：「繫於金柅，貞吉。」象云：「繫於金柅，柔道牽也。」程《傳》云：「陰長則陽消，小人道長也。制之當於其微而未盛之時。柅，止車之物，金爲之，堅强之至也。止之以金柅，而又繫之，止之固也。牽者，引而進也。陰始生而漸進，柔道方牽也。繫之於金柅，所以止其進也。」熊云：先王於冬至之時，閉關息旅，安静體休。去彼柔道之牽繫，求以絶夫陰也。蔡云：冬至一陽生之時，必安静存養，絶彼柔道之牽繫也。彼，指陰而言。梅巖胡氏云：或曰，「防」字説姤爲切，恐不切於復。曰：言於姤，所以防陰之長；言於復，所以防陽之消。防①陰之長，則幾微必謹，而得開先之理；防陽之消，則善端常存，而收慎獨之效。防之用大矣哉！今按：劉履總論第五首至第八首，其旨精矣。第八首包括前三首也。第五首者，論周楚之事，辨華夷之分。華者，陽也；夷者，陰也。第六首論東漢君弱臣强之事。君者，陽也；臣者，陰也。第七首論唐帝亂夫婦之倫。夫者，陽也；婦者，陰也。周不能防夷，漢不能制臣，唐不能抑婦，皆陽消

① 「防」，原作「方」，據胡炳文《感興詩通》改。

而陰長之所致也，所謂防未然之切也。又按：第五首、六首、七首，共以《春秋》之書法爲骨，貶温公、陳壽、歐陽之所書，可謂先儒之所不着眼也。《春秋》元是勸懲之書也，乃亦扶陽抑陰之趣也。

第九首

熊云：此篇論天之北極，則人心之太極。

微月墜西嶺，爛然衆星光。

蔡云：微月，新月也。熊云：新月既墜於西嶺。《選詩注》云：或以微月爲新月，或以爲殘月。新月，則謂月既西墜，河漢西流，斗柄指西，將入地而復起，仲秋月始生明之夜也。殘月，則月既西墜，明河已斜，斗柄建魁，將轉而爲旦，夜半子丑之時也。○《詩·鄭風》云：「明星有爛。」

明河斜未落，斗柄低復昂。

蔡云：明河，天河也。斗柄，北斗七星之柄也。

感此南北極，樞軸遥相當。

蔡云：南北極，天之樞軸也。天圓而動，包乎地外；地方而静，處乎天中。故天之形半覆乎地上，半繞乎地下，而左旋不息，其樞軸不動之處，則爲南北極。謂之極者，猶屋脊之極也。

太一有常居，仰瞻獨煌煌。

蔡云：太一，即北辰也。此言北辰而不及南者，蓋南極入地三十六度，常隱不見；北極出地三十六度，常見不隱，故此獨以其可見示人也。熊云：星、日、河漢運轉不常，惟有北極太一辰星，常居其所而不動。

中天照萬國，三辰環侍旁。

蔡云：三辰，日、月、星也。《左傳》云：「三辰旂旗。」言太一居其所而不動，仰而瞻之，獨見其煌煌耳，此譬人心之寂也；居天之中，照臨四國，日月衆星，環繞而共之，此譬人心之感也。熊云：在天之中，臨照萬國，三辰皆環其旁而拱之。

人心要如此，寂感無邊方。

熊云：正如人心居身之中，寂然不動，無所偏倚，隨感隨應，無邊無方，而耳目口鼻之形，無不聽命於我。正猶太一居天之中，而日月星皆環列其旁。然則心爲吾身之北極歟？潘柄謂：此篇因天象以明人心之太極是也。蓋見月、星、河漢隨天運轉，而有以感夫天之樞軸，南北相當，常居其所而不移。北辰一星，獨居中天，照臨四國，三辰環繞而歸向之。人之一心，處方寸之間，寂然不動，至於酬酢萬變，感而遂通，不見其有邊際方所，亦猶是也。故特舉「要如此」三字以示人，其意切矣。

第十首

熊云：此篇言堯、舜、禹、湯、文、武、周公傳心之法在乎敬。

放勛始欽明，南面亦恭己。

蔡本「勳」作「勛」。　蔡云：放勛，《書》作「勳」，堯之號也。欽明，即《書》所謂「欽明文思」也。南面恭己，即孔子稱「舜恭己正南面」也。　今按：《堯典》「放勳」，孔、蔡皆不爲堯之號。《孟子・滕文公上篇》「放勳曰勞之」云云，趙注云：「放勳，堯號也。」朱注云：「放勳本史臣贊堯之辭，孟子因以爲堯號也。」《史記》云：「帝堯者，放勳。」

大哉精一傳，萬世立人紀。

蔡云：精一之傳，即舜之傳禹以「人心惟危，道心惟微，惟精惟一，允執厥中」也。　熊云：此中精一，非敬不可。大哉斯言，真聖人傳授之心法也。

猗歟歎日躋，穆穆歌敬止。

蔡云：猗歟，美貌。日躋，即《詩》所稱「湯聖敬日躋」也。穆穆，深遠意，即《詩》所稱「穆穆文王，於緝熙敬止」也。

戒獒光武烈，待旦起《周禮》。

蔡云：獒，西旅所獻犬名。召公作書致戒，以光武王之烈也。《周禮》，書名，周公所作。孟子稱其坐以待旦也。

恭惟千歲心，秋月照寒水。

熊云：恭惟堯、舜、禹、湯、文、武、周公之六七君子，相去雖千有餘載，而傳心之法，不外乎敬。吾想其心，淵乎其清，湛乎其明，有如秋月下照寒水。　蔡云：群聖人相（斷）〔繼〕，上下幾千載，而同此一心，有如秋月之至明，照寒水之至清，皎然無一毫之翳，湛然無一點之滓也。○寒山詩云：「我心如秋月，碧潭清無底。」

魯叟何常師，删述存聖軌。

蔡云：魯叟，孔子也。　熊云：是數聖人一敬傳心之法，不播於《書》，則咏於《詩》，又不則布於《周禮》。仲尼無所不學，初無常師，祖述堯舜，憲章文武，無間夏禹，夢寐周公，亦何常之有哉？晚年惟删定《詩》《書》，修制《禮》《樂》，是數聖人心法之敬，盡見於《詩》《書》《禮》《樂》之間，庶幾帝王軌範猶存，而來者有考耳。　蔡云：此詩歷序堯、舜、禹、湯、文、武、周公，以敬爲傳心之法，末以孔子結之。又言孔子删述，以起後篇之義。○《論語·子張篇》：「夫子焉不學，而亦何常師之有？」○韓《師説》：「聖人無常師。」　○《通》云：周敬王四十一年壬戌，孔子卒，至宋慶元丁巳，一千六百七十六年。朱子是年正月朔書於藏書閣下。嗚呼！朱子書此，豈無意哉？夫子不可得而見矣，所幸夫子之書存於千載之下，猶得以溯夫子之心於千載之上也。學者知朱子之心，則知夫子之心；知夫子之心，則知堯、舜、禹、湯、文、武、周公之心矣。

第十一首

熊云：此篇論《易》首乾、坤，伏羲畫此以示後世，君子當體乾、坤以進德。

吾聞庖羲氏，爰初闢乾坤。

熊云：我聞在昔伏羲，於此始分闢乾、坤，布之内外，畫爲方圓圖，以圓函方。圓者象天，方者法地，故下句以行布渾方爲方。

乾行配天德，坤布協地文。

熊云：《易》曰：「乾，天下之至健。」又曰：「天行健。」蓋天者，乾之形體，乾者，天之性情，故畫乾以配合天德。《説卦》曰：「坤爲布。」（生）〔主〕敷布施生，萬物散殊，小大呈露，粲然有文，故畫坤以協合於地文。

仰觀玄渾周，一息萬里奔。

蔡云：此因天地而仰觀俯察也。天體玄渾而周，一息之頃，奔行萬里，所以言其健也。

俯察方儀静，隤然千古存。

蔡云：地體方儀而静，隤然安貞，千古常存，所以言其順也。《易》曰：「夫坤，隤然示人簡矣。」

悟彼立象意，契此入德門。

蔡云：此因仰觀俯察，而體之於身也。故言既「悟彼」即「契此」，以其立象之意，而爲入德之門。○《選詩注》云：玄，天之色；渾，天之儀。劉云：玄渾，謂天；方儀，謂地也。隤然，重墜貌，亦安静之意。楊氏云：聖人立象以盡意，學者悟意以入德。

勤行當不息，敬守思彌敦。

蔡云：勤以行之，自强不息，所以法天也；敬而守之，正静彌厚，所以法地也。又云：此詩實承前篇删定立義，蓋六經莫先於《易》，故首以《易》言之。《通》云：越士李子紹嘗以此詩前十首對後十首，謂此章與第一首相出入。以下節推之，亦有甚相合者。

第十二首

熊云：此篇論六經散失已久，伊川能繼六經之絶學。

《大易》圖象隱，《詩》《書》簡編訛。

蔡云：言六經惟《易》爲全書，而圖象則隱奥而難明。《詩》雖已删，而毛公輩作小序，頗失《詩》之本意。《書》雖經伏生輩口授之餘，文字舛錯。熊云：河圖卦象，《易》之本也。淫於術數之末學，則《易》之圖象，隱晦不明。風賦比興，《詩》之義也。牽於小序之臆説，則《詩》之章旨，訛繆而無當。《書》者，政事之紀，僅存於口授壁藏之餘，而虞夏商周之文，訓誥誓命之作，錯亂無考。

禮樂剡交喪，《春秋》魚魯多。

熊云：禮樂，中和之教，僅得於二戴氏之所記，而三千三百之儀、六律八音之節，喪失無傳。與夫《春秋》辨名分之書，不惟文字錯漏，以「魚」爲「魯」，以「己亥」爲「三豕」，如「郭亡」則書「郭公」，「夏五」不書其月之類更多。

瑶琴空寶匣，絃絶將如何。

蔡云：六經殘缺不全，猶瑶琴空藏寶匣，而其絃斷絶，不復堪彈矣。

興言理餘韻，龍門有遺歌。

熊云：有伊川先生得聖賢微意於殘編斷簡中，而遺聲所播，正如琴絃既斷，今復接續也。龍門，伊川所居之地。　今按：此詩解，詳見《選詩續編》余氏注并胡氏《通》。

第十三首

熊云：此篇論顔、曾、思、孟傳孔子之道，亦惟能潛其心，又重歎後之人不能。

顔生躬四勿，曾子日三省。

熊云：顔淵問仁，夫子告之以非禮勿視、聽、言、動。顔淵躬行此四者。曾子一日常以此三者省察其身：爲人謀不忠？與朋友交不信？傳不習？

《中庸》首謹獨，衣錦思尚絅。

蔡云：子思《中庸》首明「謹獨」之戒，終言「尚絅」之義。　熊云：謹獨者，戒謹於暗室、屋漏、獨處之時，如衣錦衣而思以緇衣加其上，謹之至也。絅，緇衣也。今按：《中庸》三十三章章句云，《詩·國風·衛·碩人》，鄭之乎，皆作「衣錦褧衣」。褧、絅同，禪衣也。尚，加也。

偉哉鄒孟氏，雄辯極馳騁。

熊云：肆口大辯，極其馳騁於文字間。

操存一言要，爲爾挈裘領。

熊云：其論心學，引夫子「操則存」一語，至簡且要，爲爾後學挈持綱領。言得其要，如挈裘領也。《孟子·告子上篇》云：「孔子曰：『操則存，舍則亡，出入無時，莫知其鄉，惟心之謂與！』」《集注》云：「心操之則在此，舍之則失去。其出入無定時，亦無定處如此。孟子引之，以明心之神明不測，得失之易，而保守之難，不可頃刻失其養，學者當無時而不用其力。」

丹青著明訓，今古垂焕炳。何事千載餘，無人踐斯境。

熊云：夫四子之言，炳如丹青，著在聖經，可爲明法，遠垂今古，昭然可見。胡爲千載之下，無人踐履到此地？蔡云：此詩論顔子、曾子、子思、孟子傳心之法，以上接堯、舜、禹、湯、文、武、周公、孔子。蓋所以明道統之正派，而又歎其自孟子而下，寥寥千有餘載，而道統幾於絶也，其指深哉！

第十四首　熊云：此篇論是道之本源。

元亨播群品，利貞固靈根。

熊云：元亨利貞，乾、坤之四德。元者，生理之始，屬於春，物於此萌蘖。亨者，生理之通，屬於夏，物於此而敷榮，故曰①「播群品」。利者，生理之遂，屬於秋，物於此而成實。貞者，生理之成，屬於冬，物於此而歸根，故曰「固靈根」。《選詩注》云：《黄庭經》：「玉池清水灌靈根。」注：「靈根，身也。」《太玄經》：「藏心於淵，美厥靈根。」

非誠諒無有，五性實斯存。

熊云：誠，實理也。故元亨爲誠之通，利貞爲誠之復。苟非此誠，則四者皆無有矣。在人則五常之性，實於此而存。蓋人得天之元，則爲吾性之仁；得天之亨，則爲吾性之禮；得天之利，則爲吾性之義；得天之貞，則爲吾性之智。五常不言信，正以貫乎四端，是實有此理，猶誠之貫乎元亨利貞也。　蔡云：朱子曰：「五常之信，猶五行之土，無定位，無成名，無專氣，而水火金木，無不待是以生者。故土於四行無不在，於四時則寄王焉。其理亦猶是也。」　劉云：誠者，

① 「曰」字原脱，據《性理群書句解》補。

元亨利貞所以流行之實理，即下文萬化之原，所謂太極是也。　今按：「誠」、「諒」、「實」三字，倭訓同，然甚有輕重。「誠」字者，貫元亨利貞，周子所謂「元亨者，誠之通；利貞者，誠之復」是也。「實」字者，仁義禮智之實也，兼信字之義。「諒」字者，可輕看，故熊氏以「皆」字釋之。

世人逞私見，鑿智道彌昏。

熊云：世人不知本然實有之理，順而存之，顧乃逞其私見，矜其小智，恣爲穿鑿，自以爲有見於道，不知智愈鑿而道愈昏。　今按：《孟子・萬章下篇》云：「所惡於智者，爲其鑿也。」《集注》云：「天下之理，本皆利順，小智之人，務爲穿鑿，所以失之。」

豈若林居子，幽探萬化原。

蔡云：林居子，謂隱居山林之士也。　言世人徒逞其私見，恣爲穿鑿而不順乎實理之自然，則道彌昏而不可見矣。豈若隱居山林之士探索幽隱，而有以見萬化之原哉？萬化原，即上文所謂「誠」也。　長樂潘氏云：此將言異端、詞章之害道妨教，故先發此，以明吾道之本原也。　《選詩注》云：余氏曰：山林之士未必皆能幽探萬化之原，萬化之原非山林之士莫能探也。豈先生賦此詩時，正隱居山林，故以此自況歟？程氏曰：此是一樣偏見僻學，自以爲是，而實害道之人，又非沉酣於利欲者之比，如後來江西、永康諸人，亦是如此。非必以爲林居者而後可以深探，但此理非静中不能體認。

第十五首

熊氏云：此篇論仙學之失。

飄飄學仙侶，遺世在雲間。

蔡云：此言仙侶之遺棄人世，飄飄於雲山之中。

盜啓玄命秘，竊當生死關。

熊云：既盜造化生生之權於秘密中，氣合則生，氣散則死，復竊陰陽合散之機，以爲長生不死之計。關，機也。　蔡云：玄命秘，以造化言；生死關，以人身言。

金鼎蟠龍虎，三年養神丹。

熊云：用水火二鼎，烹煉神丹，龍虎之氣，交相蟠結。龍虎，鉛汞也，煉丹藥物也。然煉丹之法，非一日可成。初年聚集材料，次年燒煉而溫養，至三年而後可服。　蔡云：龍虎，即道家所謂水火、鉛汞、魂魄也，其實只陰陽而已。　余氏云：《參同契》所云坎離、水火、龍虎、鉛汞之屬，只是互（煥）〔換〕其名，若其實只精、氣二者而已。精者，水也，坎也，龍也，汞也；氣者，火也，離也，虎也，鉛也。其法以神運精氣，結而爲丹。陽氣在下，初融成水，以火煉之，則凝成丹，内外異色，狀如雞卵。〇陳子昂《感遇》九云：「聖人秘元命，懼世亂其真。」又三十三云：「金鼎合神丹，世人將見欺。」

刀圭一入口，白日生羽翰。

蔡云：方寸匕一入於口，則超凡入聖，可以白日飛昇，如人之生羽翼也。　熊云：刀圭，小刀頭尖處。

我欲往從之，脱屣諒非難。

熊云：自言我欲往從學仙之侣於雲山間，脱屣塵世，想非難事。屣，履也。

但恐逆天理，偷生詎能安？

但恐違逆天理，縱得長生，心亦不安。蓋有生有死，天理之常。吾儒之道，生順死安，夭壽不貳，修身以俟，何必苦欲偷生於天地間邪？　劉云：此言仙家長生之術，學之甚易，但恐不合吾聖門「原始反終」之道，雖得偷生，豈能無愧於心乎？横渠張子曰：「存，吾順事；没，吾寧也。」其安矣哉！○或問程子：「神仙之説有諸？」曰：「若言居山林，保形煉氣以延年益壽則有之，若説白日飛升之類則無也。」又曰：「此是天地間一賊，若非竊造化之機，安得延年？使聖人肯爲，周、孔爲之矣。」

第十六首　熊云：此篇論佛學之非。

西方論緣業，卑卑喻群愚。

蔡云：西方，西域也。漢時西域有身毒國者，敬奉佛道，後漢爲天竺國。卑，下也。卑卑，言其卑下而又卑下也。佛氏始初，但論説緣業因果，以化誘衆生愚民，極爲卑下。　劉云：緣業，謂人死不滅，復入輪回。生時所爲善惡，皆有報應也。〇子昂《感遇》八云：「西方金仙子，崇議乃無明。空色皆寂滅，緣業亦何名。」

流傳世代久，梯接凌空虛。

熊云：流傳既遠，世代既久，漸入玄妙，如梯之接，陵駕於空虛高遠中。

顧瞻指心性，名言超有無。

熊云：一瞻顧之間，謂即心是佛，見性成佛，安指其心性之妙。一言語之際，謂不淪於無，不著於有，不住中間與内外，欲超於有無之外。　劉云：指心性，謂佛書有「即心是佛」「見性成佛」之説。超有無，謂其言有則云「色即是空」，言無則云「空即是色」之類。　蔡云：釋氏初則以離事塵法，塵有分別，性爲真性。後乃轉以爲作用，是性初則以是諸法空相，一切皆歸於無；後乃轉而爲不淪於無，不著於有，不住中間及内外。朱子所謂「梯接凌空虛」，至此而益信也。

捷徑一以開，靡然世争趨。

熊云：便捷之徑一開。徑，曲路也。舉世靡然争趨慕之。靡，猶風靡草也。　蔡云：西方之學以直指人，明心見性成佛，盡棄綱常度數，謂一超直入如來地，是所謂捷徑也。此徑一開，舉世靡然争趨慕之。

號空不踐實，躓彼荆榛塗。

《選詩》并蔡模本「荆榛」作「榛棘」。蔡云：相與淪於空虚寂滅之境（去）〔云〕，不曾脚踏實地，以由夫日用當然之實，以至顛躓困踣於榛棘之中，而莫能脱也。異端之爲害如此哉！

誰哉繼三聖，爲我焚其書。

熊云：誰能爲孟子正人心，息邪説，上繼禹、周公、孔子之三聖，爲我燒其書，以絶佛氏夷狄之教乎？蔡云：焚其書，韓退之所謂「火其書」也。此見朱子深慮異端之爲害，思欲擣其穴而犂其庭也。然其自任之意，亦有不可得而辭者也。劉云：仙佛之爲異端，一也。然修煉之徒，往往靳秘其術，不輕授人，故從而習之者無幾。佛氏之教乃欲廣化群生，必棄而君臣，去而父子、夫婦，皆歸於我。若此不已，則天其與我民彝不幾於熄乎？故程子獨言其害道爲尤甚，戒學者當如淫聲美色以遠之。今詳味二詩之旨，則其輕重淺深，亦可見矣。

第十七首

熊云：此篇論大學之教。

聖人司教化，横序育群材。

熊云：聖人任君師之道，司教化之責。開闡學舍，養育人才。蔡云：横序，學舍也。後漢鮑德以郡學久廢，乃修横。今字又作「黌」。

因心有明訓，善端得深培。

熊云：因人心之自然，而爲之節文，以修道立教於天下，使人自以涵養其德性，而培植其善端。蔡云：《孟子》曰：「今人乍見孺子將入於井，皆有怵惕惻隱之心。」此因善端，仁義禮智也。心之明訓也。善端，即四端也。培，益也。

天叙既昭陳，人文亦褰開。

熊云：天叙之典既以昭陳其五倫之典。天叙，以其出於天而有定叙也。人文，人事之當然者，亦秩其五禮之文。人文，以其行於人而有節文也。褰開，褰舉而開示之也。

云胡百代下，學絶教養乖。

熊云：學既絶，而教養之道又乖戾。

群居競葩藻，争先冠倫魁。

熊云：群聚學舍，不過争爲奇葩麗藻之文，追逐時好，攙先争奪，躐取高第。倫魁，狀元也。蔡云：競，亦争也。葩，華也。藻，水草也。學者乃不知天叙之中有自然之文，往往外用其心，競葩鬭藻以爲文，但欲争先冠魁，爲躐取高第之謀。

淳風久淪喪，擾擾胡爲哉？

久，一作「反」。熊云：教日失，俗日薄，淳厚之風，喪失無有。吾不知如是擾擾，果何爲哉？蔡云：此詩言，上之所以教，下之所以學者，皆無其本，徒相與争競，爲不根之文。末習澆漓，正學湮塞，其不爲異端迷惑牽引者幾希，此所以垂朱子之歎。　今按：學仙者，以黄帝爲始，以老子爲祖，然求長生者，秦始皇、漢武帝以來之事也。佛者，後漢明帝之時，始入中國，然其盛者，六朝爲甚。自達磨開禪，至唐其派漫，逮宋元益害正道，程門高弟亦殆惑矣。又按：漢世舉人，多是學經之徒也。六朝文士皆競葩藻。唐朝舉人，多是詩文之才也。於宋末變其俗，而道學之儒皆不遇時，故朱子此三首，俱爲當時所歎息也。

第十八首

熊云：此篇論小學之教。

童蒙貴養正，遜弟乃其方。

《易》：「蒙以養正，聖功也。」《論語》：「幼而不孫弟。」〇蔡云：童蒙，幼稚而蒙昧也。　熊云：童稚之初，貴養正性，養正方法，在於遜弟。遜是順父母，弟是事兄長。

雞鳴咸盥櫛，問訊謹暄涼。

蔡云：盥，謂洗手。櫛，梳也，即《内則》所謂「雞鳴，咸盥、漱、櫛。適父母之所，下氣怡聲，問衣燠寒，疾痛苛癢，而敬抑搔之」是也。《曲禮》：「冬温而夏清，昏定而晨省。」問訊謹暄涼之意也。

捧水勤播灑，擁篲周室堂。

蔡云：奉水擁篲，即《禮》所謂「灑掃室堂」是也。　熊云：出而奉水，勤於灑地，擁抱篲箒，環掃室堂。

進趨極虔恭，退息常端莊。

熊云：進而趨父母之前，極其恭謹；退而有休息之時，常加嚴肅。　蔡云：進趨、退息，即《內則》所謂「進退周旋慎齊」是也。以上皆言小學工夫。

劬書劇耆炙，見惡逾探湯。

蔡云：劬，勞也。劇耆炙，言過於耽嗜炙肉之美。《孟子》曰：「嗜秦人之炙。」逾探湯，言勝於探湯火之難。《論語》曰：「見不善如探湯。」　熊云：讀書必勤劬，甚於嗜炙之有味。炙，肉也。見惡必遠避，甚於探湯之可畏。

庸言戒粗誕，時行必安詳。

蔡云：庸，常也。庸言，即《易》所謂「庸言之信」是也。時行，《學記》言「當其可之謂時」。蓋言少之時，所當行之事也。　熊云：庸常言語，既以粗暴虛誕爲戒；平時舉動，必以安穩詳謹爲上。

聖途雖云遠，發軔且勿忙。

蔡云：聖途，猶聖域也。軔，礙車輪木也。發軔勿忙，言發之初，不可欲速而躐等也。熊云：發軔，猶言行之始也。

十五志於學，及時起高翔。

蔡云：心之所之謂之志。《論語》曰：「吾十有五而志於學。」翔，飛也。此言聖途雖遠，然發軔於此，而進當以漸，且勿忙迫。及十有五歲而入大學，從事於格物、致知、誠意、正心、修身、齊家、治國、平天下之事，則當及時高翔，以造聖域，不可安於小成而止也。

第十九首

熊云：此篇借牛山之木，形容仁義之心所當保養。

哀哉牛山木，斧斤日相尋。

蔡云：「哀哉」二字，本於《孟子》，而朱子謂「最宜詳玩，令人惕然有深省處」。牛山，齊之東南山。

豈無萌蘖在，牛羊復來侵。

蔡云：萌，芽也。蘖，芽之旁出者也。言牛山之木嘗美矣，日爲斧斤所伐，然氣化流行，未嘗間斷，非無萌蘖之生，而牛羊又復來侵焉。此亦六義之比。其詳見《孟子·告子上篇》。

恭惟皇上帝，降此仁義心。

蔡云：《書》曰：「惟皇上帝降衷於下民。」《孟子》曰：「雖存乎人者，豈無仁義之心哉？」

物欲互攻奪，孤根孰能任。

熊云：物欲之私，交互攻奪；仁義之心，僅存孤根，孰能保養以全其生乎？蓋仁義之在人，猶木之在山也。善端之間發，猶萌蘖之復生也。私欲外邪，斧斤牛羊也。任，保也。

反躬艮其背，肅容正冠襟。

蔡云：反躬，即《樂記》所謂「不能反躬，天理滅矣」是也。艮其背，即《易》所謂「艮其背，不獲其身」是也。肅容，即《禮》所謂「色容莊」也。正冠襟，即《論語》所謂「正其衣冠」是也。蓋反躬艮背，所以由外而制乎内也；肅容正襟，所以自内而防乎外也。艮，《本義》云：「身動物也，唯背爲止。艮其背，則止於所當止也；止於所當止，則不隨身而動矣，是不有其身也。蓋艮其背，而不獲其身者，止而止也。」

保養方自此，何年秀穹林。

蔡云：内外交養，庶乎有以復還仁義之心，然保養萌蘖，方自此始，不知何時茂盛而能秀穹林耶？秀穹林，所以終其比之義。

第二十首

熊云：此篇論天道不言，聖人無言，後世多言之弊。

玄天幽且默，仲尼欲無言。

蔡云：此正用夫子「予欲無言，天何言哉」之説也。熊云：天道不言，幽深而默。

動植各生遂，德容自清温。

熊云：然天不言，而萬物動植之微，各遂其性。聖人無言，而容貌舉履之間，盛德著形，清和可即，無非至教。

彼哉夸毗子，呫囁徒啾喧。

熊云：彼有爲大言以夸誕於世，諛言以阿附於人者。彼，外之辭也。禦人以口給，如百鳥之聲，徒爾喧啾。呫囁，多言貌。

但騁言詞好，豈知神鑒昏。

熊云：但騁其外面言辭之美好，要其胸中實無真見，其於義理至當之歸，全不知也。神鑒昏昏，莫甚於此。神鑒，心也。

曰予昧前訓，坐此枝葉繁。

《易·繫辭》云：「中心疑者，其辭枝。」《禮記》云：「天下無道，則辭有枝葉。」熊云：朱子自謂「予」，亦昧前者幽默無言之訓，而坐此言語枝葉之繁多。

發憤永刊落，奇功收一原。

熊云：自今發憤永刊落。刊落，刬除也。無事多言，而收本原一貫之功，不墮夸毗子呫囁啾喧之失也。　蔡云：詳味末句，見其歸根斂實，神功超絶，蓋有不可得形容之妙，便與「致中和，天地位，萬物育」氣象一同。嗚呼！偉哉！模於此詩諷誦涵咏之久，一旦恍然，若有見先師朱子之心。是雖若不敢自任其道統之傳，而實憂此道之遂失其傳，故於《感興》之終篇，特發在陳之歎，蓋亦追悔其平日著書之徒多，而世之曉悟領會者絶少，故於此慨然有「發憤刊落」之語，正夫子「予欲無言」之意也。今味其言，玩其意，若以爲自責，則又若自謙；以爲自謙，則又若自任。百世之下，其將必亦有神會而心得之者耶？其旨深矣哉！

右《感興詩考》一小册，唯抄纂古訓，而無新意。或謂徒勞筆而無益，不如不爲之愈乎？將應之曰：此詩先儒之注解，精而詳也。若加新意，則爲贅疣而已。我年老，懶於記（臆）〔憶〕，故置之格上，爲一席講辨之小瀾，非敢爲補於人也。今既終筵，則可入反古堆中，然亦不忍棄擲之，准一敝帚云。癸丑七月十日，鵝峰林叟跋。